中国气象
砥砺奋进的五年

中国气象局办公室　编

气象出版社
China Meteorological Press

图书在版编目（CIP）数据

中国气象：砥砺奋进的五年 / 中国气象局办公室编
. —— 北京：气象出版社，2017.11
ISBN 978-7-5029-6674-4

Ⅰ . ①中… Ⅱ . ①中… Ⅲ . ①新闻 – 作品集 – 中国 –
当代 Ⅳ . ① I253.6

中国版本图书馆 CIP 数据核字 (2017) 第 274189 号

中国气象 砥砺奋进的五年
Zhongguo Qixiang　Dili Fenjin de Wu Nian

出版发行：气象出版社

地　　址：北京市海淀区中关村南大街 46 号　　**邮政编码**：100081
电　　话：010-68407112（总编室）　010-68408042（发行部）
网　　址：http://www.qxcbs.com　　**E－mail**：qxcbs@cma.gov.cn
责任编辑：胡育峰　邵　华　　　　**终　审**：张　斌
责任校对：王丽梅　　　　　　　**责任技编**：赵相宁
设　　计：符　赋
印　　刷：中国电影出版社印刷厂
开　　本：710 mm × 1000 mm　1/16　　**印　张**：40.25
字　　数：518 千字
版　　次：2017 年 11 月第 1 版　　　**印　次**：2017 年 11 月第 1 次印刷
定　　价：98.00 元

序

党的十八大以来的五年，是党和国家发展进程中极不平凡的五年。面对国内外新形势、新变化、新挑战，以习近平同志为核心的党中央举旗定向、谋篇布局、攻坚克难、强基固本，党和国家事业取得了一系列历史性成就和变革。五年来的成就是全方位的、开创性的，五年来的变革是深层次的、根本性的。

五年来，以习近平同志为核心的党中央高度重视防灾减灾工作，提出综合防灾减灾救灾工作"两个坚持""三个转变"的重要论述，要求气象部门科学精准预测预报，密切监视天气变化。面对气候变化背景下日益复杂的天气气候形势以及经济社会发展新需求，在党中央的关怀和正确领导下，气象事业发展坚持以人民为中心，主动融入国家发展战略，气象防灾减灾和服务保障经济社会发展的能力不断增强。

五年来，我国气象观测能力持续提高，"风云二号"G星、"风云三号"C星以及"风云四号"A星等气象卫星成功发射，天基、空基、地基三位一体的气象灾害立体监测网逐步建立；气象预报预测能力和水平不断提升，GRAPES全球数值预报系统、智能化网格预报等新技术不断投入应用；气象服务领域不断拓展，在服务保障生态文明建设、应对气候变化、脱贫攻坚、"一带一路"建设、国家重大活动等领域发挥着不可替代的作用，政府和公众气象服务满意度持续提高。

砥砺前行，踏石留印。作为见证社会发展变革和时代进步变迁的忠实记录者，媒体往往最先触摸到时代脉动，与经济社会发展同频共振。党的十八大以来，大量优秀的气象新闻宣传作品见诸媒体，他们用生动的笔触、鲜活的镜头，讲述砥砺奋进的气象故事，全方位记录五年来气象事业发展的清晰脉络，定格气象事业发展进程中的重大历史性时刻，展现气象工作者勇攀高峰、爱岗敬业的良好精神风貌，传播气象发展正能量，在党心民意、国计民生的交融辉映中呈现了气象事业改革发展翻天覆地的变化与成就。

本书汇编集纳的优秀气象新闻作品，集中反映了五年来气象改革发展的丰硕成果，生动展现了气象在服务国家发展战略、服务经济社会发展中发挥的重要作用。它是一种记录和见证，更是一种激励和鼓舞。相信本书的推出，必将推动全社会更加深入地认识和理解气象事业，极大地增强气象工作者的自豪感和凝聚力，汇聚气象事业发展的强劲动力。

党的十九大吹响了新时代的前进号角。放眼未来，在决胜全面建成小康社会、夺取新时代中国特色社会主义伟大胜利、实现中华民族伟大复兴的新征程中，气象保障服务使命更光荣、责任更重大。让我们更加紧密地团结在以习近平同志为核心的党中央周围，不忘初心、牢记使命，着眼于战略性、全局性、前瞻性，主动从发展制高点和国家重大战略出发谋划气象工作，立足新起点、展现新作为，在推动气象事业发展的火热进程中书写更加波澜壮阔的历史画卷！

中国气象局局长 刘雅鸣

2017年11月

2014年8月7日，河北省防雷中心工作人员在石家庄地铁1号线体育场站地下20米处测试防雷接地网。自石家庄地铁开工以来，省防雷中心工作人员深入施工现场，从图纸审核到防雷设施跟踪检测，从地网连接到风险评估，千方百计确保地铁工程安全运行。

图/文 付国振

2013年2月16日08时至17日08时，西藏自治区聂拉木县遭遇暴雪天气，24小时累计降雪量就达到了72.3毫米，局地积雪深度达到2米。县气象局人员克服雪深难走以及停水、停电等困难，保障观测业务有序开展。图为业务人员走在观测场齐腰深的积雪里，拿着观测仪器准备去测量雪深和雪压。

图／旦增塔布 文／刘娜

  2014 年 6 月，河北省曹妃甸工业区气象局业务人员会同大浮标生产厂家专业人员，克服风大、浪急、晕船等种种困难，对河北首个海上大型浮标观测站能见度观测仪、表层温盐观测仪等设备进行全面维护和保养，确保汛期该站稳定运行，气象观测资料准确、可靠和及时上传。

图/文 王川

2015年1月，福建省大气探测技术保障中心、龙岩市气象局与雷达厂家技术人员密切配合，经过30余天的日夜奋战，圆满完成了龙岩天气雷达二期大修工程。本次大修涉及设备更换和技术升级，主要针对天线系统、伺服系统、雷达铁塔及连接电缆等项目开展维护更新工作。

图/吴昌叨 文/黄黎辉

2015年4月4日，南极中山站开展了2015年第一次臭氧总量的月光观测。由于中山站太阳高度角很低，因此需要通过月光观测来获取臭氧总量数据。图为气象科考队员陈峰云在进行观测。

图／李航 文／陈峰云

2015年12月13日至14日，华山景区迎来降雪降温天气。气象资料显示，此次降雪积雪深度达到5厘米，最低温度为−10.3 ℃。图为陕西省华山气象站观测员正在测量电线积冰。

图/廉沫　文/田立锋

　　2016年主汛期来临前，宁波市气象局保障中心工作人员攀登上370多米高的铁塔维修、更换气象观测设备，确保各类探测数据准确无误，进一步提升气象服务能力。

图／文　傅伟忠

2016 年 11 月 23 日，通过与中海石油（中国）有限公司湛江分公司合作，广东省湛江市气象局分别在南海海域乐东 15-1 气田和文昌 13-1 石油平台建成了两个六要素自动气象观测站。截至目前，双方已在南海海域石油平台合作共建了四个自动气象观测站，将共享观测资料，提升南海海域气象监测能力。图为气象技术人员在位于南海海域的乐东 15-1 气田安装、调试自动气象观测站。

图/邝家豪　文/陈丽珍

2013年5月17日,中国气象局主办的"绿镜头·发现中国"系列采访活动启动。图为2013年5月24日,三江源生态环境变迁报道小组赴青海,采访调研三江源生态变迁、保护以及气象工作在生态保护方面发挥的作用等内容。

图/文 金泉才

2015 年 3 月 21 日，安徽省马鞍山市含山县气象局与清溪镇团委组织清溪中学师生开展迎接世界气象日主题创意宣传活动。师生们用"五彩手印"共同绘制《驱散雾霾 迎接彩虹》巨幅创意宣传画，呼吁人们过低碳、环保的生活。

图／程千俊 文／刘周华

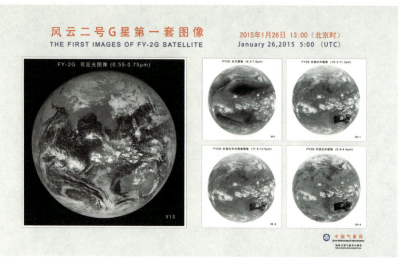

2015年1月26日13时，国家卫星气象中心正式获取"风云二号"G星第一套红外云图。专家通过目视分析，认为"风云二号"G星红外云图图像清晰、层次丰富、纹理清楚。至此，"风云二号"G星可见光通道、水汽通道及其他三个红外通道的全部云图均已成功获取，星上仪器已全部成功开机，运行稳定，星地系统匹配良好，卫星数据接收正常。

图/国家卫星气象中心 文/张静 喻阳

2016年11月4日，风云气象卫星首次集体亮相珠海航展。图为参观者在"风云四号"卫星模型前驻足观看。

图/方君荣 文/杨丽蓉

2016年12月11日00时11分，搭载"风云四号"01
星的运载火箭在西昌卫星发射中心点火升空。

图／文 来自《中国气象报》

一个孤独的小人，面对着巨大的地球站在那里，这张寓意"人类沟通"的微信启动画面，来自于美国航空航天局著名的"蓝色弹珠"。2017 年 9 月 25 日 17 时起至 28 日 17 时，微信背景中的地球图片由非洲大陆上空视角，换成我国新一代静止轨道气象卫星"风云四号"A 星从太空拍摄的祖国全景。

图 / 微信截图 文 / 卢健

　　2016年12月22日03时22分，我国在酒泉卫星发射中心用"长征二号丁"运载火箭将首颗全球二氧化碳监测科学实验卫星（以下简称"碳卫星"）发射升空，地球上空的碳卫星家族在继日本、美国之后，首添"中国造"。该卫星的成功研制和后续在轨稳定运行，使我国初步具备针对重点地区乃至全球的大气二氧化碳浓度监测能力，对充分了解全球碳循环过程及其对全球气候变化的影响，提升我国在国际气候变化方面的话语权具有重要意义。图为碳卫星运行模拟图。

图／文　上海微小卫星工程中心

为了缓解旱情，最大限度地提高降水量，2013年10月30日，河南省西平县气象局抓住有利天气形势，在全县实施人工增雨作业。

图/张新国　文/于奇娟

　　自 2015 年 1 月 3 日开始，四川省南充市城区空气质量达重度污染。
1 月 5 日凌晨，气象部门监测到南充市将有一次弱降水过程，南充市人工
影响天气办公室工作人员出动移动车载火箭车，进行人工增雨，为天空"洗
尘"。图为工作人员在进行人工影响天气作业。

图 / 文　成潮生　刘江荣

2016年4月15日，河南省气象局利用装载有先进探测设备的中国气象局高性能"新舟60"增雨飞机和租用的"运-12"飞机，开展了联合跨区域人工增雨作业。此次飞机增雨作业共飞行两个架次，飞行作业时长6小时，作业区域包括三门峡、洛阳以及陕西东部等地区，作业区平均雨量超过10毫米，有效缓解了当地旱情，也有利于降低森林火险等级、净化空气。

图／王永庆　文／郝剑平

2014 年 10 月，安徽省宿州市正值玉米、大豆的秋收关键时期，埇桥区农户通过气象部门"直通三农自助终端"和专家进行视频连线，专家提醒农民朋友抓紧时间抢种抢收，做好田间管理。

图／文　陆太平

　　2016年11月25日，参加世界气象组织（WMO）基本系统委员会（CBS）第十六次届会的WMO成员及各国气象部门官员和专家到广东省突发事件预警信息发布中心参观调研。广东省气象局在气象科技创新、大数据应用、部门合作等方面的现代化建设成果令外宾惊叹。

图／文　陈建军

2016 年 10 月，我国气象专家赴缅甸、老挝完成中国气象局卫星广播系统（CMACast）的维护与培训。图为团队人员对当地技术人员进行培训和现场维护的操作指导。

图/李小汝 文/王建军

2014年8月8日，云南省鲁甸县气象局人员在龙头山地震灾区完成自动气象站安装后，抢空隙时间帮助震区受灾群众运送矿泉水。

图/文 应德奎

2014年11月10日晚，亚洲太平洋经济合作组织（APEC）会议晚会拉开帷幕，美丽的烟花在奥林匹克公园上空璀璨绽放。图为北京市气象局相关人员现场提供精细化服务。

图/文 杨经博 李易明

2015年6月2日，旅游客轮"东方之星"在从南京驶往重庆的途中发生翻沉后，中央气象台工作人员立即进入气象服务特别工作状态。

图/文 阳揣环

2015年9月3日，气象应急指挥车在中国人民抗日战争暨世界反法西斯战争胜利70周年纪念活动现场进行气象保障服务。

图/文 时少英

2016 年 1 月 25 日，第十三届全国冬季运动会赛事过半，现场气象保障服务仍在继续中。图为气象保障小组的工作人员正在检查和维护自动气象站。

图/文 潘继鹏

九寨沟县应急移动气象站

——九寨沟县气象局

2017年8月8日21时19分，四川阿坝藏族羌族自治州九寨沟县发生7.0级地震。8月9日一早，九寨沟县气象局工作人员在震区架起移动气象观测站，持续传回震区气象数据。

图/文 蒋建强

目录

序

第三章 气候治理和保障生态文明建设   **67**

第四章　气象现代化　　　　**95**

第五章　深化气象改革　149

第六章　气象法治建设 **175**

第八章　综合气象观测 {#第八章-综合气象观测}

第九章　气象预报预测 　　　　　　　　　　281

第十二章　重大服务保障　　　　387

第十三章　开放合作　**469**

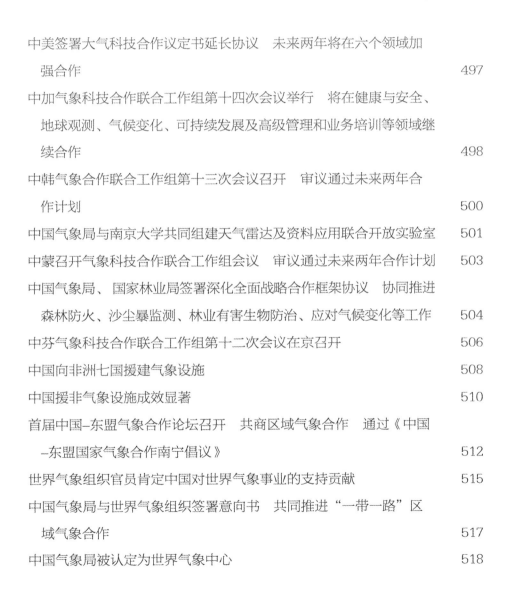

第十四章　气象科普及其他　　533

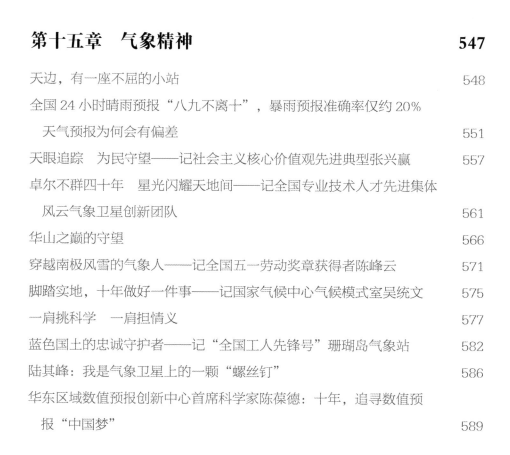

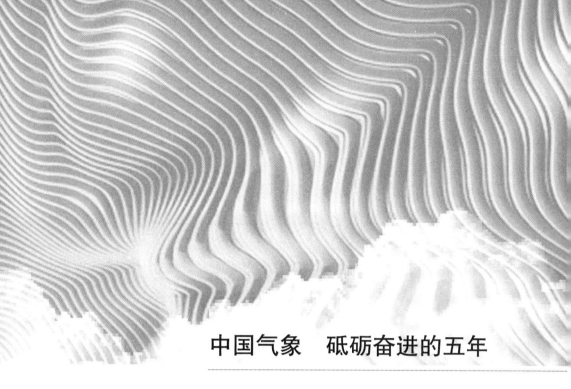

第一章
领导关怀

习近平在河北唐山市考察时强调
落实责任完善体系整合资源统筹力量
全面提高国家综合防灾减灾救灾能力

中共中央总书记、国家主席、中央军委主席习近平在唐山抗震救灾和新唐山建设 40 年之际，来到河北唐山市，就实施"十三五"规划、促进经济社会发展、加强防灾减灾救灾能力建设进行调研考察。他强调，同自然灾害抗争是人类生存发展的永恒课题。要更加自觉地处理好人和自然的关系，正确处理防灾减灾救灾和经济社会发展的关系，不断从抵御各种自然灾害的实践中总结经验，落实责任、完善体系、整合资源、统筹力量，提高全民防灾抗灾意识，全面提高国家综合防灾减灾救灾能力。

28 日下午，习近平在主持召开座谈会时指出，我国是世界上自然灾害最为严重的国家之一，灾害种类多，分布地域广，发生频率高，造成损失重，这是一个基本国情。新中国成立以来，特别是改革开放以来，我们不断探索，确立了以防为主、防抗救相结合的工作方针，国家综合防灾减灾救灾能力得到全面提升。要总结经验，进一步增强忧患意识、责任意识，坚持以防为主、防抗救相结合，坚持常态减灾和非常态救灾相统一，努力实现从注重灾后救助向注重灾前预防转变，从应对单一灾种向综合减灾转变，从减少灾害损失向减轻灾害风险转变，全面提升全社会抵御自然灾害的综合防范能力。

习近平强调，防灾减灾救灾事关人民生命财产安全，事关社会和谐稳定，是衡量执政党领导力、检验政府执行力、评判国家动员力、体现民族凝聚力的一个重要方面。当前和今后一个时期，要着力从加强组织领导、健全体制、完善法律法规、推进重大防灾减灾工程建设、加强灾害监测预警和风险防范能力建设、提高城市建筑和基础设施抗灾能力、提高农村住房设防水平和抗灾能力、加大灾害管理培训力度、建立防灾减灾救灾宣传教育长效机制、引导社会力量有序参与等方面进行努力。

习近平强调，当前已进入"七下八上"防汛最关键时期，防汛抗洪抢险救灾形势依然严峻。要把防汛抗洪救灾工作作为重大任务，把确保人民群众生命安全放在首位，绷紧防大汛、抗大洪、抢大险、救大灾这根弦，进一步强化措施、落实责任。要加强雨情水情监测预报预警，及时发布预警信息，及时启动应急响应，坚持军民联防联动，全力保障人员安全，保证大中型水库运行安全。要加强灾区群众工作，妥善安置受灾群众，保障他们的基本生活，做好灾区卫生防疫。要做好失踪失联人员搜救，加强受伤人员救治，妥善处置死亡人员善后事宜。要做好恢复重建规划安排和工作准备，组织群众开展生产自救，针对薄弱环节健全增强防汛抗洪能力的具体措施。

习近平希望河北广大干部群众认真贯彻创新、协调、绿色、开放、共享的发展理念，继续解放思想、奋发进取，在对接京津、服务京津中加快发展自己，在改革创新、开放合作中加快实现新旧动能转换，在治理污染、修复生态中加快营造良好人居环境，在脱贫攻坚、推进共享中努力提高人民生活水平，扎实营造风清气正的政治生态，加快建设经济强省、美丽河北。

（来源：新华社，2016 年 7 月 28 日）

李克强总理谈雾、霾治理
铁腕治污，不能等风盼雨

2014 年 3 月 13 日上午，第十二届全国人民代表大会第二次会议举行闭幕会。大会闭幕后，国务院总理李克强在人民大会堂金色大厅与中外记者见面并回答记者提问。李克强指出，雾、霾已成重大民生议题；向雾、霾等污染宣战，不能等风盼雨，要主动出击。

李克强说，要向雾、霾等污染宣战，是因为这是社会关注的焦点问题。许多人早晨起来一打开手机就查看 PM₂.₅ 的数值，这已经成为重大民生议题。我们说要向雾、霾宣战，可不是说向老天爷宣战，还是要向自身粗放的生产和生活方式宣战。2013 年，国务院出台了治理大气污染的十条措施，在 161 个城市监测 PM₂.₅ 数值，这在发展中国家是最多的。这不仅是让人民群众提高自身防护的意识，更是给政府增加责任。我们主动加压，确定了能源强度降耗的指标是下降 3.9%，2013 年实际下降 3.7%，这意味着少用了 2200 万吨煤。

李克强说，对包括雾、霾在内的污染现象宣战，就要铁腕治污加铁规治污。对那些违法偷排、伤天害人的行为，政府要严厉惩处；对那些监管不到位的，要严肃追查责任。

李克强强调，雾、霾的形成有复杂原因，治理是长期过程，但我们不能等风盼雨，要主动出击。希望政府、社会、企业一起努力，坚持不懈努力奋斗，打赢这场攻坚战。

记者了解到，第十二届全国人民代表大会第二次会议表决通过了包括关于政府工作报告等多项决议。同时，政府工作报告增加了对科普工作和科学精神建设等方面的关注度。

（来源：《中国气象报》，2014 年 3 月 14 日，作者：吴越 庄白羽）

张德江在第十二届全国人大常委会第五次会议闭幕会上指出要推动《气象法》全面有效实施

2013年10月25日，全国人大常委会委员长张德江在第十二届全国人大常委会第五次会议闭幕会上表示，全国人大常委会开展《中华人民共和国气象法》（以下简称《气象法》）执法检查，目的是要推动《气象法》全面有效实施，提高全社会防灾减灾意识和能力。审议中大家指出，要进一步贯彻实施《气象法》，不断提高气象预报和灾害性天气预警准确率，完善预警、应急机制，增强气象防灾减灾能力，为经济建设、社会发展和人民生活提供更好的气象服务。

8月30日，全国人大常委会《气象法》执法检查组正式启动《气象法》执法检查工作。随后，由全国人大常委会副委员长陈昌智、吉炳轩、张宝文带队分别赴黑龙江、福建、安徽、湖南、江苏等省进行检查。全国人大常委会还委托其余省（自治区、直辖市）人大常委会对本行政区域内《气象法》实施情况自行检查。

10月21日上午，第十二届全国人大常委会第五次会议在北京举行第一次全体会议。会议听取审议了吉炳轩做的全国人大常委会执法检查组关于检查《气象法》实施情况的汇报。22日下午，与会代表分组讨论了《全国人大常委会执法检查组关于检查〈气象法〉实施情况的报告》。

检查组指出，《气象法》颁布实施以来，各级政府、各部门按照党中央、国务院的部署，坚持把贯彻落实气象法律法规作为贯彻落实依法治国基本方略的重要内容，把气象防灾减灾和应对气候变化列入工作重点，加强法律法规的宣传培训，完善配套规章制度建设、强化气象行政执法能力建设，努力提升气象观测、预报和服务能力，不断加强气象灾害防御体系建设和气候资源开发利用和保护工作，确保《气象法》的全面实施，促进气象事业依法发展、科学发展，为实现经济社会发展和农业防灾减灾发挥了重要作用。目前，还存在一些地方对《气象法》的重要性认识不足，双重计划财务体制在一些地方和行业落实得不够好，基层气象灾害防御和公共气象服务组织体系不够健全，《气象法》配套法律法规尚不完善等问题。检查组建议，提高对气象事业重要性的认识，加大《气象法》实施力度；加强气象现代化建设，提高气象防灾减灾能力；加强基层气象防灾减灾和公共气象服务组织体系建设，提高气象为农业服务水平；合理开发综合利用气候资源，加强城市环境气象预报和研究；完善《气象法》的配套法规，研究制定《中华人民共和国气象灾害防御法》。

　　《气象法》自 2000 年 1 月 1 日起正式施行。该法的实施为准确及时发布气象预报、防御气象灾害、合理开发利用和保护气候资源，以及气象服务经济和国防建设、社会发展和人民生活提供了法律保障。

　　　　　　　（来源：《中国气象报》，2013 年 10 月 29 日，作者：张明禄）

全国人大常委会工作报告关注《气象法》执法检查和气象现代化建设

2014年3月9日上午，在第十二届全国人民代表大会第二次会议上，全国人大常委会委员长张德江做全国人大常委会工作报告。张德江在报告中提及2013年《中华人民共和国气象法》（以下简称《气象法》）执法检查工作，并指出，要加强气象现代化建设，增强气象防灾减灾能力。

张德江表示，过去一年，是第十二届全国人大常委会依法履职的第一年，以增强监督实效为重点，监督工作取得新进展。全国人大常委会开展了《中华人民共和国可再生能源法》《气象法》执法检查。常委会组成人员指出，要加强气象现代化建设，增强气象防灾减灾能力，提高气象预报和灾害性天气预警准确率，强化气候资源科学利用和有效保护。保护生态环境、建设美丽中国需要全社会共同参与，加快生态补偿机制建设，落实生态补偿政策；依法加强对可再生能源发展规划的修编和管理，继续加大财政补贴和税收优惠力度，大力加强关键技术研发应用，为可再生能源发展提供有力支撑。

全国人大常委对《中华人民共和国环境保护法》修订草案进行了两次审议。常委会组成人员强调，要充分认识环境保护工作的紧迫性、长期性和复杂性，深入分析环境问题产生的深层次原因，通过完善法律制度，加强环境管理过程控制，强化污染物排放行为监管，加大违法行为惩治力度，着力解决群众反映强烈的大气、水、土壤污染等环境突出问题，努力从根本上扭转环境质量恶化趋势。

根据报告，2014年，常委会将修改《中华人民共和国环境保护法》《中华人民共和国大气污染防治法》，完善环境保护管理制度，严格监管所有污染物排放实行最严格的源头保护制度、损害赔偿制度、责任追究制度；同时，还将检查《中华人民共和国大气污染防治法》实施情况，开展土壤污染防治情况专题调研，督促解决环境突出问题，加强生态文明建设。

　　据了解，为推动《气象法》的贯彻实施，2013 年 8—9 月，全国人大常委会执法检查组对《气象法》的实施情况进行检查。根据常委会确定的检查要点，检查组重点检查了气象灾害防御、气象资源开发利用、气象设施和气象探测环境保护等有关法律制度落实情况、气象法配套法律法规制定情况、基层气象防灾减灾和公共气象服务体系建设情况、双重计划财务体制落实情况等。从贯彻实施《气象法》的成效和主要工作来看，全国人大常委会对各级政府和各有关部门贯彻执行《气象法》的情况给予了肯定。

　　　　　　（来源：《中国气象报》，2014 年 3 月 11 日，作者：吴越）

张高丽检查指导纪念活动气象服务保障工作

2015年8月31日上午,中共中央政治局常委、国务院副总理张高丽率有关方面负责同志赴中国气象局,检查指导中国人民抗日战争暨世界反法西斯战争胜利70周年纪念活动(以下简称"纪念活动")期间气象服务保障工作。

张高丽副总理听取了中国气象局副局长矫梅燕关于近期天气气候、空气质量及纪念活动气象服务保障工作等情况的汇报,并通过视频会商系统与北京、天津、河北等省(直辖市)气象局连线,详细了解9月3日阅兵期间天气及空气质量等情况,向参加空气质量保障工作的广大气象干部职工和专家表示亲切慰问。

张高丽副总理充分肯定了气象部门在纪念活动的前期气象服务保障工作中做出的大量卓有成效的工作。他强调,党中央、国务院高度重视中国人民抗日战争暨世界反法西斯战争胜利70周年纪念活动,习近平总书记多次做出重要指示,李克强总理提出明确要求。做好大气污染防治和空气质量保障工作,直接关系到纪念活动的成功举办,关系到国家形象,关系到人民健康,有利于增强人民群众对做好大气污染防治工作的信心。我们一定要把思想认识和行动统一到中央决策部署上来,高度重视"9·3"纪念活动期间大气污染防治和空气质量保障工作。要按照京津冀及周边地区大气污染防治协作小组专题会议部署,密切跟踪监测空气质量变化形势,加强联防联控和督查检查,确保把各项措施落到实处、抓出实效。要坚持底线思维,把困难估计得更充分一些,把保障工作方案落实得更扎实一些,加大工作力度,确保万无一失,为纪念活动成功举办提供良好的大气环境，向党中央、国务院和全国人民交上一份满意答卷。

副局长许小峰代表中国气象局表示，气象部门将按照党中央、国务院的要求，从思想上、政治上、行动上高度重视，充分做好各项准备；加强协调合作，做好各项工作；做好预报服务，以实际行动为实现"阅兵蓝"做出贡献，全力以赴，确保圆满完成纪念活动气象保障任务。

正在美国参加中美大气科技合作联合工作组第十九次会议的中国气象局局长郑国光来电提出要求，要认真传达学习贯彻落实好张高丽副总理的重要讲话精神，全力、认真、细致、圆满做好纪念活动的气象服务保障。

中共中央政治局委员、北京市委书记郭金龙，环境保护部部长陈吉宁，国务院副秘书长丁向阳，中国气象局副局长宇如聪、沈晓农、矫梅燕、于新文参加了活动。

（来源：《中国气象报》，2015 年 9 月 1 日，作者：赵晓妮）

汪洋调研中国气象局强调提高气象服务水平 保障经济社会发展

2013 年 3 月 30 日下午，中共中央政治局委员、国务院副总理汪洋到中国气象局调研，看望干部职工。

汪洋首先来到公共气象服务中心，听取了国家突发公共事件预警信息发布平台建设和公共气象服务情况汇报。在得知近年来气象为农服务"两个体系"建设取得巨大进展后，他关心地询问起气象为农服务设施、气象信息员队伍建设和作用发挥情况。

在华风气象影视中心，汪洋仔细了解了电视天气预报制作过程及气象频道的播出和覆盖情况。

在中国气象科学研究院大气成分研究所，汪洋对大气成分及雾、霾监测预报服务情况非常关切，他一边听取介绍，一边不时与科研人员进行交流，"大气当中的有机物是否都为有害物质？""大气污染物主要排放源是什么？"。在了解到珠三角地区近年来雾、霾污染程度显著下降的趋势后，汪洋说，大气环境的好转，证明了走可持续发展路子，推动传统产业转型升级，是能取得实实在在成效的。

在国家气候中心，汪洋详细了解了我国气候和气象灾害特点、近年来全球气候变暖趋势及我国应对气候变化工作等情况。在听取当前部分地区旱情发展情况和汛期气候趋势预测结果的汇报后，他强调，一定要立足防大汛、抗大旱，全力以赴做好防灾减灾各项工作。

在中央气象台，汪洋详细了解了当前南方地区的强降雨发生发展和影响情况，并特别关注了西藏墨竹工卡的天气情况，详细询问气象条件对矿区滑坡灾害抢险救援的影响。

在随后的调研座谈会上，汪洋在听取了中国气象局局长郑国光的工作汇报后，对气象事业发展取得的成就表示祝贺，对气象部门在服务防灾减灾、经济建设、社会发展中发挥的重要作用予以充分肯定，对气象工作者在业务服务一线日以继夜的坚守表示亲切慰问。

汪洋指出，气象事业关系国民经济各行各业，特别是农业、水利、林业等基础性行业，关系人民群众的切身利益。气象业务服务领域从宏观到微观，从长期到短期，从科学问题到政治问题都有涉及。他说，此次调研留下三个深刻印象，一是气象工作成绩很大，二是气象服务能力很强，三是气象科技水平很高，这些都为继续打好气象"这张牌"，更好地服务经济社会发展和人民生产生活打下了良好基础。

汪洋强调，党中央、国务院历来关心气象工作，尤其是从中央几代领导同志对气象工作的重要指示中，可以反映出气象工作的重要性不断提升，作用日益凸显。这些年来，在党中央、国务院坚强领导下，广大气象工作者勤奋工作，共同努力，开创了人民群众基本满意，党中央、国务院认为十分得力，在国际社会上拥有一席之地的格局，这非常难得。广大气象工作者要进一步提高气象服务水平，保障经济社会发展，为中华民族伟大复兴做出新的更大贡献。

（来源：《中国气象报》，2013年4月1日，作者：谈媛 孙楠 庄白羽）

希望你们取得更多荣誉，争做排头兵

——汪洋调研吉林省气象工作侧记

2013年7月26日，雨后初霁，艳阳朗照。正在吉林省调研的中共中央政治局委员、国务院副总理汪洋在农安县陈家店村、长春市石头口门水库检查了"三农"气象服务专项示范点和区域自动站建设情况，对气象服务向农村延伸、向基层覆盖的做法给予充分肯定。

当日下午，汪洋在吉林省委书记王儒林、中国气象局局长郑国光等领导的陪同下，到吉林省气象局调研工作。

15点15分，汪洋来到吉林省气象局天气预报预警中心，亲切地和在场的预报人员一一握手致谢。在天气预报预警中心，汪洋视察了综合监测预报服务平台。在听取天气预报预警中心负责人的讲解时，他亲切地询问："全省的57个土壤水分观测站全都实现自动化了吗？"当讲解人员给予肯定答复后，汪洋满意地笑了。

听到介绍气象与水利、国土部门联合开展的中小河流洪水、山洪地质灾害监测预警业务时，汪洋点头说"好"。

当讲解人员介绍决策服务产品《重要天气报告》时，汪洋看到了王儒林的批示。王儒林说："气象服务材料我批示了很多。"汪洋笑说："我也批示了不少。"

内容丰富的公共气象服务产品吸引了汪洋副总理的目光。郑国光说："林业防火联防联控，气象部门对林草干燥度风险等级进行预测。吉林省33年无森林火灾。"王儒林说："33年无火灾，非常不容易。气象部门做了大量工作。"

汪洋听后连连点头。

吉林省气象局局长赵国强重点汇报吉林省近期天气预报和年景预测、气象监测预报预警服务能力建设、气象为农服务"两个体系"建设和效果、人工影响天气开展等情况。

郑国光介绍道："吉林气象工作有两大特色。一是人工影响天气工作的发源地是吉林。国家第一个跨区域人工影响天气基地就建在这里。二是气象为农服务非常有特色。500多名由农业、气象专家组成的农业气象专家联盟，为农民提供有针对性的农业气象服务。乡镇气象工作站、'平安气象'大喇叭基本覆盖农村。农业、林业、气象部门联动工作做得好，值得其他省学习。"

汪洋风趣地说："气象部门做了很多好事，是无名英雄。你们预测今年是丰年，我很高兴。"

大家欢迎汪洋讲几句话。他首先表达了对气象工作者的慰问，感谢气象工作者对吉林省经济社会发展做出的贡献。他深情地说："吉林是个农业大省，粮食产量全国第五，商品粮产量全国最高。吉林农业在全国有举足轻重的地位。现在正是秋粮生产的关键时期，要加强气象监测预报工作，配合水利、农业部门抓好农业生产，确保秋粮稳产增产。你们工作做好了，保了吉林农业稳产增产，就为保全国的粮食大局做了贡献。全国粮食大局稳了，农副产品带来的通货膨胀就减少了，国家的压力就减轻了。"

汪洋向气象工作者提出三点希望："一是要有爱岗敬业精神。气象工作在城镇化、工业化、信息化、农业现代化建设过程中至关重要，与国家的前途命运紧紧联系在一起。做好这项工作，每个人都要有爱岗敬业的精神。二是要提高监测预报水平。我们过去多年粮食连年增产是'政策好、人努力、天帮忙'的结果。'天帮忙'也包括管天的人帮忙，就是气象战线的同志们工作得力。天气预报越来越准确了，把握农时、防灾减灾就更主动了。吉林省这么多年无森林火灾，与气象部门业务水平高有很大关系。三是要有不断进取的意识。通过大家的努力，使气象工作在新的历史时期不断进步。你们已取得的光荣称号很多，我希望你们今后得到的赞誉越来越多。"

在场的气象干部职工对汪洋热情洋溢的讲话报以热烈的掌声。

汪洋笑着说："请儒林书记讲讲吧。"

王儒林说："汪洋副总理的讲话我们省委、省政府一定落实好。要给帮忙的人帮忙。"

汪洋高兴地说："'要给帮忙的人帮忙'这句话含金量很高啊！"

时间过得飞快，本来计划半个小时的调研时间在不知不觉中延长到将近一个小时。和大家挥手告别的时候，汪洋殷切嘱托气象工作者："希望你们取得更多的荣誉，争做全国气象部门的排头兵！"

（来源：《中国气象报》，2013年7月29日，作者：尹立武）

世界气象大会在日内瓦开幕
汪洋副总理致贺电

2015 年 5 月 25 日，第十七次世界气象大会在瑞士日内瓦开幕。国务院副总理汪洋向大会致贺电，对大会的召开表示祝贺。中国常驻联合国日内瓦办事处和瑞士其他国际组织代表团大使吴海龙在当天的高级别会议上宣读了贺电。

在贺电中，汪洋指出，中国政府高度重视气象事业发展，制定了一系列重大政策措施，加强气象基础设施建设，提高气象预报服务水平，初步建立了具有世界先进水平的气象现代化体系，取得了巨大的防灾减灾成果和经济社会效益。中国将继续把气象事业置于优先位置，贯彻"公共气象、安全气象、资源气象"发展理念，坚持需求导向，坚持深化改革，依靠创新驱动，不断提高气象防灾减灾能力、应对气候变化能力和生态文明建设能力，为推动经济发展、社会进步、保障民生和国家安全提供优质的气象服务。

汪洋强调，作为一个发展中国家，中国一贯积极参与世界气象组织的各项计划和活动。中国风云静止和极轨气象卫星在世界气象组织空间计划、数值预报中发挥了重要作用。中国承担着世界气象组织全球信息系统中心、区域专业气象中心、区域气候中心、区域培训中心等 17 项国际职能，并为其他发展中国家提供力所能及的帮助。过去四年间，中国持续维护向亚太 19 个国家赠送的中国气象局卫星广播系统用户站（CMACast）、气象信息处理和天气预报制作系统（MICAPS），向发展中国家提供了长期气象奖学金并举办国际培训班，积极推动中非合作论坛第五届部长级会议气象援非举措的落实。

这些活动有力推动了国际气象科技交流合作，促进了发展中国家的气象水文能力提升。

汪洋指出，当今的中国，是日益开放的中国，是致力于共同发展、绿色发展、和平发展的中国。中国将把气象水文及生态文明等作为对外开放的重要领域，继续加强同世界各国和包括世界气象组织在内的国际组织的合作，深入推进国际防灾减灾，携手应对气候变化，共同推动人类的可持续发展事业。特别是中国国家主席习近平提出的共建"丝绸之路经济带"和"21世纪海上丝绸之路"的重大倡议，得到沿线国家的积极响应，这不仅将促进沿线国家的互联互通、经济发展，也将带动包括气象在内的科技、生态、环保等领域的交流合作。

气象世界大会每四年召开一次，本次大会将于6月12日闭幕。其间，来自世界气象组织会员的代表将围绕世界气象组织未来四年的战略计划、预算及各项业务、科研、服务、伙伴关系、能力发展等议题进行讨论。大会将任命新的世界气象组织秘书长，选举主席、副主席及执行理事会成员。

中国气象局局长郑国光将率团出席本次大会，参加重要议题的讨论。中国气象局副局长沈晓农出席了本次大会开幕式及此前召开的财务咨询委员会第三十四次会议。

（来源：《中国气象报》，2015年5月27日，作者：徐相华 张永）

汪洋副总理看望慰问西藏那曲气象干部职工

　　中共中央政治局委员、国务院副总理汪洋 2015 年 8 月在西藏考察调研扶贫开发及农牧、旅游、气象等工作，并来到海拔 4507 米的那曲地区气象局，看望慰问气象干部职工，调研、了解艰苦气象台站职工工作和生活情况。他代表党中央、国务院感谢西藏气象人，并向坚守在边远地区、高山、海岛等艰苦地区默默奉献的广大基层气象干部职工表示崇高的敬意，向全国气象系统干部职工表示慰问。

　　汪洋副总理听取了那曲地区气象工作及职工生活情况的汇报后表示，此次调研有三点感触：一是为高原气象人的精神而感动，二是为西藏气象事业发展的进步而振奋，三是为西藏气象工作的成就而自豪。

　　汪洋副总理说，西藏处于我国天气系统上游，气象观测资料对下游天气预报、气候预测非常重要。要进一步加强基础性工作，强化气象科学技术研究，充分利用自身优势，加强气候变化等前沿性问题研究。他指出，西藏正处于跨越式发展阶段，西藏气象事业处于大有作为的发展期，希望气象干部职工继续努力，进一步提高气象预报服务能力，加强基层气象基础设施建设，不断拓宽服务领域。

　　他希望西藏气象部门把握机遇，编制好西藏气象事业发展"十三五"规划，推动西藏气象事业发展再上新台阶；西藏气象工作者要继续发扬西藏气象人精神，以勇于担当的干劲、开拓进取的韧劲、改革创新的闯劲、攻坚克难的拼劲，捕捉新机遇，挖掘新潜力，拓展新空间，促进西藏气象事业实现更大的发展。

　　西藏自治区政府主席洛桑江村，副主席坚参，中国气象局党组书记、局长郑国光等参与调研。

　　（来源：《中国气象报》，2015 年 8 月 18 日，作者：李一鹏　郭青林）

高位谋划引航砥砺奋进

——党的十八大以来党中央重视关心气象事业发展综述

党的十八大以来，以习近平同志为核心的党中央高度重视、关心气象工作，从战略层面高位谋划气象事业发展，大力推动气象综合防灾减灾、着力优化气象事业发展制度与环境、全方位提升气象保障服务能力，推动气象事业阔步迈上新征程。

一

"我国是世界上自然灾害最为严重的国家之一，灾害种类多，分布地域广，发生频率高，造成损失重，这是一个基本国情。"2016 年 7 月 28 日，习近平同志在唐山考察时强调指出。

正是在这次考察中，习近平同志做出综合防灾减灾救灾工作的"两个坚持""三个转变"的重要论述：坚持以防为主、防抗救相结合，坚持常态减灾和非常态救灾相统一，努力实现从注重灾后救助向注重灾前预防转变，从应对单一灾种向综合减灾转变，从减少灾害损失向减轻灾害风险转变，全面提升全社会抵御自然灾害的综合防范能力。

他强调，防灾减灾救灾事关人民生命财产安全，事关社会和谐稳定，是衡量执政党领导力、检验政府执行力、评判国家动员力、体现民族凝聚力的一个重要方面。当前和今后一个时期，要着力从加强组织领导、健全体制、完善法律法规、推进重大防灾减灾工程建设、加强灾害监测预警和风险防范能力建设、提高城市建筑和基础设施抗灾能力、提高农村住房设防水平和抗灾能力、加大灾害管理培训力度、建立防灾减灾救灾宣传教育长效机制、引导社会力量有序参与等方面进行努力。

这些重要论述为新时期防灾减灾救灾工作指明了方向，也对处于灾害防范链条第一环的气象工作提出了更高要求——气象预报预警信息作为防灾减灾"发令枪"，必须打响在灾害来临前，必须考虑综合衍生灾害影响，必须对灾害风险预先做出准确判断。

事实上，也恰是在这一年，习近平总书记明确提出："气象部门要科学精准预测预报，密切监视天气变化。"在我国，气象灾害占各类自然灾害的71%左右，对气象灾害能否科学精准预测预报至关重要。可以说，百姓安危的分量有多重，气象综合防灾减灾的担子就有多沉。

在一次又一次大灾大险面前，对天气变化的精准判断，关系到防灾减灾救灾工作能否"防在未发之前、抗在第一时间、救在关键环节"，这是党中央最关注的信息，更是历次防范部署工作的首要关注点——

"气象局要加强灾害性天气的预报，为减灾创造条件。"

"密切监视雨情水情汛情变化，尽量做出相对超前和准确的预报，提前发布预报预警，力争为防汛抗洪救灾、群众避险转移打出更多提前量。"

"要在灾害事件调查中科学求实，继续发挥作用。"

…………

中央领导一次又一次重要批示指示，传递出对精准气象预报预警、科学气象分析的期望与要求，更彰显了气象综合防灾减灾的重大责任。

正因如此，党的十八大以来，党中央、国务院高位推进气象工作发展，多次出台重要政策文件优化气象事业发展顶层设计，气象防灾减灾的战略定位、方针、目标、思路、举措愈加清晰。

党的十八大报告站在大力推进生态文明建设的高度，提出加强防灾减灾体系建设，提高气象、地质、地震灾害防御能力。

政府工作报告连续五年对气象工作做出明确部署。从"做好气象工作，提高防灾减灾能力"到"加强应急管理，提高公共安全和防灾救灾减灾能力"，从"健全监测预警应急机制，提高气象服务水平"到"持之以恒抓好安全生产，加强安全基础设施建设，做好地震、气象、测绘、地质等工作"，气象工作在保障人民生命财产安全方面的分量越来越重。

"十三五"规划纲要明确要求加强气象水文监测和雨情水情预报，强化洪水风险管理，提高防洪减灾水平；强调坚持以防为主、防抗救相结合，全面提高抵御气象、水旱、地震、地质、海洋等自然灾害综合防范能力。

二

"现在要建一个项目，评估环节包括环评、水评、能评、震评、交评、雷评等，都被人编成了笑话！"2015年4月的一次国务院常务会议上，"雷评"（雷电灾害风险评估）被"点名"。

2015年，正是党中央全面深化改革的关键之年。这段话在网络上引发热议，推动了防雷减灾领域一场雷厉风行的改革，全面清理了过去许多不规范的做法。

发展出题目，改革做文章。党的十八大以来，以习近平同志为核心的党中央做出全面深化改革的部署。在党中央、国务院的鞭策下，中国气象局在全面深化气象改革伊始，就将防雷减灾体制改革确定为"突破口"。

如今，回望来路，从彻底规范防雷行政审批中的"中介"行为、企业不再费时又费钱，到全面开放防雷服务市场、越来越多社会企业具备防雷检测资质，再到优化建设工程防雷许可、每年可为20余万个工程项目减负……一连串防雷减灾体制改革"硬成果"背后，是党中央、国务院的深切关怀与督促，也是气象工作者用肩头扛起的担当。

雷厉风行的改革之态被社会各界关注和"点赞"，伴随改革阵痛而来的气象干部职工的后顾之忧，更让党中央牵挂。

在国务院领导的关心下，经过国务院办公厅的协调和财政部、人力资源和社会保障部的大力支持，2016 年，气象部门市、县两级职工津补贴资金全部得到落实。

紧随党中央全面深化改革、大刀阔斧的步伐，气象各个领域的改革均稳步推进，且成效显著：以气象科技创新质量、贡献、绩效为导向的分类评价体系，人才发展机制和开放机制建立起来，为气象科学家营造了良好的氛围；加快"去库存"，提升气象服务有效供给，全国气象部门在 2016 年共清理 144 类 900 种气象服务"僵尸"产品；强化气象信息传播管理，将市场监管与产业培育有效结合，规范有序的气象信息传播秩序正逐步建立……

事实上，党的十八大以来，为优化气象事业发展制度与环境，党中央的关切从气象改革延伸到气象事业发展的各个层面——

在岁末年初谋划气象事业新发展的关键节点，国务院领导几次专题了解气象工作并提纲挈领给予指导，推动气象现代化建设、创新驱动转变气象发展方式、推动气象信息化建设等核心工作一年比一年更聚焦。

由国务院颁布的《气象设施和气象探测环境保护条例》于 2012 年 12 月正式施行，为确保气象探测信息的代表性、准确性、连续性和可比较性提供了法律依据。

全国人大常委会于 2013 年深入黑龙江、福建、安徽、湖南、江苏，就五省贯彻落实《中华人民共和国气象法》(以下简称《气象法》)进行了执法检查。同时，全国人大常委会还委托 26 个省（自治区、直辖市）人大常委会对本行政区域内《气象法》实施情况自行检查，拉紧了基层气象法治建设的准绳。

国务院在 2013 年出台《突发事件应急预案管理办法》，要求侧重明确风险隐患及防范措施、监测预警、信息报告等内容。

2014 年和 2016 年，全国人大常委会先后两次对《气象法》做出修改，进一步完善气象法律制度。

三

"我衷心希望厦门会晤为我们开启新的合作之门、发展之门，迎来金砖合作第二个'金色十年'，开辟新兴市场国家和发展中国家光明未来。"2017 年 9 月 3 日，金砖国家领导人第九次会晤在福建厦门拉开帷幕。习近平主席立足金砖、放眼世界，携手各方擘画共同发展进步的新蓝图。

时间回到三天前的 8 月 31 日，当鹭岛带着从容与自信静候四海来宾之时，2017 年第 16 号台风"玛娃"正向华南沿海靠近。根据预报，台风及其外围系统影响厦门的时间，正是外宾纷至沓来之时。

9 月 1 日，国务院副总理汪洋做出重要批示，要求气象部门密切关注台风对厦门金砖会晤的影响，加强分析及预警报告。

气象部门迅速贯彻落实这一要求，严密监测台风动向及风雨影响，对台风的滚动分析预报等服务信息直接接入应急保障指挥部并针对重要活动节点提出针对性建议……气象保障服务工作者全力以赴，在党的十九大即将召开的历史节点，为确保我国这一重要主场外交圆满成功提供了有力保障。

党的十八大以来，我国社会经济飞速发展、对外交往日益扩大，规模大、规格高的重大活动趋于常态化。重大活动气象保障服务一直是气象部门的崇高使命和艰巨任务，也是党中央和活动主办方的重要关注点。气象部门不负众望，用越来越精细化的气象保障服务，为重大活动的成功举办增光添彩——

2014年11月，亚太经济合作组织领导人非正式会议在北京召开，"APEC蓝"引人赞叹。在天朗气清的背后，是及时有效的减排措施；而减排措施的最重要参考依据，则是精准的天气预报和空气污染气象条件预报。

2015年9月3日，中国人民抗日战争暨世界反法西斯战争胜利70周年纪念活动隆重举行，蓝天白云成为最亮丽的"底色"。在这"底色"的背后，则是气象工作者及时、准确、精细、贴心的服务。

2016年9月4日，二十国集团（G20）领导人杭州峰会文艺演出展现出"西湖元素、杭州特色、江南韵味、中国气派、世界大同"。在气象部门对降雨预报的精准把握中，西湖上空的那番雨，反而为这台演出增添了韵味。

"天帮忙、人努力，气象服务周到，为收获'APEC蓝'做出了重要贡献。""希望总结用好阅兵气象保障服务成功经验，进一步做好日常气象服务和重大活动气象保障工作。""G20杭州峰会取得圆满成功，与精准、有效的气象保障工作密不可分。"中央领导在对历次重大活动气象保障服务高度肯定的同时，更提出对全方位提升气象保障服务能力的殷切期待。

而一次次精彩的气象保障服务，正得益于党中央、国务院多年来对全方位提升气象保障服务能力的高度重视，得益于气象现代化建设成果的长期积淀。党的十八大以来，在党中央、国务院高位推动中，在"以人为本、无微不至、无所不在"气象服务理念的引导下，面向民生、面向生产、面向决策等各个方面的气象保障服务能力均显著提升。

在党的十八届五中全会上，习近平同志在回顾过去一年工作时曾指出"建立了国家预警信息发布中心，加强预警信息发布工作"。在党中央、国务院的关怀下，国家突发事件预警信息发布系统被纳入国家突发事件应急体系。如今，该系统汇集了15个部门的71类预警信息，预警信息从制作完成到多种手段发布的时间由10分钟缩短至5～8分钟，预警信息公众覆盖率超过85%。

中央一号文件连续多年对气象为农服务工作做出部署：从"加快推进农村气象信息服务和人工影响天气工作体系与能力建设，提高农业气象服务和农村气象灾害防御水平"到"完善农村基层气象防灾减灾组织体系，开展面向新兴农业经营主体的直通式气象服务"，从"创新气象为农服务机制，推动融入农业社会化服务体系"到"加强气象为农服务体系建设，大力发展智慧气象和农业遥感技术应用，探索开展天气指数保险试点"，在中央一号文件精神指引下，智慧气象为农服务的发展路径越来越清晰。中央财政"三农"服务专项累计投入 17.6 亿元，带动地方政府投入近 13 亿元，惠及 1781 个县，气象为农服务体系越来越完善。

政府对气象服务的满意度连续五年保持在 85 分以上，且呈稳步提升态势；公众对气象信息发布及时性和便捷性评价越来越高，满意度稳步提高；专业气象服务融入各行各业纵深发展，服务水平不断增强。

四

"中国一直是全球应对气候变化事业的积极参与者，有诚意、有决心为巴黎大会成功做出自己的贡献。"2015 年 11 月 30 日，在第二十一届联合国气候变化大会开幕式上，习近平发出应对气候变化响亮的"中国声音"。大会通过的《巴黎协定》，成为全球气候治理进程中的里程碑。联合国秘书长潘基文认为，中国对《巴黎协定》的达成做出了历史性的突出贡献。

面对气候变化这一全球性挑战，党的十八大以来，以习近平同志为核心的党中央着力推动生态文明建设、积极参与全球气候治理，从山水林田湖草的"命运共同体"初具规模，到绿色发展理念融入生产生活，再到经济发展与生态改善实现良性互动，绿色发展的美丽中国新图景徐徐展开——

积极应对气候变化，"中国行动"铿锵有力。中国把应对气候变化融入国家经济社会发展中长期规划,通过法律、行政、技术、市场等手段全力推进,已成为世界节能和利用新能源、可再生能源的第一大国。

控制温室气体排放,"中国承诺"做出表率。中国向国际社会宣布了低碳发展的系列目标,包括2030年左右使二氧化碳排放达到峰值并争取尽早实现,2030年单位国内生产总值二氧化碳排放比2005年下降60%～65%等。

推动生态文明建设,"中国方案"成效喜人。"十二五"期间,我国成为全球森林资源增长最多的国家,荒漠化土地面积年均减少2424平方公里。

在这样的成绩单背后,有一份支撑力量,来自"中国气象"。

"气象部门是国家应对气候变化的基础性科技部门,要高度重视气候变化规律研究,加强全球和区域气候变化对国家粮食安全、经济安全、水资源安全、大气安全、生态安全等方面的影响和应对工作,为国家适应和减缓气候变化决策提供科技支撑,为我国参与相关国际事务谈判提供技术支持。"

这是党中央、国务院对气象部门发挥优势服务应对气候变化与生态文明建设的期待与希冀,更是气象部门必须履行的崇高使命与重要职责。

党的十八大以来,应对气候变化与推进生态文明建设的顶层设计日趋完善,气象保障支撑能力建设的路径规划也更加清晰——

2013年11月,《国家适应气候变化战略》出台。

2014年9月,《国家应对气候变化规划(2014—2020年)》印发。

2015年4月,中共中央、国务院印发《关于加快推进生态文明建设的意见》。

…………

崇高使命呼唤有力行动。砥砺奋进中,气象部门狠抓落实,掷地有声——

五年来,气象"智囊"作用充分发挥,服务应对气候变化顶层设计。在《关于加强应对气候变化工作的决定》《国家适应气候变化战略》《"十二五"国家应对气候变化科技发展专项规划》《中华人民共和国应对气候变化法》

等国家重大规划、战略、法规的编写工作中，都能看到气象部门的身影。

五年来，气象行动积极有力，充分支撑国家战略决策。中国气象局积极参与我国低碳发展宏观战略研究、开展低碳省区和低碳城市试点及温室气体统计核算体系建设，积极参与气候适应型城市建设试点工作；出版的《气候变化研究进展》《气候变化动态》等刊物，为国家领导人及各有关部门掌握最新信息、及时做出决策发挥了重要作用。

五年来，气象力量深度融入国际气候治理工作。作为联合国政府间气候变化专门委员会（IPCC）国内牵头组织单位，中国气象局深入参与到国际气候变化科学评估中，仅在 IPCC 第五次评估报告第一工作组报告中，有中国作者参与的文献就达到了 415 篇，约占总引文数的 3.9%，且报告的每一章都有中国作者参与。

五年来，气象科技为应对气候变化和生态文明建设增添底色。在气候变化检测归因、极端气候事件发展及其变化规律、气候变化影响评估、极端事件风险评估等关键技术上，气象部门形成了一批体现部门优势、集成度高、带动性强的科技成果；在生态文明建设的资源开发、风险防范、科技支撑、生态修复等方面，气象工作发挥着不可替代的作用，"气象＋生态"呈现全方位、多领域的融入式发展。

…………

号角吹响，征程再启。沐春风前进，与风雨同行，在以习近平同志为核心的党中央坚强领导下，我国气象事业必将与时俱进、开拓创新，为保障经济社会发展做出新的贡献！

（来源：《中国气象报》，2017 年 9 月 19 日，作者：贾静淅）

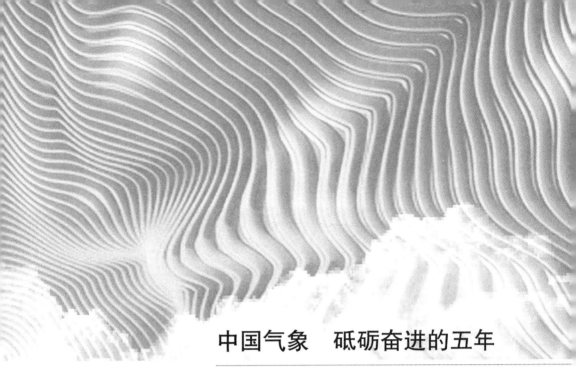

第二章

综合防灾减灾

构筑灾害治理新坐标

——党的十八大以来气象防灾减灾和公共服务综述

党的十八大以来，气象防灾减灾和公共服务前进的方向就是让预警"枪响之后有行动"，让气象信息成为各级政府、相关部门以及每一位百姓离不开的保障。

这背后依靠的是不断完善的气象防灾减灾体系建设，是将气象防灾减灾融入国家治理体系、融入各级党委和政府工作部署，也是围绕国家经济社会发展开展的气象服务技术攻坚，还是壮士断腕般的气象服务体制机制改革。

打得响的"发令枪"——气象防灾减灾体系更加完善

尽管 2003 年"非典"后，政府痛定思痛，开始建设灾害应急体系，但整个过程都是摸着石头过河。2008 年南方发生雨雪冰冻灾害，这是应急体系建立初期的第一次"大考"。在那之后，气象防灾减灾体系作为我国灾害应急体系的重要组成部分，开始在国家综合防灾减灾行动中发挥着重要作用。2010 年 1 月 20 日，国务院通过了《气象灾害防御条例》，细化了有关部门在气象灾害应急工作中所要承担的责任。同年，《国家气象灾害应急预案》出台，要求有关部门按照相关预案，做好气象灾害应急防御和保障工作。

自 2008 年第五次气象服务工作会议后，我国已经构建起"政府主导、部门联动、社会参与"的气象灾害防御机制和应急体系，但在北京 2012 年"7·21"暴雨中暴露了实际操作中的弊端——预警通告被当成"例行常规"，公众不明确预警之后该做些什么，各部门还在等待行政干预，行动滞后。

这些问题正是党的十八大以来气象防灾减灾体系不断完善的突破口。中国气象局开始建立气象灾害预警服务部际联络员制度。气象防灾减灾体系更加注重向偏远农村延伸，全国 2723 个县出台了气象灾害应急准备制度管理办法，2712 个县出台实施了气象灾害应急专项预案，1537 个县将气象工作纳入地方"十三五"发展规划，60% 以上的乡镇（街道）将气象灾害防御和公共气象服务纳入政府职责，气象信息员达 78.1 万名，村屯覆盖率达 99.7%。

案例更有说服力。2016 年初，"超级寒潮"来袭，82 个市、县气象站跌破最低气温历史极值，98% 的国土面积最低气温达 0 ℃以下。但早在 1 月 22 日"超级寒潮"自北向南影响我国前，整个社会就开始了防灾"预热"。

2016 年 1 月 18 日，中国气象局向国务院应急管理办公室及相关部门领导和联络员提供了这次天气过程的预报预警服务信息；19 日，国务院应急管理办公室印发通知，要求做好大范围低温雨雪冰冻天气应对工作，农业部、民政部、交通运输部、中国气象局等部门紧急安排部署。相关地区事先准备好停课、交通管制等措施；一些蔬菜种植户提前采取保温措施；多地村委会还帮助百姓备足炭盆等取暖设备。寒潮应急井然有序，灾害损失得到有效控制。

党的十八大以来，气象预警时效提前，准确率提高，发挥了"消息树"作用；气象部门建议政府启动相应应急响应，并跟进启动部门预案，起到"发令枪"作用；通过政府启动应急响应，各部门根据自身预案要求联合互动，将灾害损失降到最低。

走向灾害治理前端——国家预警信息发布规范权威统一

历史的纵深，铸就了战略的高度。回望党的十八大，防灾减灾迈向了社会灾害治理的更高层面。

当国家灾害治理因缺乏规范权威统一、敢于打破部门藩篱的声音而陷入困境时，国家预警信息发布中心应运而生，建成了全国上下贯通的气象通信网络，实现了与相关部门的互联互通，建立了具有一定规模的灾害性天气预警信息发布渠道。

2015年2月，国家预警信息发布中心获中央机构编制委员会办公室正式批准成立，5月18日挂牌启动；6月30日，国务院办公厅印发《国家突发事件预警信息发布系统运行管理办法（试行）》，31个省（自治区、直辖市）随即根据该办法制定省级突发事件预警信息发布管理办法。自此，我国突发事件预警信息发布进入了规范化阶段。

2016年3月7日，国家森林防火指挥部通过国家突发事件预警信息发布系统发布高森林火险红色警报。这是气象部门以外部委首次利用国家预警信息发布系统正式发布预警信息。

大鹏之动，非一羽之轻。不仅在国家层面，在省、市、县级政府层面，借助国家突发事件预警信息发布平台，应急流程更顺畅了。

2016年4月17日，暴雨袭击浙江，泰顺县仕阳镇塌方公路及周边数个地质灾害易发点的人员得到有序转移，无一伤亡。这得益于当日16时20分，副镇长徐卫健通过突发事件预警信息发布平台收到暴雨黄色预警短信后打电话给乡镇各部门和各村启动防范工作。此时，距县气象局发现强回波并开始做天气预报的时间不到50分钟。

在同年4月20日的全国大范围暴雨过程中，通过水利部、国土资源部和中国气象局的联合，预警信息发布平台细化了可能发生灾害的"部分地区"。21日14时，广东肇庆市地质灾害预警等级被评定为4级，即气象因素致地质灾害发生有一定风险。肇庆市气象局周义昌通过突发事件预警信息发布平台，很快将预警信息发送给县、乡镇、村的信息员。"收到预警信息，我第一时间发送给各个种植养殖大户。"白土镇乐堂村信息员谭梅冰说。

广东清远市佛冈县经济损失数据的对比是很好的例证。2013年，在经历了一场直接经济损失达11.65亿元的强降雨灾害后，县政府和气象部门开始谋划建设突发事件预警信息发布中心，并配套建设应急指挥中心，接入了应急、三防、气象、公安、交通、国土、林业、纪检监察等部门视频会商系统和业务系统，还连接了乡镇（街道）应急管理综合服务站。2015年5月，佛冈再一次经历了破纪录的降雨，但应急流程发挥效益，当年直接经济损失降低至1597万元。

当前，国家突发事件预警信息发布系统汇集了15个部门的71类预警信息，实现了自然灾害、事故灾难、公共卫生事件、社会安全事件四类突发事件预警信息分级、分类、分区域、分受众的精准发布。2016年以来，国家预警信息发布中心发布预警1.3亿人次，公众预警信息覆盖率达到85%。预警信息从制作完成到发布的时间由10分钟缩短至5～8分钟，预警信息发布效率大大提高。

淬炼高满意度——气象服务体制机制改革全面发轫

从面向政府的决策气象服务，到面向行业的专业气象服务，再到面对公众的公共气象服务，党的十八大以来，气象部门没有放过一处着力点。

2015年8月12日，天津港瑞海公司危险品仓库发生特别重大火灾爆炸。"决策气象服务的要求不是'做好防范'，而是必须非常精确。如果下雨，在核心区救援的工作人员必须撤出；但若预报错误，雨没下而让他们撤出，救援进程受影响，伤亡可能增加。"在现场进行气象保障服务的滨海新区气象局副局长姚巍顶住压力，气象部门每小时提供一次气象预报，最终确保救援顺利进行。从"9·3"阅兵、G20杭州峰会等重大活动及台风"威马逊"

等破纪录的气象灾害来看，重压之下，气象部门都凭借预报精准的"金刚钻"，做好了决策服务的"瓷器活"。

除此之外，气象部门围绕生态文明建设、气候变化、交通安全、环境健康等领域，进行气象服务技术攻关。气象部门建立了气候和气候变化对生态环境质量影响评价指标体系，开展气象灾害对生态安全的预警业务试点，研发地方政府生态文明建设绩效考核评价气象条件贡献率指标；发布72小时时效、逐3小时、空间分辨率5公里的全国主要公路路网精细化气象要素预报服务产品；环境预报模式延长至5天，精细化能见度预报实现2100站逐3小时10天客观预报；开展了风、浪、天气状况、能见度、阵风等要素的空间分辨率10公里、时间分辨率12小时、预报时效120小时的海洋气象格点化预报业务；开展山洪、地质灾害、中小河流洪水、渍涝灾害气象风险预报。

为了守护百姓生命财产安全，气象服务必须"好钢用在刀刃上"。这要求气象服务不仅要协助政府和相关部门"避害"，还需要帮助更多人"趋利"。

国际气象服务舞台的震荡以及我国服务和供给之间的矛盾，使气象部门清楚地认识到，必须打破"画地为牢"的传统气象服务格局。

2015年8月，英国广播公司（BBC）结束了与英国气象局的合作关系；而在我国，当年以去产能、去库存、去杠杆、降成本、补短板为重点的供给侧结构性改革正式拉开大幕，更加坚定了气象服务体制机制改革的脚步。

2016年，全国气象部门共清理144类900种气象服务"僵尸"产品，取而代之的是服务效率更高、技术研发力量更强，以及蓬勃发展的气象服务产业。随着《中共中国气象局党组关于全面深化气象改革的意见》的出台，气象服务逐渐引入市场机制，气象服务供给能力不断增强。

深圳市气象局乐享气象平台的建立，开放的是原本"躺着睡觉"的数据，获得的却是几何级增长的个性化气象服务。社会力量在其平台上开发了基于位置的实时阵风服务产品，让城市高空作业、"驴友"户外活动及花卉种植等提前做好防范；通过气象数据来解决什么天气钓鱼最好的问题；针对婴幼儿生活健康，将气象数据与宝贝们衣、食、住、行相关联，提供整套服务；提供学校所处地的分区预警。气象服务已嵌入百姓生活的方方面面。

公众气象服务满意度连年走高。"这很不容易。面对人多嘴杂、众口难调，能有这样高的满意度，确实是付出了巨大的努力。"汪洋副总理听取中国气象局工作汇报时这样评价。这就是为了百姓安康福祉而砥砺奋进的真实写照。

（来源：《中国气象报》，2017年9月27日，作者：孙楠）

世界气象组织高度评价上海多灾种早期预警系统示范项目

为进一步发挥"上海多灾种早期预警系统示范项目"的辐射效应,世界气象组织(WMO)2013 年 8 月在沪组织对该示范项目进行全面总结,并以上海为范例在沪召开 WMO 超大城市实施计划专家组会议。WMO 官员对历时六年多的上海多灾种早期预警系统示范项目给予了高度评价。

据上海市气象局应急与减灾处处长张晖介绍,上海多灾种早期预警是 WMO 在中国设立的示范项目,也是中国气象局和上海市政府部市合作项目。上海多灾种早期预警关注多灾种综合、多部门联动、多环节一体化,充分发挥气象在防灾减灾工作中的首要环节和全程保障作用,致力于灾害的早发现、早通气、早预警、早发布和早联动。依托上海市气象局,上海市政府成立上海市突发事件预警信息发布中心,承担全市各类突发事件预警信息发布。当前,上海多灾种早期预警在做好灾害预警和发布的同时,正在向应急管理与风险管理并重发展。

与会专家围绕城市环境气象(GURME)、登陆台风(TLFDP)、世博会临近预报服务(WENS)等上海多灾种早期预警示范项目进行了整体回顾,从技术、管理和经验分享等方面进行了较为全面的总结。WMO 官员对上海市气象局在中国气象局领导下建立的"政府主导、部门联动、社会参与"的气象防灾减灾体制机制给予高度评价,对上海整合公共气象服务与气象防灾减灾业务,开展基于脆弱性的风险管理,在细分服务对象基础上开展精细化、专业化服务等思路与做法表示赞赏。WMO 将形成"上海多灾种早期预警系统示范项目"总结性文件，为世界各国早期预警提供示范。会议还围绕上海多灾种早期预警项目延伸计划进行了研讨。

据悉，上海将通过延伸计划进一步完善城市综合观测系统设计，完善建立面向各部门和敏感用户的天气影响预报业务，构建城市气候服务框架，提高多灾种早期预警系统为大城市气象服务带来的效益。

（来源：《中国气象报》，2013 年 8 月 29 日，作者：王瑾）

我国台风 24 小时警戒区涵盖中国南海全海域

从 2014 年汛期起，我国台风预报业务进行重大调整，台风 24 小时警戒区范围向南扩大，涵盖中国整个南海海域。中国气象局台风与海洋气象预报中心主任钱传海表示，这一调整是为更好地满足我国南海海洋资源开发、南海海洋国土安全和海洋权益维护等对海洋气象灾害监测预报服务的需求。

经过调整，我国台风 24 小时、48 小时定位警戒区范围均有扩大。"台风 24 小时警戒线的意义是，该区域的台风在 24 小时内对我国有显著影响，并可能于 24 小时内登陆我国。台风进入 24 小时警戒线后，气象部门会逐小时对台风的位置、强度进行监测，并及时向公众及各级政府通报。此前，我国台风 24 小时警戒区只涵盖南海北部地区。"钱传海说，"现在，我们将整个中国南海纳入 24 小时警戒区范围，主要考虑的是，南海是我国渔民传统捕鱼区，也是海上航运非常繁忙的区域。日趋活跃的海上石油勘探及作业、海事部门维权巡航、海军活动均需要加强对我国责任海区海洋气象灾害的防范。扩大台风警戒区，既是满足用户需求，也是对我国海洋主权的捍卫。"

国际关系学院副院长吴慧指出，根据国际法惯例，各个国家都有权利通过合理方式对本国国土安全和海洋权益进行维护。台风定位警戒区调整，有助于我国加强对拥有历史性权利的海域的管控。

此外，从 7 月 1 日起，我国还将原有的 24 小时间隔的台风路径及强度预报调整为 12 小时间隔预报；一旦台风进入 24 小时定位警戒区，中央气象台会增发更为精细的 6 小时间隔台风预报。"对登陆或影响我国的台风开展精细化预报服务，为用户提供更详尽的台风运行信息，将方便各地、各部门有序、高效、有针对性地开展防台风工作，分批次撤回渔船、撤离群众。"钱传海说。

福建省海洋与渔业厅总工程师曾银东说，调整警戒区范围、缩短台风预报间隔对做好风暴潮及海浪预报、方便渔民合理撤离危险海域很有意义，而相关台风预报服务信息已经可以通过各种渠道发送给南海海域作业的我国渔民。

（来源：《中国气象报》，2014 年 6 月 30 日，

作者：段昊书 贾静淅 李一鹏 汤珺琳）

中国气象局推进城市气象防灾减灾专项建设　气象预警服务将到"家门口"

在不久的将来，北京等七个城市的气象防灾减灾社区内，居民有望在"家门口"享受到贴心气象服务，及时规避气象灾害风险。一旦遇到灾害性天气，居民可通过社区公告、短信等方式收到预警信息，必要时，专门的气象信息员将入户通知，组织居民迅速转移到安全场所。2014年7月2日，北京、上海、天津、广州、武汉、杭州和深圳等七座城市气象防灾减灾试点正在开展探索，尽快实现上述气象灾害预警信息服务。

为指导试点城市开展工作，中国气象局已于6月编制出城市防灾减灾社区建设指南。根据中国气象局2014年城市气象防灾减灾专项建设工作方案，试点城市将按照指南，于年底前建成有工作场所、有人员配备、有风险评估、有应急处置、有预警手段、有宣传培训、有防灾减灾志愿者队伍、有长效发展机制的"八有"城市气象防灾减灾社区。

根据方案，以上七座城市正逐步选取试点社区开展城市防灾减灾专项建设，在充分利用现有气象科技成果的基础上，突出本城市特色，加强部门联动，率先探索建立较为完善的城市内涝风险预警服务业务体系，以社区为基本单元，提升气象灾害风险管理和预警信息发布能力，并为全面推进城市气象防灾减灾和公共气象服务体系建设积累经验。

目前，中国气象局已编制城市内涝灾害风险普查数据采集指南，气象部门在试点城市以建立城市内涝风险预警服务业务为突破口，提高城市气象灾害风险预警服务能力，于年内完成灾害隐患点风险普查，绘制社区隐患点地图，

并张贴在社区宣传栏以提示居民；以研制开发格点化要素预报系统为重点，提高城市精细化预报预警服务能力，积极研发格点化要素预报系统，气象信息可分类、分级、分区发布，以街道为单位，居民可享受到点对点的气象预警信息服务。同时，试点城市气象部门还将积极参与社区网格化管理平台建设，关注居民用户的反馈与参与，不断改进气象服务产品；借助国家突发事件预警信息发布系统建设，扩大城市预警信息覆盖面。

　　此外，在试点城市，气象部门将加强与住建、水利、国土、民政等部门的合作与应急联动，并结合当地特色，将城市防灾减灾建设项目融入当地创建全国文明城市等工作；探索政府购买服务方式，让政府、企业、社会公众都能参与到城市防灾减灾工作中，推动防灾减灾社会化发展；不断推动城市防灾减灾法制化、标准化建设，完善政府主导的长效发展机制。

（来源：《中国气象报》，2014 年 7 月 9 日，作者：贾静浙）

我国启动国家预警信息发布中心推进信息发布常态化

2015 年 5 月 18 日上午，由国务院应急管理部门主导、中国气象局承办的国家预警信息发布中心正式启动运行，标志着我国突发事件预警信息发布工作进入常态化运行阶段。

国家预警信息发布中心是国务院应急管理部门面向政府应急责任人和社会公众提供综合预警信息的权威发布机构。中心依托"国家突发公共事件预警信息发布系统"，建立起国家、省、市、县四级发布体系，涵盖自然灾害、事故灾难、公共卫生、社会安全四大类多灾种突发事件。

中国气象局局长郑国光在启动会上介绍，目前气象、海洋、地质灾害、森林草原火险、重污染天气等预警信息已经实现在系统上统一发布，未来将继续推进相关部委预警信息发布业务接入。

为进一步扩大预警信息覆盖面，国家预警信息发布中心除与三大电信运营商、新闻出版广电部门加强合作外，还和百度、阿里巴巴、腾讯、奇虎360 等互联网机构签署合作框架协议，确保公众及时有效接收到预警信息。

（来源：新华社，2015 年 5 月 18 日，作者：林晖）

南海区域气象设施建设提升防灾减灾能力

截至 2015 年 6 月，我国南海区域已逐步建立多种观测设备、手段相结合的气象观测网络，初步具备对我国南海区域关键天气气候要素的观测和服务保障能力。

中国气象局局长郑国光介绍，南海区域是北半球天气气候变化最敏感的地区之一。该区域海洋灾害和极端天气气候事件频发，防御台风等气象灾害，保障渔业、交通安全的责任重大。中国还承担了世界气象组织（WMO）规定的为全球海上遇险安全系统 XI—印度洋责任区（包括南海区域）提供海洋气象情报的国际义务。

1949—2014 年的气象数据统计表明，影响南海区域的台风共有 659 个，平均每年约有 10 个台风影响南海。南海区域作为台风、暴雨、大风、大雾等灾害性天气高发区，一直是气象观测预报服务的重点区域。

据了解，从 20 世纪 50 年代开始，中国就逐步在南海区域建立了地面气象观测、高空气象探测、天气雷达探测等多种观测业务，其中西沙永兴岛气象站、南沙永暑礁气象站承担了世界气象组织全球气象数据交换任务。1987 年，联合国教科文组织政府间海洋委员会第十四次会议决定由中国政府在南沙群岛建立第 74 号海洋观测站。近年来，为了适应防灾减灾和气象保障服务需要，在西沙和南沙部分岛屿建成了数十个自动气象站、雷电监测站，更新改造了原建站点气象设施，可提供更加完整、质量更高的气象观测资料。

截至 2015 年 6 月，气象部门已开展南海区域精细化海洋气象预报业务，及时向 6000 多艘船舶发布预报预警信息；先后建成两个海洋气象广播电台，每天播报预报预警信息十余次，遇有台风等灾害性天气会增加广播时次，为整个南海区域渔业生产及海上作业安全提供了有力保障。

随着南海海上生产活动和交通运输的不断发展，海洋气象服务保障的需求日益增加，南海海洋气象设施仍显不足，大片海区气象观测几乎是空白，亟待进一步加强气象设施建设。中国气象局将继续开展在南海区域的气象观测设施建设工作，通过构建岸基、海基、空基、天基一体化的南海海洋气象观测和保障体系，全面提升海洋气象保障能力，为航行、搜救提供更好的服务，并进一步加强国际合作，更好地履行国际义务。

（来源：《中国气象报》，2015 年 6 月 23 日，作者：韩青 贾静浙）

国家级人工影响天气指挥平台建成

2015 年 12 月，由中国气象局自主研发的国家级人工影响天气业务指挥平台已通过验收，并正式实现业务化运行。该平台的成功验收和运行实现了国内这一领域的突破，对我国人工影响天气业务的发展具有重要意义。下一步，该平台将在各省市进行推广与应用。

人工影响天气是指相关部门在适当条件下进行人工增雨雪、防雹等活动，以避免或者减轻气象灾害，合理利用气候资源。据作业指挥与运行中心负责人周毓荃研究员介绍，此前我国尚没有人工影响天气的国家级综合业务系统，无法实现面向全国的人工影响天气业务服务。2013 年，这一平台的建设工作正式开启，并在南京青奥会等重大活动气象服务保障中成功试用且改进完善。

（来源：《光明日报》，2015 年 12 月 26 日，作者：杨舒）

《城市气象防灾减灾和公共气象服务体系建设纲要》出台　三年基本建成城市安全运行气象保障体系

中国气象局日前出台《城市气象防灾减灾和公共气象服务体系建设纲要》，气象部门将用三年时间，在直辖市、省会城市和计划单列市基本建成协同高效、集约智能、优质精准的城市安全运行气象保障体系，气象服务供给基本满足城市运行和防灾减灾的需要。

根据该建设纲要，气象部门将围绕加强服务供给、丰富产品内涵，推进均等服务、实现气象信息全覆盖，强化机制建设、建立城市气象服务组织体系等方面开展工作。

在加强服务供给方面，气象部门将围绕满足城市生活需求，开展精细化预报服务，建立短时、短期、中长期 0～30 天无缝隙的天气预报体系，重点开展分区灾害性天气短时临近预报预警，建立空间分辨率 3 公里、逐小时更新的城市精细化、格点化气象预报服务网格，建设基于市民生活需求的智能化大数据城市气象服务产品加工制作模块，提供城市环境、交通出行、旅游景区、健康气象等气象服务产品等；围绕满足城市安全运行需要，建立城市气象灾害风险数据库，研发气象要素对城市内涝，交通、能源（供电、供暖、供水等）等城市生命线的影响预报模型，开展与用户决策相融合的风险预警服务等，建立城市内涝影响预报模型；围绕满足城市建设需要，开展气候服务，包括开展气候变化背景下城市用地和产业布局的气候可行性论证、城市规划和大型工程建设项目的气候可行性论证，推动将气候信息服务纳入城市规划设计。

在推进均等服务方面，气象部门将以突发预警信息发布平台为重点，建立城市防灾减灾预警信息发布体系，包括推进建立省（市）—区（县）—街道—社区网格为一体的城市突发事件预警信息审核发布架构和"区（县）+街道+社区+防灾减灾群体"的预警联动工作体系，开发用户网格化属地信息、用户需求和渠道适配的对应发布管理规则；以现代信息技术为基础，建立"互联网+"的气象信息发布网络，以为公众提供定点、定时、定量的要素预报和个性化、定制式的服务为目标，实现市民全方位无缝隙获取气象信息，重点发展基于位置的、精细化服务的移动互联网渠道（手机APP），建立基于位置的气象服务业务等；以开放共享为导向，实现城市公共信息发布体系与气象信息发布体系的融合衔接，包括建立健全与新闻出版、广播电视、通信等主管部门的信息共享机制和传播融合机制及气象灾害红色预警快速发布机制等。

在强化机制建设方面，气象部门将建立政府主导、有效联动的城市防灾减灾组织体系建设，包括推进城市气象防灾减灾融入政府防灾减灾组织体系，建立气象、水利（水务）、住建、城管、民政等在内的城市气象灾害应急联动机制，实现每个街道有灾害预警信息发布终端（或网格化综合信息指挥平台终端）；建立城市气象灾害防御机制，包括推进气象防灾减灾融入城市社会治理体系，推动政府建立气象灾害风险隐患排查制度，或建立社区气象灾害应急准备制度；推进建立城市防灾减灾标准化管理体系和长效机制，建立城市气象防灾减灾标准框架、城市气象防灾减灾社区建设标准、城市气象服务标准等城市气象防灾减灾和公共服务标准体系；推动政府将城市气象工作纳入城市公共服务体系、城市发展相关规划与重点工程、政府责任清单、政府购买服务目录、公共财政保障、政府考核体系，作为地方政府重点工作进行安排部署等。

（来源：《中国气象报》，2016年7月27日，作者：李一鹏）

气象发展"十三五"规划发布，到2020年气象预警信息公众覆盖率超九成

中国气象局和国家发展改革委联合编制的《全国气象发展"十三五"规划》（以下简称《规划》）近日正式印发。《规划》提出，到2020年，我国24小时晴雨、气温和暴雨的预报准确率将分别达到88%、84%和65%，24小时气象要素预报的空间和时间分辨率将分别达到1公里和1小时，强对流天气预警提前量超过30分钟，气象预警信息公众覆盖率达到90%以上，公众气象服务满意度保持在86分以上。

"十二五"期间，我国气象现代化水平明显提升。与"十一五"相比，24小时晴雨、温度预报准确率分别提高了1.8%和13%；台风路径预报误差减少26%，达国际先进水平。气象灾害导致的死亡人数从年均2956人下降到1293人，灾害损失占国民生产总值（GDP）比重从1.02%下降到0.59%，气象预警信息公众覆盖率接近80%，公众气象服务满意度保持在85分以上。

《规划》提出了"十三五"时期全国气象事业发展的指导思想、发展目标、主要任务和重点工程，明确"坚持公共气象发展方向、坚持气象现代化不动摇、坚持深化改革、坚持统筹开放"的基本原则。

根据《规划》，到2020年，我国将基本建成由现代气象监测预报预警体系、现代公共气象服务体系、气象科技创新和人才体系、现代气象管理体系构成的气象现代化，初步具备全球监测、全球预报、全球服务的业务能力，气象整体实力接近世界同期先进水平，若干领域达到世界领先水平，气象保障全面建成小康社会的能力和水平显著提升。

（来源：《人民日报》，2016年8月29日，作者：刘毅）

中国气象局和国家安监总局联合印发通知要求进一步强化气象相关安全生产工作

2017年2月，中国气象局和国家安全生产监督管理总局联合印发《关于进一步强化气象相关安全生产工作的通知》（以下简称《通知》）。双方将进一步完善气象因素直接导致或诱发重特大生产安全事故防御体系，有效预防气象安全生产事故和气象因素直接造成或者诱发的煤矿、非煤矿山、危险化学品、烟花爆竹、冶金等行业领域重特大生产安全事故的发生。

近年来，随着我国经济社会发展和全球气候变化，气象因素直接造成或诱发的生产安全事故增加。各地政府部门及企事业单位在应对突发性龙卷风、瞬时大风等罕见气象灾害时经验不足，在防御气象灾害时仍存在责任不清、分工不明等环节漏洞。通知强调，各级气象、安全生产监督管理部门要采取有力措施，严格落实气象安全生产的政府领导责任、部门监管责任和企业主体责任，做好气象安全风险管控和隐患排查治理。

《通知》强调，各级气象、安全生产监督管理部门要共同抓好安全生产气象灾害风险评估和排查工作，按照各自职责，准确把握气象安全生产工作的规律和特点，推行气象安全风险管控；督促企事业单位建立气象安全风险管控和自查、自改、自报的隐患排查治理体系，做到风险识别及时到位，风险监控实时精准，风险预案科学有效。

此外，各级气象部门要建立气象灾害防御重点单位名录并向社会公布，开展气象灾害风险评估，建立监管对象数据库和信息共享机制，实现与安全生产监督管理部门之间、与气象灾害防御重点单位之间信息互联互通；要落实气象相关安全生产监管责任，建立健全气象安全生产的领导、组织、协调、督查体制机制，将气象安全生产纳入政府安全责任目标考核体系。

《通知》指出，各级气象部门要会同安全生产监督管理部门依托本级政府安全生产委员会，建立联席工作机制，加强气象安全生产监管工作联动。要加强气象安全生产监管和服务保障相关标准、规范的研制；把气象安全生产纳入各级党政干部、企事业法人、各行业安全监管人员相关培训内容，提高科学决策和应急处置能力；加大气象安全生产法律法规、科普知识的宣传力度，提高全社会依法防灾、科学防灾、主动防灾的意识。

（来源：《中国气象报》，2017 年 3 月 3 日，作者：牛彦元）

国产增雨飞机增出抗旱实效

——"新舟 60"运行以来为 16 省增加降水 46 亿吨

2017 年 6 月 10 日傍晚，一架印着"中国气象"的"新舟 60"增雨飞机悄然起飞，不久，受作业影响的 1.2 万平方公里区域内普降小到中雨，北国大地一解干渴。

自 2015 年底两架"新舟 60"运行以来，这样的增雨作业已开展 157 架次，共增加降水约 46 亿吨，惠及 16 个省（自治区、直辖市）。作为我国自主制造的首款具有国际先进水平的高性能增雨飞机，"新舟 60"为抗旱减灾、森林草原防火、生态保护等领域"增"出了实实在在的效益。

旱时一雨值千金。在降水资源总体偏少、旱灾多发频发的我国，抓住时机开展人工增雨作业，已成为抗旱减灾的重要手段。增雨飞机因安全系数更高、作业更精准、影响范围更广，被视为增雨利器。

"新舟 60"则是利器中的重器。我国此前多使用小型增雨飞机，作业半径、飞行时数、载弹量有限，"新舟 60"的应用改善了这一状况。它集云宏微观探测、催化作业、实时通信与综合显示集成功能于一体，是我国目前个头最大、设备最先进、作业能力最强的增雨飞机。

中国气象局人工影响天气中心主任李集明介绍，"新舟 60"可载三种催化设备，与催化设备单一的国内外一般增雨飞机相比，实现了突破。它能实时探测云中宏微观特征，为精准作业提供依据。搭载于飞机上的海事卫星和"北斗"双套空地通信系统，使增雨飞机首次实现全程空地一体化实时跟踪指挥作业。目前，包括美国"空中国王"在内的其他型号增雨飞机，都尚不具备这一能力。

"十八般兵器"加身，让"新舟60"战功赫赫。在2017年5月的大兴安岭毕拉河特大森林火灾中，气象部门派出"新舟60"到火场驰援增雨。作业后的火场普降雨雪，对全线扑火起到了决定性作用。

国产增雨飞机"增"出的实效，得益于我国人工影响天气能力建设的持续推进。目前，我国已形成完善的全流程现代化人工影响天气业务体系，跨区域协同作业能力不断提升。2016年，全国人工影响天气作业共增加降水约409亿吨，带来的累积效益达356亿元。

尽管效益可观，人工影响天气却绝非"随心所欲"，而要受严格的天气条件限制。如何更精准地识别作业条件？用多少催化剂能达到最好的增雨效果？李集明表示，这些核心技术与增雨实效密切相关，也是我国人工影响天气工作者正在努力攻关的方向。到2017年底，我国将力争把人工增雨作业条件识别准确率提高15%以上，让增雨作业进一步提质增效。

（来源：《中国气象报》，2017年6月22日，

作者：贾静淅　崔国辉　李宏宇　戴艳萍）

我国推进气象灾害风险定量化预警

>>>>

2017 年 6 月下旬，京津冀迎来入汛以来最强一轮大范围降雨过程。6 月 21 日 18 时，中央气象台发布中小河流洪水气象风险预警；同一时间，国土资源部与中国气象局联合发布地质灾害气象风险预警。收到预警信息后，天津、河北旅游主管部门紧急关闭了多个景区，国土部门启动隐患排查工作，而支撑这批预警信号发布的，正是国家气象中心承担的国家级气象灾害风险预警业务。2017 年，气象灾害风险预警业务将进一步向定量化预报发展。

气象灾害风险预警与常规天气预报之间的区别，就是除了关注风、雨、雷暴等天气现象外，更注重分析天气活动在不同下垫面（如地形、地质条件、河流、人口、建筑物）下可能产生的不同灾害影响。开展气象灾害风险预警业务，是为了保障防灾减灾救灾工作从应对单一灾种向综合减灾转变、从减少灾害损失向减轻灾害风险转变，这有助于推动气象防灾减灾关口前移。

2015 年 5 月 1 日，中小河流洪水气象风险预警、山洪灾害气象预警、渍涝风险预报、地质灾害气象风险预警等国家级气象灾害风险预警业务在国家气象中心正式运行。截至 2017 年 6 月 20 日，已发布或联合有关部门发布全国地质灾害气象风险预警 302 期、全国山洪灾害气象预警 240 期、全国渍涝风险预报 100 期、全国中小河流洪水气象风险预警 7 期及其他各类决策服务产品 255 项。

2016 年 6 月 26 日—7 月 5 日，四川、重庆、湖北、湖南、江西等地出现持续强降水天气，累计有 17 个县市发生 22 起地质灾害，多为滑坡和崩塌。这期间，中国气象局与国土资源部联合对外发布地质灾害气象风险预警，积极引导各地采取群测群防、临灾避让等措施。同年 7 月 18—21 日，降雨导致北京、天津、河北、山西、山东、河南、湖北、湖南等12个省（直辖市）局地发生山洪、滑坡、泥石流等灾害，地质灾害气象风险橙色预警信号经中央电视台新闻联播天气预报节目对外发布，促使更多人警觉起来，最终有效减轻了灾害造成的损失。

国家气象中心天气预报室副主任谌芸告诉记者，两年多以来，国家级气象灾害风险预警业务得到进一步整合。国家气象中心梳理、规范了此项业务流程，强化与省级业务的对接融合，此举有助于完善灾害风险数据收集与预警效益反馈，提升预警精细化能力，更好地对接各级突发事件预警发布系统建设。为落实此项工作，国家气象中心组织制定了一系列气象灾害风险预警业务规范标准，包括《暴雨诱发地质灾害气象预警业务规范》《暴雨诱发中小河流洪水气象预警业务规范》等。

通过强化技术支撑能力，国家气象中心也在推进气象灾害风险预警业务从定性向定量转变。谌芸说，气象灾害风险预警主要有两种手段，其一是基于灾害资料的统计方法，其二是基于灾害机理的预报模型方法。要实现更为精细的定量化业务，必须加强对后者的研发与应用。两年多以来，该中心实现了对水文模型的本地化应用，开展流域洪水的定量化预报业务；研究基于水土耦合过程的滑坡泥石流成灾机理，建立耦合"气象—水文—地质"的地质灾害分类预报模型，实现从统计预报向机理预报的升级。

此外，国家气象中心还开发了国家级气象灾害风险预警业务平台，与水利部、国土资源部优化应急联动机制，推动各方在数据共享及技术开发等方面的合作。气象灾害风险预警业务也得到合作部门的充分认可，以地质灾害气象风险预警业务为例，据国土部门反馈，2015—2016年，全国共成功预报地质灾害1128起，避免人员伤亡44 421人，避免直接经济损失12.1亿元。

（来源：《中国气象报》，2017年7月6日，作者：段昊书 徐辉）

国家气象中心首次参与 IAEA 国际三级公约演习 核应急决策服务能力得到充分检验

2017 年 7 月，国家核事故应急办公室（以下简称"国家核应急办"）向中国气象局发来表扬信，对国家核应急气象监测预报技术支持中心（设在国家气象中心）积极参与国际原子能机构（IAEA）组织的三级公约（IAEA ConvEx-3 国际公约）演习表示感谢，并称赞该中心在决策服务、气象条件分析、核污染扩散影响评估等方面表现突出。

国家核应急办指出，国家核应急气象监测预报技术支持中心高度重视，充分准备，按照国际公约演习进程、事故发展和国际通报，依据演习指挥部的指令，从严从实，积极科学响应，重点演练了应急集结、气象监测预报技术研判、国际援助应对、多中心协同、响应行动建议等内容，特别是同步参加了世界气象组织（WMO）演练活动，出色演练了为核应急决策提供所需气象资料及开展气象条件分析、核污染扩散影响预评估等科目，有效锻炼了队伍，得到演习指挥部一致好评。希望中国气象局继续按照"建体系、强能力、重实战"的总要求，强化专业能力，不断提升核应急技术支持体系的专业化、国际化、精细化、标准化、数据化、流程化水平，为国家核事故应急工作做出新的更大贡献。

早在 2015 年，国家气象中心就被国家核应急办任命为国家核应急气象监测预报技术支持中心。2017 年 6 月 21—22 日，国家气象中心作为 WMO 全球八大区域环境紧急响应中心之一，同时作为我国核应急气象监测预报技术支持中心，参加了 IAEA 组织的三级公约演习，演习时长为 36 小时。

三级公约演习是国际公约演习的最高级别，这是国家气象中心作为国家核应急气象监测预报技术支持中心首次参与该国际演习。演习中，IAEA 以欧洲某核电站为假想事故发生地，全球 82 个国家和 11 个国际组织注册参加演习。演习以网络形式进行，重点检验国家双边及多边信息沟通情况，检验应急信息交换系统、救援网络等国际应急管理系统，评估国际援助部署的有效性，以及国家级、国际级核安全和核安保机构间的联系、应对及协调水平。

演习开始后，中国气象局数值预报中心环境应急响应小组与国家气象中心环境气象中心的天气预报员全方位密切合作，圆满完成 WMO 及 IAEA 下达的多份响应指令及国家核应急办下发的联合响应任务，并对研发的应急产品"核污染物抵达时间"进行了测试；完成两份核事故气象监测预报研判报告、五份核应急气象服务专报，出色完成作为国家核应急气象监测预报技术支持中心所应承担的各项任务；通过与其他环境应急响应专业气象中心的沟通与合作，检验了北京区域环境紧急响应中心与其他国家的双边或多边信息沟通能力，评估了国家应急准备和响应框架运行能力、我国使用国际应急管理系统的能力等。

（来源：《中国气象报》，2017 年 7 月 10 日，作者：王敬涛）

中国气象局与国资委联合印发通知
要求做好央企气象灾害预警服务工作

2017 年 7 月 12 日，中国气象局与国务院国有资产监督管理委员会联合印发《关于做好中央企业气象灾害预警服务工作的通知》，进一步强化面向中央企业的气象灾害预警信息发布，完善部门间沟通联系和应急联动机制，推动建立预警信息发布服务中央企业的长效机制，进一步保障企业安全稳定运行。

中央企业业务涉及交通、通信、供电、油气输送等诸多生命线工程，以及建筑施工、尾矿库、煤矿等事故高发领域。各企业生产环境对气象灾害非常敏感。目前我国已进入主汛期，出现十余次区域性暴雨过程，局地降水极端性强，并出现多次极端高温事件，多发、频发的气象灾害对企业生产特别是野外工程作业构成威胁。

通知指出，各中央企业要深刻认识极端天气可能对生产经营、基础设施及生命财产安全造成的影响，切实履行防范灾害性天气诱发安全事故的主体责任，做好各项防御工作。各级气象部门要高度重视中央企业气象保障服务，做好气象灾害监测预警和信息发布工作。

通知要求，各级气象部门要充分发挥突发事件预警信息发布系统作用，利用互联网、信息员平台、手机短信和手机软件等各种发布手段，做好面向中央企业的气象灾害预警信息发布；详细了解本地中央企业情况和服务需求，组织开展气象灾害预警服务的调查研究，督促指导中央企业加强与本地预警信息发布机构的有效衔接和联动。各中央企业要主动与当地气象部门建立沟通和联系机制，进一步明确气象灾害防御应急责任人清单，会同气象部门建立责任人信息更新和备案机制；完善应急预案体系，联合气象部门制定中央企业气象灾害风险评估和安全防御技术标准规范。

同时，各级气象部门和各中央企业要强化气象灾害因素可能诱发安全事故的风险评估工作，建立气象安全风险管控和自查、自改、自报的隐患排查治理体系，共同推动建立预警信息发布长效机制；认真总结近年来中央企业气象灾害防御的经验，宣传推广预警信息发布成功的案例。通过设立应急责任人等方式，完善沟通联系和应急联动机制，健全以预警信息为先导的应急响应联动机制。

（来源：《中国气象报》，2017 年 7 月 18 日，作者：王玫珏）

预警信息跑赢汛期灾情

——实现 10 分钟覆盖公众和媒体

中国气象局数据显示，2017 年 6 月 22 日—7 月 2 日，安徽、江西、湖北、湖南、广西、重庆、四川、贵州等省（自治区、直辖市）遭遇强降雨，多地累计雨量破历史极值。国家突发公共事件预警信息发布系统（以下简称"国突系统"）及时快速发布预警信息，累计向预警发布应急责任人发布短信约645 万人次，为人员财产转移避险抢出"黄金"时间。

据了解，国突系统是首个全国统一的预警信息发布平台。目前，该系统已实现 1 分钟内预警信息靶向精准发布到受影响地区应急责任人，覆盖率达100%；3 分钟内预警信息 100% 覆盖到应急联动部门；10 分钟之内对公众和社会媒体有效覆盖，覆盖率达到 82% 以上。

根据"十一五"应急体系规划要求，在国务院应急管理办公室推动指导下，2010 年 9 月国突系统建设项目经国家发展改革委批准立项；2011 年 11 月系统建设工作全面启动；2013 年系统全面建成并在全国部署；2014 年 1 月份系统测试运行；经过一年的试运行，系统不断升级和完善，于 2015 年 5 月 1日正式实施业务运行。2015 年 5 月 18 日，国家预警信息发布中心正式启动运行，标志着我国突发事件预警信息发布工作进入了常态化运行阶段。

国突系统目前拥有 1 个国家级、31 个省级、342 个地市级管理平台和2015 个县级预警信息发布管理终端，形成了国家、省、市、县四级相互衔接，上下畅通的业务体系。该系统横向连接各部委、厅局和应急联动部门，与社会媒体、基础电信、各类户外终端设备等发布渠道对接，具备了对自然灾害、事故灾难、公共卫生事件、社会安全事件四大类突发事件预警信息的接收、处理和及时发布能力，实现了对社会公众、应急责任人及基层信息员的全覆盖。同时，国家预警信息发布中心与百度、阿里巴巴、腾讯、新浪、今日头条、墨迹、航空管家等互联网公司合作，建立预警信息推送机制，实现了与社会媒体的预警数据共享，预警覆盖面进一步扩大。

（来源：《经济日报》，2017 年 7 月 25 日，作者：杜芳）

气象国土联动防灾 树立部门合作样板
地质灾害气象风险预警惠及全国 1880 县

2017 年 6 月 28 日夜间，一场暴雨袭击贵州省威宁彝族回族苗族自治县，引发滑坡、泥石流等地质灾害。在当地气象与国土部门联合发布的地质灾害气象风险预警提醒下，全县紧急转移 2000 人，实现零伤亡。

在威宁这样的地质灾害易发县，准确及时的预警是跑赢生死线的重要指引。自气象、国土两部门 2003 年开展合作以来，地质灾害气象风险预警服务已惠及全国 30 个省（自治区、直辖市）1880 个县，实现对地质灾害易发县的全覆盖。双方成功预报的地质灾害次数逐年增加，大大减少了人员伤亡数量，树立起部门合作的样板和灾害协同应对的示范。

在我国，崩塌、滑坡、泥石流是发生数量最多、危害最严重的地质灾害类型，而气象因素（主要为降水）是其重要诱因。对此类地质灾害的成功预报，离不开"天"与"地"的紧密结合。气象部门拥有完备的气象监测体系与预报预警体系，国土部门在地质灾害检测、地质环境调查等方面有明显优势。气象、国土两部门"各施所长"，通力开展合作。2015—2016 年，全国成功预报了地质灾害 1128 起，避免人员伤亡 4 万余人。"十二五"期间，每年因地质灾害造成的死亡、失踪人数由"十一五"期间的年均 1000 人左右下降至500 人左右。

从监测、预报预警到联防联动，双方的合作深入到地质灾害防范的每个环节。通过双方搭建的共享平台，气象与国土部门可同时看到滚动更新的雨情监测数据和预报产品，以及地质灾害易发区、地质灾害历史灾情等信息。

在信息高度共享基础上，每年汛期，两部门联合会商已成为常态：结合降雨情况和地质条件讨论灾害发生可能性，共同明确重点关注地区，讨论灾害预警等级……每一条地质灾害气象风险预警信息的背后，都有双方的全面分析、科学评估与技术融合。

通过充分利用多方资源和渠道，双方联合发布预警的覆盖面也不断扩大。据统计，2014年，地质灾害气象风险预警信息的公众覆盖率已达到82%以上。预警发布后的响应措施也更趋规范，在福建、湖南、湖北等地，地质灾害气象风险红色预警被作为"撤离命令"纳入相关制度规范。

未来，双方将继续加强地质灾害气象风险预警长效机制建设，进一步推动预警与政府及各级部门应急预案的衔接；加强地质灾害气象风险预警能力建设，继续推动建设群专结合的地质灾害气象监测预警体系；联合制定全国统一的地质灾害气象监测预警标准；推进专业人才队伍建设。

（来源：《中国气象报》，2017年8月4日，
作者：叶珊杉 贾静淅 谌芸 肖萧 王丽媛）

国家气象应急物资储备初具规模　充分发挥应急保障效益　提升应急处理能力

经过多年建设，2017 年，国家气象应急物资储备已初具规模。近年来，中国气象局不断完善国家气象应急物资储备目录，并根据业务需求调整目录；逐年增加气象应急物资的投资总量；建设了多个标准化的国家级气象应急物资储备库；气象应急物资的调拨制度不断规范。

国家气象应急物资储备是在发生突发事件、严重自然灾害的情况下，保障气象业务正常开展的重要基础。中国气象局于 2010 年颁布实施《气象应急物资储备和调配管理办法（试行）》，于 2016 年印发《气象应急物资储备和调配管理办法实施细则》。该办法规定气象应急物资由中国气象局统一管理、集中调配，明确了中国气象局气象探测中心及各国家级气象应急物资储备库的职责及业务流程。

中国气象局于 2012 年印发《气象应急物资储备目录（2012 版）》，并根据业务需求不断调整目录，于 2015 年印发新版储备目录。《气象应急物资储备目录（2015 版）》涵盖了地面、海洋、探空、大气成分、应急移动等多个领域的气象观测装备及通用设备，总储备金额要求超 7000 万元。中国气象局气象探测中心作为具体业务实施单位，每年都会依据储备目录及历年应急调拨情况，在充分考虑突发事件应急业务需求的情况下，结合年度资金统筹拟制国家级年度气象应急物资采购计划，并在上报中国气象局管理部门审批后实施。

截至 2016 年 11 月底，国家级气象应急储备物资共计 81 项、33 420 套

（件），储备金额约 3436.73 万元。为提高调拨时效，2016 年下半年起，气象应急储备物资由气象探测中心原北京库房转移至包括上海物资管理处和陕西西安、四川成都、海南海口等国家级气象应急物资储备库。近年来，中国气象局高度重视国家级气象应急物资储备库建设，以"建设现代化、标准化，管理科学化、规范化"为目标，打造了以陕西西安为代表的多个国家级气象应急物资储备库。

国家气象应急物资储备项目建设至今，在汶川大地震、松花江流域特大洪涝、超强台风"威马逊"等严重自然灾害的灾后重建工作中发挥了重要作用。及时、优质、高效调拨的应急储备物资为恢复受灾地区观测系统运行提供了有力保障，确保了探测数据的实时性、连续性、准确性，充分发挥了气象应急物资的保障效益，有效提升了我国的气象应急处理能力。

（来源：《中国气象报》，2017 年 8 月 18 日，作者：王敬涛）

五年投入 11.66 亿元支持人工影响天气

党的十八大以来，中央财政积极落实中央关于加快发展现代农业、加强防灾减灾、推进生态文明建设的重大部署，大力支持我国人工影响天气工作。

2012—2017 年，中央财政累计安排人工影响天气补助资金 11.66 亿元，其中 2017 年 2.06 亿元，带动各级地方财政资金投入累计约 76.44 亿元。

在中央财政的有力保障下，我国人工影响天气工作在服务农业生产、促进生态治理、缓减水资源短缺、防灾减灾和重大活动保障等方面发挥着重大作用。

数据显示，近五年来，人工影响天气通过合理开发利用空中云水资源，增加目标区域降水，累计增加降水 2335 亿立方米，相当于三个青海湖容量。防雹作业保护面积平均为 58.6 万平方公里。人工影响天气广泛服务于抗旱减灾、生态恢复、水库蓄水、森林防火、扶贫开发等方面，围绕生态保护和建设需求，加强了大兴安岭林区、青海三江源、甘肃祁连山和石羊河、红碱淖湿地等常态化人工增雨雪作业，改善土壤含水量、地表植被和径流，促进生态系统修复。

同时，人工影响天气作为重要的气象保障工作，为 G20 杭州峰会、北京"一带一路"国际合作高峰论坛、建军 90 周年阅兵、金砖国家领导人厦门会晤等国家重大活动保驾护航。

（来源：《人民日报》，2017 年 9 月 21 日，作者：曲哲涵　吴秋余）

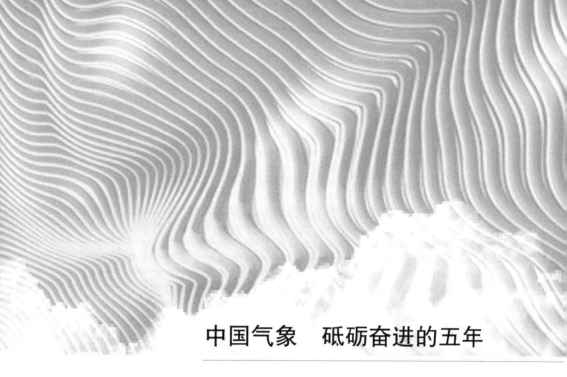

第三章

气候治理和保障生态文明建设

强化科技支撑 助力永续发展

——党的十八大以来气象服务生态文明建设和应对气候变化工作综述

"生态兴则文明兴，生态衰则文明衰。"推动生态文明建设是人类社会可持续发展的必然选择。党的十八大以来，党中央站在战略和全局高度，对生态文明建设提出一系列新思想、新观点、新论断、新要求，为努力建设美丽中国，实现中华民族永续发展，走向社会主义生态文明新时代，指明了前进方向和发展路径。

在自然生态系统中，气候是最活跃的因素，是自然生态系统状况的综合反映，也是人类赖以生存和发展的基础。气象工作作为中国政府整体工作的一部分，承担着气象预测预报、气象防灾减灾、应对气候变化、开发利用气候资源等职能，在生态文明建设总体布局中发挥着基础性科技保障作用。

这五年，气象部门立足科技型、基础性公益部门定位，强化在气候变化科研和适应工作上的传统优势，紧扣生态文明制度建设、城镇化战略、粮食安全、能源安全、生态环境安全等国家核心战略，通过发布气候变化权威科学信息、强化极端事件应对、开展气候变化评估、参与国际国内应对机制设计、推进气候资源开发和科普，为国家应对气候变化工作提供了有力的科技支撑。

立足传统优势 为生态文明奠基

"未战而庙算胜者，得算多也，未战而庙算不胜者，得算少也。多算胜，

少算不胜，而况于无算乎！"2500多年前，我国古代著名军事家孙子就已经明确指出，战前的研究部署是决胜的关键。而在当下，人类社会所面对的是比古代战争复杂千万倍的气候变化，科学的气候数据与决策支撑更加必不可少。

遍布全国的气象观测站网，日复一日，年复一年，累积形成了最可靠的气候观测数据。五年来，气象部门不断提升自身能力，力求更好地将这些数据提炼为决策参考信息，构筑应对气候变化最坚实的地基。

自2012年起，每年年初，《中国气候变化监测报告》就会出现在相关人士的案头。这本书从大气、海洋、冰雪、陆地生态和影响因子等方面揭示了诸多与气候变化相关联的科学事实，为政府有效制定气候变化政策和谈判策略，满足国内外科研与技术交流需要，提升现代气候变化业务能力，更好地开展专业教育和科普宣传提供科学依据。《中国温室气体公报》的出版，更是为减缓气候变化提供了科学依据。

这五年，结合观测业务的调整，中国气象局着力提升气候系统观测的数据质量，强化卫星对大气成分变化的监测能力，理顺温室气体本底观测和分析业务，开展全球和区域气候变化的监测、检测与预测评估。在坚实的数据基础上，中国气象局还公开发布了我国气候要素长期变化的标准序列和预估数据集，为制定长期发展战略奠定了基础。此外，更为精细、更具实践操作价值的区域和省级气候变化监测公报编制工作也在逐步推进，部分省份已经开始逐年出版。

这五年，在气候变化检测归因、极端气候事件发展及其变化规律、气候变化影响评估、极端事件风险评估等关键技术上，气象部门取得了一批独具部门优势、集成度高、带动性强的科技成果。

这五年，面对气候预测这一世界性科学难题，中国气象局交出了满意答卷。全球高分辨率的海—陆—冰—气多圈层耦合的气候系统模式（BCC_CSM）水平已经进入国际前列；我国气候预测准确率由过去30年的65%提升为70%。2017年，在气候前兆信号较弱的情况下，汛期指导预报获得80分的好成绩。不仅如此，模式产品还顺利走出国门，为联合国政府间气候变化专门委员会第五次评估报告的编写提供了大量的基础试验数据。2017年5月，该模式的厄尔尼诺／拉尼娜预报产品正式被纳入气候与社会国际研究中心ENSO多模式预测框架，与美、日、英等国家的18个数值模式产品同场竞技，全球气候预测者可以实时查阅、参考我国的预测。

当好"智囊"角色　推动科学决策

淬火提纯，百炼成钢，为的就是能堪大用。作为国家应对气候变化领导小组成员单位，中国气象局在强化气候观测与预报能力的同时，还力图最大限度地发挥这一能力，积极参与到我国生态文明和国际气候制度建设中去，在国家应对气候变化战略决策中充当最可靠的"智囊"。

五年来，中国气象局全面参与国家应对气候变化的政策部署和行动，在《关于加强应对气候变化工作的决定》《国家应对气候变化规划（2014—2020年）》《国家适应气候变化战略》《"十二五"国家应对气候变化科技发展专项规划》等国家重大规划、战略和计划的编写之中，都能找到气象部门的身影。此外，中国气象局还与国家发展和改革委员会积极推进《应对气候变化法》立法工作，并积极参与我国低碳发展宏观战略研究、开展低碳省区和低碳城市试点及温室气体统计核算体系建设。中国气象局提供的《气候变化研究进展》《气候变化动态》也为各有关部门掌握最新科技信息发挥了重要作用。

《巴黎协定》团结起全世界的力量，共同应对气候变化。而在艰难的谈判过程中，中国起到了关键作用，受到世界瞩目。在此次谈判中，中国气象

局承担能力建设议题 G77+ 中国集团协调人，与科技部联合举办边会，解读《第三次气候变化国家评估报告》，签署了中英气候变化专家委员会关于气候变化风险评估合作的工作协议。作为联合国政府间气候变化专门委员会（IPCC）国内牵头组织单位，中国气象局组织中国作者深入参与报告编写，开展报告的政府及专家评审。在 IPCC 第五次评估报告第一工作组报告中，有中国作者参与的文献为 415 篇，约占总引文数的 3.9%，且报告的每一章都有中国作者参与。

围绕国家气候变化适应战略，中国气象局持续推进气候服务和可行性论证。推进传统气候服务与各行各业应对气候变化需求的融合，建设以基础综合数据库和气候模式系统为支撑，以农业与粮食安全、灾害风险管理、水资源安全、生态安全和人体健康为优先领域的气候服务系统。在青海三江源，气候服务为保护"中华水塔"添砖加瓦。自 2006 年起，三江源人工增雨工程取得良好效益，截至 2016 年，增加降水量 551.73 亿立方米；作业影响区域湖泊湿地面积扩大，水源涵养功能逐步恢复。扎陵湖和鄂陵湖水域面积分别增大 25.89 平方公里和 50.34 平方公里。

与此同时，随着大气污染防治行动计划的实施，中国气象局重点围绕京津冀及其周边区域、长三角区域开展环境气象预报敏感区和大气污染输送通道监测，提高对气溶胶气候效应及大气污染物扩散的科学认识水平，加强对触发重污染气象条件的分析预报业务，推动建立跨区域、跨部门的重污染天气协调应急机制，为国家和地方评估大气污染防治行动计划实施成效提供了独立、客观的科学信息。2013 年组建的中国气象局环境气象中心及京津冀、长三角和珠三角环境气象预报预警中心，实现了区域大气环境监测数据共享、信息通报和联合会商，加强重污染天气预报预警部门联动，联合开展重污染天气预报预警及面向高层的决策服务。

挖掘绿色资源　助力永续发展

建设生态文明要从资源利用这个源头抓起，利用资源则要从气候资源这个关键发力。在气候变化的影响下，人们赖以生存的气候资源正在发生变化，而加强对经济社会发展的保障能力，帮助人们认清并利用好这些变化，也是中国气象局气候变化工作的题中应有之义。

保障国家粮食安全是气候变化带来的最大挑战之一，气温、降水等诸多因素的改变，促使农业生产条件发生剧变。在我国"镰刀弯"地区（包括黑龙江内蒙古冷凉地区、北方农牧交错区、西北风沙干旱区和西南石漠化地区，因在地图上连起来形似镰刀而得名），由于气候变暖和玉米价格高涨，玉米种植一再扩张。2016 年，国家气象中心对上述地区的玉米气候适宜性和气候生产潜力进行定量评估，并结合遥感监测，将其划分为玉米适宜区、次适宜区和不适宜区，有效配合了中央一号文件提出的非优势区种植调减工作。

在全国范围内，气象部门全面推进气候变化对主要粮食和经济作物种植制度、病虫害、品种适应性、产量和品种的综合影响评估；建立不同极端天气气候事件与农作物产量评估的定量关系模型，研发全国和区域极端天气气候事件的农业损失评估模型，为降低农业自然灾害风险提供支撑。另一方面，农业气候资源和空中水资源的开发利用精细化评估也在进行。

新能源的开发利用，是节能减排、履行《巴黎协定》承诺的重要一环。而风能、太阳能等新能源中的"明星"能否顺利开发，则取决于气候条件。如今，风能资源详查和评估、太阳能资源评估已经成为气象部门的重要工作之一。五年来，中国气象局摸清了全国陆地及近海的风能资源分布，并在上千个风电场选址中得到应用；完成全国陆地太阳能资源开发潜力宏观评估和重点区域精细化评估。由于风能、太阳能开发受天气影响巨大，中国气象局还推出了风能太阳能预报业务服务产品，覆盖全国陆地，满足电网调度需求。此外，

围绕大型水电、核电、潮汐能等非化石能源的开发利用，气象部门开展了气候可行性论证。

治疗"城市病"，气象要素不可或缺。中国气象局结合全国各地特征，加强了气候变化特别是极端天气气候事件对大型城市和城市群生命线系统（交通、电力、供水、卫生等）影响的评估，分析气候变化背景下各类疾病在城市的发生规律、分布范围和传播途径，围绕暴雨、高温、雾、霾等极端事件对人体健康的影响提出适应策略和解决方案。在北京，气象部门参与了城市通风廊道系统构建，该工作被列入《北京市城市总体规划（2016—2030年）》；在上海，气象部门参与了崇明岛世界级生态岛建设，提出专业建议并被地方政府采纳。

2017年2月7日，中共中央办公厅、国务院办公厅印发《关于划定并严守生态保护红线的若干意见》。中国气象局参与其中，将为红线划定工作提供气候背景、气候变化和气象灾害风险等决策信息，结合生态功能重要性、生态环境敏感脆弱性评价等提出气象部门综合意见，并跟进后续严守红线工作。

建设生态文明，关系人民福祉，关乎民族未来。面对纷繁复杂的气候变化，气象部门将与生态文明建设一路同行，共同造就"美丽中国"。

（来源：《中国气象报》，2017年10月12日，作者：刘钊）

2013—2020 年天气和气候研究计划发布

2013 年 2 月 18 日，中国气象局正式发布《天气研究计划（2013—2020 年）》和《气候研究计划（2013—2020 年）》，这是天气、气候、应用气象和综合气象观测四项研究计划中的两项。中国气象局局长郑国光亲自为研究计划题写序言并指出，制订并滚动修订四项研究计划，将为扎实推进气象科技创新体系建设、更加有效地推动现代气象业务发展和气象现代化建设提供重要的基础和保障。

四项研究计划以发展现代气象业务为切入点，面向世界气象科技发展，凝练重大科技问题，梳理并提出重大科研方向、科研重点与主要任务。其总体框架由引言、总体目标、重大专项、重点领域和基础支撑平台五部分构成。本次发布的《天气研究计划（2013—2020 年）》的重大专项含"高分辨率GRAPES 全球同化与数值模式关键技术研发"等 6 个主攻方向，重点领域含 9 个主要领域、51 项优先主题和 9 项区域特色，基础支撑平台含 5 项主题；《气候研究计划（2013—2020 年）》的重大专项含"全球与亚洲区域气候监测诊断业务系统及其关键技术研发"等 6 个主攻方向，重点领域含 6 个主要领域、61 项优先主题和 5 项区域特色，基础支撑平台含两项主题。

郑国光在序言中希望各级气象部门、相关科研院所、高等院校、业务服务单位能够围绕四项研究计划确定的气象科研方向、重点与主要任务，组织科技工作者开展气象科研工作。气象科技管理部门要积极引导科技工作者努力完成四项研究计划的主要任务，并为他们提供必要的支持和保障，同时还要组织做好科技成果的业务转化和应用工作，适时组织四项研究计划的滚动修订工作。

据了解，中国气象局于 2010 年 3 月首次发布实施的 2009—2014 年天气、气候、应用气象和综合气象观测四项研究计划，为组织实施公益性行业（气象）科研专项等科技项目提供了重要依据，使科技资源配置更加优化且更具针对性，有效地推进了面向气象业务发展的科技创新。截至 2012 年底，四项研究计划提出的重点任务有 73.4% 得到落实部署，一批核心技术和关键技术取得突破，多项研发成果已转化应用到业务中，带动了业务服务的深入发展，也培养了一批高素质的气象科技人才和创新团队。

2012 年 6 月 6 日，四项研究计划修订工作正式启动，历时八个月，经广泛征询意见，并多轮次组织专家讨论修改，完成修订送审稿。其中，《天气研究计划（2013—2020 年）》《气候研究计划（2013—2020 年）》内容相对成熟，经局科技委审议、中国气象局审定通过并正式发布实施。《应用气象研究计划（2013—2020 年）》和《综合气象观测研究计划（2013—2020 年）》将在进一步修改完善后报经局科技委审议和中国气象局审定，再予以发布实施。

（来源：《中国气象报》，2013 年 2 月 19 日，作者：吴越）

川西藏区生态保护与建设规划获批
投资 1.5 亿元建设气象保障系统

《川西藏区生态保护与建设规划（2013—2020 年）》（以下简称《规划》）2013 年 3 月获国家发展和改革委员会批复。《规划》提出，投资 1.5 亿元，加强气象保障系统建设，为四川西部藏区生态保护与建设提供科技保障。

《规划》主要建设内容包括森林生态系统保护与建设、草原生态系统建设与保护、湿地生态系统建设与保护、沙化土地治理、水土流失综合治理、生态保护支撑体系建设和科技保障体系建设七个方面。《规划》提出，通过优化观测站网布局，开展新一代天气雷达、生态气象观测站网建设，加快云、能见度、天气现象、固态降水等观测项目的自动化进程；完善基于卫星遥感为基础的高原生态环境监测系统；提升灾害性天气预报预警和实时监测分析能力，重点要加强生态保护与建设重点区域的精细化气象预报服务和高原气象灾害及次生灾害的气象预警服务，加强突发和重大气象灾害的应急处置，提高应急的主动性、及时性和科学性。通过强化四川西部藏区人工影响天气的能力，加大空中云水资源开发利用的力度，从而有效调节水资源的利用，进一步适应生态环境保护与建设的需求，适时开展增雨、消雹等保障服务，为积极应对重大气象灾害对生态环境的破坏提供人工干预和气象科技支撑。

四川西部藏区地处青藏高原东南缘，属我国长江、黄河源头，是《全国主体功能区规划》确定的国家重点生态功能区之一，生态区位重要，是长江、黄河流域重要的生态安全屏障。区内森林、草原和湿地等生态系统，在水源涵养、水资源补给、水土保持、生物多样性保护、区域气候调节等方面起着重要作用。

（来源：《中国气象报》，2013 年 3 月 27 日，作者：张明禄）

京津冀环境气象预报预警中心成立

2013 年 10 月 16 日，我国首个区域性环境气象中心——中国气象局京津冀环境气象预报预警中心（以下简称"环境气象中心"）在京成立。该中心将为京津冀地区居民制作发布和提供重污染天气预警信息以及市民健康指数等预报服务。

据悉，该中心主要负责京津冀及华北区域环境气象预报预警技术研究，制作发布空气污染气象条件等级、光化学烟雾等预报产品，重污染天气如雾、霾、光化学烟雾等预警信息，空气污染输送路径、轨迹分析、空气滞留区等预报产品，生活指数和健康气象预报及服务产品。同时，该中心还将负责制订京津冀及华北区域环境气象业务发展规划，指导京津冀及华北区域各省（自治区、直辖市）环境气象业务，制定环境气象业务标准、业务规范，研发预报数值模式，建立工作平台等。

此前，中国气象局局长郑国光专程就环境气象工作到北京市气象局调研指导，传达了国务院副总理张高丽在京津冀及周边地区大气污染防治工作会议上的重要讲话精神。郑国光对环境气象中心工作提出三点要求：一是提高认识，切实增强责任感，将思想认识提高到党中央、国务院对大气环境污染防治工作的决策部署上来，将环境气象工作放在国家整体工作中谋划，推进气象工作政府化。二是提高能力，充分利用好部门内外资源，提高重污染天气预报预警能力。三是完善机制，建立一个具有开放性、运行良好、业务科研相互支撑推动的环境气象业务机制，完善对京津冀区域和周边地区的指导机制，加强与环保等部门的合作协调，做好科普宣传工作。

谈及京津冀区域性联防联控工作，中国气象局应急减灾与公共服务司长陈振林说，大气污染具有区域性特征，单靠一个城市采取措施达不到应有的效果，需要区域联防联控，"以京津冀地区为例，山西地区的大气污染物很容易在偏西南气流下向京津冀地区输送，导致大范围、区域性污染"。

据了解，近期该中心将完成业务系统整合、平台搭建、人员培训和业务切换；建立环境气象监测、预报、预警服务一体化业务平台；加快推进与北京市环保局合作、资料共享及会商机制；建立京津冀及周边地区重污染天气应急联动、区域协调交流机制；做好秋冬季重污染天气预报预警和专题报告制作工作，发布京津冀及周边地区指导预报产品。

（来源：《中国气象报》，2013 年 10 月 21 日，作者：戚群业 屈辰）

中国气象局出台"大气十条"落实方案

建设覆盖全国、重点地区加密的环境气象观测网络，建立监测预警应急体系，在重污染天气条件下能够采取可行的气象干预措施改善空气质量，强化大气污染防治科学决策职能和提升科技支撑能力，加强风能、太阳能开发利用……2013 年 11 月 14 日，中国气象局印发《贯彻落实〈大气污染防治行动计划〉实施方案》，部署气象部门 2013—2015 年贯彻落实国务院《大气污染防治行动计划》（简称"大气十条"）的具体措施，提高大气污染防治气象保障服务水平。

根据该方案，2014 年，实现国家、省级气象与环保部门对气溶胶、反应性气体等观测资料共享；2015 年，在大气污染防治 113 个重点城市建成气溶胶质量浓度观测系统，在华北、华东、华南三个区域地级市以上城市建成气溶胶质量浓度观测系统；2015 年，推广城市空气质量预报试点成果，各省（自治区、直辖市）气象局联合环保部门开展城市空气质量预报。

气象部门将逐步建立以重污染天气监测预警信息为启动信号的部门联动机制，完善会商研判机制，发挥重污染天气监测预警"消息树"作用，联合环保部门指导地方政府制定和启动应急预案，同时加强核与辐射事故应急气象保障服务。2013 年，京津冀及周边地区实现区域、省、市级重污染天气预警；到 2014 年，京津冀、长三角、珠三角地区建成重污染天气预警业务系统，长三角、珠三角地区实现与环保部门联合开展区域、省、市级重污染天气预警；到 2015 年，其他省（自治区、直辖市）实现与环保部门联合开展省、市级重污染天气预警。

全国各省（自治区、直辖市）气象部门到 2015 年均将形成人工影响天气改善空气质量作业能力，在重污染天气条件下能够采取可行的气象干预措施，组织开展人工影响天气消减雾、霾，改善空气质量；开展城市规划气候可行性论证，到 2015 年建立监测、评估和预报一体化的风能太阳能资源开发利用气象业务并开展服务；加强科普宣传，提高公众重污染天气防范能力，将重污染天气防御科普宣传纳入气象科普宣传体系。

（来源：《中国气象报》，2013 年 11 月 20 日，作者：顾燕杰）

中国应对气候变化取得多方面进展 "绿镜头"活动写入中国应对气候变化 2016 年度报告

在《联合国气候变化框架公约》第二十二次缔约国大会召开前夕，《中国应对气候变化的政策与行动 2016 年度报告》2016 年 11 月 1 日正式发布。中国气候变化事务特别代表解振华介绍，中国推动应对气候变化工作取得重大进展，"十二五"规划的多项指标提前完成。即将召开的马拉喀什会议，有望进一步落实《巴黎协定》的具体行动。

中国政府高度重视应对气候变化工作。"十二五"以来，政府把推动绿色低碳发展作为生态文明建设的重要内容，作为加快转变经济发展方式、调整经济结构的重大机遇，坚持统筹国内、国际两个大局，积极采取强有力政策行动，有效控制温室气体排放，增强适应气候变化的能力，应对气候变化的各项工作取得重大进展。

数据显示，"十二五"期间碳强度累计下降了 20%，超额完成了"十二五"规划确定的 17% 的目标任务。能源结构进一步优化，2015 年非化石能源占一次能源消费比重达到了 12%，超额完成了"十二五"规划所提出的 11.4% 的目标，森林蓄积量增加到 151.37 亿立方米，提前实现了到 2020 年增加森林蓄积量的目标。截止到 2016 年 9 月，全国 7 个试点碳市场配额现货累计成交量达到 1.2 亿吨，碳市场试点累计成交金额超过了 32 亿元人民币。

据悉，中国与美国、欧盟等保持密切沟通协调，通过"基础四国""立场相近发展中国家"等谈判集团，加强了发展中国家内部的团结和合作，为推动达成具有历史意义的《巴黎协定》，发挥了关键作用，做出了突出的贡献。同时，中国积极支持发展中国家提高应对气候变化的能力，通过建立气候变化南南合作基金，"十二五"以来中国政府累计投入了 5.8 亿元人民币，为小岛国、最不发达国家、非洲国家及其他发展中国家提供援助，对其参与气候变化国际谈判、政策规划、人员培训等方面提供了大力的支持，在发展中国家启动 10 个低碳示范区、100 个减缓和适应气候变化项目，培训 1000 名应对气候变化的专家和官员。其中，中国气象局和人民网联合主办的"绿镜头·发现中国"系列采访活动，深入各地发现和报道我国生态文明建设的探索和实践，为国家推动生态文明建设提供舆论支持，被写入《中国应对气候变化的政策与行动 2016 年度报告》。

《联合国气候变化框架公约》第二十二次缔约国大会将于 11 月 7—18 日在摩洛哥马拉喀什召开。此次大会是《巴黎协定》生效后的第一次缔约国大会，主要是谈判落实《巴黎协定》规定的各项任务，提出规划安排；督促各国落实 2020 年前应对气候变化承诺，特别是发达国家为发展中国家提供每年 1000 亿美元资金的落实情况及各国自主贡献的行动情况。

（来源：《中国气象报》，2016 年 11 月 4 日，作者：赵晓妮）

我国首个气候指数系列出炉
气候大数据将服务实体经济

金融和实体行业如何从繁杂的气候大数据中找到所需信息是一道难题。国家气候中心联合财新智库 2017 年 3 月 6 日发布的中国气候指数系列，成为破题之道。该指数可将量化了的气候信息运用到经济发展的众多领域，开创了国内气候大数据服务实体经济的先河。

中国气候指数系列分为年度和月度指数，包括雨涝、干旱、台风、高温、低温冰冻五类指数，以及在此基础上合成的中国气候风险指数。以中国气候风险指数为例，风险等级从低至高分为 0～10，1981—2016 年，中国气候风险指数平均值为 4.19，且对比 1999 年前后的平均值可明显看出，风险指数从 3.69 上升为 4.69，气候风险逐步增加。

"天气气候极端事件带来的风险日益显现，研发气候指数具有重大现实意义。"国家气候中心主任宋连春介绍，这些指数是基于 1961—2016 年全国 2288 个气象观测站的海量历史气候资料研发的，其中还结合了社会经济数据和实际灾害损失，采用科学的方法对单一或综合气候灾害风险进行定量评价。

该指数可应用于农业生产、能源消费、大宗商品、生活消费、医疗健康、旅游观光、体育休闲、交通运输、保险金融等诸多领域。

以气候指数在食品产业的运用为例，气候条件对于食品价格水平的影响不容忽视，低温冰冻是每年冬季最主要的气候风险来源。对比冬季低温冰冻指数和食品类居民消费价格指数（CPI）增长的关系，两者同步性很高。这意味着，如果在 CPI 预测模型中加入低温冰冻指数，能够提高其预测准确率。

作为气候指数产品用户，神华集团董事会秘书黄清说，中国气候指数是供给侧结构性改革的产物，由拥有权威气候数据的国家气候中心和深入市场的金融服务平台财新智库共同发布，充分体现了市场在资源配置中的决定性作用。"对气候敏感度高的能源行业而言，该指数是稀缺的供给产品，将能科学指导能源生产和调度。"

财新智库总裁兼首席经济学家沈明高表示，未来将重视区域性风险对于经济的影响，深层次探索气候与农产品、能源等市场的关系，开发更多气候指数产品，研发更加实用的价格指数，增强我国经济话语权。

中国气候指数系列将根据气候预测模式，于每月 5 日对外发布未来三个月的指数预测。

（来源：《中国气象报》，2017 年 3 月 8 日，作者：孙楠 黄子立）

《"十三五"生态文明建设气象保障规划》出台

2017年5月25日，中国气象局印发《"十三五"生态文明建设气象保障规划》（以下简称《规划》），围绕提升生态系统气象灾害防御、生态保护与修复、大气污染防治、适应气候变化等重点领域气象保障能力，明确七大任务、六大工程。根据《规划》，到2020年，保障生态文明建设和生态安全、气候安全的现代化气象观测、预报、预警、服务综合体系将在我国初步建成。

我国生态文明建设正深入推进，在生态保护与修复等重点领域，气象监测、预报、预警、评估、应急处置、决策支撑、管理评价等全链条式的气象服务需求越来越迫切。当前，我国生态气象监测评估业务和服务、环境气象监测预报预警体系已初步建立，但在观测布局、共享机制、数据应用能力、产品科技含量等方面仍存在短板。

基于现状与需求，聚焦不足，《规划》明确了完善生态气象业务服务体系、提高典型生态系统气象保障服务水平、提高大气污染防治气象保障服务水平、减轻灾害风险强化气候安全保障服务、开展主体功能区战略实施的气象保障服务、提高气候资源开发利用能力、强化面向生态文明体制改革的决策服务七个方面主要任务。

围绕七大任务，《规划》提出六个方面生态气象保障工程。包括在全国重点生态功能区、经济发展核心区域、重点城市等开展生态安全气象综合观测能力、生态安全气象服务能力、气候安全支撑保障能力、大气污染防治气象保障能力"四大能力"建设，以及围绕自然生态系统监测评估开展生态气象大数据应用示范、围绕绿色城镇化开展城市智慧气象服务应用示范"两个示范"建设。

发展生态气象是提升生态文明建设气象保障能力的重要着力点。到 2020 年，我国生态气象业务服务将基本涵盖农田、森林、草地、荒漠、湿地等典型生态系统，以及水涵养型、水土保持型、防风固沙型、生物多样性维护型四种国家重点生态功能区，实现生态质量气象综合评价常态化、气象灾害生态影响评估定量化、生态文明体制改革决策服务业务化。此外，我国将针对绿色城镇化、美丽乡村建设、生态扶贫等主体功能区建设，重点提升气象监测评价与服务能力。

依托气象综合观测网络和多源卫星遥感手段，我国将在"十三五"期间实现对气象灾害多发区、地质灾害高易发区、气候变化敏感区、重点生态功能区、生态环境敏感和脆弱区的生态、环境和气候系统关键要素的实时动态综合监测。通过气象部门与林业、农业部门联合开展的大气负离子等自动化观测，与环保部门实施的空气质量实时观测数据交换，与公安消防部门共建的消防执勤车载气象监测设备等措施，多部门资料与数据将进一步融合，为发展生态气象业务服务提供数据支撑。

根据《规划》，气象部门将围绕大气污染防治需求重点，提高霾天气预报预警水平，建立集约化、0～10 天无缝隙的环境气象预报业务，将霾预警时效提前至 48 小时，并实现霾天气影响评估业务化；发展光化学烟雾气象条件预报预警业务，提高环境气象模式对臭氧浓度的数值预报能力。

此外，通过广泛开展气候变化对重点行业和领域的影响评估，加强重大规划和重点项目工程的气候可行性论证等，气象部门将推动减轻灾害风险、强化气候安全保障服务。面向生态环境保护和修复需求，人工影响天气业务能力和科技水平将进一步提升，"十三五"期间将实现人工增雨雪作业年增加降水 600 亿立方米。

（来源：《中国气象报》，2017 年 6 月 1 日，作者：贾静淅）

全方位多领域融入生态文明建设
"气象＋生态"为绿意添内涵

2017年8月4日，一份来自中央气象台的《生态气象监测评估》传递至农业部、发改委、民政部、保监会等部门。评估显示，内蒙古东部部分草原今春以来干旱严重，产草量较2016年同期减少一至五成，预计这些地区8月仍温高雨少，可能导致产草量持续下滑。

对于以草维持生态平衡的草原来说，这一评估可谓带来了"坏消息"，但它却为相关部门开展决策、及时采取措施打出了提前量，是气象部门服务生态文明建设的重要方式。

党的十八大以来，在"绿水青山就是金山银山"理念落地开花的生动实践中，在生态文明建设的资源开发、风险防范、科技支撑、生态修复等方面，气象工作都发挥着不可替代的作用。"气象＋生态"呈现全方位、多领域的融入式发展，为生态文明建设"加"出更浓绿意，增添深刻内涵。

"与天然草地相比，人工种草呈现出较为明显的边界，长势更稳定、旺盛。"8月19日，西藏气象部门首期《人工种草遥感监测公报》的分析结论，让西藏六年来大规模推广的人工种草项目成效为人所知，更坚定了当地政府坚持以推广人工种草来缓解人畜矛盾、维护草原生态安全的决心。

这样的监测评估服务在全国多地已成为常态。基于立体化观测网络优势，气象部门基本形成了覆盖全国的生态遥感动态监测产品评估业务，开展植被、草地、森林和重点区域湿地、水体、荒漠等方面的生态气象研究和业务服务，为相关部门动态掌握生态变化提供第一手依据。在江西、贵州等地，气象部门还在生态脆弱区、敏感区有针对性地建立生态气象地面观测站网，让生态监测之网更紧实。

守望生态变化，更挖掘生态潜力。气候资源是生态资源中的"潜力股"，通过太阳能、风能资源评估以及气候可行性论证，气象部门为"潜力股"的开发注入更多科技内涵。

贵州因山地丘陵居多，长期以来被认为风能资源匮乏。然而，贵州气象部门评估分析指出，省内海拔较高、地形开阔的地区风能资源丰富，大有潜力可挖。目前已有 20 多家公司进驻贵州开发风电。而在全国，气象部门每天为 781 个风电场和太阳能电站提供预报服务，让绿色能源开发更高效。

为碧水青山添绿，也为"蓝天保卫战"献力。目前，我国已建立起京津冀、长三角、珠三角区域环境气象数值模式系统，以空气质量预报及大气污染气象条件和减排效果评估为核心的预报预警业务渐趋成熟。在福建，围绕"清新福建"的建设需求，气象部门还将环境气象服务延伸至"清新指数"等级预报，面向全省发布负氧离子、$PM_{2.5}$、能见度等"清新数据"。

惠及全国的人工影响天气工作，则成为生态修复的重要帮手。五年来，气象部门累计开展飞机人工增雨雪作业 5072 架次，地面作业逾 24 万次，增加降水 2335 亿立方米，相当于三个青海湖容量。尤其是在生态重点保护区以及天山、三江源、祁连山等主要河流、湖泊源头，人工增雨雪作业有效增加了生态用水和湖泊蓄水，让水源地碧水长流。

生态气象业务能力提升的同时，管理制度与规范标准建设也驶入快车道。在江西，省政府 2017 年出台生态文明建设目标评价考核办法，将"霾日数"纳入考核指标，明确由省气象局负责对全省县（市、区）开展分类考核；在陕西，气象部门作为全省碳排放第三方核查机构，每年对高能耗企业进行核查，并开展温室气体清单编制，为应对气候变化提供支撑；辽宁省气象局被纳入

全省制订并严守生态红线保护领导小组，发挥优势与多部门共同承担生态红线划定工作……

随着生态文明建设的深入推进，生态监测、预报、预警、评估、应急处置、决策支撑、管理评价等全链条式的气象服务需求将越来越迫切。根据《"十三五"生态文明建设气象保障规划》，到2020年，我国将实现生态质量气象综合评价常态化、气象灾害生态影响评估定量化、生态文明体制改革决策服务业务化，为生态文明建设增添更多绿意。

（来源：《中国气象报》，2017年9月1日，作者：贾静浙）

我国五年人工降雨"洒"下三个青海湖

据财政部公告，近五年来，我国财政累计安排人工影响天气补助资金约88亿元，增加目标区域降水2335亿立方米，相当于三个青海湖的容量。

财政部当天发布的公告显示，2012—2017年，中央财政累计安排人工影响天气补助资金11.66亿元，其中，2017年2.06亿元，带动各级地方财政资金投入累计约76.44亿元，其中，2017年12亿元。

在中央财政的有力保障下，我国人工影响天气工作在服务农业生产、促进生态治理、缓减水资源短缺、防灾减灾等方面发挥了重大作用。同时，人工影响天气作为重要的气象保障工作，为G20杭州峰会、北京"一带一路"国际合作高峰论坛、建军90周年阅兵、厦门金砖国家峰会等国家重大活动保驾护航。

据了解，人工影响天气补助资金2017年由中央对地方专项转移支付资金转列为中国气象局部门预算。财政部农业司相关负责人表示，中央财政今后将继续积极支持人工影响天气工作，为农业生产、生态文明建设和防灾减灾做出贡献。

（来源：新华社，2017年9月20日，作者：刘红霞）

气象部门全面主动融入生态红线划定工作

>>>>

　　安徽省成立生态保护红线划定和管理工作领导小组，省气象局作为成员单位参与其中；江西正构建生态保护红线台账数据库，气象观测要素实现"直通式"传送；辽宁省气象部门主动为生态保护红线划定提供长序列历史数据；……随着划定并严守生态保护红线工作（以下简称"生态红线划定工作"）在全国铺开，气象部门主动融入，积极承担和履行在该项工作中的职能。

　　2017 年以来，生态红线划定工作加快推进。国家先后出台《关于划定并严守生态保护红线的若干意见》《落实〈若干意见〉工作方案》《生态保护红线划定指南》等一系列文件，进一步明确了落实生态红线划定工作的详细制度安排、部门分工、技术规范、督导方案等。按照总体部署，京津冀和长江经济带区域将在 2017 年底前率先完成生态保护红线划定和技术审核工作，其他大部分地区也将在 2017 年底前形成初步划定方案。

　　日前，中国气象局印发通知，要求各级气象部门高度重视生态红线划定工作，把积极参与该项工作作为推动生态文明建设气象保障服务的重要抓手扎实推进。

　　通知要求，各级气象部门要积极承担和履行在生态红线划定工作中的部门职能，参照国家层面管理协调机制安排，进入生态保护红线的领导协调机制和专家委员会，积极争取在各地红线的划定、审定、监测、评价、考核中承担实质性职责和任务。

　　中国气象局将加强对生态红线划定工作的气象业务技术支撑，由国家气候中心牵头组建专家团队，加快研发完善与生态红线划定工作相关的技术方法和指标，在气象因子计算、气候承载力评价、气候变化影响评估、卫星遥感监测、生态气象灾害预警等方面形成业务技术能力。各省（自治区、直辖市）气象部门要组建专家团队，建立完善支撑本地生态红线划定工作所需的技术方法和指标，并积极开展工作。除加强对生态保护区的空间格局、分布范围划定的技术支持外，还应注重在红线划定后的监测、评估、考核、保护和修复等工作中发挥部门优势，强化可直接为生态系统格局、质量、功能、脆弱性动态评估、考核提供依据的方法、指标体系、技术能力建设，积极开展生态系统保护与修复的气象保障服务，为严守生态红线提供有力支撑。

（来源：《中国气象报》，2017 年 9 月 22 日，作者：牛彦元 张迪）

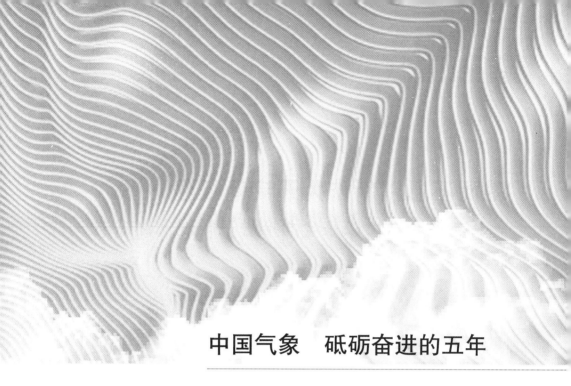

第四章
气象现代化

驰而不息以新作为开启新征程

——党的十八大以来全面推进气象现代化综述

党的十八大以来，全国上下积极适应国内外新形势、新变化，深化改革，加快转变经济发展方式，全力保障和改善民生，为全面建成小康社会打下了坚实基础。

气象现代化是气象工作者驰而不息追逐的目标，这五年，我国全面推进气象现代化开启了一段新征程。中国气象局党组审时度势、锐意进取、精心谋划、扎实推进，前进的每一步都无比坚实。

撸起袖子干　实现阶段目标

五年前，党的十八大胜利召开，也是在这一年，中国气象局党组从经济社会发展大局和气象事业发展全局出发，决定在江苏、北京、上海、广东、浙江杭州和宁波等地推进率先基本实现气象现代化试点工作。气象现代化踏上了新征程——

2013 年，中国气象局动员部署全面推进气象现代化，明确到 2015 年底，先行试点省（直辖市）要力争率先基本实现气象现代化；2017 年底，东部地区要力争基本实现气象现代化；2020 年，确保如期实现 2006 年国务院 3 号文件确定的奋斗目标——全国基本实现气象现代化。

2014 年，中国气象局党组强化深化改革和科技创新，瞄准小康社会需求、世界先进水平，实施国家气象科技创新工程，推进国家级气象业务现代化。

2015 年，第一批先行试点省（直辖市）和地市按计划达到基本实现气象

现代化目标。全国 31 个省（自治区、直辖市）均出台了全面推进气象现代化工作意见。《全国气象现代化发展纲要（2015—2030 年）》出台，进一步明确 2020 年全国基本实现气象现代化奋斗目标，展望 2030 年全面实现气象现代化发展的远期目标。

2016 年，中国气象局党组与时俱进，进一步丰富气象现代化内涵，要求着力构建以智慧气象为重要标志的气象现代化"四大体系"。建设气象现代化"四大体系"，是指以信息化为基础，建设无缝隙、精准化、智慧型的现代气象监测预报预警体系，政府主导、部门主体、社会参与的现代公共气象服务体系，聚焦核心技术、开放高效的气象科技创新和人才体系，以科学标准为基础、高度法治化的现代气象管理体系。全国各省（自治区、直辖市）气象现代化平均水平接近 2020 年预定目标，除先行试点省（直辖市）外，另有 13 个省具备了基本实现气象现代化的条件。

2017 年，以《全国气象发展"十三五"规划》为核心，配套制订了生态文明建设气象保障、海洋气象、卫星遥感应用、气象雷达、现代天气预报业务、数值预报系统、人才科技创新等专项规划和指导意见。全国气象部门各单位以气象现代化为主线，加快推进气象事业健康持续发展，半数以上省份均在开展气象现代化第三方评估和阶段总结，谋划更高水平的气象现代化。

五年来，试点示范带动成效显著，形成了一批可推广、可复制、可借鉴的经验和做法，同时结合本地特色，练就了"独门秘籍"：

围绕需求、勇于创新，紧扣首都"全国政治中心、文化中心、国际交往中心和科技创新中心"核心功能，北京以科技创新引领大城市短时临近预报业务发展，气象保障能力获得市委、市政府以及公众的高度认可。其开展的 0～12 小时短时临近预报准确率提升工程建设，有力提升了首都气象应急保障与公共服务能力。

上海以"数值预报+"发展理念助推更高水平气象现代化持续发展，提出融入上海科技创新中心建设、融入城乡发展一体化进程、融入智慧城市建设、融入自贸试验区建设、融入服务国家战略。上海还大力发展远洋气象导航业务，联合建设试飞气象工程研究中心，为"一带一路"、大飞机制造等提供保障服务。

广东以建立突发事件预警信息发布中心为突破口，加强体制机制创新，紧扣灾害治理，保障公共安全，成为政府防灾减灾应急指挥工作的核心支撑。"平安珠三角""平安山区"和"平安海洋"工程建设，有效提升了气象防灾减灾的预报服务能力。

江苏重点突出加强天气预警业务，坚持以业务现代化为核心，完善无缝隙集约化业务体系，发展客观化精准化技术体系，健全标准化规范化管理体系，现代化建设"底气"十足。

二十国集团（G20）领导人杭州峰会成功举办、防汛防台风服务效益凸显、气象元素更多融入城市规划与建设……以创新来发展智慧气象服务，全面推动气象现代化建设工作，是杭州与宁波交出的"答卷"。

在试点省市的示范带动下，各地激发出气象事业发展的积极性，各界力量凝聚起来，推动气象现代化工作融入当地经济社会发展全局。

与此同时，国家级气象现代化成果斐然。2016 年上半年，新一代现代化人机交互气象信息处理和天气预报制作系统（MICAPS 4.0）实现业务化运行，并首次落户非洲气象部门。2016 年 6 月 1 日，拥有自主知识产权的GRAPES 全球模式正式业务化运行，并向全国下发产品；6 月 30 日，气候监测预测平台（CIPAS 2.0）上线试运行；12 月 20 日，全国综合气象信息共享平台 (CIMISS) 顺利实现全国业务化，现代气象信息化发展新业态初步形成。2017 年，中国气象局开始在全国范围内推广智能网格预报，这使得未来天气预报能精细到每个人所在的"点"。

这五年，"风云二号"G星、"风云三号"C星以及"风云四号"A星和全球二氧化碳监测卫星相继成功发射；新一代双偏振雷达投入业务应用；基本气象要素和能见度实现自动观测，区域站乡镇覆盖率由2013年的92.6%提升至96%；天气预报精细化程度不断提升，实况产品空间分辨率达到3公里，预报产品时效达到15天；天气预报准确率稳中有升，其中台风预报准确率达到国际先进水平；气候预测准确率明显提高。

我国已初步建成数值预报云，精细化数值预报产品实现全国共享、众创发展；气象信息化标准体系进一步完善，中国气象数据网正式上线对外服务，气象"数据孤岛"逐步被打破，气象与水利、国土、海洋、国防等部门数据的开放共享和融合应用持续推进。

人工影响天气业务现代化三年行动计划进展顺利，初步形成全流程的现代化业务系统。我国自主制造的首款具有国际先进水平的高性能增雨飞机"新舟60"在抗旱减灾、森林草原防火、生态保护等领域"增"出了实实在在的效益。

气象法治建设不断深入。以《中华人民共和国气象法》为核心，由若干气象行政法规、部门规章、地方性气象法规、地方政府气象规章和规范性文件构成的，相互联系、相互补充、协调一致的气象法律法规体系日趋完善，气象行政执法检查监督体系逐步完善，气象依法行政的能力和水平不断提高，政府、社会的气象法治思维和意识不断增强，气象事业发展保障机制进一步完善。

事实证明，党的十八大以来，气象现代化建设目标明确、思路清晰、推进有力，交出了一份令人满意的"期中考试"答卷。

拓展内涵　探索智慧气象

推进气象现代化是一项长期性、系统性工作，唯有"纲举"才能"目张"。

党的十八大以来，气象现代化内涵不断丰富、体系进一步完整，并寻找到了智慧气象——这一具有时代特征的着力点。

五年来，气象现代化内涵与时俱进、持续深化，体系建设不断丰富、更加完善。从"气象业务现代化、气象服务社会化、气象工作法治化'三化'内涵"到"四大体系建设"是气象现代化建设从宏观到具体的延伸发展。"四大体系"是保持定力、持续推进"三化"的具体体现。智慧气象的提出，进一步融入社会发展需求，顺应了科技变革潮流，契合了以气象信息化推动气象现代化发展的内涵，体现了气象现代科技的基本特征和全面推进气象现代化的基本要求。

党的十八大以来的这五年，正是智慧气象的概念从酝酿到提出，再到逐渐丰富的过程。之所以有"底气"提出建设智慧气象，是因为这五年——

精细化立体观测能力明显提升。我国新一代气象卫星提供了全球化、海陆立体的海量信息，大城市城区自动气象站平均间距最高可达到 3～5 公里；初步建成了沿海、近海、外海一体化海洋气象综合观测系统；推进气象装备保障业务现代化，全国综合气象观测系统稳定运行能力不断提升。

基于位置的精细化预报服务体系基本建立。全国建成 5 公里分辨率格点预报产品库，先行省市的空间分辨率更高达 1～3 公里，时间分辨率和更新频率最快可达 10 分钟。

公共气象服务均等化水平、专业化水平不断提升。国家突发事件预警信息发布体系初步发挥作用，气象预警信息社会单元覆盖率达到了 100%，与国土、水利等部门联合开展中小河流洪水和山洪地质灾害风险业务防灾减灾效益显著。

信息化、集约化、标准化体系建设初见成效。国家级气象大数据平台加快建设；《"十三五"气象标准体系框架》出台，加快推进了基础性、关键

性气象标准研制和出台。

当前，有关智慧气象的行动和探索已在全国铺开。2016 年 11 月，上海智慧气象先行先试工作全面启动。从开发以人工智能为核心的数据挖掘分析工具和以云服务技术为核心的数据共享服务平台，到实现对超大城市气象灾害及城市环境的无缝隙监测、精准模拟和智能化预报，以及面向早期预警指挥、面向专业定制、面向公众的"上海 e 天气"智慧气象服务平台，上海围绕智慧气象的"试水"，目标就是实现人人、时时、处处可以享受到气象服务。

在深圳，智慧气象应用创新平台的建立让海量数据"活"了起来。随着更多社会力量加入，"安全气象、科技气象、精细气象、民生气象、法治气象"成为这座城市"智慧气象"的特征。

江苏围绕智慧气象的探索始于 2014 年。2016 年 1 月，我国中东部遭遇大范围寒潮，苏州"智慧气象信息惠民工程"通过遍布全市的近千个 4G（第四代移动通信技术）多媒体智慧气象应用终端，全方位发布灾害预警信息，大大降低了灾害损失。

福建围绕设施农业打造智慧气象服务系统。该系统利用物联网、无线通信和软件等技术，对农作物生产信息及相关气象要素进行远程智能监测，实时预警。

"智慧"也落在业务和管理上。重庆打造了人工影响天气综合指挥管理平台，满足了"市—区（县）—作业点"三级联动作业指挥响应需求，基本实现了作业指挥智能化。一旦云层进入作业区域，炮手们就能从手机上获得提示。

树立智慧气象这一"重要标志"，明确"四大体系"的具体任务为落实抓手，从业务能力到科技水平，再到人才队伍及保障机制建设，党的十八大以来，气象现代化既突出重点，也辐射事关发展的全局工作，最终握指成拳，赢得了国内外充分认可。

2017 年 5 月，世界气象组织（WMO）执行理事会第六十九次届会上传来佳音，中国气象局被正式认定为世界气象中心！

服务导向　增强群众获得感

评价五年来气象现代化的发展情况，最重要的还是看人民群众是否有更多"获得感"。

党的十八大以来，气象部门坚持公共气象发展方向，构建满足地方经济社会发展需求的服务体系。这五年，公众气象服务满意度始终保持在 85 分以上。

五年来，人们妥善应对了多发频发的极端天气气候事件。2013 年七八月间，我国南方地区遭遇 1951 年以来最强一轮长时间高温天气、2014 年超强台风"威马逊"成为 1973 年以来登陆华南的最强台风、2016 年超强厄尔尼诺带来 1998 年以来最为"凶猛"的汛情……这五年，天气气候舞台虽十分不平静，气象灾害导致的死亡人数、灾害损失占 GDP 比重却在持续下降，气象预警信息公众覆盖率持续提升。其背后有一组数字：2015 年全国平均暴雨预警提前时间达到 125 分钟，较 2013 年提高 101.7%；我国 24 小时台风路径预报误差 2012 年为 95 公里，2016 年仅为 66.1 公里，且连续五年处于世界领先水平；气候预测准确率明显提高，2013 至 2015 年国家级和省级月气温评分分别较 2010 至 2012 年提升 4.4% 和 6.0%，月降水评分分别提升 6.0% 和 6.6%。

五年来，重大活动气象保障服务"为国提气"。党的十八大以来，我国先后举办了 2014 年南京青年奥林匹克运动会、2015 年"9·3"纪念日阅兵等重大活动，先后举行了 2014 年北京亚太经合组织（APEC）会议、2016 年二十国集团（G20）领导人杭州峰会、2017 年"一带一路"高峰论坛及厦

门金砖国家领导人会晤等多场重要"主场外交"活动。每一次"大国盛事"的背后，都有气象保障服务的身影。能扮演好决策参谋的角色，很大程度上在于硬实力的提升。譬如，北京、上海等大城市城区自动气象站平均间距已达到3～5公里，加上移动观测站网布设能力的提高，洞察风云变幻的"天罗地网"逐步张开；随着数值预报技术的发展，尤其是智能网格预报的推广，基于位置的精细化预报服务体系已基本建立；人工影响天气作业技术和能力稳步提升；决策服务手段和方式更为成熟。

五年来，气象现代化成果深度应用于国家重点项目、工程建设当中。围绕"一带一路""扶贫攻坚""京津冀协同发展"和"长江经济带发展"等重大国家战略，各地气象部门精准发力，赢得广泛好评。2017年5月5日14时，首架国产大飞机C919直冲云霄，圆了几代中国人国产大飞机梦！早在2015年，气象部门就针对国产大飞机研发工作开展了试飞气象保障，最终实现大飞机在国内试飞。我国建成的拥有自主知识产权的远洋气象导航系统已成功为中国至巴基斯坦、南非等多条航线的船只提供精准、安全的导航服务，打破远洋导航系统长期被国外垄断的局面，实现"国船国导"。在港珠澳大桥、川藏铁路、白鹤滩水电站等国家重点项目建设过程中，精细化的气象服务既保障了施工安全，也通过精准测算适宜施工的"气象窗口"，有效提高了建设效率。

五年来，气象现代化为群众生产生活带来了"真金白银"。农业气象服务取得新成效，直通式为农服务模式已惠及300余万农业大户，粮食总产预报准确率达99.9％。安徽、福建、江西、重庆等地积极探索移动互联、大数据和物联网等新技术在气象为农服务中的应用，开展基于新型农业经营主体地块和作物的定点、互动服务。河北等地经过探索，初步形成社会企业、社会组织参与气象为农服务的新模式。交通等专业气象服务科技内涵不断丰富，河北、安徽、江苏等试点省份已试验开展交通气象灾害风险预警服务，建立公路交通气象监测数据共享通报制度。气候可行性论证业务服务能力明显增强，五年来完成十余项核电、桥梁等气候可行性论证技术规范编制，形成涵盖电力、交通、化工、新能源开发等主要气候应用服务领域的论证技术体系。

　　气象现代化带来的除了对阴晴雨雪更准确的预判，还有让人心安定的保障。在 2016 年的北京"7·20"特大暴雨中，是它带给社会"你若安好，便是晴天"的气象防灾减灾坚强支撑，使得 2012 年"7·21"特大暴雨的一幕没有重演；在海南高温、高湿的不利气象条件下，是它为"民族复兴，国家富强"保驾护航，确保我国首枚"大火箭长征五号"顺利升空；在首届气象科技活动周上，是它吹响"科技强国，气象万千"的号角，让孩子们的笑容更加灿烂……展望未来，期待全面实现的、更高水平的气象现代化，助力伟大"中国梦"成为现实。

　　（来源：《中国气象报》，2017 年 9 月 20 日，作者：段昊书　赖栩雯）

国家级气象业务现代化目标任务和评价方案出台

近日，中国气象局正式印发《国家级气象业务现代化目标任务和评价方案（2014—2020年）》（以下简称《方案》）。《方案》明确了国家级气象业务现代化目标任务，建立了监测评价体系，旨在更好地指导和推进国家级业务科研单位现代化建设。

《方案》指出，国家级气象业务现代化的总体目标是：构建满足全面建成小康社会需求、具有世界先进水平的气象现代化体系，到2020年，国家级气象业务整体实力达到同期世界先进水平，重大核心业务技术能力接近同期世界先进水平，部分关键核心业务能力达到世界领先水平，为经济发展、社会进步、保障民生和国家安全提供一流的气象服务。

《方案》划定了国家级气象业务现代化建设的重点任务。一是要提高重大核心技术水平，加快建设高分辨率数值天气预报模式和资料同化系统、高分辨率全球气候预测模式业务系统，加强研发天气—气候一体化模式系统，强化观测资料质量和数据产品及再分析业务；二是要提升核心业务能力，有效提升预报预测准确率和精细化水平、综合气象观测能力和定量应用水平、基础资料业务能力和信息化技术能力、气象服务业务技术能力；三是要提升科技创新驱动能力和人才队伍保障水平，强化科技创新驱动现代气象业务发展能力，提高人才队伍素质和水平。

《方案》明确要求通过深化气象改革、强化主体责任、加强监督检查、注重统筹协调、扩大开放合作和加大投入保障等措施，推动其有效落实。

　　《方案》指出，各有关单位必须贯彻落实《中共中国气象局党组关于全面深化气象改革的意见》，创新体制机制，完善制度保障，加强组织领导，将全面推进气象现代化与深化气象改革有机结合，使之相辅相成、相互促进、相得益彰。各国家级业务科研单位是实现国家级气象业务现代化目标任务的责任主体，要负责根据分解的重点任务制定实施方案，制定年度工作计划和举措，将各项任务分解到部门，具体到项目，落实到岗位，量化到个人。中国气象局全面推进现代化暨深化改革办公室负责对国家级气象业务现代化指标完成情况进行动态监测和督促检查。各职能司负责按照职责分工研究相关工作，对各单位相关工作进行督办和考核，推进落实。要强化国家级业务科研单位之间主动配合的协作意识，加大业务标准规范和许可制度的执行力度，加强业务科技成果的科学普及和推广应用培训，发挥国家级业务科研单位在全面推进气象现代化进程中的引领、示范和指导作用，形成全国上下全面推进气象现代化的整体合力。要加大开放合作力度，完善共建共享共赢机制和协同创新机制，引导和利用国内外高校、科研机构和企业的优势资源，参与核心任务协同攻关；要坚持开放式发展，充分利用各方面政策，凝聚部门内外、全国上下及社会各方面的力量，集聚国内国际优势资源，形成发展合力。各有关单位要广开渠道积极争取各类资金支持，统筹外部资金与自筹资金，构建重点任务稳定保障、关键技术及时支持、小型开发自筹反哺的资源配置体系；提高投资效益，避免重复建设，确保资金合理使用。

　　中国气象局还印发《国家级气象业务现代化指标体系和监测评价实施办法（试行）》，以加强对国家级气象业务现代化进程的监测、考核和评价。国家级气象业务现代化指标体系主要由 3 项一级指标、14 项二级指标、53 项三级指标组成，涵盖国家级气象业务现代化工作的主要方面，指标权重总分为 100分。同时满足综合指标评分达到 90 分以上，单项指标不低于 80 分，即为达标。

　　（来源：《中国气象报》，2014 年 10 月 22 日，作者：段昊书）

中国气象局出台《全国人工影响天气业务发展指导意见》 推进人影业务现代化

2014 年 10 月 24 日，中国气象局印发《全国人工影响天气业务发展指导意见》（以下简称"指导意见"），进一步提高人工影响天气的作业能力、管理水平和服务效益，全面推进人工影响天气业务现代化。据悉，这是中国气象局就我国人工影响天气业务发展首次出台全国性的指导意见。

"随着我国人工影响天气业务不断发展，其各方面规范性都需完善与加强，这是国家第一次对人工影响天气业务发展做出全面规划。"中国气象局人工影响天气中心主任李集明告诉记者，该指导意见对目前我国人工影响天气的发展需求、目标、业务分工、主要任务及保障措施等方面均做出了详细说明与规范。

根据指导意见，到 2020 年，气象部门将基本建成装备先进、布局合理、指挥科学、评估客观的业务系统，形成全国统一协调、上下联动、逐级指导的人工影响天气业务体系。人工影响天气重点领域服务能力、基础保障能力、科技支撑能力、区域统筹能力、安全监管能力显著提高，人工影响天气服务效益将明显增强。

为全面推进人工影响天气业务现代化发展，气象部门将加强人工影响天气观测系统建设，提高监测分析能力；完善作业天气和云系预报，增强作业条件预报能力；强化作业方案设计、建立集约化作业指挥系统；发展飞机等先进作业装备，提高地面作业装备现代化水平，加强作业实施规范化，进一步提高作业实施能力。

如何检验人工影响天气的服务效益？针对作业效果科学评估，气象部门将重点强化人工增雨和防雹作业效果的定量检验，建立效果检验业务，开展面向用户的综合效益评估。此外，指导意见还提出加强装备保障与安全能力建设，健全业务规范与标准；开展关键技术研发，发展人工影响天气数值模式等，强化科技对核心业务的支撑。

记者了解到，为切实推进指导意见的贯彻实施，中国气象局将采取试点先行、全面推广的工作方式，并将在业务机构、人才队伍、制度规范和投入等方面提供保障。

（来源：《中国气象报》，2014 年 10 月 29 日，作者：贾静淅）

《全国气象现代化发展纲要（2015—2030年）》正式印发

2015年8月19日，中国气象局正式印发《全国气象现代化发展纲要（2015—2030年）》（以下简称《纲要》）。《纲要》面向经济社会发展需求，面向国际科技前沿，结合我国气象事业发展实际，明确了2020年基本实现气象现代化奋斗目标，展望了2030年全面实现气象现代化发展目标，并提出发展主要任务。

改革开放以来，我国气象事业不断发展，科技实力显著增强，基本形成了较为完善的气象业务、服务和管理体系，探索了一条具有中国特色的气象现代化道路。《国务院关于加快气象事业发展的若干意见》（国发〔2006〕3号）颁布实施后，气象现代化建设步伐明显加快。当前，我国进入经济发展新常态，国家全面改革深入推进，经济全球化更加深入，气象服务需求领域更广，这些都为建设高水平的气象现代化提供了更加强劲的动力。同时，世界气象科技发展更加迅猛；在全球气候变暖背景下，极端天气气候事件多发频发趋势明显。应对气候变化、保障气候安全，稳增长、转方式、调结构、惠民生对防灾减灾和气象保障服务工作提出了更高要求。正是在这一背景下，《纲要》应运而生。

《纲要》制定了两个发展目标节点，2020年全国将基本实现气象现代化，2030年，全国将全面实现气象现代化。

《纲要》提出，气象现代化发展要遵循"需求牵引，服务为本""科技引领，创新驱动""转变方式，提质增效""依法推进，统筹协调""深化改革，开放合作"的主要原则。

《纲要》指出，要大力提升气象防灾减灾和公共气象服务水平，包括加强气象防灾减灾能力建设、提升公共气象服务均等化水平、推进气象服务社会化；要积极应对气候变化，包括加强气候变化科学研究、提升气候变化适应能力、强化生态文明气象保障；要加快发展现代化气象业务，包括建立现代气象服务业务、提高气象预报预测水平、强化综合气象观测能力；要着力推进气象信息化，包括建立集约化气象信息业务体系、提升气象数据质量与开放共享水平、增强气象政务管理信息化能力、完善气象信息化运行保障；要加强科技创新和人才发展，包括强化科技引领和创新驱动、坚持气象人才优先发展；要强化气象现代化的法治保障，包括提高气象依法行政能力、强化气象标准化管理、完善与气象现代化相适应的体制机制。

据悉，自2013年6月28日《纲要》编写工作正式启动以来，两年间，中国气象局组织召开数十次会议讨论修改《纲要》内容，充分吸收了部门内外相关领域专家的集体智慧。

（来源：《中国气象报》，2015年8月27日，作者：段昊书 赵晓妮）

中国气象局出台气象信息化行动方案
拟初步完成三类核心资源整合

2015 年 8 月 25 日，中国气象局印发《气象信息化行动方案（2015—2016 年）》（以下简称《方案》），以明确今明两年推进气象信息化的重点任务，初步完成数据、基础设施和业务应用等三类核心资源整合，科学有序地推进气象信息化工作。

《方案》要求，从 2015 年到 2016 年，国家级和省级气象部门要统一行动，重点提升气象业务运行效率、气象管理决策效能和气象公共服务效益；通过研究设计气象信息化标准体系、制定基础性数据资源标准规范等，初步构建气象信息化标准体系；通过整合数据，促进信息流通共享，实现全国综合气象信息共享平台（CIMISS）的业务化，搭建国家级和省级统一数据环境；通过梳理评估基础设施，按需设计资源池，实现高性能计算资源统一调度管理，建设集约共享的基础设施资源池；集约整合国家级和省级核心业务；构建统一框架的公共气象服务平台；逐步建设政务管理信息化系统；落实行动方案，设计气象信息化"金云"工程。

《方案》提出，到 2016 年底，建立适应行业发展的气象信息化标准体系框架，完成数据资源、基础设施资源和政务管理等标准规范的制订和修订；统一数据环境，逐步建成统一管理、扩展灵活的国家级和省级基础设施资源池；初步建立涵盖业务管理、行政管理、政务公开与行政服务的政务管理信息系统框架，初步搭建决策管理信息化支持基础平台；推进气象大数据普惠共享，推动气象与社会的深度融合。

据悉，气象信息化的组织实施分"两步走"：第一阶段是从 2015 年到 2016 年，实现全国综合气象信息共享平台（CIMISS）业务化，带动数据资源整合和业务应用集约，并为气象云建设做好准备工作。第二阶段是从 2017 年到 2020 年，结合气象"十三五"规划和气象信息化重点工程，开展气象云建设，提升气象业务和政务信息化水平，使气象信息化水平达到国内领先、国际先进。

（来源：《中国气象报》，2015 年 8 月 28 日，作者：张格苗）

中国气象局：2020 年基本实现气象现代化

改革开放 30 多年来，我国气象事业发展取得了巨大成就，业务服务水平不断提升，应对复杂天气气候的能力明显提高，综合实力显著增强。为了推进我国从气象大国走向气象强国，日前，中国气象局正式印发《全国气象现代化发展纲要（2015—2030 年）》，明确了 2020 年基本实现气象现代化的奋斗目标，展望了 2030 年全面实现气象现代化发展目标，成为我国未来气象事业发展的蓝图。

中国气象局党组副书记、副局长许小峰表示，新形势下，气象现代化内涵更丰富、要求更全面、领域更宽广、任务更艰巨。全面推进气象现代化包括气象业务现代化、气象服务社会化、气象工作法治化，即涵盖气象业务、服务、科技、人才、管理、文化和党的建设等方面的全面气象现代化；涉及防灾减灾、预报预测、应对气候变化、气候资源开发利用等各个领域；旨在实现气象发展速度、规模、结构、质量、效益的有机统一，实现东中西部地区之间气象现代化的协调发展，并带动相关行业气象、社会气象全面发展。

气象防灾减灾要靠政府主导、社会参与

伴随着经济社会的发展及全球气候变化，灾害发生的频率越来越高，影响也越来越大。国家对气象保障的要求更为紧迫，期望也越来越高，通过有效的努力防灾减灾的压力不断增长。

因此，此次《纲要》中"大力提升气象防灾减灾和公共气象服务水平"所占分量很重。许小峰说，要实现这个目标就需要完善"政府主导、部门联

动、社会参与"的气象防灾减灾工作机制。发挥各级政府防灾减灾的主导作用，将气象防灾减灾纳入地方经济社会发展规划、政府绩效考核和公共财政预算。建立规范的气象灾害风险管理业务。在加强灾害性天气预警预报能力的同时，提升气象灾害风险预警水平。建成部门联合、上下衔接、管理规范的国家预警信息发布体系。

此外，在全球气候变化背景下，面对极端气象灾害多发、频发和重发的严峻形势，我国在应对气候变化方面面临前所未有的挑战。此次《纲要》对"应对气候变化"进行了明确阐述。"今后气象部门还将加强气候变化科学研究，提升气候变化适应能力，强化生态文明气象保障，包括服务生态文明建设气象布局，开展森林、草原、荒漠、湿地等生态气象服务，推进气候资源开发利用，提高人工影响天气对生态建设的服务保障能力等。"许小峰说。

公共气象服务迈向均等化、社会化

公共气象服务水平高低，是检验气象现代化发展成果、评价气象现代化是否惠及最广大群众最直观的反映。因此，提升公共气象服务均等化水平也是此次《纲要》的亮点之一。

许小峰指出，按照《纲要》的要求，今后要借助现代化手段，推进个性化、交互式、智慧型、基于位置的智能气象服务，实现公共气象服务城乡全覆盖和均等化；通过统筹和深化气象为农服务"两个体系"建设，创新气象为农服务机制，融入农业、农村社会化服务体系，建立长效机制，为保障国家粮食安全和新农村建设提供有力支撑。同时，气象服务要主动融入国家新型城镇化、京津冀协同发展、"一带一路"和农业"走出去"等国家重大战略，开展伴随式的专项气象服务。

"对于公共气象服务，要敢于打破部门藩篱，实现社会化。"许小峰说，

"仅仅依靠气象部门的力量开展服务是有限的，社会组织、科研院所、学校等力量也应该得到有效激发。"为此，《纲要》还在多个方面对推进气象服务社会化进行规划。比如，培育气象服务市场主体，激发气象行业协会、社会组织以及公众参与公共气象服务的活力；鼓励和支持各种所有制气象服务企业和非盈利性气象服务机构发展；培育和发展气象服务市场中介机构；优化气象服务市场发展环境，制定气象信息资源开放共享政策，建成基本气象资料数据共享平台；制定和完善气象服务相关法律、法规和标准，推进气象服务标准化管理；建成气象服务市场信用体系；强化气象服务市场监管职能。

打造气象科技创新核心竞争力

衡量一个国家气象现代化水平，归根到底要看其气象核心技术水平。

数值模式发展水平是气象科技创新能力的典型体现，是一个国家气象现代化的重要标志。目前，我国自主研发的 GRAPES 全球数值天气预报模式已取得进展，基本达到了与 T639 全球集合预报系统相当的业务水平，但是模式的精细化预报、定量降水预报、延伸期预报等关键技术尚未取得实质性的突破，资料同化能力和其对东亚地区的物理过程的适用性还有待改进，在模式预报能力上和发达国家的差距还很显著。此外，我国气候系统模式、气象资料质量控制及多源资料融合与再分析能力等重大核心技术均与国际先进水平存在显著差距。需要针对这些关键问题加大科研力度。

"我们正在实施国家气象科技创新工程，今后还将继续大力推进，尤其是围绕高分辨率资料同化与数值天气模式、气象资料质量控制及多源数据融合与再分析、次季节至季节气候预测和气候系统模式等重大关键核心技术，集中资源，凝聚力量，组织协同攻关，着力提高事关现代气象事业发展的核心领域科技创新水平。此外，我们还将在重点领域开展科技攻关，比如重点组织台风、暴雨、强对流等高影响天气监测预警预报、中期延伸期预报、极端天气气候事件监测预测等关键领域研发。"许小峰说。

许小峰指出，目前必须进一步完善气象科技体制机制，优化资源配置，营造良好的气象科技创新环境，并加强全方位开放合作。高层次人才是气象事业发展的核心竞争力，是全面推进气象现代化建设的关键和紧缺资源，因此，今后气象部门还将推进气象人才工程建设，构建充满创新活力的气象人才体系，开展全方位、多层次的气象教育培训，推进气象教育与气象人才队伍建设融合发展。

（来源：《经济日报》，2015年9月16日　作者：杜芳）

我国"十三五"期间将实施六大气象工程

>>>>

　　中国气象局局长郑国光在 20 日召开的全国气象局长会议上表示，"十三五"期间，我国将重点实施六大气象工程，确保到 2020 年如期实现气象现代化目标。

　　这六大气象工程是：气象预报预警工程，将覆盖全国内陆和邻近海域的突发事件预警；国家气象科技创新工程，将建设高分辨率资料同化与数值天气模式；气象信息化系统工程，将建设面向民生的气象信息共享平台和公共气象服务平台；海洋气象能力建设工程，将建设海洋气象灾害防御体系；卫星雷达等气象探测基础工程，将建成自动化、网络化、标准化、天地空一体化的现代综合气象观测系统；人工影响天气能力建设工程，将重点开展飞机作业能力建设。

　　"十二五"期间，我国气象现代化水平明显提升。与"十一五"相比，24 小时晴雨、温度预报准确率分别提高了 1.8% 和 13%；台风路径预报误差减少 26%，达国际先进水平。气象灾害导致的死亡人数从年均 2956 人下降到 1293 人，灾害损失占国民生产总值（GDP）比重从 1.02% 下降到 0.59%，气象预警信息公众覆盖率接近 80%，公众气象服务满意度保持在 85 分以上。

　　　　　　　　　　（来源：《人民日报》，2016 年 1 月 21 日，作者：刘毅）

我国明确未来十年海洋气象发展蓝图

近日，国家发展和改革委员会、中国气象局、国家海洋局联合印发《海洋气象发展规划（2016—2025 年）》（以下简称《规划》），规定全国海洋气象发展的指导思想、发展目标、规划布局和主要任务，并部署安排气象、海洋等部门建立共建共享协作机制。《规划》提出，到 2025 年逐步建成布局合理、规模适当、功能齐全的海洋气象业务体系。这成为未来十年全国海洋气象发展的基本依据。

《规划》提出，到 2025 年逐步建成布局合理、规模适当、功能齐全的海洋气象业务体系，实现近海公共服务全覆盖、远海监测预警全天候、远洋气象保障能力显著提升，即近海预报责任区服务能力基本接近内陆水平，远海责任区预报预警能力达到全球海上遇险安全系统要求，远洋气象专项服务取得突破，科学认知水平显著提升，基本满足海洋气象灾害防御、海洋经济发展、海洋权益维护、应对气候变化和海洋生态环境保护对气象保障服务的需求。

根据《规划》，在海洋气象综合观测能力方面，我国将构建岸基、海基、空基、天基一体化的海洋气象综合观测系统和相应的配套保障体系，沿岸海区和近海预报责任区海基观测平均站距分别达到 50 公里和 150 公里，地基遥感大气垂直探测站网间距达到 100 公里；在海洋气象预报方面，将建成海洋气象灾害监测预警系统和海洋气象数值预报系统，近海海区的天气现象、洋面风、能见度等海洋气象要素格点化预报产品和监测分析产品分辨率达到 5 公里、时效达到 7 天，西北太平洋和责任海区的相关产品分辨率小于 10 公里，全球海洋气候要素监测分析产品分辨率达到 25 公里；在海洋气象服务方面，将建成多手段、高时效海洋气象信息发布系统，发布手段进一步丰富，扩大发布覆盖面，基本消除信息盲区，实现对我国管辖海域和责任海区的无缝隙覆盖；在海洋气象设施和资料共享方面，将实现海洋气象设施的共建、共用和统一维护保障，多部门海洋气象数据实现共享充分、信息发布统一高效。

《规划》对完善海洋气象综合观测站网、提高海洋气象预报预测水平、构建海洋气象公共服务体系、加强海洋气象通信网络建设、提升海洋气象装备保障能力、建立海洋气象共建共享协作机制、环境影响评价、资金及保障举措等方面进行了部署，其范围包括辽宁、河北、天津、山东、江苏、上海、浙江、福建、广东、广西、海南等 11 个沿海省（自治区、直辖市），图们江入海口，以及渤海、黄海、东海、南海等我国管辖海域，海洋气象服务能力覆盖远海和远洋。

据记者了解，为应对海洋气象灾害，我国自二十世纪六十年代起开展海洋气象业务。经过几十年的建设，初步建立了由观测、预报、服务、信息网络等组成的海洋气象业务体系，台风预报预警等领域接近世界先进水平。但海洋气象整体业务能力，尤其是海上气象观测、远洋服务等与世界领先水平相比，尚存在较大差距，远不能满足我国海洋强国发展战略日益增长的需求。《规划》的印发对我国实现海洋气象业务跨越发展意义重大，将充分发挥气象在灾害防御、海洋经济发展、海洋权益维护、应对气候变化和海洋生态环境保护中的重要作用。

（来源：《中国气象报》2016 年 2 月 29 日，作者：吴越 修天阳）

19 省将开展现代气象预报业务发展试点工作

2016 年 3 月 31 日，记者了解到，中国气象局 2016 年将在上海、广东、浙江、内蒙古等全国 19 个省（自治区、直辖市）开展现代气象预报业务发展试点工作，通过先行先试、总结经验，切实推进现代气象预报业务发展，提高气象预报精准化水平。

试点工作包括 8 项任务。省—市县集约化布局与流程优化调整工作将在浙江、河北、贵州省气象局展开试点，内容包括开展"两级集约、三级布局"的业务布局调整，构建逐时更新、同步共享的业务流程。

精细化气象格点预报业务建设试点任务将由广东、福建、江西省气象局承担，包括完善精细化气象格点预报产品、完善精细化气象格点预报业务管理、建设精细化气象格点预报业务体系等内容。

省市县一体化短临预警业务建设将在江苏、湖北、甘肃省气象局展开试点，内容包括构建省市县业务同步联动、产品实时共享、预警发布一致的一体化短临预警业务布局和流程等。

基于自然气候带的区域气候预测业务建设将在广东省气象局、重庆市气象局展开试点，包括依据自然气候带合理划分气候预测区域等内容。

省级本地化特色化气候业务建设试点工作由辽宁、安徽、陕西省气象局承担，内容包括制作发布精细化到县的特色预测服务业务产品等。

航空气象业务建设工作将在内蒙古自治区气象局、上海市气象局展开，包括发展支线机场航空气象预报业务，完善支线机场航空气象预报业务体系和产品体系等。

海洋气象影响预报业务建设由天津、上海市气象局和广东省气象局承担，包括结合海上交通、港口管理、渔业生产的服务需求开展海洋气象影响预报业务试点等工作。

推进预报员转型发展任务将在山东、四川省气象局和宁夏回族自治区气象局展开，包括推进省级预报员向更多依靠科学分析、驾驭现代预报技术的"现代型"转变，提升预报员科学素养等内容。

据了解，2016年底前，中国气象局将对试点工作进行总结，形成全国试点工作总结报告。

（来源：《中国气象报》，2016年4月6日，作者：张格苗）

我国自主研发的气象信息处理系统 MICAPS 4.0 正式运行

据中国气象局 2016 年 6 月 5 日消息，第四代现代化人机交互气象信息处理和天气预报制作系统（MICAPS 4.0）日前在全国气象部门正式业务化，与其配套的分布式数据存储系统年内也将分批次被推广。

据了解，当前，气象数据总量庞大，有时旧的数据还没有完全被浏览，新的数据就已"扑面而来"，会直接造成部分数据长时间不被使用，导致数据价值浪费。因此，在气象信息处理系统的开发和完善中，需要进一步深挖气象大数据，使预报员在短时间内浏览更多的数据。

"MICAPS 4.0 的分布式流式前处理系统能实现数据秒级计算、毫秒级写入，使预报员需要的全部数据达到'产生即可见'的效果。"国家气象中心 MICAPS 4.0 开发团队高性能服务器端首席架构师王若曈说，以前，数据从产生到被预报员看到需要几小时；现在几分钟甚至几秒钟就能被看到，而且还是建立在数据量是原先几十倍甚至上百倍的基础上。

据了解，MICAPS 4.0 把握预报员对业务系统的"稳定"和"快"的需求"痛点"，将先进信息技术与现代天气预报技术紧密结合，首次集成集合预报、格点预报等业务功能，提升气象数据访问应用能力；综合应用大数据、中央处理器（GPU）计算和图形图像技术，提高对高分辨、多维度、多时相气象数据的应用能力，建立了先进、高效、智能、便捷、开放的现代天气业务预报平台，对现代天气预报业务提供了较好的支撑。

"工欲善其事，必先利其器。预报员做预报，工具好，对理清预报思路、理顺流程和提高效率都会有很大的帮助，MICAPS 就是我们预报员的'器'。"中央气象台首席预报员孙军说，他在 MICAPS 4.0 开发团队成立之初就作为第一批用户参与其中。

据悉，于 2013 年启动研发的 MICAPS 4.0，历经多重测试。自 2015 年 1 月 8 日起，其客户端中央气象台测试版先后在中央气象台的短期、中期、环境预报中心，强天气预报中心，台风海洋预报中心等岗位进行安装试用。自 2015 年 11 月底，面向各省区市开展推广测试，在天气图分析绘制、定量降水预报图制作、气象灾害保障服务等方面显示出强大的能力。

（来源：新华社，2016 年 6 月 5 日，作者：于文静 林晖）

中国气象局部署推进气象现代化"四大体系"建设

为进一步落实 2016 年全国气象局长会议和《全国气象发展"十三五"规划》提出的着力构建气象现代化"四大体系"的目标任务，《中国气象局气象现代化领导小组关于推进气象现代化"四大体系"建设的意见》（以下简称《意见》）于日前印发实施。《意见》明确了气象现代化"四大体系"的科学内涵、推进思路和总体任务，要求全国各级气象部门将其作为"十三五"时期推进以智慧气象为重要标志的更高水平的气象现代化的重要抓手，认真落实。

《意见》指出，建设气象现代化"四大体系"，是指以信息化为基础，建设无缝隙、精准化、智慧型的现代气象监测预报预警体系，政府主导、部门主体、社会参与的现代公共气象服务体系，聚焦核心技术、开放高效的气象科技创新和人才体系，以科学标准为基础、高度法治化的现代气象管理体系。

《意见》提出，建设以智慧气象为重要标志的气象现代化"四大体系"，是新时期气象现代化内涵的进一步丰富和完善，是持续全面推进气象业务现代化、气象服务社会化和气象工作法治化的具体体现，气象现代化"四大体系"相互依托、密切关联，需要统筹协调、互动发展。

根据《意见》，建设以信息化为基础的无缝隙、精准化、智慧型的现代气象监测预报预警体系，要求大力推进现代气象监测预报预警业务，并建立完善集约高效、充分互动的现代气象业务发展运行体制机制，其中包括构建无缝隙、精准化、智慧型的气象预报预警业务，构建天地空一体化、内外资源统筹协作的气象综合观测业务，构建资源集约、流程高效、标准统一的气象信息业务；建设政府主导、部门主体、社会参与的现代公共气象服务体系，要求大力推进现代公共气象服务业务，建立以智慧服务为目标的气象服务业务运行机制，发挥政府在气象服务中的主导作用，推进气象服务社会化发展；建设聚焦核心技术、开放高效的气象科技创新和人才体系，要求拓展国家气象科技创新工程内涵，进一步完善气象科技创新体制机制，创新气象人才发展体制机制；建设以科学标准为基础、高度法治化的现代气象管理体系，要求健全全面正确履行气象行政管理职能的体制机制，建立新型现代气象管理体制机制，完善依法发展气象事业的制度体系。

　　《意见》强调，各省（自治区、直辖市）和各直属单位、内设机构在推进该项工作的过程中，要以气象信息化为基础，充分发挥气象服务的需求引领作用，监测预报预警的关键核心作用，科技创新驱动和人才支撑作用，科学管理的组织保障作用，强化衔接互动，系统性推进。

　　（来源：《中国气象报》，2016 年 9 月 27 日，作者：吴越 季崇萍 张帆）

气象大型科研仪器向社会开放共享
企业和公众可根据需求查询使用气象设备数据

　　记者 2017 年 2 月 17 日从中国气象局获悉，中国气象局有关科研院所已完成仪器设备开放共享在线服务平台建设，并实现与国家网络管理平台对接。企业和公众可根据需求登录平台查询使用气象设备数据。

　　国务院在 2015 年初印发意见，要求在三年的时间里，通过启动统一开放的科研设施与仪器国家网络管理平台建设、将所有符合条件的科研设施与仪器纳入平台管理、科技行政主管部门对管理单位的科研设施与仪器向社会开放情况进行评价考核"三步走"，实现国家重大科研基础设施和大型科研仪器向社会开放。

　　目前，中国气象局已组织中国气象科学研究院和北京城市气象研究所等 8 个专业气象研究所，以及安徽气象科学研究所等 5 个省级气象科研所，按照要求制定了仪器设备开放共享管理制度，完成仪器设备开放共享在线服务平台建设，并对接国家网络管理平台。

　　据中国气象局科技与气候变化司有关负责人介绍，中国气象局共提交了 274 台（套）仪器设备基本信息，这些设备主要是气象观测类和分析类仪器，企业和公众通过登录共享服务平台即可共享服务。中国气象局也在稳步推进气象科学数据共享中心的数据共享。2016 年，中国气象数据网迁址"阿里云"（阿里云计算有限公司开发的在线公共服务平台），通过利用公有云的计算、

存储与网络服务资源，进一步提高中国气象数据网高可靠、高并发服务能力，向公众发布包含"风云"系列等共计 960 种卫星遥感数据及相关产品，并提供服务。

截至 2016 年底，中国气象数据网新增用户注册数 47 327 个，访问量近5800 万人次，数据订单数 51.3 万个，数据服务量约 9.6TB；为清华大学、北京大学、中国科学院、中国社会科学院等 2400 余家高校、科研机构提供数据服务，支持国家科技支撑计划、国家重点基础研究发展计划（973 计划）、国家高技术研究发展计划（863 计划）、国家自然科学基金等重点科研项目共 690 项，用户应用气象数据发表论文超过 400 篇；为环境、国土、水利、农业、林业、海洋、国防和经济等领域业务发展，特别是针对水利、航空等行业用户需求，开放共享主要省会城市、江河流域、机场周边天气雷达基数据，促进了各行业共同挖掘气象数据的应用价值和效益。

据悉，2016 年中国气象局出台《中国气象局野外科学试验基地管理办法》，规定野外基地价值 50 万元以上的仪器设备必须向部门内外开放共享；将仪器共享工作纳入省级气象部门及中国气象科学研究院综合工作目标考核。

（来源：《中国气象报》，2017 年 2 月 21 日，作者：李一鹏）

丰富服务内涵打造气象数据服务生态
中国气象数据汇交平台正式上线

2017年6月1日，中国气象数据汇交平台正式上线运行。该平台将集约、统筹海量气象资料，既包括气象部门的数据，也包括来自政府其他有关部门和社会组织、个人乃至智能微型气象探测设备的气象观测资料，改变单向的数据服务形式，构建交互式服务生态。目前，用户可登录中国气象数据网在线汇交数据。

当前，基于水利、海洋、农业、公路、航空等行业自身的业务需要，其自主开展的气象探测活动不断增多；同时，一些个人的智能手机、智能可穿戴设备等室内外微型气象探测设备也可随时随地开展气象探测，这些探测活动均产生大量气象资料。要使这些分散的资料发挥更大的价值，就需要一个统一的资料汇交规范和汇交途径，将其集约整合和共享应用。

为此，中国气象局研究制定了《气象探测资料汇交管理办法》，并于5月2日面向全社会发布执行。为落实办法，国家气象信息中心基于中国气象数据网构建中国气象数据汇交平台，并于6月1日正式上线运行。该平台能够集约统筹原本分散的气象数据资源，提供更加广泛便捷的共享应用，加强气象数据资源与其他行业数据的融合，升级数据服务为资源服务。

该平台建立了统一的汇交规范，实现了汇交资源的收集、吸纳和存储。同时，平台建立了汇交资料认证制度，为汇交数据提供知识产权保护（汇交者可申请注册数字对象唯一标志），并对汇交主体进行积分奖励，同时纳入气象信息服务的信用评价体系。根据气象资料汇交服务指南，资料汇交负责

人须具有自主知识产权，并保证资料的真实性。当资料汇交注册并通过审核后，将面向全社会公开、共享。

下一步，中国气象数据网将探索建立数据交易平台，规范数据交易及收益分配，使汇交主体可以获取经济价值等多方面鼓励，进一步提高汇交和共享积极性。

为了提升用户的黏性，引导用户产出（提交数据分享、数据评价等），6 月 1 日，中国气象数据用户成长体系配合气象数据汇交功能同步上线。

数据网技术开发团队通过深入分析数据网用户行为数据，制定出会员等级、经验值和积分的数值计算模型。对于数据网用户来说，用户成长体系的建立有助于进一步引导用户使用数据网数据和产品功能，满足用户成就感，享有更多特权，同时能从数据网平台中获得利益。

据介绍，目前，中国气象数据网采用会员制管理，分为普通、实名、单位和科研四类用户。以普通会员为例，每天有 500MB 的下载流量。会员如需额外的流量，可以用积分兑换。后期，待数据交易平台上线后，用户还可以用积分换取相应价值的数据。

中国气象数据网自 2015 年 9 月上线以来，目前累计注册用户 18 万，数据下载量近 44TB，访问量 8600 余万次，有效支撑了社会公众开展气象数据增值性、公益性开发和创新应用。

（来源：《中国气象报》，2017 年 6 月 7 日，作者：刘钊　陈东辉）

CIMISS 业务化搭建气象数据流动"主动脉"

>>>>>

　　2017 年 6 月 20 日，记者从中国气象局了解到，经过八年时间设计、建设的全国综合气象信息共享平台（CIMISS）自 2016 年 12 月正式业务化以来运行良好，已成为气象数据流动的"主动脉"。

　　CIMISS 是集数据质量控制与产品生成、存储管理、共享服务等功能于一体的气象信息共享业务系统。它建立了气象数据标准化框架，规范了各类数据命名、格式和算法，定义了国家级和省级一致的气象数据存储结构和数据服务接口，实现了国家级、省级数据同步和实时历史数据一体化管理。

　　CIMISS 由 1 个国家中心和 31 个省级中心组成，所有中心通过全国气象业务网联结成一个物理分布、逻辑统一的信息共享平台，从根本上解决了困扰业务系统多年的数据支撑环境分散建设、数据重复存储、国家级与省级气象部门及各业务系统间数据不一致、数据权威性无法保证的问题。

　　以 CIMISS 为核心，气象部门初步重构了扁平、简约、高效的业务流程，为有效破解气象"数据孤岛"和"应用烟囱"提供了强有力的支撑。在各级气象部门预报、服务工作中，CIMISS 业务化的应用效益逐步显现。标准、统一支撑气象核心业务系统的气象数据生态已初步形成，气象业务发展进入了一个更加生态化、更为有序的新阶段。

　　作为核心基础数据支撑平台，CIMISS 提供多种实时、历史数据的在线存储服务，与原国家级数据储存系统相比，能使资料入库时间缩短 20%，数据访问效率提高 2 倍到 5 倍。中国气象局正在推进气象预报服务统一数据源的"一张网"的网格预报业务。这张网需要国家级和省级气象部门进行格点和站点预

报的一体化制作，而 CIMISS 为智能网格预报业务在国家级和省级气象部门之间快速分发、快速共享提供了有力支撑。

据悉，围绕"开放互联的气象大数据平台"的气象信息化工程建设目标，气象部门正继续完善数据标准建设，对气象部门现有数据资源进行进一步收集和整合，并与农业、水利、交通等相关部门合作进行数据交换，打造稳健高效、开放发展、不断演进的气象大数据基础平台，将作为 CIMISS 后续的数据环境核心平台，为气象业务发展、科学管理和智慧服务提供有力支撑。

（来源：《中国气象报》，2017 年 6 月 27 日，作者：张格苗）

七省市率先正式发布智能网格气象预报
主要气象服务产品均由"一张网"生成

近日，记者从中国气象局了解到，北京、天津、上海、福建、广东、海南及陕西等 7 省（直辖市）率先从 2017 年 7 月开始正式发布智能网格预报，7 个省市的主要气象服务产品均由智能网格预报"一张网"生成。

按照中国气象局要求，率先发布智能网格气象预报的省级气象部门均具备制作发布未来 10 天、空间分辨率达 5 公里的能力，但其中部分省份已能制作发布时空分辨率更高的气象预报。福建 0～2 小时基于雷达图像光流法外推的分钟降水预报分辨率达 1 公里；广东未来 10 天温度、风、降水量、云量等陆地预报要素分辨率可达 2.5 公里；天津未来 72 小时内包括气象要素和灾害性天气落区在内的气象预报分辨率均达到 1 公里；陕西智能网格预报的空间分辨率也达到了 3 公里，未来两天预报可逐小时发布。

目前，除了基于智能网格预报"一张网"生成站点服务产品，制作定量降水、灾害性天气落区预报，这 7 个省级气象部门还根据个性化需求，应用智能网格预报"一张网"制作农业气象、环境气象、交通气象、水文气象等专业预报预警产品，主要气象服务产品均从智能网格预报"一张网"里生成。天津 2017 年 4 月末利用智能网格预报为第十三届全国运动会马拉松比赛提供了多样化气象服务产品；福建共有 53 种精细化、图表化的气象服务产品利用智能网格预报生成。

据中国气象局预报与网络司天气处处长张志刚介绍，全国各省的智能网格预报业务正在顺利推进，将于 2017 年底全部实现业务化运行。目前全国气象部门正在以"可从格点预报导出"为标准对现行短期和中期气象预报业务产品进行分类梳理，清理"僵尸"产品，建立网格预报应用产品清单，为市、县级气象部门开展服务提供产品支撑。

（来源：《中国气象报》，2017 年 7 月 20 日，作者：张格苗）

区域级高分辨率数值预报呈集约化发展格局

近日，记者从中国气象局了解到，我国区域级高分辨率数值预报取得重要进展。各区域气象中心面向各省（自治区、直辖市）精细化预报服务日益增长的需求，均建立3～9公里的高分辨率区域数值天气预报业务系统，基本形成以华北、华东、华南区域气象中心为骨干，加之其他五个区域（东北、华中、西南、西北和新疆）气象中心协同发展的区域级高分辨率数值预报集约化发展格局。

据介绍，目前，各区域级高分辨率数值预报特色明显，预报准确率显著提升。华北区域气象中心区域多尺度快速更新分析和预报系统（RMAPS）核心成果已推广至内蒙古、河北、山西、天津、辽宁等省（自治区、直辖市）；华东区域气象中心在建的多尺度一体化数值预报业务系统对灾害性降水预报的准确率高于欧洲中心、美国等研发的一流全球模式；华南区域气象中心的南海台风模式预报水平逐年稳步提升，具有预测台风生成的能力。

目前，全国气象部门可以通过数值预报云平台稳定、快速、便捷地共享华北、华东、华南区域气象中心3～9公里分辨率的区域数值预报系列产品。区域级高分辨率数值预报产品已在每天全国天气预报大会商中得到应用，成为省级智能网格预报和灾害性天气预报业务体系的重要组成部分，在无缝隙、精细化预报业务和重大活动气象保障服务中起到关键作用。

而这些进展得益于近年来以各区域气象中心高分辨率区域数值预报技术的迅速发展。譬如，华北区域气象中心发展了天气雷达和全球卫星导航系统

（GNSS）等稠密观测资料同化技术；华东区域气象中心自主研发的模式物理过程达到国际先进水平；华南区域气象中心发展了低纬地区云降水物理方案和海陆面、边界层参数化方案。

此外，针对各区域气象中心高分辨率模式的创新和联合发展体制机制业已形成。各区域气象中心均采取由研究单位和业务单位联合发展的方式推进。华北、华东和华南区域气象中心相继成立区域内和跨区域的数值模式联合攻关团队，并打造数值预报资源和成果共享平台。

（来源：《中国气象报》，2017 年 7 月 27 日，作者：张格苗）

全国智慧气象信息员管理平台投入应用"消息必达"缩短预警响应时间实现动态管理

记者近日获悉，全国智慧气象信息员管理平台已建成并投入推广应用。

该平台充分利用阿里巴巴集团开发的免费沟通与协同多端平台"钉钉"，与国家突发事件预警信息发布系统对接，面向气象信息员自动发布本地预警，具备预警信息分享、消息必达提醒、灾情信息现场上报、多方会商通话等功能，实现了对气象信息员管理方式的重大转变。

在我国，目前有 70 余万气象信息员奔走在防灾减灾一线。他们承担着传播气象信息、宣传科普知识、监督气象服务以及评判服务效益等工作职责，是基层气象灾害防御的重要力量。

然而，各地对气象信息员的管理水平却参差不齐。"以往，我们多通过短信、微信向气象信息员发预警，这些方式难以确保每个气象信息员都第一时间收到、查看并转发预警。"湖北省荆门市沙洋县气象局工作人员张舟对此深有感触，"灾情上报多为文字，在准确性上也有欠缺。"

全国智慧气象信息员管理平台的应用，改变了这一状况。该平台有两大优势功能：一是"消息必达"，管理者可以在平台上随时查看信息员的阅读状态，并提醒其查看预警；二是基于精准定位的多形式实时灾情上传，气象信息员可将所在位置的灾情通过文字、图片、视频等多种形式上传，若上传信息通过审核，还会发送给本组织的所有人员，让决策者、管理者及时掌握灾情发展。

　　此外，该平台还有群组功能，让气象信息员通过免费"钉钉消息"、电话会议等方式开展交流，也方便基层气象部门针对气象信息员开展属地化综合管理、个性化定制服务等工作。

　　集多种优势功能于一身，该平台推动实现了气象部门对气象信息员管理方式的转变。一方面提高了信息上传下达的效率，缩短了应急响应时间和沟通成本，另一方面则为防灾减灾管理者提供了实时可靠的灾害及人员活跃信息，实现了动态管理。

　　该平台在 2017 年汛期已初现成效。在 2017 年 7 月 7 日北京市出现的强对流天气过程中，海淀区气象局通过该平台发出雷电、大风、冰雹等预警，并清晰、动态地掌握气象信息员的阅读、转发状态。出现冰雹后，多名气象信息员第一时间上传图片、视频等内容，灾情报送更直观。

（来源：《中国气象报》，2017 年 7 月 27 日，作者：王敬涛 李靖 孟庆栋 陈洋）

气象部门电子政务系统走向成熟

用电子政务系统取代繁复冗杂的纸笔办公，究竟会有多少收益？近日，记者从国家气象信息中心电子政务处获得了这样一组数据：中国气象局综合管理信息系统自投入运行以来，各级公文收发总数达 410 余万件。此外，该系统还发布信息 142 万条，发布电子期刊 9792 期，点击量超过 43 万次。与此同时，刚刚投入运行一年多的中国气象局行政审批平台已办理 3316 件审批事项。

在气象信息化工作中，管理信息化是重要的组成部分。而担负着管理信息化重任的，就是电子政务系统。据介绍，气象部门电子政务系统可以分为三部分，其一是电子政务内网，是中国气象局决策服务产品直达党中央、国务院的直接渠道；其二是最为气象工作者所熟悉的中国气象局综合管理信息系统；其三则是面向公众的中国气象局行政审批平台。

五年来，中国气象局综合管理信息系统按照"纵向到底、横向到边"的整体思路建设，纵向已实现全国范围全面上线，覆盖从国家级至县级气象局的全部层级；横向相继建设了 52 个政务管理应用子系统，已成为各级气象部门日常行政管理不可或缺的"好帮手"，公文传递、信息发布、出差审批全都离不开它。

点开"公文"系统，它流动的全过程一目了然；少则几个，多则数十个节点，以前需要人们拿着纸质文件四处跑，如今只需鼠标轻轻一点。各个节点上显示的停留时间，无形中也督促着人们提高办事效率。中国气象局综合管理信息系统不仅减少了资源的浪费，更降低了办公的时间成本。该系统解

决了以往气象部门办公系统各自建设、系统分散、不能互联互通、信息不能共享、资源利用率低以及低水平重复建设等问题。另一方面，此前各级气象部门、各直属单位印制的纸质内部刊物，如今全部采用电子期刊的形式在系统上发布，查看起来直观方便。

综合管理信息系统面向的是气象工作者，而面向公众的中国气象局行政审批平台，则以"让信息多跑路、群众少跑腿"为己任。目前，该平台已完成行政审批事项的网上咨询、网上申报、网上受理、网上审批、网上公开和网上反馈的全流程建设，实现与行政审批大厅融合，形成线上线下功能互补、相辅相成的审批服务新模式。

未来，中国气象局电子政务系统将向着"大平台共治"的方向发展。在此框架下，气象现代化核心业务水平监测指标系统于2016年上线，目前已动态监测并实时展示、发布14类62项指标。通过对指标的动态监测，可以及时认识自身能力，跟踪了解国际前沿，找准差距和努力方向，加快推进气象现代化。

（来源：《中国气象报》，2017年8月23日，作者：刘钊　黄珣　王帅）

"国船国导"护航"一带一路"　我国自主研发远洋气象导航系统打破国外垄断

记者日前从上海市气象局了解到，我国自主研发的远洋气象导航系统，已成功为中国至巴基斯坦、南非等多条航线的船只提供精准、安全的导航服务，打破了远洋导航系统长期被国外垄断的局面，成功实现"国船国导"梦，为"一带一路"保驾护航。

远洋气象导航是远洋船舶安全、经济航行的重要保障。由于技术落后，过去，大量中国远洋船舶只能依赖国外气象导航公司，对国家商业、技术机密甚至国家安全造成潜在威胁。

2016年初，依托上海高分辨率大气和海洋数值模式等核心技术，上海市气象局联合华风气象传媒集团等单位，在一年多时间里攻克多项技术难题，建成一套拥有自主知识产权的远洋气象导航系统。

目前该系统可为不同船只"量身定制"航线。根据自主研发的船舶导航算法，该系统可综合考虑船型、船龄、船舶尺度等基本参数，航区及航线沿途港口信息，以及该航次的海洋气象条件等因素，优化船舶初始航线，并根据海洋气象条件变化实时调整推荐航线。系统还能为不同运营目标的航次推荐最省油、最省时、最舒适、最经济的航线等。同时，该系统已初步具备了3公里分辨率的船舶追随精细化预报服务能力，通过卫星定位为航行中的远洋船只实时发布精细化预报预警。

相较于国外远洋气象导航，该系统在精细化方面具有独特优势。上海在区域高分辨率数值预报技术方面已达到国际先进水平，这为研发精细化远洋

气象导航产品提供了有力支撑。除了依国际惯例提供全球各类气象海洋预报产品之外，该系统还提供西北太平洋区域和中国近海精细化风浪流预报产品、中国近海高分辨率的电子海图等"独家产品"。

近期，该系统正在开展市场测试，已先后有 20 多艘远洋船只采用了这一系统。2017 年 7 月，两艘安装了该系统的货轮行至台湾海峡，收到系统提示"预计原航线将受浅滩效应影响，建议选择澎湖与台湾岛之间的航路通过"。其中一艘货轮随即改变航路平稳顺利通过台湾海峡，另一艘继续沿原航道通过的货船却遭遇了严重颠簸，险些因船舶垂荡、横摇等造成货损。

目前多家远洋行业的大型企业已对该系统表现出浓厚兴趣，下一步，上海市气象局将与国内参与"一带一路"的多家央企签署战略合作协议，针对国内远洋船舶的需求研发更有针对性的产品，并通过联合公测等推动我国自主研发的远洋气象导航系统全面参与国际市场竞争。

（来源：《中国气象报》，2017 年 8 月 29 日，作者：王瑾）

气候众创平台　实现科研向业务的华丽转身

国家气候中心气象灾害风险管理室主任王国复这 4 年主要做了一件大事：在整理了上千页的气候业务需求分析报告的基础上，开发了智慧型气候众创业务平台——气候预测交互式分析系统（CIPAS 2.0）。专业点说，就是实现气候业务信息化。

气候业务不同于天气预报。影响气候的因子纷繁复杂，做好气候预测有很多难点，需要大量科学研究，形成针对不同监测预测对象的气候算法。从这个角度说，气候业务的核心是科学研究和气候算法。以前，不少研究成果和算法掌握在科学家个人手中，轮上谁值班，谁就使用自己更习惯的算法，甚至连最终的业务产品也没有统一标准。

4 年前，国家气候中心开始信息化改革，一是理清核心业务，让整个业务流程更顺畅；二是让科学家众智、众创参与业务发展，缝合科研和业务两张皮。而切入点就是 CIPAS 2.0。

2014 年，王国复接过重任，开始组织开展全面的业务梳理和分析。经过多轮研讨，逐步理清主要业务需求——多达 774 项业务点。例如，划定气候与气候变化监测业务，就包含全球海洋、大气环流、极端气候事件等多要素、多维度、多时间尺度的实时滚动监测等 200 多个业务功能。

经过两个多月的详细设计、10 个月的系统开发，2015 年 5 月 31 日，智慧型气候众创业务平台 CIPAS 2.0 的原型系统上线，紧接着是漫长的业务验证。国家气候中心组织成立数据应用环境建设组、业务分析组等专家组，对提交的数据、算法和产品规格进行全面验证。最终，该系统于 2017 年 7 月通过中

国气象局业务化能力评估专家组的评审与验证。

如今，CIPAS 2.0 整合集成了动力与统计相结合气候预测系统、多模式集成气候预测系统、气候极端事件监测系统、ENSO（厄尔尼诺／拉尼娜）监测预测系统等一批原本分散的国家级气候监测预测业务系统，集成了 430 个气候算法，系统功能覆盖气候监测、预测、产品检验、产品制作和诊断分析等核心气候业务。CIPAS 2.0 基于"气候算法组件库"和"业务流程引擎"等技术，建立了众创开发平台，实现了科研向业务的快速转化。

国家级和省级气候监测、预测和服务不一致的问题也得到了初步解决。CIPAS 2.0 强大的科技转化和中试作用，使得科学家可以把更多时间和精力放在对科学机理和算法的研究上。

CIPAS 2.0 统一部署在国家级资源池中，不仅是国家级业务平台，也是省、市、县级气候业务人员的重要业务工作平台。各省级气候中心参与热情高涨。上海市气候中心根据本地特色需求，对 CIPAS 2.0 系统进行了二次开发，增加大量自身研发的各类气候监测预测指标，形成面向服务的业务平台；河南省气候中心对本省气候业务系统进行整合，基于 CIPAS 2.0 研发了黄河流域气候监测预测、延伸期预测、多模式预测对比检验等功能，打造成一个省级统一气候业务平台。

王国复说，从两年来的试运行来看，CIPAS 2.0 是典型的大数据和信息化平台。但不只如此，业务系统不是简单的信息系统，而是很好把握了气候业务和气候科学的未来方向——激励众创和成果共享的业务循环发展的良好生态。下一步，CIPAS 2.0 还将走出去。"很多国家都将气候预测作为科研领域，作为国家业务的相对较少，开放的 CIPAS 2.0 势必能走得更远。"他表示。

（来源：《中国气象报》，2017 年 9 月 7 日，作者：孙楠 李威）

气象资料和产品社会共享更加充分
中国气象数据网下载订单量接近百万

记者日前从中国气象局了解到，中国气象数据网正式上线对外服务不到两年，下载订单量接近百万，注册用户、年访问量等逐年上升，气象资料和产品的社会共享力度不断加大。

据统计，截至 2017 年 8 月 30 日，中国气象数据网下载量总计17.47TB，订单量达到 94.37 万个，累计注册用户超过 18 万人，年访问量近5800 万人次。其中仅 2016 年，通过中国气象数据网共享的气象资料和产品就为农林牧等 60 个行业 4 万余个人 349 家企业及 690 项国家重大科研项目提供服务，产生经济效益 1.31 亿元，较 2015 年增长了 26%。

中国气象局还通过其他共享渠道向水利部、交通部、环保部等 23 个部门提供数据，2016 年共享数据量达到 898.7TB。气象数据实时共享有效服务了环境、国土、水利、农业、林业、海洋、国防和经济等各个领域的业务发展，也促进了各行业共同参与挖掘气象数据的应用价值和效益。

据了解，2015 年 9 月，中国气象局向社会公布了《基本气象资料和产品共享目录》，中国气象数据网同时正式上线对外服务，共 5 类 17 种气象资料和产品，总数据量达到 3PB（相当于 5 万个 64 GB 存储卡的存储容量），每日更新数据量达到 3 TB（相当于 48 个 64GB 存储卡的存储容量）。

（来源：《中国气象报》，2017 年 9 月 11 日，作者：张格苗 刘钊）

中国气象发展指数首次发布　全面客观评估气象发展质量效益展示"中国贡献"

《中国气象发展指数报告（2017）》（以下简称《报告》）2017年9月26日在北京发布。这是我国首次公开发布气象发展指数，全面客观地评估了我国气象事业的发展质量和效益，展示气象科技发展的"中国贡献"。

《报告》由新华社中国经济信息社和中国气象局发展研究中心联合编制，通过治理保障、经济影响、民生服务、生态服务、监测预报、创新驱动、环境支撑等具体指标，综合分析和评价我国气象发展总体水平、能力和效益。

《报告》表明，我国气象事业近年来显示出良好的快速发展态势，在国家治理保障、国民经济发展及社会民生改善等方面的作用不断提升。2016年中国气象发展指数为163.25，较2015年增长11.18%，2011年以来年均增长率达10.30%。2016年气象创新驱动力指数、气象监测预报指数分别为171.22、148.32，2011年以来年均分别增长11.36%和8.20%。气象创新驱动的分项指数增长势头强劲，"智慧气象"发展迅速，已成为中国气象发展质量提升的重要因素。

伴随着气象核心业务能力的提升，治理保障、经济影响、生态服务等各分项指标均呈现快速增长态势。其中，2016年气象生态服务分项指数为214.03，与2015年相比增幅达26.39%，是我国气象发展效益的重要体现。气象经济贡献力指数年均增长5.92%，气象为农服务效益增长明显，第二、第三产业的气象服务效益也持续较快增长。

"中国气象发展指数是全球气象界展示气象服务作用和社会经济效益的

优秀典范。"世界气象组织秘书长佩蒂瑞·塔拉斯在 9 月 25 日致中国气象局的贺信中评价道。

中国气象局副局长于新文表示，中国气象发展指数以量化指数的形式客观反映我国气象发展水平，为社会各界了解、参与和应用气象提供参考依据。希望中国气象发展指数对未来气象发展形成引领和指南，在全球气象界树立典范。

新华社中国经济信息社是国内权威的经济信息采集和发布机构。中国气象局与新华社加强合作，编制具有权威性、影响力的中国气象发展指数，使其成为全面客观反映我国气象发展的"风向标"和"晴雨表"。

（来源：《中国气象报》，2017 年 9 月 28 日，作者：贾静淅 王喆）

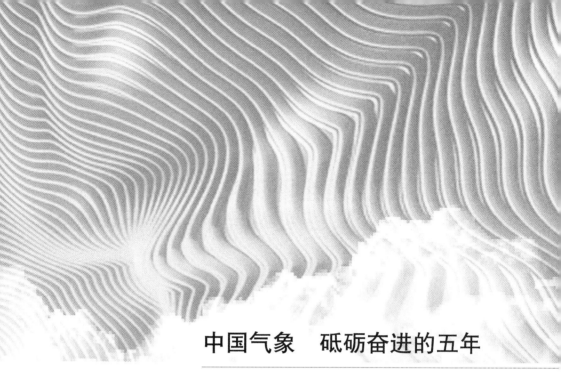

第五章
深化气象改革

中国气象局党组全面深化改革意见出台
明确到 2020 年三个方面的改革重点任务

2014 年 5 月 21 日，中国气象局党组印发《中共中国气象局党组关于全面深化气象改革的意见》（以下简称《意见》）。意见分为五个部分共 20 条，明确到 2020 年，在气象服务体制、气象业务科技体制和气象管理体制等重要领域和关键环节的改革上取得突破性进展和决定性成果，构建开放'多元'有序的新型气象服务体系，世界先进的现代气象业务体系，适应气象现代化的气象管理体系，形成体系完备、科学规范、运行有效的体制机制，为实现气象现代化提供制度保障，为全面建成小康社会提供强有力的气象保障。

《意见》深刻剖析了我国气象改革发展面临的重大理论问题和实践问题，阐述了全面深化气象改革的重要意义和面临的挑战，提出了全面深化气象改革的指导思想、目标任务、重大原则，描绘了全面深化气象改革的新蓝图、新愿景、新目标，汇集了全面深化气象改革的新思想、新论断、新举措，是全面深化气象改革的总部署、总动员。

《意见》提出，以邓小平理论、"三个代表"重要思想、科学发展观为指导，深入贯彻《中共中央关于全面深化改革若干重大问题的决定》和习近平总书记系列重要讲话精神，坚持公共气象发展方向，坚持科技型、基础性社会公益事业定位，坚持全面推进气象现代化，进一步解放思想，不断激发创新动力和发展活力，以提升公共气象服务能力和效益为导向深化气象服务体制改革，以提高气象核心竞争力和综合业务科技水平为导向深化气象业务科技体制改革，以全面履行气象行政管理职能为导向深化气象管理体制改革，加快构建和完善有利于气象事业发展的体制机制，努力开创气象工作新局面。

瞄准总体目标，中国气象局党组围绕深化气象服务体制改革、气象业务科技体制改革、气象管理体制改革三个方面提出多项具体举措。《意见》要求，必须巩固和加强公共气象服务，构建政府部门主导、市场资源配置、社会力量参与的气象服务新格局，更好地满足经济社会发展和人民群众生产生活日益增长的气象服务需求。要紧紧围绕气象核心技术突破深化科技体制改革，提高综合业务能力和水平，建立集约高效的业务运行机制，创新人才培养、引进、使用机制，不断拓展气象业务领域，实现气象业务提质增效。必须坚持和发展气象部门与地方政府双重领导、以气象部门领导为主的管理体制，完善与之相适应的双重计划财务体制，创新气象行政管理方式，营造良好的政策环境，夯实履行气象行政管理职能的基础，增强公信力和执行力，全面履行法律法规赋予的权力和义务。

《意见》还要求，全面深化气象改革必须加强党的领导，充分发挥党组（党委）的领导核心作用，调动一切积极因素，凝聚共识，协同推进，确保各项改革有力有序协调推进。

（来源：《中国气象报》，2014 年 5 月 26 日，作者：顾燕杰）

我国加快构建开放多元有序的新型气象服务体系

记者2014年5月27日从中国气象局获悉，我国将深化气象服务体制改革，加快构建开放多元有序的新型气象服务体系。

中国气象局日前印发的《中共中国气象局党组关于全面深化气象改革的意见》（以下简称《意见》）指出，必须巩固和加强公共气象服务，构建政府部门主导、市场资源配置、社会力量参与的气象服务新格局，更好地满足经济社会发展和人民群众生产生活日益增长的气象服务需求。

同时，强化政府在公共气象服务中的职能和作用。改进政府提供公共气象服务方式，建立政府购买公共气象服务机制，组织引导社会资源和力量开展公共气象服务。健全气象防灾减灾机制，完善基本公共气象服务均等化制度。

《意见》还明确，要积极培育气象服务市场。建立公平、开放、透明的气象服务市场规则，形成统一的气象服务市场准入和退出机制，鼓励和支持气象信息产业发展。按照开放有序的原则，制定气象服务负面清单，明确气象服务市场开放领域，建立基本气象资料和产品开放共享和使用监管政策制度，加大气象资料和产品的社会共享力度。

（来源：新华网，2014年5月27日，作者：刘羊旸　林晖）

全国完成航危报业务改革
气象部门提供新型航空服务业务

日前，记者从中国气象局综合观测司了解到，全国气象部门正式完成航空天气报告和危险天气通报（以下简称"航危报"）业务改革，从 2015 年 1 月 1 日起，停止发送航空天气报和危险天气通报，开始为用户提供新型航空服务业务。

自 2015 年起，气象部门将提供自动化观测资料、气象预报产品以及预警信息等新型航空服务业务，并建立应急服务机制。

2014 年，全国各地建立了气象部门与军队和民航部门的气象信息实时共享系统，共享了气象观测、预报和预警信息。此外，气象部门协助军队用户建设了气象信息显示平台，协助开展了气象资料应用方法的培训，建立了气象为航空服务业务。

据了解，中国气象局自 1954 年起开始开展航危报业务。传统航危报的内容包括自动气象站的观测要素、云能天（云、能见度、天气现象三个项目的观测）等人工观测数据，传输方式大都采用电报等方式。自 2013 年起，中国气象局推动航危报业务改革，这也是县级综合业务改革的重要内容之一。通过举办座谈会、开展试点、用户交流等形式，气象、军队、民航和工信部等四部门联合建立了航危报改革工作组，形成了改革机制。

（来源：《中国气象报》，2015 年 1 月 6 日，作者：史一卓）

《气象行政审批制度改革实施方案》出台

2015 年 4 月 2 日，中国气象局印发《气象行政审批制度改革实施方案》（以下简称《方案》）。

《方案》深入贯彻党的十八届三中、四中全会精神，全面落实国务院关于深入推进行政审批制度改革总体要求，按照中国气象局党组关于全面深化气象改革、全面推进气象法治建设的具体部署，对气象部门行政审批制度改革工作提出明确要求。

《方案》强调，要加快转变职能，推进简政放权、放管结合，依法规范行政审批行为，创新行政审批管理方式，确保把该放的权力放到位、接得住、管得好。要全面依法履行气象管理职能，建立气象部门权力清单制度，切实做到"法无授权不可为、法定职责必须为"，为全面推进气象现代化、全面深化气象改革、全面推进气象法治建设和全面推进气象部门党的建设提供支撑和保障。

《方案》指出，要注重通过强化标准规范和行政执法等措施进一步加强事中事后监管，切实提高气象行政管理能力和水平；建立并落实管理制度，规范行政审批环节和行为，确保行政审批依法有序进行，并注重创新审批方式，推行"一个窗口"受理和网上审批，简化审批程序，优化审批流程，提高审批效率，实现审批环节公开透明和高效便捷；强化国务院气象主管机构与地方各级气象主管机构的协同机制，明确国家与地方气象行政审批制度改革工作的权限，做好气象行政审批事项取消和下放的有序衔接，并明确中国气象局各职能部门的责任分工，强化督办落实，全面提升气象部门行政审批工作的质量和效力。

　　《方案》总体框架包括四个部分，即总体要求和基本原则、主要任务、实施进度和保障措施。《方案》体现了气象部门垂直管理的体制特点，对国家和地方气象部门提出有针对性的工作分工和具体承担的改革任务，从规范行政审批行为、建立权力清单制度、清理规范中介服务、开展服务收费项目调查清理等四个方面对行政审批制度改革工作进行部署，并明确了各项任务的实施进度和时间节点，确保落实。

　　据悉，中国气象局将召开电视电话会议部署《方案》的贯彻落实工作，通过强化各级气象部门的责任意识，加强督办落实，形成工作合力，全面提升气象部门行政审批工作的质量和效力。

　　　　　　（来源：《中国气象报》，2015 年 4 月 13 日，作者：张明禄）

气象局取消防雷产品测试等 4 项行政审批中介服务

记者 2017 年 5 月 27 日从中国气象局获悉，气象部门将取消雷电灾害风险评估（以下简称"雷评"）、防雷产品测试等 4 项行政审批中介服务。

雷评是对雷电灾害可能导致的人员伤亡、财产损失程度与范围等方面进行综合风险计算评估的技术性服务，主要为项目选址、功能分区布局、防雷类别（等级）以及防雷措施、雷灾事故应急等提出建设性意见。根据中国气象局办公室下发的《关于取消第一批行政审批中介服务事项的通知》，今后在开展防雷装置设计审核行政审批时，不要求申请人提供雷电灾害风险评估报告；开展防雷装置竣工验收行政审批时，不要求申请单位提供防雷产品测试报告。

中国气象局有关负责人表示，气象部门按照简政放权、放管结合、优化服务、转变职能的要求，决定取消雷评中介服务事项，不再作为行政审批受理条件，有助于减轻企业负担，提高审批时效。

据了解，取消雷评中介服务事项，不再作为行政审批受理条件，并非取消雷评业务。按照相关法律法规的规定，大型建设工程、重点工程、爆炸和火灾危险环境、人员密集场所等项目应当进行雷电灾害风险评估，以确保公共安全。今后需要开展雷评的项目，由企业自主选择服务机构提供技术服务。

同批取消的其他两项气象部门行政审批中介服务为：在新建、扩建、改建建筑工程避免危害气象探测环境审批时，不要求申请人提供建筑工程与气象探测设施或观测场布局图；气象台站迁建审批时，不要求申请人提供新迁建气象站现址现状图、新址规划图。

（来源：新华社，2015 年 5 月 27 日，作者：林晖）

2025 年我国气象服务产业规模将达 3000 亿元

在日前召开的中国气象服务协会启动运行大会上，首任中国气象服务协会会长、中国气象局公共气象服务中心主任孙健发布了《中国气象服务产业发展报告（2014）》（以下简称《报告》）。《报告》显示，当前我国气象服务进入快速发展阶段，到 2013 年收入规模已突破 100 亿元，经估算，未来 10 年我国气象服务产业规模可达 3000 亿元，市场潜力巨大。

报告显示，2005 年后，我国气象服务产业进入快速发展阶段，尤其是2008 年至 2013 年，我国气象科技服务收入年平均增长率达 19.8%，收入规模突破 100 亿元。据不完全统计，截至 2014 年 3 月，由我国社会企业发布的天气类手机软件数量已超过 500 个，排名前 20 的天气类手机软件综合下载总量已超过 6 亿次。同时，报告也指出，面对旺盛的需求，我国气象服务市场仍开拓缓慢，有偿使用气象服务的习惯尚未形成，气象服务产业市场潜力巨大，经过估测，其产业规模到 2025 年可达 3000 亿元。

（来源：《光明日报》，2015 年 10 月 27 日，作者：杨舒）

《地方各级气象主管机构权力清单和责任清单指导目录》公布

近日，中央机构编制委员会办公室和中国气象局联合公布《地方各级气象主管机构权力清单和责任清单指导目录》（以下简称《指导目录》），并印发通知，就积极推进气象主管机构权力清单制度工作、规范做好气象主管机构权力清单制度工作以及依法履行气象主管机构的法定职责提出明确要求。

该通知要求，地方各级气象主管机构要切实做好权力清单和责任清单的编制公布，加强与地方政府部门权力清单制度工作的衔接，机构编制部门要加强协调和指导。已经公布权力清单和责任清单的气象主管机构，要根据本《指导目录》进一步调整和规范；正在研究制订权力清单和责任清单的，要注意做好与本《指导目录》的衔接；尚未建立权力清单和责任清单的，要按照本《指导目录》加快推进。

该通知就规范做好气象主管机构权力清单制度工作做出部署，要求各省（区、市）气象主管机构依据法律法规和规章，认真梳理相关权责事项，结合当地实际，进一步完善《指导目录》；按照确定的行政职权审核确定程序，由上级气象主管机构进行合法性、合理性和必要性审查。

就依法履行气象主管机构的法定职责，该通知要求，各级气象主管机构要建立健全权力运行配套制度，严格依照权力清单和责任清单行使职权，强化公共服务能力建设。该通知特别提出，乡镇推行权力清单制度的，要按照《气象灾害防御条例》和党中央国务院关于健全完善农村基层气象防灾减灾组织体系的要求，明确气象灾害防御和公共气象服务职责，机构编制部门和气象主管机构要加强指导。

根据该通知要求，省级气象局 2016 年 3 月底前、市县两级气象局 2016 年底前要基本完成权力清单和责任清单的公布工作。

（来源：《中国气象报》，2016 年 1 月 8 日，作者：李一鹏）

防雷产品使用备案核准等非行政许可审批取消

记者 2015 年 5 月 28 日从中国气象局获悉，根据《国务院关于取消非行政许可审批事项的决定》和《国务院关于取消和调整一批行政审批项目等事项的决定》，自国务院决定发布之日起，防雷产品使用备案核准，外地防雷工程专业资质备案核准，其他部门新建、撤销气象台站审批和为教学和科学研究等开展的临时气象观测备案核准等 4 项非行政许可审批事项全部取消。

5 月 28 日，《中国气象局办公室关于做好取消非行政许可审批事项衔接落实工作的通知》（以下简称《通知》）发布。《通知》要求各省（自治区、直辖市）气象局认真落实国务院决定，不得将已取消的 4 项非行政许可审批项目通过印发文件等形式指定交由协会、学会和事业单位继续审批，已经指定的要予以纠正，收回相关文件，停止审批。同时也不得以其他形式继续实行变相审批。对落实不到位的要坚决予以纠正，造成严重后果的，严肃追究相关人员责任，确保简政放权执行到位。

中国气象局将对取消非行政许可审批事项涉及的《防雷减灾管理办法》《防雷工程专业资质管理办法》《气象行业管理若干规定》等部门规章及规范性文件进行修订。《通知》要求各省（自治区、直辖市）气象局积极配合当地人大、政府法制部门抓紧做好与取消非行政许可审批事项相关的地方性法规、政府规章及规范性文件的清理、修订及废止工作；并做好本部门制定出台的相关规范性文件的清理、修订及废止工作。

《通知》要求，各省（自治区、直辖市）气象局切实做好非行政许可审批事项取消后的落实和衔接工作，加强对取消事项的后续监管，确保防雷、气象观测等相关工作平稳有序运行。同时，各省（自治区、直辖市）气象局要把取消的非行政许可审批事项通过多种渠道及时公开，让行政相对人、社会公众充分知晓，接受社会监督。

（来源：《中国气象报》，2015年6月1日，作者：赵晓妮）

《中共中国气象局党组关于防雷减灾体制改革的意见》印发

>>>>>

2015年12月21日,《中共中国气象局党组关于防雷减灾体制改革的意见》(以下简称《意见》)印发。防雷减灾体制改革的总体要求是,坚持依法履行职责,加强防雷减灾安全管理,强化防雷减灾公共服务职能,改革创新防雷减灾行政管理、业务服务和市场监管体制机制。坚持简政放权、放管结合,深化防雷减灾行政审批制度改革,开放防雷减灾服务市场,加强事中事后监管。坚持科技创新,提高雷电灾害监测预报预警能力,全面提升防雷减灾服务水平,更好地保障经济社会发展和人民生命财产安全。

《意见》明确提出构建防雷减灾安全责任体系、强化防雷减灾行政审批管理、开放防雷减灾服务市场、强化防雷减灾服务市场监管、提升防雷减灾业务能力与公共服务水平、完善防雷减灾工作机制等6大改革任务。

《意见》指出,要细化落实防雷减灾安全管理中政府的领导责任、部门的监管责任、企业的主体责任,完善防雷减灾安全管理工作机制,把防雷减灾安全工作纳入地方政府考核评价指标体系,认真落实权力清单和责任清单制度,强化对防雷减灾权力监督和问责,组织建立健全雷电灾害隐患排查和风险治理机制,及时发现和消除雷电灾害安全隐患。

《意见》提出,严格按照法定权限、法定程序和审批时限规范防雷装置设计审核和竣工验收行政审批行为。做好中国气象局已下放的防雷装置检测单位资质认定和防雷工程专业设计、施工单位甲级资质认定两项行政审批事项的有序承接。加强已取消的外地防雷工程专业资质备案核准和防雷产品使用备案核准两项非行政许可审批事项的事中事后监管。创新审批方式,推行"一个窗口"受理和网上审批。建立健全防雷减灾行政审批监督机制,严肃查处违法违规审批行为。按照国务院有关要求全面做好雷电灾害风险评估、防雷产品测试、防雷装置设计技术评价和新建、改建、扩建建(构)筑物防雷装置检测等4项行政审批中介服务的清理规范工作。

《意见》强调,培育和发展防雷减灾服务市场主体,支持和鼓励具有条件的企事业单位参与防雷装置检测、防雷工程等服务,提升防雷减灾服务供给能力。制定防雷装置检测资质管理办法,修订防雷工程专业资质管理办法,依法规范防雷减灾服务市场准入管理。

《意见》要求,建立、完善防雷减灾服务市场信用评价体系和监管机制,规范服务机构及从业人员行为。探索建立综合执法、协同监管措施,加强防雷减灾服务市场监督抽查和过程监管。加强执法队伍建设,落实执法人员持证上岗和资格管理制度,规范执法行为,提高防雷减灾执法能力和水平。发挥社会组织的作用,加强防雷减灾服务行业自律管理。

同时,要优化防雷减灾业务布局,提高雷电预报预警精细化水平,扩大雷电预警信息发布的覆盖面,发展防雷减灾专业专项服务,加强雷电监测技术、雷电致灾机理、雷电灾害调查鉴定和防护技术研究,提升防雷减灾的科技支撑能力。《意见》还要求,明确职责,完善机制,推进防雷减灾政事企分开。

(来源:《中国气象报》,2015年12月24日,作者:张明禄)

加快"去库存" 提升气象服务有效供给
全国 900 种气象服务"僵尸"产品下岗

2017 年 2 月 3 日，记者从中国气象局了解到，2016 年，全国气象部门共清理 144 类 900 种气象服务"僵尸"产品。这是气象部门推动气象服务体制改革，加快"去库存"，提升气象服务有效供给的重要举措。

在气象服务领域，随着用户需求、服务方式的变化，此前一些曾发挥过重要作用的产品已少有"用武"之地，存在服务对象不明确、内容缺乏针对性、效益不高的情况，被形象地称为"僵尸"产品。

为减少此类无效、低端和重复的气象服务产品供给，中国气象局从 2016 年开始组织开展气象服务产品梳理工作，摸清底数、列出清单，重点对"僵尸"产品进行清理。目前，全国 31 个省（自治区、直辖市）气象部门共 144 类 900 种气象服务"僵尸"产品已"下架"。

中国气象局公共气象服务中心的决策气象服务手机彩信报此前已运行 6 年有余。随着新媒体快速发展，手机彩信传播形式日渐衰微，其作用越来越有限。在 2016 年的清理"僵尸"产品行动中，这一"元老级"气象服务产品正式退出生产线。

清理"僵尸"产品后，相应的气象服务不打"折扣"，且更高效。由公共气象服务中心开发的手机决策气象服务客户端，目前已正式业务化运行。"其服务内容不仅完全覆盖了此前决策气象服务手机彩信报的内容，而且更全面、更精细，可为用户提供更好的体验。"该中心业务科技处工程师张礼春说。

北京市气象服务中心主任郭文利认为，清理"僵尸"产品不仅改善了气象服务供给侧，也在一定程度上优化了业务服务人员的精力配置。"例如，我们可将更多精力投入在研发精细化、格点化的指数预报上，将现有的服务产品做精、做优。"2016 年，北京市气象局共清理包括"钓鱼指数预报"等在内的 20 余种"僵尸"产品。

据悉，以清理气象服务"僵尸"产品为契机，气象部门将逐步建立以服务效益为评判标准的公共气象服务产品准入机制和退出机制。

（来源：《中国气象报》，2017 年 2 月 13 日，作者：贾静淅 叶芳璐 徐辉）

《气象探测资料汇交管理办法》印发

2017年5月2日，中国气象局印发《气象探测资料汇交管理办法》（以下简称《办法》），规范气象探测资料汇交工作，以适应我国大数据发展战略的迫切需求，推动气象数据资源汇集共享，更加科学地为国家重大经济社会发展战略、国家防灾减灾救灾体系建设和社会民生等做好气象预报服务。

《办法》规定，各级气象主管机构所属的气象台站，国务院其他有关部门和省（自治区、直辖市）政府其他有关部门所属气象台站，其他从事气象探测的组织和个人，应当按照《办法》向国务院气象主管机构或者所在地的省（自治区、直辖市）气象主管机构汇交所获得的气象探测资料；我国内水、领海和我国管辖其他海域的海上钻井平台，具有我国国籍的在国际航线上飞行的航空器、远洋航行的船舶，按照国家有关规定进行气象探测的，应当按照《办法》向国务院气象主管机构或者所在地的省（自治区、直辖市）气象主管机构汇交所获得的气象探测资料。

气象探测资料汇交范围包括但不限于原始气象探测记录及图像、视频文件；探测站（点）地理位置名称、经纬度、海拔高度、气象要素类型、仪器设备、探测时段等元数据信息以及由上述信息形成的历史沿革文件；资料格式、资料质量控制及加工处理方法、传输方式、存储方式、目的用途等相关说明文件。

《办法》还鼓励有关部门和机构与气象部门协议共享其他相关资料，鼓励企业和个人汇交其他气象相关信息。

《办法》指出，汇交气象探测资料的气象台站、其他组织和个人的合法权益受知识产权等相关法律法规保护。汇交气象探测资料的气象台站、其他组织和个人可以通过汇交协议的方式，阐明其汇交资料所享有的权利和应履行的义务，明确汇交资料的使用条件等。

（来源：《中国气象报》，2017年5月11日，作者：张格苗）

去重复许可　减企业负担

2016年9月19日至20日，中国气象局召开防雷减灾体制改革推进工作分片督导电视电话会议，要求各级气象部门进一步提高认识、增强改革的信心与决心，扭住防雷减灾体制改革关键环节，强力推进，确保2016年底前全面完成防雷减灾体制改革各项任务。

防雷减灾体制改革，对气象部门来说，是一项"削手中的权、去部门的利、割自己的肉"的重大改革举措。

中国气象局有关负责人介绍，2013年以来，防雷减灾体制改革在全国紧锣密鼓推进，取得显著成效。到2016年3月底，"雷电灾害风险评估"（以下简称"雷评"）等涉及防雷行政审批的所有中介服务全部清理规范完毕；随着建设工程防雷许可的优化，每年可使20多万个工程项目避免重复许可，大幅缩短办理时间，切实减轻企业负担。

存在问题有效解决，彻底切断中介服务利益关联

雷电灾害是对我国危害严重的自然灾害之一。长期以来，各级气象部门加强防雷减灾服务，我国雷电灾害防御能力明显提升。但是，基层防雷减灾机构政事企界限不清、行政审批与技术服务主体混同等问题不同程度存在，在防雷行政审批中存在一些灰色地带和弊病，与改革要求不相适应。

其中，雷评备受关注。所谓雷评，是对雷电灾害可能导致的人员伤亡、财产损失程度与范围等进行综合风险评估的技术服务，主要为项目选址、防雷措施、雷灾事故应急等提出建设性意见。以往，按照相关规定，大型建设工程、重点工程、爆炸和火灾危险环境、人员密集场所等项目要进行雷评，

以确保公共安全。业内人士告诉记者，雷评中介服务创收可观，是地方气象部门职工津补贴的重要来源。

中国气象局有关负责人表示，为贯彻落实国务院关于简政放权、放管结合、优化服务改革的总体部署，进一步做好防雷减灾工作，中国气象局党组把防雷减灾体制改革作为全面深化改革的突破口，以"钉钉子"精神扎实推进改革，大幅度取消、下放防雷行政审批事项，缩小审批范围，坚决啃下这块"硬骨头"。

2015年，中国气象局主动取消雷评和防雷产品测试两项防雷行政审批中介服务，随后又按照国务院要求，将防雷装置设计技术评价和新建、改建、扩建建筑物防雷装置检测改由气象部门委托有关机构开展。到2016年3月底，涉及防雷行政审批的所有中介服务全部清理规范完毕，存在的问题得到有效解决，彻底切断了中介服务利益关联。

优化建设工程防雷许可，缩短办理时间，减轻企业负担

2016年4月，根据国务院降低准入门槛、扩大社会参与、加强事中事后监管的要求，中国气象局制定下发《雷电防护装置检测资质管理办法》，全面开放防雷装置检测市场，鼓励社会组织和个人参与防雷技术服务，出台相关配套标准规范，建立公平开放透明的防雷减灾服务市场规则。

2016年6月，国务院印发《关于优化建设工程防雷许可的决定》，要求减少建设工程防雷重复许可、重复监管，切实减轻企业负担，进一步明确和落实政府相关部门责任。中国气象局立即取消气象部门对防雷专业工程设计、施工单位资质许可，主动与住房和城乡建设部沟通，做好将房屋建筑工程和市政基础设施工程防雷装置设计审核、竣工验收许可，整合纳入建筑工程施工图审查、竣工验收备案的协调工作，并与水利部、交通运输部、国家能源局、

国家铁路局、中国民航局等相关行业主管部门进行对接，细化清单、明确责任。

　　据测算，通过减少两项防雷资质许可，整合防雷工程许可，以及加强事中事后监管等一系列改革举措，每年可使 20 多万个工程项目避免重复许可，约缩短办理时间 40 天，切实减轻企业负担。

　　"改革不仅给企业带来了便利，而且彻底切断了中介服务的利益关联，铲除了腐败土壤。"中国气象局有关负责人说。

　　在"简"和"放"的同时，中国气象局强调"接"得住、"管"得好。制定相关配套标准规范，对于下放的审批事项，调整流程，提高审批时效。对于取消的审批事项，切实转变管理方式，修改、完善相关的法规、制度和标准，加强事中事后监管。

　　中国气象局有关负责人表示，下一步，中国气象局将继续按照"放、管、服"改革的总体要求，认真落实国务院《关于优化建设工程防雷许可的决定》，按照"谁审批、谁负责、谁监管"的要求，将防雷安全放在首位，扎实做好全国雷电灾害的监测、预报、预警工作，努力提升防雷减灾业务能力和服务水平；同时，加强与住建等行业主管部门沟的通，建立工作机制，研究重大政策，协调标准规范，强化责任落实，进一步深化防雷减灾体制改革，更有效地激发市场活力。

"削权割肉"换来企业活力

　　给企业送去"真金白银"的减负红包、全面开放防雷装置检测市场等改革举措，意味着政府部门必须主动"削权割肉"。

　　防雷减灾体制改革事关重大，是气象部门"一场深刻的自我革命和自我完善"。改革贵在行动，重在落实。在许可的程序上优化，绝不意味着监管上可以放松。各级气象部门要使防雷服务回归到基础性公益性事业的定位上来，使工作重点回归到着力提升防雷减灾公共服务能力和社会管理的正途。既要按照改革要求开放市场，鼓励社会企事业单位参与防雷服务，又要切实加强事中事后监管，建立公平、开放、透明的防雷减灾服务市场规则，优化防雷减灾服务市场的政策环境。

防雷减灾领域的改革，可以说是本届政府力推"放管服"改革的一个缩影。"计利当计天下利"，各部门坚决落实党中央、国务院决定，有勇于革新、动自身"蛋糕"的勇气，"削手中的权、去部门的利、割自己的肉"，各项改革才能顺利向深水区推进，用政府减权限权和监管改革，换来市场活力和社会创造力的释放、爆发。

（来源：《人民日报》，2016 年 9 月 23 日，作者：刘毅）

气象行政审批制度改革向纵深推进

记者从中国气象局政策法规司获悉，截至 2016 年年底，气象部门非行政许可审批彻底终结，行政许可审批事项的实际取消和下放数量占原有审批事项的 50% 以上，行政审批中介服务事项全面清理规范完毕。同时，加快推进气象行政审批标准化建设工作，积极推行"互联网 + 政务服务"，所有审批事项的办结实现了"零超时"。

自 2013 年以来，中国气象局坚决贯彻落实国务院关于简政放权、放管结合、优化服务改革要求，坚持把深化行政审批制度改革作为"先手棋"和"当头炮"，坚持问题导向、需求导向、目标导向，加大工作力度，采取果断措施，把气象行政审批制度改革向纵深推进。

聚焦"痛点"和"堵点"，中国气象局全面清理规范行政审批中介服务事项，优化建设工程防雷许可，"真金白银"地为企业减轻负担，增强企业和群众的获得感，并加大简政放权力度，大幅度取消下放行政审批事项。中国气象局全部取消了 4 项非行政许可审批事项，取消了人工影响天气作业组织资格审批、重要气象设施建设项目审核等 4 项行政许可审批事项和 4 项中央指定地方实施行政审批事项，并下放 1 项行政许可审批事项，实际取消和下放的行政审批事项数量占原有审批事项的 50% 以上。

2015 年，中国气象局主动取消雷电灾害风险评估和防雷产品测试等 4 项行政审批中介服务事项。2015 年 10 月、2016 年 3 月，中国气象局又先后根据国务院要求，全面清理规范了 12 项气象行政审批中介服务事项，彻底切断了中介服务利益关联。为贯彻落实《国务院关于优化建设工程防雷许可的决定》

精神，中国气象局下发贯彻落实通知，取消了气象部门对防雷工程专业设计、施工单位资质许可，整合防雷装置设计审核和竣工验收许可。同时，中国气象局与住建部、水利部、交通运输部、国家铁路局等 11 部委联合制定下发《关于贯彻落实国务院优化建设工程防雷许可决定的通知》，减少建设工程防雷重复许可、重复监管，细化清单、明确责任。

在做好简政放权"减法"的同时，中国气象局坚持强调"放管并重"，不断强化事中事后监管，并强化"优化服务"，不断改进管理方式，确保"接"得住、"管"得好。气象部门切实抓好与改革配套的法规、制度的修改完善，强化"双随机、一公开"事中事后监管，对于下放的审批事项调整流程，提高审批时效。

中国气象局配合全国人大有关专门委员会和国务院法制办分别于 2014 年和 2016 年两次修订了《中华人民共和国气象法》，并积极推进《气象灾害防御条例》和《人工影响天气管理条例》修订工作，组织启动了八部门规章的制修订及一部部门规章的废止工作，确保改革于法有据。地方各级气象部门也全力配合各级人大、政府，认真做好取消下放行政审批事项相关的地方性法规和地方政府规章及规范性文件的梳理清理和制修订工作。

为加强监管，中国气象局制定下发实施方案，指导各级气象部门推进"双随机、一公开"事中事后监管工作。目前，全国省级气象部门均已组织建立了随机抽查事项清单，涵盖防雷管理、施放气球管理、气象信息服务管理和气象技术装备管理共 4 大类型，涉及 5 类企事业单位，并将抽查事项清单在门户网站上公布。同时，建立了随机抽取检查对象、随机选派执法检查人员的"双随机"抽查机制。2016 年以来，全国各地气象部门执法检查人员"入库"超过 1700 人，检查对象（企业）"入库"超过 7800 家。

另外，中国气象局加快推进气象行政审批标准化建设，制定下发了推进

气象行政审批标准化实施方案，组织编制了《气象行政审批服务标准规范汇编（试行）》，完成了第二轮行政审批事项服务指南修订，以标准化促进行政许可规范化。各省（自治区、直辖市）气象局也积极推进审批标准化建设，向社会公开审批事项服务指南，并落实首问负责和限时办结等制度。各级气象部门还按照行政审批标准化建设要求，积极推进"一个窗口受理，一个窗口回复"。

"互联网＋政务服务"是气象行政审批制度改革的重点之一。中国气象局加快推进气象行政审批网上平台建设，采取"外网受理、内网办理、外网反馈"的服务模式，为社会公众提供"一站式"服务。各省（自治区、直辖市）气象局也积极推进"互联网＋政务服务"工作，目前已有24个省（自治区、直辖市）气象局进入当地政府行政审批管理系统，3个省（直辖市）气象局自建了独立行政审批管理系统。

通过一系列举措，气象行政审批效率不断提高。据不完全统计，目前保留的8项气象行政审批事项均不同程度地压缩了办理天数，平均压缩办事时间3到7个工作日；自2015年至今所有审批事项的办结均做到了"零超时"。

（来源：《中国气象报》，2017年7月21日，作者：张明禄）

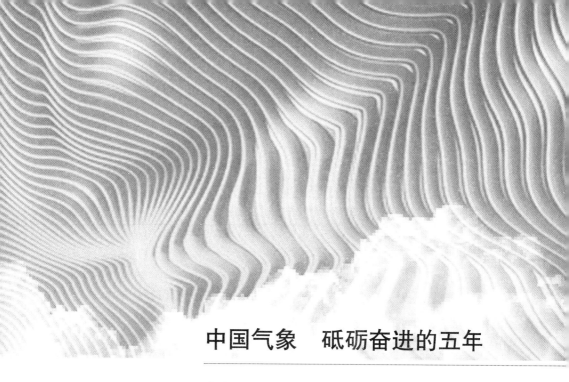

第六章

气象法治建设

凝聚法治力量 护航改革发展

——党的十八大以来气象法治建设综述

党的十八大以来，全国各级气象部门坚持运用法治思维和法治方式，努力构建保障气象改革发展的法律法规体系，全面提升依法履职与依法办事的能力和水平，加大法治宣传教育力度，强化法治思维，营造法治环境，主动作为、敢于担当、狠抓落实，推动气象法治建设迈上新台阶。

保障气象改革发展的法律体系日趋完善

党的十八大提出，法治是治国理政的基本方式，要加快建设社会主义法治国家，全面推进依法治国。

中国气象局认真贯彻落实党的十八大精神，强化气象法治建设顶层设计，全面谋划气象法治建设——

2015年，《中共中国气象局党组关于全面推进气象法治建设的意见》出台，明确了全面推进气象法治建设的总体要求、目标任务及保障措施，为全面推进气象现代化和全面深化气象改革提供保障。

2016年，制定出台《气象部门贯彻落实〈法治政府建设实施纲要(2015—2020年)〉的实施意见》，进一步明确了未来五年气象法治建设总体目标和重点任务。

2017年，印发《中国气象局党组贯彻落实〈党政主要负责人履行推进法治建设第一责任人职责规定〉实施办法》，压实各级气象主管机构主要负责人落实法治建设的主体责任。

　　法者，治之端也。破解改革难题，厚植发展优势，必须坚持在法治的框架内推进改革、在改革中完善法治。党的十八大以来，中国气象局始终坚持深化改革、立法先行。

　　五年来，气象部门不断夯实法治之基，积极构建保障气象改革发展的法律体系。《气象设施和气象探测环境保护条例》经2012年8月22日国务院第214次常务会议审议通过，自2012年12月1日起施行。该条例是与《中华人民共和国气象法》（以下简称《气象法》）相配套的第三部气象行政法规，其施行标志着我国气象设施和气象探测环境保护的法律保障更加有力，对提高气象预测、预报和服务水平，有效防御气象灾害，具有十分重要的意义。2013年，中国气象局启动气象灾害防御法立法研究及气候资源开发利用和保护条例的制定工作。按照行政审批制度改革的总体要求，中国气象局分别于2014年、2016年和2017年，全力配合全国人大和国务院法制办先后完成《气象法》《气象设施和气象探测环境保护条例》和《气象灾害防御条例》有关条款的修订工作，全面贯彻落实国务院"简政放权、放管结合、优化服务"的改革精神。

　　与此同时，中国气象局加快有关部门规章的制定、修订工作，五年来出台《气象预报发布与传播管理办法》《气象信息服务管理办法》《气象行业管理若干规定》《气象行政许可实施办法》《气象专用技术装备使用许可管理办法》《气象台站迁建行政许可管理办法》和《新建扩建改建建设工程避免危害气象探测环境行政许可管理办法》等八部部门规章，完成两部部门规章修订，废止一部部门规章；同时，落实国务院决定要求，围绕深化气象改革，积极推动《雷电防护装置检测资质管理办法》《气候可行性论证管理办法》的修订工作。

　　2012年6月，中国气象局会同全国人民代表大会环境与资源委员会、农业与农村委员会、全国人民代表大会常务委员会法制工作委员会和国务院法制办公室召开全国地方气象立法工作座谈会，全面推进地方气象立法工作；同时下发《中国气象局关于推进地方气象立法工作的指导意见》，加强对地方气象立法工作的指导，取得显著成效。截至 2017 年 6 月，各省（自治区、直辖市）和设区市共制定出台 72 部气象地方性法规和地方政府规章，内容涉及气象灾害防御、气象灾害风险评估、雷电灾害防御、气候资源开发利用和保护、气象设施和探测环境保护、人工影响天气、气象灾害预警信号发布与传播、气候可行性论证等。

截至 2017 年 6 月，我国先后制定出台气象方面的法律 1 部，行政法规 3 部，有效部门规章 19 部、地方性法规 101 部、地方政府规章 121 部，以气象法律为核心，由气象行政法规、部门规章和若干气象方面的地方性法规、地方政府规章和国际气象公约构成的相互联系、相互补充、协调一致的气象法律体系进一步完善。这对全面构建保障气象改革发展的气象法律法规体系，规范全社会气象活动和行为，强化气象行政管理和公共服务职能，促进气象改革发展起到了重要作用。

全面依法履职依法办事能力不断增强

党的十八大以来，中国气象局坚持法定职责必须为、法无授权不可为，推进机构、职能程序、责任法定化，强化依法履职，加大气象法律法规监督检查力度，全面依法正确履行气象法律法规赋予的公共服务、行政管理、市场监管等各项气象职责，依法维护和保障人民群众对公共气象服务的基本需求。

为保证气象法律法规的全面实施，中国气象局配合全国人大两次开展执法检查。其中，2013 年配合全国人大常委会首次在全国范围内开展《气象法》贯彻实施情况的执法检查，地方各级气象部门主动配合当地人大常委会对各级政府及相关部门开展气象法规贯彻落实情况的执法监督检查。这次执法检查规格高、覆盖面广、影响力大，有力推进了气象法律法规的全面实施。2017年3月，中国气象局配合全国人大农业与农村委员会执法检查组对海南省贯彻实施《气象法》情况进行检查调研，进一步强化了海南省贯彻实施《气象法》的工作力度。

中国气象局还制定印发了《中国气象局贯彻落实〈关于推行法律顾问制度和公职律师公司律师制度的意见〉的实施方案》，在气象部门全面推行法律顾问制度和公职律师、公司律师制度。气象部门进一步完善了气象行政执法体制，规范气象行政执法行为，完善气象行政执法责任制。中国气象局和各省（自治区、直辖市）气象局建立健全法制工作机构，部分省（自治区）建立地（市）级、县级气象法制工作机构，全国已建立起一支一万余人的专兼职结合的气象行政执法队伍，成立了执法大队、执法支队、执法总队等执法机构，执法队伍不断壮大，执法能力逐渐增强。

为了保证气象行政权力在阳光下运行，中国气象局大力推行权力清单和责任清单制度，各级气象部门把气象行政权力和责任以清单的形式明确并公之于众。各省（自治区、直辖市）气象局进一步完善行政权力清单和责任清单，并在本级官网上公开。目前，中国气象局已完成31个省（自治区、直辖市）气象局行政权责清单的审查和批复工作。

为了全面贯彻落实国务院关于"简政放权、放管结合、优化服务"改革的总体要求，中国气象局始终坚持把群众的获得感作为简政放权的出发点和落脚点，从群众反映的问题入手，聚焦"痛点""堵点"，加大简政放权力度，大幅取消下放行政审批事项，全面清理规范气象行政审批中介服务。截至2016年底，气象部门4项非行政许可审批事项全部取消；12项行政许可审批事项中，取消4项、下放1项，气象部门实际取消和下放的行政审批事项数量占原有审批事项的一半以上；同时，取消了 4 项中央指定地方实施的行政审批事项，充分体现了气象部门简政放权的决心和勇气。

同时，气象部门坚持"放管并重"，不断强化事中事后监管。中国气象局制定下发实施方案，指导各级气象部门全面推进"双随机、一公开"事中事后监管工作，要求各地气象部门根据当地经济社会发展实际情况，按照各类抽查对象性质，合理确定随机抽查的比例和频次，既保证必要的抽查覆盖面和工作力度，又杜绝检查次数过多和执法扰民。目前，全国省级气象部门均已组织建立随机抽查事项清单，涵盖防雷管理类、施放气球管理类和气象信息服务管理类三大类型，并将抽查事项清单在门户网站上公布；同时，建立了随机抽取检查对象、随机选派执法检查人员的"双随机"抽查机制。今年上半年，全国组织开展"双随机"抽查 13 579 次，参与检查人员 16 779 人次，检查过程中发现问题并提出整改意见 7446 份，已经督促完成整改 4831 宗，并及时向社会公开通报抽查结果。

加大法治宣传教育力度，强化法治思维，营造法治环境

党的十八大以来，中国气象局注重运用法治思维和法治方式谋划改革发展，加大法治宣传教育工作力度，弘扬社会主义法治，树立社会主义法治理念，不断强化法治思维和法治意识，努力营造法治环境，增强气象部门厉行法治的积极性和主动性。

2016 年 5 月 26 日，第八次全国法治宣传教育工作会议召开，气象部门两个地市级气象局和 3 位同志分别荣获全国"六五"普法先进集体和先进个人称号。党的十八大以来，全国各级气象部门深入贯彻落实科学发展观及党的十八大和十八届三中、四中、五中全会精神和习近平总书记系列重要讲话精神，全面贯彻落实依法治国的总体要求，紧紧围绕全国"六五"普法规划

和气象部门"六五"普法规划确立的重点任务，以建设法治政府和实现气象现代化为目标，全面开展"六五"普法宣传教育活动，取得明显成效。

中国气象局抓住有利时机，加强新法规规章解读宣传。2012 年，中国气象局与国务院法制办公室联合召开学习宣传和贯彻实施《气象设施和气象探测环境保护条例》电视电话会议，配合法制办编辑出版《气象设施和气象探测环境保护条例》释义；各级地方气象部门也会同当地人大、政府法制机构通过召开电视电话会议、座谈会等开展学习宣传活动，为《气象设施和气象探测环境保护条例》实施营造良好环境。同时，中国气象局还在新部门规章出台时，及时在报纸、网站等刊发解读文章，加强宣传。

各级气象部门创新普法形式，在充分发挥电视、广播、报刊等传统媒体作用的基础上，积极利用微信、微博等新媒体普及气象法律法规，并以宪法日、世界气象日、防灾减灾日等为契机，扎实推进建立"法律进机关、进乡村、进社区、进学校、进企业、进单位"长效机制，呼吁公众"积极学法，自觉守法，主动用法，诚心护法"，并通过召开新闻发布会、开放气象台站、设点散发宣传材料、知识竞赛等形式，向公众普及气象法律法规。中国气象局政策法规司创新气象法治宣传教育形式，与中国气象局气象宣传与科普中心联合推出《聊聊气象法律法规体系》《探测环境想"静静"》《气象灾害防御条例》普法问答等系列新媒体法治宣传产品，通过中国气象局官方微博、展板等方式在世界气象日、流动气象科普万里行和防灾减灾日活动中推出，进一步扩大气象法治宣传教育社会覆盖面和渗透力。同时，组织编写《气象及其相关法律法规汇编》电子书在机关网刊登，编印《宪法及相关法律汇编》《行政法规及相关司法解释汇编》和《气象法律法规及部门规章汇编》，推动机关干部学法用法常态化。

中国气象局认真贯彻落实国家"十三五"普法规划总体要求，结合气象部门实际，精心谋划、全面部署，全力推动气象部门普法工作深入开展。2016 年印发的《气象部门开展法治宣传教育第七个五年规划》提出，通过五年深入扎实的法治教育、宣传活动和法治实践，气象法治宣传教育机制进一步健全，法治宣传教育实效性进一步增强，气象部门各级领导干部依法治理的能力和水平进一步提高，干部职工法治意识和法律素养进一步提升，气象部门全体党员的党章党规意识进一步增强，社会气象法治意识明显提高。

（来源：《中国气象报》，2017 年 9 月 22 日，作者：张明禄）

《气象设施和气象探测环境保护条例》
2012 年 12 月 1 日起正式实施

《气象设施和气象探测环境保护条例》（以下简称《条例》）将从 2012 年 12 月 1 日起正式施行。11 月 22 日，中国气象局与国务院法制办公室联合召开电视电话会议，学习宣传和贯彻实施《条例》。

中国气象局党组书记、局长郑国光，副局长宇如聪出席会议，会议由副局长于新文主持。受国务院法制办公室副主任甘藏春的委托，该办公室农林司副司长郭文芳出席会议并宣读甘藏春的讲话。《条例》是继《人工影响天气管理条例》和《气象灾害防御条例》之后，国务院出台的第三部气象行政法规。它的颁布实施对于加强气象设施和气象探测环境保护，确保气象探测信息的代表性、准确性、连续性和可比较性，全面提高气象综合观测的能力和水平，提升气象防灾减灾和应对气候变化能力，保障经济社会发展和人民安全福祉具有重要意义。

郑国光强调，要全面理解和深刻认识《条例》的重要意义。《条例》兼顾了三个关系，即兼顾了发展和保护的关系、科学性和现实性的关系、分类保护与分级管理的关系。《条例》包含了五个亮点：首次以法律规范的形式对气象设施和气象探测环境保护专项规划做出规定，首次以法律规范的形式确立了气象探测环境保护要求的报告与治理制度，首次以法律规范的形式明确了建设工程项目避免危害气象探测环境的前置审批制度，首次以法律规范的形式对气象设施和气象探测环境保护的监督检查做出规定，首次以法律规范的形式对监管部门的法律责任做出规定。

郑国光要求认真做好《条例》的学习宣传和贯彻实施工作。要结合实际需要，抓紧研究制定具体学习宣传和贯彻实施方案；抓紧制定《条例》的配套规章和措施；切实做好地方气象设施和气象探测环境保护专项规划的编制和实施工作。

甘藏春指出，《条例》的出台是防治自然灾害、加强生态文明建设的需要，是我国发展阶段和特殊国情的需要，是分清地方政府、有关部门和气象系统各自责任、建立和落实分工的共同责任制的需要。要准确把握《条例》的核心内容，主要是把握好一条主线和四项制度。一条主线即既要保护好气象台站，也要兼顾地方经济社会的发展；四项制度包括气象设施保护制度、探测环境保护制度、工程建设管理制度和台站迁移审批制度。要切实加强对《条例》的学习，既要学习《条例》的基本制度，更重要的是研究掌握《条例》的精神；要从实际出发，加大执法力度；要加强学习协调，形成保护合力；要及时完善配套的规章制度。

国家发展和改革委员会、工业和信息化部、国土资源部、住房和城乡建设部、环境保护部、交通运输部、水利部、国家海洋局、总参气象局等单位的领导和代表，中国气象局各内设机构、各直属单位主要负责同志参加主会场会议。

此次会议分会场设在各省（自治区、直辖市）气象局和具有收听收看条件的地（市、州、盟）气象局及县（市、旗）气象局。各省（自治区、直辖市）当地人大、政府及其有关部门领导，气象局主要负责人，分管法规、业务工作的局领导出席分会场会议。

在电视电话会后，宇如聪就《条例》实施的有关问题接受了新闻媒体的采访。

（来源：《中国气象报》，2012年11月23日，作者：冯君　宛霞　庄白羽）

中国气象局修订霾预警标准
PM₂.₅ 首次成为预警指标

继 2013 年 1 月 13 日发布加强雾、霾监测预报服务工作的通知后，1 月 28 日，中国气象局预报与网络司再次发布关于做好霾天气预警工作的通知，针对霾预警信号标准进行了修订，首次将 PM$_{2.5}$ 作为发布预警的重要指标之一。同日，中央气象台首次单独发布霾预警。

此次修订将霾预警分为黄色、橙色、红色三级，分别对应中度霾、重度霾和极重霾，反映了空气污染的不同状况。在预警级别的划分中，首次将反映空气质量的 PM$_{2.5}$ 浓度与大气能见度、相对湿度等气象要素并列为预警分级的重要指标，使霾预警不仅仅反映大气视程条件变化，更体现了空气污染或大气成分的状态。同时，在霾预警中引入 PM$_{2.5}$ 浓度指标，也使得单独发布霾预警更具科学性和可操作性。据悉，预报与网络司正组织专家进一步研究修订霾预警信号的相关规范标准，将在现行标准试用一段时间后根据实际情况进行修改。

气象专家介绍说，雾与霾不同，雾由水汽组成，霾则主要由大量 PM$_{2.5}$ 颗粒飘浮在空气中而形成，一般呈灰色或黄色，是污染源排放和气象条件共同作用的结果。相比之下，霾对百姓健康的影响更大。

2013 年以来，我国中东部大部地区相继出现大范围雾、霾天气。近期正值春运，严重的雾、霾天气对大气环境、群众健康和出行安全带来了很大影响。对此，预报与网络司强调要更加注重霾预警的及时有效发布，针对霾的预警要兼顾时效性和准确性，在条件许可的情况下尽可能提前发布。

（来源：《中国气象报》，2013 年 1 月 30 日，作者：刘钊）

《气象标准化管理规定》出台

>>>>>

日前，中国气象局联合中国国家标准化管理委员会印发《气象标准化管理规定》（以下简称《规定》），以规范气象标准化工作，增强气象标准的系统性、科学性、协调性和适用性，提升气象标准化工作对气象事业科学发展的支撑保障作用。

《规定》指出，气象标准化是国家标准化体系和气象事业发展的重要组成部分。各级标准化行政主管部门和气象主管机构应加大对气象标准化工作的支持和投入，鼓励气象行业各相关组织和个人按照气象标准化规划和标准体系的要求，积极参与标准制修订及宣传贯彻实施工作。

《规定》强调，气象标准化发展规划应当纳入气象事业发展规划，气象标准化工作应当纳入年度目标管理和气象业务技术考核规范，气象标准制修订经费和宣传经费、工作运行经费等各类气象标准化工作经费应当纳入年度国家气象基建投资计划和气象事业经费预算。各省（自治区、直辖市）应当安排气象标准化专项工作经费，并对所承担的气象国家标准和行业标准制订、修订项目匹配一定经费；在组织推进气象标准化工作时，应当认真分析研究相应的国际标准和国外先进标准，并结合我国气象事业实际发展需求加以采用和吸收，积极参与国际标准化工作。

截至目前，我国已发布气象领域的国家标准 37 项、地方标准 230 多项，气象行业标准 204 项，涵盖气象主要业务服务领域的气象标准体系已初步形成。

（来源：《中国气象报》，2013 年 9 月 25 日，作者：张明禄）

首批强制性气象国家标准发布

记者 2014 年 10 月 9 日从中国气象局获悉，由中国气象局气象探测中心负责编制的《气象探测环境保护规范 地面气象观测站》等 4 项气象探测环境保护类强制性国家标准日前正式发布，自 2015 年 1 月 1 日起实施。

本次发布的 4 项气象国家标准《气象探测环境保护规范 地面气象观测站》《气象探测环境保护规范 高空气象观测站》《气象探测环境保护规范 天气雷达站》《气象探测环境保护规范 大气本底站》是首批由中国气象局归口管理的强制性气象国家标准。作为中华人民共和国国务院第 623 号令《气象设施和气象探测环境保护条例》的配套技术规范，它们的发布实施对于强化保护气象设施和气象探测环境，具有重要的作用和意义。

（来源：《光明日报》，2014 年 10 月 10 日，作者：杨舒）

《全国人工影响天气发展规划（2014—2020 年）》正式印发 将建立较为完善的人影工作体系 基本形成六大区域发展格局

12 月 17 日，国家发展和改革委员会和中国气象局联合印发《全国人工影响天气发展规划（2014—2020 年）》（以下简称《规划》）。《规划》确定了全国人工影响天气工作的指导思想、发展目标、总体布局、主要任务、实施安排，提出人工影响天气的组织管理体制和业务运行机制，并指出在任务完成后，我国将基本形成六大人工影响天气区域发展格局。

《规划》是继第一个全国性人工影响天气发展规划《人工影响天气发展规划（2008—2012 年）》后，全面贯彻落实《国务院办公厅关于进一步加强人工影响天气工作的意见》，推动全国人工影响天气科学发展的重大举措。

《规划》要求，坚持需求引领、科技驱动，坚持统筹协调、区域联合，坚持整体设计、分步推进，坚持安全管理、科学规范的原则，实现与《全国主体功能区规划》《全国新增 1000 亿斤粮食生产能力规划（2009—2020 年）》《全国生态保护与建设规划（2013—2020 年）》和《气象发展规划（2011—2015 年）》等规划有效衔接，为防灾减灾、缓解污染和保障经济发展发挥重要作用。

《规划》指出，到 2020 年，要建立较为完善的人工影响天气工作体系，基本形成六大区域发展格局，基础研究和应用技术研发取得重要成果，基础保障能力显著提升，协调指挥和安全监管水平得到增强，人工增雨（雪）作业年增加降水600亿立方米以上，人工防雹保护面积由目前的47万平方公里增加到54万平方公里以上，人工消减雾、霾试验取得成效，服务经济社会发展的效益明显提高。

记者了解到，全国将分为东北、西北、华北、中部、西南和东南6个人工影响天气区域，其中东北、中部和东南3个区域分别与我国三大粮食生产核心区对应，西北区域重点保障生态环境安全，华北区域重点保障京津冀首都圈水资源安全，西南区域重点保障特色农业生产和水库蓄水发电。

《规划》对人工影响天气作业布局提出明确要求，立足需求，科学测算，大力加强飞机作业力量，适度控制地面作业规模。增雨（雪）以飞机作业为主，地面作业为补充；防雹作业以发展新型的、安全性能高的作业装置为目标，逐步淘汰老旧高炮、火箭作业装置；进一步明确了提升人工影响天气业务能力建设任务，要求建设系列化作业飞机和探测飞机；加强试验示范基地建设和关键技术研发；建立完善人工影响天气探测系统。《规划》还强调要做好人工影响天气作业后的环境影响评价工作。

（来源：《中国气象报》2014年12月24日，作者：张静）

中国气象局党组出台全面推进气象法治建设意见

2015 年 1 月 14 日，《中共中国气象局党组关于全面推进气象法治建设的意见》（以下简称《意见》）出台。《意见》提出，要深刻认识全面推进气象法治建设的重要意义和总体要求，构建保障气象改革发展的法律规范体系，提升全面依法履行气象职责的能力，提高依法管理气象事务的水平，加强对气象法治建设的领导。

《意见》指出，气象法治是建设中国特色社会主义法治体系和建设社会主义法治国家的重要内容。全面推进气象法治建设，事关气象更好保障经济社会发展和人民安全福祉，事关气象防灾减灾、应对气候变化、公共气象服务和气象行政管理职能的全面履行，事关全面推进气象现代化和全面深化气象改革。全面推进气象法治建设，必须与全面推进气象现代化和全面深化气象改革统筹兼顾、协调同步、共同推进。气象法治建设的总体要求是，深入贯彻落实党的十八大，十八届三中、四中全会和习近平总书记系列重要讲话精神，围绕建设中国特色社会主义法治体系的总体要求和实现气象现代化的目标任务，立足加快转变气象事业发展方式，提高气象事业发展质量和效益，坚持运用法治思维和法治方式，将气象业务、服务和管理等各项工作纳入法治化轨道，依法履行气象职责，依法管理气象事务，努力实现气象工作法治化，为全面推进气象现代化和深化气象改革提供有力的法治保障。

《意见》提出，坚持立法先行和立改废释并举，加强建章立制，完善标准体系，强化规划执行，建立保障气象业务现代化、气象服务社会化、气象工作法治化的法律规范体系，促进现代气象业务信息化、集约化和标准化，增强气象法律法规、标准规范和制度规划的及时性、系统性、针对性和有效性。要坚持法定职责必须为、法无授权不可为，推进机构、职能、程序、责任法定化，切实履行公共服务、行政管理、市场监管等气象职责，依法维护和保障人民群众对公共气象服务的基本需求和合法权益，推动全社会树立气象法治意识。要弘扬社会主义法治精神，树立社会主义法治理念，增强全部门厉行法治的积极性和主动性，坚持依法决策，强化权力制约监督，推进政务公开，增强气象干部职工的法治思维和依法办事能力，保证气象事务管理规范高效。

《意见》强调，要坚持党的领导，健全气象法治建设的制度和工作机制，建设一支思想政治素质好、业务工作能力强、职业道德水准高的气象法治工作队伍，强化督导检查，狠抓措施落实，为全面推进气象法治建设提供强有力的组织和人才保障。

（来源：《中国气象报》，2015 年 1 月 16 日，作者：张明禄）

《气象预报发布与传播管理办法》发布

2015年3月12日，中国气象局局长郑国光签署中国气象局第26号令，公布《气象预报发布与传播管理办法》（以下简称《办法》）。该《办法》自2015年5月1日起正式施行。

据悉，为认真贯彻执行《中华人民共和国气象法》，鼓励气象预报广泛传播，更好地服务经济社会发展和人民生产生活，进一步规范新形势下的气象预报发布和传播行为与活动，中国气象局对《气象预报发布与刊播管理办法》进行了修订，并更名为《气象预报发布与传播管理办法》。

《办法》是《中华人民共和国气象法》的配套规章，主要界定了公众气象预报、灾害性天气警报和气象灾害预警信号的定义。《办法》明确了气象预报发布是气象预报向社会无偿公开的过程，气象预报传播是将已发布的气象预报进行转播、转载的过程。《办法》还明确了国务院有关部门和县级以上地方人民政府有关部门的职责，规定了政府应当组织有关部门和单位建立完善气象预报发布和传播渠道。各级气象主管机构所属的气象台应当按照职责通过气象预报发布渠道向社会发布气象预报。同时《办法》还对媒体和单位传播气象预报的原则、传播责任以及传播要求做出了规定。

《办法》充分体现了改革的精神、开放的姿态，进一步鼓励社会参与气象预报传播，充分利用各种资源和力量，扩大气象预报传播渠道，提高气象预报传播时效，最大限度满足社会公众的需求，进一步提升公共气象服务水平。同时，《办法》还对气象预报发布与传播行为进行了规范，强调建立良好的防灾减灾秩序，保障经济社会发展和人民生产生活。

（来源：《中国气象报》，2015年3月13日，作者：张明禄）

《气象信息服务管理办法》发布

2015年3月12日，中国气象局局长郑国光签署中国气象局第27号令，公布《气象信息服务管理办法》（以下简称《办法》）。《办法》自2015年6月1日起施行。《办法》共21条，明确了气象信息服务的适用范围和定义、鼓励政策、遵循原则、资料提供、监督管理、涉外气象信息服务、法律责任等。《办法》的出台，将有助于开放气象信息服务市场，规范气象信息服务活动，促进气象信息服务发展，满足经济社会发展和人民生活对气象信息服务的需求。

《办法》指出，国家鼓励依法开展气象信息服务活动，支持与气象信息服务有关的科研开发和成果推广应用，引导和吸引社会资本支持气象信息产业发展，建立气象信息服务行业组织。《办法》明确，从事气象信息服务的单位应当使用合法渠道获得的气象资料和气象预报产品，建立业务规范和管理制度，遵守气象有关技术标准、规范和规程。根据《办法》，气象信息服务单位应当向其营业执照注册地的省、自治区、直辖市气象主管机构备案，并接受其监督管理。外国组织和个人在华从事气象信息服务活动，要按照气象法和有关外商投资的法律法规办理。

《办法》规定，国务院气象主管机构负责全国气象信息服务活动的监督管理工作；地方各级气象主管机构在上级气象主管机构和本级政府的领导下，负责本行政区域内气象信息服务活动的监督管理工作。国务院气象主管机构或者省、自治区、直辖市气象主管机构应当按照国家有关规定组织或者委托第三方机构对气象信息服务单位开展的气象信息服务质量进行定期评价，并公示评价结果；通过政府信息公开、气象信息服务单位主动申报、社会公众举报等多种渠道，广泛征集气象信息服务单位的信用信息，经核实后向社会发布。国务院气象主管机构应当建立全国统一的气象信息服务备案统计与公示制度；建立气象资料汇交共享平台，并制定数据汇交制度。

根据《办法》，开展气象信息服务的单位要充分利用气象主管机构所属的气象台提供的基本气象资料，避免重复建设气象探测站（点）。确需建站获取资料的，气象信息服务单位可根据实际需求，自行建站开展气象探测活动。建站单位应当将拟建气象探测站（点）的地理位置、经纬度坐标、探测气象要素类型、仪器设备、资料传输、存储方式、目的用途和探测时段等相关信息报探测站（点）所在地设区的市级以上气象主管机构备案，并按照国家有关规定汇交所获得的气象探测资料，气象主管机构应当出具汇交凭证。

（来源：《中国气象报》，2015 年 4 月 28 日，作者：张明禄）

中国气象局出台《重大突发事件信息发布工作实施办法》

2015年7月9日，中国气象局印发《重大突发事件信息发布工作实施办法》（以下简称《办法》）。《办法》对重大突发事件信息发布工作的职责分工、工作流程、发布内容、发布方式等做出了规定。

《办法》规定，在重大突发事件发生后，由中国气象局指定的负责事件调查的内设机构作为相关信息发布的第一责任单位（以下简称第一责任单位），承担发布的首要责任；中国气象局办公室负责组织协调新闻发布和媒体采访工作，做好舆论引导管理和指导；涉事气象单位按职责分工配合做好相关工作。

为进一步提高重大突发事件信息发布时效，更好地满足公众信息需求，《办法》规定，在重大突发事件发生后，要第一时间发布基本事实，动态发布处置进展，发布事件调查情况；对可能引起大范围影响的突发事件，第一责任单位应立即着手准备向社会发布的气象预警等服务类信息和相关科学知识素材，用以提示公众采取防范或避险措施。

《办法》提出，要多种渠道发布重大突发事件信息，可采用召开新闻发布会、接受媒体采访和提供新闻通稿等多种方式发布信息，并充分发挥气象部门官方网站和新媒体平台优势，实时动态发布信息，及时解疑释惑。要确保信息准确一致，主动回应社会关切，充分体现人文关怀。各省（自治区、直辖市）气象局可参照《办法》，结合当地实际，制定相应的重大突发事件信息发布实施办法。

（来源：《中国气象报》，2015年7月14日，作者：张明禄）

中国气象局出台深化标准化工作改革实施意见　明确提出强化标准意识、完善标准体系、优化标准制修订制度等 10 项重点任务

为贯彻落实《国务院关于印发深化标准化工作改革方案的通知》和《中共中国气象局党组关于全面推进气象法治建设的意见》精神，2015 年 10 月 13 日，《中国气象局关于贯彻落实国务院〈深化标准化工作改革方案〉的实施意见》（以下简称《意见》）出台，明确提出强化标准意识、完善标准体系、优化标准制修订制度、加快重要标准制修订、提高标准质量、强化标准执行、切实履行标准化工作职责、改进标委会管理、落实激励保障措施、加强组织领导等 10 项重点任务。

《意见》提出，要强化标准意识，将标准贯穿气象工作全过程，做到有标可循、依标办事，要把标准作为提高业务技术水平和履行气象职责的重要抓手和技术支撑，充分发挥标准的技术门槛作用。要完善标准体系，组织开展各领域标准体系框架研究和设计，加强与国际先进标准和国家基础性标准对接，建立标准制修订计划项目库，构建有机统一、相互衔接的气象标准体系，加快推进气象信息化、公共气象服务、气象预报预测、综合气象观测等基础业务领域标准体系建设。要优化标准制修订制度，建立气象标准制修订项目分类管理制度，强化"开门制标"，鼓励和支持信誉好、实力强的气象相关企业和单位承担标准制修订任务。

《意见》强调，围绕气象业务现代化、服务社会化和工作法治化的需求，确定标准重点领域并为重要标准开辟绿色通道，加快综合气象信息共享系统支撑配套标准、数据格式、技术装备、防雷减灾技术及管理、气候可行性论证、服务市场监管等重要标准以及涉及基本气象业务技术和布局、气象灾害等级和预警、人工影响天气作业等强制性标准的出台和实施。要提高标准质量，强化标准的科技支撑，提升标准与业务服务的融合度。要强化标准执行，建立标准强制执行制度，将标准纳入行政管理和业务考核工作体系，定期开展标准实施监督检查。

《意见》要求切实履行标准化工作职责，改进标委会管理，将标准纳入科技奖励的知识产权证明目录，将标准化成果纳入科技成果认定和科技奖励评选的范畴，将标准化成果和奖励作为高级职称评聘以及首席气象服务专家、首席预报员等高层次人才选拔的依据。

中国气象局相关内设机构、直属单位和各省（自治区、直辖市）气象局要充分认识加强气象标准化工作的重要性，切实加强组织领导，按分工抓紧制定配套制度和落实措施，明确目标任务、时间节点和责任主体，确保按要求完成任务。同时，要抓好跟踪督办，确保各项制度措施落到实处。

（来源：《中国气象报》，2015 年 10 月 14 日，作者：张明禄）

中国气象局出台专项方案
推进信息服务市场监管体系建设

>>>>>

近日，中国气象局出台《气象信息服务市场监管体系建设专项工作方案》，从制度和标准等方面对气象信息服务市场监管体系建设做出部署，将加强监管机构、人才队伍建设及信息化系统建设。

该方案进一步明确气象信息服务市场监管体系建设的分工。针对现有气象法律规章实施过程中存在的亟待规范的气象信息服务行为，上海市气象局将牵头开展气象信息服务市场管理标准体系建设，完成基本标准、服务行为标准、服务评价标准和服务监管标准4大类共计20项标准的制定工作，为《气象预报发布与传播管理办法》《气象信息服务管理办法》等气象信息服务规章制度的具体实施提供标准支撑。

在上海、广东、辽宁等省（直辖市）气象局及中国气象局公共气象服务中心等单位的牵头下，气象部门将进一步梳理现有法律法规依据，分解气象信息服务市场管理内容，从气象信息服务单位备案、服务质量评价、服务单位信用、服务市场监督检查等方面加强气象信息服务市场监管制度体系的建设。

气象部门将依据市场信息的开放、共享、统一原则，围绕明确备案、信用管理、质量评价监控、政府监管等工作推进气象信息服务市场管理信息化系统建设；加强气象信息服务市场监管机构和人才队伍建设，进一步明确气象信息服务市场管理相关职能部门、事业单位职能定位，理清气象信息服务市场管理权限。

气象信息服务市场监管体系建设是气象服务体制改革的重要内容。通过该项建设，中国气象局将推进形成有制度、有标准、有手段、有机构的气象信息服务市场监管体系，并支持和鼓励企事业单位和其他社会力量以及公民个人参与气象信息服务，培育和规范气象信息服务市场，促进气象信息服务产业发展。

（来源：《中国气象报》，2015 年 12 月 3 日，作者：贾静淅）

我国将推进人工影响天气工作纳入安全生产监管体系建设

记者从国家人工影响天气协调会议办公室 2016 年 4 月 6 日印发的《全国人工影响天气工作 2015 年主要进展及 2016 年工作要点》中了解到，2016年，我国将改革完善政府主导、部门协作、综合监管的管理体制和运行机制，力争将人工影响天气纳入安全生产综合监管体系。

2016 年，我国将继续推进人工影响天气安全管理改革、强化业务服务、健全标准规范制度。各成员单位及相关部门将共同改革完善政府主导、部门协作、综合监管的管理体制和运行机制，将人工影响天气纳入安全生产综合监管体系，并建立作业装备使用许可审批制度、改革作业弹药存储运输模式、开展作业站点安全等级和作业单位能力评估等工作。同时，重点推进人工影响天气安全、信息化方面的标准规范和制度建设，采取制定作业弹药运输、储存标准，出台固定作业站点标准化建设规范和安全等级评定办法，规范飞机作业运行等措施。

此外，围绕业务服务，相关单位将继续提升业务技术核心能力，推广省级和市县级人工影响天气综合业务系统，推进建立作业效益分析评估体系，强化作业方案设计、信息上报、作业后评估业务，重点做好粮食主产区、生态脆弱区、森林草原防火重点区等作业服务。

据记者了解，2015 年，我国共开展飞机人工影响天气作业 1006 架次，地面作业 5.14 万次，积极开展大兴安岭森林防火、太湖蓝藻防治、三江源生态保护、大型活动保障等人工增雨防雹作业服务。

　　面对人工影响天气对经济社会发展产生的效益和巨大的作业量，其安全问题被提升至和技术效益同等重要的位置。2015 年相关工作已被提上日程，公安部、中国气象局、中国人民解放军总参谋部等多部门成立联合工作组，实地检查督导京津冀人工影响天气安保工作；中国气象局组织对 30 个省（自治区、直辖市）的 42 个市、75 个县、116 个作业站点进行实地抽查；80% 以上的市级政府签订了人工影响天气安全责任书；各省（自治区、直辖市）相关部门也开展联合安全专项检查等工作。

（来源：《中国气象报》，2016 年 4 月 14 日，作者：孙楠）

中国气象局将开展多种数据格式标准化试点 接轨国际通用气象数据格式

近日，记者获悉，中国气象局将在 2016 年针对地面、高空、辐射、酸雨资料，雷达资料，环境气象资料开展数据格式标准化试点工作，以解决国内气象数据格式不统一等问题，与国际、业界一般采用标准格式保持一致。

根据世界气象组织（WMO）气象代码手册的规定和建议，气象代码主要有字符代码（TAC）和表格驱动码（包括 BUFR，CREX 和 GRIB），用于气象数据编码和国际间传输交换。为满足不断增长的气象数据种类和数量需求，鉴于表格驱动码具有自描述、可灵活扩展、数据压缩等优势，WMO 建议逐渐由字符代码向表格驱动码进行过渡，并已于 2014 年完成了地面、高空等气象数据编码过渡工作。目前，我国部分气象数据格式部分采用国际通用数据格式，部分采用国内自定义数据格式，数据格式种类繁多、不标准、不统一，影响、制约着气象数据综合效益的发挥。

2016 年，中国气象局将编制数据标准格式模板和格式应用指南，包括完成近地面通量、风廓线雷达、船舶气象、海洋浮标观测数据标准格式等；编制 GPS 水汽廓线、雷电、大气成分、农业气象观测数据标准格式模板等；编制完成气象信息化标准体系推荐的 6 种国际和行业通用的格式应用指南等。

中国气象局还将针对多类资料开展数据格式标准化试点。针对地面、高空、辐射、酸雨资料，完成测站端标准格式数据编码软件升级和试点部署，完成国家级和省级全国综合气象信息共享平台（CIMISS）数据环境中相关软件升级和试点部署，在主要业务系统开展标准格式数据应用试验等；针对天气雷达资料，分析确定标准数据格式试点技术思路，制定试点实施方案，开展试点并完成阶段性评估；针对环境气象资料，开展负离子浓度资料、气溶胶资料试点工作，完成中心站编码软件开发测试和升级部署，完成国家级和省级CIMISS数据环境中相关软件开发和测试等。此外，中国气象局将在2016年升级标准格式数据编解码软件包，开展数据格式标准化业务技术交流。

据了解，该项工作为中国气象局2014年到2020年气象数据格式标准化工作的重要内容。根据2014年发布的《气象数据格式标准化工作实施方案》，中国气象局将于2017年完成地面、雷达、卫星、海洋、高空、气象服务产品、辐射、农业与生态、大气成分等所有气象数据编码格式标准和数据表示模板的研制，并于2020年基本实现我国气象数据格式的标准化及标准格式数据的处理应用。

（来源：《中国气象报》，2016年4月14日，作者：张格苗）

中国气象局出台四个部门规章
涉及气象设备管理、气象台站迁建等

近日，中国气象局公布新制修订《气象专用技术装备使用许可管理办法》《新建扩建改建建设工程避免危害气象探测环境行政许可管理办法》《气象台站迁建行政许可管理办法》和《雷电防护装置检测资质管理办法》四个部门规章。《气象专用技术装备使用许可管理办法》自2016年6月1日起施行，《新建扩建改建建设工程避免危害气象探测环境行政许可管理办法》和《气象台站迁建行政许可管理办法》自2016年9月1日起施行，《雷电防护装置检测资质管理办法》自2016年10月1日起施行。

《气象专用技术装备使用许可管理办法》主要包括总则、申请与受理、审查与许可、监督管理、罚则和附则等，完善了气象专用技术装备定义，明确了各级气象主管机构的职责和气象专用技术装备使用的基本要求，清理规范了行政审批中介服务事项，完善了行政许可申请条件和行政许可审批程序等。

《新建扩建改建建设工程避免危害气象探测环境行政许可管理办法》主要包括立法目的、适用范围、保护范围、职责划分、申请与受理、初审和勘验、审查与许可、监督管理、法律责任和施行日期等，对新建、扩建、改建建设工程避免危害气象探测环境审批事项的适用范围、保护范围、申请材料、现场踏勘、受理后的技术性服务以及变更等进行了明确的规定等。

《气象台站迁建行政许可管理办法》主要包括气象台站迁建的适用范围、职责划分、新址要求、申请材料、申请受理、审批流程、技术审查期限、许可有效期、监督管理等，明确了适用范围，明确了新址要求和申请材料要求，明确了气象主管机构履行行政审批的职责，清理规范了有关行政审批中介服务事项，规范了有关行政审批实施的程序等。

《雷电防护装置检测资质管理办法》包括总则、资质申请条件、资质申请与受理、资质审查与评审、监督管理、罚则、附则，明确了雷电防护装置检测资质管理权限和范围，资质等级、有效期和业务范围，资质申请条件，资质申请和受理要求以及资质认定程序等。

（来源：《中国气象报》，2016 年 5 月 11 日，作者：张明禄）

《气象信息化标准体系（2016 版）》印发

近日，中国气象局印发《气象信息化标准体系（2016 版）》，为气象信息化基础设施资源、气象数据资源、气象应用系统资源集约整合建设，以及在云计算、大数据背景下发展气象信息系统等工作确立了标准规范的体系框架，并制定了完善各类标准规范的路线图。

《气象信息化标准体系（2016 版）》由标准体系框架和标准明细表两部分组成。其中，标准体系框架由总体标准、数据资源标准、基础设施资源标准、信息平台标准、信息安全标准、信息化管理标准等 6 个分体系组成，重点着力于数据资源、基础设施资源、气象信息平台等标准制定；标准明细表共包含 244 项标准条目。此外，该体系还提出了在 2015 年和 2016 年急需修订的 96 项关键性、基础性标准条目；提出了推进信息化标准体系建设的计划和措施。

云计算、大数据等互联网新技术的应用不仅是信息技术革命，而且是对行业的传统流程、管理模式乃至科研组织方式的深刻变革。业务高效率、管理高效能和服务高效益都源于信息系统的互联互通、信息共享和业务协同。中国气象局气象信息化领导小组办公室副主任曾沁表示，统一标准是消除"信息孤岛"壁垒、促进大数据资源共享应用和深度挖掘的关键。

在该标准体系中，以气象数据格式标准为例，涉及数据文件、消息和数据流等数据对象的命名规范，以及遵循使用 6 种国际和行业通用标准格式及部分自定义格式制定规范。通过遵循气象数据格式标准，有利于规范数据文件、数据消息和数据流在采集、传输、存储、发布、应用等各业务环节，以及在跨系统、跨地区、跨部门的数据传输和共享中，保持完整性和有效性。

（来源：《中国气象报》，2016 年 6 月 30 日，作者：张格苗）

六项气象国家标准发布

近日，国家质量监督检验检疫总局、国家标准化管理委员会批准发布《爆炸和火灾危险场所防雷装置检测技术规范》等六项气象国家标准，自2017年3月1日起实施。

这六项气象国家标准内容主要涉及气象防灾减灾、农业气象以及雷电灾害防御等专业领域。自此，由中国气象局组织编制和归口管理的气象国家标准已有66项。

《爆炸和火灾危险场所防雷装置检测技术规范》是在同名气象行业标准的实践基础上升级成国家标准的，这一升级将使爆炸和火灾危险场所的防雷装置检测方法和技术要求更加权威、统一，为有效保障生命财产安全提供更好的技术支持。《爆炸危险场所雷击风险评价方法》结合多年实践经验，重点对爆炸危险环境雷击危险事件辨识、爆炸危险环境雷击事件发生概率评价进行规范。《防雷装置检测服务规范》以服务管理为核心，对检测机构和人员、服务流程、质量监控、环境要求、安全要求、设备要求、档案管理等进行了规范。《农田渍涝气象等级》在综合调研国内外农田渍涝情况的基础上，结合我国的天气特点和气候背景特征，提炼出导致我国农田渍涝灾害的主要因子并规定了农田渍涝灾害等级及划分方法，对于指导开展农田渍涝灾害风险的预报服务具有重要意义。《全球热带气旋中文名称》和《全球热带气旋等级》分别规范了全球除西北太平洋和南海以外其他海域热带气旋的中文名称和等级，以避免各类媒体或相关单位在宣传报道时随意翻译而造成混淆，以统一、权威的声音提升公共气象服务效果。

（来源：《中国气象报》，2016年9月19日，作者：张明禄 周韶雄）

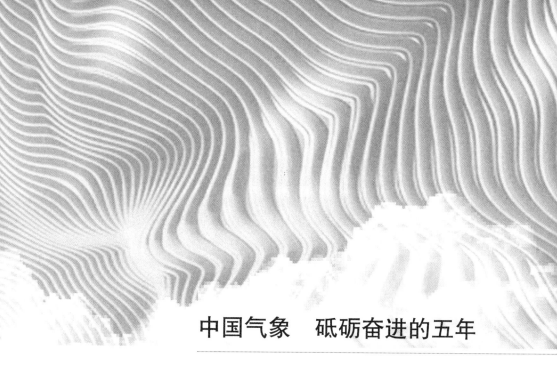

第七章
气象部门党的建设

高擎信念之炬　汇聚事业发展动力

——十八大以来气象部门党建工作纪实

思想上松一寸，行动上就会散一尺。党的十八大以来，气象部门始终保持反"四风"的高压态势，"四个意识"（政治意识，大局意识，核心意识，看齐意识）引导广大气象党员干部正本清源、固根守魂。

任何人都没有"丹书铁券"，谁也不是"铁帽子王"。党的十八大以来，气象部门落实"党要管党、从严治党"力度空前，加强各级党组织建设无死角、全覆盖、不放松。

有权必有责，权责要对等。党的十八大以来，气象部门牢牢抓住各级党组织党风廉政建设主体责任的"牛鼻子"，压实"两个责任"，推动党风廉政建设不断深入。

立下愚公移山志，一张蓝图干到底。党的十八大以来，气象部门推进"两学一做"学习教育常态化制度化，紧紧围绕气象改革发展目标，增强推进事业前行的责任感与紧迫感。

牢记习近平总书记"把抓好党建作为最大的政绩"这一要求，按照中国气象局党组书记、局长刘雅鸣"真正将党建工作在科学性、针对性和有效性上下足功夫"的部署，气象部门各级党组织坚守信念，认真履行党建职责，在加强领导和指导、完善体制机制、强化监督考核等方面，采取了许多行之有效的举措，为气象事业发展注入不竭动力。

加强思想政治建设，增强"四个意识"——为党性教育寻找内化途径

拧紧思想"总开关"，防止精神上"跑冒滴漏"。党的十八大以来，气象部门加强上级气象部门对基层党建工作的领导和指导，坚持思想建党，加强理论建设，为广大党员干部增强党内生活的政治性、原则性、战斗性，提供了思想保障。

以各项学习教育为基础，气象部门先后组织开展"坚定理想信念"主题教育活动，深入推进党员干部学习教育，大力开展形势政策教育，持续组织开展党的群众路线教育实践活动、"三严三实"专题教育、"两学一做"学习教育等。在 2017 年中国气象局召开的直属机关庆"七一"党员大会暨"两学一做"学习教育专题党课报告会上，刘雅鸣以《学深悟透，知行合一，奋发有为推动气象事业改革发展》为题的党课，为当下党建工作推动事业发展再次指明路径。

以学习型部门建设为载体，倒逼机制改革，气象部门形成以党组（党委）中心组学习为龙头、以党支部（总支）学习为基础、以党员干部学习为主体、以目标管理为督查手段的综合学习机制。这一机制，把党支部学习盘活了，让支部成员获得感更强了。通过不断强化学习，中国气象局党组中心组学习案例被评为"全国机关党建科学化优秀案例"，在全国上报的 141 个案例中，中央国家机关优秀案例仅有 3 个，实属不易；"中国气象局机关每周三学习报告会"被评选为中央国家机关"十大学习品牌"，"气象行业业务技能竞赛"被确定为中央国家机关"展示学习品牌"，硕果累累。

以强化思想政治建设为延伸，强化执政为民意识，加强作风建设，中国气象局先后提出 20 项具体措施。连续 10 年开展的机关作风建设月和连续

16 年开展的党风廉政宣传教育月活动，提高了党员干部的思想政治素质。在 2017 年全国气象部门第 16 个党风廉政宣传教育月活动中，党员领导干部集体观看中央国家机关工委提供的警示教育片《警钟》等，更深刻地认识到，我们党反腐败不是看人下菜的"势利店"，不是争权夺利的"纸牌屋"，也不是有头无尾的"烂尾楼"。

落实"两个责任"，全面从严治党——为事业发展提供政治保障

"严"得让人"不敢"，"治"得叫人"不能"。党的十八大以来，中国气象局党组高度重视落实全面从严治党"两个责任"，拒绝"宽松软"，走向"严实硬"。

以上率下，不喊口号、发虚声、放空炮。用行动说话，是气象部门的一贯作风。中国气象局党组印发《中共中国气象局党组落实党风廉政建设主体责任实施意见》《中共中国气象局党组关于加强气象部门党建和党风廉政建设工作组织体系建设的若干意见》等文件，强化落实"两个责任"。随后，气象部门立足长远，建立党建和党风廉政建设工作联席会议制度；强化机制运行，健全和完善纪检监察运行机制及主动向地方党委和纪委汇报沟通工作机制等。在全面从严治党方面，省、市、县三级气象局党组发挥领导核心作用，强化事业单位党委的政治核心作用，发挥基层党组织建设的战斗堡垒作用。在从严、从实、从细推进"两学一做"学习教育常态化制度化过程中，发挥领导干部的表率作用和引领作用。

动真碰硬，到责任田讨说法"要产量"。不解决桥或船的问题，过河就是一句空话；不解决方法问题，任务也将无法落地。为此，中国气象局党组

打出执纪问责"组合拳"，健全完善相关工作机制和工作制度，加强对重要岗位和关键环节的监督，严格实行"一案双查"。有的气象干部说："'组合拳'的推出，构建了360度无死角模式，谁也别想再钻空子。"进行"灯下黑"自查、实化细化"两个责任"台账、亮起巡视监督的"利剑"、践行监督执纪"四种形态"、抓住"主体责任第一责任人"这个关键，主动接受中央纪委驻农业部纪检组监督指导……一系列举措掷地有声。有的气象干部说："'系列动作'足见气象部门践行'党要管党、从严治党'是真抓实干。"

求木之长者，必固其根本；欲流之远者，必浚其泉源。基层是执政之基、力量之源。中国气象局党组成员、副局长，局直属机关党委书记沈晓农在接受《紫光阁》专访时，重点提到推进全面从严治党向基层延伸的问题。以"两学一做"学习教育为抓手，气象部门通过强化组织领导、健全工作机构、完善工作机制，尤其推进组织体系的制度创新，建立起了党建与党风廉政建设主体责任的有效传导机制，将全面从严治党责任真正延伸到基层。实际上，党的十八大以来，中国气象局将各项党建工作落实到基层支部的每个党员干部身上，推出加强基层气象台站党组织建设、严格党内组织生活、完善"三会一课"制度等一系列措施。

发挥群团优势，突出精神引领——为部门建设厚植软实力

守住"主阵地"，还要培厚"精神新土层"。党的十八大以来，气象部门践行社会主义核心价值观，深化气象文化建设和精神文明创建。

不缘木求鱼，群团组织讲政治。群团活动往往形式丰富、气氛活泼、自选动作多、可发挥空间大。气象部门群团组织围绕中心，服务大局，找准方向，

找对方法，切实保持和增强政治性，走出了结合业务特色的群团发展道路。党的十八大以来，气象部门连续举办了九届气象行业职业技能竞赛，锻炼出一大批岗位职业技术能手；连续五年开展"根在基层"青年干部调研实践活动，让青年走出去、沉下去，深入了解基层情况。这期间，中国气象局党组副书记、副局长许小峰当选为中央国家机关侨联副主席；局党组成员、副局长矫梅燕当选全国妇联执委等，为推动群团工作打开了新视野。

不急于求成，典型稳步推出。各级党组织有节奏地定期推出先进楷模，让气象精神不断感染职工，让身边榜样真正感化职工。著名气象学家雷雨顺"人嘛，名利要少点，志气要高点"的名言，广东省汕头市气象局柯鸿生"周末加班成家常便饭，上班从未迟到过"的作风，海南省三沙市气象局魏启强"申请留岛继续工作，喂鸡喂鸭也成"的坚守，让人铭记；拐子湖气象站、长白山气象站、珊瑚岛气象站等先进集体，在全国树起学习标杆。

不顾此失彼，软实力再提升。在气象业务这一硬实力面前，气象文化作为软实力也不缺位。气象部门编制了"十三五"气象文化专项规划；在全国开展弘扬气象精神演讲征文活动；争创全国文明单位……全国气象工作者正以更坚固、更强大的精神内核，让软实力真正成为事业发展的硬支撑。

（来源：《中国气象报》，2017 年 9 月 21 日，作者：王晨 申敏夏）

中国气象局出台落实八项规定实施细则

　　"举办各类会议，一律不摆放植物花草、不制作背景板。""坚持开短会、讲短话，力戒空话、套话。"在近日印发的《〈中共中国气象局党组贯彻落实中央关于改进工作作风、密切联系群众八项规定的实施意见〉实施细则》（以下简称《细则》）中，中国气象局从改进调查研究、精简会议活动、精简文件简报、规范出访活动、改进新闻报道、厉行勤俭节约和加强监督检查七个方面出台了具体落实措施，明确落实单位，并要求各级气象部门结合各自实际，认真贯彻执行。

　　《细则》规定，中国气象局领导每年要针对气象事业发展中的重大问题，确定1～2个选题开展调查研究，注意调研实际效果，减少调研陪同人数并简化接待；要严格控制会议数量，每年6—8月原则上不召开全国性会议；以中国气象局名义召开的全国性会议，其代表不超过200人，各内设机构召开的全国性会议不超过100人，会期均不超过两天；各级气象部门领导未经批准，均不允许出席各类剪彩、奠基活动，以及庆祝会、纪念会、表彰会、博览会和各类论坛等；要严格控制各类会议经费支出，并提高会议效率和质量。

　　《细则》要求，减少文件和简报的制发数量，倡导清新简练的文风，中国气象局党组和中国气象局的各类普发类文件不超过5000字，各内设机构的普发类文件不超过3000字；严格执行因公出国（境）计划审批制度，每个因公出国（境）团组人员总数不超过6人，出访一国不超过6天，出访两国不超过10天；简化领导活动新闻报道，并精简会议新闻报道；严格控制办公经费支出，加强机关国有资产管理，推进网上办公和电子公文运转，减少纸质文件等；严格控制公务用车编制及标准，按编制配车和使用公车。此外，《细则》还要求各级气象部门严格按照各项规定，结合实际情况，制定贯彻落实办法，并呈报中国气象局办公室备案。

　　　　　　　　（来源：《中国气象报》，2013年3月4日，作者：刘成成）

中国气象局党组印发惩防体系五年规划实施办法

记者从中国气象局获悉，日前，中国气象局党组印发了贯彻落实《建立健全惩治和预防腐败体系 2013—2017 年工作规划》的实施办法，进一步加强气象部门惩治和预防腐败体系建设，推进党风廉政建设和反腐败工作，为气象事业持续健康发展提供有力保障。

中国气象局党组明确提出，经过五年不懈努力，坚决遏制气象部门某些领域腐败等违纪、违法问题易发、多发的势头，取得干部群众比较满意的进展和成效。作风建设得到进一步加强，形式主义、官僚主义、享乐主义和奢靡之风问题得到有效治理，党风、政风、行风有新的好转；惩治腐败力度进一步加大，纪律约束和法律制裁的警戒作用有效发挥；预防腐败工作扎实开展，廉政风险防控体系不断完善，党员干部廉洁自律意识和拒腐防变能力显著增强，党风廉政建设和反腐败工作科学化水平明显提高。

该实施办法在全面落实中央部署和要求的基础上，结合气象部门的实际，总结已有的好做法、好经验，重点突出了气象部门的特点，从坚持不懈抓好党的作风建设、坚决惩治腐败、坚持改革创新、加强党对党风廉政建设和反腐败工作的统一领导等方面具体部署气象部门党风廉政建设和反腐败工作任务。

中国气象局党组指出，要把贯彻落实实施办法的情况作为领导干部工作实绩评定和干部奖惩的重要内容，列入述职述廉和年度考核，并将其完成情况纳入有关单位的年度目标责任考核范围。每年对实施办法的贯彻落实情况进行检查和总结分析，及时发现和解决存在的问题。认真执行责任追究制度，对抓党风廉政建设和反腐败工作不力，造成不良影响的，严肃追究领导责任。

该实施办法要求，气象部门各级党组（党委）要加强分类指导，抓好组织实施，整体推进作风建设、惩治和预防腐败各项工作。各直属单位党委和省（自治区、直辖市）气象局党组要结合实际制定本单位、本地区的贯彻落实实施办法的具体措施，把构建惩治和预防腐败体系的要求体现到改革发展稳定的各项工作中，增强党风廉政建设和反腐败工作综合效果。

（来源：《中国气象报》，2014 年 3 月 28 日，作者：顾燕杰 方勇）

用好作风凝聚改革发展正能量

——气象部门教育实践活动综述

"教育实践活动虽然基本结束了，但贯彻党的群众路线、保持党同人民群众的血肉联系的历史进程永远不会结束。各级气象部门和广大党员干部一定要振奋精神，继续打好党风建设这场硬仗，以好的作风保障各项工作顺利开展。"2014年10月13日，中国气象局党组书记、局长郑国光在全国气象部门党的群众路线教育实践活动总结大会上这样强调。

从2013年6月以来，气象部门按照中央的部署和要求，自上而下分两批开展了教育实践活动。全国气象部门3151个单位、4892个党组织分两批参加了此次活动。回首一年多来的不懈努力，气象部门教育实践活动在全国各地扎实有序开展，党员干部普遍受到一次深刻的思想警醒和精神洗礼，理想信念、宗旨意识和党性修养得到增强，工作作风切实转变，贯彻党的群众路线的自觉性明显增强，凝聚了推动气象事业改革发展的强大正能量。

党组带头学习、深入指导、率先垂范，指明作风建设方向

早在2013年6月，中国气象局党组就召开会议研究开展党的群众路线教育实践活动方案。随后中国气象局召开动员大会，全国气象部门党的群众路线教育实践活动大幕由此拉开。

作为实行行政双重领导以部门领导为主、党的组织关系属地管理的部门，

这是中国气象局党组首次直接指导到县级气象机构开展党建主题活动。从中国气象局党组书记到基层县气象局党支部书记，都把此次教育实践活动作为当前首要的政治责任放心上、担肩上、抓手上，上下齐心推动活动开展。

在一年多的时间里，中国气象局先后召开49次党组会和教育实践活动领导小组会，专题学习、研究中央有关文件和习近平总书记等中央领导的重要讲话精神，对开展教育实践活动做出部署，要求各级党组织在"从严治党"上深化认识，在"解决问题"深入落实，在"讲求认真"上深度坚持，在"表率带头"上深刻践行。31个省（自治区、直辖市）气象局党组均多次召开党组会、领导小组会，专题研究部署教育实践活动。

在落实主体责任方面，中国气象局党组带头履行主体责任，带头抓主体责任的落实。郑国光和其他党组成员多次分赴各个联系点调研指导，在全国起到了很好的示范作用。全国159名省（自治区、直辖市）气象局党组班子成员建立了347个活动联系点，并多次到联系点调研指导工作，抓示范引领，抓典型带动。

针对第二批活动单位点多、面广、线长的特点，中国气象局成立了6个巡回督导组，先后到31个省（自治区、直辖市）气象局116个市（地）气象局、109个县气象局进行了巡回督导，各省（自治区、直辖市）气象局组建了141个督导组，下派到392个市（地）级气象局、督导到2111个县级气象局。

在中国气象局党组的狠抓落实下，气象部门始终做到思想上不放松、标准上不降低、力度上不减弱，不折不扣地落实中央——规定动作"，又结合实际做好"自选动作"，确保教育实践活动善始善终、善做善成；通过教育实践活动，组织领导和统筹协调得到加强，气象工作和国民经济建设各项工作也紧密结合在了一起，相互促进。

坚持"两手抓""两促进"，转变作风，践行群众路线

中国气象局结合部门特色，在活动中始终坚持"两手抓""两促进"，即把开展活动同推进深化基层气象机构综合改革结合起来，同做好汛期气象服务结合起来，一手抓活动改作风，一手抓改革促服务，将教育实践活动的成果真正落到实处。

在教育实践活动中，深入的学习和严肃的党内生活使广大党员干部实实在在进行了一次政治体检和理想信念除垢，精神上除了"病"、补了"钙"、提了"神"，以知促行，在行动上拉近了同群众的距离，密切联系群众的自觉性明显加强。有的单位群众反映主要负责人和领导班子像换了一拨人，精神面貌焕然一新，正气多了，工作接地气多了，领导见得勤了，领导脸上的笑容也多了，单位的凝聚力更强了。

气象部门各级党员干部按照中央要求深入查摆问题，自我批评触及灵魂，相互批评开诚布公、不留情面。在第二批活动中，全国市、县级气象局先后召开了 7263 个座谈会，共征集到对领导班子的意见建议 33 998 条，市、县级气象局领导班子成员开展谈心达 54 264 人次。通过发扬批评和自我批评的优良传统，基层党组织政治意识、服务意识和组织建设得到新加强。有的单位在活动中建立健全和严格落实党员领导干部讲党课制度，把开展谈话谈心、批评与自我批评作为组织制度和推动工作的重要措施。有的单位结合教育实践活动推动县级气象局（站）推行"阳光政务、全员决策"工作机制，规定了县级气象局（站）集体决策的原则及决定事项，成为党风廉政建设的"防波堤"。

在教育实践活动中，气象部门以专项整治寻求突破、以正风肃纪先声夺人，对形式主义、官僚主义、享乐主义和奢靡之风进行大排查、大检修、大扫除，"四风"突出问题得到明显遏止。各单位 2014 年较上一年同期压缩会议 21.4%，

减少文件 15.7%，压缩考核评比项目 17.3%，减少各类领导小组和议事协调机构 17.9%。各单位不断建立完善重大事项集体决策制度，严格财务报销工作规定和程序，"三公"经费明显下降。截至 2014 年 8 月底，各单位较上一年同期压缩"三公"经费 23.5%；减少因公临时出国（境）4 批，减少 6 人次。

与此同时，各单位严格按照标准，对超标办公用房进行整治。中国气象局机关办公用房由原来的 4081 平方米减为 3584 平方米，整治出来的办公用房用于解决原来长期不能解决的档案、保密、应急值班、文印等公共服务用房。气象部门完成调整清退办公用房达到 92.3%，清退公务用车 98.3%，停建基建项目 1 处，面积 2500 多平方米，清理领导干部企业兼职 44 人，清理吃空饷 9 人。自教育实践活动开展以来，全国气象部门建立健全便民服务中心 6618 个；有 1472 个单位公开和简化了办事程序；查处"吃拿卡要""庸懒散拖"问题 42 个、54 人；减少收费、罚款项目 132 项，得到群众好评。

在活动中，各单位结合实际切实加强制度建设，初步形成便于遵循、便于落实、便于检查的制度体系。同时，各单位对已有制度进行了全面梳理，认真做好"废、改、立"工作，并加强了制度公开和宣传工作，推动了制度的落实。此外，各单位还强化了制度执行和监督检查，切实维护制度的严肃性和权威性。通过制度建设，干部职工强化了底线思维，行为得到进一步规范，执行制度的意识得到明显增强。

各单位在教育实践活动中还认真解决单位内部职工关心的突出问题，有的县气象局整治了原来脏乱差的工作、生活环境，修建了自行车棚等方便群众的基础设施；有的边远艰苦台站针对艰苦台站职工业余生活单调、枯燥等问题，购买了乒乓球、羽毛球、跑步机等体育器械，丰富了职工业余生活；有的基层台站在上级帮助下，解决了职工长期反映的食宿难问题。干部职工在这些细微的关怀中深刻感受到了尊重、理解和组织的温暖，职工队伍更加团结，气象基层基础工作得到新的巩固。

以教育实践活动为契机，中国气象局扎实推进气象改革和气象现代化，以做好公共气象服务作为体现活动成效的重要内容。一年多来，气象部门圆满完成南方持续强降雨、南京青奥会、部分粮食主产区严重伏旱等重要气象预报服务工作，获得了党中央、国务院以及广大群众的认可和赞誉。通过"两手抓""两促进"，教育实践活动在气象部门焕发了别样的生命力，也使气象服务的能力、意识和水平迈上了一个新的台阶。

（来源：《中国气象报》，2014 年 10 月 14 日，作者：徐文彬）

中国气象局党组印发《意见》
要求进一步加强气象部门党的建设

近日，中国气象局党组印发《中国气象局党组关于进一步加强气象部门党的建设的意见》（以下简称《意见》），对进一步加强气象部门党的思想、组织、作风、反腐倡廉和制度建设提出要求、作出部署。

新形势下贯彻落实全面从严治党的战略举措对全党都提出了更高更严的要求，各级党组织和广大党员如何发挥作用、发挥多大作用，直接关系到气象事业发展的质量和气象现代化的进程。《意见》指出，新形势下加强党建工作的总体要求，就是要深入学习贯彻党的十八大和十八届三中、四中、五中全会精神，认真贯彻落实习近平总书记系列重要讲话精神，以创新、协调、绿色、开放、共享的发展理念为引领，以落实全面从严治党为主线，切实加强党的思想、组织、作风、反腐倡廉和制度建设，不断增强党员干部的政治意识、大局意识、核心意识、看齐意识，不断强化基层党组织整体功能，充分发挥党组织的战斗堡垒作用和党员的先锋模范作用。

就进一步加强气象部门党的建设，《意见》提出，要加强思想建设，提高理论武装工作实效。要认真学习党章党规，严格践行党风纪律；深入学习贯彻习近平总书记系列重要讲话精神；坚持正确的舆论引导，营造干事创业的良好氛围。

要加强组织建设，增强凝聚力和战斗力。要切实发挥各级党组的领导核心作用；强化事业单位党委政治核心作用；强化基层党组织建设，发挥基层党组织战斗堡垒作用；加强各级领导班子和干部人才队伍建设；从严教育管理党员。

要加强作风建设，推进改进作风常态化。要巩固"三严三实"专题教育成果；驰而不息抓好作风建设。

要坚定不移推进党风廉政建设和反腐败工作。要强化党纪党规意识；强化"两个责任"落实；强化监督执纪问责。

要加强制度建设，完善流程体系，提升党建工作实效。要以党章为根本加强制度建设；以坚持民主集中制为核心健全制度体系；以建立"党支部工作台账"为抓手，狠抓制度的执行。

要加强组织领导，进一步完善党建工作责任制。要加强对气象部门党建工作的领导；落实党建工作主体责任；健全党建工作机制。

（来源：《中国气象报》，2016年4月12日，作者：李一鹏）

中国气象局党组印发通知要求 深入推进巡视整改 切实发挥巡视利剑作用

2017年2月21日，中国气象局党组印发关于深入推进巡视整改、切实发挥巡视利剑作用的通知。通知要求，认真贯彻2017年全国气象部门党建纪检工作会议部署，结合继续抓好中央巡视组反馈意见整改工作，进一步加大巡视工作力度，强化政治巡视，坚持问题导向、加强巡视发现问题的整改，以严肃问责强化压力层层传导，切实推动全面从严治党向纵深发展。

据悉，2016年，中国气象局党组共开展三轮巡视，覆盖7个省（自治区、直辖市）气象局和4个局直属单位。通过巡视，发现了被巡视单位在坚持党的领导、加强党的建设、全面从严治党以及贯彻落实中央八项规定精神等方面存在的问题，有些问题带有一定普遍性。为贯彻全国气象部门党建纪检工作会议精神，切实发挥巡视利剑作用，局党组做出了五方面部署。

一要统筹抓好年度巡视工作落实，坚持问题导向，突出政治巡视。对已经巡视过的单位要跟踪检查整改进展情况，对列入2017年巡视安排的单位要突出政治巡视要求，重点对贯彻党的十八届六中全会精神、执行《关于新形势下党内政治生活的若干准则》和《中国共产党党内监督条例》以及落实中央八项规定精神进行监督检查；党的十九大召开后，要把学习宣传贯彻党的十九大精神情况作为巡视的重要内容。对巡视整改不力的、对管党治党措施不力的、简单以会议和文件落实责任的，要严肃问责。

二要举一反三，主动组织自查自纠，自觉履行管党治党责任。各单位党组（党委）主要负责同志要自觉带头履行全面从严治党政治责任，主动从巡视反映出的问题、从其他部门其他单位发生的问题、从中央纪委驻农业部纪检组监督执纪中发现和指出的问题中吸取教训、引以为戒，突出重点主动开展专项检查和整治，围绕重点领域完善廉政风险防控措施和监管机制，坚决做到失责必问、问责必严。

三要将专项检查和巡视结合起来，强化自上而下的组织监督，践行监督执纪"四种形态"。结合气象部门管理体制特点，强化上级党组织对下级党组织和党员干部的监督管理；将贯彻党的十八届六中全会精神情况等专项检查和巡视有机结合起来，不断深化政治巡视。对专项检查和巡视中发现的违纪问题线索，要按照有关规定及时移交处置；对发现的苗头性问题，要及时约谈提醒。上级党组织特别是其主要负责人，对下级党组织及主要负责人应当平时多过问、多提醒，发现问题及时纠正。

四要持续将贯彻落实中央八项规定精神作为巡视和日常监督执纪重点，盯住不放，抓深抓细。各单位要在2016年专项检查的基础上，对容易发生问题的环节和领域，如公款旅游、公车私用、违规公务接待、违规报销个人费用等，进行再检查、再整改，用发生在身边的典型违纪案例教育党员干部。按照越往后执纪越严的要求，对违反中央八项规定精神的问题，发现一起、处理一起、通报一起。

五要积极探索开展对市、县气象局的巡察监督，把全面从严治党要求落实到基层。各省（自治区、直辖市）气象局党组要在近年来探索开展巡察工作的基础上，进一步加强领导、加大力度，以巡察和问责督促基层党风廉政建设取得新成效；要结合巡察工作，推动市、县气象局领导班子贯彻执行好民主集中制，促进基层气象部门科学管理和民主决策，把全面从严治党要求落实到基层。

（来源：《中国气象报》，2017年2月24日，

作者：贾静淅　王世涛　邓强　李期位）

加强党的建设　为气象改革发展凝聚强大合力

在刚刚结束的全国气象部门第 16 个党风廉政宣传教育月活动中，"走心"活动"遍地开花"，有的党组织通过建立微信学习群，利用移动互联网随时学习党的方针政策；有的设立"主题党日"，开展党员教育、组织党员议事、组织生活等活动；有的通过廉政警示教育展，提醒党员干部警钟长鸣……党的十八大以来，气象部门认真贯彻落实党中央关于开展党的群众路线教育实践活动、"三严三实"专题教育、"两学一做"学习教育的部署，深入推进气象部门党建工作，各级党组织的活力和支撑气象改革发展的能力不断增强，气象改革发展汇聚起强大合力。

加强制度建设，是最可靠、最有效、最持久的治党方式。党的十八大以来，中国气象局党组印发《关于进一步加强气象部门党的建设的意见》《气象部门开展"两学一做"学习教育实施方案》等文件，从顶层系统谋划加强党建工作，强化基层党组织整体功能，发挥党组织战斗堡垒作用和党员先锋模范作用。针对党建中的关键问题，中国气象局党组精准施策，如印发《中国气象局党组关于加强气象部门党建和党风廉政建设工作组织体系建设的若干意见》，要求各地气象部门建立健全党建和党风廉政建设工作领导小组，深化以落实主体责任为核心、机关党建与系统党建一起抓，党建与党风廉政建设有机融合、主管部门与地方党委齐抓共管的全面从严治党工作格局；积极落实"两个责任"，印发《中共中国气象局党组落实党风廉政建设主体责任实施意见》和《中共中国气象局党组落实党风廉政建设监督责任的实施意见》，建立工作联席会议制度，健全和完善纪检监察运行机制和主动向地方党委和纪委汇报沟通工作机制。

强化党的建设，抓好领导干部这个"关键少数"。气象部门以各级领导班子建设为重点，通过不断完善干部选拔和考核工作，加强干部交流轮岗，有计划地进行干部上挂下派等，切实加强领导能力建设；按照中央要求，研究措施方法、细化责任清单、强化考核评价、落实党建责任，在司局级领导班子主要负责人年度述职述廉中，重点考核了各单位"两个责任"的落实情况，加强了党建和党风廉政建设工作机构，建立了工作联席会议制度，健全和完善了纪检监察运行机制和主动向地方党委和纪委汇报沟通工作机制，各级党组织从严治党责任进一步落实。

以上率下、层层深入，根据中央"两学一做"学习教育部署，气象部门进一步把党建从"关键少数"延伸到了所有基层党组织和全体党员。各级气象部门通过多措并举，形成了以党组（委）中心组学习为龙头、以党支部（总支）学习为基础、以党员干部学习为主体、以目标管理为督查手段的综合学习机制。各地气象部门通过建立网上"党建微课"学习教育平台，制定考核细则，开展"三型一化"支部建设，开展"强基工程"等活动，让基层党组织强起来，充分发挥了基层气象部门党组织的领导核心、政治核心和战斗堡垒作用。

在急难险重任务面前，基层党组织和党员的作用进一步发挥。在汛期、纪念中国人民抗日战争暨世界反法西斯战争胜利70周年大会、二十国集团领导人杭州峰会（G20杭州峰会）、"一带一路"国际合作高峰论坛等重大活动及重大灾害气象服务中，各级党组织和党员立足本职、积极作为，确保各项任务圆满完成。

　　五年来，气象部门涌现出很多爱岗敬业、无私奉献的先进模范，10 人获得"全国五一劳动奖章"，4 人获"全国三八红旗手"，16 个集体获"全国工人先锋号""全国五一劳动奖状"等国家级荣誉称号。

　　　　　　（来源：《中国气象报》，2017 年 6 月 30 日，作者：牛彦元）

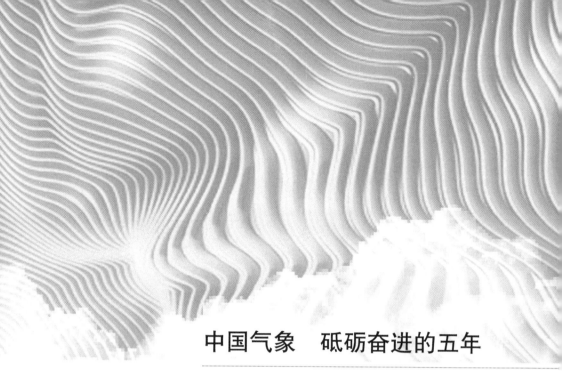

第八章
综合气象观测

"一张大网"惠及神州

——党的十八大以来综合气象观测发展综述

党的十八大以来，综合气象观测现代化建设快速发展，观测业务改革稳步推进，气象观测科技创新持续发力，初步建成较为完善的"地–空–天"三位一体综合气象观测体系。

从单一气象观测到多要素观测，观测内容越来越丰富，我国气象观测能力显著增强，为气象防灾减灾、应对气候变化和生态文明建设提供了有力支撑；我国在气象观测相关领域的国际地位和影响力显著提升。我国已进入世界气象观测体系发达国家行列，正在向气象综合观测强国迈进。

谋布局筑基石："地–空–天"综合气象立体观测网成形

大至环流形势变化，小至身边阴晴冷暖，观测数据是诸多气象业务得以开展的基石。

随着公里级分辨率、多圈层耦合的气象数值预报模式以及相应的快速循环资料同化系统"落地"，基于移动互联的网格化气象实况服务即将成为现实，以精准预报为代表的气象核心业务对综合气象观测提出了新的更高需求。与此同时，全球新一轮科技革命和产业变革为综合气象观测跨越式发展带来历史性机遇。

抓住时机，顺势而为。五年来，中国气象局孜孜不倦，力图构筑更全面、更精细的综合观测网络。《综合气象观测系统发展规划（2014—2020年）》《综合气象观测发展规划（2016—2025年）》《气象雷达发展专项规划（2017—2020年）》等一系列顶层设计相继出炉，为构建立体观测网指明方向。

谋定，而后动。五年来，我国综合气象观测事业交出了一份"从单一气象观测到多要素观测，观测内容越来越丰富，气象观测能力显著增强"的成绩单。

五年间，在我国960万平方公里的土地上，国家级地面观测站从2422个向10 596个迈进，陆地空间分辨率从平均71公里缩小至30公里。在基础观测项目之外，农业气象观测、酸雨观测、气象辐射观测、云地闪观测、海洋气象观测、环境气象观测等布局渐趋完善。

五年间，在我国2.5万米高空之下，120个高空气象观测站（不含港澳台）全部完成升级改造，其中87个参与全球交换。全国新建新一代天气雷达46部，参与组网运行的天气雷达已达190部，数量上基本与美国持平，陆地区域有效覆盖面积达45%，华南一带实现基本全覆盖；雷达探测业务迎来高科技"新成员"，开始使用激光雷达、云雷达、晴空测风雷达等。

五年间，在距离地球800公里和3.58万公里的太空中，"风云三号"C星和"风云二号"G星、"风云四号"A星分别加入我国极轨气象卫星家族和静止气象卫星家族。如今，8星在轨稳定运行，我国成为国际上同时拥有静止气象卫星和极轨气象卫星的三个国家和地区之一；"风云二号""风云三号"被世界气象组织纳入全球业务应用气象卫星序列。

观测搭台，预报受益。地基、空基和天基观测站点优化布局效果究竟如何？

实践是最好的检验手段。初始时刻的观测信息越丰富、越完备，初值越准确，对预报准确率提高所起到的作用就越大。五年来，陆地基本气象要素观测网在中国气象局数值预报业务系统的资料同化中得到了更为成熟和稳定的应用；"风云三号"卫星微波湿度计、微波成像仪和全球掩星大气探测仪资料成功进入同化系统，改进了对台风、暴雨等灾害性天气系统的预报效果；在天气雷达、风廓线雷达资料的帮助下，国家级和部分区域数值预报系统0～6小时中雨预报准确率提升了近10%。

另一方面，随着天气雷达的建设和技术升级，对于指导基层防灾减灾工作有重要作用的短时临近预报，其准确率在现有基础上提高了3%～5%，时效提高了几十分钟至数小时；2015年我国台风24小时路径预报误差首次小于70公里，"风云二号"的高频次区域观测在其中发挥了重要作用。

拓领域开放共享：服务国家战略

党的十八大以来，中国气象局始终站在服务国家战略的前沿，持续提高综合气象观测网资源利用效率，气象观测的"农业效益""海洋效益""生态效益"正在逐步显现。

二十国集团领导人杭州峰会（G20杭州峰会）期间，与这座古城的繁华古韵所交织的是蓝天与好空气。"杭州蓝"的背后，则有一份气象力量——大气离子自动测报系统、黑碳检测仪、激光雷达……2013年，杭州市环境气象监测站建设完成。杭州市气象局联合市环保局，通过科学分析多年连续观测数据，共同编制完成《杭州大气复合污染综合监测系统建设项目报告》，开展城市通风廊道、大气环境容量、大气扩散条件等研究，建立大气污染防控响应机制。就在G20杭州峰会前，杭州市气象部门研究出能见度与$PM_{2.5}$浓度的关系曲线，向环保部门提供了"杭州蓝"的"最节约"解决方案。

实际上，这只是气象观测数据服务国家生态文明建设需求的一个缩影。陕西省气象局基于卫星遥感技术形成的红碱淖湿地变化及保护建议，被国家发改委采纳；东北地区农业生态综合监测站网建设，为粮食生产各环节提供

全方位保障，农民种地越来越离不开气象科技。2017年4月，中国气象局印发《关于加快发展气候与生态气象观测能力的通知》，要求各地气象部门探索利用各类可行的技术手段，增加气候和生态气象观测要素，增强观测基础支撑；同样是这一年，中国气象局要求各级气象部门高度重视生态红线划定工作，特别要求在卫星遥感监测等方面形成业务技术能力。

生态文明建设不仅是我国战略，也是全球气候治理的一部分。2015年6月30日，中国承诺二氧化碳排放在2030年左右达到峰值并争取早日实现。这需要以壮士断腕的决心来推进能源转型，也对科学监测提出了更高要求。2016年底，中国气象局、中国科学院、科技部等合作研发的碳卫星发射成功，使我国具备了针对重点地区乃至全球的大气二氧化碳浓度监测能力。

对于"一带一路"沿线国家和地区而言，自然灾害是可持续发展的重大威胁。近年来，中国向蒙古、尼泊尔、泰国、巴基斯坦等19个亚太国家赠送集成化的中国气象局卫星广播系统（CMACast）接收站、卫星天气应用平台，帮助"一带一路"沿线国家实时获取"风云"气象卫星资料。如今，这些系统已为多国气象监测提供支撑。除了援建，中国随时准备好为外国提供灾害监测数据支持。2017年9月10日，国家卫星气象中心启动灾害响应模式，将"风云三号"B星和C星过境墨西哥的遥感数据，提供给当地减灾机构和国际组织；同日，"风云三号"卫星数据第一时间提供给多米尼加共和国，对飓风"厄玛"造成的当地洪灾进行监测。

多发的海洋气象灾害也对海洋气象监测工作提出新需求。目前，我国300余个海岛、海上钻井平台和千余艘渔船上安装的自动站，加上海上大浮标、小浮标以及飞机，共同构建了一个近海观测体系，气象雷达覆盖能力也已经由岸基逐步向深海延伸，成为海洋探测的强有力手段。

数据安全稳定：确保业务可靠运行

99.97%，99.05%，100%。这三个百分比分别是国家级台站自动气象站、新一代天气雷达、高空站的业务可用性数据。这组数据说明，这张综合气象观测网不仅铺得广、织得密，而且扎得牢，能够确保业务稳定可靠运行。

然而，面对观测网中种类庞杂的观测设备和海量数据，能拿出这样的成绩，实非易事。其背后是从数据获取、传输，到计量检定、数据平台等每个环节的深刻变革。

数据之流始于获取。2016年，地基观测数据获取实现了半个多世纪以来首次从"有人"向"无人"的转变。这一年，一场开始于广东、广西、四川等地的"无人值守"试点工作启动。一年后，结果令人欣喜：在只靠设备自动化运行的情况下，业务可用性提高了至少1个百分点。2017年，我国极轨卫星数据接收站在北京、广州、乌鲁木齐、佳木斯、瑞典基律纳5站的基础上，又多了一个新成员——南极站。这意味着，数据接收范围显著扩大，数据接收时效大为缩短。

数据之流行在传输。五年间，地面观测数据分钟传输试点顺利完成，湖北、河北、上海3个省（直辖市）全部国家级气象站开展推广。组网天气雷达径向数据流传输试验开展，实现数据即扫即传，传输时效大大提高。

数据之流重在计量。五年间，全国省级气象计量实验室完成改造，16个省级计量检定自动化水平得到升级，在西部地区和中东部边远地区的147个地市建设了地级移动校准维修系统，优化业务布局，提升省级计量检定能力，充分发挥地市级装备保障部门的现场校准维修作用，确保观测数据准确性这一"红线"不被逾越。

数据之流见于平台。2016年，全国天气雷达拼图系统全面升级至2.0版本。升级后的拼图产品时间分辨率由过去的20分钟提高到6分钟。如果过去

预报员在 16 时调取天气雷达拼图，能看到的最新产品图是 15 时 30 分制作的，那么现在就可以看到 15 时 50 分制作的了。2016 年，我国"风云"卫星遥感数据服务网提供的产品不断丰富，已具备综合提供"风云一号""风云二号""风云三号"，以及美国 NOAA 和 GOES 系列卫星、日本 MTSAT 卫星、欧洲 Meteosat 卫星等气象卫星数据的能力，"风云"卫星遥感数据服务网注册用户较上一年增长 30%。

数据之流严于考核。五年间，综合气象观测运行监控系统（2.0 版）完成开发，监控设备种类由 3 种提升到 10 余种，监控范围涵盖雷达、自动气象站、探空系统、区域气象观测站、自动土壤水分观测站和雷电观测系统，并可扩展监控风廓线雷达、全球卫星导航系统气象观测（GNSS/MET）、大气成分等业务，实现了综合观测系统业务装备运行监控全网覆盖。

党的十八大以来，我国气象综合观测系统实现从过去技术手段单一、观测内容涉及面窄、结构层次简单的观测，向天基、地基和空基观测为一体的"华丽转身"。"一张大网"将全面惠及神州。

（来源：《中国气象报》，2017 年 10 月 11 日，作者：卢健）

我国气象卫星地面接收处理系统形成五站一中心格局

2013 年 1 月 17 日，记者在国家卫星气象中心与四站工作会议上了解到，我国气象卫星地面应用系统初步完成了扩建和升级改造，形成国内四站一中心、海外一站的地面接收处理系统，即五站一中心格局。

目前，我国独立自主发展了风云极轨与静止两个系列的气象卫星，7 颗在轨运行。风云系列气象卫星资料在防灾减灾、应对气候变化以及生态文明建设中发挥着重要作用。随着我国第一个海外站，位于瑞典基律纳的北极站成功建立并运行，与国内北京站、广州站、乌鲁木齐站、佳木斯站和国家卫星气象中心正式形成气象卫星地面接收处理系统"五站一中心"的格局。

记者了解到，风云气象卫星资料的用户已超过 2500 家，遍及 70 多个国家和地区。国家卫星气象中心主任杨军表示，该格局进一步保障了我国气象卫星数据的接收与快速处理应用，满足用户对于全球气象数据获取的要求。

谈及下一步地面接收系统发展计划，杨军表示，要以应用需求为牵引，确保地面接收系统稳定运行，将推进"风云三号"02 批地面应用系统工程建设，进一步加强北京站新增站区和新疆喀什站站区的规划设计和基建工作，全力做好广州、乌鲁木齐、佳木斯三站测距系统联调联试工作。

（来源：《中国气象报》，2013 年 1 月 23 日，作者：张静）

"风云三号" 03 星成功发射
将大幅提升我国气象观测能力

2013年9月23日11时07分，在我国太原卫星发射中心，"风云三号"03星搭乘"长征四号丙"运载火箭，成功进入预定轨道。

"风云三号"气象卫星是我国第二代极轨气象卫星，目标是实现在全球大气和地球物理要素的全天候、多光谱和三维观测，主要为中期数值天气预报提供气象参数，并监测大范围自然灾害和生态环境，为研究全球环境变化、探索全球气候变化规律以及海洋、农业、林业、航空和军事等部门提供气象信息。

"风云三号"01批为试验星，包括"风云三号"A星和B星，分别于2008年5月27日和2010年11月5日成功发射。在5年多的试验运行和业务服务中，国家卫星气象中心成功获取了大量全球大气观测数据，并在我国及全球天气预报、气候预测、生态环境和灾害监测中得到广泛应用，取得了显著的社会和经济效益。

"风云三号"03星作为02批业务星的首发星，充分继承A星和B星的成熟技术，核心遥感仪器技术状态在原有基础上进一步提升性能，并搭载12台（套）遥感仪器。其中，微波温度计和微波湿度计升级为Ⅱ型，进一步提高了空间探测精度；全球导航卫星掩星探测仪为新增载荷，提升全球大气三维和垂直探测能力。

"风云三号"03星经过在轨测试后，将正式投入业务运行，并接替A星作为我国太阳同步轨道天基气象观测的主业务卫星，与"风云三号"B星共同组网进一步强化我国极轨气象卫星上、下午星组网观测的业务布局，使我国全球观测的时间分辨率从 12 小时提高到 6 小时。

中国气象局副局长宇如聪说，从"风云一号"到"风云三号"，无论是载荷的数量还是卫星的质量，都发生了翻天覆地的变化。从平面观测到立体观测，A 星实现较大跨越，但仍出现一些问题；从目前在地面检测的各项数据看，C 星（03 星成功发射后即为 C 星）相关性能得到明显改善，同时增加更多载荷。C 星的成功发射，必将对我国数值预报准确率的提高，特别是一些相关的定量化的应用产生良好的效果。这标志着我国第二代极轨气象卫星真正达到稳定的可满足业务需求的状态，为我国极轨气象卫星达到国际先进水平奠定良好基础。

（来源：《中国气象报》，2013 年 9 月 24 日，作者：王敬涛）

GCOS 中国委员会推进优先行动计划

2013 年 10 月 31 日，全球气候观测系统（GCOS）中国委员会第七次会议在中国气象局召开。GCOS 中国委员会常务副主席、中国气象局副局长宇如聪出席会议并讲话。

会议审议通过《中国气候观测系统实施方案（2013 修订）》《优先行动计划》和《全球气候观测系统中国委员会章程修改建议》。为更好地推动我国 GCOS 工作，突出各委员单位协调组织作用，《优先行动计划》实施，推进 GCOS 中国委员会计划筹备建立工作组。

宇如聪指出，应对气候变化是我国一项关键工作。如何扎实推进国内应对气候变化工作、如何科学支撑国际有关气候变化的谈判，各部门在前期已经做了大量的基础工作，在环境、生态、海洋等方面都在积极推进。未来还需要继续加强合作，建设国家气候观象台建设项目，逐步提升委员会的执行力，建立委员会推进实施方案执行的工作机制，形成国家层面的、扎实的、可持续的、业务性的工作。

宇如聪希望各部门积极配合和落实，共同推进全球气候观测系统的建设。他代表中国气象局对 GCOS 中国委员会成员单位的大力支持，各委员、专家和联络员的工作表示感谢。

GCOS 中国委员会委员和专家组成员共 40 余人参与讨论了实施方案和优先行动计划的相关内容及各部门所承担的工作。

（来源：《中国气象报》，2013 年 11 月 1 日，作者：王敬涛）

综合气象观测系统发展规划出台　气溶胶质量浓度观测网将覆盖 113 个大气污染防治重点城市

根据中国气象局日前出台的《综合气象观测系统发展规划（2014—2020年）》，2014—2015 年，将完善 7 个大气本底站建设，重点加强温室气体本底观测业务能力，建设气溶胶质量浓度观测网，重点覆盖全国 113 个大气污染防治重点城市。

该规划提出，到 2015 年，形成地基、空基和天基观测有机结合，优势互补，布局合理、自动化程度高、运行稳定、质量可靠的综合气象观测系统，实现地面观测自动化，观测要素、时空分辨率和准确度基本满足数值预报服务需求。

到 2020 年，气象部门将建成地基、空基和天基观测综合集成，布局科学、技术先进、功能完善、运行可靠的综合气象观测系统，全面实现观测业务现代化，观测要素、布局和时空分辨率适应预报服务需求；观测自动化、气象卫星、天气雷达、风廓线雷达等领域的综合观测能力和主要技术装备水平达到世界先进水平。

中国气象局将调整地面气象观测项目，取消预报服务需求不突出、难以实现自动化观测的云状和 13 种天气现象的观测，保留 21 种天气现象、能见度、云量、云高和其他观测项目；在全国地市级以上城市以及京津冀、长三角、珠三角地区县级城市，建设以雾、霾观测为重点的环境气象观测站，满足空气质量预报和大气污染防治的需求。

　　此外，在现有观测站网基础上，构建"一网、二链、三星"的业务格局，实现空间天气因果链多要素监测和区域协同监测；落实《2011—2020年我国气象卫星及其应用发展规划》，保证静止和极轨气象卫星业务稳定，发展我国第二代业务气象卫星，不断提升综合观测能力，实现高时空分辨率、高光谱、微波和三维垂直探测，获取全天候、高精度定量资料。

　　　　　　　　（来源：《中国气象报》，2013年12月5日，作者：宛霞）

全国地面观测业务调整顺利完成

2013 年 12 月 31 日 22 时，全国地面气象观测业务调整顺利完成。中国气象局综合观测司副司长赵大铜称，此次地面气象观测业务调整力度之大是以往从来没有过的，涉及观测、传输、资料、预报和服务等各个业务环节，改变了以往的业务工作模式，调减了人工观测任务，增加了能见度等自动观测资料，显著提升了地面观测的效益。

调整内容包括观测项目、观测时次、编发报任务、航危报业务、观测业务布局和完善观测业务功能和流程。所有地面气象观测站保留能见度和雨、雪、冰雹、雾等 21 种天气现象观测，取消烟幕、极光等 13 种天气现象常规观测；基准站、基本站的云和能见度人工定时观测时次由每日 8 次调整为 5 次，取消夜间观测；所有地面气象观测站取消地面气候月报、气象旬（月）报编发任务，参与国际交换的地面气候月报由国家气象信息中心统一编发；改革航危报业务，实现气象信息自动化传输流程，建立新型气象为航空服务业务，替代航危报任务；建立气象信息员、志愿者辅助观测机制，增强本地区更大范围灾害性天气信息的获取能力和区域自动气象站维护能力；统筹地面气象观测与其他业务环节，建立综合业务流程，完善观测规范，建立与综合业务相适应的考核标准和管理制度。

据中国气象局综合观测司地面处处长赵志强介绍："为了评估此次业务调整是否顺利完成，我们重点检查、评估业务调整后一小时（即 21 时）整点资料的上传、接收、存储和应用情况。省级主要检查观测系统软硬件切换和资料传输情况；国家气象信息中心主要检查资料接收、入数据库情况；国家气象中心主要测试评估自动观测资料的融合应用情况。"

　　"调整后将有 800 多个观测站的能见度自动观测资料进入业务应用，各级预报、服务部门将从中受益。广大的基层测报员便是另一方受益者。"赵志强说。"我从 1987 年参加工作到现在一直从事测报工作，感到最辛苦的就是冬季夜间观测。我们这里冬天平均夜间气温在 –30 ℃以下，极端低温能达 –46.9 ℃。现在全部都由自动观测站上传观测资料，再也不用每天夜里挨冻了。"黑龙江省大兴安岭地区新林区气象站观测员杨颖忱激动地向记者表达对业务调整的感受。

　　"我们将在 2014 年推广云、能见度和天气现象等自动观测技术装备，完善资料质量控制措施，充分发挥观测业务的效益。"赵大铜说。

（来源：《中国气象报》，2014 年 1 月 3 日，作者：王敬涛　庄白羽　桂翰林）

第31届空间与重大灾害国际宪章理事会在京召开　"风云三号" C 星成为国际宪章中方值班卫星

2014 年 4 月 14—17 日，第 31 届空间与重大灾害国际宪章（以下简称"宪章"）理事及执行秘书会议在京召开。会上，我国"风云三号" C 星、"高分一号"卫星被正式列为中方宪章值班卫星。

"从宪章机制来说，中国气象局作为授权用户既要从中受益又要做出自己的贡献。当发生气象灾害时，有时只有气象卫星是不够的，需要高分辨率观测卫星数据帮助我们对灾害进行详查。这时，中国气象局会申请启动宪章，借助高分辨率数据加强气象灾害监测和服务工作；当别的国家或者组织需要气象卫星时，中国气象局也会积极提供相关数据。"国家卫星气象中心副主任张鹏说。

"气象卫星与高分辨率观测卫星最大的区别就是观测范围、分辨率和观测周期不同。"张鹏解释道，"气象卫星观测范围广，对同一区域观测重访周期短，'风云二号'系列卫星可以每 6 分钟产生一张云图，但是分辨率较低，一般是公里量级；而高分辨率观测卫星分辨率能达到米量级，但相对观测的范围窄，观测重访周期长。两类卫星相互配合，能在环境灾害监测中发挥非常好的作用。"

"风云三号" C 星于 2013 年 9 月发射升空。张鹏说："'风云三号' A 星和 B 星是业务研发卫星，针对它们在轨运行期间出现的问题，C 星进行了改进和优化。C星的数据质量更高，观测能力更强，仪器的稳定性能更好。同时，C星增加了全球导航卫星掩星探测仪，微波湿度计和微波温度计的探测通道分别从5个、4个增加到15个、13个，使得探测大气温湿度廓线能力大幅提升。"

据了解，2007年，中国国家航天局代表我国作为正式成员加入宪章以来，会同民政部、中国气象局、航天科技集团公司等部门，前后17次紧急启动宪章，为国内重大自然灾害的监测、救助提供数据资料。2014年3月11日，中国气象局作为授权用户针对马来西亚航空公司失联客机紧急启动宪章，协调多国卫星资源，共获取了多国卫星数据近700景，支持搜救工作。中国也多次响应宪章请求，先后为澳大利亚森林火灾、日本地震海啸等提供大量卫星遥感数据。目前，我国"风云"系列卫星均为中方宪章值班卫星。

空间与重大灾害国际宪章由欧洲空间局、法国国家空间研究中心、加拿大航天局于1999年发起，其基本宗旨是通过利用成员机构提供的卫星资源，向遭受重大自然灾害的国家和地区无偿提供相关卫星数据和信息，用以进行灾害监测与管理、紧急救援与灾后重建。

（来源：《中国气象报》，2014年4月21日，作者：王敬涛 史一卓）

我国极轨气象卫星由科研试验型向业务服务型转变

"风云三号"C极轨气象卫星在轨交付仪式，2014年5月5日在北京举行。"风云三号"C极轨气象卫星正式由中国航天科技集团公司交付中国气象局使用。

"风云三号"C星曾为"雪龙"号救援、马来西亚航空公司失联客机搜寻提供气象保障

中国气象局局长郑国光在交付仪式上说，"风云三号"C星实现了我国极轨气象卫星的升级换代，是气象卫星研制能力的新突破，"风云三号"C星在国际上处于先进水平，提升了我国气象卫星的国际地位和国际影响力。

2013年9月，"风云三号"C星在太原卫星发射中心成功发射。2013年10月至2014年1月，中国气象局组织开展了"风云三号"C星在轨测试工作。在轨测试结果表明，卫星系统功能正常，性能良好，各项功能、性能指标符合任务书要求，且优于A、B星。

记者了解到，C星投入试运行以来，其数据和产品已经在监测自然灾害、日常天气预报和应对气候变化方面发挥了作用，在"雪龙"号救援、马来西亚航空公司失联客机搜寻、韩国"世越号"客轮沉没事故等全球突发事件气象保障工作中做出了贡献。

设计寿命延长，部分有效载荷进行了升级换代

据介绍，"风云三号"C 星是我国第二代极轨气象卫星中的首颗业务星，其成功发射与运行，标志着第二代极轨气象卫星由科研试验型向业务服务型的转变，是我国气象卫星发展的重要里程碑。

C 星投入业务运行后，将接替 2008 年发射的"风云三号"A 试验星，与 B 试验星一起形成上、下午星组网观测，可实现全球、全天候、多光谱、三维、定量对地遥感探测，确保我国极轨气象卫星业务的连续稳定运行，为全球自然灾害、环境监测和应对气候变化提供更多更好的观测资料，进一步提升我国对全球大气、陆地和海洋的监测能力。

"风云三号"C 星在 A，B 两颗试验卫星的基础上，设计寿命从 3 年提高到 5 年，部分有效载荷进行了升级换代。

"风云三号"卫星资料通过卫星直接广播、中国气象局数据广播系统和气象卫星数据服务网等方式，为用户提供服务，同时还通过世界气象组织全球通信系统向全球用户分发。现在"风云三号"气象卫星的国内外注册用户数量超过了 2 万，地面应用系统每天处理的数据量达到了 2.6 TB，成为国内规模最大的卫星资料地面接收处理系统。

"风云三号"卫星观测资料和产品广泛应用于天气预报、气候预测、灾害监测、环境监测、军事活动气象保障、航天发射保障等重要领域，在台风、暴雨、大雾、沙尘暴、森林草原火灾等监测预警中发挥着重要作用。

（来源：《人民日报》，2014 年 5 月 6 日，作者：刘毅）

我国气象卫星"风云三号"B星资料首次植入欧洲中期天气预报模式 提升我国气象卫星国际影响力

　　近日，记者从欧洲中期天气预报中心（ECMWF）网站获悉，从今年9月24日开始，该中心开始在其业务预报模式中使用"风云三号"B星微波湿度计资料，这标志着我国气象卫星的辐射测量精度和观测稳定性获得国际用户的认可。未来，"风云"卫星将和欧洲、美国的气象卫星一同在气象卫星数据提供方面发挥主导作用。

　　在对"风云三号"B星微波湿度计资料进行了长期的跟踪和评价后，欧洲中期天气预报中心认为，"风云三号"B星微波湿度计资料改进了模式对对流层中层和高层湿度场的分析，增强了卫星观测系统的强壮性（国内也称鲁棒性，是模式评价观测系统的业务用语，即Robust）。

　　尽管"风云三号"B星是我国第二代极轨气象卫星的第二颗试验卫星，但其提供的数据能够改善欧洲中期天气预报中心的大气分析质量。在该中心访问学习的中国科学院大气物理研究所的陈科艺参与了此项工作，她说："我们对'风云三号'B星微波湿度计的资料进行了长期的评价，研究表明观测数据质量非常可靠，对模式预报产生的影响已与欧洲或美国的同类仪器相当。"

　　中国气象局派出专家定期访问欧洲中期天气预报中心，在该中心了解我国"风云三号"A星和B星上的先进仪器方面发挥了很大作用。2013年9月，"风云三号"C星成功发射，其上搭载的遥感仪器性能较"风云三号"A星和 B 星有了较大改进。目前，该中心对"风云三号"C 星资料在数值预报模式中的使用评估进展顺利。

国家卫星气象中心研究员陆其峰表示："欧洲中期天气预报中心与中国气象局的合作对提高气象卫星数据的使用率、改善气象卫星性能非常重要，这将有利于我国气象卫星在更广泛的领域中发挥作用。"

（来源：《中国气象报》，2014 年 10 月 22 日，作者：张静）

"风云二号" 08 星成功发射

2014 年 1 月 31 日 09 时 02 分，我国自主研制的第五颗业务静止气象卫星——"风云二号" 08 星在西昌卫星发射中心由"长征三号甲"遥二十四运载火箭发射升空，并顺利进入预定轨道，发射取得圆满成功，实现了 2014 年我国航天发射任务的完美收官。

"风云二号" 08 星是我国地球同步静止轨道气象卫星，是"风云二号" 03 批地球静止轨道气象卫星工程的第二颗业务应用卫星。按照预定飞行控制程序，"风云二号" 08 星将于 1 月 6 日前后定点于东经 99.5 度赤道上空，到时将被命名为"风云二号" G 星。

中国气象局副局长宇如聪表示："目前，'风云二号' D 星、E 星、F 星形成了'多星在轨、统筹运行、互为备份、适时加密'的业务格局，D 星和 E 星已分别在轨运行 8 年和 6 年，均已超过设计寿命，'风云二号' 08 星的成功发射对确保我国静止气象卫星观测业务的连续稳定运行具有重要的意义。"

针对台风、暴雨等灾害性天气监测预警能力的需求，通过"星地一体化"设计，卫星研制单位在"风云二号" F 星成功的基础上，对"风云二号" 08 星进行了 25 项技术状态更改，进一步提升了红外杂散光抑制效应、黑体辐射定标的能力和区域观测的灵活性。在加密观测模式下，"风云二号" 08 星具备任意区域分钟级快速高频次观测和应用服务的能力，提高了中小尺度的局地对流系统、雷暴等灾害性天气系统的监测能力。

（来源：《中国气象报》，2015 年 1 月 5 日，作者：张静）

我国首次在南极格罗夫山架设自动气象站 气象资料已成功应用到固定翼飞机试飞过程中

日前，记者从中国第32次南极科考队获悉，我国首次在南极格罗夫山架设了自动气象站。不仅如此，昆仑站的自动气象站也已架设完成。两部自动气象站的观测数据已成功应用到我国首架极地固定翼飞机"雪鹰601"的执行任务过程中。

自动气象站架设工作由中国南极科学考察队内陆队分别于2016年1月1日和1月2日完成。目前，两个自动气象站运行稳定，观测数据通过卫星网络实时传输至国内，中国气象科学研究院已收到相关气象资料。据中国气象局极地科考专家逯昌贵介绍，这些观测数据已成功应用到我国首架极地固定翼飞机"雪鹰601"在南极拉斯曼丘陵、格罗夫山、昆仑站等区域试飞过程中。

此次是我国首次在南极内陆格罗夫山冰盖表面架设自动气象站，该气象站传回的地面风向风速、温度和气压等数据，有助于分析冰（雪）面辐射特征和热力学特征并提高极地大气数值预报模式的精度，其长期数据可用于研究南极大气边界层、冰盖下降风和南极内陆地区的气候变化。

记者了解到，为满足我国第5个南极考察站建设的需求，此次考察将在南极罗斯海维多利亚地进行最后一次优化选址任务。逯昌贵说："以选址为目的，中国气象科学研究院和国家海洋环境预报中心将合力布设一部无人值守自动气象站。"

（来源：《中国气象报》，2016年1月21日，作者：张静）

"风云三号" C 星资料直收服务覆盖欧洲
由 EUMETSAT 提供资料再分发服务

据欧洲气象卫星开发组织(EUMETSAT)网站消息,2016 年 2 月 17 日,该组织将向其成员国提供一项新的基于中国"风云三号"C 星(FY-3C)区域大气垂直探测资料直收的再分发服务,称之为先进的 EUMETSAT 再分发服务(EARS-VASS)。该项目投入业务运行,标志着中国气象局气象卫星数据在欧洲有了更为广泛的应用,可以促进中欧未来在卫星气象领域的深入合作。

这项服务计划提供 FY-3C 卫星微波湿度计-II 型(MWHS-II)和红外大气探测仪(IRAS)全部通道始像元分辨率的、高时效性的大气垂直探测资料。

2016 年 1 月 25 日前,FY-3C 的直收广播数据(HRPT 数据)在欧洲区域每天仅开机 4～5 次,直收资料不能完全覆盖欧洲区域。1 月 25 日之后,中国气象局扩展了 FY-3C 的 HRPT 数据在欧洲区域的直收覆盖范围,使 EUMETSAT 可以通过其下属的 5 个地面直收站获取覆盖整个欧洲的、高时效性的"风云三号"卫星资料。此项目于 2 月 17 日正式进入业务运行阶段。

"为确保'风云三号'资料在欧洲区域的实时接收和处理,中国气象局为 EUMETSAT 提供了专门的技术支持。此项工作是中国气象局和 EUMETSAT 自 2013 年签署气象卫星资料应用合作协议以来,不断深化合作取得的新成果。在双方合作过程中,欧洲科学家对 FY-3C 卫星资料应用情况及时提供反馈意见,对改进卫星观测资料,提高卫星资料的定量化应用也起到了很好的作用。"国家卫星气象中心副主任张鹏说。"风云三号"卫星资料在欧洲的广泛应用扩大了"风云"卫星的国际影响力,同时有助于中国气象局按照国家"一带一路"倡议推动气象领域中欧双边广泛而深入的合作。

(来源:《中国气象报》,2016 年 2 月 18 日,作者:郝静)

我国风云气象卫星达到国际先进水平

——气象"千里眼"助力产业应用

当前我国南方防汛正进入关键期，长江中下游地区迎来入汛以来最强降雨过程。严峻形势下，一颗颗被誉为"千里眼"的风云气象卫星正时刻紧盯着天气变化，为人民生命财产安全保驾护航。正是基于这些"守护者"的辛勤工作，气象工作者才能完成各种精细监测和及时准确预报，助力防灾减灾和产业应用。

2016年7月4—6日，国防科工局与中国气象局在北京共同召开风云卫星发展研讨会，《经济日报》记者及时跟进采访，探秘我国气象卫星的发展状况。

风云卫星技术已达先进水平

2016年第1号台风"尼伯特"于7月3日在美国关岛以南的西北太平洋洋面上生成，未来有可能影响我国海域和东南沿海。面对来势汹汹的台风，气象人却胸有成竹。

这个底气来自我国在太空的"千里眼"。中国气象局数据显示，从1998年"风云二号"卫星投入运行以来，截至2015年底，中国气象局对西太平洋生成的415个台风、登陆或影响我国的153个台风监测实现了全覆盖。气象卫星资料的加入，使台风预报准确率连年提升，2015年中央气象台台风24小时路径预报误差首次低于70公里，达到世界领先水平。

"千里眼"不光能监测台风，还为提高我国暴雨、洪涝、干旱、冰雪、沙尘暴、雾、霾监测预报水平发挥了重要的作用。中国气象局局长郑国光说："'风云二号'卫星已经可以提供最高每25分钟一次全地球圆盘观测、每6分钟一次区域观测；'风云三号'卫星可每天对地球同一区域完成4次三维立体观测，光谱范围从可见光、红外覆盖到紫外和微波；卫星定标、定位和反演技术接近国际先进水平，卫星资料实现了从定性到定量应用的转变，在数值模式同化资料中占比达到了54%。"

中国航天科技集团公司副总经理杨保华介绍，迄今为止，我国已成功发射了14颗气象卫星，其中7颗卫星在轨运行，实现了极轨气象卫星升级换代和上、下午星组网观测，形成了静止气象卫星"多星在轨、统筹运行、互为备份、适时加密"的业务运行格局。

风云卫星在多个行业和领域提供了重要的基础遥感资料和产品支撑。目前，国内接收与利用风云卫星资料的用户已超过2500家，为气象、海洋、农业、林业、水利、交通、航空、航天、环保等领域提供了大量科学数据，支持了78个国家重点科研项目，为我国防灾减灾、应对气候变化、保障生态文明建设等做出了重要贡献。

目前，我国风云卫星技术已经达到了国外同类卫星的先进水平，不仅摆脱了发达国家的技术和业务垄断，而且确立了我国在地球观测领域的国际地位。利用风云卫星反演的海表温度、长波辐射、植被指数、积雪、大气成分等产品已广泛应用于全球和区域性气象与气候变化业务，为全面加强应对气候变化能力建设提供客观科学依据，同时提升我国参与全球竞争的能力，增强了我国在相关国际活动中的话语权。

时空分辨率仍是短板

风云气象卫星在国际观测领域的地位越来越高，影响越来越大。风云气象卫星以其先进的技术水平、运行的可靠性和较高的稳定性，与美国、欧洲气象卫星一起成为全球对地观测网中名副其实的主力军，承担起全球对陆地、大气、海洋、地表环境全天候连续观测的责任。

然而，风云卫星仍有不少短板亟待补齐。就在前不久，江苏盐城北部受强对流云团影响，出现强阵风、冰雹和强降水等极端天气，短短几十分钟，就造成特别重大灾害，人员伤亡损失惨重。面对越来越频发的极端天气，风云卫星在监测方面颇感力不从心。

"从卫星传回的盐城龙卷风发生时的可见光图像来看，暴露了风云卫星在两方面的不足：一是卫星资料空间、时间分辨率不够，影响小尺度强对流云团上冲云顶特征连续监测和清晰识别；二是静止卫星目前还不能穿透云层看到云团内部，无法获得垂直运动等更多信息。"国家卫星气象中心主任杨军说。

气象专家表示，中小尺度灾害性天气监测预警需要具有更高时空分辨率的观测，需要提高风云气象卫星观测的时空分辨率，以有效防范气候变暖背景下呈多发、重发态势的气象灾害和衍生灾害，保障我国经济发展和人民生命财产安全。

然而，我国气象卫星核心遥感仪器的时间空间光谱分辨率主要性能指标仍落后于美国、欧洲、日本的气象卫星。"风云气象卫星的发展面临'慢进则退'的挑战，需要我们瞄准国际市场先进气象卫星技术前沿，认真谋划、加倍努力，保证在国际上占有一席之地。"郑国光强调。

按需布局创新发展

风云卫星是我国自主研发的系列气象遥感卫星，经过几十年来气象科技工作者和航天科技工作者的不懈努力，风云系列卫星走过了从无到有、从小到大、从弱到强的发展之路，已成为全球对地观测业务卫星序列的重要成员，并步入了先进国际气象卫星的行列。

郑国光表示，风云气象卫星发展到今天，应该摆脱延续固定思维和简单模仿国外的做法，对气象卫星的轨道提出更加合理的布局，要在传承大的综合卫星平台同时，根据实际需要探讨利用新的平台，研究发展单一任务的小卫星。要进一步分析应用需求和技术指标关系，提出更加符合实际需求的技术指标体系，加强关键部件的功能，摆脱对国外技术的依赖，提升卫星平台和遥感仪器的质量和技术水平。

此外，郑国光提出，协同发展也很重要，构建对地观测的新体系，遵循卫星研发的客观规律，做到遥感仪器研发先于卫星系统的发展、应用技术研究先于应用系统的建设。"建议将风云气象卫星的观测与地基、空基观测进一步统筹考虑，推动天–地–空一体化的系统监测优化，同时作为国家空间基础设施的重要组成部分，不仅充分发挥大气遥感卫星的作用，也应该结合国家的需求，发挥自身的优势，与陆地遥感和海洋遥感卫星系列共同协作，形成我国对地观测的新体系。"

在卫星应用方面，郑国光强调，应该充分利用移动互联、智能终端、大数据、云计算等新一代信息技术，充分考虑统筹用户一般性需求和专业用户个性化需求，建立完善高效便利的数据服务系统，强化风云卫星和其他卫星资料综合应用，提高气象监测预报服务等能力和水平，提高风云气象卫星综合应用效率。

"未来 10～15 年，将是我国气象卫星快速发展的黄金期。"国防科技工业局副局长吴艳华说。

（来源：《经济日报》，2016 年 7 月 5 日，作者：杜芳）

"风云四号"气象卫星西昌发射成功
将大幅提高天气预报准确率

记者 2016 年 12 月 11 日从中国气象局了解到，11 日凌晨，我国新一代静止气象卫星"风云四号"01 星搭乘"长征三号乙"遥四十二运载火箭，在西昌卫星发射中心发射成功，标志着我国静止轨道气象卫星实现了升级换代，将大幅度提高我国天气预报、生态环境监测等能力。

"风云四号"01 星搭载了世界首个静止轨道干涉式大气垂直探测仪，首次实现了静止轨道大气高精度温度、湿度廓线探测。

"成像和垂直观测相结合，就好比医生不仅有了 X 光片，还有了 CT 片，'风云四号'卫星是提高天气预报准确率的重器。""风云四号"卫星应用首席专家许映龙说。

据了解，"风云四号"01 星是我国首颗静止轨道上三轴稳定的定量遥感卫星，搭载了多通道扫描成像辐射计、干涉式大气垂直探测仪、闪电成像仪和空间天气监测仪四种探测器。

"风云四号"卫星工程总指挥于新文说："'风云四号'01 星突破了一个世界性的难题，解决了多个仪器同时工作所产生的相互干扰问题，成功地将四大类载荷安装在同一个卫星平台上，在世界上首次实现了对大气的多手段综合观测。"

"风云四号"01 星将定点于东经 99.5 度 36 000 公里赤道上空，定点后命名为"风云四号"A 星，经过 6 个月的在轨测试后，投入试验应用。其后续卫星"风云四号"02 星和 03 星为业务卫星，将于 2018 年和 2020 年前后发射，届时将全面接替目前在轨运行的"风云二号"系列卫星。

"风云四号"卫星已被世界气象组织纳入全球对地观测气象卫星序列，将在区域各国的防灾减灾和经济社会发展中发挥重要作用。

（来源：新华社，2016 年 12 月 11 日，作者：侯雪静）

碳卫星家族首添"中国造"　实现对二氧化碳浓度连续观测　改进气候变化预测结果稳定性　中国气象局将确保地面应用系统稳定性　让观测资料更早更快更好发布

2016 年 12 月 22 日 03 时 22 分，我国在酒泉卫星发射中心用"长征二号丁"运载火箭将首颗全球二氧化碳监测科学实验卫星（以下简称"碳卫星"）发射升空，地球上空的碳卫星家族在继日本、美国之后，首添"中国造"。该卫星的成功研制和后续在轨稳定运行，将使我国初步具备针对重点地区乃至全球的大气二氧化碳浓度监测能力，对充分了解全球碳循环过程及其对全球气候变化的影响，提升我国在国际气候变化方面的话语权具有重要意义。

联合国政府间气候变化专门委员会（IPCC）第四次评估报告显示，全球主要温室气体（二氧化碳和甲烷）的浓度已经上升到 2500 万年以来的最高值，并且依然呈上升趋势。而目前国际上对二氧化碳等影响气候变化关键因子的连续监测和分析能力仍较薄弱，尚未形成完备的基础数据。精确监视全球二氧化碳的排放状况已成为有效开展气候变化研究和应对的迫切需求。

本次发射的碳卫星搭载的高光谱与高空间分辨率二氧化碳探测仪，能够从地球的大气层中精准识别出二氧化碳，并绘制二氧化碳"动态图"，其大气二氧化碳反演精度将优于 4 ppm（百万分比浓度）。据悉，此项技术使我国在大气二氧化碳监测方面跻身国际前列。此外，碳卫星搭载的多谱段云与气溶胶探测仪将能够测量云、大气颗粒物等辅助信息，为科学家精确反向推演二氧化碳浓度剔除干扰因素，同时也能为提高天气预报准确性，研究 PM₂.₅等大气污染成因提供重要数据支撑。

碳卫星的成功发射将通过对全球气候变化关键因子的连续观测，有效提高对全球碳循环过程的理论认识，进而改进气候变化预测结果的可信度和稳定性，为积极有效应对气候变化提供依据。

作为碳卫星的主用户，中国气象局高度重视碳卫星发射情况。赴酒泉卫星发射中心执行卫星发射任务的中国气象局副局于新文表示，碳卫星的成功发射填补了国内二氧化碳监测方面的空白，也将成为"风云"系列气象卫星的有效补充。他表示，作为碳卫星地面应用系统的开发和建设单位，中国气象局将在卫星发射后全力做好在轨测试工作，确保地面应用系统的稳定性，力争将数据资料更早、更快、更好地提供给政府决策者以及科研工作者。

碳卫星是科技部为应对全球气候变化、提升我国全球二氧化碳监测能力部署的一项重大任务，通过"863"计划地球观测与导航技术领域"全球二氧化碳监测科学实验卫星与应用示范"重大项目立项实施。其中，国家卫星气象中心负责地面数据接收处理与二氧化碳反演验证系统的研制、建设和运行。

（来源：《中国气象报》，2016 年 12 月 23 日，作者：牛彦元）

"十三五"综合观测业务发展规划印发

日前，中国气象局印发《综合气象观测业务发展规划（2016—2020年）》（以下简称《规划》），明确"十三五"时期全国综合气象观测发展目标、主要发展任务、专项行动计划和保障措施。《规划》提出，到2020年，全面实现观测业务现代化，观测业务整体实力达到同期国际先进水平，为实现气象现代化和建设智慧气象奠定坚实基础。

"十三五"时期发展综合观测的具体目标和工作思路是基本实现综合化、初步实现智能化、全面实现信息化、适度实现社会化。我国将按照空间范围、观测时效、观测要素三个维度对国家综合气象观测网进行布局，通过地–空–天联合观测，实现对基本气象要素的分钟级全空间覆盖；获得满足预报服务需求的气象要素三维实况场及天气系统实时监测产品。到2020年，在三维实况场产品方面，温度、水汽、风、水凝物等要素实况场的时间分辨率将优于30分钟，垂直分辨率达100米，水平分辨率陆地达公里级、海上达10公里级，准确率达98%。

《规划》明确"十三五"时期综合气象观测发展的七项任务：构建新型观测业务体系，统筹布局气象观测站网，建立气象观测标准质量体系，发展智能气象观测能力，提高观测业务稳定运行能力，提升观测数据处理应用水平，加强科技创新和人才队伍建设。

《规划》明确指出，综合气象观测业务由观测技术装备业务、观测数据获取业务、观测数据处理业务和观测运行保障业务四部分组成，并确定了每项业务的具体内容，以及业务布局和业务分工。

围绕气象观测站网布局，《规划》提出，按照地面观测、高空观测和空间观测三个层次，实现站网立体设计，逐步形成地、空、天基手段互补、协同运行、交叉检验的一体化观测布局。通过优化陆面和海面观测布局，完善地面观测布局；通过优化大气廓线观测布局、完善天气雷达观测布局、推动飞机气象观测布局，强化高空观测布局；通过强化天基空间观测布局、完善地基空间观测布局，推进空间观测布局。同时，气象部门将统筹各方观测资源，通过推动社会气象观测、推进部门共建共享、加强国际合作共建等方式，鼓励引导全社会和周边国家参与我国气象观测。

围绕提升观测处理应用水平，《规划》提出，要应用先进的技术和方法，形成各种观测数据从采集到应用的全程质量控制业务，通过加强设备级质控能力等手段强化观测数据质量控制，提高观测数据定量应用率。建立遥感应用体系，综合运用多源观测数据，加工制作描述大气实况及相关圈层真实状态的三维格点产品；形成气压、气温、湿度、风场、云和降水等要素的三维实况场；形成台风、暴雨等天气系统监测产品。同时，将建立观测数据质量效益评价制度。

实现观测目标离不开高水平科学技术的支撑。《规划》提出，将提升智能气象观测能力，通过完成地面观测设备自动化改造和提升雷达及探空自动化水平，推进观测设备自动化改造；通过发展智能气象观测装备和实施观测智能化发展行动计划，在观测设备智能化方面实现技术突破；通过发展天气实况自动判识能力和发展自适应性观测技术，推进观测模式智能化；通过推进地–空–天协同观测和发展灾害性天气工作模式，发展业务化协同观测能力。

（来源：《中国气象报》，2017年2月20日，作者：李一鹏）

"风云"卫星观"一带一路"沿线风云惠及 37 个国家和地区

从 2017 年 3 月 19 日起，由我国援助升级的气象卫星数据广播系统在塔吉克斯坦水文气象局开始应用。该国通过这一系统可接收使用当今全球最先进气象卫星"风云四号"的观测数据。截至目前，我国"风云"系列气象卫星数据已覆盖"一带一路"沿线 37 个国家和地区，被广泛应用于气象预报、防灾减灾、科学研究等领域。

自然灾害是"一带一路"沿线可持续发展的重大威胁。国际灾害数据库的统计显示，"一带一路"沿线相对灾害损失是全球平均值的两倍以上，且以气象灾害居多。这些地方多山地、高原、沙漠、海洋等无人区，气象观测盲点多，成为天气预报的短板。运行于"天外"的气象卫星可对大气进行全天候、立体化观测，清晰捕捉风云变化，有效弥补地面观测短板。

我国"风云"卫星作为全球对地观测气象卫星中的重要成员，观测数据面向全球开放、实时共享。据国家卫星气象中心主任杨军介绍，在国际先进气象卫星中，"风云"系列静止轨道气象卫星的观测范围覆盖"一带一路"沿线，是很多国家开展天气预报、气候预测、防灾减灾和科学研究的重要工具。

巴基斯坦气象局预报员赛义德·法鲁克·阿里表示，"风云"卫星的云层、海表温度、积雪覆盖等数据对该国预报员有重要参考价值。去年 8 月中旬，该国开伯尔–普赫图赫瓦省遭遇突发强降水山体滑坡。灾害来临前，"风云二号"E 星提前捕捉到强降水迹象，气象预警及时发出。根据预警，当地封闭道路、转移游客，避免了人员伤亡。

在 2015 年尼泊尔"4·25"地震期间，当地通信系统全部中断，由于我国安装的卫星数据广播系统不依赖当地通信条件，"风云"卫星数据成为该国震后 24 小时内抗震救灾的重要保障。

"风云"卫星数据还惠及"一带一路"沿线国家的各个行业。"风云"卫星数据遥感服务网是我国面向全球共享"风云"卫星数据的官方网站，各国高校、环保、水利、教育等部门通过该网站广泛下载和使用数据。据国家卫星气象中心测算，"风云"卫星的投入产出比达 1∶40。

根据规划，到 2020 年，我国将总计发射 12 颗"风云"卫星，不断提高极轨气象卫星性能，完成静止系列卫星向"风云四号"的业务升级，这将为服务我国经济社会发展大局和"一带一路"等国家战略提供更有力的支撑。

（来源：《中国气象报》，2017 年 4 月 7 日，作者：李一鹏 贾静淅 郝静）

WMO 公布首批 60 个百年气象站
我国呼和浩特长春营口 3 站在列

在 2017 年 5 月 17 日召开的第六十九届世界气象组织（WMO）执行理事会会议上，中国气象局申报的呼和浩特、长春、营口 3 个气象站通过大会批准，正式成为世界气象组织首批百年气象站。

百年气象站应满足运行时间百年以上、缺测不超过 10%（不含战争和灾害等影响）、没有造成观测气候特征变化的迁站等 9 个条件。

世界首批百年气象站共有 60 个，中国的气象站因建站历史悠久、多年致力于持续观测以及推动探测环境保护等，得以入选三席。

2017 年初，依据世界气象组织百年气象站认证机制，中国气象局组织全国符合条件的气象站积极申报。经过国内初审遴选，最终从全国报送的 6 个气象站中确定了呼和浩特、长春、营口 3 个气象站，向世界气象组织申报。其中，呼和浩特气象站成立于 1914 年，长春气象站成立于 1908 年，营口气象站成立于 1904 年。

在世界气象组织百年气象站认证机制建立之前，为表彰徐家汇观象台连续 140 年收集长序列气候资料，对世界气象组织全球系统和计划以及天气、气候、水文、环境等方面做出的突出贡献，徐家汇观象台（气象站）被世界气象组织认证为百年气象站。徐家汇观象台作为目前仍在业务运行的国家级气象站，推动了世界气象组织百年气象站认证机制的建立。

世界气象组织认为，保护包括百年气象站在内的长期观测站是政府责任，保护的是不可替代的气候遗产，是满足当代和子孙后代对长期高质量气候记录的需求。世界气象组织推动确认百年气象站活动，是在联合国气候变化框架公约下履行其责任，提升该类站点国际性价值的必要行为。为突出长期历史序列气象站作用，肯定成员国在维持站点长期运行方面所做的贡献，世界气象组织建立了百年气象站认证机制。

　　为加强保护气象设施和气象探测环境，近年来，中国气象局积极推进相关立法工作。2012 年，国务院颁布了《气象设施和气象探测环境保护条例》。在此基础上，中国气象局发布了《新建扩建改建建设工程避免危害气象探测环境行政许可管理办法》和《气象台站迁建行政许可管理办法》。中国气象局还推动地方政府立法，同时考虑将科学和人文相结合，把具有特殊地理位置和气象观测条件以及重要气象历史价值的气象站纳入不可迁移名录。目前，山东、江苏、云南等省政府出台了关于气象设施和气象探测环境保护的地方法规，规定具有特殊地理位置和特殊气象观测条件以及重要气象历史价值的气象台站不可迁移。

（来源：《中国气象报》，2017 年 5 月 22 日，作者：杨晓武）

国家地面天气站间距将缩小一半
历时三年国家天气站布局优化方案出炉

2017 年 6 月 2 日，中国气象局公布《国家地面天气站布局优化方案》，从将近 6 万个区域气象观测站和行业部门观测站中遴选出 8174 个站点，补充进国家地面天气站队伍。这意味着，国家地面天气站总数达 10 596 个，我国境内平均 30 公里就有一个站点，间距比原先的 71 公里缩小了一半多。

优化后的天气站布局，对 20～50 公里天气系统和灾害性天气的监测捕获能力将大幅提升，对数值预报有明显贡献，对暴雨、大风的中小尺度特征和气压、湿度两个要素的空间分布特征刻画更加准确。该布局优化方案历时三年酝酿，首次应用世界气象组织（WMO）滚动需求评估（RRR）理念，其成果被 WMO 评为"RRR 最优实践"。

我国目前共有 2422 个国家级地面气象观测站，空间分辨率为 71 公里；区域气象观测站有 57 435 个，为各地局地性气象灾害监测提供重要参考。这一观测布局已成为我国天气、气候监测和预报的重要支撑。

然而，相对于中小尺度灾害性天气的监测需求和高分辨率数值预报系统对资料同化的应用、检验需求，国家级地面气象观测站密度仍捉襟见肘；区域气象观测站虽已够密，但受制于观测要素、设备技术指标参差不齐等问题，其观测资料在我国数值预报业务中的同化应用非常有限。为进一步提升对精细化预报业务的支撑能力，分级分类优化国家地面天气站布局迫在眉睫。

中国气象局从 2014 年开始启动这项工作，在综合考虑观测条件与环境、天气系统分析、数值预报应用和检验等需求后，按照国家地面天气网中东部平均站间距10～20公里、西部平均站间距30～50公里，观测时效达到1分钟，观测数据可用率达到99%以上的要求，优化和完善国家地面天气站。根据评估和检验，优化布局后的10 596个国家级地面气象观测站，其数量虽只占全部气象观测站的六分之一，但对20～50公里中小尺度天气现象的捕获能力却与整体能力基本相当，是气象部门提质增效的重要举措。

下一步，中国气象局将启动综合气象观测系统评估与布局优化设计工作，继续推进观测与预报业务互动，重点解决复杂地形区观测资料同化率偏低、新型垂直观测数据同化应用、资料应用中的数据质量控制等问题，提升气象观测站网的综合布局效益。

（来源：《中国气象报》，2017年6月5日，作者：卢健 杨晓武）

我国极地站数据通信条件改善
南极气象观测资料直达北京

　　记者从国家气象信息中心了解到，我国南极长城站、中山站的气象观测数据近日实现了直接传输至北京，并向全球电信系统（GTS）分发。

　　GTS是世界气象组织为在全世界范围内传输气象观测数据设立的通信系统。气象观测信息接入GTS后，即可在全球范围内共享。受制于南极的通信条件，一直以来，长城站、中山站气象观测数据需就近借助智利、澳大利亚等国气象部门协助才能接入GTS；而今年3月，随着南极通信条件改善，两座极地站已经能将地面天气报告、地面气候月报等气象观测数据直接发送到北京。

　　在中国气象科学研究院的协助下，国家气象信息中心技术人员详细了解了极地站观测和编报业务，完成数据收集处理软件开发和测试，建立数据收集以及通过国际通信系统向GTS分发的业务流程。5月25日，该业务正式启动，自此，长城站、中山站气象观测数据可直达北京，并进一步通过GTS在全球范围内共享。

　　为确保数据传输稳定可靠，目前，原有的接入方式仍暂时保留。据悉，中山站观测数据现通过北京、墨尔本，长城站观测数据现通过北京、圣地亚哥并行接入GTS。下一步，国家气象信息中心将与澳大利亚、智利有关部门联系，实现相关数据接入路由的正式切换。

　　（来源：《中国气象报》，2017年6月5日，作者：刘钊　王鹏　薛蕾）

气象雷达发展专项规划印发　完善雷达观测系统统一建设标准提升应用效益

日前，中国气象局出台《气象雷达发展专项规划（2017—2020 年）》（以下简称《规划》）。《规划》提出，健全完善现有天气雷达观测系统，兼顾重点领域的需求，强化标准，提升效益，充分用好现有雷达设备，处理好建设、维持与效益的关系，进一步提高雷达观测准确率、时效性和系统稳定性，充分发挥应用效益；同时，逐步推广应用成熟的气象雷达新技术，初步形成适应需求、功能完善、技术先进、保障有力，集观测、应用和共享为一体的中国气象雷达体系。

截至 2016 年底，全国已经完成 233 部新一代天气雷达建设；中国气象局统筹建设的 X 波段天气雷达共有 42 部，由地方自主建设的 X 波段天气雷达约 200 部；完成 3 部天气雷达的双偏振升级改造；共有 69 部风廓线雷达投入组网运行；天气雷达近地面 1 公里的覆盖范围约 220 万平方公里。

我国气象雷达网建设虽已经取得长足进步，但是与美国、欧洲等西方发达国家相比，在建设中没能完全调动全社会力量参与，在技术可持续发展、雷达探测能力、质量控制、数据共享、应用、保障及培训等方面也存在一定差距，不能完全满足防灾减灾、经济建设、生态文明建设和国防安全等多方面的需求。针对这种情况，《规划》提出，到 2020 年，全国新一代天气雷达网将进一步优化完善，其中东部和东南沿海的关键区域基本由双偏振新一代天气雷达网覆盖，并使用 X 波段天气雷达对新一代天气雷达网的探测盲区进行补充观测；开展新型气象雷达的技术研究、业务观测和应用试验，初步建立可持续的气象雷达发展体系。

　　《规划》明确了五项重点任务：完善气象雷达观测系统，开展技术升级及技术标准统一，完善天气雷达布局。拓展气象雷达资料应用系统，发展雷达资料质量控制系统，完善雷达数据共享平台，升级雷达业务软件系统，开发面向业务应用和公共服务的雷达组网产品系统，建立和完善雷达预报预警业务平台，建立和完善雷达数值预报应用系统。完善气象雷达保障系统，建设国家级气象雷达测试保障平台和省级天气雷达测试保障平台，建设国家级雷达软件模拟和仿真系统，完善雷达保障信息化平台。建立和完善气象雷达培训系统，完善实习实训环境，编制培训教材和课件，开展技术培训。开展气象雷达新技术研究和新型气象雷达技术应用试验，开展风廓线雷达业务试验，发展气象雷达综合试验技术支撑平台。

　　随着气象雷达在全国气象行业的广泛应用，雷达数据传输时效、存储能力和共享范围的要求越来越高，雷达频率资源愈加紧张，我国迫切需要加强雷达数据共享能力建设，协调频率资源集约化应用，使雷达建设效益最大化。《规划》提出，建立全行业共建共用共享协作机制。共建气象雷达观测站网，气象、民航等多部门协调配合，在已有气象雷达网基础上，统筹建设布局，统一建设标准，合理考虑新建气象雷达站空间布局，尽量扩大组网范围、避免重复设站。共用气象雷达综合保障培训设施，规划建设的气象雷达保障系统、培训系统和综合试验技术支撑平台向各气象行业部门开放共享。共享气象雷达数据产品，各气象行业部门在遵循保密要求及相关资料管理规定的前提下实时共享观测数据，通过专线实现互联互通和数据产品共享。合作加强气象雷达研发，建立气象行业部门交流合作机制，联合高校、科研院所，针对台风、强对流、大风、冰雹、雾和霾等灾害性天气合作开展相关基础研究、技术研发和业务示范。

　　　　　　（来源：《中国气象报》，2017 年 6 月 30 日，作者：张明禄）

中国气象局发布指导意见　推进卫星遥感综合应用追赶世界先进

2017 年 6 月 27 日，中国气象局发布《卫星遥感综合应用体系建设指导意见》（以下简称《意见》），提出到 2020 年全国气象部门将建成布局合理、分工明确、运转高效的卫星遥感综合应用体系，形成功能完善、技术先进、规范标准的卫星遥感应用业务，数据产品供给能力大幅增强，卫星遥感综合应用接近同期世界先进水平。

目前，我国"风云"系列气象卫星已经形成多星在轨、组网观测、统筹运行、互为备份的业务格局，中国气象局具备接收处理国内外几十颗遥感卫星数据的能力。然而，对其起重要支撑作用的卫星遥感综合应用尚在体制机制、业务能力、应用水平等方面存在短板，难以满足应对气候变化、综合防灾减灾、生态文明建设、"一带一路"建设等方面的保障需求。

根据该意见，中国气象局卫星遥感综合应用体系建设主要目标为：观测质量监控与管理体系初步建成，业务产品质量控制率达到 100%；数据获取和共享效率进一步提高，极轨气象卫星全球获取时效提高至两小时以内，实现基本遥感产品和数据的准实时共享；卫星遥感对气象核心业务的贡献大幅跃升，数值预报模式同化资料中卫星资料的占比达到 90% 以上，中国区域卫星气候数据集精度达到或超过国外同类产品；形成支撑气象保障国家战略的能力，在国民经济建设和国防建设相关领域得到广泛深入应用等。

《意见》提出，中国气象局将进一步完善卫星遥感应用业务布局，明确各相关单位的职责分工，选取基础较好、特色明显、应用能力较强的省份建设特色遥感中心，打造样板，搞好示范。

《意见》要求，要进一步夯实业务基础，完善卫星遥感监测业务流程和标准规范，不断增强数据获取、产品供给和共享服务能力，加强遥感产品质量控制。围绕应对气候变化、综合防灾减灾救灾、服务生态文明建设、服务"一带一路"建设等方面的保障需求，中国气象局将强化"风云"系列气象卫星资料在数值预报中的同化应用，建立长时间序列卫星遥感基本气候变量数据集；开发卫星生态遥感应用综合业务平台，面向部门和行业用户提供多终端遥感应用服务模式和定制化产品共享服务；建立风云卫星国际用户减灾应急保障机制与服务平台，提供高精度的卫星资料；充分利用卫星遥感技术获取全球气象监测信息，支持天–地一体化空间天气监测预警体系的建立。

同时，中国气象局将完善法律法规框架下的数据产品开放共享机制，鼓励全社会利用气象卫星遥感数据产品，充分挖掘应用效益。

（来源：《中国气象报》，2017 年 7 月 5 日，作者：卢健）

气象卫星"三世同堂"遥测神州风云

针对南方强降雨、华北强对流、台风"苗柏"、内蒙古沙尘启动遥感监测，为"一带一路"高峰论坛提供气象保障服务……2016 年底刚加入"风云"卫星大家族的我国新一代静止气象卫星"风云四号"A 星，在轨测试阶段就已成为 2017 年汛期气象服务不可或缺的"保障者"，其提供的连续高清遥感图像成为气象预报业务的重要支撑。这也意味着，在我国第二代极轨气象卫星"风云三号"资料进入数值预报、静止气象卫星"风云二号"双星加密观测的基础上，2017 年汛期我国气象卫星已实现"三世同堂"携手遥测神州风云。

2016 年 12 月 11 日，"风云四号"A 星成功发射。这是我国首颗静止轨道上三轴稳定的定量遥感卫星，其扫描成像辐射计可见光通道最高空间分辨率达到 500 米，可每 15 分钟对东半球扫描一次，最快每 1 分钟生成一次区域观测图像；搭载了世界首个静止轨道干涉式大气垂直探测仪，首次实现了静止轨道大气高精度温度、湿度廓线探测；首次实现了我国静止轨道闪电成像观测，可对我国及周边区域闪电每秒拍摄 500 张照片。值得一提的是，"风云四号"A 星成功解决了多台带有光学运动部件的观测仪器在同一平台上工作而不相互干扰的工程技术难题，目前欧洲仍采用两台主要仪器且分置于两颗卫星上的方案。"风云四号"A 星是所有静止气象卫星中装载仪器最多的一颗，单颗卫星的观测能力和效率大为提高。

至此，我国已成功发射 15 颗气象卫星，其中 8 颗卫星在轨。另外，2016 年底，中国气象局、中国科学院、科技部等多部委合作研发的碳卫星成功发射。目前碳卫星技术团队依托"风云三号"地面接收和资料处理系统，已基本完成在轨测试相关任务，攻克了光谱和辐射数据高精度处理的技术难关，获取了大量有效观测数据。

此前，"风云"系列气象卫星已经为多个行业和领域提供了重要的基础遥感资料和产品。"风云三号"C星是我国第二代极轨气象卫星中第一颗业务卫星，其投入业务运行后，与"风云三号"B星形成上、下午星组网观测，实现了全球、全天候、多光谱、三维、定量对地遥感探测，确保我国极轨气象卫星业务的连续稳定运行。

经过技术攻关，"风云二号"拥有了6分钟高频次区域观测新业务能力，使得我国静止卫星及仪器设计在与国际水平相差一代（约20年）的前提下，观测时效接近国外现役静止轨道业务卫星。2015年，我国台风24小时路径预报误差首次小于70公里，"风云二号"的高频次区域观测在当中发挥了重要作用。

我国卫星资料应用正逐渐从单纯"看图"走向定量应用。"风云三号"的微波湿度计、微波成像仪和全球掩星大气探测仪资料成功进入中国气象局数值预报业务系统同化系统，改进了对台风、暴雨等灾害性天气系统的预报效果。我国的全球定量化遥感产品及时监测到荷兰和俄罗斯等地大火，我国西部沙尘、渤海大雾、淮河流域洪涝、新疆雪灾、贵州雨雪冰冻、黄河凌汛、太湖蓝藻、北京雾和霾等自然灾害，在防灾减灾、灾害监测中产生巨大效益。"风云三号"微波湿度计辐射率资料已被纳入欧洲中期数值预报中心和英国气象局等国际顶尖级数值预报研究与业务运行机构的业务系统，且产生较好效益。

后期，"风云四号"A星在轨测试完成后，将陆续提供包括云、气溶胶、辐射、降水、海面地表参数、大气温湿度垂直廓线、闪电和空间环境监测等60多种定量化产品，为气象、农业、水利、林业、环境、能源、航天航空、海洋等部门提供更多服务。另外，碳卫星在为期三年的科学探索之旅中，将为全球碳通量和气候研究提供科学支撑，为保护地球环境做出积极贡献。

（来源：《中国气象报》，2017年7月26日，作者：卢健）

我国气象卫星观测迈入"风四"时代
数据产品将全球共享　服务国家重大战略

2017 年 9 月 25 日，我国新一代静止轨道气象卫星"风云四号"A 星正式交付用户使用。"风云四号"A 星综合技术性能国际领先，其交付标志着我国静止轨道气象卫星观测系统实现更新换代，对于保证我国静止气象观测业务的连续、可靠和稳定运行，提高我国航天事业和气象事业的国际地位和影响力具有重大意义。

"风云四号"A 星是我国静止轨道气象卫星从第一代（风云二号）向第二代跨越的首发星，于 2016 年 12 月 11 日在西昌卫星发射中心成功发射，定点于东经 99.5 度赤道上空开展在轨测试，于 2017 年 5 月 25 日定点于东经 105 度业务观测位置。卫星在轨运行期间，圆满完成卫星平台、有效载荷、地面应用系统等测试任务。测试结果表明，卫星各项功能、性能符合工程研制总要求。

"风云四号"A 星整星研制达到国际先进水平，实现了我国静止轨道气象卫星从"并跑"向"领跑"的跨越，实现了全球首次静止轨道干涉式高光谱大气探测；全球首次辐射计、探测仪、闪电仪共平台装载，全天时工作；全球首次静止轨道微波探测技术验证，首次 425 GHz 频段探测。

"风云四号"A 星搭载了多通道扫描成像辐射计、干涉式大气垂直探测仪、闪电成像仪和空间天气监测仪 4 台遥感仪器。其中，多通道扫描成像辐射计可提供可见光、近红外、水汽及红外波段等 14 通道的高时空分辨率图像，全圆盘图像观测时间为 15 分钟，空间分辨率最高可达 500 米，获取的云图层次丰富，海岸线等地标图像清晰；干涉式大气垂直探测仪可获取大气温湿度三维结构，对实现大气高精度定量观测具有重大意义；闪电成像仪首次实现了对亚洲、大洋洲区域静止轨道闪电的持续观测，可对我国及周边区域闪电进行探测，进而实现对强对流天气的监测和跟踪，提供闪电灾害预警。

中国气象局副局长于新文表示，"风云四号"A星的成功，已经改变国际气象卫星格局，成为我国建设气象强国的重要里程碑。卫星在轨测试期间，中国气象局组织专家团队，对台风、沙尘、暴雨强对流等灾害天气和蓝藻水华、霾等环境生态问题进行了实时、有针对性的应用监测。应用结果显示，"风云四号"A星多通道扫描成像辐射计能够更加清晰地识别沙尘细节纹理和台风内部中小尺度云系结构，解析暴雨天气不同层次水汽输送；闪电成像仪对强对流天气的监测应用有很好的指示作用。

下一步，中国气象局将加强卫星数据产品的研发及应用，推动"风云四号"A星在大幅度提高我国天气预报、气象防灾减灾、应对气候变化、生态环境监测和空间天气监测预警能力，广泛应用于气象、水利、农业、林业、环境、能源、航空和海洋等领域，特别是在服务我国军民融合战略实施、"一带一路"建设等方面发挥重要作用。目前，"风云四号"A星已被世界气象组织纳入全球对地观测气象卫星序列，其数据实现全球共享，有望在2017年底具备业务运行和实时服务能力，将为我国及亚太地区防灾减灾和经济社会发展提供支撑保障。

（来源：《中国气象报》，2017年9月26日，作者：牛彦元）

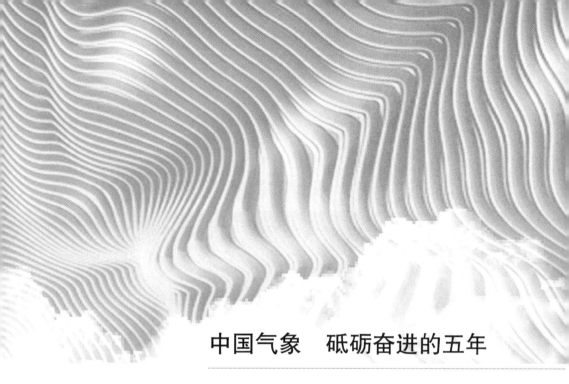

中国气象　砥砺奋进的五年

第九章
气象预报预测

业务革新升级 预报准确率显著提升

——党的十八大以来气象预报预测工作综述

2012 年的北京"7·21"特大暴雨距今已有五年之久。那天，北京市气象台连发五道预警，全市降雨量突破历史纪录。五年间，说起北京暴雨，它是绕不开的记忆。而五年来，每一次汛期，每一场暴雨，气象工作者的牵挂和紧张从未比那次少，但也逐渐多了一份从容和自信。

底气源自不断提升的暴雨预报准确率：党的十八大以来，全国 24 小时暴雨预报准确率提高了 7%，接近国际先进水平；全国暴雨预警准确率达到 81.8%，强对流天气预警提前量达到 28 分钟。

不只是暴雨预报，党的十八大以来，我国台风路径预报 24 小时误差从 95 公里缩小到 66 公里，各时效预报全面超过美国和日本，达国际领先水平；强对流天气预报准确率稳步提升；粮食产量预报准确率持续稳定维持在 96% 以上；厄尔尼诺/拉尼娜预测产品被纳入美国气候与社会国际研究中心（IRI）发布平台；极端事件与重要气候过程监测能力不断提高。

气象预报准确率提升的背后，则是不断变革升级换代的气象预报预测业务。

不再完全依赖国外数值预报模式 国产模式开始走出国门

小说中，诸葛亮借东风，凭个人经验打了一场漂亮的胜仗；现实中，人们利用数学物理方程得出天气变化结果，数值天气预报应运而生。气象业务也经历着从经验预报到科学预报的变革。而在现代天气预报中，数值模式性能是决定预报水平的关键因素。

五年前，我国自主研发的GRAPES全球数值预报系统1.0版（GRAPES_GFS V1.0）已经准业务运行，但在全国早间天气会商中，预报员最常提及的依然是"欧洲中期天气预报中心模式"；这五年，特别是近两年，国产数值预报模式性能得到显著提升。

2016年6月1日，中国气象局自主研发的GRAPES全球数值预报系统2.0版（GRAPES_GFS V2.0）正式业务化。从准业务运行到正式业务运行历时7年，经过优化升级的GRAPES 2.0在多次灾害性天气过程中均体现出较优预报能力。截至2017年6月，GRAPES产品数量已从53种增至70种，形成了有特色的产品体系。这些内容丰富、准确率高的产品还通过多种途径"远渡"至"一带一路"沿线国家和地区，为提升当地灾害性天气预报能力、延长预警时效、增强数值预报产品在灾害性天气预报中的应用技巧等做出了"中国贡献"。

我国区域级高分辨率数值预报取得重要进展。面向各地精细化预报服务日益增长的需求，各区域气象中心均建立3～9公里的高分辨率区域数值天气预报业务系统。这些数值预报产品特色明显，预报准确率也令人欣喜。华北区域气象中心的区域多尺度快速更新分析和预报系统（RMAPS）核心成果已推广至整个华北地区；华东区域气象中心的多尺度一体化数值预报业务系统的灾害性降水预报准确率高于欧美一流全球模式；华南区域气象中心的南海台风模式具有较强的台风生成预测能力。中国气象局数值预报中心和华北、华东、华南区域气象中心的模式产品可通过数值预报云供全国使用。业务应用表明，这些区域模式对飑线、局地暴雨等强对流天气的预报明显优于欧洲中期天气预报中心和美国的全球模式。

我国气候系统模式不断完善，气候预测准确率明显提升。第二代月动力延伸预测模式和第二代季节预测模式先后于 2014 年 6 月和 2016 年 1 月正式业务化运行。模式的发展带动客观预测技术的进步，也有力支撑了气候预测准确率的提升。五年来，全国汛期降水预测准确率从 65% 提升到 70%。气象部门在 2015 年汛期成功预测了我国中东部降水北少南多的分布特征，汛期降水预测滚动订正预报成绩斐然；2017 年 3 月准确预测汛期南北两条多雨带位置，尤其对南方多雨带的预测与实况高度一致，其预测准确率为历史排名第二高位。基于全球海–陆–冰–气多圈层耦合气候系统模式的新一代厄尔尼诺–南方涛动（ENSO）监测、分析和预测业务系统，提前 6 个月对厄尔尼诺/拉尼娜做出较为准确的预测，达到国际先进水平。2017 年 5 月，该系统的厄尔尼诺/拉尼娜预报产品正式纳入气候与社会国际研究中心 ENSO 多模式预测框架，与美、日、英等国家的 18 个数值模式产品同场竞技。对大气季节内振荡（MJO）的监测预测技术取得突破性进展，有效预报时效达到 20 天，主要指标预报技巧达到国际同类先进水平。

不再只做疏密不等的站点预报　均匀划分的智能网格让预报更精细

"数值天气预报"因英国气象学家理查德森的一本书而得名，他还留下了著名的"理查德森梦想"：将欧洲区域分成网格，将气象站观测数值插到网格点上，然后对空间和时间作差分运算，一万个计算员昼夜不停地计算 24 小时便可算出未来一天的天气。

他失败了，但数值天气预报最终成功了。而网格化，也成为基于数值模

式的现代天气预报的天然属性。

在我国及很多国家地区，天气预报不可避免地经历了从定性预报、描述性预报向数字化、格点化预报发展的过程。过去，我国主要针对 2400 多个城镇发布天气现象、高低温和风速风向预报，一天发三次。党的十八大以来，我们见证了天气预报从站点到格点的全新变革。

2016 年 6 月，全国精细化气象格点预报业务建设实施方案印发，目标是用两年时间初步建立全国陆地区域 5 公里分辨率的未来 10 天精细化气象格点预报业务，最终构建全国统一时空分辨率的精细化气象格点预报一张"网"。

2017 年 7 月，北京、天津、上海、福建、广东、海南及陕西等 7 省（直辖市）率先开始正式发布智能网格预报。福建 0～2 小时基于雷达图像光流法外推的分钟降水预报分辨率达 1 公里；广东未来十天温度、风、降水量、云量等陆地预报要素分辨率可达 2.5 公里；天津未来 72 小时内包括气象要素和灾害性天气落区在内的气象预报分辨率均达到 1 公里；陕西智能网格预报的空间分辨率也达到了 3 公里，未来两天预报可逐小时发布……这些智能网格预报的时空分辨率，均高于原本的方案要求。

不只陆地，精细化海洋气象网格预报业务也初步建立。我国沿海各省均建立了沿岸海区精细化气象要素预报和强对流天气临近预警业务，针对 139 个岛屿、54 条航线、67 个港口、7 个渔场和石油平台开展了精细化预报，部分省气象部门还开展了港口梯度风、阵风预报等特色预报业务。

今年汛期刚过，根据中央气象台的评估，在梅汛期和登陆我国台风过程的降雨量预报中，由智能网格预报生成的累计降雨量预报产品从强度、落区、极大值、持续时间等方面都更好地满足了决策和专业用户需求，决策服务时效性大幅提高。

不再单靠预报员人工劳作 "智慧气象" 引领天气预报未来发展

随着 "阿尔法狗"（人工智能程序 AlphaGo）在围棋界先声夺人，人们也屡屡谈及人工智能对气象预报带来的冲击。

智能网格预报便是我国气象部门顺应时代发展趋势的主动作为。五年来，在整合气象现代化成果的基础上，气象部门开始学习、尝试利用信息化、数值预报、大数据、云计算、人工智能等技术，将过去预报流水线中繁重的 "手工劳动" 交由计算机承担，预报员则更重视算法开发、对客观预报产品的分析及释用。恰似飞机无人驾驶技术中的飞行员角色，智能预报中预报员的主要工作是 "关键时刻切换手动驾驶，应对晴空湍流等突发情况"。变革已经开始，"智慧气象" 甚至写入 2017 年中央一号文件。

中央气象台模式后处理等技术已经可以对模式预报结果进行较好订正，预报员能将更多精力放在对灾害性、转折性天气研判上；包括基本要素、环境气象要素、灾害性天气要素、海上气象要素等在内的四大类 18 种预报产品可通过智能网格预报生成；台风海洋一体化平台增加了更多自动识别、自动生成功能。

上海市气象局牵头建立了数值预报云，全国气象部门均可从 "云" 上快速共享高分辨率的数值预报模式产品；全国综合气象信息共享平台（CIMISS）正式业务化运行；全国资源池物理服务器规模达 642 台，利用率也稳步提升；气象大数据云平台正在搭建，为智能化气象预报提供了重要支撑。

中国气象局相关团队已经与清华大学、中国科学院等合作开展人工智能技术研发工作；国家级气象部门也联合组建了智能预报服务原型系统团队；

国家气象中心的资深首席预报员、年轻的研发型预报员、IT 工程师组成了大数据及智能预报团队。

众多社会力量也加入寻求智能预报预测的队伍。2014 年 4 月上线的"彩云天气"尝试利用人工智能技术为用户提供基于位置和精确到分钟的降雨预报；Jonas 智能雨伞在下雨时会点亮手机提示，出门前只要看一眼手机，就能决定是否带伞……

五年来，在不断变革中，气象预报预测准确率得到显著提升。

遥远不远，未来已来。着力使气象预报预测更准、更细、更贴心，是现在之于过去，也是未来之于现在，气象工作者从未停下脚步。

（来源：《中国气象报》，2017 年 9 月 25 日，作者：张格苗 黄彬）

降水落区预报产品实现全国气象部门共享

>>>>>

"未来 24 小时，这些区域将出现强降水。"7 月 1 日，在中央气象台早间会商会上，北京、广州、成都等气象台的预报员用精细化的降水落区预报图汇报了当地即将出现的强降雨。自当日起，据中国气象局印发的《全国定量降水落区预报共享实施方案》，各地气象台在会商时必须划出定量降水落区预报图，取代以文字描述为主的方式。

"随着降水预报精细化发展，各省（自治区、直辖市）逐步开展定量降水落区预报。由于各地独立制作本地降水预报，易造成降水预报落区在省（自治区、直辖市）之间的不连续。全国降水落区预报共享，可方便各省（自治区、直辖市）预报员能及时获取邻省（自治区、直辖市）预报落区，及时了解国家级和省级、省级与省级的降水预报性能，这将对预报起到重要参考作用。"中国气象局预报与网络司预报处处长黄卓说。

中央气象台在每日 05 时 30 分负责制作完成 24 小时格点化定量降水落区预报指导产品，并通过系统下发至各省（自治区、直辖市）。各省（自治区、直辖市）气象部门参考国家气象中心下发的指导预报产品，制作完成定量降水落区预报产品，并在当日 11 时前通过系统上传至中国气象局。当日参加全国早间天气会商的地方气象局，应在制作完成会商使用的降水落区预报最终产品后立即上传预报图。中央气象台每日 07 时 30 分起每半小时对各省（自治区、直辖市）传来的降水预报产品进行一次对接，最终生成全国 24 小时定量降水落区预报拼图产品，并通过气象业务内网供全国气象部门共享。

"降水落区预报尤其是落点预报是目前预报中的一道难题，也是我们在

天气会商中讨论的主要内容之一。如果实现全国降水落区预报产品共享，有助于提高预报水平和能力。"武汉中心气象台首席预报员龙利民说。

黄卓表示，通过降水预报共享，还可实现各省预报与国家级指导预报的对比，让预报员加深对各级降水预报性能的了解，从而促进降水预报精细化和准确率的提升。

（来源：《中国气象报》，2013 年 7 月 8 日，作者：杨阔 陆铭）

中国有了自己的数值预报系统
气象人挺起了腰杆

最近，在南京青奥会气象保障和"海鸥""凤凰"等台风的预报服务中，我国自主研发的 T639 全球模式集合预报等一系列数值预报系统发挥了重要作用。这套经过多年研发攻关产生的"自己的数值预报系统"，让中国气象工作者挺起了腰杆。今年，相关数值预报系统完成了多项技术升级，性能进一步提升，直追世界先进水平。

天气预报看似简单，实际上是一个复杂的系统工程。现代天气预报的关键是数值天气预报，也就是根据大气运动变化规律编写一系列数学方程，将观测到的气象数据输入高性能计算机进行高速运算，推演未来天气发展变化。

20 世纪 50 年代，欧美开始在天气预报业务中采用数值预报。中国气象局数值预报中心总工程师陈德辉说，尽管国外的一些数值系统性能先进，但对我国的复杂地形条件考虑不足，单靠引进，我国难以真正掌握数值预报核心技术。而且购买的产品数据有限，不足以对天气系统展开深入诊断和分析。

2004 年，我国自主研发的第一代非静力中尺度数值预报系统 GRAPES_MESO 初步实现准业务运行。当时，该系统水平分辨率为 60 公里、垂直分辨率为 31 层。今年 7 月，该系统的 V4.0 版本投入业务运行和应用时，经过多方面技术改进，水平和垂直分辨率分别达到了 10 公里和 50 层。

据介绍，该版本第一次具有了同化非常规观测资料的业务能力，可以实时同化遥感数据、天气雷达资料以及风云气象卫星资料等。这一改进就是为了让复杂的"运算公式"获得更丰富、准确的"运算数据"。

此外，主要针对台风预报的数值预报系统 GRAPES_TYM 自 2012 年 7 月投入准业务运行以来，数值预报中心对其算式不断修正、优化，大幅提高了系统对台风路径和强度的预报性能，预报时效由 3 天提高到 5 天。

仍需奋力追赶全球最先进水平

2014 年，我国数值预报系统 T639 优化升级，全面替代 T213 系统在数值预报业务中的功能。

数值预报中心系统业务室副主任胡江凯介绍，2008 年 T639 系统问世以来，T639 与 T213 同时存在，T639 性能优于 T213，可不少专业数值预报系统研发是基于 T213 之上的，新旧替换需要一段时间协调。"但如果两个系统长期同时运行，不利于新技术的推广应用，也会耗费大量资源。"

2014 年，数值预报中心正式停止发布 T213 产品并终止系统维护，终结了 T213 的历史使命。这次 T639 优化升级中，一些技术得到改进，例如集合预报中引入模式随机扰动技术，此外，还首次实现了全球集合预报与台风集合预报系统和流程的一体化，节省了计算资源，降低了系统维护成本。

国家气象中心副主任、数值预报中心主任王建捷说，尽管近些年我国的数值预报进步较大、研发能力得到提升，但与国际最先进水平相比，还存在明显差距。"我们别无选择，只能义无反顾努力追赶。"她说。

（来源：《人民日报》，2014 年 10 月 24 日，作者：刘毅）

精细至 5 公里的格点预报覆盖南海海域

2015 年 1 月 7 日，一股新的冷空气影响海南，南海部分海区出现 6 级以上大风。三沙市渔民叶兴彬用鼠标轻轻一点，南沙永暑礁附近海域的风、降水、能见度等精细化天气预报立刻映入眼帘，他立即调整出海作业计划。

这得益于海南省气象局推出的精细至 5 公里的格点预报产品，预报区域为九段线内的所有南海岛屿及海区，精细至街道、村落、景点、公路、港口、岛礁、渔区、航线等；预报要素有风、降水、气温、相对湿度、能见度、云量等。该预报产品近日在海南省气象局门户网正式发布。

自实施精细化格点预报以来，海南省气象局对海南岛沿海各港口和包含西沙永兴岛、中沙黄岩岛、南沙永暑礁在内的 27 个岛礁提供了高频次、多要素的精细化预报，为海岛旅游、交通、热带农业、海洋作业提供精细化气象服务，取得了良好的社会和经济效益。在 2014 年第 9 号台风"威马逊"和第 15 号台风"海鸥"重大影响过程中，海南气象部门提供了涵盖高精度地理信息和南海海域的精细化格点预报，为灾前部署、灾中救援和灾后重建提供了更为科学、合理、及时、细致的决策依据，大大减少了生命财产损失。

海南省气象局副局长辛吉武说："格点预报时空分辨率高，充分融合海南省旅游、气象、交通等信息后，可为社会公众和相关行业部门提供更加精细化、针对性更强的预报预警服务。"

精细化格点预报是欧美等发达国家近年来大力发展的新型天气业务。作为南海海洋气象服务的前沿阵地，海南省气象局近年来努力跟踪国际先进技术，率先启动覆盖南海全海域的精细化格点预报业务研发工作。2014 年 6 月

1日，精细化格点预报业务平台投入正式运行。海南省气象局成为国内首个发布所辖海域格点预报精细至5公里的气象部门。

　　该预报业务依托精细化格点预报业务平台，实现了海量数据处理、人机交互订正、编辑制作、产品定制、分发、监控等诸多功能，便捷的编辑制作工具和科学的流程设计，大大缩减了预报员在预报制作上所花费的时间，使其更专注于预报思路凝练。

　　今后，海南省气象局将继续改进数值预报产品应用技术，进一步提高格点预报的分辨率，逐步建立灾害性天气格点化预报预警业务，强化基于高分辨率格点预报库的多样化专业服务产品开发，拓宽服务领域，对海上运输、水上运动、游轮航行、海洋资源开发、海洋捕捞、海上搜救、军事巡航等活动提供全天候、多频次的动态预报产品，为南海海洋经济腾飞保驾护航。

（来源：《中国气象报》，2015年1月13日，作者：冯文　沈小芸　冉瑞奎）

GRAPES 2.0 全球预报系统实现业务化运行

2016 年 6 月 1 日，中国气象局自主研发的 GRAPES 全球预报系统（GRAPES_GFS V2.0）正式业务化运行并面向全国下发产品。

经评估，GRAPES 全球预报系统总体性能指标超过现行全球业务模式系统 T639。

T639 是在国外资料同化系统及全球模式的基础上改进而成，所用资料较少，尤其是卫星资料占比不超过 30%。而 GRAPES 全球数值预报系统的资料应用水平远远超过 T639，卫星资料占比达到 70%。此外，GRAPES 全球数值预报系统在应用观测资料的高质量同化技术方面也具有明显优势，其同化观测资料时，在质量控制和偏差订正技术方面优势明显。目前，GRAPES 全球数值预报系统的形势场预报时效更长，雨区雨带预报的误差较小。

值得一提的是，该系统的中国区域短期降水预报能力已接近欧洲中期天气预报中心（ECMWF），模式空报问题已得到缓解；与国外模式相比，中国区域降水预报形势，特别是中国东南部主降水区预报形势与实况更为接近。

中国气象局数值预报中心主任王建捷表示，GRAPES 全球预报系统的业务化运行，标志着 GRAPES 全球预报系统实现从科研阶段向业务运行阶段的转变。同时，这也是我国自主研发的全球数值预报模式结合业务实践反馈开展进一步优化创新的新开端。

据悉，GRAPES 全球预报系统（GRAPES_GFS V1.0）于 2009 年 3 月实现准业务运行。2013 年，研发人员对该系统进行了一系列技术改进和优化。系统升级后，经过连续两年的回算试验，2015 年 12 月 31 日，GRAPES_

GFS V2.0 通过中国气象局预报与网络司组织的业务化评审。为了满足预报服务需求，2016 年以来，在业务化运行筹备阶段，数值预报中心在业务系统流程设计、运行环境测试等方面开展大量工作，并针对预报业务发展，开发了卫星云图产品、强对流诊断产品，新增加云粒子产品等，以满足多方面预报服务需求。

在 GRAPES 全球预报系统研发过程中，中国气象局气象探测中心、国家卫星气象中心在实时观测资料接收、处理方面做了大量工作，保障优质资料进入 GRAPES 全球预报系统同化系统；国家气象信息中心为资料实时获取、高性能计算、产品及时分发等提供有力保障；国家气象中心则完成 GRAPES 全球预报系统产品在预报平台的集成、产品试用的反馈等工作。

在 GRAPES 全球预报系统业务化产品正式下发之前，该系统已在中央气象台以及四川、福建、江苏、甘肃和辽宁省气象台等重点应用单位进行实际业务应用和评估。各省气象台针对天气气候特点和检验结果进行反馈交流，促进系统在数据格式、编码等方面的本地化应用。

中央气象台天气预报室副主任代刊认为，GRAPES 全球预报系统在多个天气过程检验中，均体现出较优预报能力，已达到业务应用的水平。该系统在暴雨、冷空气、大风降温等典型灾害性天气预报方面，表现出较强的预报能力；在中期预报方面，该系统在强冷空气过程、环流形势转变、持续异常天气等方面也具有较高参考价值。在产品应用方面，该系统提供的多样化产品，如对流不稳定参数、抬升指数等，充分满足一线预报员的应用需求。

根据中国气象局统一部署，2016 年 6 月 1 日起，各省（自治区、直辖市）气象局可以通过中国气象局卫星数据广播系统（CMACast）系统接收到国家气象信息中心下发的 GRAPES_GFS V2.0 产品，并通过全国综合气象信息共享平台（CIMISS）接口提供用户使用。

（来源：《中国气象报》，2016 年 6 月 3 日，作者：牛彦元 段昊书 管成功）

我国数值预报发展五年规划印发

2017年2月10日，记者从中国气象局获悉，《GRAPES数值预报系统发展规划（2016—2020年）》（以下简称《规划》）已正式印发。《规划》梳理了我国数值预报未来五年发展目标，提出加快推进以GRAPES为重点的数值预报业务体系建设，形成从局地公里级至全球10公里尺度的气象灾害及环境精细化数值预报体系，并为下一代数值预报模式系统发展做好技术储备。

在现代气象业务体系中，数值预报发挥着极重要作用。《规划》分析了我国数值预报的发展现状及面临挑战，明确其未来发展指导思想及目标，部署了涵盖数值预报业务系统、模式产品与支撑系统、前瞻性及储备性研究等主要任务，并从组织领导、开放合作、人才培养、投入机制、计算机及信息网络资源应用等方面细化了各项保障措施。

《规划》提出，我国数值预报发展要以《国务院关于加快气象事业发展的若干意见》和《全国气象现代化发展纲要（2015—2030年）》为指导，面向国家经济社会发展战略和全国气象发展"十三五"规划新要求，围绕提高天气预报准确率这一核心目标，坚持自主创新，努力突破核心技术，发展和完善数值预报业务技术体制，形成集约规范、优势互补、开放合作的数值预报业务发展新格局。

2010年以来，随着数值预报技术持续进步和卫星资料同化应用快速发展，我国的国家级和区域中心数值预报业务取得明显进步：GRAPES_GFS全球数值预报系统实现业务化，GRAPES_MESO全国区域中尺度数值系统的预报技巧稳步提升，GRAPES中尺度数值预报系统的应用范畴快速拓展，全国

8 个区域气象中心的高分辨率区域数值预报系统逐步发挥业务效益……然而，我国数值预报在满足国家重大需求上的能力仍然不足，在技术指标、科技水平和产品性能等各方面与国际先进水平相比仍有较大差距。譬如，居世界前列的欧美全球模式北半球 500 百帕环流形势预报可用时效已达到 8.5 天，比我国全球模式可用时效长 1 天多。

未来五年，我国将着力建立以 GRAPES 全球模式为核心的我国数值预报业务新技术体系；推进卫星资料同化，特别是风云卫星资料的同化技术研发，开展天气气候一体化模式技术研究，努力掌握一批拥有自主知识产权的关键技术；扩大数值预报研发队伍，培养数值预报重点方向领军人才。

根据《规划》，到 2020 年，我国将基本建成从局地公里尺度到全球 10 公里尺度的 GRAPES 气象灾害及环境精细化数值预报体系；初步形成下一代大气模式框架原型系统，为天气气候一体化数值预报系统的建立奠定基础。举例来说，GRAPES 全球中期确定性预报系统的水平分辨率将达 10 公里，卫星资料同化占比超过 80%，可用预报时效接近 8.5 天；我国大雨（雪）以上级降水过程的 0～12 小时、0～24 小时预报 TS 评分均比 2015 年提高 15%，24 小时台风路径预报误差小于 70 公里；国家级环境气象预报模式预报时效延长到 7 天。

（来源：《中国气象报》，2017 年 2 月 15 日，作者：段昊书）

GRAPES 全球预报系统产品"远达"海外 为提升"一带一路"沿线灾害性天气预 报能力做出中国贡献

2017 年 6 月 15 日，记者从中国气象局获悉，GRAPES 全球预报系统（GRAPES_GFS V2.0）业务化使用一年以来运行稳定，产品数量从 53 种增加至 70 种。目前，该系统已开始提供全球范围内的气象预报服务，为提升"一带一路"沿线国家灾害性天气预报预警能力提供数据参考。

GRAPES 全球预报系统是我国自主研制的新一代数值预报全球模式，于 2016 年 6 月投入业务化运行。一年来，GRAPES 全球预报系统的产品数量逐步增加，包括 23 种 EC 模式中所没有但在我国气象预报业务中有需求的产品，以及卫星红外通道模拟亮温、卫星水汽通道模拟亮温、雪深、降雪量、土壤温湿度、反照率、沙氏指数、应力等。这些内容丰富、准确率高的产品正通过包括中国气象局卫星数据广播系统（CMACast）在内的多种途径，"远渡"至"一带一路"沿线国家和地区，为提升当地灾害性天气预报能力、延长预警时效、增强数值预报产品在灾害性天气预报中的应用技巧等做出了"中国贡献"。

在世界气象组织（WMO）组织开展的中亚灾害性天气预报示范项目以及东南亚灾害性天气预报示范项目中，GRAPES 全球预报系统为柬埔寨、老挝、泰国、越南、菲律宾、斯里兰卡等东南亚国家以及乌兹别克斯坦、哈萨克斯坦、塔吉克斯坦、吉尔吉斯斯坦等中亚国家提供数据产品，其中包括 6 种集合预报产品和 16 种全球确定性预报产品。项目中的全球确定性预报产品

均由 GRAPES 全球预报系统提供，主要包括提供一天两次的 72 小时内每 6 小时预报产品，要素包括 6 小时和 12 小时累积降水、2 米温度/露点温度/相对湿度、10 米风、海平面气压、稳定度参数以及制定站点的 SKEW-T 预报图等。在中国气象局组织建设的项目网站上，这些产品将及时发布供相关国家的研究机构以及公众使用。

通过利用 GRAPES 全球预报系统提供的数据产品，"一带一路"沿线国家和地区能够监测分析和预测各种灾害性天气事件，包括强降雨及其引发的洪水、暴雪、强风、干旱、高温热浪、极端低温等。在中亚地区，洪水、泥石流是当地的主要气象灾害，GRAPES 全球预报系统的产品已被应用于相关国家发展的山洪预报系统之中。该系统在非洲南部部分国家也得到广泛应用。

（来源：《中国气象报》，2017 年 6 月 20 日，作者：牛彦元 管成功）

我国数值预报应用进入"云时代"

由上海市气象局区域高分辨率数值预报创新中心牵头建设的数值预报云通过中国气象局预报与网络司组织的业务准入评审，于6月15日正式投入业务运行。自此，我国数值预报应用进入"云时代"。

长期以来，数值预报海量数据传输都是气象业务的难点问题。借助数值预报云，全国气象部门通过数值预报云客户端均可至"云"上快速共享中国气象局数值预报中心和华北、华东、华南三大区域气象中心的高分辨率区域数值模式产品。

自2016年底开展试运行以来，每日"上云"数据量约77 GB（平均上传速度45 Mpbs），每日云上数据下载量约220 GB（平均下载速度50 Mpbs）。数值预报云为全国气象部门提供了稳定、丰富的数值预报产品。

根据计划，到2017年12月底前，我国气象预报服务统一数据源的"一张网"智能网格气象预报业务将正式运行。数值预报云则是国家级和省级气象部门在绘制智能网格气象预报这张"网"的重要支撑平台之一。

下一步，上海市气象局将联合其他业务单位将数值预报云升级至智能网格气象预报云，在数值预报云的基础上，推进全国网格实况分析产品和智能网格气象预报产品实时"上云"，协同省级气象部门丰富云上智能化网格预报算法，不断打造智能网格气象预报数据环境。

数值预报云建设工作的主要目标是搭建统一标准、统一数据和统一管理的集约化、众创型中国数值预报云平台，形成数值预报业务、科研等的"云＋端"应用模式，完善以区域高分辨率数值预报系统为核心的集约化数值预报数据应用业务体系。

（来源：《中国气象报》，2017年6月20日，作者：张格苗）

全国公路交通气象预报精细至乡镇

2017年6月15日，全国公路交通气象精细化预报指导产品正式下发至各省（自治区、直辖市）气象局。该产品空间分辨率可达到乡镇级路段，填补了我国基于公路路段、高时空分辨率的交通气象预报服务产品的空白，为形成全国公路交通气象服务"一张图"奠定基础。

随着全国公路路网里程的快速增长，公路运营管理和公众出行对交通气象服务的需求日益增加。为适应跨区域大交通运输的需求，中国气象局正加快推进全国公路交通气象服务"一张图"建设，年底前将实现全国公路交通气象监测产品、精细化要素预报服务产品和灾害风险产品的拼图、展示、应用。届时，预报服务人员可通过"一张图"自由选择产品精细化程度，同时满足公众和专业用户的需求。

全国公路交通气象精细化预报指导产品的出炉，是"一张图"建设的关键一步。该产品包含气温、降水、风速和天气现象等要素，覆盖全国高速路网和西部主要国道，空间分辨率约5公里，时间分辨率为3小时，预报时效达72小时。产品由中国气象局每日两次定时制作下发，各省（自治区、直辖市）气象局将应用该产品或自主研发更精细的产品，开展面向本地的交通气象精细化预报服务。

在该产品的基础上，中国气象局公共气象服务中心将提高国家级公路交通气象服务业务平台的智能水平，融合国家级和省级汇交的各类公路交通运行及相关数据，完善国家级公路交通气象服务系统。

目前，全国已有1430余个交通气象监测站点实时共享观测信息，1700

余个国家级地面观测站和 9200 余个区域气象观测站作为补充，形成了我国公路交通气象地面观测网络。同时，国、省两级公路交通气象精细化要素预报业务已经建立。气象部门还在江苏、安徽、河北等省试点开展公路交通高影响天气短临预报预警，并探索基于影响的公路交通气象灾害风险预警服务。

（来源：《中国气象报》，2017 年 6 月 27 日，作者：王玫珏 冯蕾）

中国台风路径预报误差已连续五年小于美日

2017 年 7 月 21 日开始，第 5 号至第 10 号台风"组团"生成，西北太平洋进入台风活跃期。第 7 号台风"洛克"和第 8 号台风"桑卡"成为今年影响我国的首个双台风，从 7 月 22 日起，它们"携手"直扑广东、海南，中国气象局的官方网站上可以看到它们从生成到消亡的完整路径。

7 月 30 日、31 日，双台风"纳沙""海棠"双双在福建沿海登陆。时值台风活跃期，上至国家防汛抗旱总指挥部办公室（以下简称"防总"），下至受台风影响的每一个人，都在关注中国气象局发布的台风预报。一旦有高强度台风预报，不仅要启动最高级别预警和应急响应，还要付出转移大量人员等高昂社会成本，因此气象部门的台风预报能力至关重要。

得益于十年前中国气象局台风与海洋气象预报中心的成立，中国国家级台风预报业务发展步伐加快。1993 年进入中国气象局工作至今的高拴柱参与、见证了我国台风预报能力的发展。

高拴柱是中国气象局台风与海洋中心首席预报员，据他回忆，1993 年，我国对台风预报预警能力只能达到 48 小时，误差较大。那时，有国外的研究机构提出，要用近十年的时间，把台风的预报误差提高到 100 公里左右，高拴柱与同事们那时还心存怀疑。

没想到，依靠科技的发展和世界各国信息技术交流共享的增多，这种设想成为可能。一群专业的"捕风人"推动我国的台风预报能力达到世界先进水平。

目前，我国 24 小时台风预报路径误差已在 70 公里内，从 2012 年至 2016 年，我国 24 小时台风路径预报误差连续五年小于美国、日本气象部门。

上世纪预报员手拓台风路径

走进台海中心的监控值班室，映入眼帘的是一整面墙大小的世界地图上标注了今年以来西北太平洋面上生成的台风路径，这种展示形式持续了30年，"这是给来参观的人看的。"高拴柱笑着说。

作为内蒙古人，高拴柱从小没有经历过台风。在南京气象学院（现南京信息工程大学）上大学时学习气象学，那时气象学专业还没有台风分支。

1990年他读研究生后，师从当时专门研究热带气旋的专家、如今的中国工程院院士陈联寿。三年毕业后，高拴柱到了中央气象台工作。

"那时，中国气象局只有一个处级单位，我们在天气预报室，做天气预报。"高拴柱说，当时他们什么都做，比如暴雨区的划分、范围、雨量大小……预报员们会点着灯，在桌子的透明玻璃板上用黑签字笔画出雨量，然后拓在有地图的白纸上，再通过通讯台扫描到机器上发送给省级气象台。"他一边比画一边说。那时，省级气象台就是通过这种方式知道中央气象台的意见，然后再根据自己的监测做出更具体的预报。

台风预报也同样如此。那时预报员通常把台风路径拓在一张纸上，写上实况预报，用传真发送给各个部门。

"当时有气象卫星，但没现在方便，半个小时左右出一张非常死板的图。"高拴柱回忆说。十年前，无论是台风路径、登陆地点的预报，还是台风强度定强，我国都与美国、日本等台风预报业务较为完善的国家存在明显差距。

根据中国气象局上海台风研究所评估，2006年，我国24小时台风路径预报误差为134.7公里，日本为110.8公里，美国为106.6公里。从预报时效看，2001年之前我国仅开展台风48小时预报业务；直到2009年，才正式增发台风96小时预报产品。

"（当时）我们对自己的台风预报产品受认可度不高。每当有台风生成并逼近我国，沿海各地预报员更愿意参考国外预报产品。"高拴柱表示，如今，数值模式的快速发展和信息共享，预报员可以同时比对欧洲中心、美国、日本等多种数值模式，再凭借自己的气象学知识和多年经验，对台风做出最终预判。

"作为预报员，每次都想报准，是不可能的，但没有责任心，报不准的几率会更大。"高拴柱说，"预报员如果报不准，不用领导批评，自己就会两天睡不着觉，反复琢磨差错出在哪里。"

进入台风活跃期，台风与海洋中心的预报员们就会进入高度紧张状态，高拴柱在接受《澎湃新闻》采访时说："台风预警发出去，预报员通常就睡不着觉了，因为你不知道自己预报的怎么样，特别是对影响我国的台风的重大预警，即使自己已经下班了，预报员还会时刻盯着，看看台风到底在哪里登陆。"

台风预报能力已居世界先进水平

2007 年 3 月 21 日，中国气象局台风与海洋气象预报中心正式成立，自此，我国国家级台风预报业务发展步伐加快。从 2012 年至 2016 年，我国 24 小时台风路径预报误差连续五年小于美国、日本气象部门，目前，我国 24 小时台风路径预报误差在 70 公里内，台风预报能力已居世界先进水平。

"成绩单"上显示：2012 年，我国 24 小时台风路径预报误差首次低于百公里，达到 95 公里；2013 年，24 小时台风路径预报误差达到 82 公里；2014 年，24 小时台风路径预报误差减小至 78 公里；2015 年和 2016 年，这一数字突破 70 公里，分别为 66.2 公里和 66.1 公里，而 2016 年美国气象部门 24 小时台风路径误差为 80.7 公里，日本为 77.4 公里。

台风预报能力的提升，还体现在预报业务的不断拓展。中国气象局的资料显示，目前，我国已将台风 24 小时警戒区扩展至整个南海海域；正式发布台风不同方位的大风圈分析产品；在台风登陆我国前 6 小时对其进行半小时定位；在台风登陆我国前 12 小时发布逐小时预报产品。

"我们最爱说的一句话，到目前为止，没有发现两条台风的路径是一样的，你也不会发现某天的天气图拿出来，画的两条线是一样的。"在高拴柱看来，台风预报是需要皓首穷经钻研一辈子的工作，除了值班时间，一年中大部分时间里，台风与海洋中心的预报员们都在对以往的台风案例进行分析，寻找不合理的地方，找出自己的判断理由。"失之毫厘差之千里"这句俗语对台风预报员来说有更清晰的认知，因为上至国家防总，下至受台风影响的每一个人，都在关注他们发布的台风预报。

作为预报员，高拴柱和同事们还有一个重要的任务，就是应对媒体。每次在发布台风预报时他们都要研究台风的特点并且琢磨用什么样的定语进行表述，比如"多少年一遇"这样的说法。"许多人会想，台风不就是个大风大雨吗，我们把台风报出来就可以了，但实践中真不是那么简单，我们要想方设法让大家重视起来。"

"气象没有偷空的地方，只能说在有限的时间内，尽可能的多看，对每张图做出自己的判断。比如欧洲报的（台风路径）是向北走，美国报的是向西走，我们报的是原地打转，出现这种情况我们怎么用自己的知识判断？理论上每个模式都有自己的道理，要看你能不能琢磨出自己的道理，找不到，说明你还有值得学习的地方。"高拴柱说。

高拴柱认为，现在数值预报模式最好的是欧洲模式，他希望我们国家能在最好的数值预报模式上再提高一点，"不一定多，就一点点，至少是我们的追求。"

（来源：《澎湃新闻》，2017 年 7 月 21 日，作者：刁凡超）

"国产"气候预测模式进入国际前列

在 10 平方米左右的办公室里，除了工位之外，国家气候中心气候模式室主任吴统文摆放了一张长桌、七把椅子、一块大屏幕。几年来，他搬过几次办公室，但都保留着这种"小型讨论区"的格局，我国自主研发的气候预测模式就在此被反复讨论并修改完善。如今，这些"国产"气候预测模式已走上国际舞台、进入世界前列。

2005 年以来，作为气候模式发展的主要责任人，吴统文和团队一起研发了气候系统模式 BCC_CSM 的多个版本。2010—2014 年，中国气象局副局长宇如聪作为"973"项目首席科学家、吴统文作为首席科学家助理，挑起了全球变化国家基础研究计划项目"高分辨率气候系统模式研发与评估"的重担，成功研发了全球高分辨率的海–陆–冰–气多圈层耦合的气候系统模式（BCC_CSM 3.0）。

气候预测是世界性的科学难题。我国地处世界最大的大陆——亚欧大陆，面朝世界最大的大洋——太平洋，海陆热力差异明显，是典型的季风气候国家。气候影响因子众多且相互作用，机理复杂。通过对众多因子进行机理分析，BCC_CSM 模式在动力框架创新发展、积云对流参数化方案自主研发、洋面通量算法、陆面积雪覆盖度计算等领域取得多项创新研究成果。其中，我国科学家在模式物理过程参数化研究方面独创的积云对流参数化方案等，受到国际关注。

几年来，最让吴统文触动的，就是 BCC_CSM 模式"走出去"。从 2009 年起，国家气候中心就在准备参加第五次耦合模式比较计划，与全球

20 多个模式研发团队的约 70 个气候模式一较高下。过去五年，作为中国气象局参与该比较计划的负责人，吴统文带领团队在国际期刊上刊发大量论文，模式试验数据被国内外专家借鉴、开展大量分析应用研究，BCC_CSM 模式相关论文数量在国际上处于上游。

"如果闭关自守，不和别人比较，怎能了解自身优势和不足？"吴统文说。在参加该比较计划的五年里，BCC_CSM 模式的国际名声越来越响。不少国际同行来到中国时，指名要到国家气候中心看一看。以前虽然和法国相关气候机构建立了双边关系，但交流很少。如今大有不同，双方气候科学家经常沟通、互访。

另一个让吴统文深有感触的，是推动这个模式"用起来"。从经验来看，一个模式从研发到业务化大约需要 5～10 年。模式本身的参数化方案及修订，初始系统研发、确定预测方法、实施运用，每一个环节都不易。

我国预测气候主要有统计、动力以及两者相结合的预报方式。统计方法即通过分析厄尔尼诺/拉尼娜、海冰、欧亚积雪和青藏高原积雪等前兆信号对东亚夏季风强度的影响，预测汛期降水和气温。动力模式预测是气候预测的核心技术，也是未来气候预测的主要技术路线。BCC_CSM 能够预测全球大气环流，并对降水、气温等要素进行预测。BCC_CSM 2.0 已于 2015 年全面业务化，成为第二代动力气候模式业务预测系统的核心。

几年探索下来，进展显而易见——

随着我国气候系统模式的不断完善，气候预测准确率明显提升，由过去 30 年的 65% 提升为 70%。在 2015 年汛期预测中成功预测中东部降水北少南多的分布特征，汛期降水预测滚动订正预报也成绩斐然。

我国的气候模式产品为联合国政府间气候变化专门委员会第五次评估报告的编写提供了大量的基础试验数据，让中国声音更有分量。

　　基于 BCC_CSM 2.0 模式的新一代厄尔尼诺–南方涛动（ENSO）监测、分析和预测业务系统，能提前 6 个月对厄尔尼诺/拉尼娜做出较为准确的预测。今年 5 月，该系统的厄尔尼诺/拉尼娜预报产品正式纳入气候与社会国际研究中心 ENSO 多模式预测框架，与美、日、英等国家的 18 个数值模式产品同场竞技，全球气候预测者可以实时查阅、参考我国的预测。

　　我国气候科学家没有止步于此。2016 年，"十三五"国家重点研发计划项目"基于高分辨率气候系统模式的无缝隙气候预测系统的研制与评估"启动，计划通过五年时间，将气候系统模式进一步推向业务应用。正在研发的地球系统模式，耦合了气溶胶、大气化学、大气环流、海冰、海洋、陆面过程等多种模式，能较为准确地把握当今气候及其变化趋势，将为气候预测再添"利器"。

（来源：《中国气象报》，2017 年 8 月 9 日，作者：孙楠）

海洋精细化预报业务覆盖沿海省份

>>>>

记者日前从中国气象局了解到，目前我国各沿海省份均建立了沿岸海区精细化气象要素预报和强对流天气临近预警业务，针对 139 个岛屿、54 条航线、67 个港口、7 个渔场和石油平台开展了精细化预报，部分省份气象部门还开展了港口梯度风、阵风预报等特色预报业务。

国家气象中心针对我国责任海区建立了 10 公里 ×10 公里分辨率的精细化海洋气象网格预报业务，提供洋面风、能见度、海浪等格点化预报产品；基于美国国家环境预报中心（NCEP）和欧洲中期天气预报中心（ECMWF）的集合预报，发展了海洋气象中期预报业务；与天津、广东、上海海洋区域气象中心合作，建立并运行海面风、海雾、海浪等海洋气象模式，为海洋气象要素精细化预报提供重要支撑。

国家气候中心则建立了全球海温、海冰、厄尔尼诺事件等监测预测业务，并通过《气候监测公报》《中国气候变化监测公报》《东亚季风年鉴》《ENSO简报》等业务产品发布相关监测预测结果；研发全球海洋资料同化系统，为发展全球气候系统模式提供海洋初值。

针对渔场、港口、航线等重点区域，部分沿海地区在开展海洋气象要素预报的基础上初步建立了海浪、海温、风暴潮、海冰等海洋水文要素的监测预报业务。辽宁、河北在决策服务中应用了海冰监测预报产品，天津在决策服务中应用了风暴潮预报产品，福建、江苏在对渔业气象服务中制作了海温、海浪等预报产品。

除近海海域之外，中国气象局还按照国际海事业务规范，负责为全球海上遇险安全系统（GMDSS）提供第 11 海区范围内的海洋气象情报信息，并不断将预报监测区域扩展到全球三大洋海域。

　　据了解，除了海洋气象预报预警，我国还建立了海洋气象监测分析业务。国家气象中心和沿海各省份建立了基于卫星、雷达、自动站、浮标站以及海上平台或船舶观测资料的海区天气现象、风向、风力、能见度等海洋气象要素监测分析业务，开展了对海上强对流天气、海上大风、海雾等海洋气象灾害的跟踪监测，及时发布监测分析产品；国家卫星气象中心开展海洋气象遥感监测业务，及时制作发布海洋气象遥感监测产品。

　　目前，沿海 11 个省（自治区、直辖市）气象局建立的海岛站、岸基站、浮标站、船舶站、测风塔、平台站、沿海风廓线仪、全球定位系统气象观测站（GPS/MET）、地波雷达、风暴潮位站等 17 类共 924 个站的海洋观测资料在海洋气象预报服务中得到应用。

　　　　　　（来源：《中国气象报》，2017 年 9 月 12 日，作者：张格苗）

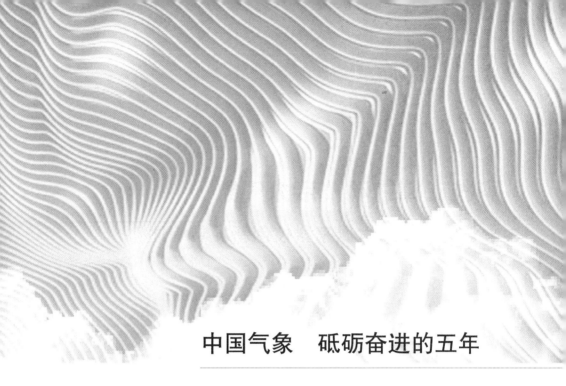

第十章

科技创新

科技支撑撬动"活力气象"

——党的十八大以来科技创新发展综述

2017 年 9 月 25 日 17 时，当数亿微信用户打开界面，眨眼之间，启动界面由之前来源于美国宇航局的"蓝色弹珠"换成了国产"地球"。这幅国产"地球"图，由我国新一代静止轨道气象卫星"风云四号"A 星从太空拍摄而成。就在这一天，在离地面 3.6 万公里的地球静止轨道上，"风云四号"A 星经受住了太空中巨大温差变化的残酷考验，源源不断地向地球下传遥感数据。这颗卫星完全是中国制造，所有的核心技术都是自主研发。

回望来时路，"风云四号"A 星让我们深刻感受到科技创新的力量。这股科技创新之力，正在传递、传承、发展中不断积蓄、壮大并进发。当我们手握更多具有自主知识产权并在业务服务中应用广泛的科技创新成果时，当我们依靠更多达到世界先进水平的台风路径预报、汛期降水气候预测、气象卫星应用等关键技术时，气象科技人前进的脚步更加坚定。

党的十八大以来，各级气象部门深入实施创新驱动发展战略，始终坚持把科技创新作为事业发展的核心驱动力。

科技成果频出：由点上突破到系统能力提升

过去有人认为，气象离百姓很近，气象科技却似乎离人们很远。

2017 年春末夏初，在首届气象科技活动周广州会场，一大批高精尖气象科技"神器"向参观者展出——风云气象卫星带领公众从天空遥望地球风雨；

GRAPES 全球数值预报系统、MICAPS4.0 气象信息综合分析处理系统等现代气象预报业务平台使天气预报准确率不断提高……此刻，气象工作者将他们勇攀世界气象科技高峰的过程中取得的成果进行分享，让公众能在享受各种气象服务的同时，直接触碰其背后坚实的科技力量。

党的十八大以来，天气、气候、应用气象和综合气象观测四项研究计划犹如气象领域的"科学灯塔"，不断照亮气象科技工作者的前行之路。以气象现代化建设目标和发展需求为导向，气象部门突出数值模式发展、资料再分析与综合应用、关键共性技术和重大业务平台等核心工作重点，着力突破重大关键技术瓶颈，缩小与发达国家的差距。

2014 年，国家气象科技创新工程的启动让科学家的攻关号角更加嘹亮。包括高分辨率资料同化与数值天气模式、气象资料质量控制及多源数据融合与再分析、气候系统模式和次季节至季节气候预测、天气气候一体化模式关键技术等在内的四大科技攻关任务取得积极进展。第三次青藏高原、干旱气象、南海季风、超大城市综合气象观测等大型科学试验全面铺开。每次行动，都让气象工作者离神秘的天气气候演变规律更近。

党的十八大以来，我国气象领域形成了一批有自主知识产权、达到世界先进水平，在业务中得到广泛应用的气象科技成果——

24 小时晴雨预报准确率、最高气温和最低气温预报准确率、暴雨预报准确率悉数提高，这离不开全球和区域数值模式研发取得的新突破。GRAPES 全球数值预报系统平均可用时效达到 7.3 天，GRAPES 区域数值预报系统水平分辨率由 15 公里精确至 10 公里，实现了卫星导风、掩星折射率、地基 GPS–PW 等非常规观测资料同化应用的零突破。

全国汛期降水预测准确率从 65% 提升到 70%，成绩斐然。中国大陆降水精细化过程演变的气候特征及其变化规律研究等一批基础研究取得突破性成果：BCC_CSM 全球高分辨率气候系统模式进一步完善，提升东亚地区气候、气候变化模拟和预估能力；模式集合预报和动力统计预报相结合的气候预测系统增强了气候预测能力。

台风行踪能够被准确"捕获"，依赖于天地空一体化观测探测技术迈上了综合、定量应用的新台阶。3 颗"风云"极轨卫星、5 颗"风云"静止卫星形成组网观测；"风云三号"极轨气象卫星及其地面应用系统实现重大技术突破，探测能力达到并部分超过国际先进水平；"风云四号"A 星及其他地面应用系统使我国的气象卫星实现跨越式发展，跻身国际先进之列。在地面上，气象观测自动化取得了较大进展，实现了基本气象要素和能见度观测自动化。

海量数据得到更好运用，这要"点赞"全国综合气象信息共享平台（CIMISS），是它推动了气象业务的信息化、集约化、标准化发展；气象信息综合分析处理系统 MICAPS4.0 投入业务应用，为精细化预报服务及决策提供了有力支撑。

气象服务更加贴心，公共气象服务产品研发向高科技附加和精细化、多元化发展。人工影响天气机理、模式技术等研究成果和"新舟"60 型增雨飞机探测作业系统的应用，有效提高了作业效率。

…………

可以说，科技改变生活，科技影响未来。中国气象事业也正处于这样一个美好的时代。层出不穷的新技术让气象事业发展拥有更多可能，而气象科技也与人们生活离得越来越近。

绘就科技版图：全力发动创新驱动引擎

气象事业是科技型、基础性社会公益事业，近年来，气象事业的科技属性愈加突出。如果把科技创新比作我国气象事业发展的新引擎，就必须采取更加有效的措施完善点火系统——而且，只抓一个环节或几个环节是不够的，必须全面部署，全速发动创新驱动的新引擎。

五年来，国家非常重视科技创新工作，将创新作为重大战略国策。中国气象局在推进气象科技创新方面也频频"发力"——

《中国气象局关于强化科技创新驱动现代气象业务发展的意见》《气象科技创新体系建设指导意见（2014—2020年）》等一批科技创新路线图先后出台，进一步明确到2020年的气象科技发展目标。全国科技创新大会后，《中共中国气象局党组关于贯彻全国科技创新大会精神 推进国家气象科技创新体系建设的意见》印发，进一步明确推进国家气象科技创新体系建设的思路和重点。

科技体制改革不断深化，创新活力进一步增强。2017年，中国气象局党组印发《关于增强气象人才科技创新活力的若干意见》，进一步深化气象人才发展机制体制改革，激发气象人才科技创新活力。科技人才、科研经费管理、科技平台建设、科技评价和科技成果转化奖励等管理办法不断完善，气象科技创新政策体系更加健全。

经过不断调整结构、优化布局，气象领域凝聚起越来越雄厚的科技力量。我国已形成由9个国家级气象科研院所、25个省级气象科研所、1个国家重点实验室、13个部门重点实验室、5个联合共建实验室、3个联合研究中心，以及各级业务单位、行业其他力量构成的气象科研与开发体系。在大气成分、大气边界层、生态与农业气象、灾害性天气等领域，14个野外科学试验基地和22个科学试验站先后建成。2015年，新一轮的科研体制机制改革启动，院所科技资源得到进一步统筹配置，北京、广州、乌鲁木齐专业气象研究院也在建设当中。

气象科研工作以更加开放的姿态打造全新链条。围绕气象业务核心技术，中国气象局与清华大学、同济大学、中国农业大学、华东师范大学、中国地质大学（武汉）等5所高校签署战略合作协议，合作高校数量达21所，合作交流不断深化。在相关高校和科研机构相对集中、优势明显的南京、上海、广州，大气科学联合研究中心率先建立。

我国气象科技自主创新成果、研究计划、重大科学试验推进等受到国际同行广泛关注。我国气象部门深入开展双边、多边国际合作，与23个国家签署双边科技合作协议，与160多个国家进行科技合作交流。在这一过程中，中国始终怀着包容开放的心态，将科研成果辐射至更多国家。100多位中国专家在世界气象组织等国际组织和科学计划中担任重要职务，在地球科学研究领域的学术影响力已进入全球研究机构排名的前1%，科技成果辐射到130多个国家和地区的近3000所高校和研究机构。中国气象人在国际舞台上发挥着越来越重要的作用。

建设科技人才队伍：汇聚成强大的创新力量

一代代气象卫星升级换代、一次次顽强科技攻关、预报准确率艰难提升……在众多创新成果背后，我国气象科技人才队伍不断发展壮大，创新人才脱颖而出。

中国气象局党组多次强调，全面推进气象现代化，关键在科技，根本在人才。2013年，《气象部门人才发展规划（2013—2020年）》发布，提出2020年气象人才体系建设目标。

五年来，我国气象人才工作蓬勃发展，正为气象事业发展注入蓬勃生机和强大动力——

气象部门引才、育才和推送人才并重，先后推出"双百计划"、创新团队、青年英才等政策，并提供国内高级访问进修、气象科技骨干海外培养、国家气象科技创新工程支持保障等机会，为气象人才发展提供沃土。其中"双百计划"被中央组织部等三部委确定为第一批全国重点海外高层次人才引进计划，气象科技骨干培养项目纳入国家留学基金委支持项目。

气象部门科技人才重大政策落实和实施情况跟踪机制建立起来，持续组织开展了人才工作和人才队伍评价，不断推进人才工作科学化，让各类人才都有施展才华的广阔天地。

气象部门不单注重引才、用才，还注重从源头挖掘和培养人才。通过与教育部联合印发《关于加强气象人才培养工作的指导意见》、共同召开气象教育工作座谈会、组建中国气象人才培养联盟以及大气科学类专业和气象职业教育教学指导委员会等，凝聚教育部、地方政府、各大高校共同推动气象高等教育改革发展的力量；与江苏省政府、教育部共建南京信息工程大学，与四川省政府共建成都信息工程大学；中国气象局气象干部培训学院在河北、辽宁、安徽、湖北、湖南、四川、甘肃、新疆组建了8个分院，并建立了海外气象培训基地。

气象人才队伍不断壮大，领军人才辈出，并努力攀登气象科技高峰。当前，气象部门拥有两院院士9人，千人计划8人，万人计划5人，百千万人才工程国家级人选14人，科技部"创新人才推进计划"中青年领军人才两人，中国青年科技奖获得者5人；享受政府特殊津贴在职专家81人，中央直接联系专家28人；正研级专家755人。围绕气象科技重点领域引进特聘专家19人，在聘科技领军人才、首席预报员和首席气象服务专家143人，气象部门青年英才61人。

一支支科技创新团队"拔节生长"。12支中国气象局创新团队成功组建，气象数值预报团队入选科技部"创新人才推进计划"团队，气科院东亚副热带季风变异机理团队入选国家自然基金创新群体。还有一批代表性科研人员荣获高层次科技奖励和表彰。如国家卫星气象中心陆其峰研究员和甘肃省气象局张强研究员获 2017 年全国创新争先奖；气科院徐祥德院士、宇如聪研究员分别于 2015 年、2016 年获得何梁何利基金科学与技术进步奖；中国大气本底基准观测台德力格尔研究员及其团队获 2015 年周光召基金会科技奖；乌鲁木齐沙漠气象研究所陈峰获 2014 年世界气象组织青年科学家奖。

在中国气象事业发展之路上，我们见证了众多闪亮的成果，而这些闪光点已化为星星之火，照亮气象科技创新的原野，汇聚了更强动力，铸就了更多辉煌的成就。

（来源：《中国气象报》，2017 年 10 月 9 日，作者：赵晓妮）

2013—2020年天气和气候研究计划发布

2013年2月18日，中国气象局正式发布《天气研究计划（2013—2020年）》和《气候研究计划（2013—2020年）》，这是天气、气候、应用气象和综合气象观测四项研究计划中的前两项。中国气象局局长郑国光表示，制定并滚动修订四项研究计划，将为扎实推进气象科技创新体系建设、更加有效推动现代气象业务发展和气象现代化建设提供重要的基础和保障。

据介绍，在本次发布的《天气研究计划（2013—2020年）》中，重大专项含"高分辨率GRAPES全球同化与数值模式关键技术研发"等6个主攻方向，重点领域含9个主要领域、51项优先主题和9项区域特色，基础支撑平台含5项主题；在《气候研究计划（2013—2020年）》中，重大专项含"全球与亚洲区域气候监测诊断业务系统及其关键技术研发"等6个主攻方向，重点领域含6个主要领域、61项优先主题和5项区域特色，基础支撑平台含2项主题。

（来源：《中国科学报》，2013年2月21日，作者：潘希）

应用气象和综合气象观测研究计划发布

2013 年 4 月 1 日，中国气象局正式发布《应用气象研究计划（2013—2020 年）》和《综合气象观测研究计划（2013—2020 年）》。这是天气、气候、应用气象和综合气象观测四项研究计划中的后两项。这两项研究计划的发布将进一步推进气象科技创新体系建设，并为现代气象业务发展和气象现代化建设提供重要基础和保障。

四项研究计划总体框架均由引言、总体目标、重大专项、重点领域和基础支撑平台等五部分构成。其中，《应用气象研究计划（2013—2020 年）》围绕应用气象服务业务的迫切需求，瞄准应用气象领域的国际科技发展前沿，以实现粮食生产安全、气象防灾减灾、生态文明建设、应对气候变化的应用气象业务整体水平的提升为目标。该计划的重大专项含"重大农业气象灾害的形成机制与风险调控"等 6 项主攻方向，重点领域含 6 个主要领域、47 项优先主题和 6 项区域特色，基础支撑平台含 3 项主题。

《综合气象观测研究计划（2013—2020 年）》以台站综合气象观测、地基气象遥感观测和卫星气象与空间天气观测的研究为基础，重点开展综合气象观测方法及产品、预报系统与观测系统交互以及综合气象观测试验方面的研究，同时加强基础支撑平台、现代新技术在气象观测保障和气象信息方面的应用研究。该计划的重大专项含"天地空相结合的大气垂直综合观测技术研究"等 6 个主攻方向，重点领域含 8 个主要领域、44 项优先主题和 1 项区域特色，基础支撑平台含 3 项主题。

　　中国气象局于 2010 年 3 月首次发布实施的 2009—2014 年天气、气候、应用气象和综合气象观测四项研究计划，并于 2012 年 6 月 6 日正式启动其修订工作。2013 年 2 月 18 日，中国气象局率先发布了《天气研究计划（2013—2020 年）》和《气候研究计划（2013—2020 年）》。截至目前，四项研究计划已经全部完成滚动修订并正式对外发布。

　　　　　　　　（来源：《中国气象报》，2013 年 4 月 2 日，作者：吴越）

中国气象局数值预报创新团队入选国家创新人才推进计划"重点领域创新团队"

近日，科技部公布了2012年国家创新人才推进计划入选名单，中国气象局数值预报创新团队入选"重点领域创新团队"。

此次入选的数值预报创新团队带头人为沈学顺研究员，主要成员有龚建东、陈德辉、王斌、孙健、陈起英、刘奇俊、胡江林、李兴良、张林、张华、李娟、黄丽萍、陈静、韩威、金之雁等，团队依托单位为国家气象中心。据悉，在大气科学领域，还有中国科学院大气物理研究所王自发研究员入选"中青年科技创新领军人才"。

国家创新人才推进计划是贯彻落实《国家中长期人才发展规划纲要（2010—2020年）》的重要举措。2012年10月，科技部、人力资源和社会保障部、教育部、中国科学院、中国工程院、国家自然科学基金委员会、中国科学技术协会七部门联合印发《创新人才推进计划实施方案》，旨在通过创新体制机制、优化政策环境、强化保障措施，培养和造就一批具有世界水平的科学家、高水平的科技领军人才和工程师、优秀创新团队和创业人才，打造一批创新人才培养示范基地，加强高层次创新型科技人才队伍建设，引领和带动各类科技人才的发展，为提高自主创新能力、建设创新型国家提供有力的人才支撑。

2012年科技部会同有关部门首次组织开展创新人才推进计划有关人才和团队的遴选工作，经推荐、评审、公示等环节，确定了201名中青年科技创新领军人才，64 名科技创新创业人才，86 个重点领域创新团队，18 个创新人才培养示范基地。

（来源：《中国气象报》，2013 年 6 月 7 日，作者：杨闰 刘成成）

中国气象局正式设立气象科技成果转化奖
大力推动成果转化应用

2014年2月26日，中国气象局印发《气象科技成果转化奖励办法（试行）》。根据该办法，中国气象局决定设立气象科技成果转化奖，进一步鼓励科研人员围绕现代气象业务发展需求，增强科技创新能力，强化科技创新驱动现代气象业务发展。

中国气象局科技与气候变化司司长罗云峰告诉记者，出台《气象科技成果转化奖励办法（试行）》是中国气象局贯彻落实党和国家"创新驱动发展战略"、深化气象科技体制机制改革、强化科技创新驱动现代气象业务发展的一项重要政策措施。该办法的实施旨在进一步引导和鼓励科技人员紧紧围绕现代气象业务发展需求，增强科技创新能力，解决关键科技问题，强化从事成果转化、推广、应用工作的自觉性和积极性，实现科技成果转化应用和开放共享，为全面推进气象现代化提供科技支撑。

气象科技成果转化奖分为一等奖、二等奖两个等级，每年评选一次，由各省（自治区、直辖市）气象局和中国气象局直属科研、业务单位推荐。气象部门外的成果在气象部门应用转化的，可由成果应用单位推荐。推荐要明确成果的主要内容、创新性及业务应用效果。

据了解，该办法在编制过程中，得到了广大气象科研业务工作者的热烈反响。中国气象科学研究院研究员张义军告诉记者，该办法从两个方面对气象科学研究工作提出了要求，一方面研究工作要紧紧围绕业务发展实际需求，产出高水平创新性成果；另一方面这项成果还要经过两年以上实际业务的检验，实现较大范围推广应用和开放共享。这必将进一步引导和激励科技工作者积极主动加强与业务人员的合作，真正推动科研和业务工作的紧密结合。国家气象中心业务处处长金荣花表示，该办法的出台充分体现了中国气象局进一步加强科技成果转化应用工作的力度。转化奖授奖的人员和单位要求既要包括成果完成人员和单位，也要包括从事成果转化应用的人员和单位，必将进一步推进科技成果的落地应用，推进成果产出方和业务应用方的充分交流。该办法的实施也将从一个方面有力推进气象科技成果转化中试基地的发展，国家气象中心将在下一步工作中贯彻落实。

气象科技成果转化奖的推荐、评审和授奖，按照公开、公平、公正的原则，实行科学的评审制度。中国气象局科学技术委员会及其办公室负责转化奖的评审和组织工作。

（来源：《中国气象报》，2014年3月4日，作者：吴越）

《国家气象科技创新工程（2014—2020年）实施方案》正式出台

10月30日，为深入实施创新驱动发展战略，全面贯彻落实《中共中国气象局党组关于全面深化气象改革的意见》精神，进一步深化气象科技体制机制改革，增强科技创新驱动气象业务现代化发展的能力，围绕国家级气象业务现代化重大核心技术突破，中国气象局印发了《国家气象科技创新工程（2014—2020年）实施方案》（以下简称《方案》）。

《方案》以突破国家级气象业务现代化重大核心技术为主线，明确攻关任务，落实责任主体，聚集优质资源，强化开放合作，改革管理机制，实施协同集中攻关；提出力争到2020年，我国气象重大核心业务技术实现跨越式发展，与国际先进水平差距显著减小，科技创新驱动业务现代化的能力显著增强。

《方案》明确了"高分辨率资料同化与数值天气模式""气象资料质量控制及多源数据融合与再分析"和"次季节至季节气候预测和气候系统模式"等三大攻关任务及其预期目标和牵头组织单位，明确了牵头组织单位和重要攻关方向主持单位的责任，并提出设立三大攻关任务的首席科学家，在每个重要方向组建攻关团队，积极引导部门、全行业及海内外智力开展联合攻关。

在政策条件支持方面，《方案》强调，改革科技组织方式，建立稳定的投入机制，加大条件保障力度，建立专项激励政策，有效激发创新活力，形成围绕核心技术突破的强大合力。在组织管理保障方面，《方案》提出要建立职责明确、分级管理、协调推进的工作机制，确保国家气象科技创新工程目标的实现。

（来源：《中国气象报》，2014年10月31日，作者：吴越　杨蕾）

《气象科技创新体系建设指导意见（2014—2020年）》出台

2014年11月4日，中国气象局印发《气象科技创新体系建设指导意见（2014—2020年）》（以下简称《意见》），以深入贯彻落实党的十八大精神，面向国家发展需求，面向国际科技前沿，面向气象现代化要求，大力实施气象科技创新驱动发展战略。

《意见》强调，当前气象事业发展正处在全面推进现代化的关键时期，处于全面深化改革的攻坚时期。科技实力决定着业务现代化的水平，检验着深化气象改革的成效。因此，必须坚持把科技发展摆在气象事业发展全局中的核心位置，坚持把科技创新作为推进现代气象业务发展的根本动力，坚持把科技创新工作贯穿到气象现代化建设的全进程，深化气象科技体制改革，加快推进气象科技创新体系建设。

《意见》明确提出"面向气象现代化，加快建设气象科技创新体系"的主要思路，确定"围绕重大核心业务技术，实施国家气象科技创新工程；优化科技资源配置，集中解决气象业务核心科技问题；深化开放合作，进一步汇聚各方面科技力量；创新科技机制，促进科技成果转化"等四项重要举措。

《意见》指出，力争到2020年，实现重大核心技术与国际先进水平差距明显缩小，气象科技基础条件建设布局更为合理，资源配置更为高效，科技成果转化机制进一步完善，科技领军人才整体素质和创新能力大幅提升，建成适应气象现代化发展需求、支撑有力的气象科技创新体系。

在组织管理层面，《意见》强调，要改革气象科技资源配置方式，改进科技研发组织管理方式，加强科技人才队伍和创新团队建设，增强国家级业务单位解决气象现代化重大共性技术问题的能力，强化国家级科研机构突破核心技术的自主创新能力。《意见》还提出，要汇聚部门内外力量形成攻关合力，吸引海外优势智力资源合作攻关，加强区域科技协同创新，并进一步健全气象科技评价和激励机制，完善有利于激发创新活力的激励制度。

（来源：《中国气象报》，2014 年 11 月 5 日，作者：吴越 何勇）

国家气象科技创新工程启动

2014 年 11 月 26 日，中国气象局召开国家气象科技创新工程启动会，专题听取有关《国家气象科技创新工程实施方案（2014—2020 年）》（以下简称《方案》）的主要内容、任务总体思路和目标、任务落实和工作要求建议等方面的介绍。这也标志着国家气象科技创新工程正式启动。中国气象局副局长宇如聪主持会议。

据了解，国家气象科技创新工程以突破国家级气象业务现代化重大核心技术为主线，明确攻关任务，落实责任主体；聚集优质资源，强化开放合作；改革管理机制，实施协同集中攻关。《方案》明确提出，通过国家气象科技创新工程，我国力争到 2020 年实现气象重大核心业务技术跨越式发展，显著减小与国际先进水平的差距，显著增强以科技创新驱动业务现代化的能力。《方案》明确了"高分辨率资料同化与数值天气模式""气象资料质量控制及多源数据融合与再分析"和"次季节至季节气候预测和气候系统模式"等三大攻关任务及其预期目标。

值得一提的是，随着国家气象科技创新工程的推进，我国将建立覆盖整个中国区域内 1000～3000 米分辨率的精细化区域数值预报模式系统，带动典型区域 1000 米分辨率区域数值模式发展。这意味着，未来，在我国重点城市，天气预报可能精细到方圆 1000 米范围内的某个街道甚至某个社区。

在听取相关汇报与讨论后，宇如聪指出，推进国家气象科技创新工程，任务重、时间紧、责任大，牵头单位、相关职能管理部门应该边思考、边推进、边做事。他强调，各牵头单位要切实发挥主体作用，进一步细化落实措施；

要重视人才的作用，选好任务首席科学家、攻关团队首席专家，充分挖掘年轻人才；要梳理好科学指导委员会的设置和经费需求问题。

宇如聪说，推进国家气象科技创新工程要充分调动部门内科技人员的积极性，激发创新活力，加强开放合作，聚集国内外优秀人才，实施协同攻关。各职能司要充分解放思想、积极行动，深入相关单位，做好工作的对接与协调，用好相关政策，为国家气象科技创新工程提供强有力支撑。

（来源：《中国气象报》，2014 年 11 月 27 日，作者：史一卓 庄白羽）

《加强气象科技成果转化指导意见》印发

2016 年 8 月 23 日，中国气象局办公室印发《加强气象科技成果转化指导意见》（以下简称《指导意见》），旨在深入贯彻全国科技创新大会精神，加快实施创新驱动发展战略，全面推进气象现代化，增强科技创新引领现代气象业务发展能力，完善气象科技成果转化机制，促进科技成果转化为现实业务能力。

《指导意见》共六章十七条，强调了促进气象科技成果转化的意义，梳理了科技成果产出—认定—登记—评价—中试—业务准入（产业化）—知识产权保护—奖励激励—组织实施等环节重点工作，提出落实促进成果产出，加强成果认定、登记和评价，推动科技成果中试与业务化（产业化），落实奖励激励政策，加强知识产权保护，保障资金和人才，落实主体责任等科技成果转化关键环节具体措施。

在促进气象科技成果产出方面，《指导意见》提出建立和完善有利于科技成果产出的工作机制，促进产业技术创新联盟建设。其中，明确要求在组织实施应用类科技项目时，应当明确项目承担者的科技成果转化义务，将科技成果转化和知识产权创造、运用作为立项、验收和持续支持的重要内容和依据。

同时，《指导意见》在开展科技成果认定、加强科技成果登记与发布、推动科技成果分类评价等方面进行明确规定。

《指导意见》提出推动科技成果中试与业务化（产业化），包括搭建科技成果转化中试基地（平台），完善科技成果业务准入制度，建设科技成果产业化基地，探索构建气象技术交易网络平台。

关于激励科技人员创新创造，《指导意见》强调加强科技成果知识产权保护，提出在提升知识产权保护意识，完善知识产权管理和保护制度，有效促进知识产权创造运用。科技成果登记时标注主要完成单位、主要完成人和相应贡献，并做好公开、公示。完善学术道德和学风监督机制，实行科研信用制度，将故意侵犯知识产权行为纳入单位和个人信用记录，加大对知识产权侵权行为的查处力度。《指导意见》提出，落实科技成果转化收益分配措施，贯彻执行国家有关促进科技成果转化的政策措施，以技术转让或者许可方式转化职务科技成果的，应当从技术转让或者许可所取得的净收入中提取不低于 50％ 的比例用于奖励；以科技成果作价投资实施转化的，应当从作价投资取得的股份或者出资比例中提取不低于 50％ 的比例用于奖励；在研究开发和科技成果转化中做出主要贡献的人员，获得奖励的份额不低于奖励总额的 50％。面向气象业务应用和决策气象服务的公益性和基础性科技成果，鼓励探索建立有效的奖励激励机制。此外，该意见要求还鼓励科技人员双向流动，建立有利于科技成果转化的绩效考评体系。

《指导意见》还要求从加强科技成果转化人才队伍建设，强化科技成果转化的多元化资金投入，强化气象科技成果转化的组织实施等方面，完善气象科技成果转化保障措施。

（来源：《中国气象报》，2016 年 8 月 26 日，作者：赵晓妮）

中国气象局党组印发《关于增强气象人才科技创新活力的若干意见》 深化改革 为气象科技人员释放政策红利

2017年5月2日，中国气象局党组印发《关于增强气象人才科技创新活力的若干意见》（以下简称《意见》），旨在贯彻落实中共中央、国务院关于解放和增强人才活力、鼓励科技创新的一系列政策精神，进一步调动气象人才科技创新的积极性主动性创造性，加快实施人才强局战略，深化气象人才发展体制机制改革，增强气象人才科技创新活力，为到2020年基本实现气象现代化提供强大支撑。

气象事业是科技型、基础性社会公益事业，科技创新是气象事业发展的根本驱动力和核心支撑，人才发展对气象事业至关重要。长期以来，气象科技创新动力不足、人才成长体制机制活力不够是制约气象科技创新、提升竞争力、稳定气象科技人才队伍的瓶颈和困扰。中国气象局党组对此高度重视和关心，要求认真学习贯彻落实党中央国务院有关政策部署要求，制定配套政策文件和举措，着力解决存在问题，进一步激发气象人才科技创新活力。

按照中国气象局党组部署，中国气象局人事司会同科技与气候变化司、计划财务司联合成立文件起草工作组，启动《意见》起草工作。《意见》起草重点把握了四方面原则：增强"四个意识"，认真学习领会好国家关于人才和科技创新的政策精神，做到准确把握国家政策文件精神和具体政策适用范围；坚持实事求是思想路线，注意结合气象实际，坚持问题导向，力求针对问题细化政策措施；依法依规，努力做到政策有依据、担当"有底气"，增强可操作性；全面贯彻"放管服"要求，在释放政策空间的同时，强化各单位管理的主体责任，力求政策放得下、接得住、管得好。

为贯彻落实好国家政策，起草组一方面认真学习领会中央和国家有关文件要求、精神实质，努力把握好相关部委出台的相关支持性政策，力求准确理解；另一方面，调研借鉴了多个地方党委政府和有关部门的细化激励措施。针对可能把握不准的问题，还多次向相关主管部委请教咨询，寻求指导。

为确保《意见》真正解决气象科技人员关心的问题，起草组认真分析梳理问题，多种方式调研制约人才创新活力的政策瓶颈，先后3次召开座谈会听取专业院所、直属单位、省级气象局意见，并发函全国各级气象部门征求意见。参加座谈会的科技人员普遍认为，《意见》对深化气象人才体制机制改革、增强科技创新活力非常重要，对推动国家相关政策在气象部门落地落实非常必要，结合气象部门实际比较紧密，提出的政策措施针对性较强，也较好地体现了"放管服"理念和要求，对激发活力一定会发挥重要的推动作用。

在具体内容上，《意见》通过深化气象人才发展体制机制改革、发挥科研项目资金的激励引导作用、促进气象科技成果转化应用、完善事业单位收入分配激励机制、完善气象科技创新开放合作机制、健全人才发展和科技创新保障机制等6部分27项举措，增强气象人才科技创新活力，为气象科技人员释放政策红利。

中国气象局党组要求，各单位党组（党委）要切实增强"四个意识"，加强对《意见》实施的组织领导。各有关部门要抓紧制定完善有关配套政策措施。各单位要结合实际，采取有力措施，把《意见》提出的各项任务落到实处。要加强政策学习解读和宣传引导，进一步调动广大气象科技人员的积极性，形成全部门关心支持理解人才发展和科技创新的良好氛围。要加强管理和服务，及时研究解决气象人才发展和科技创新工作中遇到的新情况新问题。

（来源：《中国气象报》，2017年5月5日，作者：李一鹏）

"十三五"应对气候变化科技创新规划出台

近日，科学技术部、环境保护部、中国气象局联合印发《"十三五"应对气候变化科技创新专项规划》（以下简称《规划》）。《规划》提出深化应对气候变化基础研究等十项重点任务，旨在建成全球气候变化大数据平台，集成气候变化影响评估和风险预估技术，增强我国防灾减灾能力，形成应对气候变化的经济社会发展协调机制。

我国将建成5~10个具有国际影响力的全球变化与温室气体排放基础数据集（库）；研制两三个具有自主知识产权、国际先进水平的地球系统模式、高分辨率气候模式以及温室气体排放量计量核算系统；使我国气候变化事实、机制、归因、模拟、预测等方面的研究进入国际先进行列；集成气候变化影响评估和风险预估技术，发展全球气候变化经济学，提高应对气候变化的科技管理效能，增强我国低碳产业的国际竞争力。

在深化应对气候变化基础研究方面，我国将围绕揭示气候变化新事实，努力改进气候变化观测方法和数据质量，发展新理论，重点阐明陆地和海洋生物地球化学循环的关键过程，以及其对气候变化的反馈作用与临界突变过程，降低对气候变化过程、幅度、影响、风险认识的不确定性，并形成气候变化早期预警基础理论和方法体系。为此，我国将重点开展多尺度气候变化的检测（定量重建）、归因与预测等研究。

加快保障基础研究的数据与模式研发是应对气候变化科技创新的重点任务之一。未来，我国将努力填补全球关键空白观测区，加快发展高分辨率和多参数遥测技术、多源数据同化和融合技术，在数值模式中更客观地描述陆地和海洋生物化学循环、云—气溶胶—辐射相互作用等过程，增强地球系统模式的模拟能力。

《规划》指出，要建立气候变化影响评估技术体系和风险预估技术体系，聚焦气候变化对自然和人类社会系统的影响阈值及不同领域和区域的差异，提升气候变化与极端事件对脆弱领域影响的分类评估技术水平，强化气候变化引起致灾因子、致灾机制、风险类型与风险级别的研究；《规划》还提出推进减缓气候变化技术的研发和应用示范、推进适应气候变化技术的研发和应用示范、深化面向气候变化国际谈判的战略研究、深化面向国内绿色低碳转型的战略研究、加快基地和人才队伍建设、加强国际科技合作等重点任务。

记者了解到，围绕气候变化领域的科技创新发展，目前，我国已建立一批与气候变化研究相关的研究机构和基地，初步构建了气候变化观测和监测网络框架，形成百万吨碳捕集利用与封存技术示范能力，自主研发的气候模式系统已进入世界先进行列。

（来源：《中国气象报》，2017 年 5 月 24 日，作者：孙楠）

我国气象重大核心业务技术取得显著进展

记者近日从中国气象局了解到，国家气象科技创新工程（以下简称创新工程）实施两年多来，包括高分辨率资料同化与数值天气模式、气象资料质量控制及多源数据融合与再分析、气候系统模式和次季节至季节气候预测、天气气候一体化模式关键技术在内的四大科技攻关任务取得显著进展。

创新工程于 2014 年 10 月正式启动，以突破国家级气象业务现代化重大核心技术为主线，明确攻关任务，落实责任主体，聚集优质资源，强化开放合作，改革管理机制，实施协同集中攻关。其目标是力争到 2020 年，我国气象重大核心业务技术实现跨越式发展，与国际先进水平差距显著减小，科技创新驱动业务现代化的能力显著增强。

在我国，数值预报已经成为整个气象业务的核心基础，也是制约气象现代化向更高水平发展的瓶颈问题。"高分辨率资料同化与数值天气模式"被确定为创新工程攻关任务以来，创新团队在卫星资料同化、四维变分同化、模式精细化改进、集合预报等方面取得显著进展，发展出在国际上更有"发言权"的数值预报模式。目前，GRAPES 数值预报全球模式已实现业务化运行，有效预报时效达 7.3 天，其同化资料中的卫星资料占比接近 70%。

作为国家气象科技创新工程重点攻关任务之一，"气象资料质量控制及多源数据融合与再分析"的目标是提供高质量数据产品，保障气象部门各项业务更好开展。两年多来，攻关团队在历史资料整合、质控与评估、多源资料融合、全球再分析等方面取得重要进展。如今，我国已建立更加完整的全球陆地、高空、海洋定时值数据集，精细化降水融合和雷达拼图等产品实现业务应用，全球大气再分析试验产品显示良好精度。

在气候预测中，模式是核心工具，气候模式系统的研发与升级是当前国际气象界关注的焦点。"气候系统模式和次季节至季节气候预测"承载着追赶国际先进水平、服务国家需求、助推气象事业发展这三个目标任务。当前，我国在气候系统分量模式改进、气候现象预测模型开发、次季节至季节关键物理过程及机理研究等方面取得积极进展；建立了次季节—季节—年际气候一体化预测模式系统，气候预测模拟能力显著提高。

未来的气象预报业务将建立在一个天气气候一体化模式系统的基础上，该系统需要涵盖短期、中期、季节等各种时间尺度的预报，因而，"天气气候一体化模式关键技术"就显得愈加重要。经过技术攻关，我国当前在高精度、高守恒、可扩展模式动力框架搭建，以及东亚区云微物理过程、分量模式耦合、耦合模式海洋同化等方面的研究，均取得显著进展。

（来源：《中国气象报》，2017 年 8 月 17 日，作者：赵晓妮）

攀登高原 跋涉沙漠 扬波南海
三大科学试验破解关键科技难题

入汛以来，南方持续高温、全国强对流天气多发、台风组团来袭，每一次天气过程都是对气象预报的一场考验。而准确预报的背后，则是对大气现象的更深刻理解。近年来，中国气象局大力推进机理研究及大型野外科学试验，组织实施第三次青藏高原大气科学试验及干旱气象、华南季风强降水等科学试验，针对区域共性关键科技问题开展研究。这些试验对于我国气象工作者更深入地认识大气环流、了解各类气象灾害，提高天气气候模式对中国区域的预报预测能力发挥了重要作用。

我国分别于 1979 年、1998 年开展第一、二次青藏高原大气科学试验。时隔多年，第三次青藏高原大气科学试验启动于 2014 年。截至目前，第三次青藏高原大气科学试验项目组实施了青藏高原陆面—边界层、云降水物理过程、对流层—平流层大气成分的综合观测，并在地面热通量、云降水物理特征、高原信号在天气气候预测中的应用等方面取得多项原创性理论和应用研究成果。到 2017 年 5 月，该项目研究者共发表论文 62 篇，其中 SCI（E）29 篇；申请到国家发明专利一项、国家实用新型专利一项、软件著作权两项。

当前，干旱灾害严重威胁我国粮食安全和生态安全，制约经济社会发展。中国干旱气象科学研究计划因此提出，并于 2015 年正式启动。研究内容既包括干旱预测技术、致灾过程和机理，又涵盖数值模式和数据融合技术，以及农业干旱风险、干旱信息集成共享平台等，从基础理论一直延伸到实际应用。目前，该研究取得多项研究成果，揭示了中国骤发干旱在增温停滞期显著增加的特征，建立了复杂下垫面地区地－气交换研究方法，评估了厄尔尼诺对我国北方极端干旱事件的可预报性等。

2013 年，世界天气研究计划华南季风降水试验项目启动，这对于我国破解华南季风降水预报难题具有重要意义。华南季风降水试验作为世界气象组织世界天气研究计划的研究发展项目，在 2016 年，正式进入第二阶段。目前，该项目已在外场观测、资料管理和共享、机理研究和数值天气预报（NWP）研究等方面取得重要进展。该项目成功开展了大规模华南暴雨外场观测试验，完成资料收集和入库，并开始了资料处理和分析工作；在暴雨中小尺度机理研究和 NWP 研究上取得重要进展。

（来源：《中国气象报》，2017 年 8 月 17 日，作者：赵晓妮）

全方位多层次气象教育培训格局形成

重视学习、重视干部教育培训，是我们党治国理政的一条成功经验。党的十八大以来，气象部门始终坚持"分层分类"教育培训的计划性、系统性、统筹性，紧紧围绕气象现代化建设，开创了气象干部教育和学历后专业继续教育的新局面，全方位多层次的气象教育培训格局已形成。自 2012 年以来，气象培训学员整体满意度平均达到 95.4 分。

五年来，气象部门完成国家级在职培训 815 期，培训各类学员 3.2 万人次，培训量累计达 89.3 万人天；主要业务岗位上岗培训覆盖率达 83.1%，重大工程项目培训覆盖率在 65% 以上，领导干部和主要业务岗位人员年度参训率分别达 30% 和 25%。利用现代信息技术建立的远程培训，实现了全国气象部门 5 万多名干部职工、2000 多个基层台站职工的远程在线学习，远程培训累计 447.6 万小时，远程培训覆盖率达 99%，气象系统职工平均每天约 3000 人次参加远程学习。

在气象干部教育培训方面，气象部门加强有关党的十八大和习近平总书记系列重要讲话精神等的培训，进一步提高气象人才队伍的党性修养，坚定理想信念，树立良好作风。气象管理干部培训实现全覆盖，形成司局级领导干部系列、处级干部系列、县局长系列、党校班等核心系列班型，以及各类管理人员的气象业务技术、政策法规、财务知识、职业道德等专项培训。五年间，气象部门举办司局级领导干部轮训 4 轮 12 期；分别开展县局长综合素质轮训、地市局长综合素质轮训 1 轮，省级及以上气象部门处级干部综合素质培训 9 期。

在学历后专业继续教育方面，气象部门致力于培训内容与气象基础教育衔接、与气象业务管理需求衔接、与世界先进水平衔接，构建了面向气象事业发展、以岗位能力为目标，全覆盖、网格化的气象教育培训课程体系。面向预报人员、观测人员、服务人员、资料人员等，开展基础类培训、上岗培训、岗位培训、新知识新技术培训、高级研讨培训等。五年间，高级研讨培训年均 20～30 期，上岗培训每年约 675 人次。

此外，中国气象局深化与中国民航局等部门的培训合作，培训民航预报员 35 人次，积极拓展面向海军、兵团的培训项目；充分发挥世界气象组织区域培训中心窗口作用，为发展中国家举办了临近预报、卫星气象等国际培训 30 余期，培训国际学员 600 余人次。

为全面提高教育培训的质量和效益，中国气象局创建了符合气象教育培训特点的全流程培训质量管理模型，从项目设计质量控制、项目实施质量监控、项目效果评估三方面加强"训前、训中、训后"全流程的质量监控；创新大规模轮训项目的管理方式，形成"协商 + 服务 + 指导"培训业务指导管理新模式，以及统一教学计划、统一教学要求、统一培训教材、统一考试考核和统一效果评估的"五统一"教学管理原则，有效增强了异地多点办学的规范性，保证培训质量均一化。

（来源：《中国气象报》，2017 年 9 月 8 日，作者：何桢）

气象人才成长创新环境不断优化

近日,《中国气象局职称评定管理办法(试行)》《气象正高级职称评审条件》等文件先后出台,旨在落实国家职称制度改革要求,通过完善相关制度和举措,进一步促进气象专业技术人才成长,最大限度释放和激发气象专业技术人才创新活力。党的十八大以来,随着中国气象局党组持续落实国家人才发展体制机制改革和推动科技创新部署,出台增强气象人才科技创新活力的指导意见,一系列增强气象人才创新活力的举措在气象部门落地,气象人才成长创新环境不断优化。

2017年年初,中国气象局党组印发《关于增强气象人才科技创新活力的若干意见》,从全局层面围绕深化气象人才发展体制机制改革,增强气象人才科技创新活力进行顶层设计。文件明确气象科研业务单位在人才引进、人才评价、收入分配激励等方面有更多自主权等举措,对破解高层次人才短缺和激励机制不健全等制约气象事业发展的难题提出了明确方向。

围绕优化气象人事人才政策环境,推进气象人才队伍建设,中国气象局党组出台并不断完善职称评审、"双百计划"、创新团队、青年英才、国家气象科技创新工程支持保障等一系列政策措施。其中"双百计划"被中央组织部等三部委确定为第一批全国重点海外高层次人才引进计划,气象科技骨干培养项目纳入国家留学基金委支持项目。高层次骨干人才队伍在全面推进气象现代化、气象防灾减灾和应对气候变化等各项业务服务科研工作中做出了积极贡献,发挥了示范引领效应。

各级气象部门不断规范岗位设置管理工作,因事设岗、人岗相适、以岗定规、岗变薪变等越来越成为共识。特别是《气象部门事业单位专业技术二级岗位管理办法（试行）》的出台，着力破解二级岗位制度实施的政策瓶颈，建立定常化评审机制，突出人才评价的品德能力贡献导向，实现人才高能高岗，进一步激发高层次人才创新创造发展活力。

相关的激励和鼓励政策也更加面向西部、面向基层倾斜。2013 年，在人力资源和社会保障部的大力支持下，中国气象局结合县级气象业务综合改革进展，在每个区县气象局设置一个综合气象业务高级专业技术岗位，为区县基层专业技术人员开辟了全新的职业上升通道。中国气象局还围绕艰苦地区基层台站人员招录、西部地区人才发展培养等出台一系列鼓励政策。

随着气象人才政策环境不断优化，气象人才队伍总体素质明显提高、人才结构明显改善。截至目前，气象部门人才资源总量达 7.7 万人。在国家编制人才队伍中，本科以上学历人才达到 77.6%，比 2012 年底增长了 14 个百分点；高级职称人员比 2012 年提高了 3.3 个百分点；具备大气科学相关专业背景的人才占比比 2012 年提高了 4.9 个百分点。目前，中国气象局有两院院士 9 人，正研级专家 755 人；"双百计划"专家 163 人，选拔气象青年英才 61 人。30 余人次入选国家级人才工程或项目；80 多位在职人员享受国务院政府特殊津贴，获得何梁何利科学进步奖、中国青年科技奖等表彰奖励；3 个重点领域创新团队获得国家科技计划支持或表彰。入选地方和领域人才工程的高层次专家累计 80 余人。

（来源：《中国气象报》2017 年 10 月 10 日，作者：李一鹏）

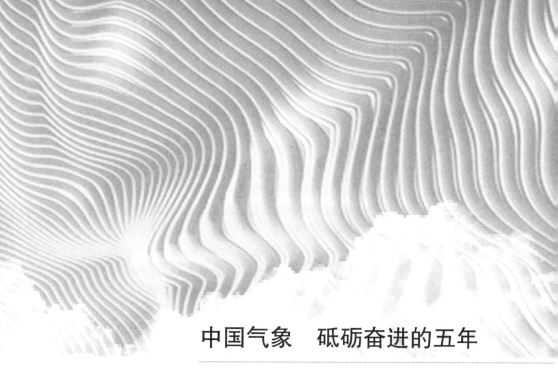

第十一章
为农服务

农业转型期的气象应答

——党的十八大以来气象为农服务工作综述

重农固本，是安民之基。

党的十八大以来，农业现代化发展脚步不断加快。

我们听到，农业发展方式的转型升级对气象服务的迫切呼唤。

我们看到，气象部门勇于担当、敢于转型，在增强气象服务农业现代化、保障国家粮食安全和重要农产品供给能力的征程中，交出农业转型期的满意答卷。

国家顶层设计呼唤政策落地——

紧跟变革发展之势，实招落地凸显实效

白红霞清楚地记得，2015 年 3 月 20 日那天下了场喜人的春雨。

白红霞是河南省漯河市新店镇农业技术推广区域站的一名农业技术信息员。那天上午，她举着话筒，向前来考察的国务院副总理汪洋介绍现代农业气象服务平台。"作为高标准粮田土肥水气一体化物联网系统的重要组成部分，现代农业气象服务平台能整合实时的农田监测数据，制作有针对性的精细化农业气象服务产品，再通过多种方式送到农户手中。"

当天，全国春季农业生产暨森林草原防火工作会议在漯河市召开。汪洋在会议上指出，要继续加强气象能力建设，完善服务机制，特别要适应农业转方式、调结构的新要求，在做好普适型气象服务的同时，积极提供个性化、

多样化和专业化服务。要提高关键农时异常天气、气象灾害监测预警的精确化水平，强化面向新型经营主体、农业全生产链的直通式气象服务。

转变，已成大势。

这是"三农"领域深刻变革的五年，是农业发展对气象服务需求不断变化的五年。

紧跟发展之势，指导全国"三农"工作的中央一号文件持续强调加大气象为农服务投入力度，对气象服务提出的要求亦更加明确——

2013年，"加快推进农村气象信息服务和人工影响天气工作体系与能力建设，提高农业气象服务和农村气象灾害防御水平"。

2014年，"完善农村基层气象防灾减灾组织体系，开展面向新型农业经营主体的直通式气象服务"。

2015年，"创新气象为农服务机制，推动融入农业社会化服务体系"。

2016年，"加强气象为农服务体系建设，大力发展智慧气象和农业遥感技术应用，探索开展天气指数保险试点"。

乘势而起，顺势而为。中国气象局狠抓对中央一号文件的落实工作，围绕国家"三农"工作重点，在优化体制机制上不断发力，创新气象支农惠农手段、完善农业气象服务体系和农村气象灾害防御体系（简称气象为农服务"两个体系"）建设长效机制、健全全国农业气象业务体系等重要决策部署，勾勒出气象为农服务发展的清晰路径。

坐而谋，起而行。砥砺实干中，一系列气象为农服务举措落地有声。

五年间，气象部门以应对气候变化、护航粮食安全为己任，两次发布《气候变化对中国农业影响评估报告》蓝皮书，打造以保障粮食安全为主的关键农事季节全过程专题气象服务，为粮食生产、经营及供销调度、储运、贸易等工作提供科学参考。

　　五年间，气象部门不断推动深化部门合作，建立由气象、农林、水利、植保等领域专家组成的农业气象专家联盟，推动部门间建立及时有效的信息交换网络系统和数据产品共享专线；实现与基层供销社服务组织和资源的对接融合，将农副产品经营企业、乡镇基层社、农民合作社等新型农业经营主体纳入气象部门直通式服务对象，推动服务提质增效。

　　五年间，气象部门积极服务特色农产品优势区建设，与农业部联合推进"一省为主、多省参与、部省联动"的特色农业气象服务中心创建工作，逐步建立分品种分区域的特色农业气象服务网络，实现特色农业气象服务集约化、标准化和品牌化。

　　实招落地，得见实效——

　　截至 2016 年，全国建成 123 个标准化现代农业气象服务县和 1009 个标准化气象灾害防御乡镇。

　　2011 年起，全国公众气象服务满意度连续保持 85 分以上，其中 2016 年农村公众对气象服务满意度达 88.9 分。

　　近五年，全国粮食总产量预报准确率稳定在 99.9% 以上，省级粮食总产量预报准确性评分达 98.1 分。

新型农业结构呼唤纵深服务——
多部门"合奏"，丰富"两个体系"内涵

　　深入广袤田野，才能真正感受到直通式气象服务的"人气"。

　　在吉林省榆树市，田丰机械种植专业合作联合社负责人陈卓和市气象局农业气象服务科科长徐丽萍是老朋友。"预警信息发布平台里有我的联系方式，出现不利天气时，我会第一时间收到提醒。"陈卓说。在河北省围场县，

马铃薯产业联盟董事长丁明亚和县气象局局长朱国良是"铁哥们儿"。"种植园里有专门的观测站，气象数据都会实时传给我。"丁明亚说。在贵州省六盘水市，米箩乡红心猕猴桃产业园区负责人辜永龙和市气象局高级工程师池再香走得很近。"气象局专门开发的溃疡病防治系统，能提前一两个月就发出预警，给我们预留了充分的防治时间。"辜永龙说。

在新一轮农村综合改革浪潮中，新型农业经营主体不断涌现。这些新型农业经营主体经营规模大，单产水平高，受灾害影响损失更大，对气象信息和防灾减灾技术措施的需求更加迫切。2014年中央一号文件明确要求开展面向新型农业经营主体的直通式气象服务。

随后，中国气象局和农业部联合，面向新型农业经营主体、直奔田间地头的直通式气象服务全面铺开——农业气象服务产品从"普适性"向"个性化"转变，服务提供方式从"普发型"向"直通式"转变，服务语言也从生涩的"术语"变成了亲切的"乡音"。目前，98.2万个新型农业经营主体享受着"点对点"的直通式气象服务，智慧农业气象终端注册用户近240万。

直通式气象服务得以"开枝散叶"，离不开日益完善的气象为农服务"两个体系"沃土。

五年来，气象为农服务"两个体系"建设内涵不断丰富：

2013年，着力开展标准化气象为农服务县（市、区）和乡（镇）创建。

2014年，以中央财政带动地方财政共同投入，强化气象为农服务长效机制建设和直通式气象服务，打造标准化气象为农服务县（市、区）和乡（镇），持续推进基层气象服务均等化。

2015年，创新气象为农服务机制，推进气象为农服务融入农业社会化服务体系，服务农业现代化和新农村建设。

2016年，创新气象为农服务有效供给模式、发展责权清晰和智慧高效的气象为农服务体系、增强气象保障精准扶贫服务能力成为工作主线。

五年来，气象为农服务"两个体系"建设写出亮眼成绩单：

如今，我国农村气象灾害监测、预警信息发布能力显著增强，横向到边、纵向到底的农村气象灾害防御体系基本建立。截至2016年底，全国农村建成5.7万个区域自动气象站，乡镇覆盖率达95.9%；组织完成全国所有区县气象灾害风险普查，组织完成全国三分之一以上中小河流洪水、山洪风险区划图谱的编制和应用；2167个县成立气象防灾减灾或气象为农服务机构，2018个县出台气象灾害防御规划。

如今，我国农业气象服务业务体系日趋健全，服务水平稳步提高。截至2016年底，我国建成以653个农业气象观测站、2175个自动土壤水分观测站、1895个农田小气候观测站等组成的现代农业气象观测网；气象服务融入高标准粮田建设，建成农业气象示范田1312块，农业气象防灾减灾技术示范推广面积近5000万亩（1亩≈666.67平方米）；特色农业气象服务发展如火如荼，10个省份按区域或作物成立28个农业气象分中心。

气象为农服务"两个体系"建设是多部门的"合奏"。中国气象局与农业部联合发布农业病虫害灾害预报、农业干旱监测和预报，与国土资源部联合发文推进地质灾害气象预报预警，与国家林业局联合开展森林火险气象等级预报和可视会商；各省（自治区、直辖市）气象局与民政、妇联、公安、供销等部门合作共建气象信息员队伍，各级政府主办、气象部门承办、涉农部门协办的农村经济信息网覆盖31个省的270多个市（区）和1300多个县……在部门联动中，气象为农服务"两个体系"不断发展壮大。

可以看到，一张覆盖全国的农村气象监测、预报和信息服务体系网络已然形成，气象为农服务"两个体系"正逐步成为气象服务向基层延伸的重要途径。

现代农业发展呼唤科技支撑——
集众家"技术"所长，精准治愈农户"痛点"

如今，农业生产早已告别"面朝黄土背朝天"的被动局面，高科技成为发展的新支撑，气象科技的硕果已惠及全国。

在江西，满足现代农业发展需求，需要农业气象业务、服务、管理等全过程具备自我感知、判断、分析、选择、行动、创新和自适应能力。当地气象部门研发的"江西微农"，可自动匹配不同地域的农户与管理者，精细化和指向性服务不是难事，利用大数据分类管理技术，服务更能精准治愈农户"痛点"。

在安徽，气象部门建立了"锄禾网络社区"，以农业气象物联网技术为支撑研发手机软件"惠农气象"。

在福建，气象部门利用物联网、无线通信和软件等技术，向农户提供大棚内外监测信息查询、气象预报预警、农业生产建议及智能大棚远程控制等服务。

在重庆，市气象局研发了农业气象精细化智能服务平台，搭建农业气象业务工作子系统、智能服务网站、"掌上通"子系统及业务监控系统……

对于科技型部门而言，围绕"技术"这一"看家本领"精耕细作，气象为农服务的土壤才能更肥沃。五年来，气象科技元素已融入农业生产各个环节：

各项农事活动期间，依靠气象为农服务格点化预报与实时订正，通过充分利用基于物联网的农业气象自动化观测、基于精细化数值天气预报产品的格点化预报、基于作物模型与遥感融合等的定量化评估等技术，气象部门为农业生产者提供农业气象条件监测预报信息以及农业气象灾害监测评估预警信息服务。

在应对气候变化调整产业结构方面，气象部门依托高分辨率卫星遥感和雷达探测资料开展分析，完成精细化农业气候区划和农业气象灾害风险区划7205项。

在病虫害防治工作中，气象工作者跨部门开展联合研究，明确危害大宗农作物的主要病虫害种类及危害程度等级指标，为农业部门制定病虫害防治规划、农业结构调整、作物布局等提供决策服务。

在农业气象适用技术应用上，气象部门与农业部门建立有效的合作机制，因地制宜开展技术研发和示范推广。

气象为农服务中环环紧扣的贴心服务，无不反映着"打铁还需自身硬"这一理念。如今，由气象部门组织研发的农业气象灾害格点化影响预报与风险预警技术已实现业务应用，作物长势与估产、农业气象灾害与病虫害遥感监测精度不断提升；编制修订38项全国性农业气象技术标准和业务规范，制定5548个地方农业气象指标，研发推广60多项农业气象适用技术。

透视这一系列科技创新背后的支撑力量，是气象、农业等部门组织专家设计与推广应用。各高校参与研发，涉农国内外专家联盟担任"智囊团"，行业与高校的精髓与技术，在气象为农服务领域形成合力，共同提高服务能力。

（来源：《中国气象报》，2017年9月28日，

作者：牛彦元　赖敏　张宏伟　赖栩雯）

精准发力　步履铿锵奔小康

——党的十八大以来气象助力脱贫攻坚工作综述

党的十八大以来，以习近平同志为核心的党中央作出到 2020 年现行标准下农村贫困人口实现脱贫、让中国人民共同迈入小康社会的庄严承诺，把脱贫攻坚摆到治国理政突出位置，打响了一场脱贫攻坚战，迎来了历史性的跨越和巨变。

在这场攻坚战中，气象部门实打实干、全力攻坚，用科技的力量为贫困地区守住致贫返贫的底线、全力融入精准脱贫发展方略，用责任和担当履行着这项光荣的政治使命。

稳固根基　健全气象为农服务"两个体系"
——减少自然灾害在脱贫攻坚中的不确定因素

中国是世界上自然灾害最严重的国家之一，而我国的一些贫困地区，特别是深度贫困地区，又多为生态环境脆弱、自然灾害频发区。除地震外，旱灾、洪涝、风灾、雪灾、寒潮、沙尘暴、病虫害和泥石流、滑坡、崩塌以及水土流失、土地沙漠化等气象及其次生、衍生灾害是主要的自然灾害，因灾致贫、因灾返贫，犹如利剑悬在贫困地区政府和民众心头，给脱贫攻坚成果带来不确定性。

"加强贫困地区农村气象为农服务体系和灾害防御体系建设。"这是《中共中央国务院关于打赢脱贫攻坚战的决定》对气象部门提出的明确要求。

围绕中央部署，中国气象局党组强化气象助力精准扶贫的顶层设计，成立扶贫开发领导小组，制定《中国气象局关于打赢脱贫攻坚战气象保障行动计划（2016—2020 年）》，明确构建乡镇全覆盖的气象灾害监测网、构建行政村全覆盖的气象预警信息发布与响应体系、提升贫困地区人工影响天气作业能力、开展贫困地区清洁能源开发利用气象服务、推进贫困地区智慧农业气象服务等八项重点任务，成为指导气象助力脱贫攻坚的纲领性文件。国家扶贫开发工作重点县和连片特困地区县所在的 22 个省（自治区、直辖市）气象局建立相应领导机制，结合本地实际，编制并扎实推进本省（自治区、直辖市）气象扶贫重点任务实施方案。在各项部署中，贫困地区防灾减灾都是基础中的基础。

精准脱贫中的防灾减灾，贵在摸清底子，更需踏实勤干。2015 年，中国气象局对全国贫困县气候资源和气象灾害进行普查和评价，用权威的气象数据和方法全面分析全国贫困地区气候概况及气象灾害情况，提出气象防灾减灾及气候资源开发利用建议。2016 年，中央财政"三农"服务专项在国家级贫困县开展建设，2017 年实现"三农"服务专项在国家级贫困县全覆盖，投入资金占中央资金总投资的 70%。贫困地区气象防灾减灾标准化建设和智慧农业气象服务系统建设不断强化，气象为农服务体制机制不断创新，突发事件预警信息发布系统向基层延伸，贫困地区气象为农服务的针对性、有效性及精细化水平进一步提升。

贫困地区气象灾害监测预报能力不断强化。截至 2016 年，国家级贫困县共建成各类区域气象站 18 958 个，分布在 11 326 个乡镇，乡镇覆盖率达89.2%；全部完成中小河流洪水、山洪地质灾害风险普查，50.9% 完成中小河流洪水、山洪气象灾害风险区划图谱编制；加强贫困地区灾害性天气监测预警核心技术研究，中小尺度灾害性天气和局地小气候的监测预报能力大大提升。

贫困地区气象预警信息发布与响应体系逐步完善。气象信息服务站覆盖90%的贫困县乡镇；92.3%的国家级贫困县成立以政府分管领导为组长的气象为农服务领导小组或气象防灾减灾领导小组；15.8万个行政村配备了24万名气象信息员，覆盖99.5%的行政村。2017年，中国气象局与国务院扶贫办联合推动贫困地区气象信息服务工作，对发挥驻村扶贫干部在基层气象防灾减灾中的作用、构建适合贫困地区特点的预警信息发布网络等提出要求。

在贫困地区智慧农业气象服务深入人心。国家级贫困县所在的22个省（自治区、直辖市）气象局均研发、引进或完善智慧农业气象平台、手机软件、微信等智能服务终端；各贫困县积极开展面向生产一线的直通式气象服务，将11.5万新型农业经营主体纳入服务对象；气象监测到乡镇、预报到村、预警到户、服务到产业等各具特色的气象服务在基层遍地开花。

此外，人工影响天气被摆到突出位置。气象部门加大对贫困地区人工影响天气作业力度；加快西北区域人工影响天气工程立项进程；按照贫困地区特色产业发展布局，优化冰雹多发地区地面作业装备布局、更新地面作业装备；加强人工影响天气对口援藏工作，作业能力不断增强。

一系列有针对性的部署，对基础设施相对较差、防灾减灾能力薄弱、人才匮乏的贫困地区带来了新的发展契机，能力的提升更带来令人欣喜的民生"成绩单"。

仅2016年，宁夏在5月成功组织硒砂瓜霜冻预警服务，及时停止破膜放苗，减少经济损失1.2亿元。8月，贺兰山发生特大暴雨，引发超50年一遇的特大洪水，气象部门及时、准确的监测预警和决策服务，为自治区政府组织抢险救灾提供有力支撑，实现大灾面前人员"零伤亡"。

甘肃省气象部门在祁连山区实施人工增雨（雪）体系工程项目，科学利用空中水资源大幅提高河西地区降水效率。平凉、天水分期增建多个标准人工作业点，构建高炮防雹增雨三层防线，人工影响天气作业保护粮食作物投入产出比达 1:415，苹果投入产出比达 1:4150。

在定点帮扶的内蒙古突泉县，中国气象局编制助力精准扶贫工作方案，成立专家技术组，加大投入力度，通过创新工作机制、建立不同农业生产经营的贫困户数据库，以设施农业、大田农业、风能太阳能开发、人工增雨防雹、气象灾害防御等为服务重点，累计帮扶 396 户 775 人。

融入发展　寻找优势资源形成特色产业
——用独特气象科技优势创造致富新契机

脱贫攻坚，归根到底是发展问题，即寻找贫困县自身资源优势，针对性大力发展特色产业，把绿水青山、雪原冰山转化为金山银山。根据《全国贫困县气候资源及气象灾害特点分析》，尽管贫困地区是气象灾害多发地区，却也是气候资源丰富、开发潜力大的地区。气象部门也正在寻找资源优势，塑造特色产业的新发展中，不断适应服务端新需求，推进供给侧服务的优化。

推进产业扶贫需因地制宜合理确定产业发展方向、重点和规模，中国气象局从全国层面组织了贫困地区清洁能源开发利用气象服务，推进太阳能、风能资源丰富地区精细化到行政村的普查和开发利用评估；开展旅游气候资源区划和评价，开展负氧离子含量等旅游资源调研，建立对全国自然资源的整体认知，提升太阳能评估、风电场风速和风电功率短临预报水平。

在各地，气象部门更是主动融入，用科技在扶植特色产业发展中大施拳脚。

在中国第一水果大省陕西省，全省果业基地县和主产县农民 80% 以上收入来自果业，种植果树成为陕西农民增收脱贫的重要途径。省气象局编写关于陕北优质苹果种植区可适当北扩的决策建议材料，促成全省苹果新增面积达到300万亩（1亩≈666.67平方米），推动40多家果品企业和合作社认证，平均提升15%附加值。气象部门还推广了农业适用技术超过200万亩；应用干旱防御技术，提高果园30%左右的水分利用效率；苹果花期冻害防御适用技术则促使苹果园每亩减少80元以上的经济损失。

在干旱半干旱区占全省面积76%的甘肃定西，气象部门提出将马铃薯播期推迟20~30天的精细化播种方案，并逐年开展适播期预报服务，大幅提高了产量和品质。粗略统计，平均每亩增产93公斤，年增收1.55亿元。永登县气象局与县农业技术推广中心通过农业气象大数据融合分析，让永登娃娃菜打破了气候条件造成的只能一年一茬的制约。

在气候资源和旅游资源相对优质的安徽省，气象部门重点实施特色农产品气候品质评价与溯源服务，利用科学规范的信息为农产品贴上气象标签。具备气候品质评价的泾县"绿环兰香"绿茶、南陵"徽王蓝莓"系列产品销量同比增长近20%；可溯源的"多岛湖大闸蟹"线上线下销售3000多单，累计超过1万斤（1斤=0.5公斤）。省气象局与省旅游局联袂打造"爱上农家乐"平台，针对贫困乡村挖掘特色旅游资源和气候资源，开展了线下扶持、线上推介等服务，并把随身气象服务植入到乡村游体验的全过程。

贵州全省大部分地区气候温和，冬无严寒，夏无酷暑，四季分明，非常适宜居住生活。贵州气象部门结合各地特有的避暑气候资源优势，成功论证与打造了"中国避暑天堂——贵州"的"金字招牌"。贵州各地着力打造以特色文化、避暑休闲度假、山地户外体育旅游为重点的国内优秀旅游目的地，推动贵州旅游产业的大突破、大发展。另外，贵州省西部、中部及西南部局部地区、南部局部地区具有较为丰富的风能资源储量，截至2016年，全省气象部门已为50多个风电项目进行了气候资源评估，太阳能资源评估同样收获很大。六盘水市盘县就属于太阳能资源富集区，滑石乡岩脚村成了全省首个开展分布式光伏发电项目试点村，全村家家户户屋顶均安装上了太阳能板，用电不花钱还能赚钱。

国务院扶贫领导小组办公室主任刘永富表示，中国气象局主动利用行业资源参与扶贫开发工作，积极推动农村气象灾害防御体系和农业气象服务体系建设，成效显著。气象部门提供的数据资源权威度高、科学性强，为扶贫工作提供了重要的技术和决策支撑。

随着脱贫攻坚的不断推进，深度贫困地区脱贫攻坚是这场硬仗中的硬仗。从结构上看，现有贫困地区和人口大都是环境差、基础弱、程度深，是越来越难啃的"硬骨头"。深度贫困的主要成因，也与生存条件恶劣、自然灾害多发、生态环境脆弱等有关。中国气象局将搭建智慧气象服务平台，努力推动贫困地区面向各行业气象服务的多元、精准发展；结合各行各业扶贫开发规划、意见与工程，突出精准应用，对功能区内的天气气候共性问题进行预研预判，集中攻克气象与可持续减贫相关的核心关键科技瓶颈难题。

（来源：《中国气象报》，2017年10月17日，

作者：李一鹏　黄文燕　赖栩雯）

为脱贫攻坚注入气象"智慧"

近两年，有了气象决策服务作为科学支撑，陕西贫困地区苹果种植面积增加了 300 万亩（1 亩 ≈ 666.67 平方米），根据气候资源区划精准安装的新型防霜风机，成为防御严重制约产业发展的春季晚霜冻的最优方法；2017 年上半年，安徽省气象局的"聚农 e 购"平台将气象信息延伸至农产品品牌化销售、乡村旅游等领域，带动农产品销售额达 1.6 亿元……类似"发挥气象部门优势帮助贫困地区趋利避害、减灾增收"事例，不断在全国多地涌现，业已成为落实中国气象局打赢脱贫攻坚战气象保障行动计划的重要举措之一。

我国的贫困地区多是生态环境脆弱、自然灾害频发地区，因灾致贫、因灾返贫、因灾积贫等现象时有发生。不过，不少贫困地区的太阳能、风能和农业气候资源较为丰富，具备发展特色产业的资源禀赋。围绕这一实际，中国气象局积极落实中央部署，强化顶层设计，成立扶贫开发领导小组，印发《中国气象局关于打赢脱贫攻坚战气象保障行动计划（2016—2020 年）》，明确"到 2020 年，贫困地区农村气象灾害防御体系和农业气象服务体系基本建成，贫困地区气象灾害监测预警与联动响应、人工影响天气、清洁能源开发、农业气象和旅游气象等服务能力明显增强"的总目标，部署构建乡镇全覆盖的气象灾害监测网、构建行政村全覆盖的气象预警信息发布与响应体系、提升贫困地区人工影响天气作业能力、开展贫困地区清洁能源开发利用气象服务、推进贫困地区智慧农业气象服务等八项重点任务。各地气象部门建立相应领导机制，结合本地实际编制气象扶贫重点任务实施方案，并扎实推进。

依托"三农"服务专项资金，中国气象局支持二百多个扶贫县开展有关农业气象服务体系和农村灾害防御体系建设，强化贫困地区气象灾害监测预报能力，健全贫困地区气象预警信息发布与响应体系，提升贫困地区人工影响天气作业能力；与国务院扶贫办联手推进贫困地区气象信息服务工作，发挥驻村扶贫干部在基层气象防灾减灾中的作用、构建适合贫困地区特点的预警信息发布网络。目前，新一代天气雷达观测范围覆盖 460 个贫困县，所有贫困县全部完成中小河流洪水、山洪气象灾害风险区划图编制，287 个贫困县开展气象灾害风险预警服务业务。

另一方面，气象部门改进太阳能资源计算方法，提高太阳能资源计算结果精细化程度，太阳能评估水平分辨率提高到 10 公里；对贵州太阳能资源及其分布进行精细化评估；开发面向光伏电站的太阳能资源评估软件。在风电领域，风电场风速和风电功率短时临近预报的业务化服务使全国近百家风电场受惠。

在国家级贫困县所在的 22 个省（自治区、直辖市）气象局强化智慧农业气象服务平台建设，开展面向生产一线的直通式特色气象服务。在甘肃永定和定西，气象部门推广了马铃薯晚播技术和娃娃菜错季播种技术，使这两类农产品每亩分别增产 93 公斤和 1000 公斤；在宁夏，当地形成了监测到乡镇、预报到村、预警到户、服务到产业的"闽宁气象扶贫模式"；在安徽，"聚农 e 购"平台帮助太湖县贫困户将滞销的生姜卖出了 1 万公斤；在石台县矶滩乡矶滩村，贫困户生产的山珍卖出 300 万元……

截至 2016 年底，国家级贫困县自动气象站乡镇覆盖率达 89.2%，气象信息服务站覆盖 90% 的乡镇，气象信息员覆盖 99.5% 的行政村，贫困地区人工影响天气作业能力、发展特色产业气象支撑水平、风能太阳能探测预报能力得到提升。2017 年上半年，中国气象局已实现"三农"服务专项在国家级贫困县"全覆盖"。

　　中国气象局在定点帮扶单位内蒙古突泉县也倾注了大量心力。中国气象局编制有关健全当地气象为农服务体系的精准扶贫工作方案，通过创新工作机制、建立针对不同农业生产经营领域的贫困户数据库，以设施农业、大田农业、风能太阳能开发、人工增雨防雹、气象灾害防御等为服务重点，累计帮扶 396 户 775 人。

　　随着脱贫攻坚不断深入，破解深度贫困成为坚中之坚。中国气象局将继续加大对深度贫困地区的支持和倾斜力度，进一步提升深度贫困地区气象防灾减灾能力，发挥气象在区域发展、产业扶贫、内生动力培育等方面的独特优势，保障深度贫困地区和贫困群众同全国人民一道进入全面小康社会。

　　（来源：《中国气象报》，2017 年 8 月 22 日，作者：李一鹏 王兵）

气象局：我国建设"百县千乡"气象为农服务示范区

中国气象局6日启动了"百县千乡"气象为农服务示范区创建工作，在2至3年的时间里，建设100个左右的现代农业气象服务示范县和1000个左右的气象灾害防御示范乡（镇）。

按照工作方案，现代农业气象服务示范县应处于国家、省、市现代农业示范区，或农业部优势农产品区域布局规划、新一轮"菜篮子"工程规划和特色农产品区域布局规划确定的范围内；气象灾害防御示范乡（镇）应处于台风、暴雨洪涝、雷电以及暴雨诱发的山洪、地质灾害等高发重发区。

中国气象局要求，现代农业气象服务示范县要设置农业气象服务岗位，有2名以上相对固定的专职农业气象服务人员，其中至少1人为农业气象专业或经过省级及以上气象部门组织的农业气象专业培训并获合格证。气象灾害防御示范乡（镇）至少有1名气象协理员，所辖各村至少有1名气象信息员，各农业园区或农业专业生产企业、各学校、医院等重点单位至少有1名气象联络员，建立完善气象灾害预警信息发布与传播机制，通过广播、电视、互联网、手机短信等各种手段第一时间无偿向社会公众发布气象灾害预警信息。

据悉，本次创建将采取动态管理原则，以5年为一个周期进行考核。对考核不合格的示范区，将撤销其"现代农业气象服务示范县"或"气象灾害防御示范乡（镇）"称号。

（来源：新华社，2013年5月6日，作者：钱成 林晖）

气象科技嵌入农业物联网惠农便民

自从安装上农业物联网，通过气象要素感知元件，安徽省宣城市养贤乡仁义村养虾能手姚成合可轻松获得水温、水位、溶解氧浓度和 pH 值等数据。9月23日，记者从安徽、天津农业部门了解到，在"农业物联网区域试验工程"建设一年多以来，当地气象部门利用专业优势，在软硬件建设上帮了大忙。

农业物联网是指在大棚控制系统中，运用物联网系统传感设备，采集农业生产信息，实现对农作物生长环境的远程控制。2013年，农业部在安徽、天津、上海3省（直辖市）实施农业物联网区域试验工程。"天津、安徽分别作为设施农业、水产养殖和大田生产物联网试验区，物联网建设与气象关系密切。当地气象部门也开展了一系列服务。"中国气象局应急减灾与公共服务司公共服务处副处长张迪表示。

目前，天津已建成国内首家省级农业物联网综合应用平台。市气象局为之搭建一系列系统，包括日光温室气象监测与灾害预警平台、设施农业生产环境实时监测与智能调控系统、温室揭帘时间预报模式等。它们能实时监测温室内外气温、湿度、光照等多个要素，自动报警，还能通过计算为农户提供更加合理的温室揭、盖帘时间。

在安徽，省气象局已与20多个农业物联网示范点进行对接并开展应用服务，通过农业物联网平台为水果、蔬菜、水产、畜牧等行业提供服务。安徽省农村综合经济信息中心副主任程文杰说，目前，安徽农业物联网还处于示范阶段，主要服务于农产品的生产领域。今后将在综合服务平台中融入更多气象数据，加强对物联网示范点农业气象数据的加工分析和服务。

　　针对农业专用传感器精度、实用性较低问题，农业部市场与经济信息司司长张合成说，农业物联网项目要以测得出、传得快、算得灵、用得好为建设标准，重点在功能设计、核心技术、推进机制等方面求突破。

　　中国华云气象集团生产的作物环境感应器在日前举办的全国农业物联网成果观摩交流活动中受到关注。该公司民品事业部经理郭晋川表示："这些产品经过标定，精度可信，且较专业气象监测设备便宜，农户更容易接受。下一步，我们将在丰富监测要素的基础上试图改变环境中的气象要素含量。"

　　据了解，目前已有 8 个省份启动实施了农业物联网应用示范工程项目。在设施农业、小麦"四情（苗情、墒情、病虫情、灾情）"监测、大田精准农业、畜牧水产养殖中，气象科技正在发挥重要作用。

　　（来源：《中国气象报》，2014 年 9 月 25 日，作者：张格苗　王兵　张妍）

气象服务直通田间地头

对农民来说，"靠天吃饭"是句亘古不变的老话。如今，在气象部门的帮助下，"揣摩"老天爷的脸色，号农事的脉搏不再是无法企及的难事了。

记者日前在河北邯郸、邢台等多地走访中感受到，将气象为农服务直通到田间地头，地、县气象部门发挥着巨大的作用。

找对"中间人"服务更贴心

"以前开春时费很大劲养个苗儿，结果一遇到寒潮就冻死了。今年多亏有了'土教授'提醒咱早准备，啥事儿也没有！"一见到记者，河北省邯郸市永年县后当头村的农民冀凤江很快打开了话匣子。

他是当地的一名种菜大户，而他口中的"土教授"则是永年县有名的蔬菜专家刘云峰。从2015年起，受永年县气象局邀请，刘云峰兼职成了一名气象信息服务员。

"前些年刘老师主要给我们培训种菜技巧，讲讲农药化肥知识。今年起，他开始给我们不定期发短信提醒天气农时，还特意在课上提到了种植西红柿、辣椒和茄子的气象要点。"冀凤江说，"今年2月初，本来我们村几个大户想在10号以后种上西红柿，刘老师就特意打电话过来，说下周预报要降温，最好抢先种。我们一听，赶忙提前进了棚。后来果然来了寒潮。我们的西红柿比别人的提前上了市，一亩（1亩≈666.67平方米）多挣了1000元！"

这种"气象局＋'土'专家"的为农服务模式是永年县的一大特色。"前些年我们开展气象为农服务时发现，简单地预报天气天时不能引起农民足够的重视，服务有距离，农民也不信任。"邯郸市永年县气象局局长郭江宁告诉记者，反而是像刘云峰这样的本地专家在种养大户中更有威信和传播力，因此，2014年冬，县气象局找到了刘云峰，合作成立了"云峰气象信息服务站"，建立"蔬菜种植带头人"气象服务短信发布平台，为当地农户提供与蔬菜种植密切相关的气象信息。此外，各村也设置了相应的兼职气象信息员，以此互为补充。

"有了这些'中间人'，农民和我们气象部门的距离一下子拉近了。"邯郸市气象局局长郭树军说。

"互联网+气象"助力服务更精准

8月，在河北省邢台市临城县，漫山遍野的绿核桃挂满枝头。"亏得有又快又准的气象预报，让我们的核桃躲过了7月的高温。要是没防护被晒伤，果子上就要有难看的黑斑了。"核桃种植大户、绿岭果业有限公司技术总监陈利英边说边向记者展示了她的"法宝"——手机里的一款应用软件"核桃气象"。

其中最新的一条资讯显示："今天27 ℃，多云，北风1级，空气质量为轻度污染。目前核桃正处于成熟前期、采收初期，请注意预防夏季日灼。"此外，还包括气象灾害预警、农业气象服务等信息。

"核桃很娇气，对于气象条件的要求非常高，一遇到气象灾害，产量有时会下降一半，甚至绝收！核桃每斤（1斤＝0.5公斤）20元，本部基地年产量就有80万斤，如果算上其他基地总共20万亩的产能，损失可能会是上亿元。"陈利英说。

由此，邢台市政府把针对核桃的气象精准服务放到了保驾一方经济的重要位置。据邢台市气象局局长赵黎明介绍，近年来，邢台市气象局联合河北省气象局、省质量技术监督局、邢台市科技局，共同建立"邢台西部山区核桃冻害预警评估系统"，并专门开发了智能手机软件"核桃气象"。目前，该系统已在邢台市气象局及内丘县、沙河市、临城县气象局投入试运行，服务范围覆盖 4 个核桃种植县（市）的农户，2 个以核桃生产为支柱产业的农业产业公司。

　　然而，精准服务的手机软件并非独此一份。在邯郸市永年县，气象部门与中国农科院环发所合作，引进了"设施农业气象信息智能化服务系统"，在不同类别的拱棚内安装终端系统，通过服务平台实时查看棚内的温湿度，菜农也可用手机软件查询棚内的实时温湿度。

人工增雨除雹守护一方农业

　　"砰砰砰"，炮声震耳欲聋。在邯郸市肥乡县南河马村气象信息服务站门口，一门高炮前，几名人工影响天气作业人员正在进行演练。当有利天气条件来临时，他们将及时开展人工增雨除雹。

　　当地农业合作社支部书记马国华告诉记者，气象部门 2013 年在这里建成了人工影响天气固定作业点，配备高炮、火箭和作业队伍，增强了农业生产抗御气象灾害的能力。

　　"我们这里尽是花卉和蔬菜种植大户，平时最怕下雹子。"说起冰雹的厉害，马国华心痛不已，"自从建了这个点，气象局一通知，咱们火箭弹瞅准时机就上了天，冰雹真的能变成及时雨。看到自家园子里没损失，气象部门对咱们好，农民这回体会真切了。"

　　"此外，人工增雨也是这里的重头。"郭树军介绍，邯郸地区近年来干旱严重，尤其 2015 年以来降水量明显不足。为此，仅南河马村这一个作业点，1 月以来就组织了 7 次人工增雨雪作业，极大地缓解了旱情。

　　"像肥乡县这样的作业点，我们省还有 233 个，覆盖了七成以上的县城。"河北省气象局局长宋善允说，"作为农业大省，河北每年气象灾害损失中农业损失占 70%，因此，我们的为农气象服务更要创新方法，做深做实。要做好农民的'贴心人'，考验的正是县乡气象工作者的细心、耐心和真心。"

　　（来源：《光明日报》，2015 年 9 月 15 日，作者：杨舒）

气象为农服务社会化试点成效初显
政府购买服务有清单　社会力量踊跃参与

2015 年 12 月 9 日，记者从基层气象为农服务社会化发展试点交流研讨会上了解到，这一年里，河北、辽宁、浙江、安徽、江西、河南、湖北、陕西等 8 省 73 个县在探索气象为农服务社会化发展试点工作方面成效初显。中国气象局副局长矫梅燕要求，各试点要理清思路，更加明确气象部门在基层气象为农服务社会化发展中的功能与定位，进一步总结与梳理为农服务社会化的路径与模式。

中国气象局于 2015 年年初将基层气象为农服务社会化发展试点延伸至 8 个省 73 个县。各试点积极探索通过政府购买气象为农服务或共享数据资源等方式，充分调动社会力量参与气象服务积极性。

辽宁、浙江、安徽、河南、湖北、陕西等 6 省已将农业气象信息服务、人工影响天气等纳入政府购买服务目录。目前，全国已有 192 个县将气象为农服务工作纳入政府购买服务指导性目录。42 家国有气象企业、165 家社会企业及 235 家社会组织已成为气象为农服务的社会力量，128 万农户受益其中。

在试点过程中，各地都取得积极进展。浙江气象部门通过理清气象为农服务责任清单、职能转移清单、政府购买服务目录清单和气象为农服务产品清单，气象部门的政府责任和服务职能转移范围更加清晰。借助"互联网 +"思维，安徽气象部门构建"锄禾网络社区"，依托专家团队面向服务对象开展互动式交流服务，形成气象为农服务"众包"模式；以全面融入高标准粮田建设为契机，河南基层气象为农服务人才和资金不足的难题正逐步破解。

矫梅燕指出，各地的探索与尝试在一定程度上代表了气象为农服务社会化发展的方向，值得借鉴与推广。她强调，要进一步理清思路，明确气象部门自身在气象为农服务社会化发展中的功能与定位，在发挥主体作用的同时，强化对社会力量的支撑和保障，在创新制度安排、组织模式、运行机制等方面下功夫；要结合试点成效，进一步梳理气象为农服务社会化的路径与模式，总结出可推广的经验与做法，同时广泛向开展气象为农服务的社会力量开门取经，增强主动性，促进气象为农服务社会化取得长效发展。

（来源：《中国气象报》，2015年12月11日，作者：贾静浙 崔国辉）

打赢脱贫攻坚战　气象保障行动计划提出贫困地区 2020 年基本建成为农服务"两个体系"

2016 年 4 月 27 日，中国气象局出台《打赢脱贫攻坚战气象保障行动计划（2016—2020 年）》，对今后五年切实做好打赢脱贫攻坚战气象保障工作作出明确部署，切实发挥气象服务在贫困地区脱贫摘帽过程中"趋利避害、减灾增收"的独特作用。

这一行动计划提出，到 2020 年，基本建成贫困地区农村气象灾害防御体系和农业气象服务体系，贫困地区气象灾害监测预警与联动响应、人工影响天气、清洁能源开发、农业气象、旅游气象和气象防灾减灾信息等服务能力明显增强，为消除贫困、改善民生、实现共同富裕等提供强有力的支撑保障。面向贫困地区开展的打赢脱贫攻坚战气象保障行动，将按照需求牵引、因地制宜、精准到村、落实到点的原则展开。

在现有农村监测站网基础上，今后五年，气象部门将按照实际需求增加贫困县气象灾害监测站网密度，到 2020 年，完成贫困县乡镇自动气象站全覆盖，实现中小尺度灾害性天气和局地小气候自动化观测。

同时，气象部门将扎实推进县、乡、村三级的基层气象防灾减灾组织管理体系以及横向到边、纵向到底的基层气象灾害应急预案体系建设，构建行政村全覆盖的气象预警信息发布与响应体系。

人工影响天气工作也将重点向贫困地区倾斜。除了加大对贫困地区飞机增雨作业支持力度，气象部门还将优化冰雹多发地区地面作业装备布局等，将贫困地区农业、生态、水源等保障区纳入区域人工影响天气建设保障范围。

针对我国 75% 贫困县太阳能或风能资源较为丰富这一现状，气象部门计划到 2020 年完成太阳能、风能资源丰富地区精细化到行政村的普查和开发利用评估，提供科学依据。基于移动互联网、大数据等技术的交互式、订单式的智慧气象服务将逐渐覆盖到贫困县。面向贫困地区的森林草原防火气象服务、旅游资源开发气象服务等力度也将加大。此外，中国气象局还继续扎实做好定点扶贫工作。

据悉，我国贫困地区多处于高原、山区和荒漠地区，干旱、暴雨洪涝、雷电、冰雹、大风等气象灾害多发重发，监测预报预警难度大，灾害破坏性强，因灾致贫、返贫、积贫的情况时有发生。同时，许多贫困地区太阳能、风能和农业气候资源丰富，为发展特色产业、脱贫致富提供了必要的资源禀赋。

（来源：《中国气象报》，2016 年 5 月 5 日，作者：贾静淅）

中国气象局与全国供销合作总社共推为农服务

2016 年 8 月 29 日，中国气象局与中华全国供销合作总社在京签署关于联合推进为农服务合作的协议。双方将在农业生产气象服务、农村气象信息服务、基层技术培训服务、政府购买服务等多方面开展合作，着力推动基层服务组织和资源的对接共享，充分实现融合发展。

中国气象局局长郑国光、中华全国供销合作总社理事会主任王侠出席合作协议签署仪式，并就推进双方资源共享、建立合作机制等交换意见。中国气象局副局长于新文与会。

根据协议，气象与供销两部门将推进基层服务组织和资源的对接融合，将供销系统新型农业经营主体纳入气象部门"直通式"服务对象。双方将通过依托供销合作社基层经营服务队伍共建气象信息员队伍、推进双方基层相关信息发布系统和服务平台的对接等方式，加强两部门在农业生产、农村流通和农业气象领域的信息合作。

共同推进政府购买服务也将是两部门合作重点。双方将共同支持具备条件的供销合作社出资企业、基层社承接政府购买气象为农服务项目，联手培育为农服务社会化力量。合作将以河北、黑龙江、浙江、山东、河南、广东、重庆、云南等省（直辖市）为试点先行展开，形成为农服务合作示范，并积极向全国推广。

郑国光指出，服务"三农"是党中央、国务院赋予供销系统和气象部门共同的任务，加强双方合作，是实现优势互补、互利共赢、更好地服务"三农"的内在需求。当前，气象为农服务工作正处于迎接新挑战、把握新机遇的关键时期，现代农业蓬勃发展对深化气象服务内涵提出新需求，农业生产经营方式和供给侧改革对创新气象服务方式提出新挑战，农村扶贫攻坚对提升气象服务精准有效性提出高要求，加强双方合作是气象为农服务实现创新发展、转型升级的有效途径。

郑国光表示，双方应坚持以需求为导向，在资源共享、服务联动、机制建设等方面深化为农服务合作。推进两部门基层服务组织和资源融合，共建、共享、共用农村信息服务站点和人员队伍，做好涉农服务信息深加工和联合发布，扩大服务覆盖面；推进两部门基层公共服务的协调联动，更好地发挥气象信息在农业规模生产经营和农业社会化服务中趋利避害的作用；创新为农服务机制，以服务社会化推动气象为农服务提供主体的多元化，实现持续发展。

王侠表示，此次合作是农业现代化发展和提升为农服务水平的需要，也是贯彻落实党中央、国务院关于"三农"的决策部署的需要。气象部门始终把为农服务放在气象服务的突出位置，具有多年为农服务基础和气象专业技术优势。供销部门是服务农民生产生活的生力军和综合平台，在服务"三农"中具有服务体系优势。双方在为农服务技术、资源和服务组织体系等方面有较大合作潜力。

王侠指出，通过此次合作，切实发挥两部门各自优势，真正带动基层供销与气象两部门的深度合作。双方应依托供销合作社基层服务网点等强化农业生产气象服务和农村气象信息服务，依托双方科研力量联合开展农业气象适用技术研发推广，依托供销合作社企业等承接政府购买气象为农服务。积极探索并积累合作经验，早日形成成熟的合作模式、加以推广，为加快推进农业现代化发展做出新的贡献。

在签署仪式前，王侠一行前往中国气象局公共气象服务中心、国家卫星气象中心、国家气象中心等业务单位，详细了解相关气象业务工作。

（来源：《中国气象报》，2016 年 8 月 30 日，作者：贾静浙 庄白羽）

中国气象局着力推进突泉精准扶贫工作

2016年9月1日，中国气象局印发《健全突泉县气象为农服务体系 助力精准扶贫工作方案》（以下简称《方案》）。内蒙古突泉县是中国气象局定点扶贫县，按照方案，到2018年突泉县预期脱贫摘帽时，将建成较为完善的农村气象灾害防御体系和农业气象服务体系。

突泉县政府开展农业生产脱贫攻坚的主要措施是让贫困户在深挖特色产品发展潜力中拓宽增收渠道，在拉长农牧业产业链中稳定增收，同时大力发展庭院经济。经评估，干旱和洪涝等灾害对突泉县农牧业生产有较大影响，因灾致贫、返贫现象时有发生，无论是防灾减灾，还是设施农业生产、大田农业生产、名特优农牧业生产需要，都离不开气象服务。

根据《方案》，中国气象局将重点针对设施农业、特色农业和粮食生产等发展个性化、订单式智慧农业气象服务；将通过建设智慧设施农业监测网、开发引进推广设施农业服务技术、开展设施农业高影响天气预警等措施，推进设施农业智慧气象服务；将通过推进农业气候资源科学利用、开展病虫害气象监测及气象条件等级预报、提供霜冻气象保障服务等，推动精准大田农业生产气象服务。届时，当地农民可以通过手机软件实时了解农田气象要素和长势情况，进而提升品牌效益，提高收入。

同时，中国气象局将努力提高农村气象灾害防御能力和水平，以突发事件预警信息发布系统建设为抓手，建立以预警信号为先导的应急联动流程，提升精细化预报服务能力和人工影响天气作业能力。到2018年，实现突泉县预警及服务信息的综合发布，以及预警信息发布对县、乡、村责任人和信息员全覆盖；完成100%的行政村气象灾害应急行动计划，最终减轻因灾致贫返贫的现象和程度。

（来源：《中国气象报》，2016年9月6日，作者：孙楠）

农业部与中国气象局推进气象信息进村入户 气象服务将纳入益农信息服务平台

近日,农业部和中国气象局联合印发《关于推进气象信息进村入户的通知》(以下简称《通知》),明确加强气象信息在农业生产、农产品流通等环节及农村防灾减灾中的应用,着力解决农业气象信息服务"最后一公里"问题,使普通农户不出村、新型农业经营主体不出户就可享受到便捷、经济、高效的农业气象信息服务。

双方明确了推进气象信息进村入户的思路和目标,将以"12316"服务基础为依托,以益农信息社与气象信息站共建共享为着力点,将气象监测预报预警、农业气象服务等公益信息纳入益农信息服务平台,将村级信息员作为"直通式"气象服务重点对象,建立益农信息员与气象信息员融合发展机制、农业专家与气象专家联合服务机制。

《通知》要求各级气象和农业部门构建合力推进气象信息进村入户的工作格局。双方将完善服务方式,省、市、县气象部门负责制定农业气象监测预报预警和气象信息服务清单,省、市、县农业和气象部门共同研究制定适合当地的气象信息推送方案并组织实施。

双方将推进益农信息社与气象信息站、村级信息员与气象信息员合作共建共享,将益农信息社打造成农业气象信息发布、传播、服务和农业气象灾害调查反馈的村级信息节点,将村级信息员培养成农业气象信息传播员和气象灾情、实时农情、土壤墒情等信息的实时调查员。

此外,根据《通知》,双方将推动建立信息需求调查机制。信息员要加强与新型经营主体及农民群众的沟通和联系，及时向农业和气象部门反馈信息需求和问题建议。县级气象部门要加大力度培育村级信息员气象服务能力，围绕当地农业结构调整的需要，提供有针对性的服务。省、市、县农业和气象部门要根据当地农业生产特点，联合开展气象灾害预测预报及防灾减灾应对措施研究，促进我国农业气候潜力挖掘与气候资源持续高效利用。

（来源：《中国气象报》，2016 年 10 月 11 日，作者：孙楠）

作物产量预报能力提升保障国家粮食安全

全国秋收秋播工作即将展开。8月24日至25日，由中国气象局组织的2017年秋收作物与全年粮食总产量预报会商会在辽宁省沈阳市召开，对全国主要秋收作物及全年粮棉产量做出预报，为秋收工作提供科学支撑。

近五年来，国内主要作物产量预报准确率基本稳定在98%以上，秋收作物和全年粮食作物产量预报的准确率达99%以上。自20世纪90年代初起，每年5月和8月，中国气象局分别针对夏收粮油作物、秋收粮棉作物及全年粮食作物产量开展预报服务工作。对于各级决策部门和相关管理部门而言，客观、定量、动态的作物产量预报，可帮助他们及时掌握粮食产量动态，制定科学的宏观调控政策，为调拨、贮运、进出口贸易、合理安排生产提供科学依据。同时，利用作物产量动态预报技术，开展主要农业气象灾害对作物产量损失的影响预报与定量评估服务，可为气象防灾减灾提供有力支撑。

目前，气象部门可在收获前两个月左右发布主要作物平均单产、总产量丰歉趋势预报，可在作物收获前一个月左右发布主要作物平均单产、总产量定量预报。近年来，气象部门实现了全国、主产省份及主产地区的冬小麦、早稻、晚稻、玉米、一季稻、大豆、棉花、油菜产量动态预报的业务化运行；作物产量预报技术研发和业务服务覆盖美国小麦、玉米、大豆，印度水稻、小麦，巴西大豆、玉米，阿根廷大豆，澳大利亚小麦，加拿大小麦等；部分省（自治区、直辖市）、地市和县级气象部门还结合当地生产实际开展特色农业产量预报服务，例如广西的甘蔗、陕西的苹果、云南的烤烟等。

专业完善的观测网建设和相关预报模型研发，以及部门间合作的深化，是确保粮食产量预报准确率、保障国家粮食安全的重要支撑。目前，气象部门拥有653个农业气象观测站、约80个农业气象试验站、2000多个自动土壤水分观测站，可实时监测农作物生长状况和生长环境，同时，还拥有实时和历史长时间序列的卫星遥感数据、国外主要农作物生产国的基本气象数据等。专业、规范、完善的农业气象观测网及丰富的气象、卫星资料为作物产量预报工作奠定了数据基础。

承担该项业务的国家气象中心经过多年积累，研发了基于数理统计、农学参数、作物生长模拟模型、卫星遥感资料的多元化作物产量预报技术，建立了产量预报业务服务系统。此外，规范协调的会商服务体系也让作物产量预报工作更加有序开展。全国气象部门间的技术合作、气象与农业等相关部门的互联互通，不断提升我国作物产量预报的准确率、时效性及精细化程度。

未来，气象部门将继续创新作物产量预报技术、强化业务平台建设，并不断拓展预报领域；加强与农业部、统计局、粮食局等部门间的交流协作，通过能力互补形成保障国家粮食安全的合力。

（来源：《中国气象报》，2017年8月31日，作者：叶珊杉 宋迎波）

一县一品：气象为农服务走向精细

"在我们这儿谁要是治不了晚疫病，那就不用种马铃薯了。" 河北省承德市围场满族蒙古族自治县牌楼乡马铃薯种植大户姜平信心满满地告诉记者，自从村里建起了多要素自动气象站，一改往日农户们仅凭经验和感觉预防马铃薯疫病的土方法，精准抵御病害的侵袭。

围场县地处马铃薯种植黄金纬度带，依托独特的气候和土壤条件，2016年，该县已建成 73 万亩（1 亩 ≈ 666.67 平方米）马铃薯种植基地，总产量达到 180 万吨左右，产业产值突破 23 亿元。作为华北地区数一数二的马铃薯种植优势区域，围场县里近 40 万农业人口中就有超过半数的农民依靠马铃薯为生。据统计，当地农民人均从马铃薯产业中获得可支配纯收入约 1900元，占到农民人均总收入的 1/3。

4 月播种，9 月收获。在围场县，农民在马铃薯的整个生长期都要对温度、湿度等天气条件持续关注。据姜平介绍，当气温连续 5 天超过 25℃、湿度超过 70% 时，马铃薯容易产生晚疫病，"这种病害在马铃薯生长过程中随时都有可能发生，一旦患上，就像癌细胞一样蔓延整片田地，不好根治，只能防治。"

自 2012 年开始，借力河北省"三农"气象服务的东风，围场县连续 3 年投入 100 万元，针对该县的马铃薯特色主导产业及主要种植区开展基础设施建设，建立多要素自动气象站，监测温度、湿度、气压、降水、风向、风速等 6 大气象要素。遇到重要天气过程，种植户不仅能及时收到气象短信，村口显示屏里的气象信息滚动播报，气象部门还贴心的奉上农事提醒，建议抵御相关病害的方式方法，帮助农户合理安排生产。

"记得 2015 年 9 月底，我们为农户们提供了两次强降温天气服务，使得县里的绿源马铃薯种植专业合作社避免经济损失 61.25 万元。到了 2016 年，该用户主动向我们索要相关气象服务。"围场县气象局局长朱国良说，气象部门除对围场马铃薯提供生长季节的病虫害预报预警服务外，还在收获期进行实时服务，全程保障农户生产生活。

无独有偶，精细化的为农气象服务在其他地方也发挥着作用。

宽城满族自治县是承德市林果主产区，有优质果树 4500 万株，其中板栗 3300 万株，面积 50 万亩。"板栗对温度要求不严，喜湿润多雨气候，但是开花期则喜欢空气干燥、土壤湿度大的环境。"宽城板栗种植基地技术人员说，如果 9 月的降水量少于 46 毫米，板栗的产量将受到影响。

针对板栗产业的气象服务需求，承德市气象局和宽城气象局在板栗种植园区建成六要素气象观测站，监测园区温度、降水等气象要素，为来年全县板栗产量预测积累可靠数据；制作针对板栗关键生长发育期的特色服务产品，为农户提供精细化的专业气象服务。

近年来，承德市不断调整农业产业结构，以"减粮增药、强菌优菜、扩果调畜"为原则，重点发展蔬菜、马铃薯、食用菌、中药材、林果等五大核心产业。"经过多年努力，各县特色产业已初具规模，部分产业初步形成向核心区集聚发展的态势，但气象部门的传统服务方式已无法满足现代农业发展的需求，势必要推动'一县一品'特色农业气象服务的开展。"承德市气象局局长李兴文说。

2016 年 1 月，承德市气象局制订了《"一县一品"特色农业气象服务实施方案》，该方案结合承德现代农业产业布局，确定马铃薯、板栗、山楂、苹果、水稻、谷子、食用菌、中药材和设施蔬菜等 9 种作物为特色专业气象服务对象，每个县确定一种特色作物，使得全市农业气象服务由点到面，涵盖全市主要农业发展领域，填补了县气象局没有特色农业气象服务产品的空白。

"一县一品"带动承德市农业气象服务走向精细化深耕细作。李兴文表示，通过分地域、分作物的特色农业气象服务模式，改变了以往一种服务产品应用于多种作物的"模糊"服务方式，提高了农业气象服务的针对性和精细化服务水平。如今，该市气象局已有专业农业气象服务人员保证服务产品的及时制作和发布，气象服务产品，尤其是灾害性天气预警预报服务产品的时效性得到显著提升。

（来源：《经济日报》，2017年9月12日，作者：郭静原）

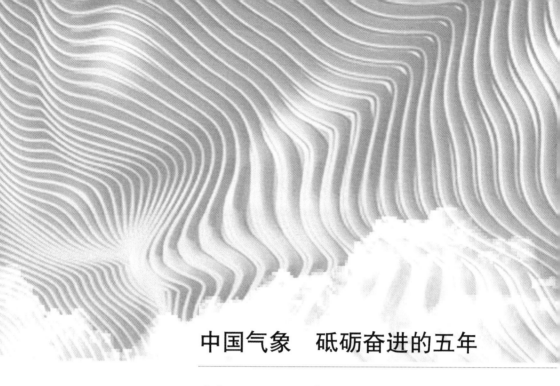

第十二章
重大服务保障

璀璨盛会　气象护航

——党的十八大以来重大活动气象保障服务综述

"厦庇五洲客，门纳万顷涛"。2017年9月3—5日，全球瞩目的金砖国家领导人第九次会晤在厦门圆满举行。回头看，厦门金砖会晤期间，出现了台风、雷暴、大风、短时强降雨、高温等多种高影响天气。气象工作者顶住压力，用精准细致的预报服务，为金砖会晤保驾护航。

逢重大活动，各级领导重视、社会关注度高、受天气制约因素大，因此，做好重大活动气象保障已成为活动成功举办的重要组成部分，也是综合气象服务能力的重要体现。党的十八大以来，"一带一路"国际合作高峰论坛、庆祝中国人民解放军建军90周年阅兵、二十国集团领导人杭州峰会（以下简称G20杭州峰会）、亚太经合组织（APEC）峰会、申办北京冬奥会（以下简称冬奥会）、中国人民抗日战争暨世界反法西斯战争胜利70周年纪念活动、南京青奥会等一系列重大活动气象服务的生动实践，彰显综合气象保障服务能力的全面提升。

高科技　提升精细化服务水平

党的十八大以来，各种最新的气象科技成果、业务平台被吸收到重大活动气象保障服务平台中，气象部门不断积累重大活动气象保障服务经验，并推广应用。

在筹备厦门金砖会晤期间，正值夏秋之交，厦门的天气复杂多变，并且多受台风影响。精准预报少不了气象现代化的支撑。"风云四号"A星的"慧眼"为预报员"拍板"提供了参考。针对金砖会晤气象保障需求，金砖会晤气象台建立了精细化格点天气预报业务体系；自主研发了多普勒雷达三维风场反演技术，实现了闽南粤东6部多普勒雷达组网三维风场拼图以及涡度、散度等物理量计算；重点开展精细化短临预警和数值预报产品释用关键技术研发。

气象保障服务是检验和展示气象现代化成果水平的重要平台。一个天气系统动辄上百公里，甚至上千公里。而在1:100万的地图上，重大活动的举办场地只是一个点。想要预报这里的天气状况，谈何容易！在第十三届全运会气象保障服务中，气象现代化成果有力支撑了对这个"点"的精准预报。一台移动气象保障车、一部移动X波段双偏振雷达，13个海上石油平台观测站和1个海上浮标观测站、一套GPS移动探空观测站、6部雷电监测预警仪、13套降水现象仪和14套星光级高清实景观测设备，这些先进科技为满足全运会期间的实况监测、天气预报、决策服务、产品发布等综合气象服务需求打下了基础。

2016年9月4日晚，主题为"最忆是杭州"的G20杭州峰会文艺演出顺利进行，璀璨的中华文化让世人惊叹。

许多人并不清楚，演出顺利进行，有着最为"关键"的天气预报产品作支撑，里面凝聚了太多气象科技的力量：气象部门调用"风云二号"F星，从9月2日08时—6日20时开展6分钟一次的加密观测；调用"高分四号"卫星，从9月1—4日以杭州为中心开展应急观测；保障团队打造集卫星、雷达、自动站、能见度站等交织的三维立体精细化监测服务网络，特别是西湖区域1公里自动站观测资料在G20杭州峰会短时临近天气预报中发挥了重要作用。

精准服务，不止4日晚上那场演出，而是贯穿了9月1—7日整个G20杭州峰会及其系列活动。气象部门应用"逐10分钟更新0~6小时预报，逐小时更新 24 小时逐小时预报，逐日更新未来 15~30 天延伸期预报"的最新精细化监测预报产品体系，有针对性地开发了 0.2~1 公里分辨率的精细化产品，以及重点场所定点温度、降水、体感温度和舒适度等气象要素服务产品。

各级气象部门以重大活动气象保障服务为契机，不断总结经验，弥补不足，在实践中完善，在传承中创新，从而进一步推进气象现代化发展。在重大活动气象保障服务中，我们看到了气象工作者的卓绝努力，更看到了气象现代化成果支撑下的气象服务实力和能力。

集全国之智　携手卫安澜

谋全局，方能谋一域。在重大活动中，全国气象部门集部门之智、举部门之力，根据活动的具体工作方案，把气象服务融入到活动的每个节点之中，并根据活动要求，制定出全局性气象保障服务任务。

针对重大活动，相关气象部门分别组成相应专业服务气象台。如金砖厦门会晤筹备期间，来自中国气象局及上海、浙江、江西、广东等周边省（直辖市）气象局、福建省气象局和省内其他气象局的 105 名业务骨干纷纷驰援厦门市气象局，共同组成金砖气象台，全身心投入保障一线。

为做好中国人民抗日战争暨世界反法西斯战争胜利 70 周年纪念活动预报服务工作，在中国气象局开始部署纪念活动专题气象保障服务之初，天津、河北、山西、内蒙古等省（自治区、直辖市）气象局就参与其中，采取区域气象部门合作的方式发出"合力"。各省（自治区、直辖市）除派出首席预报员进驻北京市气象局专家团队以外，还优化数值预报模式、研发预报系统，密切关注北京气象部门的相关需求。这是从历次气象保障服务中得到的宝贵经验。

在 APEC 北京峰会期间，国家级业务科研单位、京津冀及周边 6 个省（自

治区、直辖市）气象部门各尽其能、密切配合、主动融入、高效联动，有效开展预报会商、预警联动和灾害联防。此外，以 APEC 峰会为契机，气象部门积极主动在部门外寻求合作。中国气象局与环保部联合印发通知，加强重污染天气预报预警工作，建立 APEC 峰会期间空气质量联合保障机制。针对 APEC 峰会期间京津冀及周边地区重污染天气，中国气象局与环保部共举行 36 次会商，发布多期区域重污染天气预报。

重大活动气象保障服务不单是举办城市或举办省份的事，而是整个气象部门、整个国家的大事。气象服务的优劣关乎全国气象部门的信誉与责任。全国各级气象部门劲儿往一处使，拧成"一股绳"。国家级业务单位、区域其他省（直辖市）及基层气象台不断将优秀的人才、精湛的技术和丰富的经验输送到举办地，打造出一支支成功保障重大活动的气象服务团队。

实践淬炼技能　助推业务发展

气象部门将重大活动保障服务作为检验气象服务能力的重要契机，既拓展了气象服务范围，又提升了气象服务能力。通过重大活动气象保障服务的积淀，气象服务能力显著提升。同时，通过一次次圆满完成重大活动保障气象服务，也使公共气象服务能力提高到一个新水平，推进业务进一步发展，从而惠及更多地区。

2014 年北京 APEC 峰会结束后，静稳天气指数仍继续制作和发布。气象部门也汲取了 APEC 峰会气象服务的经验，为被雾、霾困扰的公众留住清新的空气，提供更好的服务。许多业务成果如北京区域环境气象数值预报系统，都通过活动得以进一步研究、应用、完善。重大活动保障服务在不断汲取气象现代化经验的同时，也正在推动气象业务快速发展。广大气象工作者的业务素养在重大活动中得以提升，气象科研能力与技术水准也得以充分检验。

深圳大运会后，监测设备、预报平台等都被保留下来，精细化的预报服务从场馆预报逐步扩至街道和社区。

冬奥会气象服务的终点将不只是 2022 年举办的那场盛会。借助举办冬奥会，华北地区有意探索以冰雪经济为代表的绿色生态发展之路。届时，服务冬奥会申办的经历，可以为气象服务华北绿色经济、生态文明建设积累更多宝贵经验。

这些凝聚着气象人无数心血的硕果，在一次次重大活动中璀璨绽放，散发出耀眼的光芒。每个经受住重大考验的科技成果都需要传承并发扬。中国气象局已将重大活动保障服务作为检验气象服务能力的重要契机。

2015 年，中国气象局出台《重大活动气象保障服务组织实施工作指南》（以下简称《指南》），凝练近年来重大活动气象保障服务的成功经验，推进重大活动气象保障服务规范化。《指南》明确提出，重大活动气象保障服务工作应坚持需求引导、公益性、属地化、平战结合和科技创新的原则。紧扣重大活动的每一个环节，《指南》将重大活动气象保障服务工作分为服务筹备、测试与演练、服务运行、总结评价等四个阶段，并对每一阶段的关键环节进行明确梳理与说明。

深入了解重大活动的差异化需求，成立重大活动气象保障组，向当地党委、政府及相关部门提交重大活动期间气候背景分析及气象风险评估报告，进入特别工作状态，开展现场应急服务等，这些已经成为重大活动气象保障服务的规定动作，"辐射"到越来越多的业务单位。

如今，通过多次重大活动气象保障服务的磨砺，全国气象部门重大活动气象保障的服务流程越来越规范、内容越来越成熟、机制更趋完善。

（来源：《中国气象报》，2017 年 9 月 29 日，作者：张玮鸥 王天雨）

凝聚共克时艰的强大战斗力
——芦山"4·20"地震抗震救灾气象服务纪实

从芦山到汶川，85公里曲折蜿蜒，5年光阴流转。

2013年4月20日08时02分，一场震源深度约13公里的7.0级地震，定格了又一个国殇民痛的历史瞬间，亦开启了一场与时间的生死赛跑，打响了一场举部门之力的抗震救灾气象服务硬仗。

快速反应　部署及时有力

"地震了！"四川省气象台首席预报员肖递祥正在参加8时准时开始的全国天气会商，他突然感觉椅子摇晃，越来越剧烈，会商室玻璃窗发出啪啪声响。

与此同时，在家休假的省气象台决策服务科工作人员潘建华努力扶住家中摇晃的柜子。"要马上到台里！"在意识到这可能是一场堪比汶川地震的灾难后，他等到震动一停，便立即往台里赶。

地震吹响了气象工作者的"集结号"。人们陆续返回岗位，迅速收集灾情，立即制作专题决策服务材料……许许多多个和潘建华一样的气象工作者，纷纷行动起来。

从四川到北京，灾情第一时间直报中国气象局。中国气象局党组书记、局长郑国光当即推迟出席司局级领导干部学习研讨班结业式的原定安排，迅速连线四川省、市、县三级气象部门，将局党组的亲切问候第一时间送达震区气象干部职工。

　　救援是一项系统工程。震后72小时是黄金救援期，科学、高效的气象服务，将为抢救生命、挽回损失争取最佳时机，最大程度减少各项次生灾害造成的损失。

　　在得知震区气象职工无人员伤亡后，郑国光嘱咐要组织各种力量，在确保安全的情况下，想方设法尽快恢复业务运行。在中国气象局随后组织召开的专题会议上，郑国光进一步强调，四川震区气象干部职工要学习贯彻落实党中央、国务院的重要指示精神；要确保震区气象干部职工的安全，保证队伍稳定，尤其是思想稳定，在此基础上确保气象业务正常运行，用超常规的方式，全力以赴做好抗震救灾气象保障服务。他指出，目前，早晚温差大、余震不断，要警惕降水可能引发的次生灾害，为当地老百姓及救援人员提供有针对性的服务，特别是各级震区气象部门领导干部要靠前指挥，发挥党员干部在抗震救灾中的先锋模范作用，做好灾区气象部门基础业务设施恢复重建的规划工作，以优异的抗震救灾气象保障回报党中央、国务院以及社会各界的关心。

　　中国气象局党组副书记、副局长许小峰，副局长宇如聪，局党组成员、副局长沈晓农、矫梅燕、中央纪委驻局纪检组组长、局党组成员刘实，局党组成员、副局长于新文十分关心震区情况，要求立即组织中国气象局各内设机构及直属单位的应急值班工作，尽快了解四川省气象局有关物资需求，及时做好预报预警服务工作，全力以赴支援灾区。

　　5年来，汶川大地震抗震救灾经验不断积累深化，以人为本和国家利益至上的理念深入气象工作者骨髓，气象部门应对重大灾难的体制机制愈加完善。自上而下及时、全面、精心的部署，使得此次抗震救灾气象服务战役从一开始就反应积极主动、应对科学高效。

上下联动　救援有序开展

灾情就是命令，效率即是生命。中国气象局党组的慰问与部署，一级一级快速传递分散，各级气象部门及有关单位立即行动，以有序救援节奏，紧锣密鼓地向震区集结——

20 日 09 时 40 分，中国气象局迅速进入地震灾害气象服务 Ⅲ 级应急响应状态。同时，四川省气象局启动一级应急响应。

10 时 8 分，四川省气象局党组书记、局长彭广率相关业务服务人员，随气象应急服务车将卫星电话、UPS（不间断）电源和帐篷等救灾物资经雅安紧急驰援灾区。另一支由四川省气象局副局长李扬富带队的工作组直奔震中芦山县。两个工作组均历经沿途山石滚落等危险，克服余震及道路拥堵等困难，抵达后顾不上歇息，旋即组织开展抗震救灾及气象服务工作。

中国气象局应急办加强与国务院应急办沟通，及时报送有关服务材料和应急响应情况。

国家气象中心根据四川省、市、县三级气象部门的服务需求，多次组织抗震救灾专题气象服务会商，做好震区天气预报及交通气象预报、地质灾害气象预报指导。

国家卫星气象中心及时申请启动空间与重大灾害国际宪章（CHART）机制，向国际组织提出雅安地震灾区雷达和高分辨率卫星观测资料需求申请。

…………

震区余震不断，气象干部职工的安危一直紧紧牵动着中国气象局领导的心。仅 20 日，中国气象局多位领导就和震区气象部门进行了四次视频连线，声声问候，详细询问，谆谆叮嘱让连线久久难以挂断……而视频或电话的两头，是一切为了生命的炽热心灵，是与广大气象工作者心手相连的灼热情怀。

"宝兴县气象局联系上了没有？"20日晚间，在与震区一线连线时，郑国光再一次急切地问道。

震后，另一个重灾区——宝兴县因交通、电力、通信中断，一时间成为一座"孤岛"，成为本次救援的一大重点和难点。生活在那里的气象干部职工状态更是不得而知。

当日23时，从宝兴县终于传来消息：县气象局职工没有人员伤亡，但房屋受到不同程度损坏，日常业务也被迫中断。

21日，去往宝兴县的道路仍在抢修中。四川省和雅安市气象工作组派遣气象救援小组乘坐摩托车前往宝兴，及时了解县气象局情况。同时，四川省气象局局长彭广也带队从芦山县出发，向宝兴进发……

而这一切，全国气象系统干部职工都感同身受。一篇篇反映抗震救灾气象服务工作的新闻，在互联网上及时滚动发布；一条条为抗震救灾一线气象干部职工加油鼓劲的短信和感人至深的微博，被接力转发……

灾难过后喷薄而出的大爱，以及守望相助的手足关爱，不断汇聚，传递出竭力向上的强大正能量，让人从中看到无限希望。

超越常规　服务科学高效

对身处余震频频来袭的环境中的气象工作者来说，如何用"超常规"方式做好震区气象保障工作？这无疑是一项严峻考验。

气象工作者用实际行动给出了答案。他们凭借恪尽职守的坚毅，与时间赛跑，第一时间恢复并持续开展震区气象业务服务。

20日11时，芦山县气象观测业务恢复正常；11时29分，除宝兴外，荥经、芦山、天全等基层台站的通信迅速连通；11时30分，第一份《芦山"4·20"抗震救灾专题天气预报》由专人送往县委、县政府。

21日,宝兴县气象局在全县网络通信恢复正常后,坚强地恢复了正常业务,并于14时开始上传数据。

而从20日11时开始,雅安、成都以及甘孜的9个国家级气象台站,进行每小时云、能见度、天气现象加密观测,并及时将资料报成都空军司令部等相关部门。

凭借主动服务的拼劲,气象工作者迎需求而上,不断增强抗震救灾气象服务针对性。

气象工作者密切联系抗震救灾指挥部,实时监测、加强跟踪,气象预报信息和抢险救灾专题气象服务产品从一个个临时搭建的帐篷里,滚动发往抗震救灾指挥部;按照郑国光"将极端情况考虑得更全面、更复杂、更前瞻"的要求,重点加强灾区道路交通和地质灾害气象预报,提前谋划做好堰塞湖气象服务,避免后续次生灾害引发更大损伤;及时了解各部门气象服务需求,积极配合国土及水利部门,紧急对灾区地质灾害情况进行评估;在滚动发布未来3小时天气预报基础上,着手准备未来6小时天气预报,力求产品"看得懂、用得上"。

凭借精益求精的执著,气象工作者与降雨"死磕",努力提高抗震救灾气象服务精细化水平。

在素有"雨城"之称的雅安,降雨和余震一样让灾区人民和救援人员担心。

由于地震后山体结构不稳定,一旦出现超过10毫米的降水就有可能引发地质灾害。另外,宝兴帐篷等救灾物资还不充足,降雨无疑将对救援产生很大影响。

"雨",几乎成为每一次视频连线会商的高频词。对此,参加会商的许小峰、矫梅燕、于新文等领导高度关切:"要加强监测和实况资料的沟通分析,利用移动雷达等多种手段克服通信中断造成的部分站点资料传输困难。""要注意小尺度天气系统的影响，加强短时临近预报。""在准确预报之余，应提醒震区在降雨来临前尽快搭建帐篷。"

针对震区即将出现的降雨天气，四川气象部门枕戈待旦，不断细化震区降雨的量级、区域和时段，全力以赴，为救援气象服务提供更加坚实有力的依据。

救援还在继续，服务永无止境。每一次灾难都是对精神的又一次洗礼，而这种精神与"准确、及时、创新、奉献"的气象精神相融合，必将凝聚一股共克时艰的强大战斗力，为打赢这场抗震救灾气象服务硬仗注入必胜信心。

（来源：《中国气象报》,2013 年 4 月 22 日，

作者：谈媛 姜永育 桑剑 孙楠 张明禄 刘成成 郭起豪）

甘肃定西发生里氏 6.6 级地震
抗震救灾气象服务全面启动

2013 年 7 月 22 日 07 时 45 分，甘肃省定西市岷县、漳县交界发生里氏 6.6 级地震，造成重大人员伤亡。为了全力服务抗震抢险工作，中国气象局及时启动地震灾害气象服务Ⅲ级应急响应，甘肃气象部门在第一时间组织工作人员深入抗震救灾一线，抗震救灾气象服务全面启动。

心系灾区及时部署服务工作

针对定西地震，中央领导作出指示，要求甘肃省和有关部门迅速组织力量，全力抗震救灾，把抢救人员放在第一位，尽最大努力减少人员伤亡。

7 月 22 日下午，中国气象局召开紧急会议，传达中央领导对做好甘肃省抗震救灾的重要指示精神，对全力开展抗震救灾气象服务作出部署。

中国气象局党组书记、局长郑国光要求，切实做好灾区抗震救灾气象服务，防止次生灾害造成人员伤亡。

中国气象局副局长沈晓农对震区气象服务保障工作提出三点要求：针对救灾气象服务保障需要，建立有针对性的地震灾区气象服务系统，全力以赴提供气象保障服务，最大限度减少和防止次生灾害造成的人员伤亡；省、市、县气象部门要三级联动，迅速展开气象服务应急行动，并针对天气过程进行专门会商，做好监测预报预警工作；要特别关注灾区近日可能出现的降雨过程，重点围绕气象灾害预报预警及其次生灾害防范做好服务。

22 日 18 时，中国气象局副局长矫梅燕召集局办公室、应急减灾与公共服务司、国家气象中心负责同志紧急研究并进一步部署震区气象服务保障工作。矫梅燕要求各单位加强协调联动，确保服务成效。

气象服务专报震后 1 小时发出

07 时 45 分，地震发生后，千里之外的中央气象台迅速进入应急状态。08 时，震区天气分析开始；09 时，第一份震区气象服务专报发出。

与此同时，在国家卫星气象中心，地震前后高分辨卫星遥感对比图正在制作。这是做好卫星监测和灾情分析的关键一步。该中心办公室主任裘奕说："'风云二号'F 星已启动加密观测的准备工作，将根据要求适时启动加密观测。"

国家气象信息中心则在迅速把灾区的气象资料进行整理、上报，并为通信、网络、会商系统的保障等做好"一级战备"。

在整个中国气象局，各单位实行 24 小时主要负责人带班制度，全程做好实时监测、预报及服务工作。

省市县三级全力服务抗震救灾

地震发生后，甘肃省、市、县三级气象部门全力服务抗震救灾。

22 日 09 时，甘肃省气象局制作完成岷县、漳县交界 6.6 级地震区天气预报。随后，省气象局局长张书余向甘肃省委书记王三运、省抗震救灾应急指挥部汇报天气情况。

11 时，甘肃省气象局副局长张强率现场气象服务保障组，奔赴灾区。从 12 时起，局长张书余一直在省抗震救灾指挥部现场办公，随时向常务副省长刘永富汇报震区天气及气象保障服务工作开展情况。此外，省气象局调拨救灾帐篷等物资到岷县和漳县气象部门，为抗震救灾气象服务提供物资保障。

定西市气象局局长江少波介绍，当地气象部门各项工作运行正常，已实行 24 小时值班，正全力做好抗震救灾气象保障服务和灾情上报等工作。定西市和岷县、漳县气象局已对灾区 24 小时内天气预报细化到每小时，专题预报材料及时上报当地党委、政府及相关单位。

气象专家"会诊"未来天气

22 日 21 时，中央气象台与兰州中心气象台进行地震灾区天气加密会商。中央气象台首席预报员马学款指出，24 日午后到 25 日白天，震区将有小到中雨，局地大雨，并伴有雷电，累计雨量有 10~20 毫米，局地 25~40 毫米。兰州中心气象台则对岷县、漳县、安定区等地区未来三天每 6 小时的气象状况进行精细化预报。

国家气象中心副主任魏丽告诉记者，目前中央气象台已制作"两办"信息并上报。未来几日，中央气象台每天都将增加一次灾区天气会商，及时提供最新灾区天气预报。

（来源：《中国气象报》，2013 年 7 月 23 日，

作者：段昊书 陈渤彪 张玮鸥 王晨）

鲁甸抗震救灾气象服务高效有序

据云南省政府应急办消息，截至 2014 年 8 月 4 日 14 时，鲁甸 6.5 级地震已造成 398 人死亡及重大财产损失。根据预报，地震灾区未来三天将有明显降雨过程，将对救灾产生不利影响。中国气象局正与当地气象部门一道，全力以赴开展抗震救灾气象保障服务。

地震发生当日晚上，中国气象局启动地震灾害气象服务 IV 级应急响应，并发出通知，要求确保抗震救灾气象服务高效有序。4 日 14 时，中国气象局将应急响应等级升至 III 级，以持续做好地震灾区的气象服务工作。从 4 日开始，中国气象局决策气象服务中心每天滚动制作《云南昭通抗震救灾气象服务专报》报送有关部门，并及时通过手机短信等方式报告灾区重要天气实况。

在云南，省、市、县三级气象部门全力开展地震灾区气象服务工作。3 日 18 时 20 分，云南省气象局启动了地震灾害 II 级应急响应，抗震救灾气象服务工作组赶赴灾区，局长程建刚随云南省省长李纪恒赴灾区一线。4 日 01 时，省气象局副局长顾万龙向云南省常务副省长李江专题汇报灾区气象服务情况，并与省政府应急指挥中心进行视频连线。与此同时，昭通市气象局和鲁甸县气象局联合组建的应急服务队随同移动气象台应急服务车抵达灾区。4 日 10 时 50 分，云南省气象局将地震灾害应急响应级别提升至 I 级。

从 8 月 3 日下午开始，云南省气象台每隔 6 小时发布一次地震灾区天气预报，每小时向抗震救灾指挥中心上传灾区降水实况。截至目前，云南省气象台已制作地震专题天气预报 4 期、发布决策服务短信 195 条；发布地质灾害气象风险预警 2 期。灾区有关县气象局制作的各类抗震救灾气象服务信息均及时通过电话、传真等方式报送各级党委、政府和新闻媒体，并通过手机短信、电子显示屏等向公众发布。8月4日，云南省气象局与电信运营商达成协议，未来一个月将免费为灾区手机用户发送气象短信。

8月3日20时—4日08时，地震灾区出现小到中雨。云南省气象局首席预报员梁红丽介绍，预计未来三天，震区多雷阵雨天气，对抢险救援不利。从4日夜间开始到8日，灾区大部地区降水减弱，转为短时雷阵雨天气。白天天空云量较少，低海拔地区气温较高，午后最高气温将达到35℃以上，帐篷内温度将会更高。

梁红丽提醒，灾区群众及救援人员需防范降雨对救灾的不利影响，并注意防范雷电灾害，保障人身安全；昆明、昭阳至鲁甸公路沿线有雷阵雨，持续降水导致昭通和曲靖北部等地区滑坡、泥石流等地质灾害风险等级较高，救援车辆要注意安全；午后震区特别是河谷地区气温较高，需做好防暑防疫工作。此外，未来几天灾区局地有强降雨天气，需注意滑坡等地质灾害可能形成堰塞湖的风险。

（来源：《中国气象报》，2014年8月5日，作者：冯颖　邓健）

精彩南京　气象飞扬

——南京青奥会开幕式气象保障服务纪实

2014 年 8 月 16 日 20 时，全世界的目光聚焦江苏南京奥林匹克中心体育馆。火炬在燃烧，人群在沸腾，第二届夏季青年奥林匹克运动会（以下简称"青奥会"）正式拉开帷幕。

在这一刻，承载了四年的气象梦想之花终于光荣绽放。江苏省气象局和南京市气象局按照中国气象局党组的总体部署和要求，以"智慧气象、精致服务"的理念、百分之百的努力，为各国青年运动员和全国人民呈现了一场精彩纷呈的青奥会气象保障服务。

在开幕式结束后，中国气象局向青奥会气象指挥中心发去贺信："青奥会气象服务团队经受了天气复杂、预报难度大、预报要求高、服务种类多等困难的考验，为青奥会开幕式活动提供了精细准确的天气预报和周到细致的气象服务，为青奥会的圆满举行创造了良好的开端。"

凝神抗压显精准　用准确的预报确保开幕式顺利进行

当青奥会开幕式的脚步逐渐走近，气象服务也进入到最关键的阶段。中国气象局党组书记、局长郑国光说："开幕式是青奥会赛事的重头戏，也是气象保障服务的重点和难点。青奥会气象服务团队预报服务的主要精力一定要放在开幕式及其之前的天气监测与分析预报服务上。"这既是殷切的希望，也是沉甸甸的嘱托，更是一份激荡在梦想中的责任与重担。

实际上，从 8 月 8 日起，气象部门便给出"开幕式当天阴转阵雨，可能

产生中度风险"的预报意见。这份预报到底准不准?

时针最终落在 8 月 16 日 08 时,从这一刻至 20 时,气象预报员经历了最为"纠结"的 12 个小时。正如中国气象局副局长许小峰所言,多年来,气象部门在服务大型赛事、重要活动的过程中积累了很多经验,技术水平不断提高。但每一次遇到的天气情况都有其独特性,南京青奥会开幕式所面临的天气形势尤为复杂。而气象部门不仅需要准确预报出到底会不会下雨,还要准确预报要下多少雨。这份压力可想而知。

08 时 30 分,在青奥会开幕式天气专题会商上,虽然大家都期待着天气晴好,但是江苏省气象台首席预报员刘梅和韩桂荣还是坚定地给出了"开幕式当天阴有阵雨,活动期间(18—23 时)降水概率较大,可能降下小阵雨"的预报意见。据青奥会气象指挥中心副指挥长张祖强介绍,自 8 月 5 日以来,南京出现了长达 10 日的连续低温阴雨天气,期间气温较常年偏低 2.2 ℃,降水量偏多 4 成。从历史同期连阴雨过程看,为自 1961 年以来最长。这难缠的雨天成为预报员心头挥之不去的"阴霾"。

中午前后,南京城区开始飘起了零星的小雨。虽然监测实况与预报结果完全吻合,但雨水给预报员带来的是纠结。"这一次的准确预报并没有给我们带来快乐,还是期待着雨能够在开幕式前停歇。"刘梅说。

15 时 03 分,在体育馆现场提供气象服务保障的朱筱英,根据架设在体育馆附近的自动气象站传输上来的数据分析后在第一时间向青奥会指挥部发出"这里即将有雨,请提前做好防雨准备"的信息。

19 时 05 分,青奥会组委会再次收到气象部门发送的信息。气象部门建议,先不要揭开地面塑料薄膜,以免地面积水而影响开幕式表演的灯光效果。

20 时,青奥会开幕式正式开始。开幕式活动导演组根据气象部门的预报意见和应急预案,取消了可能因为降水造成地面湿滑而出现危险的节目;青奥会组委会则提前为公众准备了避雨用具。

实际降水监测数据显示，奥林匹克中心体育馆 19 时 21 分前后开始下雨，截至 22 时累计降水量达 2 毫米。其中，19—20 时 1 毫米，20—21 时 0.8 毫米，21—22 时 0.2 毫米。这与前期的预报结论几乎完全一致，雨情尽在气象部门掌握之中！

南京市委书记杨卫泽致电对气象服务保障工作表示感谢；在青奥会气象指挥中心坐镇指挥的南京市委常委李世贵则表示，开幕式的圆满举办凝聚了中国气象局和江苏省气象局的共同努力，他代表南京市委、市政府感谢气象部门为青奥会开幕式所做出的准确预报。

细致融合现智慧 高科技手段提升气象服务品质

青奥会于气象服务而言，是一个对接、思考和追赶的坐标。在这个参照物下，需要不断传承、创新与发扬。江苏省气象部门一方面借鉴北京奥运会等以往大型赛事、重要活动的气象服务保障经验与手段，另一方面在实践中发现不足、拓宽视野、拓展思路。

"智慧气象、精致服务"理念则在一场场头脑风暴中顺势而出。据江苏省气象局党组书记、局长翟武全介绍，"智慧气象"就是指发扬青奥会"分享青春，共筑未来"的理念，以现代气象科技为支撑，发挥青年气象团队的聪明才智，向全世界青少年展现中国智能气象的尖端科技；而"精致服务"，则是指运用电视、电台、报纸等传统平台和网络、手机客户端等新型媒体，实现各类综合气象探测信息、精细化气象预报信息和专业专项气象服务信息的实时发布，为青奥会提供精细、动态、准确、高效的气象服务。

准确、科学的预报不是凭空而想，优质的气象服务也不是一句空头口号。自 2010 年南京成功申办青奥会以来，江苏省气象局通过统筹规划，将加强青奥会气象服务工作与推进气象现代化建设有机结合，带动和促进全省气象业务改革发展。目前，江苏省已建立起南京地区高时空分辨率的三维立体综合

观测网，研发出赛时精细化预报系统和暴雨、雷电、城市积涝、高温等预警服务系统，实现青奥气象业务一体化平台业务运行，创新传统媒体与新媒体信息多渠道发布方式，细化、优化和完善气象服务方案和各场馆的气象灾害风险应对预案，建立由国家和省级首席预报员、技术骨干、设备维护专家和技术顾问组成的气象服务团队等，真正让南京青奥会气象预报信息与服务保障工作实现"看得清、报得准、收得到、用得上、打得赢"的目标。

青奥会是一项专为年轻人设立的体育赛事，和传统奥运会相比，其参赛运动员年龄在 15～18 岁之间。年轻人更喜欢、更善于通过网络、手机客户端等新型媒体获取信息，为此气象部门专门开发了卡通动漫气象信息手机客户端和气象服务网站，在所有室外比赛的场馆和青奥村等重要场所安装了 40 台可以触摸互动的多媒体气象信息显示屏，努力向各国青少年提供精细、有趣味性、有特色的气象信息。

同时，气象部门精心打造了五类服务产品，包括灾害性或高影响天气预警，短时（未来 0～6 小时）、短期（1～3 天）、中期（3～7 天）天气预报和气象指数预报，根据特殊要求还专门提供气象专报产品，以地面观测、雷达、卫星等图形图像为主的观测产品，以及气象背景分析与评估材料等。此外，青奥气象服务网还推出英文、法文天气预报信息，方便外国友人和运动员随时了解最新气象服务信息。

四年的时间，一粒微小的种子终于长成枝繁叶茂的大树。青奥会开幕式的成功，是江苏省气象科技水平和服务能力的最直观的展现。

同梦绽放添异彩　聚全国气象之力携手书写新篇章

8 月 16 日 16 时，距离开幕式只有短短的 4 个小时。此刻，针对开幕式的天气专题会商又一次召开，来自中央气象台、上海中心气象台、浙江省气象台和安徽省气象台的首席预报员共同聚焦可能影响开幕式活动的云层，从一张张变幻的卫星云图和雷达回波图中追踪着天气的须臾变化。

青奥会不单是南京一个城市，或是江苏一个省的事情，而是整个气象部门、整个国家的大事。提供气象服务的优劣，是全国气象部门的责任。全国气象工作者的心紧紧地连在一起，国家级业务单位、华东区域其他省（直辖市）以及江苏省基层气象台不断将优秀的人才、精湛的技术和丰富的经验输送到南京，打造出一支特别能战斗的南京青奥会气象服务团队。中央气象台首席预报员张芳华在8月11日便来到这里，与这里的预报专家一起分析研判；中央气象台强天气预报专家方翀以及气象服务专家张永恒也加盟青奥气象服务团队进行现场指导；来自南京市六合区气象局的周晓明则被选为金牛湖帆船赛场的气象保障主管，在体育比赛现场做好服务保障工作。全国各级气象部门的劲儿往一处使，拧成了"一股绳"。

江苏省气象局观测与网络处处长韩正国告诉记者，从8月15日开始，华东区域探空站由原来每日两次观测和传输数据加密至每日3次，实现资料共享；"风云二号"F星针对南京的观测频次也由半小时一次提高至6分钟一次，供预报员随时调看。8月11日，中国气象局数值预报中心为青奥气象台提供细化到奥体中心、金牛湖帆船赛场等具体地点的高时空分辨率精细化数值预报产品，为青奥精细预报提供技术支撑。

这是一个伟大的时代，有着最好的机遇。在南京举办青奥会的2014年，恰好是中国气象局全面深化改革和全面推进气象现代化的一年。对于江苏省气象部门乃至全国气象部门而言，在挑战与机遇面前，让智慧气象、精准服务伴随着精彩的南京青奥会而激情飞扬，伴随着全面推进深化改革和气象现代化这个伟大进程，这是责任，亦是无限的荣耀！

（来源：《中国气象报》，2014年8月18日，作者：吴越 庄白羽 曹颖 陈建东）

APEC 会议气象服务北京印记

有一种蓝，洁净、高雅；有一群人，夙兴夜寐、无私奉献。在 2014 年亚太经济合作组织 APEC 会议期间，这群人用无怨无悔的付出守卫着首都上空这方明镜般的湛蓝，人们称其为"APEC 蓝"，而他们就是参与 APEC 会议气象服务保障工作的气象人。

高度重视　周密部署

做好 APEC 会议气象服务保障工作是确保会议成功的关键因素之一。党和国家领导人从 APEC 会议筹备工作伊始就反复强调天气的重要性。

北京市委、市政府的相关领导和中国气象局局长郑国光，副局长许小峰、宇如聪、矫梅燕等多次对北京市气象局进行指导，要求全力以赴，高质量、高水平做好 APEC 会议气象服务保障工作。

"参与大型活动气象服务保障很多次了，对于 APEC 会议气象服务保障工作，气象部门的重视程度是空前的。"北京市气象服务中心副主任李津对此感触颇深，从 11 月 4 日起，她就代表市气象局与其他 13 家单位的成员在 APEC 领导人会议周北京市运行调度总指挥部值班，每天工作 13 小时，参与制作 APEC 会议值班快报，及时提供气象信息，现场汇报天气情况。同时，朝阳区和怀柔区分指挥部也各有一名气象专家参与应急值守。

空前的关注带来的是更加强烈的使命感。北京市气象局成立了专项领导小组，2013 年年初就开始备战工作、制订服务方案、建设业务系统，加强科技支撑、增强部门联动，不畏难、不松劲、不退缩。经过一年的筹备和会议前的反复演练，在 APEC 会议期间，准确的气象预报和精细化的气象服务惊艳"亮剑"。

部门联动　服务到位

对 APEC 会议期间空气污染物扩散条件的分析和预测是气象预报预测工作的重点。北京市气象局与中央气象台、中国气象科学研究院、北京市环保局、在京部队、民航机场以及天津、河北等地气象部门多次进行专项联合会商，并首次利用中国科学院大气物理研究所和天津市气象局的气象铁塔观测资料辅助"会诊"APEC 会议期间的天气。

据统计，北京市气象局共组织联合天气会商 16 次，与市环保局联合制作《APEC 会议期间空气质量趋势预测分析报告》4 期、《APEC 会议空气质量专报》16 期。北京市政府据此采取一系列减排措施，确保了会议期间北京优良的空气质量。11 月 9 日，APEC 工商领导人峰会开幕式在国家会议中心圆满举行，空气清新、晴空万里。开幕式结束后，北京市委书记郭金龙在 APEC 领导人会议周北京市运行调度总指挥部，传达了习近平总书记对 APEC 会议期间天气的好评，高度赞扬了首都气象部门的气象服务保障工作。

在大多数市民轻松地享受 APEC 会议假期时，北京市气象部门干部职工却严守岗位，比往常更加忙碌。截至 11 月 11 日，市气象局针对 APEC 会议提供总体气象服务专报 33 期，各专项服务专报 113 期，为交通运行指挥调度中心提供《交通气象服务日报》12 期；通过全媒体提供北京周边 20 个主要旅游景点天气实况及预报信息，召开新闻发布会 2 场，发布新闻通稿 10 篇，通过新浪、腾讯、人民网微博发送气象服务和预警信息 257 条，并针对会议期间的天气开展科普宣传工作；针对水立方晚宴活动、雁栖岛会场、颐和园游园及反恐应急保障等工作，分别派出 3 个现场气象保障工作组，共计 17 人次，提供最新天气实况和现场预报服务。

精细预报　广受赞誉

为保障 11 月 10 日焰火晚会的顺利进行，市气象局局长姚学祥多次参加由北京市召开的焰火燃放保障协调会，汇报天气预报情况，分析焰火燃放气象条件。市气象局从 11 月 8 日 17 时开始对 10 日天气特别是风和能见度进行逐小时预报。当天，市气象台副台长时少英等人在现场提供气象服务，并准确预报了焰火燃放时段的风向和风速。天气实况与预报高度一致，达到了筹委会"精彩与气象条件结合起来"的要求，受到了市政府秘书长李伟的赞扬。11 月 11 日，一次中等强度的冷空气席卷北京，市气象局提前对其强度和开始时间作出预报，并向筹委会报告。

北京各区（县）气象局特别是作为 APEC 会议外场气象服务"先锋官"的朝阳区和怀柔区气象局加强值守，紧贴地方服务需求，精心准备，更新业务平台，完善服务系统。高强度的气象服务保障工作，疲倦是必然的，气象干部职工的黑眼圈是他们尽心尽职服务 APEC 会议的最好证明，而与之相对应的则是每个人心中满溢的幸福与自豪。

从 11 月 4 日起，朝阳区气象局局长陈秀杰就一直在奥林匹克公园组委会现场提供气象服务，她在接受采访时的一席话道出了参与 APEC 会议气象服务保障工作者的心声："我对气象部门的预报和服务感到非常自豪，作为服务会议的气象工作人员，能够参与并见证中国展现出的美丽和强大，深感荣幸。"

优质、精细、贴心的 APEC 会议气象服务保障获得了北京市委、市政府及中国气象局领导的多次肯定和社会各界的广泛赞扬。11 月 11 日，中国气象局局长郑国光在外出开会之际特意发短信，向市气象局全体干部职工表示衷心的感谢和诚挚的问候。领导和公众的认可，激发了北京市气象人更大的动力，他们将继续以不懈的努力催生丰硕的成果，做好更加全面精准的气象服务，为祖国更美好的明天增砖添瓦。

　　"APEC 蓝"，不仅展现了首都气象现代化的全新魅力，更彰显了首都气象人的热血奉献。"APEC 蓝"，是气象部门为之奋斗的蓝，希望我们能将这种蓝保持下去。

（来源：《中国气象报》，2014 年 11 月 13 日，作者：李易明　李竞　曹冀鲁）

气象部门全力做好客船翻沉应急保障

2015年6月1日晚，从南京驶往重庆的"东方之星"号客轮在长江中游湖北监利水域发生翻沉。据初步统计，事发客船共有458人，其中旅客406人。

事件发生后，党中央、国务院高度重视。中共中央总书记、国家主席、中央军委主席习近平立即做出重要批示，要求国务院即派工作组赶赴现场指导搜救工作，湖北省、重庆市及有关方面组织足够力量全力开展搜救，并妥善做好相关善后工作。中共中央政治局常委、国务院总理李克强立即批示有关方面迅速调集一切可以调集的力量，争分夺秒抓紧搜救人员，把伤亡人数降到最低程度。

6月2日，李克强总理代表中共中央总书记习近平，率国务院副总理马凯、国务委员杨晶以及有关部门负责同志即赴现场指挥救援和应急处置工作。

正在日内瓦出席第十七次世界气象大会的中国气象局局长郑国光迅速做出指示，要求认真贯彻落实党中央、国务院领导批示精神，加强监测预报预警，为搜救工作全力提供气象保障服务。中国气象局副局长许小峰随国务院工作组前往现场。

6月2日08时30分，中国气象局进入气象服务特别工作状态。各单位根据有关突发公共事件气象保障服务的要求，针对搜救工作开展气象服务，加强天气监测预报预警服务工作。

同时，中国气象局迅速召开紧急会议，传达党中央、国务院领导对"东方之星"号客轮翻沉事件救援的批示精神，并对应急气象保障服务工作做出部署。中国气象局副局长矫梅燕、于新文参加会议。会议指出，当前，正值汛期关键期，天气形势复杂多变，尤其事发地暴雨大风天气给搜救工作带来不利影响。中国气象局坚决贯彻落实党中央、国务院领导的批示精神，一方面，要及时做好当前事发现场的气象条件分析与监测预报预警，为现场搜救工作提供决策支持；另一方面，加强对后期天气与气候趋势分析，尤其要做好局地性、突发性灾害性天气的监测预报预警，为后续救援工作提供保障。

湖北省气象局于6月2日10时启动水上搜救气象应急保障服务一级响应命令。湖北省气象局和荆州、武汉、宜昌、襄阳、咸宁、黄石、黄冈、鄂州等市气象局同时进入水上搜救气象应急保障服务一级应急响应状态，迅速展开水上搜救气象应急保障服务。湖北省气象局已成立现场工作组，襄阳市气象局移动气象台已赶往监利现场协助开展监测预警预报工作。目前，搜救工作及应急气象保障服务仍在紧张进行。

（来源：《中国气象报》，2015年6月3日，作者：贾静淅）

上下联动区域协作　精准预报助力救援

——天津港"8·12"爆炸事故救援气象保障服务纪实

自2015年8月12日天津港"8·12"瑞海公司危险品仓库特别重大火灾爆炸事故发生后，天津市气象局始终保持着重大突发事件气象保障I级应急响应状态，为现场应急处置工作提供强有力的保障支撑。

8月13日，在获悉事故后，在西藏调研指导工作的中国气象局党组书记、局长郑国光向天津市气象局局长权循刚发送短信，向在事故中受伤的滨海新区气象局职工表示慰问，要求做好现场气象服务人员安全工作，防止发生次生事故。他要求天津市气象部门加强与国家级气象业务单位的沟通，为事故应急救援提供精细化、针对性的预报服务。中国气象局副局长许小峰、宇如聪、矫梅燕、于新文均先后对做好气象应急保障服务做出指示。

8月15日15时，刚刚从西藏调研指导气象工作返京，郑国光就迅速连线天津市气象局，进一步了解情况，并要求一定要在保障人员安全的前提下开展服务，要充分利用现代化科技手段，加强风向、风速、降水等气象条件监测，滚动开展更加精细化的预报服务。特别是当天气发生明显变化的情况下，要与指挥部主动沟通，提供更加针对性的服务。

8月13日中午，权循刚在滨海新区气象局现场指挥预报服务。新区气象局局长吕江津带领现场应急保障组，从13日01时15分进入应急响应状态后，始终坚守在爆炸事故现场开展应急服务。

第一时间赶赴现场　预报助力救援指挥

在这场爆炸事故中，距离事故现场直线距离仅 2 公里的滨海新区气象局损失严重。业务大楼多块玻璃被震得粉碎，屋内多处天花板脱落、房门掉落，楼内全部停电。

新区气象局副局长姚巍告诉记者："车库铁门严重变形，用钥匙根本打不开，只能用特殊工具把门撬开，才得以开出气象应急指挥车赶赴事故现场。"

8 月 13 日凌晨 1 点左右，吕江津赶往现场指挥部，向区政府领导和相关部门汇报天气情况。

现场应急保障组在距离爆炸点仅为 300 米的位置架起自动气象观测设备。不远处，滚滚烈焰仍在燃烧，他们迅速联通网络，通过云服务系统快速调取自动气象站、卫星云图等各类资料信息，并将第一份事故现场天气实况和预报信息呈送至滨海新区政府应急办和市经济技术开发区管委会应急办。

气象部门各级领导多次强调，一定要保障服务人员的人身安全。因此，现场应急保障组迅速转移到尽可能靠近事故核心位置且相对安全的地带。同时，新区气象局职工也紧急开展抢修工作。当日 06 时，业务用电恢复；07 时，业务系统恢复；09 时，会商系统联通；17 时 24 分，天气雷达恢复正常；22 时，风廓线雷达恢复运转。

13 日下午，现场应急保障组来到爆炸事故现场指挥部，随时为各部门开展预报服务。

14 日一早，气象部门预报可能有降水出现，由于降水会对现场应急处置工作造成较大影响，现场指挥部对此高度重视。随后，现场应急保障组每小时提供一次天气预报。

"由于要精准确定降水对爆炸点的影响，服务材料必须严格按照规定时

间报送。"姚巍副局长告诉记者，"在制作材料时，现场指挥部工作人员已来到应急车前等待，可想而知这份预报材料对他们有多么重要！"还未来得及向记者介绍更多情况，姚巍手中的对讲机里便传来了召集服务人员开会的声音，他简单说了一声"一会儿再说"就火速赶去了。

14 日 10 时，吕江津向市领导及安监部门汇报了降水预报信息。市领导对新区气象局快速反应的服务状态给予赞扬，并要求继续严密监测天气发展趋势，全力以赴协助指挥部做好气象保障服务工作。市安监局也根据最新气象预报迅速调整应急处置方案和计划。

15 日凌晨，现场应急保障组利用加载了摄像头的小型无人飞机查看事故爆炸点现场情况，为下一步确立服务方向和重点提供参考。

当日下午，新区气象局值守人员全部转移出控制区域。为不影响正常服务，他们迅速来到市气象局与业务人员共同组建起爆炸事故预报服务团队，通过"云"业务平台，利用 VPN 虚拟隧道技术，远程连接到新区气象局核心服务器，继续开展预报服务工作。同时，为加强现场服务力量，市气象局成立了现场服务专家组，赶赴现场增援。

上下联动区域协作　预报服务精准到位

"在此次服务过程中，我们充分感受到中国气象局领导及各职能司、兄弟省市气象局的高度关心，在大家的全方位配合与协助下，实现了预报服务的快速高效。"权循刚说。

事故发生以来，中国气象局高度重视，北京市、河北省等气象局大力支持，国家气象中心和北京市、天津市、河北省气象局多次开展联合会商，分析降雨出现的时间、量级、影响范围等。天津市气象局每小时为市委、市政府报送一期《天气快报》，不断根据天气演变情况动态调整预报结论。

8月14日，在全国天气会商结束后，天津市气象台各岗位工作人员就持续处于看图、分析状态。从当日中午开始，中国气象局又接连组织京津冀三地气象局以及滨海新区气象局开展加密会商。同时，国家卫星气象中心向天津市气象局提供了多张爆炸事故现场的高清卫星遥感图片，为更好地开展服务提供有力参考资料。中国气象局应急减灾与公共服务司、预报与网络司也多次与天津市气象局进行电话沟通，全力协助做好预报服务工作。

在得知新区气象局新一代多普勒雷达停机的消息后，中国气象局综合观测司火速驰援，协调中国气象局气象探测中心紧急派出技术专家到新区气象局协助抢修。8月14日，驻守在现场的应急保障组急需增添应急专用装备，中国气象局办公室与综合观测司火速协调，当天中午就调拨了应急专用装备，由中国气象局气象探测中心派专人将装备送往天津火车站，市气象局探测中心在火车站继续接力传送工作。当天14时，专用装备被送至现场应急气象保障服务人员的手中。

14日下午，津南、静海和滨海新区南部部分地区出现微量降水，事故现场未受影响。18时，天津市气象台首席预报员卢焕珍得出明确结论："目前，降雨回波已经东移到海上，降雨系统已经过境，事故现场今晚不会出现降雨！"这一预报结论得到其他预报员的一致认同。随即，《天气快报》和《情况专报》被分送至市领导手中。这个时候，市气象局全体工作人员一直紧绷着的心，才暂时缓和下来。

15日13时左右，天津市气象台发现滨海新区海岸线以东渤海海面突然形成单体对流天气，有降雨出现，而降雨云团距离事故现场直线距离仅有5公里。市气象台台长余文韬告诉记者："在夏季高温天气下，这种局地对流天气极易突然形成。"市气象台在发现它的第一时间就联系驻守在现场的应急保障组，并根据分析强调，此次降水将向偏东方向移动，不会对事故现场造成影响，但受降水系统冷池影响，短时风力会明显加大。现场的应急保障组立刻向现场指挥部汇报这一情况，现场指挥部根据气象部门的预报结论，果断选择继续开展现场应急救援与清理工作。随后，正如预报的那样，降雨云团继续向东移动到海上，并逐渐减弱消失。

截至 8 月 16 日记者发稿时，气象工作者仍然坚守事故现场提供各项保障服务。

（来源：《中国气象报》，2015 年 8 月 17 日，作者：张妍）

致敬历史 气象铸魂

万里碧空如洗，机群方阵飞过，彩虹如练，天安门广场阅兵式气壮山河。

2015年9月3日，神州大地因一场伟大的胜利而奏响凯歌。走过血与火的洗礼，扛过痛与泪的磨砺，站在今与昔的交汇点上，中国庄严举办中国人民抗日战争暨世界反法西斯战争胜利70周年纪念活动（以下简称"纪念活动"），从历史的回望与纪念中汲取前行的力量。

此时此刻，气象与国家同频共振、共此荣光。面对着复杂多变的天气形势，气象部门举全国之力，众志成城、全力以赴，奉献出最优质的气象服务，用自己的方式向历史致敬，为民族铸魂！

全盘统筹 上下齐心
凝心聚力下好一盘棋

为了确保纪念活动的精彩不受天气的干扰与"破坏"，中央领导高度重视，并做出重要指示，为气象服务保障工作的顺利进行擎起大旗；北京市委、市政府领导坐镇天气会商室，成为一线气象工作者最坚强的后盾；中国气象局党组提前筹备，积极动员部署，举全国之力肩负起神圣的重任。

8月31日，中共中央政治局常委、国务院副总理张高丽来到中国气象局，检查指导纪念活动气象服务保障工作，并亲切慰问了广大气象干部职工和专家。他要求气象部门把困难估计得更充分一些，把保障工作方案落实得更扎实一些，加大工作力度，确保万无一失，为纪念活动成功举办提供良好的大气环境，向党中央、国务院和全国人民交上一份满意答卷。

8月27日，中共中央政治局委员、北京市委书记郭金龙要求气象部门讲政治、顾大局，冷静客观分析天气气候形势，密切关注天气条件的细微变化，提高气象服务的针对性和精细化水平。

在纪念活动前一天，9月2日一早，北京市副市长林克庆和北京市政府副秘书长赵根武的身影便出现在北京市气象台天气会商室里。"天气真是给力，你们和'老天爷'的对话不错。"林克庆给奋战在一线的预报员们鼓劲。在此之前，林克庆已多次来到北京市气象台检查指导服务工作。

如果说中央领导的要求是纪念活动气象服务保障工作的一盏长明灯的话，那么，中国气象局党组领导的部署与谋划则是该项工作顺利完成的不竭动力。

早在2015年7月20日，中国气象局召开纪念活动气象保障服务动员会，分析服务的要求与任务。8月20日，中国气象局召开纪念活动气象服务领导小组第三次会议暨气象服务战前动员会，对气象服务保障工作再动员、再部署。8月26日，中国气象局党组书记、局长、纪念活动气象服务工作领导小组组长郑国光强调，纪念活动规模最大、规格最高，这就对气象保障服务提出了更高要求，要充分认识到气象服务保障工作的重要性、艰巨性和复杂性。

8月31日08时，郑国光签发中国气象局进入纪念活动气象服务特别工作状态的命令。在纪念活动进入倒计时的关键时刻，中国气象局吹响了集结的号角，全国各级气象部门因为同一个目标而并肩作战。

中国气象局副局长许小峰、宇如聪、沈晓农、矫梅燕、于新文等领导也非常重视纪念活动气象保障服务工作，出席专题会商，给予指导。

重任在肩，须迎难而上；不必畏惧，担子同在你我的身上。9月3日08时30分，在纪念活动举行前最后一场专题天气会商会上，许小峰未有一丝一毫的懈怠，仍在询问预报员："在'晴间多云'这个表述里，云量到底有多少，能否再清楚一点？"而矫梅燕则在9月2日便驻守在北京市气象局，连续听取气象部门的专题天气会商，并指导纪念活动气象保障服务工作。

正是一步步夯实的组织领导和一次次高效的全盘统筹，才使得气象部门擎起合力，用百分之百的努力为气象服务保障工作的圆满完成奠定了坚实的基础。这是"一分钟"与"十年功"的博弈，也是"积跬步"与"至千里"的丈量。

天道酬勤　任重道远
用责任感与自信心换得一方湛蓝的天

似乎每一段故事只有在历经波折后，才可能被缔造成意义非凡的传奇。

9月1日，早起的人们发现窗外淅淅沥沥的小雨仍未有停歇的意思。距离9月3日的纪念活动只有两天的时间了。在彼此对望的眼神中，人们捕捉到了一丝猜疑："大阅兵会在雨中进行吗？何时才会出现蓝天？"

但预报员们似乎早已对9月3日的风雨变化了然于胸。8月30日，在纪念活动专题天气会商中，中央气象台首席预报员孙军自信地说："我认为，影响8月31日和9月1日北京降水系统并不强。9月3日的蓝天，我们可以期待。"他的观点得到北京市气象台首席预报员孙继松的认可。

果然，9月2日清晨，蓝天如画卷般舒展在人们眼前。9月3日，蓝天继续如期延续，无雨，微风，白云淡淡飘过——这和气象部门此前的预报结论完全吻合！

纪念活动气象保障组副指挥、北京市气象局局长姚学祥告诉记者，针对纪念活动的各项气象服务皆体现了精细化，包括市气象台制作的专报、重要时间节点的现场观测预报服务。在天气预报中除常规要素外，还增加低云量和天空状况、风向风速的预报；每次演练服务内容根据时间节点，发布涵盖天气展望、逐12小时天气预报、逐3小时天气预报、逐小时天气预报及天气

实况等。从 8 月 21 日开始，气象部门不断滚动更新提供 9 月 3 日天气预报信息；从 8 月 31 日 07 时起，提供天安门地区逐 3 小时的预报；从 9 月 2 日 07 时起，提供天安门地区逐小时预报。截至 9 月 3 日 17 时，气象部门共发布各类气象专报 99 期。

千锤百炼　不断创新
在重大气象保障历史上刻下完美群体像

9 月 3 日，北京市委副书记、市长王安顺以"卓有成效"四个字来评价量身定制般的最佳气象条件背后的付出。在国家历次重大活动气象服务保障战役中，气象部门都冲锋在前、毫不退缩。而在这些故事中，随着时间的累积，我们看到个人的成长、团队的壮大、技术的提升、经验的传播、精神的发扬，更看到气象科技在传承、创新与发展中留下的脉络痕迹——

在"0 ～ 12 小时短时临近预报准确率提升工程"核心系统 RMAPS（快速更新多尺度分析和预报系统）的框架下，气象部门专门开发了 1 小时快速更新循环的短时数值预报子系统（RMAPS–ST），并基于系统结果开发了天安门地区的探空曲线产品。预报更新频次从原来的每 3 小时预报到现在的每小时滚动预报，在一定程度上提升了预报的精细化程度。

气象部门二次开发数值模式，反演高中低云云底和云顶高度等预报产品；开发雷暴概率预报、颠簸指数、低空风切变和云底高度等飞行气象条件客观预报产品；研制开发华北区域、北京天安门及周边 10 个区（县）和河北、山西等保障重点地区的单站静稳天气指数预报。

面对新需求，京津冀环境气象预报预警中心在科技部、北京市科委以及中国气象局相关科研项目的支持下，改进升级建立高分辨率精细化环境气象数值预报技术和实时业务运行系统；联合北京市气候中心，研发建立京津冀

10 天至月尺度的环境气象预报技术和系统。

圆满成功的气象服务保障工作的背后，除了不断提升的科技水平外，还离不开全国各级气象部门、业务单位的支持。虽然精彩在北京天安门演绎，但是周边地区的心与之一起跳动。

"关于 9 月 2 日夜间到 3 日上午的大气环流形势，我还有一些自己的看法……"为了把脉纪念活动当天的天气，从中央气象台、北京市气象台、京津冀环境气象预报预警中心，到河北、天津、山西、内蒙古等省（自治区、直辖市）气象台，再到国家气候中心、国家卫星气象中心等业务单位的气象专家都畅所欲言，无所保留。在一次次对话中，预报结论在各种思想的碰撞中变得更加清晰。

在河北、天津、山西、内蒙古等北京周边地区，气象部门启动华北区域应急加密观测保障机制，在重要时间节点适时开展加密观测，包括人工观测和自动观测。

在遥远的太空，"风云二号"F 星分别在 8 月 13 日、8 月 22 日、8 月 30 日、9 月 2—3 日启动加密观测，观测频次提升为 6 分钟一次。

与此同时，393 个自动气象站、2 部天气雷达、6 部风廓线雷达、2 部微波辐射计、55 部 GNSS/MET 水汽观测站、13 个环境气象观测站……这些气象部门一流的观测装备也悉数惊艳亮相。

在蓝天下，阅兵方队迈着整齐有力的步伐向世界展现着中国军人的英姿飒爽。一位仍坚守在应急值班岗位的预报员说："看到这一幕，我觉得我们付出的一切都是值得的！"

（来源：《中国气象报》，2015 年 9 月 4 日，作者：吴越 张静 李竞）

2022 年冬奥会气象服务筹备工作全面启动

2022 年冬奥会各项筹备工作已开始进行。在冬奥会赛场，湿度、气温、风向等因素会影响滑雪选手的成绩乃至安全，"赛前看天气"对气象服务保障提出高要求。2016 年 7 月 7 日，记者从中国气象局获悉，气象部门已成立筹备工作领导小组，印发了筹备工作方案，北京市、河北省气象部门已启动了气象服务筹备工作。

冬奥会对天气的影响可谓严苛：能见度过低，会影响运动员、裁判员的视线，雪温和雪质对运动员雪板打蜡的种类和多少有影响，雪量能否支持赛事进行也是关键因素。北京延庆、河北张家口地区冬季气象条件复杂，可能发生山地少雪干旱、极端低温、过暖融雪、大风、沙尘暴、雾、霾、积冰或冻雨等不利气象条件，既影响运动员成绩，更对赛事安全造成影响。准确预报赛事期间天气，深入研究冬奥会气象风险及防控措施，是赛事成功举办的重要保障。

根据近期印发的《2022 年冬奥会气象服务筹备工作方案》，气象部门将从提升综合探测与冬奥专项服务观测能力、提升冬奥专项预报预测能力、提升智慧冬奥气象服务能力等方面加强冬奥气象服务能力建设。

北京市气象局相关负责人介绍，冬奥雪上运动均在山区开展，山区下垫面复杂，天气预报难度很大。因此，气象部门首先将通过地面气象监测站网建设，雷达系统与大气垂直观测网、大气环境及交通监测系统建设，进一步认识北京和张家口奥运气象服务区天气气候特点和演变规律。

同时，气象部门将开展冬季山地精细化数值预报、区域空气质量数值预报、高影响天气预报与风险预警、冬奥场馆精细化要素预报能力的研究。如建立针对山地少雪干旱、极端低温、过暖融雪天气、大风、沙尘暴、雾、霾、积冰或冻雨等影响冬奥会比赛的高影响天气预报预测系统；重点改进京、张两地"格点化、精细化"气象要素预报系统，基于雷达、卫星和自动站等资料融合的定量降水估测和预报系统，考虑地形和下垫面性质影响的气象要素插值分析系统，强化对数值预报的订正和释用，实现针对冬奥会比赛赛场、奥运村以及其他场馆的定点、定时、定量精细化要素与专业要素（雪面温度、积雪厚度、强风、湿度、降雪、低能见度、环境气象等）的实时监测和预报。

据悉，整个气象保障系统将于冬奥会开幕前3个月（2021年11月起）正式开始业务化运行。

（来源：《中国气象报》，2016年7月13日，作者：李一鹏）

增独特韵味　添别样精彩

——G20杭州峰会气象保障服务纪实

"精彩绝伦，大国风范。我从小生长在西湖边，真为祖国和家乡感到自豪。"2016年9月4日晚，看完名为"最忆是杭州"的二十国集团领导人杭州峰会（以下简称"G20杭州峰会"）文艺演出后，杭州市民楼杨在"朋友圈"里激动"点赞"。

就在演出开始数小时前，总导演张艺谋在接受中央电视台采访时，还为当晚的天气"捏了一把汗"。他透露，如果9月4日下午那场小雨没有停甚至越下越大，演出方案很可能要调整，令人惊叹的"水中折扇"与"水上芭蕾"表演或许将无缘与世人见面。好在天气预报是准确的，雨逐渐停歇——而这只是G20杭州峰会气象保障服务成效的一个缩影。

从峰会期间灾害性天气预报服务，到重要活动气象保障服务；从配合开展空气质量预报，到加强防雷安全及施放气球安全管理工作……气象部门全力以赴、协同用力，以现代化建设成果支撑此次任务圆满完成。

以高度责任感抓任务落实

G20杭州峰会气象保障服务是一项政治任务。

早在2016年年初，中国气象局就成立峰会气象保障协调指导小组和国家、省、市气象局一体化的峰会气象保障服务工作组，印发《G20杭州峰会气象保障工作方案》《G20杭州峰会气象保障服务工作总体方案》等四个方案，成立了省、市一体化的峰会气象台，在峰会总指挥中心搭建现场气象台。

8月，气象服务进入关键阶段。4—5日，中国气象局局长郑国光检查指导峰会气象保障服务工作；副局长许小峰、矫梅燕、于新文也分别到一线进行指导。8月底，矫梅燕作为G20杭州峰会气象保障协调指导小组组长到现场坐镇指挥。

8月29日，浙江省委书记、省人大常委会主任夏宝龙，省委常委、杭州市委书记赵一德，副省长孙景淼等专门赴杭州市气象局考察G20峰会气象保障服务工作。8月30日，郑国光签发命令，中国气象局进入G20杭州峰会气象保障服务特别工作状态。

一声令下，中国气象局各相关直属单位和职能机构以及浙江、上海、江苏、安徽等省（直辖市）气象局积极行动，实行负责人24小时领班、专人值班制，全力做好加密观测、滚动预报、及时预警、跟进服务等工作。利用"风云"卫星、高分卫星、多普勒雷达等，气象部门进行精细化立体加密观测，提供区域中尺度模式快速同化更新与1公里分辨率的精细化数值预报，并基于移动互联网手机软件"智慧气象"进行精细定位服务……这些实践有效提升了气象监测预报的定量化、客观化、精准化水平。

在夏宝龙看来，杭州"呈现独特韵味和别样精彩"，与"更加高效精准的气象保障服务"密不可分。

检验和展示气象现代化成果

"要将峰会气象保障服务作为检验和展示气象现代化成果水平的重要平台，全力以赴做好做实。"郑国光说。

从8月16日起，气象部门就每天发布未来10天浙江全省和杭州天气趋势分析预报。9月3日夜间，峰会气象台正式向峰会筹委会汇报：4日夜间天气不影响户外演出，但可能会有小雨。"大型交响乐在户外进行对天气要求非常之高，万一雨大起来，不仅达不到效果，对乐器损害也非常大。"执行导演沙晓岚说。但正是因为相信气象部门的预报结论，演出指挥部最终确定

了在西湖湖面进行表演这套方案。

9月4日11时30分，峰会气象现场服务组进驻峰会文艺活动部，两部气象现场观测保障车进驻西湖景区。此时，浙江东部舟山、宁波、台州等地均出现降雨，降雨云系向西偏南移动，直奔杭州而来。尽管早已与气象部门反复沟通，就出现小雨或阵雨情况留有预案，但沙晓岚还是感到"很紧张"。15时，西湖区域有小雨飘落。气象部门果断向文艺指挥部和导演组提供短时临近服务，确认当天19—23时演出区域无雨。

许多人并不清楚，这份被视作演出顺利举行最为"关键"预报产品的背后，凝聚了多少人努力：气象部门调用"风云二号"F星，9月2日08时—6日20时开展6分钟一次的加密观测，调用"高分四号"卫星，9月1—4日以杭州为中心开展应急观测；保障团队打造集卫星、雷达、自动站、能见度站等设备交织的三维立体精细化监测服务网络，所获得的观测资料特别是西湖区域1公里自动站观测资料，在G20杭州峰会短时临近天气预报中发挥了重要作用。

精准服务，不止于4日晚上那场演出，而是贯穿了9月1—7日整个G20杭州峰会及其系列活动。气象部门应用了"逐10分钟更新0～6小时预报，逐小时更新24小时逐小时预报，逐日更新未来15～30天延伸期预报"的最新精细化监测预报产品体系，有针对性地开发了0.2～1公里分辨率的精细化产品，以及重点场所定点温度、降水、高度梯度风、体感温度和舒适度等气象要素服务产品。

浙江气象部门还对手机软件"智慧气象"进行升级，丰富服务内容，新增英文服务模式。有近两万名峰会服务人员安装了这一软件，有效扩大了服务覆盖面。

透过这些，我们看到了保障团队的努力，更看到了气象现代化成果支撑下的气象服务的实力和能力。

以"伙伴精神"促进联动互助

G20 杭州峰会会标中的"桥"及其背后蕴含的"互联互助"之意，近来深受世人推崇；而"集众智、聚合力"更是此次峰会筹备工作的主基调。这种共同应对挑战、同舟共济的"伙伴精神"，也在 G20 杭州峰会气象保障服务工作中得到很好体现。

整个 G20 杭州峰会气象保障服务工作得到了中国气象局的悉心指导，也得到了兄弟气象部门的倾力协助。峰会前夕，国家气象中心、国家卫星气象中心、气象探测中心以及北京、上海、江苏、山西和安徽等省（直辖市）气象部门，选派专家赶赴杭州"助阵"，从硬件、软件两方面给予全力支撑。国家气象中心、国家气候中心针对 G20 杭州峰会气象保障服务制作了数值预报、热带气旋监测预警、环境气象和短期气候预测等多类指导产品。在 9 月 4 日举行峰会文艺演出的那个夜晚，从中央气象台到相关省（市）气象台，视频会商系统联动的每一处都是灯火通明……

G20 杭州峰会气象保障服务工作也得到社会各界、各部门的积极配合。中国科学院大气物理研究所、北京大学、南京大学等院校发挥人才优势，给予技术、智力援助；针对环境气象服务，浙江省气象局与环境部门加强联动，从 8 月 17 日起，气象专家入驻省环保厅，每天两次联合开展环境气象会商，分析未来杭州及周边地区天气趋势和污染物大气扩散气象条件，发布 G20 峰会空气质量预报快报；峰会文艺演出当晚，气象部门每半小时向公安部门发送演出区域风力、风向服务材料，确保烟花燃放活动万无一失；浙江省委宣传部与省气象局共同推进气象防灾减灾宣传工作，动员全社会防灾减灾力量共同保障峰会顺利进行……

而这一切，在 G20 杭州峰会结束后，都是留给浙江气象的宝贵财富。

（来源：《中国气象报》，2016 年 9 月 8 日，作者：段昊书 李一鹏）

分析气象条件为雄安新区建设建言

——保护"华北明珠"为千年大计之基

日前，中共中央、国务院印发通知，决定设立河北雄安新区。这是以习近平同志为核心的党中央作出的一项重大历史性战略选择，是千年大计、国家大事。

根据规划，雄安新区由河北省保定市所辖雄县、容城、安新三县组成，位于北京西南方向、京津冀核心腹地。

那么，雄安新区气象条件如何？位于新区中部的"华北明珠"白洋淀能给当地天气气候带来哪些"好处"？

白洋淀缓解区域变暖趋势

据1961—2016年的监测数据，雄安新区年平均气温正以每十年0.1~0.3℃的幅度升高，但气温增幅要低于周边地区。河北省气候中心高级工程师张婧告诉记者，白洋淀在一定程度上抑制了当地的变暖趋势。

以1981—2010年的历史数据来看，雄县年平均气温为12.7℃、容城为12.6℃、安新为12.3℃；三个县的冬季平均温度为−2.3℃,年平均高温日数（日最高气温超过37℃）为3.2天。总体来看，雄安新区冬季不算太冷，夏季高温日数也不算多。

作为华北地区最大的淡水湖，白洋淀起着改善温湿状况、调节区域气候的重要作用。京津冀协同发展专家咨询委员会组长、中国工程院主席团名誉主席徐匡迪院士指出，雄安新区开发建设要以保护和修复白洋淀生态功能为前提。

而据河北省气象局综合气温、湿度、风速、日照等因素分析得出的气候适宜度显示，每年3—6月、9—10月，是雄安新区气候最为舒适的时节。

云水资源开发值得重视

除了调节气温外，白洋淀能否成为雄安新区的"水缸"？

截至2016年，北京市人口达到2100多万，年用水量已迫近40亿立方米"大关"。尽管白洋淀正常蓄水量为4亿立方米，但与建设比肩深圳、浦东的大城市同时确保城市"蓝绿交织""水城共融"的需求，仍有距离。

在自然降水方面，河北省保定市气象台副台长王志超说，雄安新区年平均降水量约为492.3毫米，三县暴雨日数不多，地处平原的雄安新区未来面临的洪涝灾害风险较小；但当地降水并不丰沛，干旱的影响更大。譬如，北京的平均年降水量就较雄安新区要多。

从气候变化的角度分析，雄安新区年平均降水量正以每十年5～20毫米的趋势减少，蒸发量则呈现增加趋势。

一面要建设新区，另一面更要保护白洋淀及其湿地功能，除了人为补水及流域生态修复外，人们显然应当考虑更多"出路"。

值得一提的是，雄安新区近55年来云量呈明显增多趋势，这表明当地云水资源开发具有较大潜力。但由于航路密集，当前白洋淀地区开展飞机人工增雨作业难度较大。张婧认为，这一课题在雄安新区规划建设过程中，值得更多部门深入研讨。

新区建设应规划通风廊道

重污染天气防治也是雄安新区规划建设面临的一大考验。据气象部门分析，1981—2010 年，保定市大气环境容量持续下降，目前已为河北全省最低。这意味着，雄安新区出现重污染天气的风险较高。

张婧说，数据显示，雄安新区大风日数呈逐年减少趋势，每十年大风日数约减少 2～5 天。风速降低便导致大气污染物的扩散能力减弱。

近年来，随着大气环境治理力度加大，雄县、容城、安新三县的 $PM_{2.5}$ 年均浓度呈显著下降趋势。但北京 2016 年的 $PM_{2.5}$ 年均浓度和重污染天气日数均比上述三县要少。雄安新区要实现"清新明亮"，仍任重道远。

张婧认为，在气候变化大背景影响华北地区风速的情况下，规划雄安新区时应当格外留意城市盛行风向，提前布局好通风廊道，避免新建城市出现大城市中心区域大气流通性较差的"老毛病"。

此外，经河北气象部门评估，雄安新区拥有丰富地热资源。当地可以考虑加强绿色能源的开发利用，从而适当减少对化石能源的使用。

（来源：《中国气象报》，2017 年 4 月 10 日，作者：段昊书 谢盼）

国产大飞机试飞有了"国产"气象保障

2017年5月5日14时，上海浦东机场，首架国产大飞机C919缓缓滑向跑道，加速，抬升，直冲云霄……萦绕几代中国人的大飞机梦终于圆了！

当天，由气象部门与商飞公司联合组成的试飞气象保障团队，在不利天气条件下准确捕捉到两个小时的"试飞窗口期"，成功保障C919安全执行首飞任务。

任何成功都不是易事，没有偶然，没有幸运。

国产大飞机的出世是几代航空人近半个世纪的接力和新一代大飞机人"十年磨一剑"的结果。同样，首飞气象保障的成功，源于气象人对试飞气象保障技术的不懈探索，以及心系国家战略，主动服务、主动作为的勇气与智慧！

厚积薄发　成功打开大飞机试飞"天窗"

5日早晨，几乎全世界都在关注中国首架国产大飞机C919能否在这一天首飞成功。然而阴云密布的天气却令人担忧。

飞机首飞存在较高风险，对天气条件有着严苛的要求。当天上午，能见度和侧风均满足条件，唯独云底不够高。

10时，商飞试飞中心气象台里的气氛十分紧张。在短短半小时内，国家工信部副部长和C919首飞总指挥、副总指挥、总设计师等先后前来询问下午的天气状况。此时，上海市领导也在密切关注着气象条件。

时间一分一秒地过去，围绕"云底高度何时能从目前500米抬升到满足首飞要求的900米"，气象保障团队密切监测、综合分析，凭借此前一系列

技术攻关产品和近两年来积累的保障经验，提出较明确的预报意见："14 时左右，云底高度将抬升到 900 米左右，有利于首飞；16 时前后，随着气温下降，天气条件将转差。"

接近中午，老天依然阴沉着脸。商飞试飞中心主任、首飞机组观察员钱进对首飞时间仍然犹豫："云底高度过低，飞机降落时不容易看清跑道。"他召集上海中心气象台首席预报员漆梁波和试飞中心气象台台长蒋瑜，再次询问："14 时至 16 时，云底高度能否满足首飞条件？"在得到肯定答复后，机组最终将首飞时间定在 14 时，并确定在 15 时 30 分左右返回。

午后天空果然越来越亮，至 14 时，云底高度抬升至 900 米左右。15 时 19 分，成功完成首飞任务归来的钱进表示对气象保障工作非常满意，并感谢气象部门的大力支持。

"天窗"在这一天得以开启，不能不说有老天对大飞机首飞的眷顾，然而准确预测出试飞窗口期，更多依靠的是核心技术作底气。

主动担当　追梦试飞气象保障"国产化"

2014 年，中国商飞公司 ARJ21-700 飞机远赴北美万里追云，终于完成了取得适航证前最关键的一项试飞科目——自然结冰试验。对于钱进而言，这来之不易的成功并没有让他稍感轻松：中国大飞机制造刚刚起步，未来的试飞任务源源不断，国外试飞不是长久之计。

彼时，上海气象部门正在率先实现气象现代化道路上披荆斩棘、探路前行。"气象工作不能只立足于部门发展，必须真正融入经济社会发展和国家战略大局中。"基于这样的认识，新任市气象局局长陈振林与局党组成员达成共识：以需求为牵引，着力发展气象影响预报，提高气象服务保障的针对性。

2015 年 6 月，陈振林主动带队来到商飞试飞公司。双方一拍即合，很快在大飞机的事业中找到了契合点——国产大飞机试飞要有国内气象保障！

担当，需要有奋起直追的勇气，更需要脚踏实地、真抓实干。

对于气象部门来说，试飞气象保障是一项全新的挑战。试飞指的是在飞机交付使用之前，对飞机进行飞行测试，采集飞行数据，使飞机在交付之前处于最稳定的飞行状态。这就意味着试飞要先把"危险"天气都试一遍。试飞气象保障人员不仅需要保障飞行安全，更要对不同的气象要素进行精确预测，准确把握特殊天气的出现，以确保大侧风、高温高湿、高寒、自然结冰等试验科目顺利完成。

同年 10 月，上海气象部门和商飞试飞中心联合成立了试飞气象工程研究中心，聘请国内外航空、试飞、气象领域的资深专家组成科学指导委员会，挑选双方的骨干预报员、飞机设计师等组建试飞气象保障专业团队，瞄准试飞气象保障核心技术，开始了试飞气象保障"国产化"追梦之旅。

攻坚克难 摸索特殊天气下的试飞规律

2015 年，试飞气象保障团队从最难的科目"自然结冰试验"着手，对 ARJ21-700 飞机此前在北美、我国乌鲁木齐开展试验的个例进行非常细致的对比分析。据参与该团队的上海中心气象台预报员李佰平介绍："刚开始完全是摸着石头过河，我们借鉴了美国在这方面的技术方法，并依托我国气象部门数值预报等方面的技术优势，逐步得到适合于民机试飞的自然结冰潜势预报新方法，最终有效减少了空报的概率，以尽可能避免飞机飞上天却结不到冰的情况。"

2016 年，团队联合中国气象局人工影响天气中心等单位在安徽安庆首次开展飞机结冰综合探测试验，对过冷水、结冰等云物理参数进行采样，成功收集到大量试验数据和资料，为找到我国飞机自然结冰试飞试验的适合区域和季节奠定了基础。

与此同时，试飞气象保障团队对全国范围内的机场气象条件进行大数据分析，并不断追求创新，基于高分辨率数值模式自主研发出一系列试飞专业影响预报产品，例如针对大侧风试验研发了机场精细化风向风速和阵风预报产品、机场单站时间剖面和高空温度对数压力图预报产品等。

不积跬步，无以至千里；不积小流，无以成江海。虽然在试飞气象保障技术的研究上依然存在着重重难关，但每一次突破都距离梦想更近了一步。

就在刚刚过去的4月，试飞气象保障团队还在内蒙古锡林浩特精确"捕获"到5次满足试验条件的大风过程，不仅成功保障了国产 ARJ21-700 飞机地面大侧风试验成功开展，更创下国内大侧风试验风力最高和风试验周期最小两项纪录，为后续 C919 飞机开展侧风试验积累了丰富经验。这意味着气象人在追梦试飞气象保障"国产化"道路上迈出了坚实的第一步。

然而，相比国外试飞气象技术水平，国内依然存在很大差距。在5月5日最激动人心的一刻，漆梁波和蒋瑜均表示，下一步为 C919 适航取证做好气象保障才是更严峻的考验，气象保障团队将继续全力以赴攻克难关。

（来源：《中国气象报》，2017年5月9日，作者：王瑾）

守望"丝路祥云"

——记"一带一路"高峰论坛气象保障工作

>>>>>

2017年5月14日，伴随着蓝天白云、悠悠清风，"一带一路"国际合作高峰论坛顺利开幕。一时间，"一带一路蓝""丝路祥云"在朋友圈刷爆了屏。

"老天给面儿"让气象工作者松了一口气。为了做好盛会期间的气象预报和保障工作，气象工作者提前半个月就开始密切监测天气形势，把脉京城及其周边地区的风云变幻。

5月份的北京正值春夏转换季，局地对流、雷暴等不稳定天气逐渐显现。

5月7日，北京市气象局进入高峰论坛气象保障服务特别工作状态，启动重大活动四级应急响应，5月11日、12日分别将应急响应级别提升至三级和二级。5月11—15日，中国气象局进入特别工作状态。

看似每天反复"抠"相同的天气要素，但事实上是对气象预报不断订正、精准确定预报结论的过程。从5月5日至高峰论坛结束，北京市气象台与国家气象中心、中国气象科学研究院、国家卫星气象中心，在京部队、民航气象部门，以及天津市、河北省气象局建立专家会商联席机制，围绕大风、沙尘、降水等高影响天气作出分析研判。"风云四号"A星的"慧眼"为预报员"拍板"提供了参考。其间，北京市气象局联合市环保局加密会商频次，研判雾和霾趋势变化。

北京市气象台总技术负责人、国家级首席预报员张迎新说，天气系统每天不断变化，再加上春夏季交替，不确定性很大，要通过多次会商，为高峰论坛提供更准确的预报结论、更精心全面的服务内容。

　　除滚动跟进的精细化预报外，气候风险评估也不能忽视。2月份至3月份，北京市气候中心对北京历史上5月中旬的气象数据加以分析，经过气象专家数十次修改后，最终形成气候风险评估报告报送相关部门。

　　为确保此次气象服务更加精细，北京市气象局专门组建了两个现场服务团队，于5月5日起进驻活动现场。国家会议中心现场气象服务团队队长吴宏议有着多年的现场服务保障经验，进驻现场第一时间就检查气象应急指挥车运行状况，及时开展预报服务工作。由北京市气象台副台长时少英带领的雁栖湖现场服务保障团队，同步开展各项服务。在为期多日的现场保障中，两支队伍向当地指挥部累计报告气象信息52次。

　　风和日丽中，高峰论坛书写合作共赢的新篇章。紧张有序中，气象服务保障也交出了一份令人满意的答卷，确保蓝天"准点"到来。

　　　　　　（来源：《经济日报》客户端，2017年5月19日，作者：杜芳）

气象部门迅速落实中央领导重要指示精神
全力以赴开展茂县抢险救援气象保障服务

2017年6月24日06时许，四川省阿坝藏族羌族自治州茂县叠溪镇新磨村发生山体高位垮塌。气象部门迅速贯彻落实习近平总书记、李克强总理等中央领导同志的重要指示精神，密切关注抢险救援情况和灾区天气状况，全力以赴开展应急保障服务工作。

灾害发生后，党中央、国务院高度重视。中共中央总书记、国家主席、中央军委主席习近平立即作出重要指示，要求四川省全力组织搜救被埋人员，尽最大努力减少人员伤亡、防范次生灾害发生，并妥善做好失踪人员亲属和受灾人员的安抚安置工作。国务院要派工作组前往指导抢险救援，慰问受灾群众。目前，已进入主汛期，多地出现较大降雨，各地和有关部门要加强灾害防范，排查各种隐患，确保人民群众生命财产安全。

中共中央政治局常委、国务院总理李克强作出批示，要求全力组织搜救，尽力减少人员伤亡，并抓紧排查周边地质灾害隐患，尽快转移受威胁群众，防止发生次生灾害。要查清垮塌原因，妥为善后处置。国家减灾委要督促各地切实加强各类灾害防范和安全生产工作。

中国气象局密切关注当地天气情况及抢险救援情况。中国气象局党组书记、局长刘雅鸣在灾害发生后立即致电四川气象部门了解情况，并就抢险救援情况及应急保障服务进行紧急部署，要求相关气象部门第一时间做好抢险救援等各项服务工作。在京各局领导通过参与视频会商等方式，指导抢险救援气象保障工作。24日19时许，中国气象局党组成员、副局长矫梅燕随国务院工作组进入受灾地区，在现场指导救灾工作。

中国气象局党组要求，要认真贯彻落实中央领导同志的重要指示精神，全力以赴做好受灾地区应急救援气象保障服务工作，加强灾害天气监测预报预警，加强与国土资源等部门的应急联动，做好相关气象防灾减灾科普宣传工作。

从 24 日上午开始，中央气象台多次围绕抢险救灾气象保障工作组织视频会商会，研判受灾地区天气形势，并对入汛以来当地气候背景和天气特点进行分析；"风云二号"卫星启动 6 分钟加密观测；各国家级业务单位对灾区气象部门应急救援气象预报服务业务开展针对性技术指导。

在四川，24 日 12 时 30 分，四川省气象局启动地质灾害气象服务一级应急响应，开展抢险救援专题预报，省气象局领导及省气象台首席专家第一时间进入抢险救援现场，开展服务；阿坝州、茂县气象局组织人员携带应急观测设备，前往新磨村开展现场救援及应急服务，并向抢险救灾指挥部提供逐小时更新的决策预报服务产品。目前，除了关注降水、气温等对救援及受灾群众安置工作的影响外，气象部门还重点开展了针对进入灾区三条道路的气象预报服务、灾害发生地上游的面雨量预报服务等。

面对灾情，各部门、企业众志成城，积极联动。曾在汶川抗震救灾中被授予"抗震救灾英雄陆航团"的西部战区陆军第 77 集团军某陆航旅，用直升机搭载 15 名医疗队员飞赴灾区，展开伤员救护、转运等工作；四川地质、水文、测量等部门抽调专业人员组成应急救援分队，进入灾区开展地灾排查工作；国家电网四川省电力公司紧急驰援叠溪等地，开展抗灾保电；各通信企业启动应急预案，修复因地灾而中断的通信线路……截至记者发稿时，抢险救援各项工作仍在紧张有序地进行。

（来源：《中国气象报》，2017 年 6 月 26 日，作者：段昊书）

为建军 90 周年献礼

——阅兵气象服务保障纪实

>>>>

2017 年 7 月 30 日，庆祝中国人民解放军建军 90 周年阅兵在内蒙古朱日和联合训练基地隆重举行。为了确保阅兵顺利举行，军队与气象部门加强联动，强化监测预报。

内蒙古自治区气象局布设三道防线，通过开展人工影响天气作业，减弱不利天气对阅兵活动的影响；国家气象中心利用最先进技术、派出最强技术人员，做出精细化预报。

一

天气变化是影响阅兵的重要因素。根据庆祝建军 90 周年阅兵气象保障工作的总体安排，阅兵人工影响天气保障指挥部成立，内蒙古自治区气象局全程参与此次保障任务。

阅兵人工影响天气保障指挥部副总指挥、内蒙古自治区气象局副局长杨志捷介绍，降雨、雷电、大风、雾、霾、高温等天气都会对阅兵活动产生严重影响，而致灾性很强的雷击等灾害性天气还可能引发人员伤亡和电子设施损坏。

气象保障服务从 7 月 11 日开始一直持续到 7 月 30 日。针对保障工作重点关注的天气形势，内蒙古自治区气象台组织开展加密会商，针对 24 小时内有无阵雨、有无强对流天气及天气过程可能出现时段、云量分布等进行分析，预报内容包括逐 12 小时预报、逐 6 小时预报、逐 3 小时预报、关键时间点天气预报及天气实况等，并及时发送给各级指挥机构及相关决策者。

人工影响天气也是服务的重要组成部分。杨志捷说：" 我们的主要任务就是结合当地天气特点，在保障区周围布设三道防线，通过人工影响天气作业，减弱可能出现的不利天气对阅兵活动的影响。"

7 月 29 日 20 时，离阅兵活动开始只剩下 13 个小时左右。

气象部门预报，保障区北部出现天气过程。保障组立即组织再会商，并得出"重点关注时段内保护区北部偏西地区有局地云系覆盖，伴有局地对流性降水"的结论。指挥部根据会商意见确定作业区，内蒙古人工影响天气中心针对作业区为飞机设计航线计划。

彼时已是 7 月 30 日凌晨。国家高性能人影作业飞机等从不同方向和航线起飞，实施人工影响天气作业。在飞行作业数小时后，达到了预期效果。"此次阅兵人工影响天气保障作业飞机需要在夜间飞行，较以往难度增加，对人影机组人员的能力要求极高。"参加作业的内蒙古自治区人工影响天气中心主任达布希拉图说。

为做好此次阅兵气象保障服务工作，中国气象局减灾司、中国气象局人工影响天气中心以及各方面气象专家集聚内蒙古自治区气象局，全程参与，坐镇指挥并给予技术指导，国家气象中心、国家气象信息中心全程提供技术保障，东北区域人工影响天气中心派出飞机、专家和技术骨干赴阅兵保障区域参与人影作业。

此次阅兵人工影响天气保障作业，共进行了一次演练和两次实战作业，飞机飞行三次共 12 架次，140 人参与人影保障，内蒙古人影中心与北京、吉林、辽宁以及锡林郭勒盟人影中心就天气过程、作业航线及人员部署等进行了多次紧急会商。"通过此次保障服务，既检验了服务能力，也锻炼了队伍。

同时，我们也得到了中国气象局、各兄弟省份气象部门及民航、公安、武警总队等部门和单位的大力支持帮助。在以后重大活动气象服务中，我们要继续发挥气象部门的技术优势，全力做好气象保障服务。"内蒙古自治区气象局局长党志成说。

二

过去一段时间，中央气象台的预报员也接受了一次"沙场点兵"。

中央军委联合参谋部和作战指挥中心接到阅兵活动任务后，就邀请国家气象中心联合开展气象保障。国家气象中心高度重视，利用最先进技术、派出最强技术人员参与此项重要任务。牛若芸、方翀、何立富、孙军等首席预报员及该中心天气预报室所有中期领班预报员全程参与，逐日滚动订正预报结论，首席预报员还参加了人工影响天气作业保障会商；曹勇等预报员赴一线参与前方现场保障任务。其间，前后方密切配合，共提供专项气象保障任务单 21 期；军地双方举行 6 次现场会商。

此次保障任务的难点在于，时间恰逢华北、东北地区雨季，强降雨、强对流天气发生概率高，可能对阅兵活动造成影响。同时，此次预报时效长，且对精细程度有较高要求。这无疑是对气象现代化建设成果的一次检验。

预报员先是参考朱日和基地及周边的气候背景、分析历史资料，再借助中央气象台 1～30 天逐日集合预报、低频预报等产品，最后凭借经验订正，指出"7 月 29 日前后朱日和地区有降雨，量级低于 25 日之前的降雨"；在后续会商中，中央气象台进一步给出预报意见，"降雨以阵性降雨为主"。随着阅兵活动日期临近，预报时效缩短使可供预报员参考的信息资料进一步丰富，但也带来新问题——如何从海量信息中选取最有用的信息？中央气象台利用自主研发的智能网格预报、多模式降雨融合产品技术手段等，最终确

定"阵雨时段为 29 日下午，30 日上午以晴到多云为主，强对流天气发生可能性低，对于阅兵活动基本无影响"。这与实况基本吻合。

阅兵活动结束后，中央军委联合作战指挥中心气象海洋大队向国家气象中心发来感谢信，希望以此次活动保障为契机，双方深入合作，充分发挥军民融合发展的巨大作用。

（来源：《中国气象报》，2017 年 8 月 3 日，

作者：余亚庆　贾晓燕　郑旭程　黄威　段昊书）

大美北疆　气象守望

——内蒙古自治区成立 70 周年庆祝活动气象保障纪实

"红色基因、绿色发展，建设亮丽内蒙古，共圆伟大中国梦……"2017年8月8日，在内蒙古自治区成立 70 周年庆祝活动主会场，现场表演精彩纷呈。然而，这是一场露天演出，如果演出中途发生降雨，影响很大，负责气象保障服务工作的气象工作者承受着巨大压力。

预报显示，当日 13—16 时有降雨。降雨如约而至，带来了清凉，也让保障人员更加紧张——距离活动开始还有三小时，如果一直下，会有怎样的影响？询问天气的电话一通接着一通，人人手中都捏一把汗。

最终，预报结论得到了验证：16 时，降雨渐渐停止，在凉爽的天气中，庆祝活动顺利举行。活动取得圆满成功后，自治区党委副书记李佳，自治区党委常委、秘书长罗永纲分别代表自治区党委政府、庆祝活动筹委会向自治区气象局表示感谢，对气象部门精准服务给予充分肯定。

万事俱备　只欠东风

短时降雨多发，天气是庆祝活动最大的不确定因素之一。

时钟拨回到 8 月 6 日，李佳专门问 8 月 8 日庆祝活动当天的天气情况，并对自治区气象局局长党志成说："这次是否成功，就看你们了。"

他的担心是有道理的，这场筹备多时的盛会可以说是"万事俱备，只欠东风"，天气因素是此次活动成功与否最大的不确定因素之一。前来支援预

报服务的中国气象局干部培训学院教授俞小鼎在主会场现场查看后曾说："云过了北边的山头，就肯定会下雨。"而事实也证明了他的判断：野马图主会场的天气系统很不稳定。在 8 月 5 日排练过程中，一场小尺度对流天气系统向会场移动过来，会场北边大青山上的雨幡一度非常壮观，所幸降雨最后没有影响会场。而 8 月 7 日的天气则没有那么配合，小尺度对流天气系统爬过山峰后，径直奔向了主会场，1.6 毫米的降水使排练不得不因此中断。到了 8 月 8 日活动当天 10 点以后，会场附近云层逐渐加厚，零星降雨不时出现。

会场频繁出现这种小尺度对流天气系统，给气象保障工作带来了很大难度，而这种现象是由多方面因素共同造成的。

在呼和浩特，"七下八上"是每年降雨最集中的时段，庆祝活动选定的午后，正是中小尺度对流天气系统一天中最易发生的时间。另一方面，庆典会场的选址，客观上也为形成降水创造了条件。

自治区气象局正研级高级工程师尤莉介绍：在野马图村一片广阔的绿地中央，建有内蒙古少数民族群众文化体育运动中心，相当于在一整片绿地中有一块硬化地面，会场中心的温度将比周围略高。连日来排练等工作导致人员聚集，更加剧了这种热量差异，容易形成局部对流。另一方面，会场座落在巍峨的大青山脚下，在午后地面温度高、上升气流强的时期，山前也容易形成对流性降水天气系统。

对其做出准确的预报，则是气象部门义不容辞的责任。面对自治区党委政府交给的这份重担，党志成态度坚决："所有的困难我们都克服，尽最大努力做好气象保障服务。"

谋定而后动　笃定而后行

布局早、行动快、工作实、保障优，自治区气象局用实力支撑自信。

面对艰巨的保障任务，内蒙古自治区气象局敢于迎难而上，做出这样的表态，有自己的底气在。

这份底气首先体现在"早"字上。在2016年3月，自治区气象局副局长杨志捷就针对气象保障工作开展谋划，落实专项气象保障建设项目经费；同年8月，自治区气象局召开专题协调会研究部署气象保障服务工作；2017年初，气象保障工作方案出炉……全速运转的保障工作，谋定而后动。

一年来，准备工作推进的步伐快速而不失稳健。

预报服务的"基石"——观测站网已经做好万全准备。呼和浩特的观测站网原本有薄弱之处，而新建的7个多要素自动站弥补了这些不足，其中一个就坐落在庆典会场附近。气象局还专门调配了3个移动气象站，针对气象服务需求灵活开展监测。此外，监测短时强对流天气最有效的雷达，其稳定运行也已得到保障，气象工程师与雷达厂家工程师共同进驻料木山雷达站，可以随时排除故障。谈及如何保障观测站网的稳定运行，自治区气象局观测与网络处处长邢金熠拿出手机，展示了运行状况监测软件。在小小的屏幕上，观测设备运行状况一目了然。"有了这个系统，我们就能做到第一时间发现故障并维修。"邢金熠说。

预报技术的升级，使观测数据激发出更大价值。2016年11月投入业务化运行的内蒙古数值预报业务系统（RMAPS-NM）迅速成为预报"主力军"。这套系统采取两重嵌套方案，第一层精度为9公里×9公里，覆盖内蒙古全域；第二层精度3公里×3公里，以呼和浩特为中心，覆盖内蒙古河套地区，预报产品时间频次达到1小时1次。在新系统应用的基础之上，技术人员还专门针对庆典保障进行优化。会场附近的自动站资料及雷达资料融入数值模式之中，最终形成每10分钟滚动更新、空间分辨率达到1公里×1公里的0～12小时的网格化预报和分析产品。7月初，这套优化系统上线运行，可制作出降水、温度、风等多种精细化预报产品。

　　观测数据需要加工成预报结论，而预报结论还要转化为决策服务信息。如今，当需要气象信息时，决策者打开手机决策服务软件就能一目了然。预警信息、降水统计、实况监测、雷达产品……决策服务最常用的几项数据，被集成在这个软件的首页上。

　　在这样便捷的服务背后，是气象部门不断改进服务质量的努力。自治区气象局参考历次重大活动气象保障服务的先进经验，还派出代表团专门学习G20峰会气象服务的成功经验。参与了学习的自治区气象局应急与减灾处副处长薛德友举例：在此次服务过程中，采取了渐进式的发布策略，即越是临近、预报意见越精细，既符合气象预报的自然规律，又能最大限度地满足庆典组委会的服务需求。

　　"一个好汉三个帮"，在提高自身能力的同时，自治区气象局还努力争取各方协助。在保障服务的现场，活跃着兄弟单位支援人员的身影：俞小鼎与中央气象台首席预报员何立富、国家气候中心首席预报员宋文玲值守在庆祝活动气象台，随时分析会商天气形势。中国气象局人工影响天气中心副主任王晓辉进驻庆祝活动人工影响天气指挥部，捕捉着最适宜作业的天气条件。从中央到地方，16家单位在技术、业务、产品、人才等方面全力支持、全力配合。

功夫下在平时，方能临危不乱

　　临近活动，降雨频现，预报员拿出了做决断的勇气。

　　"心连心演出活动现场不会出现天气过程，天气晴好。"在为8月3日中央电视台"心连心"呼和浩特慰问演出提供气象保障时，自治区气象台首席预报员韩经纬的果断判断，给演出方吃下了一颗定心丸。就在演出前一天，呼和浩特出现阵雨，通辽、赤峰甚至出现大雨。但在演出进行时，天气正如预报结论所说，一片晴朗。

这次保障，既是演练，又是实战。进入8月，随着庆祝活动的脚步越来越近，气象保障工作也真正进入了临战状态。同样是在8月3日这天，两辆气象应急车开进了野马图会场，十余名专业技术人员驻守在这两座移动气象台上，两套完整的业务系统互为备份，气象服务保障来到了第一线。

在这一天，自治区气象局还举办了庆祝活动气象保障第二轮应急演练。如果说7月21日的第一次应急演练检验了准备情况，锻炼了队伍，那么这一次则与实战无异。专题会商、故障排除、现场服务、信息发布、科普解读……实战可能出现的环节，在此次演练中全部到位。

8月7日下午，野马图会场，排练正在进行，一片黑云飘到附近。在应急车上，自治区气象台副台长石少宏从雷达图上移开目光，掀开窗帘观察云的走向。8月8日下午，庆祝活动气象台会商室，何立富刚刚分析完雷达回波，又转身查看从现场发回的实景照片。与此同时，人工影响天气团队利用飞机、火箭弹、高炮、烟条开展联合作业，正在上游增加有效降水。

而许许多多像他们一样，始终奋斗在一线的业务人员，为每一次彩排分析天气，为每一次突发天气紧急行动，为每一个新的需求尽心尽力。在长期的工作中，他们的技能已经磨练得越发纯熟，他们的身心已经做好了一切迎接挑战的准备。

庆祝活动成功举办，气象工作者是这份精彩的守护者。未来，在内蒙古辽阔的土地上，还将有一系列大大小小庆祝活动继续上演，气象工作者将带着胜利的士气，继续投入到新的工作中。

（来源：《中国气象报》，2017年8月10日，

作者：刘钊 薛志华 余亚庆 康永志 赵丹 云文）

情聚八方　心牵九寨

——记九寨沟地震气象应急保障服务

>>>>>

2017 年 8 月 8 日 21 时 18 分，导游余文超正带领团里的游客在四川九寨沟漳扎镇观看《九寨千古情》晚会。当时，演出进入"大爱无疆"章节的高潮部分。在声光电等技术配合中，舞台重现 2008 年汶川地震发生时的场面。眼前的山崩地裂场景让观众惊呆了。

同一时间，40 多公里外的九寨沟县城，参加工作仅一年的张爱梅在气象台值班室专注地修改着自己的转正报告。等这份报告被批准，她就是一名正式的气象预报员了。

还是这一时刻，600 公里外的成都，四川省气象台预报员周长春在家中看着摇篮里熟睡的双胞胎。这一天是忙碌的，当天凌晨，凉山彝族自治州普格县发生泥石流灾害，救援工作还在进行，预报员的心始终揪着。

而一分钟后，他们再次体会了分别发生在 9 年前的汶川地震、4 年前的芦山地震袭来的那种感觉……也是从这一刻起，从四川到全国各地，人们行动起来，爱心再次聚集。这当中，有那么一份关切，来自气象部门。

行动：八方支援　保障震后救援

8 月 8 日那天，九寨沟全县接纳游客接近 6 万人，进入景区的人数接近景区接待能力上限。由于夜间山路难行，景区通常在 18 时左右清场，不少游客会返回 40 多公里外的县城住宿，还有一部分人会住在景区入口附近的漳扎镇。余文超事后回想，如果地震发生在白天，游客集中于沟内，后果将不堪设想。

那晚，3000多名游客在漳扎镇观看了《九寨千古情》。演员小刘当天饰演一位汶川地震中的救援人员。"舞台突然剧烈震动，我觉得不对，便大喊'地震了'。可观众起初都以为是舞台特效，谁也没动。"

很快，舞台上方有砖石掉落，人们才相信真的地震了。据中国地震台网测定，8月8日21时19分，九寨沟县发生7.0级地震。

地震发生时，九寨沟县城的震感也很剧烈。张爱梅感到脚下的楼板像鼓面一样跳了几下，随即，值班室的灯全灭了。她的第一反应是山体滑坡砸坏了供电站，但随后袭来的眩晕感让她明白，又地震了！

九寨沟地震的消息很快传到数千公里之外，牵动了全国人民的心。地震发生半小时后，正在吉林检查汛期气象工作的中国气象局党组书记、局长刘雅鸣第一时间致电四川省气象局负责人，了解地震影响和天气情况，慰问震区气象干部职工，要求在确保自身安全的情况下，全力以赴做好救援气象保障服务；正在湖南调研的副局长宇如聪改变行程赶赴四川，抵达成都后便带领专家工作组进入震区；副局长矫梅燕深夜组织中央气象台与震区气象部门会商，震后1小时内，首份气象专报就制作完成并发布。

那一晚，四川省气象局局长彭广是在车上度过的。当天，他正在广元市调研。地震发生后，四川省委书记王东明、省长尹力决定9日05时从成都乘专机进入震区。广元距离成都有280多公里。星夜奔驰，彭广最终赶上了这架专机，又随省领导在九寨沟黄龙机场转乘直升机，第一时间进入震中。

地震刚一发生，有过芦山地震现场气象服务保障经验的周长春就在QQ群里对同事们说，自己可能又要动身了。9日00时，四川省气象局启动最高级别的地震灾害气象服务一级应急响应。天刚蒙蒙亮，周长春与另外三名同

事组成的救援应急服务小分队便奔赴震区。

此时，九寨沟县气象局局长蒋建强带着一台移动应急气象站，沿着不断有山石滚落的"生命之路"，一路"逆行"至九寨沟沟口；同样连夜出发的阿坝州气象局局长陶建则被堵在了距离震中100多公里的路上。"走也要走进去！"他说。

在北京，国家气象中心增设领班和首席岗，首席预报员孙军和副首席预报员孔期紧急奔赴四川支援；国家卫星气象中心启动"风云二号"F星区域加密观测；公共气象服务中心第一时间制作发布震区周边公路天气实况和气象预报图。

正应了那句老话：一方有难，八方支援。

底气：能力提升　确保临危不乱

震后第二天，余文超和他带的游客均已安全撤出震区。此时，却有坏消息传来，还有十多人被困在沟里。"听说他们大多是当地做小生意的村民，夏天有时会在沟里留宿。地震后山路都断了，夜间气温只有五六摄氏度。即便没有受伤，物资短缺也会让他们的处境非常危险。"余文超说。

9日下午，救援直升机在九寨沟熊猫海附近发现了这批被困群众。然而，当天沟里的风非常大，直升机几经盘旋都无法降落，只能空投了一些食物。

"天气条件究竟怎么样？风多大，有没有雷电活动？就要震区的、就要熊猫海周边的（信息）！"前线指挥部的需求很快传到了气象部门。四川省气象台台长冯汉中立即组织专家进行专题研判。这次，他感到"手头有粮，心里不慌"。

在汶川地震发生后，冯汉中和同事们就意识到，想要做好重大灾害救援气象保障服务，就必须把预报精细到灾害点上。从那时起，四川气象部门就在精细化格点预报上下功夫。2016年5月，四川省精细化格点预报平台试运行；2017年6月，该平台正式运行。与9年前震区天气预报只能精细到大、中、小雨相比，这次，每3小时更新的降雨预报精细到了毫米量级。

随着我国研发的灾害性天气短时临近预报业务系统、新一代现代化人机交互气象信息处理和预报制作系统等在四川实现本地化应用，四川气象部门获取各类资料更为便捷，平均耗时比2008年缩短了一半以上；区域雷电灾害潜势、强对流等资料得到更广泛应用，可获取的气象卫星资料更新频次明显增加；智能网格预报技术的应用，也在小尺度降雨的捕捉中发挥了重要作用。

根据气象预报的结论，救援直升机在10日上午再次出发，展开生命大营救。"那时天气比较好，风力风向都有利于救援。"参与救援的西林凤腾通用航空公司机长曾宏回忆说。

但意外情况又出现了，熊猫海的那批群众"失踪"了！经过空中和地面救援队的共同搜索，终于在箭竹海附近找到了他们。与此同时，气象保障工作也在争分夺秒地进行。在前线的周长春等预报员判断，15时至17时，震中将出现一次降雨，这一关键信息迅速传递至前线指挥部。

适宜空中营救的"窗口时间"越来越短，尽管没有找到完全合适的起降点，也必须冒险一试了！曾宏驾驶飞机稳稳降落。在10日15时之前，这批被困近40个小时的群众全部被安全转移。得到消息后，在县气象局的周长春与张爱梅对视了一眼，两人疲惫的脸上挂满了欣慰。

事实上，这支能打硬仗的"气象川军"正是在包括汶川地震、芦山地震在内的多次灾害应急保障服务中千锤百炼而来的。

彭广介绍，在2009年底，四川气象部门与地震部门就建立了紧急联动机制，约定一旦出现5级以上地震，机制自动启动，不用地震部门通知，气象部门就开始制作震区天气预报信息。这正是从汶川地震中总结出的经验。当年，

地震发生后，电话根本打不出来，双方无法对接。如今，气象服务可赶在需求提出之前。

2017 年入汛前，四川气象部门进行了一级应急响应的演练。这次演练不设台本、不走过场，完全"真刀实战"。此次地震发生后，九寨沟全县通信一度中断，县气象局立即启用北斗传输应急系统，确保一次预报不漏发、一份资料不漏传；停电期间，为保障发电机运转，蒋建强派人到加油站，硬是"求"回了两桶柴油。在阿坝州，移动雷达车第一时间出发，开上海拔 3600 多米的弓杠岭，加强震区监测。一切都井然有序。

养兵千日，用兵一时。心中有底气，方能临危不乱。

传承：坚守一线　展示川军本色

蜀道难，怎挡冲锋在前的责任信念；蜀道险，难撼吃苦在前的无私奉献。

进入震区后的 48 小时，彭广几乎没有离开沟口前线指挥部。这里距离震中只有十多公里，余震不断，山上不时冒起巨石崩落的灰烟。最危险的一次，一块巨石从山上滚下，就落在气象局车辆前方几十米处。

实在太累了，彭广就从皮卡车里抽出坐垫，铺在草地上，躺着眯上几十分钟。

同样没怎么合过眼的还有陶建和蒋建强。特别是蒋建强，此次进入震中的"资格"，是他向县里领导"争"来的。地震发生后，九寨沟县委、县政府最初部署一线救援保障工作时，没有将气象工作纳入其中，蒋建强这可急了眼："过去就有血的教训，地震本身造成的伤亡并不大，但降雨等天气诱发的次生灾害会带来更大损失。这种时候，我必须站出来。"

于是，地震发生后还不到一天，四川省、州、县气象部门的三位"一把手"齐聚震中。

"在一线"，对救援气象保障服务来说，是责任也是需求。曾参与过舟曲泥石流、巴基斯坦洪灾等国内外多次灾害救援工作的中国救援队队员冯海峰说，像九寨沟这种环境，局地小气候非常特殊，翻一座山、越一道沟，可能就是"一面晴天一面雨"；山里天气变化也快，需要短时临近预报信息。

陶建说，把移动气象观测站、应急雷达站架设在震中，就是要尽最大可能弥补常规监测预报网络的不足，尽可能满足救援工作的需求。

在海拔 3600 多米的弓杠岭上，阿坝州公共气象服务中心副主任龚利明和同事们一直坚守到最后。9 日上午，他们把雷达车开上山顶，随后又架设起一台移动气象观测站。自此，预报员有了一双从高处俯瞰震中风云的"眼睛"。

然而，在山顶，他们只能在帐篷里露营。且不说夜间寒冷，单是高原反应就让人整夜头痛难眠。龚利明说，虽然已参加过汶川、芦山两次地震救援服务保障，但这次，是他站得"最高"的一次。

要奉献就会有牺牲。此前在芦山，周长春在应急车里住了十天，每晚都要忍受发电机的轰鸣声。这次工作条件虽好一些，但他的"身份"却有了变化。家中那对孩子还不足 8 个月大，这一走，一切都得由妻子承担。好在妻子也从事气象工作，理解他的不易，给了足够支持。

相似的一幕也发生在九寨沟县气象局。还有不到半年就要退休的老预报员赵国芳原本在家休假。半个月前小孙子诞生，她刚刚当上奶奶。地震发生后，赵国芳毅然放弃假期，回来帮助局里的年轻人，站好自己的最后一班岗。

冯汉中说，与汶川地震时相比，四川气象部门的队伍在壮大、力量在充实。随着越来越多的年轻人加入，团队能否继承汶川、芦山服务保障中淬炼的气象精神，恰恰需要老一辈气象工作者言传身教。

当人在外地的父母焦急地打来电话，张爱梅说："妈，没事儿，我不怕。我们局长都在第一线呢！"

正是由于这些付出，此次地震救援气象保障服务得到各级党委、政府及参与救援各单位的充分肯定。"气象服务非常及时、到位，短临天气预报非常精准，对我们成功进行人员搜救来说太重要了。"冯海峰说。

望着依旧巍峨雄奇的岷山山脉，余文超感慨，地震或许改变了一方景色，但本就是地质活动所形成的九寨沟，却是带不走的。正如近年来一次次自然灾害，永远吓不倒巴蜀大地上生活与劳动着的人民。

有一种坚强叫做四川，有一份关切来自气象。

（来源：《中国气象报》，2017 年 8 月 16 日，

作者：段昊书 黄彬 王焱 程卫疆 李萍）

激情全运　逐梦天津

——第十三届全国运动会开幕式气象保障纪实

2017年8月27日20时，小雨中的天津市奥林匹克中心（以下简称"奥体中心"）光彩夺目，可承载6万人的体育场座无虚席。当习近平总书记宣布"中华人民共和国第十三届全国运动会开幕"的那一刻，全场沸腾。

第十三届全国运动会（以下简称"全运会"）开幕式期间的小雨天气，与此前的气象预报完全吻合。全运会组委会根据市气象部门的预报做了充分准备，不仅提前提醒观众采取防雨保暖措施，还为坐在遮雨处边缘的观众发放了雨衣。降水不但没有影响观众的热情，反而为这场开幕盛典增添了一份别样生趣。

笃定面对"气象三问"

8月27日00时，距离开幕式还有20个小时，奥体中心上空开始落下淅淅沥沥的雨滴。组委会指挥中心的气象显示屏上逐小时更新显示着最新雨情和预报。

当日08时，距离开幕式还有12个小时，天津市气象台的专题会商聚集了50多位各路专家，大家神情紧张地盯着大屏幕。中央气象台、北京市气象台和天津市气象台交换着开幕式降水预报的意见。由于此次降水系统庞大、移速不急，且云层厚密，开幕式将不可避免地经历一次雨水的"洗礼"。

11时左右，天津市副市长曹小红、李树起分别前往天津市气象台。"开幕式期间的雨水到底下不下、下多大、下多久"是他们最关心的问题。

面对"气象三问",天津市气象局局长权循刚拿着刚出炉的预报意见，笃定地回答："14—17时，降水会有间歇；但从18时开始，降水有所加强；到23时，小时雨强大约在2～3毫米，东风2～3级，气温19 ℃～21 ℃。23时之后，降水会进一步加强，并持续到28日凌晨。"

按照气象部门和全运会开幕式导演组事先敲定的预案，在这样的天气条件下，开幕式可正常举行。

15时30分，现场气象保障团队在与市气象台进行加密会商时表示，受副高边缘影响，降水云团仍覆盖天津上空，并将维持8～12毫米的小到中雨天气，同时空气湿度较大，傍晚气温将降至19 ℃左右。全运会组委会根据最新预报，及时调整部分节目安排，计划适当缩短节目演出时间。

19时，距离开幕式还有1个小时，奥体中心气象应急保障车与市气象台连线，传回了前一个小时的降水量，降水量与预报基本一致。根据预报，开幕式期间不会遭遇小时雨强超过3毫米的降水。

20时，奥体中心的雨还在下，中间表演区已经铺上了防滑地垫，"头顶天空"的前几排观众也穿上了组委会提前准备的雨衣。开幕式在小雨中开启。

事实上，为了这"气象三问"的答案，预报员们已经苦苦"找寻"了半个多月，可谓一波三折。

"8月20日之前，各家数值预报模式的结论一片大好，开幕式当天并没有降雨。"天津市气象台首席预报员易笑园说，大家嘴上说着"太好了，轻松很多"，但丝毫没有松懈。

8月21日，在华北地区的一次降水过程中，北京市、河北省等地出现大雨，而邻近的天津却例外。"最怕的就是这样的情况，那次没下雨，说明天空中的能量还不够充足。之后几日的晴热天气会让空中聚集足够的降水能量和水汽，这时如果遇上一股冷空气，一场大雨就一触即发。"天津市气象台台长余文韬介绍。

如墨菲定律般，预报员担心的事情被言中了。8月22日，模式显示天津将在27—28日遭遇一次降水过程。前来支援的中央气象台首席预报员何立富也认同这一结论。

如果开幕式当天奥体中心不可避免地要"淋雨"，那么开幕式时段到底下不下、下多大、下多久？何立富、易笑园和北京市气象台首席预报员张迎新为此跟踪分析了几天。2017年的气候比较异常，副高较常年偏强，"副高直径有3000～5000公里，而天津市的南北距离也就100多公里。副高稍微加强一点点，影响天津的降水面积就会发生很大变化，预报难度可想而知。"余文韬说。

前期，开幕式导演组与天津市气象局深入沟通后，发现只关注低空风力影响是不够的。根据气象部门的建议，导演组对可能出现的降水天气按照雨势大小制定了节目调整预案。如果演出时段有10毫米以内的降水，节目不作调整，但需要对演员保暖、换装和场地排水、防滑等作出特别安排；如果有较大降水，则考虑适当调整节目安排。

随着开幕式的临近，三位首席预报员越来越笃定——开幕式期间有小时雨强为2～3毫米的降水，并不是对流性降水，影响不大。"演员和运动员在露天活动持续最久的约30分钟，阵性降水不会完全淋湿他们的衣服；23时降水才开始加强，不会影响开幕式全程的演出。这给所有人吃了一颗定心丸。"天津市气象局副局长、全运会综合保障部气象保障组总指挥关福来说。

部门强大后盾托起服务底气

"气象三问"的精彩作答背后，是整个气象部门凝聚起的强大后盾。

面对党的十九大召开前这次重大体育活动，中国气象局高度重视，多次强调要全力做好全运会开闭幕式和各项体育赛事的气象保障服务工作。局长

刘雅鸣、副局长矫梅燕先后前往天津，调研指导全运会气象保障服务工作，并要求举部门之力予以支持。

中国气象局召开专题会议协调支持全运会气象保障服务，加强国家级业务单位技术支撑和保障，中国气象局相关职能部门和业务单位专家与全运会组委会对接开幕式气象服务需求，调动周边各省（直辖市）气象资源助天津一臂之力……在一次次更趋优化的组织协调中，全运会气象保障服务的需求更加清晰，气象部门各单位力量迅速凝聚，形成合力。

针对需求，国家气象中心对全运会专题天气会商工作进行详细分解与指导；国家卫星气象中心提供了加密卫星观测资料并给予应用指导；国家气候中心针对开闭幕式等关键节点开展长期天气预报；国家气象信息中心建立HYCOM下载通道，提供卫星、探空及实况格点资料的CMAcast下发通道，为全运会期间预留卫星信道资源，并安排技术人员前往天津指导全运会期间网络安全工作。

同时，河北省气象局专门安排专业探空员前往现场帮助开展GPS探空观测；山西省、陕西省气象局则分别派出3名预报服务人员全程参与全运会气象保障服务工作。

8月24日晚，距离开幕式还有3天，何立富和张迎新被特派到天津支援。一到天津，二人直奔气象台，调看数值模式预报产品，与预报员商讨开幕式期间逐小时预报结论。

在中国气象局的高度重视和积极推动下，天津市气象局与国家级业务单位在专家、技术等方面"无缝"对接，与北京、河北等地气象部门的业务协作顺畅，在一系列全运会前期重大活动和部分赛事的保障服务中取得了显著成效。

气象现代化成果淋漓展现

一个天气系统动辄上百公里，甚至上千公里。而在 1∶100 万的地图上，天津市奥体中心只是一个点。想要预报这里的天气状况，谈何容易？天津市多年来的气象现代化成果，有力支撑了气象部门对这个"点"上天气的精准预报。

天津市气象局在"十二五"重点项目建设的基础上，精心组织实施市政府下达的 2017 年第十三届全运会气象保障工程专项建设，建设内容包括"一个平台、一个工程、四个系统"。

为此，天津市气象局购置了一台移动气象保障车，新建一部移动 X 波段双偏振雷达，建成 13 个海上石油平台观测站和 1 个海上浮标观测站，购置了一套 GPS 移动探空观测站、6 部雷电监测预警仪、13 套降水现象仪和 14 套星光级高清实景观测设备，为满足全运会期间的实况监测、天气预报、决策服务、产品发布等综合气象服务需求打下基础。

"为做好全运会场馆气象服务，天津市气象局还在奥体中心、静海团泊湖体育中心及全运村等场馆周边建设了 3 套固定式自动气象站，将 7 套便携式自动气象站机动架设在赛场周边，构成了满足精细化预报服务的赛场特种气象观测系统。"余文韬告诉记者，站点设置既满足了全运会高时空分辨率气象综合观测的需求，又增加了观测系统中自动气象站的密集程度，提高了场馆周边天气观测的针对性。

天津市气象局还着力提升气象信息环境支撑能力，开展环渤海气象观测资料共享，实现赛场移动办公，提高网络安全保障能力，高效共享实时气象数据；着力构建智能网格预报系统，并建设完成赛事综合服务一体化平台，实现了综合分析、监测预警、风险预警、格点预报、预报服务、决策服务、预报检验和系统管理八大功能。

"天津市气象局实现了支撑监测 0～2 小时时空分辨率分别为 10 分钟和 1 公里的突发灾害性天气落区预报、0～72 小时时空分辨率分别为 1 小时和 1 公里的气象要素格点预报和灾害性天气落区格点预报。可以保障在多个赛事同时举行期间，每个赛场都能实时获取精细到场馆的逐小时气象预报产品。"关福来说。

全运会开幕式结束后，夜已深，奥体中心已空无一人，天空还在密集掉落着雨滴。在距离奥体中心不远的天津市气象台里，预报员还在为未来几天的赛事及闭幕式气象保障服务而忙碌着。

（来源：《中国气象报》，2017 年 8 月 28 日，作者：王敬涛 张妍 叶珊杉）

助力"金砖"　添彩厦门

——厦门金砖会晤气象保障服务纪实

2017年9月3—5日，金砖国家领导人第九次会晤（以下简称"金砖会晤"）在福建省厦门市举行。这是党的十九大召开前夕最重要的"主场外交"，对气象部门更是一场"大考"。中国气象局高度重视，精心组织、周密部署；气象部门上下联动，凝心聚力，提供精细化气象决策服务，助力金砖会晤顺利成功举行。

福建省委书记尤权充分肯定气象保障服务工作，认为气象预报给金砖会晤的举办增添了底气。

协同用力　扬起信心风帆

金砖会晤会标主图案既寓意鼓满的风帆，也象征旋转的地球，传达着五国同舟共济、乘风破浪之意。对于气象保障任务来说，正是国家、省、市、区县各级气象部门协同用力，为保障工作鼓起了信心风帆。

为保障金砖会晤气象服务有序、有效开展，中国气象局早在2017年1月就成立金砖会晤气象保障服务领导小组，3月份印发《2017年厦门金砖国家领导人第九次会晤气象保障服务方案》。中国气象局局长刘雅鸣等多位局领导相继赴闽检查指导工作。

8月起，金砖会晤气象保障服务进入关键阶段。8月31日，中国气象局启动特别工作状态。刘雅鸣多次与福建省气象局、厦门市气象局视频连线，

要求高度重视，强化责任，严密监测天气，加强会商联动，为金砖会晤的成功举行提供全面、精准的气象决策参考。9月2日，受刘雅鸣委派，金砖会晤气象保障服务领导小组组长、中国气象局副局长矫梅燕率队抵达厦门，现场指导气象保障服务工作，并赴金砖会晤应急保障总指挥部现场办公，将台风动态及风雨影响等气象信息实时报告给指挥部。

福建省气象局量身打造了气象业务保障机构——金砖会晤气象台，全力以赴做好气象保障服务工作。金砖会晤气象保障服务期间，福建气象部门得到中国气象局应急减灾与公共服务司、国家气象中心等在技术、人员方面的大力支持，上海、浙江、江西、广东等周边省（直辖市）气象局提供的专家团队支持，以及中科院大气物理研究所和中国气象科学研究院在大气扩散条件精细化数值模式产品方面的支持。

科学服务　凝聚现代化成果

精准预报的背后离不开福建省气象局对预报预警关键技术的研发。金砖会晤气象台建立了精细化格点天气预报业务系统，针对金砖会晤气象保障需求重点开展精细化短临预警、数值预报产品释用等关键技术研发，自主研发了多普勒雷达三维风场反演技术。

要提供精细化、智慧型的预报产品，气象数据是关键。在省气象局的大力支持下，厦门市气象局在厦门环岛路沿线等重要区域新建27套区域自动站，岛内区域自动站平均密度达到2公里，重点区域达到1公里，据此监测网，可加工成网格化的温度、降水、辐射等气象要素监测图；在配置应急移动气象探测系统的基础上，厦门新购置一部移动风廓线雷达，并配备海上气象移动观测系统；厦门市新建成的双偏振天气雷达也在预报服务中发挥了重要作用。目前，厦门周边500公里范围内的探空站、天气雷达站资料已实现实时共享，所有数据 6 分钟内可传输至业务平台；省内区域自动气象站、激光雷达、闪电定位仪等资料仅需 2 分钟便可传输至业务平台。"高密度、多要素的气象监测网络，满足了金砖会晤气象保障高时空分辨率综合观测的需求，提高了重点区域天气观测的针对性。"厦门金砖会晤气象台台长苏卫东说。

为了提高气象信息现场保障的及时性和便捷性，厦门市气象局专门将气象保障系统接入金砖会晤应急保障总指挥部应急指挥平台，台风路径图、气象卫星云图在应急指挥大屏上实时滚动显示、一览无余。"气象保障系统纳入应急指挥平台，非常直观，便于我们随时了解、掌握各类动态气象服务信息，据此进一步做好会晤保障应急指挥，为我们提供了非常重要的决策参考。"此举得到了指挥部领导的高度肯定，收获了良好的服务效果，更集中展示了气象现代化成果。现场服务人员则可以通过省气象局自主研发的智能手机软件——"金砖会晤气象"，实时调取天气实况及预报、卫星云图、台风路径图、雷达回波图等信息，在必要时为指挥部领导提供现场服务。

服务保障期间，金砖会晤气象台每天提供多种时间尺度的气象服务材料，包括未来三天精细化预报、未来 6 小时精细化预报、重要场所未来 24 小时逐小时预报等服务产品。截至 9 月 5 日，金砖会晤气象台共制作发布气象服务专报 333 期。

预判风雨　完成保障航班重任

8 月 31 日，当鹭岛带着从容与自信静候四海来宾时，2017 年第 16 号台风"玛娃"正向广东中部沿海靠近。根据预报，台风及其外围系统影响厦门的时间，正是外国来宾纷至沓来之时，尤其是 9 月 3 日，搭载嘉宾的航班陆续抵达厦门，究竟需不需要启动备降机场方案？面对"确保客人如期到达，会议如期举行"的要求，以精细化气象服务为航班抵达提供决策依据成为一项重要工作。

9月1日上午，"玛娃"向西北方向移动；17时，预测"玛娃"的登陆地点由"广东东部一带沿海"调整为"广东汕尾到福建漳浦一带"。"玛娃"向福建南部区域靠近，这让气象专家捏了一把汗。但大家并没有慌乱，9月2日，"玛娃"前行方向与分析结果一致，往北偏西方向移动，对厦门影响较小。不过，受台风外围系统影响，厦门依然可能出现局地较强降雨和大风天气。

根据针对机场制定的逐小时预报，气象专家判断，厦门机场9月2日风雨不强，天气适合飞机降落；3日19—23时有中雨量级降水过程。机场人员根据最新天气预报结论，及时调整航班计划，并启动雨中降落预案，确保参会嘉宾乘坐的飞机安全、准时着陆。

9月4日上午，雨过天晴，一道绮丽的彩虹"挂"在鼓浪屿上方。

"气象部门预报精准，服务及时到位。"9月5日上午，厦门市副市长、市容维护及应对极端天气保障工作指挥部指挥长张毅恭专程到金砖会晤气象台慰问一线业务人员时说。而外交部、国家安全局等也纷纷来电致谢。经历过无数次风雨的福建气象工作者再次经受住考验，为自己的重大气象服务保障经历，又增添了浓墨重彩的一笔。

（来源：《中国气象报》，2017年9月7日，作者：谢玉丽　曾文慧）

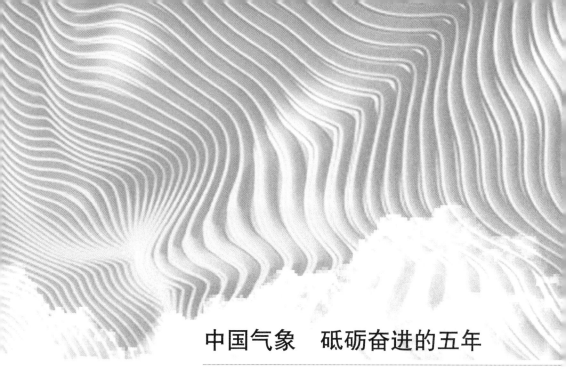

第十三章
开放合作

气象将联合交通部门加强公路交通气象站网建设

日前，中国气象局综合观测司、应急减灾与公共服务司联合印发《观测司 减灾司关于加强公路交通气象观测站网建设的通知》（以下简称《通知》），旨在推进公路交通气象观测站网建设，提高公路交通气象服务能力和水平。

根据《通知》，气象部门将联合交通部门共同加强公路交通气象观测站网建设。各省（自治区、直辖市）气象局要深入贯彻落实中国气象局与交通运输部联合召开的公路交通气象观测站网建设和信息服务电视电话会议精神，根据本省（自治区、直辖市）气象局和交通运输部门联合制定的《交通气象业务发展实施方案》中提出的公路交通气象观测站网建设目标，联合交通运输部门细化年度建设任务，制定工作方案，按年度计划共同完成交通气象观测站网建设。

建立公路交通气象观测站网建设长效发展机制。气象部门深化与交通运输部门的合作，联合向各级地方政府争取有利的政策环境，努力将公路交通气象观测站网建设和维护纳入地方政府公共财政预算，建立健全公路交通气象观测站网建设和维护保障的稳定投入机制。

做好2013年公路交通气象观测站网建设任务。各省（自治区、直辖市）气象局要尽快完成山洪工程中涉及的公路交通气象观测站网建设任务，加快建设进度，尽早发挥建设效益。加强与交通运输部门的沟通，为已建交通气象观测站点提供技术支持和维护，实现双方数据共享、共用。

（来源：《中国气象报》，2013年8月13日，作者：宛霞）

中国气象局与清华大学签署战略合作协议
共推气象科技人才培养与科学研究发展

2013年12月17日下午，中国气象局与清华大学在京签署战略合作协议。中国气象局局长郑国光和清华大学校长陈吉宁代表双方签字。双方将在气象现代化、人才培养、科学研究与学科发展、科技产业和资源共享等方面开展全面合作，以更好地适应国民经济建设和社会发展对气象工作和高等教育日益增长的需求。中国气象局副局长宇如聪，清华大学学术委员会主任、中国工程院院士钱易，清华大学环境学院教授、中国工程院院士郝吉明出席签约仪式。

根据协议，双方将紧紧围绕气象现代化发展需求和高素质创新人才培养需要，充分发挥清华大学雄厚的师资和高科技人才队伍作用，开展更具针对性的科学研究和技术发展；充分利用中国气象局科技人才队伍和综合气象业务系统的优势，为清华大学学科建设、科研和教学成果应用等提供良好平台。

双方将重点在数值预报与气候模拟技术、高性能计算技术和信息处理技术等领域开展合作，联合共建数值预报实验室、发展气候研究实验室和地球系统数值模拟实验室，支持建立气象信息处理工程技术研究中心；根据需要加强气候变化与可持续发展、公共安全与防灾减灾、环境科学等领域合作；联合加强科技人才培养，推进学科发展；联合组织攻关，支撑气象现代化建设；加强平台建设，共享科技资源，促进交流合作；推动成果转化，探索产、学、研、用更加紧密的协同创新机制，推进高科技成果和产品在气象领域的广泛应用。

郑国光表示，目前中国气象局正在全面推进气象现代化，到2020年要建成结构合理、功能先进、具有世界先进水平的气象现代化体系，需要加强科技支撑与人才保障。清华大学在气象科技人才培养、数值预报与气候模拟技术以及高性能计算机等领域为中国气象局提供了许多帮助与支持。清华大学地学学科和环境学科的发展是未来支撑气象事业发展最宝贵的资源之一。中国气象局与清华大学签署合作协议，将有利于中国气象局推进气象科技创新，加快推进气象现代化，在核心技术上取得突破，大力提升气象服务能力和水平。中国气象局将积极推动协议的执行与落实，让双方合作成果服务于气象事业和高等教育事业发展，服务于国家经济社会发展和人民群众。

陈吉宁表示，清华大学是中国最早建立气象学的大学之一。早在 1929 年，清华大学就创建了地学系，培养了包括叶笃正先生、谢义炳先生等多位中国现代气象学奠基人。自 2009 年清华大学恢复和发展地球系统科学以来，该学科取得长足进步和优异成绩。清华大学学科综合齐全，拥有大批思想活跃的师生，国际合作交流条件便利，优势明显。中国气象局作为国家气象事业的业务领导部门，又是管理部门，拥有完整的气象业务和服务体系，并有明确的科技发展和人才培养需求。此次战略协议的签署，必将深化双方的合作，推动气象科学事业和高校的改革与发展，为国家安全、国民经济和社会发展做出更大贡献。

在签署战略合作协议后，陈吉宁陪同郑国光一行参观了清华大学校史馆和地球系统数值模拟教育部重点实验室。

随后，郑国光在清华大学公共管理学院报告厅作了题为《积极应对气候变化 努力构建生态文明》"清华论坛"专题报告。精彩而生动的报告赢得在场大学生的欢迎，郑国光回答了同学们关于大气污染防治、我国能源发展等方面的提问，并与他们进行良好互动。

（来源：《中国气象报》，2013 年 12 月 18 日，作者：刘成成）

中国气象局与环保部签署合作协议 联合建立监测预警体系　妥善应对重污染天气

日前，中国气象局和环境保护部在京签署合作框架协议，以具体行动落实《大气污染防治行动计划》。此次合作旨在以重污染天气预警预报为重点，建立健全气象部门和环保部门的合作与会商机制，发挥各自优势提高应急联动响应能力；联合推进重大规划的协调和实施及重大科技攻关，共同推动环境保护和气象防灾减灾重大工程建设，为人民群众的正常生产和健康生活提供保障。

根据协议内容，两部门将按照"优势互补、合作共赢，资源共享、分工负责，注重实效、稳步推进"的原则，在重污染天气监测预警、核与辐射事故应急处置、应急条件下舆论宣传、城市空气质量预报、信息共享、气候变化影响评估、科技攻关、重大规划与重大工程等方面加强合作。

协议要求，当出现不利气象条件可能引发重污染天气时，两部门将启动监测预警会商机制，共同对重污染天气过程进行研判，联合发布重污染天气预警信息。同时，建立和完善核与辐射事故应急联合响应机制，加强预警发布渠道共享，强化气象卫星监测分析产品在重污染天气监测预警中的应用，在条件具备时对重污染天气采取必要的气象干预措施，为地方政府启动应急预案、切实保障公众健康和环境安全提供指导信息。

今后，两部门将加强城市空气质量预测预报合作，开展城市环境空气质量预报试点工作，强化专业人员技术交叉培训，逐步在全国范围联合开展空气质量预报。当重污染天气以及核与辐射应急事件发生后，两部门将加强舆论引导的协同和配合，建立信息通报机制，统一舆论宣传口径，共同维护社会稳定。

为进一步强化信息产品的处理与接收、传输与交换，协议要求逐步实现两部门大气成分、环境空气质量监测信息、气象观测预报信息以及气象卫星数据的共享共用。

同时，两部门将共同参加国家应对气候变化有关政策、法规和标准制定，做好应对气候变化的战略研究和基础研究；加强全球和区域气候变化对水资源利用、生物多样性、生态安全、环境保护的影响评估；联合推进科技攻关，加强城市空气质量预报技术方法的研究，强化环境与气象相关标准、技术规范制定修订等方面的合作，共同开展重污染天气对生态环境等社会经济的影响评估以及与天气气候相互反馈影响机制等研究，建立重污染天气应对预警指标体系，推进放射性物质扩散预测预警方法等方面的研究。

在有关环境保护、气象重大政策研究和规划的编制及实施过程中，两部门将互相通报情况和征求意见，协调好环境保护与气象发展的关系，协同相关部门共同推进相关规划和重大工程的实施。在"十二五"期间，两部门将积极推进重点区域大气污染预警预测、核与辐射事故应急保障、国家突发公共事件预警信息发布系统、区域人工影响天气工程、环境和气象基础设施等工程建设。

（来源：《中国气象报》，2013 年 12 月 24 日，作者：顾燕杰）

海峡两岸签署气象合作协议　提升气象灾害警报能力　保障两岸人民福祉安全

2014年2月27日，海峡两岸关系协会会长陈德铭与台湾海峡交流基金会董事长林中森在台北签署《海峡两岸气象合作协议》。两岸将就台风、暴雨、热浪、寒潮等重大灾害性天气系统，在观测、监测、预测、预报及警报等方面进行及时、持续通报与沟通，并对气象相关信息与产品进行定期交换及经验交流。

"很早以前两岸就以民间学术方式在气象方面开展交流，但是缺少权威性常态化机制的支撑。"国务院台湾事务办公室发言人马晓光2月26日说。协议的签署，将有利于促进两岸气象业务交流合作机制化、常态化，有利于推进和深化两岸在气象领域的交流合作，从而共同提升气象灾害警报能力，更好地为保障两岸同胞的福祉及生命财产安全服务。

中国气象局局长郑国光27日在接受记者采访时称，海峡两岸天气气候条件相似。两岸对气象数据进行交流共享，对于共同提高气象预测预报能力和水平，很有必要。协议的签署让海峡两岸气象合作有了保障机制，有助于合作进一步深化、更加稳定。

台湾地区气象部门负责人辛在勤举例说，气象方面冬天天气系统由东北南下，大陆处于"上游"，台湾位于受影响的"下游"；到了夏天台风季，台湾则成为"上游"，所以通过上下游信息交流，两岸气候信息可以更完整。

正是由于相似的天气气候条件，海峡两岸气象科研针对相似的天气系统，非常有利于两岸充分共享科研成果。"就台风、暴雨及强对流天气进行联合观测实验，并针对两岸共同关注的气象业务技术进行合作研究"被顺利写入协议中。

"海峡两岸交流已开展20余年。之前主要是海峡两岸气象学会间的交流，科研机构、高等院校、气象业务单位之间的交流也逐步增多。协议签署后，相信两岸的气象合作交流会更为频繁。"郑国光表示。

"就开发气象相关业务系统、灾害潜势预报警报、气候资源利用、气象灾害风险评估等业务技术进行交流及合作开发；就气象业务发展，包括最新气象业务技术、天气监测和预报在防灾减灾的应用、特定或个案天气监测及预报等成果进行交流……"协议对这些内容都进行了规定，扩大了两岸气象交流合作的范围。

此外，两岸人员每年将举行一次工作业务交流会议或气象业务相关研讨会，以提升专业素质。

"这是互利共赢的举措，对于提升两岸气象观测、预报及气象灾害警报能力具有重要意义。"郑国光表示，将大力支持并积极推进协议的落实。

（来源：《中国气象报》，2014年2月28日，作者：顾燕杰 赵晓妮）

中英气象部门签署新合作谅解备忘录
将在气候服务和数值预报等领域深化合作

2014年3月25日，中英大气科技合作联合工作组第八次会议在京举行。双方就进一步加强气象科技合作、提升气象服务能力等议题进行交流，并签署新的合作谅解备忘录及会谈纪要。中国气象局局长郑国光、副局长矫梅燕与英国气象局首席执行官、联合工作组英方组长约翰·赫斯特出席会议。

郑国光对英国气象代表团的来访表示热烈欢迎。他说，中方非常重视与英国气象局的合作，双方自1991年《中英大气科技合作谅解备忘录》签订以来，在气候科学、数值预报、卫星资料同化、气象观测、教育培训、奥运气象服务等领域取得了令人欣喜的合作成果。他对多年来为两国气象部门合作做出贡献的同事表示感谢，并希望双方未来进一步加强交往，加深现有领域的合作，促进合作成果在双方业务科研中的应用，继续造福两国人民，为国际气象事业发展做出新的贡献。

约翰·赫斯特表示，过去几十年，中国气象事业取得了巨大进步，其成就令人印象深刻，中英在气象科技领域的合作也取得了积极成果。中英气象部门面临共同的机遇和挑战，期待双方深化在气象科技和服务等领域的合作交流，促进合作成果的应用。

此外，双方还共同回顾了中英大气科技合作联合工作组第七会议以来合作项目的执行情况。

根据新签署的合作谅解备忘录，中英双方将继续深化在气候科学与气候服务、无缝隙数值天气预报和气候预测系统、卫星观测与应用以及其他领域的合作，并将建立国家气候中心和英国哈德莱中心、中国气象局气象干部培训学院与英国气象学院之间的长期合作伙伴关系。

此次联合工作组会议将从 24 日持续到 27 日，英国气象代表团还将赴上海市气象局进行交流访问。

3 月 24 日，英国气象代表团参观了国家气象中心、国家气候中心、国家卫星气象中心等单位。

（来源：《中国气象报》，2014 年 3 月 26 日，作者：郝静　庄白羽　胡晓平）

中朝气象科技合作第十七次会议签署会谈纪要

2014年5月16日，中朝气象科技合作联合工作组第十七次会议在京召开，双方就进一步加强气象科技合作、共同提高气象观测和预报水平等进行交流，并签署会谈纪要。中国气象局局长郑国光和朝鲜气象水文局局长金大建分别代表双方签字。中国气象局副局长沈晓农主持会议并出席签字仪式。

双方分别对两国气象事业发展概况进行介绍，回顾了联合工作组第十六次会议合作项目的执行情况；就未来两年的合作项目进行讨论，并达成一致意见。根据纪要，未来两年，中朝双方将在六个领域加强合作，包括举办中朝气象科技研讨会，教育培训和人员交流，边境河流流域的气象观测及预报，气象计量标准器国际对比，气候与气候变化和世界气象组织自愿合作计划（WMO/VCP）援助事宜等。双方初步商定，中朝气象科技合作联合工作组第十八次会议将于2016年5月在朝鲜举行。

5月15日，郑国光、沈晓农在京会见了来访的金大建一行。郑国光说，中朝两国是山水相连的友好邻邦，两国人民的友谊源远流长，中朝两国天气气候条件相似，这为双方在气象领域的合作奠定了基础。在两国政府的大力支持下，双方气象部门一直保持着密切合作关系，自1972年签署合作议定书以来，双方取得了令人欣喜的合作成果，也促进了中朝两国的友谊。郑国光表示，双方可以在资料共享、气象预报等方面加强交流与合作，中国气象局将力所能及地支持朝鲜气象事业的发展。他希望中朝双方继续扩大交往、深化合作，巩固好、发展好两国睦邻友好合作关系，为两国经济社会发展提供更好的保障，进而造福两国人民。

金大建对中国气象局的热情接待表示感谢。他说，中国气象局是世界领先的气象机构，朝鲜气象水文局高度重视与中国气象局的合作交流。为加强与中国气象局的合作、学习借鉴中国气象服务的经验，朝鲜气象水文局在北京设立了办事处。金大建希望双方能够定期举办气象科技研讨会，加强预报技术和气象科技人才的交流，促使两国气象合作取得更大成果。他表示，朝鲜将借鉴中国气象部门在气象防灾减灾、公共气象服务和气象现代化建设等方面的经验来加快推动气象事业发展。

金大建一行还参观了中国气象局相关业务单位。

（来源：《中国气象报》，2014 年 5 月 19 日，作者：郝静　庄白羽　钱鑫）

中国气象局、北京师范大学签署备忘录 深化气象灾害风险管理合作

2014年5月28日，中国气象局与北京师范大学在京签署合作备忘录。双方将于今明两年重点在气象灾害风险管理领域加强科研业务合作，提高灾害风险管理科技水平，进一步深入推进局校合作。中国气象局局长郑国光、副局长矫梅燕，北京师范大学党委书记刘川生、常务副校长史培军出席签字仪式。

2014年至2015年，双方将充分发挥各自的资源和人才优势，提高气象灾害风险定量评估能力，联合开展暴雨洪涝等灾害危险性、承载体的暴露度以及脆弱性研究；加强灾害风险管理应对措施研究，开展重大自然灾害联合应急响应业务试验；建立资源共建共享机制，共同打造"天地一体化"的灾害监测、预警与评估系统；推动科研项目合作和成果转化，联合参加国际活动，提高中国在灾害风险管理领域的国际影响力；联合开展灾害风险学科建设和灾害风险专业人员培训；建立定期沟通机制，成立"加强气象灾害风险管理科研业务合作"领导协调小组。

郑国光表示，在新时期，提高灾害风险管理水平是气象防灾减灾越来越重要的一项任务。中国气象局十分重视防灾减灾工作，初步建立了集灾害风险普查、风险识别、风险预警和风险评估于一体的气象灾害风险预警服务业务。他希望双方以提高气象灾害风险管理科研业务水平为重点，推动局校合作深入务实发展；完善合作机制，营造良好合作氛围，推动双方资源开放共享，取长补短，共同发展；做好合作备忘录的落实工作，使合作真正有成效，

481

共同提升我国防灾减灾水平，为造福公众、全面建成小康社会做出应有贡献。

刘川生指出，现在是合作共赢的时代，党中央、国务院高度重视防灾减灾工作，自然灾害监测预警和风险评估研究是全世界关注的重大课题。北京师范大学一直高度重视灾害风险科学研究和人才培养工作，在以地理学为基础的灾害系统理论、灾害科学应急技术与风险管理等方面取得很多成果。希望双方发挥各自优势，把"天地"结合起来，在此次合作中结出丰硕成果，为提高我国气象灾害风险管理科学水平做出贡献。

据悉，自2002年签署合作协议以来，双方在气象灾害科研领域和地球系统、人才培养、科研合作等方面开展了良好合作，气象灾害科研领域的很多研究成果也已广泛应用到气象防灾减灾业务中。

（来源：《中国气象报》，2014年5月29日，作者：张格苗　庄白羽）

中国气象局与中国航天科技集团公司签署协议 加强气象卫星工程领域合作

2014年11月11日，中国气象局和中国航天科技集团公司在第十届中国（国际）航空航天博览会重大项目签约仪式上签署了《气象卫星工程合作协议》。中国气象局副局长宇如聪和中国航天科技集团公司总经理吴燕生代表双方签署协议。

根据协议，双方将在气象卫星中长期发展规划、气象卫星工程项目立项和审批、气象卫星及其运载火箭研制、气象卫星平台及其有效载荷预先研究等方面加强合作，协议确定了双方的合作原则、合作机制、合作模式，并对未来的合作进行了展望。

中国气象局与中国航天科技集团公司在我国气象卫星和卫星气象事业40多年的发展历程中建立了相互信赖、荣辱与共的长期战略伙伴关系。此次协议的签署，是双方面临新的发展形势和历史机遇，以气象卫星工程为基础，逐步全面深化各领域的合作，是继续促进气象事业和航天事业共同发展的重要举措。双方将按照我国气象卫星"面向需求，持续发展；天地统筹，同步发展；资源共享，综合应用；自主创新，开放合作"的发展思路，按照"研制一代、预研一代、规划一代"的实施路线图，进一步深化在气象卫星工程领域的合作。

截至目前，我国共成功发射了13颗气象卫星。据悉，中国航天科技集团公司正在研制"风云二号"08，09星，"风云三号"04星，"风云四号"卫星以及相关配套运载火箭。我国的气象卫星实现了从试验应用型向业务服务型的转变，形成了业务化、系列化。同时，我国还是国际上同时拥有静止气象卫星和极轨气象卫星的少数国家和地区之一。世界气象组织已将我国"风云"系列气象卫星纳入全球业务应用气象卫星序列，使我国风云气象卫星成为全球综合地球观测系统的重要成员，提高了我国气象事业在国际上的地位与影响力。

在气象科技工作者和航天科技工作者的共同努力下，我国气象卫星的相关科学技术得到紧密融合、共同进步，取得了显著的应用效益。风云气象卫星在天气预报、气候预测、自然灾害和环境监测、资源开发、信息传输、科学研究等多个重要领域，以及气象、海洋、农业、林业、水利、交通、航空和航天等行业得到了广泛应用，在应对防范气象灾害及其衍生灾害、生态遥感监测和森林火灾监测预警、环境遥感监测和环境灾害监测预警、海洋遥感监测和海洋灾害监测预警、土地利用遥感监测和粮食产量监测预报等方面发挥了巨大作用，为防灾减灾和应对气候变化以及经济社会可持续发展做出了重要贡献。初步估算气象卫星投入产出效益比超过 1:40，是我国民用遥感卫星中应用范围最广、效益发挥最好的卫星。

（来源：《中国气象报》，2014 年 11 月 14 日，作者：史一卓）

中国气象局、中国科学院签署合作备忘录加快突破重大核心技术难题

2014年12月25日，中国气象局与中国科学院（以下简称"中科院"）签署《气象重大核心技术科技合作备忘录》（以下简称《合作备忘录》）。双方将共同加快突破制约我国气象业务发展的核心技术难题，提高气象预报预测领域核心技术自主创新能力，为国民经济、社会发展和国家安全提供更好的保障。中国气象局局长郑国光、副局长宇如聪，中科院院长白春礼及双方相关部门和单位负责人出席签署仪式。在签署仪式之前，双方就进一步深化合作进行了座谈。

根据《合作备忘录》，双方将在高分辨率资料同化、数值天气模式、青藏高原气象科学研究、地球系统数值模拟装置建设以及人才培养等重点领域开展合作；同时支持和鼓励气象部门科研业务单位与中科院相关研究所开展全方位合作。双方将不断完善合作机制，建立合作研发中心、联合科研团队、联合专家组等多种形式的合作机制和充分沟通协调的工作机制，完善科技资源投入、共享和政策保障机制，建立科学有效的考核机制，保障合作的高效性、稳定性和长期性。

白春礼表示，多年来，中科院和中国气象局的合作始终没有间断。中科院20多个研究所的"一三五"规划与气象局的"3+4"重大核心技术相契合，为双方新时期的合作奠定了良好基础。白春礼指出，《合作备忘录》的签署明确了双方合作框架，要发挥科学家合作的积极性，利用双方科研业务优势互补的特点，在预报预测技术、资料同化、大数据处理、地球系统数值模拟

装置建设、碳卫星研究等重点领域开展合作。白春礼提议双方建立跨学科、跨单位的合作研究中心，围绕气象发展重大科技需求，凝聚双方优势科技资源，创新体制机制，形成攻关合力，力争到 2020 年我国气象核心技术达到世界先进水平，到 2030 年达到世界领先水平。白春礼还介绍了中科院"三个面向"和"率先行动"计划的改革发展思路。

郑国光对白春礼就深化双方合作提出的意见和建议表示赞同，并感谢中科院长期以来对中国气象局的支持。他说，双方有着良好的合作传统，尤其是 2007 年签署《科技合作备忘录》以来，在双方的共同努力下，我国气象事业的发展取得了显著成效。郑国光强调，气象事业的发展离不开科技支撑，目前，我国数值天气预报、资料同化、气候预测和气候系统模式等核心技术与世界先进水平的差距仍然很大，迫切需要进一步加大开放合作力度，联合包括中科院在内的各方科技资源集中力量协同攻关。郑国光建议，将双方合作纳入国家气象科技创新工程，明确重点研究领域，不断完善合作机制，加强科技资源共享，推进人才队伍培养和学科建设，实现双方合作的共赢。郑国光表示，中国气象局将双方的合作视为关乎气象科技发展全局的大事来抓，全力支持，扎实推进，力争将双方合作提升到一个新水平。

宇如聪主持签字仪式并介绍了《合作备忘录》的主要内容。

在郑国光、宇如聪的陪同下，白春礼一行还参观了国家气象中心和国家气候中心，了解中国气象局的天气预报及服务、数值天气预报模式发展、气候预测和气候系统模式发展等有关情况。

（来源：《中国气象报》，2014 年 12 月 26 日，作者：李一鹏　庄白羽　孙豪杰）

中沙气象部门在多领域加强合作

2015 年 3 月 26 日，中国气象局局长郑国光在京会见了沙特阿拉伯气象与环境局局长阿卜杜拉孜兹·阿加萨、世界气象组织（WMO）沙特阿拉伯常任代表萨德·莫哈非等一行。中国气象局副局长沈晓农参加会见。

郑国光对沙特阿拉伯气象与环境局代表团的来访表示诚挚欢迎。他说，中沙两国气象部门在人工影响天气、全球信息系统中心（GISC）建设、亚洲区域气候监测预测和评估论坛（FOCARAII）等方面开展了长期合作，取得了成效。中国气象局愿意继续与沙特阿拉伯分享气象事业发展方面的经验，促进两国气象事业的发展。他希望，双方能够加强管理层面的沟通，加强气象科技合作和人员交流，进一步提高双方在 WMO 和世界气象组织第二区域协会（亚洲）框架下有关事务的沟通和协调，从而共同为本地区气象防灾减灾和应对气候变化做出贡献。

沙特阿拉伯气象与环境局代表团感谢中国气象局给予的支持。阿卜杜拉孜兹·阿加萨表示，作为东亚和西亚的两个重要国家，双方应不断提升气象科技水平，共同为亚洲区域气象发展做出贡献。他希望双方能够进一步在气候服务、世界气象组织信息系统（WIS）、GISC 建设、应对气候变化、卫星遥感、培养青年人才等方面加强合作。

沈晓农在双方座谈会上回顾了中国气象局和沙特阿拉伯气象与环境局的合作历程，对包括气象观测、沙尘暴预报、WIS、防灾减灾、应对气候变化、气候服务、人员培训等在内的中国气象局业务和服务概况进行介绍。

沙特阿拉伯气象与环境局代表团一行参观了中国气象局相关业务单位，此前还访问了广东省气象局。

据悉，中沙气象科技合作由来已久，2012 年和 2013 年，沙特阿拉伯气象与环境局和海湾阿拉伯国家合作委员会（GCC）代表团都曾到访中国气象局，并签署会谈纪要，明确双方在沙尘暴监测和预测、人工影响天气、气象早期预警等方面的合作方向。双方合作具有良好的基础和广阔的潜力，将对亚洲地区防灾减灾、应对气候变化工作和气象事业发展起到积极推动作用。

（来源：《中国气象报》，2015 年 3 月 30 日，作者：郝静　韩菲）

中国援助的气象系统成为尼泊尔震区天气预报"压舱石"

记者从中国气象局获悉，尼泊尔地震发生后，当地互联网中断，由中国援助的气象系统由于不依赖当地通信条件，成为震后 24 小时尼泊尔气象部门的"压舱石"。

据了解，中国气象局于 2011 年向包括尼泊尔在内的 19 个亚太国家赠送了集成化的中国气象局卫星广播系统（CMACast）。CMACast 是全球三个主要地球数据广播系统之一，由中国气象局自主开发，具有大容量、覆盖范围广、资料种类多、用户使用成本低、不依赖于本国通信条件等特点，是中国气象预报业务系统的重要组成部分。

地震发生后，中国气象局国家气象信息中心迅速与尼泊尔气象局取得联系。根据尼泊尔气象局反馈，尼泊尔当地互联网在震后中断，由中国气象局赠送的这套系统由于不依赖当地通信条件，成为震后 24 小时内尼泊尔气象局的主要天气预报平台，为当地做好抗震救灾气象服务和灾后搜救工作提供了有力保障。

中尼气象部门长期保持友好合作。近年来，中国气象局先后 3 次派专家团队前往尼泊尔进行技术培训和系统本地化工作，提升了尼泊尔气象部门的气象资料收集处理、灾害性天气监测预报能力。

（来源：新华社，2015 年 4 月 28 日，作者：林晖 周盛平）

教育部、中国气象局联合加强气象人才培养　适度扩大大气科学类专业招生规模

日前，教育部与中国气象局联合出台《教育部 中国气象局关于加强气象人才培养工作的指导意见》（以下简称《意见》），提出将优化气象相关专业结构，适度扩大大气科学类专业本科生和研究生招生规模，共同加强对气象教育的政策、资金支持。

《意见》明确，将建立以气象行业需求为导向的专业结构动态调整机制，在办好大气科学、应用气象学、大气物理与大气环境等学科专业的基础上，加强数值天气预报、大气探测、公共气象服务、气象防灾减灾等方向的人才培养，支持计算机科学与技术、电子信息工程、自动化等相关学科专业培养复合型气象人才。

《意见》提出，支持行业特色高校统筹招生计划增量与存量，适度扩大大气科学类专业本科生和研究生招生规模，适度扩大职业院校气象类专业人才培养规模，支持有关高校继续面向西部省（自治区）气象部门和艰苦气象台站定向培养大气科学类专业本科生和研究生。

教育部、中国气象局将建立气象人才培养联盟，发挥大气科学类专业教学指导委员会、全国气象职业教育教学指导委员会在高校本科、职业教育教学中的研究、咨询、指导、评估、服务等功能，建立健全气象行业企业、高校、科研院所、地方政府共同参与的气象科技协同创新机制。

同时，教育部和中国气象局将对气象教育给予更多政策和资金支持。教育部将支持协同创新中心、国家级工程研究中心建设；中国气象局将对高校

在气象实践教学平台建设、气象教学基础设施建设、气象科技项目研究和成果转化等方面给予支持。

此外，《意见》还就制订完善大气科学类专业人才培养标准、深化气象人才培养机制改革、强化气象操作技能培养和实习实训、加强气象师资队伍建设、推动高校毕业生到气象行业就业、加强气象从业人员在职培训等方面提出要求。

（来源：《中国气象报》，2015 年 2 月 27 日，作者：李一鹏）

中国气象人才培养联盟成立

　　中国气象局、教育部于 2015 年 4 月 20 日在京联合召开气象教育工作座谈会，同时宣布正式成立中国气象人才培养联盟。

　　教育部、中国气象局 2015 年 2 月联合发布了《教育部 中国气象局关于加强气象人才培养工作的指导意见》。提出要不断创新气象人才培养机制，提高气象人才培养质量，"适度扩大大气科学类专业本科生和研究生招生规模"，同时鼓励中西部地区、艰苦地区、少数民族地区气象部门和基层气象台站采取各种奖励、资助手段吸引学生就业。

　　据中国气象局局长郑国光介绍，中国气象人才培养联盟旨在强化各成员单位在人才培养等方面的特色和优势，在学科建设、课程体系建设、实习实训等方面开展全方位、多层次合作，提升气象教育教学质量和办学水平。气象领域高等院校（气象类学院）、科研院所、企业以及国家级气象业务单位、省（自治区、直辖市）气象局均可申请加入联盟。

　　（来源：《科技日报》，2015 年 4 月 21 日，作者：游雪晴）

中德气象科技合作双边会议召开　推进重点领域合作　促进双方事业发展

2015 年 7 月 7 日，中德气象科技合作双边会议在京召开。双方介绍了各自气象部门的工作情况，回顾了上次双边会议以来的合作情况，并就进一步加强在历史气候资料分析研究、城市气候与气候变化、世界气象组织信息系统（WIS）和全球信息系统中心（GISC）技术合作、全球大气观测等方面的合作达成共识。

会议期间，德国气象局向中国气象局移交了德国气象局档案中保存的 14 个中国气象观测点的数字化早期历史资料。会后，中国气象局局长郑国光和德国气象局局长格哈德·亚德里安分别代表双方签署会议记录。

郑国光代表中国气象局对德国气象代表团的到访表示热烈欢迎。他表示，自 1980 年双方签订合作协议以来，中德气象部门在应对气候变化、数值预报技术、WIS、卫星资料应用等领域开展了卓有成效的合作。希望今后双方能够建立定期召开联合工作组会议的机制，加强高层交流互访活动，继续深化气候研究、数值预报、综合观测、气象信息等领域的科技合作，加强区域气候合作，加强在世界气象组织等多边机制下的合作协调。中国气象局将继续不遗余力地为双方合作提供支持。

格哈德·亚德里安对多年来双方合作所取得的成果表示满意和赞赏。他希望今后双方能够继续加强合作，建立长期有效的合作机制，增加高层互访活动，加强合作项目的成果应用，进一步提升气象科技水平，促进双方气象事业发展。

　　会议期间，德国气象代表团参观了国家气象中心、国家气候中心、中国气象科学研究院、国家气象信息中心、国家卫星气象中心等业务单位。德国气象代表团还将前往青海瓦里关大气本底站进行访问及业务交流。

　　中德气象部门之间的合作由来已久。1980年5月，中德签订了《中华人民共和国中央气象局和德意志联邦共和国德国气象局关于建立北京－奥芬巴赫气象电路的协议》，开启了两国气象科技合作的先河。2008年6月，双方签署了《中国气象局与德国气象局大气科技合作谅解备忘录》，全面开展气象业务合作。2008年至2013年期间，中德气象专家在业务预报系统、气象通信、WIS开发技术、全球基准高空网、降水观测资料、历史资料提交等领域积极开展交流合作。

　　（来源：《中国气象报》，2015年7月8日，作者：郝静　庄白羽　钱鑫）

中国气象局与中国地质大学（武汉）签署战略合作协议 共推学科发展 培养优质人才

2015年7月23日，中国气象局和中国地质大学（武汉）在京签署战略合作协议，推进在气象现代化建设、人才培养、学科发展、科学研究和资源共享等方面的合作。中国气象局局长郑国光、副局长许小峰，中国地质大学（武汉）党委书记郝翔、校长王焰新，副校长唐辉明、赖旭龙、万清祥，以及双方相关部门和单位负责人出席签署仪式。

郑国光和王焰新分别代表双方签署《中国气象局中国地质大学（武汉）战略合作协议》。根据合作协议，双方将围绕极端天气气候事件与地质灾害监测预警重点领域开展合作研究，组建创新团队，开展联合攻关；推进中国地质大学（武汉）大气科学学科建设，培养气象发展急需的人才；支持中国地质大学（武汉）气象实践教学平台、教学基础设施、实习实训基地建设；共建武汉极端天气气候与地质灾害联合研究中心以及大数据气象信息处理研究中心，促进交流合作。双方还就形成局校合作联席会议制度，建立长效合作机制达成共识。

在合作协议签署前，双方就进一步深化合作进行了座谈。郑国光代表中国气象局对郝翔、王焰新一行表示热烈欢迎。他指出，双方合作具有良好的基础和传统。2014年以来，中国地质大学（武汉）经教育部批准拟成立气象系，进一步推进气象学科的发展和专业人才的培养。目前，中国气象局正在大力推进气象现代化，科技的突破、人才的发展、防灾减灾水平的提高等，都需要进一步加强双方合作。2015年2月10日，中国气象局与教育部联合印发《教育部中国气象局关于加强气象人才培养工作的指导意见》，旨在进一步深化气象人才培养机制改革，提高气象人才教育和培养质量。此次签署合作协议也是贯彻落实该指导意见的具体举措。郑国光希望，双方切实开展务实合作，真正实现合作双赢，不断完善合作机制，并继续加强湖北省气象局与中国地质大学（武汉）的合作。

郝翔感谢中国气象局对双方合作的重视。他介绍了中国地质大学（武汉）的基本情况，并指出，随着地球系统科学的发展，大气科学学科与地质学科结合得越来越紧密。合作协议的签署，对中国地质大学（武汉）的发展、特别是地球系统科学的发展具有重要意义。他希望，中国气象局进一步加强对中国地质大学（武汉）在学科建设和人才培养方面的支持和指导，为气象事业发展提供更多人才支持；双方加强沟通，建立长效合作机制，把合作推向新的更高水平。

王焰新表示，将按照合作协议落实具体事项，充分利用双方资源优势，推进中国地质大学（武汉）大气科学学科发展，并推动建立管理层面的经常性沟通协调机制，深入推进合作。

在许小峰陪同下，郝翔、王焰新一行还先后参观了中国气象局公共气象服务中心、国家卫星气象中心、国家气象中心等业务单位。

（来源：《中国气象报》，2015年7月24日，作者：赵晓妮 庄白羽）

中美签署大气科技合作议定书延长协议
未来两年将在六个领域加强合作

当地时间 2015 年 9 月 1 日下午，中美大气科技合作联合工作组第十九次会议在美国马里兰州大学城圆满闭幕。中国气象局和美国国家海洋与大气管理局共同签署《中美大气科技合作议定书》延长协议，中国气象局局长郑国光，美国国家海洋与大气管理局局长凯瑟琳·沙利文和美国国家海洋与大气管理局代表霍利·班福德，分别在延长协议上签字；联合工作组中方组长郑国光和美国国家海洋与大气管理局负责国家天气局的助理局长、联合工作组美方组长路易斯·乌切利尼分别签署了《中美大气科技合作联合工作组第十九次会议会谈纪要》。双方确定了未来两年在气候与季风、开发性研究、数值天气预报、气象现代化、卫星气象、培训和参与等六个合作领域的合作项目。

在会议期间，郑国光与路易斯·乌切利尼就完善双方合作机制、深化合作内容、业务机构调整、气象现代化建设，以及加强双方在世界气象组织等国际组织中沟通并发挥更积极的作用等问题进行了深入讨论，并达成共识。

自 1979 年《中美大气科学技术合作议定书》签署以来，中美双方在大气科学的各个领域开展了具有建设性的、卓有成效的合作，无论在合作广度和深度上，还是在参与合作人员数量和合作质量效果方面均不断取得进展。双方在大气科技领域的合作也得到两国政府的高度重视。中国气象局和美国国家海洋与大气管理局共同提交的有关联合研究和温室气体监测、灾害性天气监测联合研究、气候科学与气候服务、空间天气业务预报和服务等四项合作活动被纳入今年第七轮中美战略对话的成果清单。

（来源：《中国气象报》，2015 年 9 月 3 日，作者：周恒 胡晓平）

中加气象科技合作联合工作组第十四次会议举行　将在健康与安全、地球观测、气候变化、可持续发展及高级管理和业务培训等领域继续合作

当地时间 2015 年 9 月 3 日，中加气象科技合作联合工作组第十四次会议在加拿大举行。中国气象局局长、联合工作组中方主席郑国光和加拿大环境部助理副部长、加拿大气象局局长、联合工作组加方主席戴维·格莱姆斯共同主持会议。加拿大环境部助理副部长、科技局局长卡伦·道兹，中国驻加拿大使馆参赞毛中颖等出席会议。

郑国光代表中国气象局对加方承办本次工作组会议以及多年来对中国气象事业的支持表示感谢。他指出，中加两国已经成功召开了 13 次气象科技合作联合工作组会议，在健康与安全、地球观测、气候与气候变化、可持续性发展以及高级管理和业务培训等方面开展了广泛深入的合作。这些合作与交流提高了双方的气象科技水平，有力地促进了两国气象防灾减灾事业的发展。

戴维·格莱姆斯代表加拿大环境部对中国气象代表团的到访表示热烈欢迎。他指出，双方自 1986 年签署谅解备忘录以来，在气象科技方面开展了卓有成效的合作，这对加拿大气象局向民众提供服务产生了积极影响，并会在未来继续产生影响。他期待着与中方继续加强合作，共同制定未来合作计划，开展更广泛的国际合作。

会上，双方分别介绍了各自气象事业发展情况，回顾了上次联合工作组

会议召开以来合作项目的执行情况，就加强双方战略合作、改革发展、人才培养等交换了意见。郑国光还与戴维·格莱姆斯（世界气象组织主席）就世界气象组织事务进行讨论。

郑国光和戴维·格莱姆斯共同签署了《中加气象科技合作联合工作组第十四次会议会谈纪要》。双方将继续在健康与安全、地球观测、气候变化、可持续发展及高级管理和业务培训等五个领域展开合作。

（来源：《中国气象报》，2015 年 9 月 7 日，作者：周恒　胡晓平）

中韩气象合作联合工作组第十三次会议召开　审议通过未来两年合作计划

2015年9月7日，中韩气象合作联合工作组第十三次会议在韩国首尔召开。中国气象局局长、联合工作组中方组长郑国光和韩国气象厅厅长、联合工作组韩方组长高允和共同主持会议。

郑国光代表中国气象代表团对韩方的友好邀请和周到安排表示衷心感谢。他指出，中韩两国签订气象合作协议至今，已成功举办了12次联合工作组会议，提高了双方的气象业务和科研水平，也为各自国家的经济社会发展做出了贡献。他特别希望加强中韩在冬季奥林匹克运动会气象服务方面的合作，共享经验。

高允和对郑国光一行的到来表示热烈欢迎。他表示，上次工作组会议以来，中韩两国气象部门的合作活动取得了丰硕成果。他向在合作中做出贡献的双方业务科技人员表示衷心感谢。同时，他希望通过本次联合工作组会议，谋划好未来两年的合作活动计划，进一步提升中韩气象合作活动的水平。

会上，双方分别就各自的气象工作进行了介绍，回顾了中韩气象合作联合工作组第十二次会议以来的合作项目执行情况，审议通过了未来两年的合作计划，并签署会谈纪要。

其间，郑国光与高允和就国际气象事务进行讨论；中国气象代表团还参观了韩国气象设施。

（来源：《中国气象报》，2015年9月8日，作者：周恒　胡晓平）

中国气象局与南京大学共同组建天气雷达及资料应用联合开放实验室

2015年9月8日，中国气象局科技与气候变化司正式批复，同意组建中国气象局—南京大学天气雷达及资料应用联合开放实验室（以下简称"联合实验室"）。

南京大学教授赵坤和中国气象科学研究院研究员端义宏将分别担任联合实验室主任和学术委员会主任。联合实验室将满足国家对于综合气象观测研究的需求，同时贯彻落实中国气象局与南京大学战略合作协议要求，推动和强化双方在天气雷达的探测理论和新技术、灾害性天气的雷达定量监测技术、雷达同化和短临预报技术等重点领域的合作。

联合实验室将围绕局校合作确定的研究方向，以气象业务发展需求为导向，面向天气雷达探测和资料应用技术及雷达气象学科发展的国际前沿，针对制约气象业务发展支撑的重大关键科技问题，在优势领域开展创新性合作研究和技术开发与集成，培养天气雷达探测理论和新技术、灾害性天气监测雷达定量监测技术和应用、雷达资料同化和短临预报等优秀科技人才，建成国内一流、具有国际影响力的天气雷达技术和资料应用的研究机构和科研成果业务转化的中试中心；重点研究方向包括天气雷达探测理论和新技术、灾害性天气的雷达定量监测和分析、天气雷达资料同化和数值预报应用技术和天气雷达新技术中试应用和成果转化等。

联合实验室以南京大学和中国气象科学研究院天气雷达，以及国家气象中心和中国气象局气象探测中心的现有科研和业务为基础，通过加强顶层设计、规模建设、集约发展、创新引智、强化应用等措施，建立良好的开放交流与合作创新机制，健全配套基金和运作管理机制，细化日常管理，保障实验室有序运行。

据记者了解，虽然我国天气雷达现代化建设已取得了长足的发展和显著成绩，但与发达国家技术和应用水平相比仍有差距，因此急需持续不断提升雷达观测能力及应用技术水平。

（来源：《中国气象报》，2015年9月16日，作者：吴越　石爱丽）

中蒙召开气象科技合作联合工作组会议
审议通过未来两年合作计划

2015 年 10 月 20 日，中蒙气象科技合作联合工作组第十四次会议在蒙古国乌兰巴托举行。中国气象局副局长宇如聪率气象代表团参加会议。蒙古国国家气象与环境监测局局长朝克图－奥其尔·多尼奥出席会议。会议由宇如聪和蒙古国国家气象与环境监测局副局长巴图勒格·巴特共同主持。

朝克图－奥其尔·多尼奥对宇如聪一行访问蒙古表示热烈欢迎，并感谢中国气象局在气象观测和预报等方面对蒙方的一贯支持和协助。他表示，蒙古国国家气象与环境监测局将一如既往地加强与中国气象局在气象科技领域的合作与交流，以促进两国气象事业发展。

宇如聪转达了中国气象局局长郑国光对朝克图－奥其尔·多尼奥的问候，感谢其对中国气象局以及中蒙双边和多边气象合作的支持，中国气象局愿意进一步加强与蒙古国国家气象与环境监测局的合作，并为蒙古气象事业发展提供力所能及的协助。

双方回顾了中蒙气象科技合作联合工作组第十三次会议以来的合作项目执行情况，审议通过了未来两年的合作计划，并签署了此次会谈纪要。

双方将在气象通信、气候与气候变化、地区气象部门间的合作、气象观测和仪器、人才培训、公共气象服务等方面开展合作。

（来源：《中国气象报》，2015 年 10 月 22 日，作者：韩菲）

中国气象局、国家林业局签署深化全面战略合作框架协议　协同推进森林防火、沙尘暴监测、林业有害生物防治、应对气候变化等工作

2015 年 11 月 26 日，中国气象局与国家林业局在京签署《中国气象局国家林业局关于深化全面战略合作的框架协议》，协同推进森林防火、沙尘暴监测、林业有害生物防治、应对气候变化等工作，提高林业与气象的科学化、现代化、信息化水平。中国气象局局长郑国光、国家林业局局长张建龙代表双方签署协议，并就深化全面战略合作、切实推进生态文明建设交换意见。中国气象局副局长矫梅燕主持签署仪式，国家林业局副局长彭有冬出席。

双方将坚持优势互补、注重实效、科技支撑、共同发展的原则，健全和完善气象、林业信息数据共享机制，联合开展林业和气象监测评估，加强沙尘暴监测预警和应急处置，加强森林火险预警和火灾应急联动机制，加强林业有害生物预测预报，联合开展气候变化影响评估，加强科研合作。同时，双方将进一步完善常态化联系沟通机制，成立双方战略合作领导小组；定期召开联席会议，评估和总结合作成果，不断推进合作深入开展。

郑国光表示，签署合作框架协议是双方贯彻党的十八届五中全会精神，深入实施"创新、协调、绿色、开放、共享"五大发展理念的重要举措，也是落实中央《关于加快推进生态文明建设的意见》的具体行动。林业与气象部门合作源远流长，多年合作经验表明，建设美丽中国，需要积力之所举，

集众智之所为，需要深化部门合作、区域合作，需要在前期基础上进一步合作，提高合作的质量和效益。希望双方以协议的签署为契机，进一步加强合作，优势互补，资源共享；突出重点，抓住关键；定期交流，强化落实。

张建龙指出，气象和林业都是国家重要的公益事业，在防灾减灾、应对气候变化、推动生态文明建设中都发挥着重要的作用。多年来，双方密切合作取得明显成效，对推动林业和气象事业发展发挥了重要作用。此次双方签署的合作框架协议，内容丰富、措施具体、操作性强，有利于共同推动我国林业和气象事业发展。希望尽快细化分解任务，狠抓落实；进一步研究深化合作的具体内容和措施；加强沟通协调合作，建立常态化的合作机制，推动合作广泛深入开展。

（来源：《中国气象报》，2015 年 11 月 27 日，作者：赵晓妮 庄白羽）

中芬气象科技合作联合工作组第十二次会议在京召开

2015 年 12 月 16 日，中国气象局与芬兰气象局在京召开气象科技合作联合工作组第十二次会议，就加强空气质量预报、卫星资料应用和交通气象服务等领域合作达成一致，并就进一步加强世界气象组织（WMO）治理、推动全球气候服务框架实施、提升气候变化应对能力等国际气象事务进行沟通。中国气象局局长、联合工作组中方组长郑国光主持会议。芬兰气象局局长、联合工作组芬方组长佩蒂瑞·塔拉斯率团参加会议并致辞。中国气象局副局长沈晓农出席会议。

郑国光对芬兰气象局在两国气象科技合作中给予的大力支持表示感谢。他说，自 1988 年中芬签订大气科技合作议定书以来，双方建立了稳定的科技合作与交流机制。27 年来，双方在气象卫星、天气预报、气候与气候变化、环境气象、交通气象、气象探测等方面开展了卓有成效的合作，提升了两国气象科技水平，促进了气象事业发展，为本国经济社会的发展做出了贡献。中国气象局将一如既往地继续加强与芬兰气象局的合作，积极参与 WMO 的各项活动和计划，也希望双方在双边和多边框架下进一步加大合作力度，共同推进世界气象事业的发展。

佩蒂瑞·塔拉斯对中国气象部门在双方合作及世界气象事务中发挥的重要作用给予肯定。他说，中国气象局多年来通过参与 WMO 自愿合作计划、全球气候服务框架实施、组织承办多国别考察活动、捐助气象卫星设备等多种方式，帮助推动发展中国家气象部门的能力提升，为全球气象事业做出重要贡献。芬兰气象局将继续促进中芬气象科技合作，并努力为两国气象部门在多边框架下推动世界气象事业的发展贡献力量。

　　会后，郑国光和佩蒂瑞·塔拉斯共同签署此次会谈纪要。双方将在湿地温室气体排放与吸收、碳收支的观测与模拟，与气候变化和空气质量相关的大气成分研究，空气质量预报模式，中国区域卫星雪产品比对和评估试验，城市交通的影响预报及风险预警，加强 WMO 和联合国政府间气候变化专门委员会事务处理等方面的合作。

　　据悉，佩蒂瑞·塔拉斯在 2015 年 6 月召开的第十七次世界气象大会上被任命为世界气象组织秘书长，将于 2016 年 1 月上任。在华访问期间，他还将赴南京信息工程大学和上海市气象局了解有关气象教育培训、气象服务、WMO 示范项目建设等情况。

　　佩蒂瑞·塔拉斯是国际气象界知名人士，对气象事业的发展做出了重要贡献，并长期致力于推进中芬气象科技合作。他担任芬兰气象局局长近 13 年，于 2005 年、2010 年率团来华出席联合工作组会议，积极推进中芬气象科技合作。

（来源：《中国气象报》，2015 年 12 月 17 日，作者：郝静　庄白羽　陈永清）

中国向非洲七国援建气象设施

>>>>

当地时间 6 月 17 日，中国气象局会同中国驻日内瓦使团及世界气象组织（WMO）秘书处，在日内瓦举行了气象援非项目发布会。中国气象局局长郑国光、中国驻日内瓦使团大使马朝旭、WMO 主席戴维·格莱姆斯、WMO 秘书长佩蒂瑞·塔拉斯，肯尼亚、苏丹等部分受援国驻日内瓦使团大使，以及出席 WMO 执行理事会第六十八次届会的执行理事会成员等出席了发布会。

发布会上，马朝旭欢迎各位代表参加中国气象援助非洲项目发布会。郑国光通报了为落实 2012 年 7 月在北京召开的中非合作论坛第五届部长级会议精神，中国气象局承担的气象援助非洲项目的基本情况和有关进展。戴维·格莱姆斯、佩蒂瑞·塔拉斯以及 WMO 非洲区协主席阿莫斯·马卡拉乌等在会上分别致辞，对气象援非项目的实施表示祝贺和感谢。发布会期间，与会代表观看了展示气象援助非洲项目实施情况的录像宣传片。

在中国商务部的指导和支持下，中国气象局多次邀请非洲国家代表来华考察，以了解相关国家的情况和需求。经与 WMO 秘书处、WMO 非洲区协及非洲有关国家协商，在派专家组到非洲实地勘察基础上，确定在科摩罗、津巴布韦、肯尼亚、纳米比亚、刚果（金）、喀麦隆和苏丹七个国家建设气象设施，旨在提升这些非洲国家的气象灾害监测、预报、预警和服务能力，建设内容覆盖气象观测、信息网络与数据处理、气象信息发布与服务、灾害预警等。

截至 2016 年 6 月中旬，科摩罗项目顺利完成了所有设备的安装、调试和培训工作，并在科摩罗首都莫罗尼举行了设备交接仪式，观测资料已经进入当地预报业务系统，并已进入区域和全球交换系统。津巴布韦项目也完成了自动气象站观测系统、"风云三号"卫星资料接收和应用处理系统、气象预警收音控制系统、气象预警收音机、气象虚拟演播系统等系统的安装、调试和培训工作，并在津巴布韦首都哈拉雷举行了设备交接仪式。其他国家的项目也已完成了设备生产等准备工作，实施工作将在今年的下半年陆续展开，预计在今年年底前全部完成 7 个受援国家的实施工作。

气象援非项目的实施，将提升非洲受援国的气象灾害监测、预报、预警和服务水平，同时也是中国为世界气象事业发展做出的贡献。

（来源：《中国气象报》，2016 年 6 月 21 日，作者：胡晓平）

中国援非气象设施成效显著

　　"中国援建的气象设施品质优良、技术先进，用处非常大。"2016年11月25日，在广州参加世界气象组织（WMO）基本系统委员会（CBS）第十六次届会期间，津巴布韦气象局局长、WMO非洲区域协会主席阿莫斯·马卡拉乌就中国援建的气象设施使用情况接受了记者的采访。

　　2013年，中国政府启动了向非洲国家援建气象设施项目，津巴布韦、科摩罗、肯尼亚、纳米比亚、刚果（金）、喀麦隆和苏丹被列入首批受援国家，援建项目包括自动观测站、预报系统等成套设备和软件。

　　2016年6月，中国完成了对津巴布韦援建气象设施的安装和培训工作。近半年过去了，这些设备使用情况如何？

　　"这些设施投入运行以来实现了三大突破：首次通过气象卫星监测林火，首次实现天气播报影像的独立制作，首次通过预警收音机发布预警。"阿莫斯高兴地说。

　　阿莫斯表示，津巴布韦森林草原覆盖率高，雨季和旱季分明，在每年5—10月的旱季，降水稀少，森林草原火灾经常发生。以前，林火监测对于政府来说是一大难题，自从安装了中国援建的"风云三号"卫星资料接收和应用处理系统，气象部门利用接收的中国"风云三号"卫星遥感图像，可以准确发现着火点的位置，这对防火灭火有很大帮助。

　　同样让阿莫斯津津乐道的还有中国援建的气象虚拟演播系统。他说，以前气象局的天气播报人员只能到电视台录播天气预报，由于演播室资源紧张、设备简陋，经常出现播报错误，效果不尽理想。现在有了气象虚拟演播系统，天气播报员可以在气象局反复录播，而且该系统具备数字化、多媒体编辑手段，制作的天气预报节目越来越好看了，受到了全国观众的喜爱。

　　津巴布韦暴雨、洪涝、雷电等气象灾害频发，及时预警至关重要，中国援助的气象预警收音机在此方面发挥了积极作用。阿莫斯告诉记者，在津巴布韦，农村是气象灾害防御的薄弱地区。气象局将中国赠送的 1600 部气象预警收音机安装在灾害多发的村庄，使天气预报预警的及时性得到很大提高。同时，气象部门还和农业、卫生、民政等部门合作，通过预警收音机发布虫害、疫情、应急救灾等信息和警报，使其成为一个综合的预警平台。

　　为了帮助津巴布韦提高预报能力，中国还将自主开发的气象信息综合分析处理系统（MICAPS）列入援建目录里。提起 MICAPS 系统，阿莫斯给予高度评价，他说，MICAPS 系统操作十分便捷，拥有强大的数据分析处理能力，可生成多种预报产品，由此津巴布韦的预报业务系统迎来"升级换代"，MICAPS 也很快成了预报员们的"新宠"。

　　2016 年以来，中国气象局先后派遣 21 名气象工程师赴津开展设备安装和培训工作，使援建的气象设施真正"落地生根"。"中国的工程师克服了各种困难，他们耐心地指导我们如何维护设备、如何使用软件，这些都令人感动。"阿莫斯告诉记者。

　　根据评估，中国援建的气象设施使津巴布韦的气象防灾预警能力提高了60%，可以说是革命性的变化。阿莫斯自豪地说："预报水平的大幅提升不仅拉近了我们和公众的距离，而且越来越多的部门和社会机构也希望和气象局合作。"

　　援建设施发挥的效益实实在在，阿莫斯衷心感谢中国为津巴布韦提供的援助和支持。作为 WMO 非洲区域协会的主席，他希望未来中国在人员培训、早期预警等方面继续帮助和支持非洲国家。"非洲国家大多数是最不发达国家，深受气候变化影响，希望通过加强中非合作，学习和分享中国先进经验，提高非洲国家对气象灾害的监测预警能力。"

　　　　　　　　　　（来源：《中国气象报》，2016 年 12 月 19 日，作者：张永）

首届中国–东盟气象合作论坛召开　共商区域气象合作　通过《中国–东盟国家气象合作南宁倡议》

2016 年 9 月 11 日，在第十三届中国–东盟博览会和中国–东盟商务与投资峰会召开之际，由中国气象局和广西壮族自治区政府联合主办的首届中国–东盟气象合作论坛在南宁举行。本届论坛主题为"区域气象灾害监测与共同防御"，旨在针对区域气象灾害特点，分享气象防灾减灾和应对气候变化方面的经验与成果，研讨如何建立中国与东盟国家气象灾害联合监测与防御的机制。

来自中国广西壮族自治区政府，越南、印度尼西亚、老挝、马来西亚、缅甸、菲律宾、新加坡、泰国等东盟国家气象水文部门，世界气象组织、联合国亚洲及太平洋经济社会委员会、台风委员会等国际组织的代表出席了论坛。

中国气象局局长郑国光，广西壮族自治区政府副主席张秀隆，越南自然资源与环境部副部长周范玉显，印度尼西亚气象、气候和地球物理局局长安迪·埃卡·萨卡亚，以及来自东盟国家和国际组织的代表分别在论坛开幕式上致辞。

郑国光在致辞中表示，中国政府提出的"一带一路"倡议，秉承"和平合作、开放包容、互学互鉴、互利共赢"的精神，旨在促进沿线各国经济繁荣与区域合作。中国气象局将秉承"一带一路"区域合作的原则，推动与沿线各国，包括东盟各国的合作。合作的成果有利于提升区域内气象防灾减灾和应对气候变化的能力。

郑国光说，中国与东盟国家陆海相连，共同面临台风、暴雨、区域干旱等气象灾害，以及应对气候变化的挑战。中国与东盟国家在天气气候监测、气象资料和信息交换、专家互访交流以及气象技术和装备等方面已经开展了良好的合作。郑国光希望，通过论坛研讨，中国与东盟国家能够建立气象领域的区域合作机制，加强在观测资料共享、灾害联防、气象服务和科研、气象仪器标定及业务技术人员交流培训等方面的合作，共同提高气象预报预测能力和服务水平。

张秀隆表示，促进防灾减灾工作的融合发展、最大限度避免和减少灾害损失，是中国和东盟各国的共同使命。此次举办的中国–东盟气象合作论坛，对增进中国与东盟国家在气象领域的互信互通、合作共赢具有十分重要的意义。相信本次论坛将成为深化中国与东盟国家气象合作交流的盛会，将有利于推动合作交流迈上新台阶，取得丰硕成果。他建议中国和东盟国家加强极端性、灾害性天气监测与联防，加强气象预警信息的互联互通，深化灾害性天气预报技术与人员交流，加强气象装备与技术合作。

周范玉显指出，当前气象灾害越来越频繁，对经济社会可持续发展带来巨大挑战，特别是在气候变化的背景下，急需加强国际合作，凝聚区域力量，更好地监测和预防自然灾害。此次论坛为中国和东盟国家搭建了很好的平台，为促进各国气象水文部门之间的交流和合作提供了新渠道，相信论坛的举办将有利于增进交流和扩大合作，提高区域内各国防灾减灾水平。

与会其他代表表示，气象灾害对经济社会发展产生的影响越来越大，东盟地区气象部门共同面临着提升业务科技能力的迫切需求。希望论坛能为加强区域气象合作、提升区域防灾减灾和应对气候变化能力、服务于区域发展和人民安全福祉等发挥积极作用。

针对加强区域气象合作，中国气象局副局长矫梅燕作了题为《提高区域合作更好服务区域发展》的报告，介绍了中国气象事业的发展情况、中国与东盟国家气象合作情况，并对未来加强气象合作提出建议。她表示，中国气象部门愿与东盟国家分享发展经验，共同提高业务服务能力，提高区域防灾减灾水平，使合作造福于"一带一路"沿线各国人民。

在论坛开幕式上，与会代表对中国气象局倡议的《中国-东盟国家气象合作南宁倡议》表示热烈欢迎，对倡议的合作建议表示积极支持，一致同意通过该倡议。根据倡议，未来中国与东盟国家将在区域气象合作机制建设、气象观测、气象灾害联防、业务技术交流、气候服务和农业气象服务、气象仪器标定、气象培训和航空气象等方面加强合作。

（来源：《中国气象报》，2016 年 9 月 12 日，作者：徐文彬　张永　曾涛）

世界气象组织官员肯定中国对世界气象事业的支持贡献

2016 年 11 月 23 日在广州开幕的世界气象组织（WMO）基本系统委员会（CBS）第十六次届会上，WMO 官员和专家对中国在世界气象事业上的支持贡献表示肯定，认为中国"为其他国家树立了典范"。

中国是 WMO 空间计划的重要参与方之一，在轨运行的 7 颗气象卫星对外免费提供基本气象卫星资料，已向亚太地区 19 个国家赠送了中国气象局卫星广播系统，提升了这些国家的气象观测和预报能力。

事实上，中国政府长期以来持续支持 WMO 在气象防灾减灾、应对气候变化等领域发挥重要作用。2013 年，中国还启动了对非洲 7 国的气象援助项目。津巴布韦气象局局长说，中国援助的气象设施预计将使该国的防灾预警能力提升 60%。

"中国在气象领域上已经成为世界上领先国家之一，有非常现代化的观测系统。同时，中国还将经验分享给邻国，让这些国家获取中国的气象卫星信息。" WMO 秘书长佩蒂瑞·塔拉斯说，过去 20 多年，中国气象事业取得了长足发展，为世界其他国家树立了典范。

WMO 中国常任代表、中国气象局局长郑国光表示，中国政府高度重视和支持中国气象局参与世界气象组织的各种计划和活动。中国是世界气象组织自愿合作计划（VCP）等计划和活动的主要贡献国，承担世界气象组织 18 个专业和区域中心的任务；中国政府积极支持非洲国家气象基础设施建设，每年为发展中国家气象水文部门提供 22 个来华学习的奖学金名额，支持"一带一路"沿线国家气象防灾减灾和应对气候变化能力建设。

世界气象组织基本系统委员会是 WMO 八个技术委员会之一，牵头负责世界天气监测网计划、空间计划和公共天气服务计划，每四年举办一次届会。来自 WMO 及其成员国家和地区气象部门的 200 余名代表参加了本次届会。

（来源：新华社，2016 年 11 月 23 日，作者：田建川　申安妮）

中国气象局与世界气象组织签署意向书 共同推进"一带一路"区域气象合作

2017年5月14日,"一带一路"国际合作高峰论坛在北京开幕。中国气象局局长刘雅鸣、世界气象组织(WMO)秘书长佩蒂瑞·塔拉斯应邀出席高峰论坛,并参加"加强政策沟通和战略对接"平行主题会议。会议期间,双方签署了《中国气象局与世界气象组织关于推进区域气象合作和共建"一带一路"的意向书》(以下简称《意向书》)。世界气象组织助理秘书长张文建参加上述活动。

在"一带一路"沿线地区,暴雨洪涝、台风、高温干旱、低温寒潮等气象灾害多发,各国面临着共同的气象防灾减灾、应对气候变化等挑战。"一带一路"倡议中提出的共建命运共同体、利益共同体、责任共同体的愿景与世界气象组织促进国际和区域合作、加强气象交流的理念相契合。

根据《意向书》,中国气象局与世界气象组织将通过加强区域气象交流合作,积极推进"一带一路"建设的气象服务保障工作,开展减轻灾害风险、气候服务、综合观测、研究与能力发展等多领域的合作,提升区域气象灾害监测预测预警和应对气候变化能力。

(来源:《中国气象报》,2017年5月16日,作者:虞俊)

中国气象局被认定为世界气象中心

>>>>>

　　2017 年 6 月 6 日，记者从中国气象局获悉，中国气象局日前被世界气象组织（WMO）正式认定为世界气象中心，由此成为唯一一个发展中国家的世界气象中心，这标志着我国气象业务服务的整体水平迈入世界先进行列。据了解，WMO 此次共认定了 5 个新的世界气象中心，除中国外，其他 4 个中心分别设在欧洲中期天气预报中心、英国埃克塞特、加拿大蒙特利尔和日本东京。此前还有 3 个世界气象中心，分别位于美国华盛顿、俄罗斯莫斯科和澳大利亚墨尔本。

　　据介绍，目前全球气象业务预报系统由世界气象中心、区域专业气象中心和国家气象中心三层结构组成。世界气象中心的业务能力要求很高：必须同时具备业务运行全球确定性数值天气预报系统、全球集合数值天气预报系统和全球长期数值预报系统的能力。近年来，中国气象局持续提升数值预报核心技术的自主研发与创新能力，发展和完善了数值预报业务技术体系。

　　　　　　　　（来源：《光明日报》，2017 年 6 月 7 日，作者：袁于飞）

勠力同心　共筑防灾减灾堡垒

——中国气象局与香港天文台合作见证香港回归 20 年

从 1975 年北京—香港的气象电报电路开始，内地与香港在气象方面的合作逐渐密切。香港回归 20 年来，双方的沟通合作更加畅通，合作机制不断完善，合作领域不断扩大，为推动区域气象合作和区域防灾减灾提供了有力支撑。

1996 年，中国气象局和香港天文台签署了《中国气象局和香港天文台气象科技长期合作谅解备忘录》，确定了双方的合作机制，每两年轮流举行一次高层会议。2001 年，双方签署《中国气象局与香港天文台气象科技长期合作安排》，进一步完善了合作机制，确定了主要合作领域。

随着合作机制的畅通，内地和香港气象部门的合作从最初的 5 个领域扩大到包括气象探测、气象通信、气象数据交换、天气预报警报、气象服务、气候与气候变化、地区合作、国际组织合作活动等 10 余个领域的合作。

预报是双方合作的重要领域之一。中国气象局与香港天文台加大专家互访、项目试验以及业务培训力度，加强在数值天气预报、气候监测预测、环境与气象服务等方面的人员交流和沟通，不断提升双方的预报精细化水平。香港天文台积极参与 2008 年北京奥运会短时临近天气预报示范项目；2010 年，其"小涡旋"暴雨临近预报系统在上海世博会临近预报服务中发挥作用，成为双方合作的典范。

为了更好地提升大城市气象服务水平，2016 年，上海市气象局和香港天文台建立长期合作机制，在精细化预报、气象服务、台风观测等方面加强合作交流，共同推动大城市现代气象服务和业务发展。

目前，中国气象局承办世界气象中心、区域气候中心、区域培训中心等近 20 个全球或区域中心，香港天文台承办世界气象组织（WMO）的天气信息服务网和灾害天气信息服务网。双方作为 WMO、联合国亚洲及太平洋经济社会委员会 / 世界气象组织台风委员会（TC）等国际组织的重要会员，在国际和区域层面深化协调，加强合力，不断提升我国气象事业的国际影响力。

2017 年 2 月，中国气象局联合香港天文台在世界气象组织第二区域协会（亚洲）（简称"二区协"）第十六次届会上提出了"提升二区协减轻气象灾害风险能力试点项目"，通过推进风云气象卫星资料和产品的共享和应用、气象设备和技术援助、数值天气预报、共建共享服务网站等方式，实现对区域气象灾害的联合监测和预警。

中国气象局、中国民用航空局、香港天文台加强合作，提供区域航空气象服务。目前，中国气象局已提供包括 62 部天气雷达基数据、中国区域闪电资料、数值预报产品等资料，并基于最新的"风云四号"卫星资料开展强对流、沙尘暴、颠簸和积冰等航空重要天气识别技术的研发工作；香港天文台针对区域数值预报系统进行升级改进，并与中国民用航空局开展危险天气的预报预警技术联合研究。

台风是影响亚太地区的重大灾害，为了加深对台风结构和变化强度机理的认识，改进台风模式预报，中国气象局上海台风研究所和香港天文台联合实施亚太近海台风强度变化科学试验（EXOTICCA）项目，在台风探测技术研制、台风外场观测和近海目标台风结构和强度变化特征示范应用研究方面，取得了明显的进展。

未来，相信双方气象合作还将谱写出更加华美的篇章。

（来源：《中国气象报》，2017 年 6 月 30 日，作者：郝静）

气象援外培训助力提升全球防灾减灾能力

日前，在世界气象组织（WMO）南京区域气象培训中心承办的发展中国家雷达气象国际培训班上，来自亚洲和非洲国家的 39 名气象水文部门的学员围绕雷达数据的加工、同化及其在降水预测、临近预报中的应用进行深度交流。

目前，中国气象局承办包括世界气象中心、区域气候中心、区域培训中心等在内的 18 个全球或区域中心。中国气象局在不断提升自身气象现代化水平的同时，也通过国际培训为世界培养优秀的气象人才，从而为全球气象事业的共同发展不断注入新的生机与活力。

面临严峻的防灾减灾形势，发展中国家特别是最不发达国家的气象部门普遍存在着技术水平和管理能力的短板。近年来，中国气象局与 WMO 加强沟通协调，开展了覆盖天气预报、气候变化、卫星气象、航空气象、应急减灾、农业气象、人工影响天气等领域的一系列国际培训。其中，2007 年以来，有 180 多位来自发展中国家的留学生在中国获得气象专业本科、硕士和博士奖学金。

无论是短期培训还是长期教育，中国的区域培训中心都被 WMO 教育培训办公室认为是全球 38 个区域培训中心中最为活跃的机构。其中，设立在南京信息工程大学的 WMO 南京区域培训中心和设立在中国气象局气象干部培训学院的 WMO 北京区域培训中心更是在国际气象界声名远播。

1990 年—2017 年 5 月，WMO 南京区域培训中心已举办 111 期国际培训班和 34 期双边气象水文培训班，为全球 150 多个国家和地区培训了 3200

余名各类气象水文人才，为这些国家气象部门的在职气象培训提供了强有力的支持。"南京区域培训中心所起的作用，可视为中国对可持续发展和实现联合国千年发展目标做出的重要贡献。"2010 年，WMO 在为该中心国际培训 20 周年颁发的成就证书上这样写道。

"Passionate（富有活力）、Dedicated（专注敬业）、Caring（关怀投入）、Great Hospitality（热情好客）。"参加 2016 年气候变化国际培训班的毛里求斯学员如此称赞 WMO 北京区域培训中心的培训团队。近年来，WMO 北京区域培训中心开展了防灾减灾、气候变化、卫星气象、农业气象、临近预报、人工影响天气等国际培训，并派专家赴越南、菲律宾、印度尼西亚等国家和地区开展境外培训。该中心累计举办各类培训 60 多期，培训外国学员 1100 余名，形成了面向气象事业发展、以岗位能力为目标的分层、分类模块化培训课程体系。

气象援外培训不仅促进了学员知识和技能的提高，还增进了对彼此气象业务发展和多元文化的理解，搭起一座"友谊之桥"。在中国"一带一路"倡议下，未来不同国家之间的气象合作将变得更加密切，气象援外培训将有力推动中国与其他国家的气象政策沟通、设施联通、贸易畅通、民心相通，将为提升全球的防灾减灾和应对气候变化助一臂之力。

（来源：《中国气象报》，2017 年 8 月 3 日，作者：吴鹏）

中国气象局积极探索开放合作、融入发展举措 部际及省部合作成效显著

近年来，全国气象部门积极探索开放合作、融入发展举措，围绕气象现代化建设、气象防灾减灾、公共气象服务、气象科技创新等重要工作不断深化部际合作、省部合作，取得了显著成效。

截至目前，中国气象局已与国务院办公厅、民政部、国土资源部、环境保护部、交通运输部、住建部、水利部、农业部、海洋局、林业局、民航局、地震局、测绘地理信息局、新华社等 14 个部委或单位开展了信息数据共享，与 31 个省（自治区、直辖市）政府签署合作协议。

自 2013 年以来，中国气象局不断强化部际合作，逐步建立了"一协议、三制度、三平台"的合作机制。"一协议"，即与水利、住建、环保、林业、民航、供销等 17 个部门和企事业单位签订合作协议或备忘录；"三制度"，即人工影响天气协调会议制度、气象灾害预警服务部际联席会议制度和重大节假日联合会商制度；"三平台"，即气象灾害预警部际联络信息平台、手机决策气象服务客户端软件平台、部际联络员微信群平台。

通过大力推进部际合作，气象防灾减灾和气象服务领域合作不断深化。目前，中国气象局除大力推动信息共享之外，还与农业部、民政部、国土资源部等共建共享信息员队伍，实现了防灾减灾资源的充分利用；国家突发事件预警信息发布系统与民政、国土资源、水利等 15 个部门对接，实现了多灾种综合预警信息的权威发布； 面向农业、水文、地质等 20 余个行业或部门提供专业气象服务；深化重点专业气象服务领域合作，包括与国家发展改革委联合优化全国人工影响天气发展布局，与农业部门联合面向 98.2 万个新型

农业经营主体开展点对点直通式气象服务，与住建部联合开展城市暴雨内涝预报预警和防治试点示范建设，与民政部共建 1047 个综合防灾减灾社区，与民航局共同推进航空气象服务能力建设，开展"亚洲航空气象中心"建设，与测绘地理信息局、地震局共建共用卫星导航基准站等。

全国气象部门以省部合作为平台，有力推动了气象现代化建设和地方气象事业快速发展。各地通过加强气象智能网格预报业务、省市县短临预警业务等核心业务能力建设，有效降低了气象灾害对国内生产总值的影响；防灾减灾预警应急机构建设进一步健全，20 个省（自治区、直辖市）成立省级突发事件预警信息发布中心，183 个地市、677 个县成立地方突发事件预警信息发布中心，30 个省级人工影响天气办公室建成；各地把气象服务地方经济社会发展作为省部合作重点，推进气象服务融入国家粮食安全、海洋安全、生态安全、国防安全等重大发展战略；地方政府主导气象现代化建设作用进一步强化，目前 30 个省（自治区、直辖市）政府出台政策性文件，结合实际明确气象现代化目标、主攻方向和主要任务，其中北京、上海、江苏、广东等第一批率先基本实现气象现代化的试点单位充分发挥双重管理体制的优势，地方气象事业整体发展水平得到了明显提升，起到了良好的示范作用；气象工作法治化水平明显提升，各地相继出台了人工影响天气管理、探测环境保护、气象灾害防御等地方性法规和政府规章；地方财政支持力度逐步加大。

未来，中国气象局将强化共享联动、提升专业气象服务能力，加大部门信息共享力度，开发专业气象服务指标，继续扎实推进部际合作；立足各地实际、聚焦气象现代化，进一步提升为地方经济社会服务的能力，注重保障气象现代化目标如期实现，注重形成重点项目建设省部合力，注重省部合作任务督查落实。

（来源：《中国气象报》，2017 年 9 月 6 日，作者：牛彦元）

中国向肯尼亚援赠气象监测仪器

　　中国政府向肯尼亚援赠的气象监测仪器移交仪式于 2017 年 9 月 11 日在内罗毕大学卡贝泰校区举行。这批设备及相关服务将帮助肯尼亚提高气象预报精准度，以更好防范自然灾害，开展农业生产，应对气候变化。肯尼亚环境、水与自然资源部部长朱迪·瓦克洪古在移交仪式上介绍说，中国援赠的是 5 套自动气象监测站设备。这些自动气象观测站设备具备采集和传输风速、风向、降水量、温度、湿度等基础气象资料的能力，其中安装在内罗毕卡贝泰的设备还设有雷电探测仪器，这将帮助肯尼亚传统气象站实现升级。

　　"今天是肯尼亚气象服务史上又一具有里程碑意义的一天。"瓦克洪古说。她对中国政府的慷慨援赠表示感谢。

　　中国驻肯尼亚大使刘显法表示，现代化气象设备的安装为中国和肯尼亚在气象、农业和气候变化等领域加强合作奠定了基础。他说，过去 4 年，中肯关系达到前所未有的历史高度，为两国人民带来了越来越多实实在在的好处。据了解，这批援赠肯尼亚的气象设备是中国气象援助非洲的项目之一。为落实 2012 年 7 月在北京召开的中非合作论坛第五届部长级会议精神，中国气象局确定在科摩罗、津巴布韦、肯尼亚等 7 个国家建设气象设施，以帮助提升这些国家的气象灾害监测、预报、预警和服务能力。

　　　　　　　　　　　　　　（来源：新华社，2017 年 9 月 11 日，作者：王小鹏）

气象援外提升受援国防灾减灾能力

在"一带一路"、南南合作框架等背景下,中国气象局通过气象设备和技术援助等手段帮助其他发展中国家气象部门提升应对气候变化和气象防灾减灾能力。近年来,中国气象援助设施的种类、规模越来越大,并已从单一设备向成套系统发展,为受援国提升气象防灾减灾和应对气候变化能力提供支持。

周边国家是中国推进"一带一路"气象合作的重点。自 2011 年起,中国向蒙古国、尼泊尔、泰国、巴基斯坦等 19 个亚太国家赠送了集成化的中国气象局卫星广播系统(CMACast)接收站、气象信息综合分析处理系统(MICAPS)、卫星天气应用平台,帮助亚太国家实时获取风云气象卫星资料、GRAPES 数值预报产品等全球气象资料和产品。

如今,这些系统已经成为多国气象部门重要的业务系统,为当地气象监测、预报以及防灾减灾提供支撑。

2015 年 5 月,尼泊尔发生 8.1 级地震。CMACast 和 MICAPS 两个系统都能不依赖当地通信条件运行,在地震发生后 24 小时内成为尼泊尔水文气象局的主要天气预报平台。

2015 年 8 月,缅甸全国受暴雨洪水影响严重,出现较重灾情。应中国驻缅甸大使馆紧急要求,国家气象中心组织专家就缅甸暴雨形势进行预报和评估,设立专门网站,提供缅甸各时次降水量预报,并每日更新。同年,中国气象局还向缅甸赠送了气象演播系统,帮助其提升公共气象服务和早期预警发布能力,该系统受到了缅甸交通运输部部长和民众的高度赞赏。中国气象局此前还向缅甸赠送了自动气象站、GPS/MET 水汽站等，帮助其提升气象观测基础设施能力。

"中国气象局向巴基斯坦赠送的气象业务系统和设备多年来运行平稳，效果显著。巴基斯坦通过在伊斯兰堡和卡拉奇设立的两个 CMACast 接收站，可以定期接收风云卫星产品。这些产品被应用于航空运营、天气预报、农业和环境等领域。"巴基斯坦气象局局长古拉姆·拉塞尔说。2016 年 8 月，巴基斯坦开伯尔–普赫图赫瓦省遭遇突发强降水导致山体滑坡。灾害来临前，"风云二号"E 星提前捕捉到强降水迹象，气象预警及时发出，避免了人员伤亡。目前，中巴双方还启动了瓜达尔港气象站建设。

除了与周边国家加强合作外，中国气象局积极参与援非项目的建设，提升非洲国家的气象预报和服务能力。

2012 年 7 月 19 日，中非合作论坛第五届部长级会议召开，中国提出要在五个重点领域支持非洲和平与发展，其中包括帮助非洲国家加强气象基础设施能力建设。

从 2013 年起，中国开始向非洲国家援建气象设施，确定在科摩罗、津巴布韦、肯尼亚、纳米比亚、刚果（金）、喀麦隆和苏丹等 7 个国家建设气象设施，包括自动气象站、人工气象观测系统、现代化人机交互气象信息处理和天气预报制作系统（MICAPS）、预警信息发布系统等。

作为首批受益的非洲国家之一，在中国援建气象设施后，津巴布韦的气象防灾预警能力提高了 60%。"借助中国援建的气象设施，我们首次通过气象卫星监测林火，首次实现天气播报影像的独立制作，首次通过预警收音机发布预警。"津巴布韦气象局局长、世界气象组织非洲区域协会主席阿莫斯·马卡拉乌说。

2016 年 6 月，科摩罗成为援非项目中首个顺利完成所有设备安装、调试和培训工作的国家，随即观测资料进入当地预报业务系统，并进入区域和全球交换系统。

2017 年初，中国和肯尼亚共同建设了非洲首套雷电监测设备，填补了非洲在雷电探测领域的空白。

截至 2017 年 8 月，中国气象部门共派出约 70 名气象专家赴非洲进行援非项目建设实施和人员技术培训。在项目建设完成后，中国仍将继续向非洲受援国提供技术服务，组成系统设备维护培训专家团，为其提供实地和远程维护。

随着中国"一带一路"倡议的推进和气象科技水平的提升，中国将继续增加在气象领域的对外援助，与其他发展中国家共建气象"命运共同体"。

（来源：《中国气象报》，2017 年 9 月 15 日，作者：郝静）

中国气象局、农业部共推特色农业气象服务中心创建工作 将逐步建立分品种分区域服务网络

为加强农业气象灾害监测预报预警、服务特色农产品优势区建设，日前，中国气象局与农业部联合印发《特色农业气象服务中心建设与运行管理办法（试行）》，推进"一省为主、多省参与、部省联动"的特色农业气象服务中心创建工作，逐步建立"特优区建到哪里，特色农业气象服务跟到哪里"的分品种、分区域服务网络。

特色农业气象服务中心为地方气象和农业部门的联合服务平台。借助该平台，相关部门将开展区域和全国特色农业气象监测预报预警等公益性基本服务，在有条件的地方探索开展全球特色农业气象监测预报；将编制特色农业气象的相关业务服务规范与标准，承担特色农业气象服务技术支持；组织开展全国特色农业气象会商，及时向相关特色农产品优势区提供针对性气象服务产品，并定期向国家气象中心、农业部信息中心报送；牵头组织申报特色农业气象业务科技项目，开展技术交流，推动特色农业气象科研成果的业务转化、推广与示范。

在确保完成公益性基本服务和决策支持的前提下，特色农业气象服务中心可在政策允许范围内，通过合作、授权等多种方式开拓农业气象服务市场，积极探索社会化服务模式，与特色农产品优势区等开展联合共建。

据悉，特色农业气象服务中心将中心建设工作纳入特色农业发展、农业

品牌建设、农业信息监测预警和农业气象发展的总体规划。中国气象局将与农业部联合开展评选工作，并对每个中心实行动态管理，根据年度绩效考核和每三年一次的综合效能评估结果，对成效显著的予以适当支持，对不合格的取消资格。

（来源：《中国气象报》，2017 年 9 月 21 日，作者：王玫珏　李一鹏）

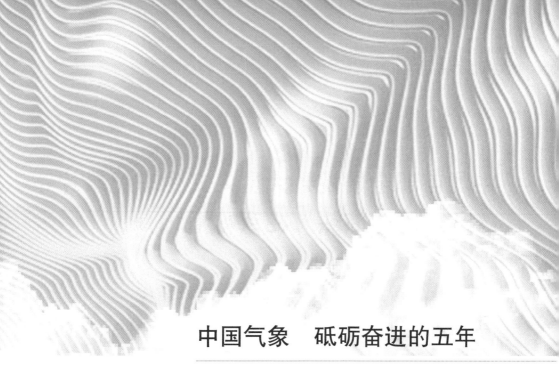

第十四章
气象科普及其他

中国首部全景视野大型人文生态纪录片
《环球同此凉热》在京首播

2012 年 11 月 19 日，中国首部全景视野大型人文生态纪录片《环球同此凉热》在北京中华世纪坛举行了首播仪式。11 月 19 日晚 22：00，《环球同此凉热》将在央视九套纪录片频道与观众准时见面，每晚一集，连周播出。爱奇艺将作为独家网络视频播出平台，在线同步播出。

国家发展和改革委员会（以下简称"国家发改委"）副主任解振华、中国气象局局长郑国光、国务院新闻办公室副主任王国庆、中央电视台台长胡占凡和财政部副部长朱光耀等部委领导共同出席首播仪式，对纪录片的价值和意义给予了充分肯定。

《环球同此凉热》是国家发改委支持的第一部以气候变化为主题的纪录片。国家发改委副主任解振华在致辞时表示："该片以气候变化为主题，深入探讨了人类文明发展与气候变化之间的关系，全面展现了我国积极应对气候变化的政策和行动，对普及气候变化知识，提升公众应对气候变化的意识，具有积极作用。我希望通过这个片子，能够向国内外的观众介绍中国应对气候变化所做出的努力。"

中国气象局局长郑国光表示，在全球气候变暖的背景下，极端天气气候事件发生的频率与强度不断增加、趋强，其影响和危害也不断加重。普及气候变化及其应对的科学知识，动员全社会认识气候变化，自觉适应和应对气候变化越来越重要、越来越迫切。《环球同此凉热》纪录片将现实与科学紧密结合，使社会公众深刻理解气候变化及其对人类当前和未来生产与生活的

影响。《环球同此凉热》的制作方——中央电视台、中央新影集团、中国气象局华风气象传媒集团优势互补，保障和提升了本纪录片的技术质量和科普效果，再加上国家气候变化专家委员会杜祥琬、丁一汇、何建坤等专家学者对本纪录片的把关和技术指导，保证了本纪录片所传递信息的科学性和权威性。

郑国光提出，作为我国应对气候变化科技支撑部门，中国气象局将继续同其他政府部门、科研机构、高校、媒体、企业乃至国际社会，共同进一步加强气候变化应对的科技评估与宣传。相信《环球同此凉热》纪录片将乘党的十八大的东风，积极推动全社会科学应对气候变化、建设社会主义生态文明的行动。

国务院新闻办公室副主任王国庆指出，这部纪录片的播出不仅有利于绿色发展、低碳发展理念在全球传播，而且有利于国际社会更多了解中华文明所崇尚的人与自然和谐相处的价值观，更多理解中国应对气候变化的政策与行动，从而增进国家间的相互理解与合作。

近几年，中国纪录片进入一个蓬勃发展时期。中央电视台台长胡占凡表示，纪录片是一种国际通行的影视语言，中央电视台本着"让世界了解中国，让中国走向世界"的宗旨，用镜头记录了气候带给我们的变化，这是作为一个国家级媒体应有的姿态。《环球同此凉热》这部纪录片不仅践行了国家领导人面向全球的承诺，也向世界展示中国作为一个发展中大国对于整个世界的关注与责任。

财政部副部长朱光耀表示，《环球同此凉热》的拍摄视角是全球的。多哈气候变化大会召开在即，《环球同此凉热》的开播是中国政府高度重视气候变化问题，同国际社会一道积极应对全球气候变化的又一个力证，有利于促进气候变化国际合作，推动多哈会议取得积极成果。

《环球同此凉热》由国家发改委、国务院新闻办公室、中国气象局、中国清洁发展机制基金联合支持，中央电视台、中央新影集团和中国气象局华风气象传媒集团联合摄制，历时两年半制作完成。

该片缘起 2009 年哥本哈根全球气候变化大会，摄制组跨越全球五大洲，在十余个深受气候变化影响的国家和典型地区进行了实地拍摄，采访了近百位国际知名专家、学者、政要。除了保持纪录片特有的画面效果外，还使用了手绘两维动画、三维动画、情景搬演、实景合成、角色旁白、纪实跟拍、政论评述等多种表现手法，力求为观众展现一幅宏大与精致共享的视觉盛宴。

该片用 9 个小时全景呈现了人类一万年的文明史，总结和盘点了人类文明发展对气候的破坏和影响，不仅讲述了全球共同面临的气候变化这一严峻现实的挑战，更从人类文明的角度阐述了生态关系问题，是中国纪录片在此领域的首次尝试。

（来源：《中国气象报》，2012 年 11 月 20 日，作者：顾燕杰 庄白羽）

构建社会化格局　打造科普品牌
中国气象局印发《气象科普发展规划（2013—2016）》

　　2012年12月26日，中国气象局印发《气象科普发展规划（2013—2016）》（以下简称《规划》）。《规划》提出面向发展公共气象服务需求，面向未成年人、农民、城镇劳动者、社区居民、领导干部和公务员等重点人群，大力普及气象科学知识。到2016年，基本实现气象科普业务化、常态化、社会化和品牌化发展，实现气象科普融入气象业务服务之中，形成科学有效的气象科普业务流程，构建"政府推动、部门协作、社会参与"的气象科普工作社会化格局，着力打造一批较有影响力的气象科普品牌，使气象科普成为提高全民科学素质和公共气象服务效益的重要内容。

　　《规划》提出，要积极推进气象科普重点工程建设，包括打造一批气象科普品牌，建设气象科普展区、气象科普基础设施和开发移动气象科普系列展品，建设示范校园气象站，开展气象科普示范县和示范乡镇试点，建设气象科普示范社区和科普教育示范基地，开展气象科普素质培训，建设宣传科普中心业务系统、《气象知识》数字出版系统和中国数字气象科普馆。在具体指标上，《规划》提出到2016年，新增20个专业性较强、现代化水平较高和具有一定影响力的气象科普场馆（展区）；每个县至少建成一个标准化的校园气象站；全国建成约2000个气象科普示范社区；培训万名农村气象信息员等。

　　《规划》明确了气象科普发展的五项主要任务：一是注重需求引领，提高全民气象科学素质；二是丰富气象科普产品，加强气象科普基础设施建设；三是推进资源共享共用，提升气象科普业务化水平；四是打造示范项目，加快气象科普社会化发展；五是瞄准先进水平，加强宣传科普中心能力建设。同时，要求加强组织领导，提高科学管理水平；加强开放合作，构建社会化工作格局；加强队伍建设，形成科普人才资源支撑；加大投入力度，保障科普工作取得实效。

　　　　　　　（来源：《中国气象报》，2012 年 12 月 28 日，作者：刘成成）

中国科技馆气象专题展区首秀

为农作物设定光照、温度、土壤水分等条件，你能预知农业收成年景；踩踏提示线圈，一系列避雷方法便如利器在握；按动标有不同风级的按键，你能感受从微风到飓风的不同威力……在这里，平日里看上去高深莫测的气象科技离人们更近了，抽象的气象科学知识也具体鲜活起来。

这里便是中国科技馆气象专题展区。在2013年3月23日世界气象日之际，展区迎来了第一批参观者。

当天，中国气象局党组书记、局长郑国光，中国科协书记处书记徐延豪，中国气象局党组副书记、副局长许小峰一行，在中国科技馆馆长束为的陪同下，全程参观该展区。

郑国光、徐延豪一行边听取介绍，边驻足观看、询问展品内容。"小球大世界展示的地球，就是从航天飞机上看到的地球缩影""这儿在我国全年降水量最多，这儿全年降水量最少"……郑国光不时进行补充讲解。

在亲身体验了实时气象云图、中国科技馆气象站、二十四节气影音互动台、看云知降雨等15个展项，饶有兴致地参与了精彩的互动游戏后，郑国光、徐延豪一行对展区在气象现代化建设和公共气象服务等方面的科技成果、涉及人们日常生活的气象知识，气象为经济社会发展、人民安全福祉保驾护航的能力与水平等方面的集中展示，予以充分肯定。

这次参观正是对中国气象局与中国科技馆合作共建成果的一次检验。双方自2012年签署加强气象科普工作合作协议以来，在展区建设、活动开展、资源共享等方面不断深化合作，大力推进气象科普工作，促进全民科学素质提升。

　　郑国光在展区接受媒体集体采访时说，气象信息首要任务是服务百姓，而让气象信息"用得上"的前提是百姓能够掌握基本的气象科学知识和防灾避灾常识。在中国科技馆设立气象展区，是气象部门在中国科技馆支持下的首次尝试，希望通过此举能让更多的青少年和百姓了解、理解并应用气象知识。他表示，气象部门除了将在全国范围内推广科技馆、展览馆等的气象科普展区建设，还将建设数字气象馆，并通过气象科普进学校、进农村、进社区、进企业、进工地等系列活动，不断扩大气象科学知识覆盖面，利用多种手段强化气象科学知识通俗性，提高全民掌握和利用气象信息、合理安排日常生产生活的能力，更好地防御和减轻气象灾害造成的影响，从而推动气象事业发展成果惠及百姓。

　　尽管是第一天开放，但展区一早便人头攒动，观众争先恐后地体验气象带来的乐趣，对于展品情景化、互动化、艺术化的形式更是赞不绝口，一名学生家长告诉记者，通过易于接近、理解和体验的方式，学生及家长不仅可以了解到千变万化的气象现象以及气象灾害的成因、影响等，更重要的是将气象知识转化为避险自救能力，保护自身及他人生命财产安全。

　　参观前，郑国光一行与徐延豪进行了会见。双方高度评价了近年来气象科普在社会力量参与防灾减灾中的先行作用和产生的巨大经济社会效益，以及签署合作协议以来的良好合作成效，并就推动合作协议落实、强化气象科普能力建设进行了商讨。

　　　　　　（来源：《中国气象报》，2013年3月25日，作者：谈媛　庄白羽）

《气候变化与粮食安全》获金鸡奖最佳科教片奖

2013 年 9 月 28 日，第二十二届金鸡百花电影节在武汉闭幕，中国气象局气象影视中心（以下简称"影视中心"）与农业电影电视制片厂合作拍摄的纪录片《气候变化与粮食安全》获得第二十九届中国电影金鸡奖最佳科教片奖。这是继 2011 年《变暖的地球》后，影视中心再次荣获此奖项。

该片制作历时 3 年，从中国的气候以及粮食生产各个相关领域进行深入探讨，解析气候变化对农业生产和人类生存的影响，并反映了整个中国应对气候变化的积极态度。评委会一致认为该片题材重大，具有全球视野，体现出现代文明的新思维，也展现出中国电影人强烈的社会责任感。

本片出品人、影视中心主任石曙卫表示，此部获奖影片包含了气象部门很多的策划和创意，影片题材较好，也反映了气象为农服务各项工作。他表示，这部科教片的制作意义深远，并将借助中央电视台等主流媒体播放，进一步普及气象知识。

本片总策划、影视中心副主任朱定真认为，该片将促使公众更深刻地意识到气象对人类生产生活和社会发展的重要性，是气象社会化的典型案例。通过观看这部影片，观众能够更深入地了解气象部门以及气象科学家的工作。

在合作过程中，农业电影电视制片厂副总编付雪柳对气象部门严谨、求实的态度印象深刻。她表示，中国气象局在该片的制作中给予了大力支持，制作方视野开阔，思路清晰，在节目策划、选题议定等方面进行了深入研究。通过合作，她感受到气象部门的服务领域宽、潜力大，期待今后再次合作。

（来源：《中国气象报》，2013 年 10 月 9 日，作者：贾敏 包宁）

气象宣传与科普中心入选全国科普信息化建设试点

2016年7月18日，中国科协办公厅公布全国科普信息化建设试点名单，中国气象局气象宣传与科普中心入选专项试点。

据了解，此次中国科协将以探索优质科普信息建设与汇聚分享、科普信息精准服务和落地应用、科普服务和管理信息化等有效模式为试点工作重点，以点带面、分类施策、深度创新、务求实效，全面深入推进"互联网＋科普"建设和科普信息落地应用工作，全面带动科普供给侧的创新提升，全方位带动科普工作转型升级。专项试点将主要围绕科普创作和优质科普内容信息建设，以及科普数据开放和分享、科普信息管理等工作全面展开。

目前，中国气象局气象宣传与科普中心正致力于全国气象科普信息化建设。此项工作以中国气象局"气象信息化行动方案"和气象现代化建设为指导，以全国气象科普共享和传播系统为基础，以实现科普资源共享和业务应用集约的气象科普信息化建设为目标，这与中国科协科普信息化的发展理念和思路不谋而合。据悉，该系统将紧紧围绕"气象科普信息化"和"气象科普业务化"两个主题，整合气象科普资源，进一步理顺管理体制机制，完善气象科普业务流程和体系。这项工作的开展对于切实提高气象科普能力和水平具有重要推动作用，同时也能够为气象科普工作更好地融入中国科协牵头的科普信息化工作提供坚实基础和保障。

此次中国科协从98个申请单位中，评选出综合应用试点18个，专项试点10个，应用试点13个。

（来源：《中国气象报》，2016年6月23日，作者：徐文彬 王省）

千余名专家学者历时五年编纂 我国首部大型气象百科全书出版 全面记录展现气象事业发展历程及科学进展

记者 2017 年 2 月 24 日从中国气象局获悉，经过 1055 名专家学者历时五年编纂打磨，"十二五"国家重点出版物出版规划项目《中国气象百科全书》近日由气象出版社正式出版发行。这是我国首部大型气象百科全书，全面记录展现我国气象事业发展历程、科学进展和业务特色，填补了历史空白。

《中国气象百科全书》是一部以大气科学为基础、以中国气象事业发展为主线、以气象业务为重点的专科性百科全书。全书共 560 余万字 1633 个条目，分为《综合卷》《气象科学基础卷》《气象服务卷》《气象预报预测卷》《气象观测与信息网络卷》《索引卷》六卷，涵盖气象事业发展、大气科学中各分支学科领域、气象服务、气象预报预测等各方面知识。

百科全书是衡量国家与行业、地区经济社会与科学文化发展水平的重要标志之一。编纂出版《中国气象百科全书》自 20 世纪 90 年代后期开始酝酿，是我国几代气象工作者的夙愿。

《中国气象百科全书》主编郑国光说："这本书既是面向各类读者集科学性、资料性于一体的工具书，又是面向社会大众传播气象知识的科普书，同时在一定程度上也是记载气象事业发展的典籍书。"

中国气象局局长刘雅鸣表示："《中国气象百科全书》的出版是气象事业发展和气象文化建设中具有里程碑意义的一件大事，是一项气象文化精品工程。"

　　该书总编委会成员中 45 位专家学者分别来自中国气象局、中国科学院大气物理研究所、北京大学、南京大学、南京信息工程大学、兰州大学等，其中 11 人为两院院士。

　　该书副主编、中国工程院院士丁一汇表示，编纂工作充分借鉴了国内外专业性百科全书的有益经验，千余名专家学者对书中的每个词条都进行了反复评审、研讨、修改、完善，确保内容的权威性、科学性和可读性。未来，该书编委会还将广泛听取读者意见，不断修订完善，促使这部百科全书整体质量进一步提升。

　　《中国气象百科全书》出版后，中国气象局将加强该书的发行工作并加大宣传力度，推动各级气象部门将其作为重要的工具书和基本资料，同时面向社会广泛征订，充分发挥其社会效益与价值。

　　（来源：《中国气象报》，2017 年 3 月 1 日，作者：贾静淅　庄白羽）

首届"气象科技活动周"启动 我国24小时晴雨预报准确率平均为87.2%

首届"气象科技活动周"21日拉开帷幕。本次活动由中国气象局、科技部等单位主办，除了在广东科学中心的主会场，全国范围内还开展了野外科学试验基地开放、气象科技下乡、气象科普进社区等系列科普活动。

在广东科学中心，GRAPES全球数值预报系统、MICAPS4.0气象信息综合分析处理系统和灾害性天气短时临近业务系统等一大批气象科技成果在展区亮相。在科普体验活动展区，则充分利用虚拟现实(VR)和增强现实(AR)技术，通过搭建3D场景，重现台风等天气过程和自然灾害的"现场"，公众可以身临其境"触摸"云朵、感受大气环流，并模拟体验天气预报员等。

据中国气象局介绍，气象部门近年来不断提升自主创新能力，GRAPES区域数值预报系统水平分辨率由15公里提升至10公里，实现了卫星导风、掩星折射率等非常规观测资料同化应用的零突破等等。

"提高气象预报准确率是气象部门最核心的主题。"中国气象局副局长宇如聪说，气象卫星、气象雷达和中国的超级计算机等现代科学技术助推了气象预报准确率的提高。

中国气象局介绍，当前，我国24小时晴雨预报准确率平均为87.2％，最高气温、最低气温预报准确率分别为80.9％、85.1％，暴雨预报准确率较2015年提高了22％。

近年来，我国气象部门以普及气象防灾减灾、应对气候变化以及气象科技知识应用和成果转化为重点，不断扩大气象科学知识的覆盖面。据介绍，2016年全国气象科学知识普及率为77.16％，比2015年提高5.29％。

（来源：新华社，2017年5月21日，作者：田建川）

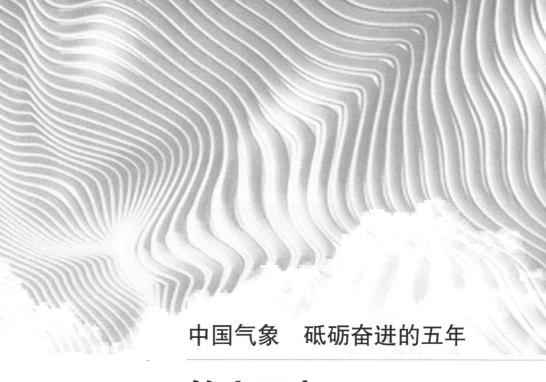

第十五章
气象精神

天边，有一座不屈的小站

拐子湖气象站始建于 1959 年，三面是寸草不生的茫茫戈壁，南面横亘着著名的巴丹吉林沙漠。就是在这个被联合国认定的不适宜人类生存的地区，50 多年来，气象站仿佛一座堡垒，被一代又一代气象人"固执"地坚守。

环境，三面戈壁一面沙漠

拐子湖位于内蒙古额济纳旗，是巴丹吉林沙漠的北部边界。沙海茫茫，黄风漫漫，笼罩着一片寸草不生的戈壁。记者到达这里的前一天，一场沙尘暴刚刚过去，走在毫无遮拦的旷野中，风卷起细沙灌入口鼻衣领。"拐子湖地区每年有四个多月被大风和黄沙笼罩。年平均降水量 41 毫米，蒸发量却高达 4500 多毫米，沙漠地表温度最高能达 80 ℃。年平均最高气温 44.8 ℃，最低气温 –32.4 ℃。"气象站站长那木尔介绍。

自然环境如此恶劣，为什么还要坚守？"别看我们站小人少，但作用大着呢！"副站长王毅手指地图骄傲地说。拐子湖气象站处于我国各种天气系统的上游，是北方冷空气和沙尘暴入侵的主要地点之一，是监测沙尘暴的最佳位置。当强寒潮、大风、沙尘暴等天气席卷我国大陆时，拐子湖气象站将提前监测到气象要素变化，为下游省份乃至全国天气预报预警提供不可或缺的气象数据。同时，拐子湖气象站距酒泉卫星发射中心直线距离 180 公里，每次发射都要为发射场区提供气象数据。

艰苦气象台站共分六个级别，拐子湖属于一类——这里的观测员面临最恶劣的生存考验。当沙尘天气到来时，全站职工需要用身体筑起一道"人墙"，彼此保护着进行观测和采集数据。

1996 年，那木尔来到拐子湖工作至今，风沙让这个蒙古族汉子的脸庞格外刚毅。"持续时间越久，连贯性越强，气象数据就越有价值，所以我们必须坚守。"他说。

工作，除了寂寞还有危险

驱车驶入拐子湖气象站所在的温图高勒苏木（乡镇），只能看到空无一人的街道和道路两旁破败的平房。十年前，额济纳旗开始实施"撤乡并镇"，苏木逐步搬迁。留下的只有滚滚黄沙、铺满大戈壁的坚硬黑石子和六名气象工作者。

拐子湖气象站周边没有移动信号，没有互联网络，与外界很难联系。观测股长许延强说，让人窒息的是寂寞。"以前都是听收音机，看电视是近两年才有的事。我们彼此之间没有个人隐私，所有话都说过不知多少遍了。"他说。

过去，从拐子湖外出要走戈壁自然路，最近的城镇是 200 公里以外的额济纳旗。2003 年 7 月，戈壁滩上气温高达 40 ℃左右，站里的车出行到 40 公里处抛锚了。"从这里到公路要 80 公里，车正好坏在中间，在戈壁滩步行，既难辨别方向，又很容易脱水。"1997 年进站的观测员王海龙回忆，一行五人只好钻在汽车底下苦苦等待，备用的干粮吃完了，汽车水箱的水喝干了，直到第三天下午，已进入半昏迷状态的他们才被路过的邮政混合班车救起。

站里的生活用水仅靠一眼土井，含氟量严重超标，年轻职工都患上了胆结石、肾结石。恶劣天气时，车出不去，蔬菜买不来，只能泡干菜应急；白水煮面、辣酱拌饭是常事。长期工作在这里的职工，面庞黝黑，看上去比实际年龄要大许多。

小病可以吃点药扛着，大病只能到旗医院治疗。"如果患了急病，特别在夜晚，很可能有生命危险。茫茫戈壁夜晚没有参照物，极易迷路。"王海龙说。

未来，条件改善仍需奉献

2010 年，拐子湖气象站综合改造完成了。一栋 800 平方米办公及职工公寓二层小楼取代了之前的小平房，新建的 60 千瓦风光互补电站基本满足站内工作和生活用电，电视、电话为拐子湖气象站注入了新活力。

小环境改变了，但他们仍然需要一如既往地战胜恶劣的环境，忍耐无人的寂寞，克服两地分居……

2010 年，拐子湖地区成为风沙观测试验场，每月需进行 2 次观测。由于车辆无法进入沙漠中的观测点，观测员要在沙漠中徒步往返 14 公里才能采集到数据。目前，基本气象观测数据基本实现自动采集，但云、能见度和天气现象等三项数据监测还要人工完成。2013 年，气象站由国家基本气象站升级成为国家基准气候站，对所有观测员提出了更高要求。他们每天要进行 8 次定时监测、24 次航危报监测。

这里的每个人都知道，进来了就要把工作当作一种奉献：段志忠打算在这里一直干到 2014 年退休；许延强原本一年调派期满就可以回到额济纳旗，但因为没有新人替换，如今在拐子湖待了四年；蔡文军 2010 年从拐子湖调出两年后，由于人员紧缺又回到这里。54 年来，拐子湖气象人在这"死亡之地"满腔热情地坚守着，无怨无悔。

（来源：《人民日报》，2013 年 04 月 30 日，作者：吴勇）

全国 24 小时晴雨预报"八九不离十"，暴雨预报准确率仅约 20%　天气预报为何会有偏差

"老百姓最关心的是每天的预报更准些""希望天气预报的精度越来越高""降雨欠准""雾、霾的预报相当重要"……

2014 年 3 月 23 日是第五十四个世界气象日，中国气象局向公众开放，数千人前来参观。在留言本上，很多人肯定气象工作取得的进步，同时表达了对天气预报更精准的期待。

人们每天看到、听到的天气预报是怎样制作出来的？为什么有时候很准，有时候又会有些偏差？公众应该如何利用好天气预报？让我们听听天气预报员们的解答。

高性能计算机难以精确模拟大气运动
我国数值天气预报和世界最先进水平有十年差距

天气预报看似简单，实际上是一个复杂的系统工程，它是以大气科学理论为依托，以各种气象探测手段为基础，以数值天气预报为核心，依靠预报员的综合判断分析，最终形成的。

中国气象局数值预报中心副主任沈学顺介绍，现代天气预报的关键是数值天气预报，也就是根据大气运动变化规律编写一系列数学方程，再利用高性能计算机进行高速运算，推演未来天气发展变化。20 世纪 50 年代，欧美开始在天气预报业务中采用数值预报。

"数值天气预报是预报员的好帮手，它使得预报准确率大大提高了。"湖南省气象台首席预报员姚蓉说。

姚蓉从 1993 年开始做预报，那时湖南省气象台预报员还没有用上数值天气预报产品，甚至连计算机都没有。预报员只做湖南 14 个地市 48 小时的预报，完全根据天气学的原理和经验，利用天气图来推算冷空气的移动速度、降雨什么时候开始等，有时误差非常大。后来，随着计算机的普及和数值预报产品的丰富，预报的准确率和时效性不断提升。

"老一代预报员最初接受数值预报也是有一个过程的。数值预报刚出现的时候并不像现在这样成熟，有些预报员抱着怀疑和观望的态度。"中央气象台首席预报员马学款说，"但他们在使用过程中发现，数值预报是有优势的，短时效的预报不见得比预报员的主观判断有明显优势，但较长时效的预报，尤其是对天气形势的预报，准确率远远好于预报员主观推理。"

在现代天气预报中，数值预报水平不断提升，越来越重要。但是数值天气预报并不能完全模拟极其复杂的大气变化，做出来的预报必然会有偏差。而且，我国自己的数值预报模式和世界先进水平比起来，差距还比较大。

沈学顺对记者说，我国自主研发的 GRAPS 中尺度数值天气预报模式，2006 年开始投入业务应用。目前，应用我国自己的数值预报模式，我国预报水平和世界上最先进的欧洲中期天气预报中心有十年左右的差距。在基础研究力量和开发力量方面，差距更大。

实际上，天气预报的某些偏差，甚至可以追溯到最初的气象观测环节。姚蓉举例说，做天气预报需要高空的探测资料，目前全国探空站平均两百多公里一个，湖南全省只有三个探空站，分辨率达不到要求。很多对流性天气就发生在几公里的范围内，很可能出现"大网捞不到小鱼"的现象。

经常会出现预报意见不一致的情况
每天都要"会诊"，综合大家的意见得出结论

如今，预报员打开电脑，就能看到欧洲、美国、日本以及我国自己的大量数值预报产品，这些产品显示了对某个地区未来阴晴雨雪、温度湿度等天气变化情况的预估。但预报员通常不能将这些内容直接作为预报结论，而是要在数值预报的基础上，根据自己的经验做"订正"，比如调整降水的中心、量级、落区等。

"做预报离不开预报员的主观判断，有时大家的意见会有差异。"姚蓉说，预报员每天都要多次会商，每天上午 8 点，省气象台会参加中央气象台组织的全国天气视频会商，随后进行内部会商，内部会商后还要与各市气象台进行视频会商。遇到重要天气过程，还可能随时加密会商。因此，很多预报是综合大家的意见得出结论，不是个人的行为，而是集体的智慧。

对 2006 年 7 月一次预报中的意见分歧，姚蓉至今记忆犹新。当时台风"碧利斯"带来强降雨，造成严重伤亡。湖南省气象台对暴雨的开始时间报得很好，但对于结束时间，却有两派意见：姚蓉等预报员认为还会持续较长时间，有的预报员则认为降雨会很快减弱。会商的结果，后一种意见占了上风，在预报结论中被采纳。结果这一预报结论是正确的，由于来自南海的水汽减少，"碧利斯"带来的强降雨迅速减弱了。

虽然最终发布的预报结论没有错，但姚蓉对自己的"失误"一直耿耿于怀，后来还专门写了论文，进行技术总结。

马学款告诉记者，中央气象台每天和全国各省（自治区、直辖市）气象台举行视频天气会商。在会商时，经常会出现预报意见不一致的情况，有时可能是中央气象台的意见更准确一些，有时可能地方台的预报更接近实况。"天气会商类似于医生的'会诊'，目的就是为了集思广益、取长补短，争取依靠大家的智慧来准确把握未来的天气。"

2009 年国庆 60 周年大阅兵前夕，北京市气象局组织十来家单位举行联合天气会商，大家对 10 月 1 日的天气预报意见比较一致。但对阅兵准备期间 9 月 29 日的天气，多数预报单位给出的预报意见是"晴天"，只有一位预报员关注到近地面湿度明显增大，提出"低空云量较多，可能是阴天"。他的预报意见是"少数派"，没有被采纳，预报结论最终确定为"晴间多云"。结果 9 月 29 日确实是阴天，而且伴有阵性毛毛雨。好在 29 日主要是一些阅兵准备活动，除了对飞行训练有些影响外，对其他方面影响不大。

"现在数值预报模式水平有了很大提高，各种观测资料比较丰富，大家的预报技术手段相差不多，预报员对重大天气的主观判断仍会存在一些分歧，但多数情况下主要内容是基本一致的。像这种分歧特别大的时候，还是很少的。"马学款说。

不同类型的天气预报准确率不同
冰雹、暴雨等强对流天气预报准确率非常低

2014 年 3 月 19 日，浙江省出现 2014 年首次大范围强对流天气，雷雨区几乎覆盖全省。台州和温州北部遭遇了冰雹，冰雹直径大的超过 3 厘米，冰雹数量之多、雹体之密集均为近十几年来少见。仅仅几分钟，地面就积起厚厚一层冰雹，不少车辆玻璃受损。

在这次强对流天气过程中，浙江十个县（市、区）陆续发布了雷电黄色预警。但有人埋怨：为什么没有收到冰雹的预报预警？

浙江省气象台副台长楼茂园接受记者采访时说，对这次强对流天气过程，省气象台 17 日就做出了较为准确的预报。但冰雹产生的云体内部条件非常苛

刻，在对流性的雷雨云团中，出现冰雹的概率是非常小的，要提前准确预报这次冰雹出现的时间、地点非常困难。

"'雹打一条线'，冰雹这样的天气，做不到提前较长时间预报预警，目前科技水平还达不到。"楼茂园说，"只能在它即将发生时，利用雷达观测到，预报预警的时效很短，难度很大。"

中央气象台专家介绍，不同类型的天气，预报准确率是不同的。像高温、寒潮这些空间范围较大、时间尺度较长的天气，预报准确率就比较高。全国24小时晴雨预报和最高温度、最低温度预报，能够做到"八九不离十"。但有些天气发生得突然，具有很强的局地性特征，这种天气预报起来就比较难，准确率低。例如强对流天气，也就是短时间内发生的冰雹、强降雨、强雷电、大风、龙卷等，预报准确率就非常低。

"目前全国24小时暴雨预报准确率在20%左右。"马学款说。强对流的预报在世界各国都是一个预报难题，它的发展机制和影响因素非常复杂，既受大尺度天气系统的影响，也受局地地形、热力条件等较小尺度系统的影响，目前的技术手段和预报水平还做不到提前对强对流进行定时、定点、定量的预报。因此对强对流天气的预报落区，总会在一定程度上存在偏差，有的地方会空报，有的地方会漏报。目前应对强对流天气，主要还是依靠雷达等观测设备进行短时临近的预报预警，预报时效往往只有一两个小时甚至十几分钟，公众很难在这么短的时间内普遍接收到预警信息。

楼茂园有20多年预报经验。他提醒人们，天气预报是滚动式不断更新的，时间越近精度越高，因此大家应该做个有心人，养成关注最新预报的习惯，利用天气预报安排好自己的生活、出行等。尤其在接收到灾害性天气预报预警信息后，就相当于开车进入了"事故多发地段"，这时一定要提高警惕，注意防范，千万不要有侥幸心理。

预报准确率在提升

中国气象局局长郑国光介绍，2013 年，全国 24 小时晴雨预报和最高温度、最低温度预报准确率分别提高到 87.6% 和 77.1%、82.3%，比 2012 年都有所提高。

强对流天气预报准确率评分较 2012 年提高 15%。中央气象台台风路径 24 小时预报误差 82 公里，误差为历史最小，比 2012 年减少 12 公里。全国公众气象服务满意度为 86.3 分，较 2012 年提高 0.1 分。

（来源：《人民日报》，2014 年 3 月 29 日，作者：刘毅）

天眼追踪　为民守望

——记社会主义核心价值观先进典型张兴赢

中国梦，价值魂。积极培育和践行社会主义核心价值观，是实现中国梦的基础。有这样一位青年学者，利用先进的卫星遥感技术为国、为民监测大气环境，守望蓝天。在中共中央国家机关工作委员会主办的"紫光阁"网站上，他的事迹展示在"为民、务实、清廉"群英榜中。他，就是国家卫星气象中心遥感应用室副主任张兴赢。

关键时刻显身手

2013年元旦过后，横扫半个中国的雾、霾天气过程令人记忆犹新。中小学停课、航班停飞、高速公路封闭……霾这个词如梦魇般进入公众视野。雾、霾是否可以预报，严重程度如何……一系列问题考验着气象工作者。在雾、霾天气过程持续暴发一周后，张兴赢和他的团队通过"风云"系列气象卫星反演出比较准确的全国雾、霾分布图。

这次卫星监测实况的快速反应体现的是气象卫星工作者的坚持与辛劳，体现出我国科技工作者对国家"养兵千日，用在一时"的报效之心。这背后，有着不为人知的故事。

2008年，"风云三号"A星首次搭载开展大气臭氧探测的紫外光谱仪，雾、霾监测数据正来源于此。但是该仪器最初的设计仅仅是为了臭氧监测，能否用于雾、霾监测，张兴赢刚开始心里也没谱。

在雾、霾天气过程发生后，张兴赢和他的团队开展了一场异常紧张而激烈的试验过程：在千万条光谱中，一次又一次地组合对雾、霾敏感的特征信号，在超级计算机上不间断高速运转着复杂的大气辐射传输计算模式。那一周的每个深夜，张兴赢和他的同事们办公室的灯都是亮着的，办公室里传来不断的键盘敲击声，期盼中带着兴奋，着急中透着沉稳。经过无数次的运算、对比、分析，终于获得气象卫星反演产品，并且与地面雾、霾监测数据结果高度一致。

当张兴赢把第一张全国雾、霾分布图呈现在中国气象局局长郑国光面前时，郑国光高兴地说："这么好的气象卫星监测结果，这下派上大用场了！"

随后，张兴赢带着最新的气象卫星监测成果先后参加了中央气象台全国霾会商会，与多位院士参与全国霾污染研讨会，受邀到国家科技部和国防科技工业局做专题讲座。国务院汪洋副总理视察中国气象局时，对气象卫星的雾、霾监测成果给予了高度认可。多年的苦心沉淀，张兴赢和他的团队的科研成果发挥了最大的价值。

积蓄力量不放弃

台上一分钟，台下十年功。今天的成绩离不开张兴赢和他的团队多年来的坚守，更离不开前辈为我国气象卫星事业建立的根基。

2001年，张兴赢的导师、旅美归国的庄国顺教授用国际化的视野把他领进了大气颗粒物与大气环境污染研究的殿堂。2006年，张兴赢博士毕业时，国家卫星气象中心在第一时间向他伸出了橄榄枝。当时，国内对大气污染研究还并未十分重视，他的很多同学都选择了出国深造或工作。张兴赢没有考虑出国："我是从福建山区走出来的孩子，能成长到今天，没有党和国家的支持是不可能完成的。我要扎根祖国，用我所学的知识报效祖国，只有为国、为民效力，才能实现我的人生价值。"

国际上，发达国家十几年前就已经开始了卫星大气成分的研究工作，欧洲和美国已经在 2004 年前后发射了污染气体观测卫星，日本在 2009 年率先发射了全球第一颗温室气体观测卫星。面对发达国家对中国卫星遥感技术的封锁，张兴赢借助各种国际合作渠道，深入地参与到这些国际前沿科技研究中。

从 2008 年起，张兴赢在开展卫星大气成分遥感应用研究的同时，还承担着国际地球观测组织联合主席助理的工作。通过历练，他的科学视野和学术思路更加开阔，借助国际舞台与卫星大气成分国际同行建立起联系。经过几年的科研积累和历练，2009 年，他被国家卫星气象中心任命为卫星气象研究所副所长，开始领衔我国自主卫星大气成分遥感及其应用研究。

厚积才能薄发，坚守才能有所收获。这些年的努力，张兴赢与团队成员一起推动了我国气象卫星大气环境探测载荷、中国二氧化碳观测卫星及大气环境观测卫星的立项研制，这些重大工程的立项将大大缩小我国与发达国家在相关领域的差距。

平凡时光见真心

面对在工作中遇到的困难，张兴赢也曾动摇过对这份事业的信心。科研与业务不能充分融合、发展前途的迷茫……一次不经意的聊天坚定了他的信念。

一位北大数学系毕业的前辈说，在他刚工作时，我国还没有自己的气象卫星，他不畏艰难，坚持着自己的选择。几年后，在 1988 年，当我国第一颗气象卫星发射升空的那一刻，他认为，他的坚守一切都值了。听了前辈的故事，张兴赢少了躁动，多了沉淀："科学研究不在于一时之计，也不在于个人得失。"他坚信科学研究应该具有前瞻性，他愿意用长远的战略眼光去做研究，用不计得失的心态对待工作。

作为青年人，难免有生活的压力，也经常受到各种思潮的影响，张兴赢认为："对事业要有一份执着的信念，才能踏踏实实一步一个脚印开展工作。"2009 年，他曾获得去日内瓦国际地球观测组织总部工作的机会，待遇优厚。然而当时，他所带领的团队正在逐步完善，并且正在论证研发我国自主的大气环境观测卫星。几经思考，张兴赢最终决定留下。妻子笑称："国外生活条件那么好，你自己不想去，也不带我和儿子去吗？你以为你是钱学森啊！""我当然比不上钱学森。但你知道吗？钱学森留美就是为了有朝一日能回来报效祖国，而我正在为自己的祖国做一项重要的工作，难道我不应该留在这吗？"张兴赢回应着。实际上，正是由于家人的支持，张兴赢才能潜心科研，做出成绩。

问渠那得清如许，为有源头活水来。张兴赢潜心科研，平淡从容，不计个人得失，成长为诠释社会主义核心价值观的先进典型。他从 90 多位先进典型中被选为代表，进入社会主义核心价值观宣讲团，在国家机关、企事业单位进行宣讲，向社会传达青年气象科技工作者的价值取舍、科技水平与人格魅力。

在中共中央国家机关工委组织的社会主义核心价值观宣讲会上，张兴赢作为宣讲团成员，自豪地告诉大家，再过一年多，我国三颗大气环境观测卫星即将发射升空，届时气象工作者将可以从遥远的太空日夜注视着人们赖以生存的地球大气。这些卫星代表我国先进的科研力量，也将带着张兴赢——一个普通气象工作者的中国梦一同启程，为建设天更蓝、水更清的美好家园而奉献自己的力量！

（来源：《中国气象报》，2014 年 9 月 1 日，作者：张玮鸥）

卓尔不群四十年　星光闪耀天地间

——记全国专业技术人才先进集体风云气象卫星创新团队

40多年来，我国气象卫星从无到有、从小到大、从弱到强，成为全球对地观测业务卫星序列中的重要成员，实现了由试验卫星向业务卫星的转变，实现了极轨气象卫星的升级换代和上下午星组网观测，实现了静止气象卫星"双星观测、在轨备份"的业务格局，实现了卫星在轨稳定、超寿命运行，实现了多领域应用、多部门共享。

诸多"实现"带来的成就使我国气象卫星事业步入了国际气象卫星先进行列；各个"实现"的背后，是几代气象科技工作者的苦心钻研，紧密依赖专业技术的不断创新、直接依靠人才队伍的通力合作。

过往风云，由技术和人才写就。未来可期，这两项指标仍是气象卫星事业迈向更高门槛的试金石。

从破土而立　到硕果挂枝

造什么样的卫星？造出来干什么用？在国际上有没有特色？这些都需要通过大量深入的调研工作，进行科学严谨的顶层设计。

一代卫星就是一代人。制定气象卫星和遥感应用发展规划、拟定卫星和观测仪器的研制技术要求、承担气象卫星工程地面应用系统的设计和建设、承担气象卫星观测系统的业务运行等"高精尖"工作，国家卫星气象中心一代又一代的专业技术人才被看作"高大上"的群体。

气象卫星事业是一项系统工程，需要每个环节的每个个体紧密合作。"它是一个大机器。把任何一个零件拆开单独放在那里，都没有价值。""风云三号"地面应用系统工程总设计师杨忠东说，"专业性质和事业运转需要国家卫星气象中心的人紧紧'抱团儿'。"

原地面应用系统总工程师董超华说，气象卫星科研人员从"白手起家"开始，先经历学习、调研、思考，再引进、消化、吸收别国的技术；而后过渡到本国技术的改进、创新、自主发展。这期间，还要"两条腿"走路。一方面要做好自家的事、创好自家的业；另一方面要眼观别家的发展，耳听别家的近况。气象卫星人才队伍始终绷紧弦，有国际视野，有高端站位；手里有"金刚钻"，胸中有大格局，才能一次次破土而立，硕果挂枝。

1988 年 9 月 7 日，我国第一颗试验极轨气象卫星"风云一号"A 星发射成功。随后。我国又先后发射了试验极轨气象卫星——"风云一号"B 星，两颗试验静止气象卫星——"风云二号"A 星、"风云二号"B 星。从 1999 年到 2008 年，我国成功发射了"风云一号"C 星和 D 星两颗业务极轨气象卫星和"风云二号"C 星、D 星、E 星三颗业务静止气象卫星，形成了多星组网观测的格局。2008 年 5 月 27 日，我国自行研制的第二代极轨气象卫星首发星——"风云三号"A 星发射成功。2010 年 3 月，国家卫星气象中心完成了"风云四号"气象卫星的立项。

硕果常挂枝，峰高名自扬。科研支撑工程，工程支撑业务，业务又检验科研和工程。而串起整个过程进行良性循环的，是人，是集体的协调、合作与同舟共济。

从轻身重义　到竭尽全力

　　发展气象卫星事业，不能完全照搬别国的经验，而要立足本国国情和工业发展水平，提出既合理又可行的方案。所以，有时是"满目山河空念远"，必须得走自己的路。从顶层设计，到细节考虑；从科学原理，到系统设计；从研制出卫星，到组成系统，还要让这个系统长期并稳定地运行……从概念化的东西，到真正做成实体，需要创新。

　　中国工程院院士许健民是该团队的一位代表性人物。把"风云二号"气象卫星"定准"，是非常不容易的。遇到技术故障，需要进行分析的时候，他会给每人分配好任务。做完后，大家挨个到他那里汇报情况。每个人汇报完之后，便可以走了。但是他要从早坐到晚，从头听到尾，而后进行思考、研判、总结。等他离开办公室时，常常已是半夜时分。

　　"风云二号"和"风云四号"气象卫星地面应用系统总设计师张志清刚上任时，压力非常大。"有一两个星期，使劲儿睡觉都睡不着，就去锻炼身体，直到精疲力竭，才能睡着。做气象卫星工作，精神压力很大，弦儿始终是绷着的。要梳理明白哪些是颠覆性的问题，哪些仅仅是工作量的问题，哪些又是借助技术能解决的问题。"

　　中国科学院院士陶诗言珍藏着一张1971年12月北京大学地球物理系202训练班结业留念的老照片。在照片的背面，老人留下这样一段文字："1969年至1970年，我领导的研究小组经过两年努力，将气象卫星的接收设备和卫星云图分析方法研究成功。"在这段文字的背后，有艰苦卓绝的开拓路，有殚精竭虑的试验路，有克己奉公的进取心。

　　是什么让国家卫星气象中心的这支专业技术人才队伍在各自的岗位上尽忠竭力？答案是两个字：事业。事业把人心凝聚到了一起。

从四个"看家人" 到一个"大熔炉"

从 1971 年组建国家卫星气象中心时的 4 人，到现在近 400 人的队伍，有着近 100 倍的跨越，人才是气象卫星事业发展的重要资源。这个有着庞大系统的"大熔炉"，汇聚着各方面的人才：大气科学、大气物理、天文、无线电、计算机、地球科学、海洋学、光学、数学、自动控制、遥感应用、微波技术……"这么多专业的人在一起做事，难道不是件很有趣的事吗？"张志清说。遥感应用室主任方翔举例说："既需要有'前端人才'，如对图像、电子有所了解的人；也需要'后方人才'，如对遥感技术、气象学比较了解的人。所以，复合型人才是整个国家气象卫星事业人才队伍的特点。"

能够踏实做好一件事情，专心做好一件事情，是杨忠东所推崇的。"对于专业技术人员来说，一二十年，就做一件事，就研究一个内容，把它做好，是值得的。"

"专业有分工，所以我们的人才能发挥各自的优势，各显其能，各尽其责。但也能相互理解，谁都不能说谁是最重要的，都很重要。这是一个有效的组织，讲奉献，认真、细致、严谨。"张志清说。

已经退休的董超华把更多的希望寄托在青年人才身上，"现在年轻人都起来了，希望他们勇于承担，不求快、唯求实。"

从走好脚下路 到仰首望苍穹

如果说"风云一号""风云二号"的研制是"看别人怎么走"，那到"风云三号"和"风云四号"的时候，国家气象卫星工作已经开始"矫正"，看到别人走的时候在那个"坑"里崴了一脚，我们就绕过那个坑走。这就要求我国的气象卫星事业，苟日新、日日新、又日新，在技术上精益求精，在科技上日新月异。

当前，"风云"系列气象卫星产品已经在科学研究等多个重要领域、多个部门得到了广泛应用，在监测暴雨、沙尘暴、低温雨雪等自然灾害中成为不可或缺的重要手段。自从有了气象卫星，影响和登陆我国的台风无一漏网，在汶川特大地震、玉树地震、甘肃舟曲泥石流灾害，以及新中国成立 60 周年、奥运会等重大活动中，"风云"系列气象卫星提供了全天候的重要产品。气象卫星的用户遍及亚洲、欧洲、非洲、大洋洲等 70 多个国家和地区。"风云"系列气象卫星从 2000 年起被世界气象组织纳入全球业务应用卫星行列，成为全球地球观测系统的重要成员，连续多年业务运行成功率保持在 99% 以上。

而这些是用汗水、泪水、苦水甚至是鲜血换来的。在国家卫星气象中心主任杨军心里，有着一份切实的深深的崇敬和感激："从卫星运载、发射、测控到地面应用系统，从国家各部门的决策者到基层的普通人员，成千上万的人用自己的智慧和双手，诠释了爱国主义篇章！"

气象卫星事业发展之路任重道远，需要每位从业者倾注全力、竭尽所能。四十年已卓尔不群，天地间将星光灿烂！

（来源：《中国气象报》，2014 年 9 月 24 日，作者：王晨）

华山之巅的守望

>>>>

　　临近春节，《经济日报》记者来到陕西省最艰苦的基层台站华山气象站，倾听基层气象人的故事。

　　壁立千仞、陡峭巍峨的华山西峰之巅，海拔2064.9米，相对高度1700多米，华山气象站就屹立于此。60多年前，13名解放军战士攀爬15公里的山路来到西峰顶，开山凿石、背土平地，在绝壁之巅架起风向杆、装上百叶箱、搭起简易房，气象站就建成了。从此，一代代气象人扎根在这孤山之巅，似一棵棵劲松，终年守望着这里的风云变幻，为我国气象事业研究奉献着无悔青春。

开山辟石，背土运粮，华山峰顶挺立着纤细坚韧的风向标

　　华山属于秦岭一带，是我国南北方分界的山脉。因为这座山的阻碍，如果冷空气来了，北面会降温，南面影响则相对较小。而一旦测到南面受到冷空气影响较大，则表明冷空气已经翻越过去，强度发生了变化，相应地区的天气走势就可能随之发生改变。

　　像这样风云变幻的南北更迭，几乎每天都会发生。华山站的观测员告诉记者，特殊的地理位置让这里的气象数据具有指标性意义。在这里建立一座气象站，就像是有了守望南北的烽火台，西北气流移动、冷空气入侵等天气动向便能实时监测、适时预警。

　　从山下到气象站往返30公里的山路，即使徒步行走也需要六七个小时。据华山气象站最早的观测员杨国文介绍，当年上山时，不论老少都有一根自

制的扁担和两条绳子运送物资，刚开始挑二三十斤（1斤=0.5公斤），挑得久了，女同志也能挑四五十斤，男同志能挑七八十斤。为了能顺利安全上山，他们出发之前先吃饱饭，再带上两个馒头路上吃。

自此，"一根扁担两条绳，立足高山干革命"成为了华山气象精神的真实写照。

如今，在华山气象站观测场正对面的岩石上，还能看到当年刻下的"征服自然"四个大字。"就是靠着这征服自然的勇气，最初的气象人克服种种艰难险阻，在原先光秃秃的大石头上建立了观测场。现在看到的观测场，每一块平整的土地都是当年开山辟石而成，每一株草、每一层土都是当年肩挑背扛从山下运上来的。"华山气象站站长达勇说。

华山气象站在1953年建成投入使用，从那以后，秦岭山脉亮起了永不熄灭的气象之灯。日复一日，每隔一小时，在以分钟为单位规定的时间里，华山气象人在这里准时观测、记录、计算、编写和发出气象电报，向上级业务部门提交实时气象数据和天气实况，并且参加亚洲区域的气象资料数据交换。

搏击风雪，忍耐苦寒，云端小站发出永不间断的气象数据

在华山气象站的观测场一角，掀开一块正方形的铁皮，下面是一口小小的窖井，这是气象站工作人员生活用水的来源。

"华山是花岗岩体，加之海拔很高，没有井水和泉水，山上饮水全靠窖水，就是在石体上挖个地窖把雨水储存起来用。冬天没有降雨，只有煮雪水喝。窖水里总有许多小虫子，时而还能发现淹死的老鼠，但没别的水源，大家都是撇清了树叶虫鼠，继续用这个水。"华山站副站长于进江说。

因为缺水，山上用水总是竭尽所能地节约。观测员们在山上不洗澡，衣服带到山下洗，每当遇到比较干旱的年份，山上的水只能保证饮食用水，他们连脸都不敢洗。在山上观测值班，一待就是一两个月，于进江还曾创造了四五个月没下山的纪录。

数九寒冬，华山上不少地方还有未融的雪。记者在室内烤着低温炉，不一会儿就四肢冰冷，鼻涕直流。

"山上平均气温 6.1 ℃，极端最低气温 –24.9 ℃，有时候刚打上来的窖水，还来不及从壶里倒入桶里，就结成了冰。一年四季晚上睡觉都要盖厚厚的棉被，褥子因为低温常年返潮，风湿病、关节炎等是典型的华山气象病。"达勇说。

气象观测员长年驻扎在华山，他们要面对和挑战的是异常艰苦而危险的工作环境：每年大风平均日数 109 天、大雾日数 129 天，雷电次数最多达 43 天，最大风力时常超过 12 级。

"有气象记录以来最大风速达到过 41.2 米 / 秒，连人都能吹起来，但是为了连续的气象记录，华山站的职工每小时都必须跑到观测场查看仪器。"达勇说。

而到了夏天，雷电交加的季节，因为华山没有土层，雷电无法接地，所以经常顺着电线就进入值班室，打得仪器火星四溅，发报机、电脑、采集器等常常被雷电击毁。

1994 年 7 月的一个夜晚，乌云翻滚、雷声大作。于进江冒着雷击的危险迅速处理电源，抢抓时间观测和记录每一项气象数据，当要发出气象电报时，糟糕！传输气象资料的发报机被雷击坏了。于进江顾不上天黑路滑，立即下山，在泥泞中连滑带跑，仅用三个小时走完一般人白天要用六七个小时才能走完的山路。

在山下发完气象电报，于进江又背上十几斤重的设备，拖着疲惫的身体赶回山上，让这次复杂、危险天气的各项气象数据得以继续传送。直到晚上，他才发现双脚都被磨破，血已将脚和袜子连在一起。

华山气象站建站 60 多年来，先后有 200 多位有志青年在此奋斗。老站长王亚平从部队转业后，放弃回上海工作的机会，坚守在这里，一干就是 18 个春秋，年近 50 岁才走下华山；全国边陲优秀儿女银质奖章获得者李华珍在山上一干就是 6000 多个日夜，17 个春节值班留守在气象站，连结婚和生孩子这样的人生大事都在山上完成；于进江更是 20 多年坚守华山，为气象事业奋斗，却无法照顾自己的父母妻儿。

这里有肆虐的雷鸣、大风，有阴沉寒冷，这里也有气象人永远不能割舍的观测场、百叶箱、报文声和那沙沙的机械声。每到日暮西山，当大都市万家灯火、流光溢彩的时候，陪伴气象人的只有寂静的夜晚、摇摆不定的烛光、孤寂的心情和思念亲人的煎熬，但是为了祖国的气象事业，他们依旧坚守着这样的日子："30 斤米，30 斤油，锅碗瓢盆，再加一曲山歌；早上出发，下午到岗，然后便是一个月的山中生活。"

薪火相传，守望孤独，新一代气象人精准测报创佳绩

早上 6 点半，太阳的第一缕光芒带来了华山东峰上游客的喧闹声，华山上的气象观测员杨少康离开宿舍来到 200 多米外的气象站。7 点钟他就要开始一天的工作。100 多平方米的观测场上，杨少康一边观测，一边用纸笔记录下日照、云量、冰冻以及当时出现的天气现象。确定观测场内所有仪器设备都运转正常后，就要迅速将观测到的天气数据及时上报给陕西省气象局。尽管温度、湿度、风力风向等气象数据的监测已经实现了自动化，但为确保数据的准时和准确，观测员必须时刻盯着电脑。从上午 7 点到晚上 8 点，每 3 个小时就要进行一次人工观测，每天向上级气象局上传 5 次气象报告。

"一年 365 天，每天要观测 32 次。刚来的时候觉得工作枯燥乏味，但是慢慢就会沉下心来了。"杨少康说。他已在山上度过 4 个春秋，最初的急性子磨成了慢性子。

比起杨少康的定力，90 后观测员廉沫还在适应山上的生活。"2013 年 7 月上山时根本不习惯，山上一停电，连手机都不能玩了，闲暇时候没事干特别无聊。后来就慢慢找事做，看书丰富自己，如今学到很多东西。"廉沫笑着说。

华山气象站的"80 后""90 后"们，在这孤山之中修炼出各自的独门绝学，有的学了摄影，有的爱上了读书。有时候这些气象观测员会结伴跑到东峰、南峰、北峰去吼山，或者静静地坐在山峰上，欣赏如潮涌动的云海，看那石缝中坚韧地长出的几株华山松。

"华山站每年的全站地面测报错情率小于 0.1‰，报表全部合格，平均每年验收通过 15 个'百班'无错情和 3 个'250 班'无错情，这是非常难得的，这就意味着全站 10 个观测员在每年的 11 680 次观测中出错不能超过 8 个。"作为这些新气象员的老师，于进江对这点尤其骄傲。

（来源：《经济日报》，2015 年 2 月 13 日，作者：杜芳）

穿越南极风雪的气象人

——记全国五一劳动奖章获得者陈峰云

"汛期到了，这个月湖州市降水特别多。你看，截至 24 日已经有 235.3 毫米降雨，平均雨量突破历史极值。"眼前这位在给记者解说汛期天气的人，是浙江省湖州市观测与预报处处长陈峰云。他在浙江气象圈，几乎是无人不知无人不晓。2016 年已经 41 岁的陈峰云，1994 年从南昌气象学校毕业，从事气象观测工作至今已有 23 个年头，同事们一提起都会感叹不已："确实不简单啊，很勤奋，很敬业，为湖州乃至浙江气象工作争了不少光呢，得给他点个赞！"很难想象，眼前这位身材中等偏瘦的中年人，会是湖州市赴南极科考的第一人，取得这样的成绩与自身的勤奋努力密不可分。

挑战极限 圆满完成南极科考任务

南极是地球上至今未被开发、未被污染的洁净大陆，是进行科学研究的天然实验室，是许多科研人员的梦想。自 1984 年开展南极科学考察以来，中国气象局每年都会从全国选拔气象科研和技术水平较高的专业人才，向极地考察办公室推荐。2014 年 10 月底，陈峰云作为浙江气象部门的唯一候选人，以中国第 31 次南极科学考察队队员的光荣身份，踏上了南极科考之旅。

南极的天气十分恶劣，冬季漫长而寒冷，尽管中山站位于南极大陆的边缘，但极端最低气温也能轻易突破零下–40 ℃，气旋影响时极大风速经常超过十二级，八级以上大风的天数几乎占全年天数的一半。"要经历连续 54 天极昼和58天极夜时光，对我的人生来说，真的是一项很大的挑战，记忆犹新。"陈峰云说。

陈峰云在中山站的主要任务就是对大气成分及气象要素进行不间断的观测。一年多的科考任务中，他完成了二氧化碳、甲烷、水汽的测量，地面臭氧、黑碳气溶胶的监测，臭氧总量和地面气象观测。期间，无论多么恶劣的天气，他都坚持每天按时巡视维护仪器，编发各类报表、通过网络及时向中国气象科学研究院、世界气象组织发送臭氧报告和各类数据，按时完成上级交给的各项科考任务。此外，他还负责定期清洁标定各种仪器，做好气溶胶膜采样和大气本底瓶采样。整个科考期间，他向世界气象组织、中国气象科学研究院发送臭氧周报50多份，采集更换处理记录气溶胶采样膜30多张，采集温室气体现场样品108瓶，上报各类监测数据10多个GB。

以勤为径　功夫不负有心人

刚工作那会儿，陈峰云才20岁，为人谦逊的他，积极进取，为熟悉掌握业务技术，他每天在工作之余挤出时间坚持自学，时不时拿着本子跑去外头这里看下、那里记下，有不懂的问题就随手记录下来，找前辈询问解决，这看似平凡的举动背后，却是难得的持之以恒。

大气探测作为气象部门的基础业务工作，要求相当严格。测报工作枯燥乏味但精准度要求又很高，测报员每天的工作是往返于室外观测场，随时观察天气变化，准时采集地温、气温、风向风速等气象要素，并详细地记入气象日志，同时编成电码，定时发送。气象观测实时数据一旦发生差错，将对天气预报、气候分析、科学研究以及气象服务等方面可能造成无法弥补的损失。因此，从第一天工作起，陈峰云就严格按照气象测报流程做事，没有丝毫懈怠。在实践与积累中，他不但对地面气象观测、气象报告编制、预审及计算机综合处理有较深入的研究，还练就了一双"火眼金睛"，29类云及其将要演变成的天气态势都了如指掌，同时熟练掌握了自动气象站的观测原理、监测操作和维护维修技术，并通过学历教育、岗位培训、业务技术交流和研讨等方式，在理论和技术水平上均取得了长足的提高。

所谓"功夫不负有心人"，日复一日、年复一年的风雨生活，锻造出陈峰云一身过硬的本领。多年来，他屡次在全省、全国技能比赛中获得"全国（全省）测报技术能手称号"，先后3次荣获"全国优秀质量测报员称号"，4次获得"浙江省优秀气象测报员称号"，5次获得"百班无错情"奖，还主持完成了市局《中尺度自动站资料应用系统》的科研课题以及《区域自动站质量控制系统》的研究工作，参与编写了《浙江省大气探测员手册》（地面篇），完善了台站升级过程的切换指南步骤。2008—2011年，四篇论文在正式刊物上发表，参加全国级、区域级及市级交流论文五篇。2011年作为编委参与编写了中国气象局气象探测中心的内部资料《云图集》。对于这些成绩和荣誉，陈峰云总是淡然处之。他说，成绩只是对过去脚踏实地工作的一种肯定，荣誉是一种激励，更是工作动力之源。

每一段经历 都是值得深藏

在20多年的气象观测生涯中，让他印象最深的是2008年的那场雨雪冰冻灾害，这是一段让人难以忘怀的记忆。那一年，湖州国家基本气象站正好搬迁，观测站的工作和生活都在临时搭建的一间不足20平方米的简易棚中完成。作为当时站里的负责人，陈峰云放弃休息时间，即便有值班人员在，他都始终坚守一线，实在累了就依在椅子上打个盹，但每小时一次定时观测记录毫不含糊。风雪割面，寒冷彻骨，长时间持续的冰雪，让气温降至接近-10 ℃。站内的风杯多次被冻住，影响了风的记录，为此，陈峰云顶着风雪徒手爬上了高达 11.8 米的风塔，在经过手动加温处理后计算机终端上终于出现了风向风速，可是好景不长，没多久风杯又停止了转动，没有犹豫，一次不行，两次、三次……最后一次排除故障时已是天黑。然而双颊双手冻红的他，看着一份份报文的顺利传递，露出了发自内心的微笑。

人心齐　泰山移　整个团队走向成功

"一枝独秀不是春，满园花开才是春。"陈峰云总是说一个人优秀算不了什么，只有团队的进步，才是最为重要的。在之前他所在的湖州国家基本气象站，全站共 7 人，为全面提升测报人员的整体素质，他经常组织召开台站分析会、业务学习会，加强全站人员对地面观测规范的学习和理解，尤其注重在季节转换、特殊天气和临时任务时把好技术关，在理论学习和工作实践中不断总结经验，鼓励每个测报员相互改进、共同进步。在他的言传身教下，湖州国家基本气象站形成一股合力，连续多年保持全省优秀稳定的测报质量，测报员们个个创先争优，争做业务标兵，各个都或大或小的获得过不少荣誉，各个都在自己的岗位上发光发亮，各个都称得上是精英。

2011 年，陈峰云首次以教练身份带领由湖州、嵊州、杭州市气象局的三名队员组成的代表队参加第五届全国气象行业技能竞赛，竞赛中荣获了团体和个人双料冠军。载誉归来的他谦逊地说："关键还是队员们给力，这个荣誉属于大家。"

现如今，他离开了气象观测一线，来到新的工作岗位，不仅要转换角色，更要让自己归零后重新出发。他笑着说道："每天的天气变化都影响着我们的生活，老百姓对气象预报准确度要求越高，对气象信息的需求就越高，面对新的岗位，我肯定会更努力。"

（来源：《中国气象报》，2016 年 5 月 9 日，作者：徐钏颖）

脚踏实地，十年做好一件事

——记国家气候中心气候模式室吴统文

研发气候模式是寂寞的，有着 20 年党龄的国家气候中心气候模式室主任吴统文一研发就是十年，耐住了寂寞。最终他负责研发的第二代气候系统模式 BCC_CSM，受到了国际同行的认可和称赞。

吴统文日前获得"中央国家机关优秀共产党员"称号。此前，他于 2012 年享受国务院政府特殊津贴，2014 年入选省部级科技领军人才。他谦逊地把成就归结于"脚踏实地，做好本职工作"。

2005 年，吴统文接手第二代气候系统模式研发工作。当时，第一代海气耦合气候模式 BCC_CM 已经取得了一定的成绩，并投入气候预测业务应用了。国外气候模式发展非常迅速，他想，要使模式有长足的发展，必须要站在巨人的肩膀上再跨越一步，让世界听见中国模式自己的声音。

研发气候模式的工作充满挑战性，要在引进、消化国外核心模式的基础上，根据我国实际情况进行二次创新。第一步就是读代码、查文献，跟上国外核心模式的思路——"取长"；第二步就要改良模式的框架和其中物理过程，使之针对东亚特点，能够做出更符合我国实际情况的气候模式——"补短"。

然而，模式的研发又是枯燥的。吴统文的工作是从上午 7 点 30 分左右开始的。他将电脑连到办公室的大电视显示屏上，便于和同事们讨论编程和代码修改工作，很多时候一坐就是半天。等下了班，他回家做的还是这些工作。"孩子工作了，不用操心，我就多花点时间把工作做到最好。"吴统文说。

吴统文带领团队在动力框架创新发展、积云对流参数化方案自主研发、洋面通量算法、陆面积雪覆盖度计算等领域取得多项创新研究成果。其中，他提出了独特的积云对流参数化方案，是我国科学家在模式物理过程参数化研究方面的独创工作。自2004年被评聘为研究员以来，他发表论文近100篇、论著6部。

BCC_CSM参加了政府间气候变化专门委员会第五次评估报告相关的国际耦合模式相互比较计划，模式性能已经达到了国际同类模式先进水平，其模式模拟数据被国内外科学家广泛使用，相关BCC_CSM的论文数量在国际上众多气候系统模式论文中位列12位，排位靠前。

"做好本职工作，就是服务国家和人民，这也是共产党员必须做到的。"吴统文说。

如今吴统文担任国家气象科技创新工程"次季节至季节气候预测和气候系统模式"攻关团队首席科学家。"次季节至季节气候预测"是2013年世界气象组织正式启动的重点工作之一。天气预报重点关注两周之内，而气候预测则是从1个月后开始的，中间存在两周的"缝隙"。

"缝隙填补非常难，它受天气尺度影响，因此必须在此前气候模式中考虑更多的天气影响因子。"他负责的BCC_CSM成为参与国际"次季节至季节预测计划"11个模式中的一个，且是中国唯一一个。

"压力特别大。"他坦言，11个模式同场竞技，这就要求模式性能好，气候预测相关配套系统好。的确，下一个五年已经开启，新一代的气候系统模式研发工作即将启动。

从事气候模式研发工作没有尽头。而吴统文还是那句话——做好本职工作。虽然少有鲜花掌声，但如苏格拉底说的那样："世界上最快乐的事莫过于为理想而奋斗。""我从来不觉得搞科研是件苦差事。每在研究上取得一点突破或者进展，我都觉得格外幸福与快乐。"吴统文认为，通过自己的努力，我国气候预测的水平能够得到不断提高，是他最大的快乐。这也是一个优秀共产党员对祖国最好的回报。

（来源：《中国气象报》，2016年7月1日，作者：孙楠）

一肩挑科学　一肩担情义

一场强劲的风雪过后，海拔3816米的瓦里关山终于放晴。位于山顶的瓦里关大气本底基准观象台，此时相对湿度43%，风速每秒3.3米，风向294.3度。

"很好，风速超过了每秒两米。"观测员王剑琼选择在室外一个很开阔的地方打开手中的箱子。他从箱子里拉出一个有点斜的长杆，大概5米高。王剑琼特意站在下风向，憋住气。打开一个开关后，箱子发出了"轰隆"的声响，他随即跑开20米远，才停下来喘起了粗气。

这个箱子是瓦里关大气本底基准观象台（简称"瓦里关观象台"）特有的瓶采样装置，箱子里特殊的瓶子在接下来的两分钟里会"吸"足空气。观测员站在下风向、憋气、一路小跑，都是为了不让呼出的二氧化碳影响空气成分。这样的观测每周都会进行一次。

而就在那几天，在遥远的摩洛哥马拉喀什，第22届联合国气候变化大会开幕。全球近两百个国家的两万余名代表因为"变化的气候"汇聚一堂，为人类的未来商讨行动方案。

"我很关注，觉得自己也做了一份贡献。"王剑琼笑着说。那些标着"瓦里关"字样的空气瓶子从他手里出发，来到北京，又通过大使馆抵达美国。这些空气及其分析结果成为我国参与气候变化谈判以及全世界科学家研究气候变化的重要依据。

"气二代"上山　变身"技术达人"

"80后"的王剑琼是"气二代"，已经在瓦里关工作了13年。

因为母亲是气象工作者，王剑琼对气象工作一点儿都不陌生，也因为对气象感兴趣，他报考了成都气象学院（现成都信息工程大学）大气科学系环境工程专业。2003 年，大学毕业的他被分配到家乡青海，刚上了 10 天班，就被安排到瓦里关大气本底基准观象台实习。

王剑琼还记得自己第一次登上瓦里关山的经历。从西宁出发，经过两个小时的车程来到瓦里关山脚下，再沿着蜿蜒曲折、一侧全是陡峭山崖的盘山路爬行 7 公里，才抵达观象台。在实验室和观测场里，全是各种各样看不懂的仪器，"跟普通气象站太不一样了！"

师傅黄建青还记得王剑琼当时"有点懵"的样子。也难怪，作为我国唯一的全球级大气本底观测站，瓦里关站是目前欧亚大陆腹地唯一的大陆型全球基准站，自然有其独特之处。不过，年轻人很快来了兴趣，对着这些仪器开始发问。"有时候我也答不上来，只好向别人请教。"黄建青对当时王剑琼最深刻的印象是"好动脑子"。

观象台里的仪器五花八门，但基本都是进口的，一旦出故障，返厂维修成本很高。站上 2008 年刚买的一个新仪器隔年就坏了两次，每次返厂送回美国维修都需要三个月。"这么好的设备搁在那里，半年采集不到数据，多可惜啊！"王剑琼想自己干。仪器正常运转的时候他不敢动，等到一出故障，有专家上山检查或维修时，他无论在哪儿，都要跟上来一探究竟。现在除了特别复杂的仪器外，他基本都能"搞定"。

2010 年 10 月，王剑琼到北京参加完气相色谱仪培训，带着一大堆零部件和图纸回到瓦里关，一个人连着干了 4 天，每天忙到凌晨 3 点。最终，瓦里关观象台成为全国 4 个本底观测站中最先安装运行气相色谱仪的——这种仪器，至今依然是站上最复杂的设备。

他眼里，能"玩转"这些仪器是很"酷"的事儿。

情义千斤　是不断前行的力量

13 年里，当然不止有成长的喜悦。

王剑琼大学时谈的女朋友薛丽梅从青岛远赴西宁嫁给了他，他却总要上山值班，一班就是 10 天，不能下山。不值班的时候，他还时不时跑到山上处理紧急情况，哪个姑娘能不气恼？

薛丽梅生气了，王剑琼就好言好语哄着，他明白自己对家亏欠太多。其实，同在气象部门工作的妻子又怎能不明白这份工作的责任和意义？不然，她也不会在他上山值班的时候，自己揽下家中所有事务，尽量不让他分心。

谈起孩子，王剑琼眼里泛起了泪光。大儿子 8 个月时有点咳嗽，他照常上山值班，到第四天，孩子转成了肺炎。等他请假来到医院，已是晚上 7 点多。当王剑琼抱起儿子，平时"一下都不带消停"的小家伙软软地把脸贴到他身上，似乎一点儿力气都没有了，当时他的心就像刀绞一般痛。

在台里值班的每个晚上，王剑琼都会给妻子打电话。采访这天，西宁刚下了今冬第一场雪，孩子们高兴地捏起了小雪人，怕化，还把雪人放在了冰箱里。除了问问家常，王剑琼还特意"关心"了冰箱里的雪人。当看到手机里两个孩子唱歌的视频时，他的眼睛笑成了一条缝儿："家是永远的牵挂。"

台里值班同事的经历都很相似，而同事之间的关系也很有趣。这次和王剑琼一起值班的是五十多岁的观测员郑明。"值班的头三天就把要说的话都说完了，整天看着同一张脸，烦都烦死了。"郑明看似很"嫌弃"他。

前几天，台里一个设备遭雷击坏了。听说王剑琼要接受采访，郑明建议他等记者来了再修，王剑琼却费了九牛二虎之力，当天就熬夜修好了。郑明一边"骂"他"不机灵"，一边忙前忙后给他搭手帮忙，王剑琼就笑呵呵地听着。

搭班的人之间有时也有救命的恩情。2006 年 10 月，年轻气盛的王剑琼不顾自己严重感冒坚持上山，工作中直接眼睛一黑，晕倒了。幸好当时另一名观测员刘鹏就在他身旁，刘鹏的妻子是医生，懂急救知识，一番折腾终于把他救醒了。

如今，已身为瓦里关台副台长的刘鹏总拿这事儿絮叨："没有什么比人的生命更宝贵。一定要避免在生病时上山，太危险了。"

在探索科学的道路上，这些"情义"是激励王剑琼前行的重要力量。

科学精神是坚持，又不只是坚持

有人说，在那么艰苦的地方，只要坚守，就是一种贡献。瓦里关观象台的人却不这么看，他们的想法是：既然守在这里，为什么不多做点儿事儿呢？王剑琼眼里的科学精神也是如此："既是坚持，又不只是坚持。"

在工作的13年里，瓦里关观象台的观测内容和设备都发生了很大变化。一开始只是单一的瓶采样，后来有了气相色谱仪，型号也从"5890"发展到了"7890"，再后来增加了地面臭氧、黑炭等观测内容。仅就瓶采样来说，也从之前单一的"5米瓶采样"发展到"80米瓶采样"，可以对比离地面5米高和80米高采集到的气体区别。

目前最先进的光腔衰荡法在测温室气体时，只需要三瓶标准气，就能测出二氧化碳、甲烷、一氧化碳和水汽。与之对比，气相色谱仪需要很多附属设备才能测出甲烷、一氧化碳、氧化亚氮、六氟化硫数据。眼下，前者正在研发改进，等它具备观测氧化亚氮、六氟化硫能力时，气相色谱仪也将被淘汰。

"科技发展带来的便捷令人惊叹。新的仪器又准又快又操作简单。"王剑琼说，有机会的话，想去美国国家海洋和大气管理局的一流本底观象台，看看他们的仪器和运行方式。

在正常业务值班之外，王剑琼还完成了对以往所有臭氧总量原始数据和报表的整理工作，保证了数据的完整性和连续性；建立了我国本底站温室气体及相关微量成分观测方法及流程，对温室气体数据进行筛分和质控，获得较为完备的数据序列，研究瓦里关温室气体变化趋势……

现在，王剑琼的最大愿望是，提高瓦里关观测数据的可用性。他和同事只能做到观测员级别的数据质量控制，更高一级的质量控制还有不足。"我做的东西还很浅，不能被称为科学家。但我希望在有限的生命里，能和同事一起做一些有意义的事。"王剑琼说。

（来源：《中国气象报》，2016 年 11 月 29 日，作者：张格苗）

蓝色国土的忠诚守护者

——记"全国工人先锋号"珊瑚岛气象站

珊瑚岛气象站这支由 9 人组成的队伍并不庞大，却传递着坚韧的力量；他们很平凡，却履行着崇高的职责。怀着如士兵一样的家国使命，他们以"气象哨兵"的名义忠诚守卫在祖国南端的边远小岛。

使命代代传承

珊瑚岛位于我国西沙群岛永乐群岛中永乐环礁西北部，濒临南海主航道。1974 年 4 月，我国在西沙永乐群岛自卫反击战中乘胜收复珊瑚岛，并在次年 1 月 1 日成立珊瑚岛气象站。自此，一支"气象哨兵"队伍担起了祖国南海气象观测和气象服务的重任。

建站后，我国在南海的气象资料不再是空白，南海海域的中国渔民也可以顺利接收气象信息。更重要的是，中国人民解放军在南海前线的指挥、布防及战术反应，以及海监、渔政等地方职能单位，都有了宝贵的气象资料。

南海是台风走廊，珊瑚岛气象站作为前哨阵地，可以更好地探测南海各海域的台风动态，为防台风部署、海上避险等工作提供更准确有效的信息。

然而，做到这些绝非易事。珊瑚岛地理位置较南海其他岛屿更偏远，没有固定时间的运输船，交通极为不便，岛上除了气象站的工作人员以外就是驻岛部队，没有常住人口。早期，工作人员上下班只能乘坐渔船，跟随渔民在海上航行半个多月才能到达珊瑚岛，每一次换班都艰辛至极。

自 2012 年三沙设市后，交通条件有了改善。从文昌清澜港出发，乘坐补给船"三沙 1 号"经过 15 小时航行可抵达永兴岛，然后换乘渔船或部队炮艇，9 个多小时即可抵达珊瑚岛。

时光流转，船换了，乘船的人也变了模样，从青年到老年，从一代换成下一代，可是面对困难，岛上的每一代气象工作者都有一个始终如一的信念：这是工作，环境再恶劣，也得有人干，谁让我们是气象人呢？

没有克服不了的困难

无常驻人口，没有人经商，有钱也买不到食物，这就是岛上气象工作者长期面临的环境。

"物资只能靠每个月或更长时间一趟的渔船补给，站里只能存放南瓜、土豆、洋葱、冻猪肉等耐放的食物，大家根本吃不到新鲜蔬菜。"珊瑚岛气象站站长林正扬说。这样的环境中，岛上很多职工营养不良，平时在岛上工作的 3 位同志不得不在保证完成值班任务的情况下，轮流下海捕鱼或捕捞一些海产品，以保障生活。

以前，在珊瑚岛上做饭用的都是收集来的雨水，导致很多人都患有肠胃炎和胆结石；洗漱用的水都是打井抽的地下水，由于盐量高且矿物质超标，好多年轻小伙子年纪轻轻便头发稀疏。"老了估计个个都是秃顶。"大家私底下都打趣说。

"在岛上不敢生病，平时我们都要学一些自救技能，但遇上急性病情真是不敢想象。"珊瑚岛气象站副站长黎钧说，"2007 年站里有一位同事得了急性阑尾炎，岛上根本没有医疗设施，部队医务室也只是配备一些简单的药物，幸好地方政府和部队及时救援，用直升机将人送往三亚地方医院做了手术，不然后果不堪设想。"

直到 2011 年底，岛上的环境才大为改善。当年，海南省气象局排除困难，在珊瑚岛气象站新建了办公楼和职工宿舍，并安装了空调、电视等设备。员工们终于告别了四处漏水、钢筋暴露的危房。

当然，最难克服的还是与家人的分离之苦。站上大多数职工都是单身，3 个成家的也是与家人聚少离多。"说句实话，我也想家。"黎钧每每提起家人，眼神里都透着几许忧伤。记得妻子临产的时候，由于岛际换班船极少，赶到家时，孩子都快一个月大了，他心里充满了对妻儿的亏欠之情。

没有花前月下的浪漫，甚至连父母生病也不能床前尽孝。由于海上交通不便，站上的蔡杏富已记不清有多少个节日没有和家人团聚了，唯有电话可以传递思念。"一开始我不敢告诉家里人要来这里工作，怕他们担心。后来听我爸说，妈妈因为我来这边哭了好几回。不过还好爸妈现在都挺支持，每天我都会给他们打个电话，报个平安……"说到这些，蔡杏富有些哽咽，但家人的支持对于气象工作者来说就是无形的力量。

业务是不能断的"生命线"

在珊瑚岛，气象工作者必须每天为南海经济建设和人民生活提供准确及时的气象预报预警信息，向全球传递准确数据。

然而，这里是台风多发区，一旦台风来临，站上受到的挑战就是空前的。

2013 年第 21 号强台风"蝴蝶"影响我国。9 月 29 日，"蝴蝶"以每秒55 米的风速正面袭击珊瑚岛，降水量达到 334 毫米。在这个建筑物稀少、树木匮乏的小岛上，暴雨滂沱，狂风肆虐，玻璃破碎，杂物纷飞，气象观测设备也停止了工作……

为了保障业务恢复运行，大家用手脚开辟出了前往观测场的道路，解下身上的雨衣，包裹设备送到临时值班室，彻夜抢救原始气象资料，用那身体

"烘干"的衣服擦拭仪器设备上的水分，用仅剩的一台笔记本电脑手工发报。在 33 个小时的奋战中，3 名值班观测员都没腾出时间喝上一口水；由于断电时间过长，冰箱里的食物已经变质，最后一个罐头和一包完整的泡面，成了 3 人仅有的晚餐。

"当时也没想太多，一心要保护设备，按时发报。"事后，站上的职工夏佳伟说。

作为国家基准气候站，珊瑚岛气象站时刻保持着它的准确性和及时性。2015 年，珊瑚岛气象站的及时率、数据可用率、运行保障率更是全部达到 100%，业务排名海南省第一。

面对艰苦的环境，珊瑚岛气象站的干部职工都竭尽所能，积极奋进。近三年，有 2 人次被授予"全国质量优秀测报员"称号；4 人次参加省气象行业技能竞赛并获奖，2 人次代表省气象局参加全国气象行业技能竞赛；2014 年台站更是被人力资源社会保障部、中国气象局授予"全国气象工作先进集体"光荣称号。

这就是珊瑚岛气象站的职工，他们勇于吃苦、甘于奉献、团结努力、积极奋进。未来，他们将继续坚守在平凡的岗位上，发挥"工人先锋号"带头作用，为保卫祖国南大门和人民安康站好岗。

（来源：《中国气象报》，2017 年 4 月 28 日，作者：纪仁华）

陆其峰：我是气象卫星上的一颗"螺丝钉"

>>>>

"'风云'系列卫星是集尖端科技于一身的高精密仪器，从根本上说，它是由一个个细小、精密的零部件，一颗颗组合连缀的螺丝钉共同构成的。而我也是'风云'卫星上的一颗'螺丝钉'，正是因为每一颗'螺丝钉'都尽职尽责，'风云'卫星才有了辉煌的今天。"荣获 2017 年全国"创新争先"奖后，国家卫星气象研究所所长陆其峰感慨地说，"我们国家科技水平的飞速发展是全世界有目共睹的。国家重视科技、重视人才，为气象卫星的研制提供了良好的科研环境。他们愿意听到来自'新鲜血液'的新声音，让我这个投身气象卫星事业的年轻人不断进步。"

兜兜转转的"卫星缘分"

陆其峰投身于气象卫星事业之前，也曾有过一系列兜兜转转的尝试。他出生于新疆农村，年少时并不知气象卫星为何物，只是觉得水文条件对农事活动影响很大。家乡的水资源现状，让陆其峰非常关注河流水系与干旱气候，因此他报考了新疆大学陆地水文专业。

上大学时，他又机缘巧合地爱上了法学，一度想成为一名"既通晓水文理论，又能为人们声张正义"的律师。为此，他参加了中国政法大学第二学位考试，但是"那一年招外校生的名额非常少。"陆其峰说。

1999 年，陆其峰大学毕业，与卫星注定的"缘分"让他进入新疆大学干旱区研究所，并遇到了影响了他一生的老师——潘晓玲，当时国家重点基础研究发展计划（973 计划）项目最年轻的首席科学家——陆其峰成为潘老师的

研究助理。

"最重要的是，潘老师奠定了我做研究的风格，一是要拼尽全力，二是要重视身体。"陆其峰说，"比起'办案子'，搞科学更纯洁、更易让人投入全部的精力，更值得让人倾注一生。"

从那时起，他坚定信念，一心扑在科研工作上，同时也开始涉足气象相关领域，随后考入南京气象学院（现南京信息工程大学）气象系攻读硕士学位。

带着"风云"系列卫星走向国际舞台

2006 年博士毕业后，陆其峰进入国家卫星气象中心工作，入职 4 个月后参与到我国第二代极轨气象卫星中的第一颗卫星——"风云三号"A 星发射准备工作中，主要做卫星资料的同化应用工作。

谈到这件事，陆其峰谦虚地说："我觉得是时机比较好，这是一个关键岗位，工程庞大，需要人手比较多，领导也希望年轻人多参与。这个岗位需要懂计算机、数学和气象，我的'复合型'背景恰好符合需求。"

新的机会给了陆其峰莫大的鼓舞，2008 年 1 月，他已在卫星资料同化方面取得了成果，并得到远赴欧洲中期天气预报中心交流学习的机会。

尽管中国当时已是世界上为数不多的同时拥有静止和极轨卫星的国家，但我国"风云"系列卫星直接观测数据还未被国际同行所接受，也从未定量应用于任何国际业务数值天气预报模式。陆其峰此次欧洲之行就是要填补这项空白。

"当时我们在国际上的认可度不高，接到任务压力很大。"陆其峰向《中国科学报》记者回忆当年的情景："那会儿没有微信这些通讯工具，我只能打国际长途，每十分钟就断一次，与国内沟通还是有一定困难的。"

经过论证，中国气象卫星和仪器的工艺水平已达到国际先进水准。最终，纳入"风云三号"卫星数据的欧洲数值天气预报系统预报精度提高了1%。

"风云"系列卫星已经"融入到自己的生命中"

如今，陆其峰及其团队的科研成果已经得到了世界气象组织（WMO）、欧洲中期天气预报中心（ECWMF）、英国气象局等机构的高度认可。他说："像'风云'系列卫星这样精密的'大机器'要在天上有条不紊地运转、回传数据，不仅需要科研团队共同攻坚克难，还离不开国际合作。"

在中国气象局的支持下，他组建了一支包括中国气象局、欧洲中期天气预报中心和英国气象局在内的国际合作团队，攻关"风云"系列卫星资料同化应用技术，实现了"风云"系列卫星数据提供方与卫星数据定量应用方联合工作。2016年，英国气象局、欧洲中期天气预报中心和中国气象局陆续正式业务同化"风云三号"C星微波温湿探测仪资料。

在采访中，陆其峰谈得最多的是"团队"和"国家"。他说："气象卫星事业对国计民生很重要，但高科技产业的发展需要高投入，因为国家富了，所以给了我们更多的机会。为祖国做科研，我的自豪感很强。"

"风云"系列卫星已经历经40年发展，面对诸多荣誉，陆其峰从未感到满足，在他心中，"风云"系列卫星的发展已经"融入自己的生命中。"他说："一起攻关的同事们齐心协力、互帮互助，是他们给了'风云'系列卫星不断成长进步的土壤，也给了我不断成长进步的土壤。"

（来源：《中国科学报》，2017年6月22日，作者：潘希 高雅丽）

华东区域数值预报创新中心首席科学家陈葆德：十年，追寻数值预报"中国梦"

陈葆德，上海区域数值预报创新中心的首席科学家，曾经的他，在美国有着极好的科学前程，却选择了回国，默默研究一干就是十年。十年来，他带领创新团队深耕于气象数值预报领域，推动华东区域中尺度数值预报模式走向业务化。

他心中始终有一个梦想——有一天，中国预报员最依赖的不再是外国模式，而是自己的数值预报模式。

回国，选择挑战科学高峰

陈葆德 1998 年在美国加州大学取得大气科学博士学位，曾经是美国大学太空研究协会（USRA）的访问学者和马里兰大学地球科学技术中心的副研究员。回国前，他已在美国科学应用国际公司（SAIC）担任了 5 年高级科学家，事业正处于上升期。然而，当祖国邀请他回来做中国的数值预报模式时，他心里最柔软的部分被触动了——那是他的梦想。

从二十世纪七八十年代起，现代天气预报准确率在很大程度上依赖于数值预报。2007 年的华东区域数值预报模式还处于研发状态，对照国际，存在很大差距，预报员更多参考欧洲和日本的数值预报结果，但国外的数值预报系统对我国的复杂地形等条件毕竟考虑不足，参考价值多少打了些折扣。

这些，让有着多年数值预报模式开发经验的陈葆德看到了前进的方向。彼时上海新一轮气象现代化的目标与他个人的目标对接起来了。

2007年，陈葆德坐了十几个小时的飞机，回到了祖国。

"国内的气象预报技术正在迅速发展中，有更多的挑战与施展才能的空间，对于一个科研人员，这是更有价值的事情。"陈葆德回来得很坚决，在这位"中国气象局特聘专家"心中，更多的是对待科学挑战的执着与担当。

科技创新，让梦想插上了翅膀

分辨率从9公里到3公里、1公里——刚刚回国的陈葆德，对于接下来十年要做什么，从一开始就想得很清楚。

然而，一路走来，却实在是太不容易了。

刚回国那几年，华东区域中尺度数值预报模式研发刚刚起步，研发人才非常缺乏。

幸好上海市气象局及时"送"了一股"东风"。在市气象局区域数值预报科技创新体制改革下，2014年，上海高分辨率数值预报创新中心（简称"创新中心"）应运而生。

创新中心以首席科学家为核心，设有专门的管理委员会，配备专门的首席运营官，引入第三方独立评估机制，设立国际咨询专家委员会。陈葆德被聘为首席科学家。

人才问题解决了，陈葆德踏实了。这支研发团队是"首席科学家负责制"，能否出成果，他将负最大的责任；而同时，这也意味着，他可以自主挑选最优秀的人才。

陈葆德被授权跨单位组建研发团队，打破围墙，集中上海气象部门优势力量聚焦高分辨率数值预报模式，开展核心技术攻关。陈葆德精心挑选了29人进入团队，平均年龄30岁左右。

他像对待孩子一样，投入了最大的心力来培育这支团队，为每一位团队

成员制定了明确的发展方向，并经常给大家讲课，带着团队"走出去"学习先进经验和做法。他经常鼓励团队成员带着问题学习，再将学到的东西应用到实际研究中。他们宛如充满求知欲望的孩子，孜孜不倦地学习、引进美国、欧洲、日本的先进经验和做法，在此基础上不断摸索改进，瞄准物理过程开展核心技术攻关。

"一个技术问题好几个月甚至一两年都攻不下来是常事，幸好现在我们这支团队的成员都很有创新力，也很有韧性。"说起团队，陈葆德露出了满意的笑容。但他也有铁腕的一面，创新中心成员按考核"可进可出"，凡是考核不过关的成员会被毫不留情地请出团队。

十年来，陈葆德带领的团队一直致力于核心技术研发，当初设定的"分辨率从 9 公里提高到 3 公里，再到 1 公里"的目标一步一步地实现了，在高分辨率物理过程、特别是"灰色区域"尺度相关参数化研究等数值预报核心技术方面都取得了突出的成果。去年，欧、美、韩等世界一流数值预报研究机构的负责人、资深科学家来访时都惊叹："上海在高分辨率数值预报核心技术研发方面取得了突破，部分研究已达到国际顶尖水平！"

十年来，陈葆德尽职地承担着团队主心骨的任务，他的坚定和执着给予了团队无穷的力量。陈葆德身上有着科学家特有的洞察力，他的团队长期进行着模式预报结果的统计检验，当发现 9 公里模式产品会出现小量级降水空报的情况后，他敏锐地指出："调整云微物理过程！"大家顺着这个方向，果然很快找到问题所在。

十年，华东区域数值预报形成独特优势

2016 年 6 月 23 日午后，江苏省盐城市阜宁县遭遇龙卷风袭击，受灾严重。此新闻事件迅速发酵，"龙卷风是否可以提前预报预警"一时成为网友热议

的话题。龙卷风"个头小""寿命短""出生环境复杂",其预报预警是一个世界性的难题。

陈葆德团队基于华东区域中尺度数值预报模式(简称"华东模式")(3公里)系统,对"6·23"江苏阜宁龙卷个例预报进行了模拟分析,结果表明该系统模拟出了类似龙卷母体的涡旋结构,同时伴随有剧烈的上升运动,模拟的发生时间与发展过程和实况基本吻合。

"高准确率"使华东模式成为预报员中的"明星模式"。一开始,是上海的预报员用华东模式。后来,华东区域的预报员开始尝试使用。而现在,华东模式使用范围已经扩大到了全国。

目前,华东模式已成为国家气象中心业务平台中重要的参考模式之一。经过对多个天气过程的预报效果检验,华东模式可以说是目前最好的一个中尺度模式。尤其是在模拟中尺度过程上,跟实际较一致,在近两年汛期局地强降水过程预报中多次发挥重要作用,为预报员及时准确做出暴雨预报提供了很好的参考与支持。2017 年汛期,华东区域中尺度数值预报模式产品不仅"走"进中央气象台,更"走"向了全国各省市的气象台,全国各地的预报员都开始使用华东模式,许多一线预报员认为华东模式和欧洲中心 EC 细网格模式水平相当,甚至更胜一筹。

华东区域中尺度数值预报模式(9公里)向全国推出后,陈葆德团队受到越来越多的关注。全球的气象数值预报模式比对结果显示,华东区域中尺度数值预报模式在性能方面排名第二。

然而,成绩的取得并没有让他有丝毫停歇。站在创新中心的小会议室黑板前,他用笔写下了下一个"小目标":下一步,将"3 公里模式"将向全国推广,重点攻关方向是物理过程研发!

真爱，支撑着他一路向前

十年来，陈葆德全身心地投入到数值预报研发中。

有时候，数值预报模式在运行过程中出现问题，哪怕是半夜两三点，他都会和学生们一起通过微信讨论问题。

"他一个人在上海，周末和节假日的时间没事都泡在了工作室里，他真的'爱'数值预报！"创新中心首席运营官王晓峰与陈葆德共事多年，最有感触。

科研是枯燥的，在枯燥中坚守，陈葆德内心却充盈着淡定和乐观，这也深深地影响着团队里的每一个人。他经常告诉团队成员，数值预报的进步是一小步一小步的，不能着急，不要投机取巧，要扎扎实实将一个个问题解决。"他是一个很乐观的人，只要看到他，我们就觉得充满希望。"学生张旭博士表示，跟着葆德干，虽然累点苦点，却很有动力。

每一种坚韧的背后都有一颗柔软的内心，陈葆德也不例外。陈葆德办公室的边桌上摆放着他和妻儿的合影，他称这个角落为最温馨的角落，他说："每当累了的时候，我就喜欢在这里站上一会儿。"

陈葆德每年回美国探亲的时间不多，然而，就是在这些短暂的日子里，他也把大部分时间用在了工作中。他去美国各大气象机构学习交流，跟踪了解国际前沿动态，带很多资料回来与团队成员分享。

追逐着心中的那盏航灯，陈葆德带领的团队在数值预报"国产化"道路上一路前行。他说："既然选择了，我们就要一直走下去。"

在他心中，十年，不是一个句号。

（来源：《中国气象报》，2017年8月15日，作者：谢丽萍）